"十三五"国家重点图书出版规划项目

《西方古典学研究》
编辑委员会

主　编：黄　洋　（复旦大学）
　　　　高峰枫　（北京大学）

编　委：陈　恒　（上海师范大学）
　　　　李　猛　（北京大学）
　　　　刘津瑜　（美国德堡大学）
　　　　刘　玮　（中国人民大学）
　　　　穆启乐　（Fritz-Heiner Mutschler，德国德累斯顿大学）
　　　　彭小瑜　（北京大学）
　　　　吴　飞　（北京大学）
　　　　吴天岳　（北京大学）
　　　　徐向东　（浙江大学）
　　　　薛　军　（北京大学）
　　　　晏绍祥　（首都师范大学）
　　　　岳秀坤　（首都师范大学）
　　　　张　强　（东北师范大学）
　　　　张　巍　（复旦大学）

西方古典学研究

希腊古风诗教考论

Paideia Poetica.
Studies on
Poetic Education
in
Archaic Greece

张巍 著

北京大学出版社
PEKING UNIVERSITY PRESS

图书在版编目（CIP）数据

希腊古风诗教考论 / 张巍著. —北京：北京大学出版社，2018.3
（西方古典学研究）
ISBN 978-7-301-29151-1

Ⅰ.①希…　Ⅱ.①张…　Ⅲ.①诗歌研究—古希腊　Ⅳ.①I545.072

中国版本图书馆 CIP 数据核字（2017）第 328871 号

本书为国家社科基金项目资助成果

书　　　名	希腊古风诗教考论
	XILA GUFENG SHIJIAO KAOLUN
著作责任者	张　巍　著
责任编辑	王晨玉
标准书号	ISBN 978-7-301-29151-1
出版发行	北京大学出版社
地　　　址	北京市海淀区成府路 205 号　100871
网　　　址	http://www.pup.cn　　新浪微博：@北京大学出版社
电子信箱	pkuwsz@126.com
电　　　话	邮购部 62752015　发行部 62750672　编辑部 62752025
印刷者	北京中科印刷有限公司
经销者	新华书店
	730 毫米 ×1020 毫米　16 开　30.25 印张　400 千字
	2018 年 3 月第 1 版　2018 年 3 月第 1 次印刷
定　　　价	75.00 元

未经许可，不得以任何方式复制或抄袭本书之部分或全部内容。
版权所有，侵权必究
举报电话：010-62752024　电子信箱：fd@pup.pku.edu.cn
图书如有印装质量问题，请与出版部联系，电话：010-62756370

"西方古典学研究"总序

古典学是西方一门具有悠久传统的学问，初时是以学习和通晓古希腊文和拉丁文为基础，研读和整理古代希腊拉丁文献，阐发其大意。18世纪中后期以来，古典教育成为西方人文教育的核心，古典学逐渐发展成为以多学科的视野和方法全面而深入研究希腊罗马文明的一个现代学科，也是西方知识体系中必不可少的基础人文学科。

在我国，明末即有士人与来华传教士陆续译介希腊拉丁文献，传播西方古典知识。进入20世纪，梁启超、周作人等不遗余力地介绍希腊文明，希冀以希腊之精神改造我们的国民性。鲁迅亦曾撰《斯巴达之魂》，以此呼唤中国的武士精神。20世纪40年代，陈康开创了我国的希腊哲学研究，发出欲使欧美学者不通汉语为憾的豪言壮语。晚年周作人专事希腊文学译介，罗念生一生献身希腊文学翻译。更晚近，张竹明和王焕生亦致力于希腊和拉丁文学译介。就国内学科分化来看，古典知识基本被分割在文学、历史、哲学这些传统学科之中。20世纪80年代初，我国世界古代史学科的开创者日知（林志纯）先生始倡建立古典学学科。时至今日，古典学作为一门学问已渐为学界所识，其在西学和人文研究中的地位日益凸显。在此背景之下，我们编辑出版这套"西方古典学研究"丛书，希冀它成为古典学学习者和研究者的一个知识与精神的园地。"古典学"一词在西文中固无歧义，但在中文中可包含多重意思。丛书取"西方古典学"之名，是为避免中文语境中的歧义。

收入本丛书的著述大体包括以下几类：一是我国学者的研究成果。近年来国内开始出现一批严肃的西方古典学研究者，尤其是立志于从事西方古典学研究的青年学子。他们具有国际学术视野，其研究往往大胆而独具见解，代表了我国西方古典学研究的前沿水平和发展方向。二是国外学者的研究论著。我们选择翻译出版一些重要领域或是重要问题上反映国外最新研究取向的论著，希望为国内研究者和学习者提供一定的指引。三是西方古典学研习者亟需的书籍，包括一些工具书和部分不常见的英译西方古典文献汇编。对这类书，我们采取影印原著的方式予以出版。四是关系到西方古典学学科基础建设的著述，尤其是西方古典文献的汉文译注。收入这类的著述要求直接从古希腊文和拉丁文原文译出，且译者要有研究基础，在翻译的同时做研究性评注。这是一项长远的事业，非经几代人的努力不能见成效，但又是亟需的学术积累。我们希望能从细小处着手，为这一项事业添砖加瓦。无论哪一类著述，我们在收入时都将以学术品质为要，倡导严谨、踏实、审慎的学风。

我们希望，这套丛书能够引领读者走进古希腊罗马文明的世界，也盼望西方古典学研习者共同关心、浇灌这片精神的园地，使之呈现常绿的景色。

"西方古典学研究"编委会

2013 年 7 月

目 录

前　言 v
版本说明 ix

第一章　"古风诗教"引论 1
　　第一节　ΠΑΙΔΕΙΑ 1
　　第二节　"诗人之教"与"哲人之教" 8
　　第三节　"古风诗教"：问题与思路 16

第二章　最高教育之争——哲学、智术与诗的分合 34
　　第一节　"哲学教育"抑或"智术教育" 34
　　第二节　"诗与哲学的古老纷争" 46
　　第三节　哲学——最高的"缪斯之艺" 62

第三章　诗人、先知与王者——"教育家赫西奥德"考论 79
　　第一节　诗人与先知 79
　　第二节　"诗言真" 93
　　第三节　诗言与辞令的分野 103
　　第四节　诗的颂赞 114

第四章 田间的诗教——《劳作与时日》与"正义"的践行 127

第一节 "教诲诗" 127
第二节 "兄弟间的争端" 134
第三节 从颂赞到教诲 149
第四节 践行"正义" 165

第五章 立法者的诗教——梭伦诗篇与"良序"的重建 178

第一节 三重身份 178
第二节 立法者 - 诗人 190
第三节 失序的城邦 208
第四节 重建"良序" 216

第六章 会饮上的诗教——《特奥格尼斯诗集》与"美德"的养成 230

第一节 会饮诗歌 230
第二节 特奥格尼斯的印章 237
第三节 "美德"是否可教？ 255
第四节 养成"美德" 263

结 论 283

附录一 《神谱》序诗译注 290
附录二 汉译梭伦诗残篇及古人评述 314
附录三 《特奥格尼斯诗集》汉译简注 337

参考文献 441

Contents

Preface v

Note on Editions ix

Chapter One   Introduction to "poetic education" in Archaic Greece 1
I) ΠΑΙΔΕΙΑ 1
II) "poetic education" and "philosophical education" 8
III) "poetic education": questions and approaches 16

Chapter Two   Contesting the highest education: philosophers, sophists and poets 34
I) "philosophical education" or "sophistic education" 34
II) "the ancient quarrel between poetry and philosophy" 46
III) philosophy as the highest *mousikē* 62

Chapter Three   "Hesiod the educator": poet, prophet and kings in the Proem to Hesiod's *Theogony* 79
I) poet and prophet 79
II) poetry and *alētheia* 93
III) parting of poetry and rhetoric 103
IV) poetic praise 114

Chapter Four Poetic education in the fields: the practice
   of *dikē* in the *Works and Days*   **127**

I) "didactic poetry"   127

II) "a quarrel between brothers"   134

III) from praise to edification   149

IV) practicing *dikē*   165

Chapter Five Poetic education of the lawgiver: Solon
   and the refounding of *eunomia*   **178**

I) Solon's three-fold image   178

II) *poeta-legislator*   190

III) polis in *dusnomia*   208

IV) refounding *eunomia*   216

Chapter Six Poetic education in the symposium: the *Theognidea*
   and the cultivation of *aretē*   **230**

I) sympotic poetry   230

II) "the seal of Theognis"   237

III) can *aretē* be taught?   255

IV) cultivating *aretē*   263

Conclusions   **283**

Appendices:

1. Chinese translation of the proem to the *Theogony* with commentary   290
2. Chinese transiation of Solon's poetic fragments and selected
   testimonia   314
3. Chinese translation of the *Theognidea* with brief notes   337

Bibliography   **441**

前　言

诗是否具备教育作用？如是，又应当具备何种教育作用？此种教育作用能否独具一格、非诗莫属而足以成就一门"诗教"？

在我国，"诗教"一说源自孔门，据传始见于汉儒述作的《礼记·经解篇》，其中称引孔子曰"入其国，其教可知也；其为人也，温柔敦厚，诗教也"。这里提及的"诗教"亦作《诗教》，指的是以《诗经》为教，与随后列举的"书教"（《书教》）等构成了儒家教育的核心内容——"六艺之教"。孔子以"诗（《诗》）为教"，来改善人伦关系和社会状况，但"诗教"（"《诗》教"）的根基在于个人道德品格的完善，这个自我修养的过程被概括为"兴于诗，立于礼，成于乐"（《论语·泰伯》），所谓"兴于诗"旨在把非道德的情感转化为道德意向和情怀，也就是"涵养性情"，诗于是成为陶冶受众性情的工具，而诗的教化作用最终归结为政治和社会功用，正如《毛诗序》所言："故正得失，动天地，感鬼神，莫近于诗。先王以是经夫妇，成孝敬，厚人伦，美教化，移风俗"，其手段可为由上自下的劝善惩恶，从统治者的观点强调诗有助于修政，亦可为由下而上的讽谏、批评和抗议，从臣民的观点强调诗有助于辅政。这类孔门"诗教"的观念，在后世成为正统，深入人心到了不言自明、习焉不察的地步。

然而，"诗教"的观念绝非华夏独有，放眼世界古代文明，大凡诗运隆昌之地，便有"以诗为教"的传统，这其中最引人注目者大概要算古希腊的"诗教"了。在希腊古典时期（公元前5世纪至前4世纪），气势恢宏的《伊利亚特》和《奥德赛》不仅在重大的节日庆典上表演，而且还是学校里最基本的必修科目，这两部荷马史诗被认为具有启蒙心智、陶铸人格之效，居于其次的还有其他早期诗人如赫西奥德的诗作。此外，盛行于希腊许多城邦的"会饮"制度，往往成为成年贵族吟咏挽歌体诗对贵族少年施行"精英教育"的场合；在斯巴达，载歌载舞的"少女歌队"通过合唱诗的训练和表演接受了"人生教育"；在雅典，众多的悲剧诗人和喜剧诗人每年都要创作数量可观的剧目，于狄奥尼索斯的节日庆典期间为数以万计的雅典民众上演，这些诗剧不仅"愉悦"观众，而且也起到了"教化"民众的功效。缘于此，古典时期的哲学家向诗人提出了一个至关紧要的问题：诗究竟能否承担教化之职，成就最高意义上的"教育"？无论柏拉图笔下的"诗与哲学的古老纷争"，抑或亚里士多德《诗学》对"诗的技艺"的辩护，其实都反映出"诗教"传统在古典希腊的影响之巨。不过，古典希腊这一蔚为大观的"诗教"传统肇端于古风希腊，也只有回到古风希腊我们才能对古希腊的"诗教"探本溯源。所谓"古风希腊"，并不单单指称一个早于"古典希腊"的历史时期（即公元前8世纪至前5世纪早期），而更意味着古希腊精神的根基所在；就诗而言，古风诗人对诗与灵感和记忆、真实和构拟、知识和技艺等诸多问题展开深刻的体认和思索，形成一种"古风诗论"，赋予诗独有的真理价值，他们的"诗人之教"便孕育其中，而这正是本书将要考论的古希腊"诗教"的思想渊源。

需要说明的是，本书的研究对象，国内学界尚乏人问津。唯近年有一宗派稍事关注，采编和迻译了一些注疏、笺释以及部分西人研究成果，草创之功虽不可没，然此派中人严守"今文古典学"（冶

"今文经学"与"西方古典学"为一炉）家法，笃信古希腊罗马"经典"亦隐含"微言大义"，群起而为之"发微"，所发之"微"却千人一面，无一例外必为"政治哲学"，其言论则以西就中，主观随意，难以采信。更有甚者，此派中人雅好诗赋，鼓吹"诗教"，不惜将"诗学"挟持为"政治哲学"之根柢，宣称"诗"体现了一个民族的政治自觉，"诗学"维系一个民族的政制命脉，"诗教"实为一个政治民族对智识精英的政治教育，并引述"诗者，天地之心"云云，以为其说之护符。此种论调，汲汲于援诗淑世，虽貌似为"诗学"和"诗教"张目，实则剥夺"诗"的独立价值，让"诗学"沦为加密的"政论"，"诗教"沦为变相的"政治教育"。

19世纪初，德国古典学家阿斯特（Friedrich Ast, 1778—1841）尝言："只要我们尚未辨识东方，我们关于西方的知识就无根据，亦无目的。"这种宏大的器度和比较的眼光在两百年后的今天愈加亟需，尤其在当下中国，仍可说"我们尚未辨识"西方。要真正辨识西方，需把西方作为对照，而非我们自己的"影像"看待。为此要使用学术之公器，充分展开"中西比较研究"，并对这种"比较研究"的方法旨趣和价值取向进行深入的思考和开放的讨论。"中西比较研究"不能以某种"家法"固步自封、顾影自怜，而要运用轻归同而重趋异的"区分比较法"来重新审视中西古典文本，探抉中西古典文化的根本特质，认清各自不同的思想格局，并在此基础上俟诸将来求得会通。本书虽非"比较研究"之作，但"比较"的关怀乃作者心中所系：以上述中西比较的眼光观之，究竟何为"诗教"？"以诗为教"与"诗人之教"差别何在？从一般的"以诗为教"到真正的"诗人之教"是否有路可循？

***　　　***　　　***

本书的部分内容曾以单篇论文的形式发表，但在成书的过程中进行了修改和增补，特别是针对论文发表以后面世的最新研究做出回应，具体的发表情形如次：《"诗歌与哲学的古老纷争"——柏拉图"哲学"的思想史研究》，《历史研究》2008年第一期，第141—158页，修改后收入第二章；《诗言如神谕——赫西奥德〈神谱〉序诗诗论新诠》，《法国汉学》第17辑，中华书局，2016年，第200—226页，修改后收入第三章；"The Poet as Educator in the *Works and Days*." *Classical Journal* 105.1 (2009), pp. 1-17，改写成中文后收入第四章；《Eunomia：梭伦的理想政制》，《历史研究》2014年第一期，第97—110页以及 "Performing the Isolated Lawgiver—Solon's Poetics and Politics Reconsidered", *The Journal of Greco-Roman Studies*, vol. 52, 2013 Winter, pp. 85-103 分别在修改后和改写成中文后收入第五章；《特奥格尼斯的印章——古风希腊诗歌与智慧的传达》，《外国文学评论》2008年第一期，第115—124页，修改后收入第六章；附录二曾以《全译梭伦诗残篇》为题登载于《世界历史评论》第5辑，2016年，第297—319页。

版本说明

本书征引的古典文献皆由笔者依据以下的古希腊文校勘本译出（若使用现有中译本则随文注出），偶尔论及的其他古典文献，如无特别注明，皆译自最新出版的"牛津古典文本丛书"（Oxford Classical Texts）。

柏拉图《理想国》：

S. R. Slings, ed. *Platonis* Respublica, Oxford Classical Texts, Oxford: Clarendon Press, 2003.

柏拉图对话录第一和第二四联组：

E. A. Duke et al., eds. *Platonis opera*. vol.1, Oxford Classical Texts, Oxford: Clarendon Press, 1995.

柏拉图其他对话录：

J. Burnet, ed. *Platonis opera*. vols. 2-5, Oxford Classical Texts, Oxford: Clarendon Press, 1899-1937.

伊索克拉底：

B. G. Mandilaras, ed. *Isocrates Opera Omnia*, 3 vols., Bibliotheca Teubneriana, München & Leipzig: K. G. Sauer, 2003.

亚里士多德《诗学》：

D. W. Lucas, ed. *Aristotle*, Poetics: *Introduction, Commentary and Appendixes*, Oxford: Clarendon Press, 1968.

荷马史诗及荷马颂诗：

D. B. Monro & T. W. Allen, eds. *Homeri opera*, 5 vols, 3rd edition, Oxford Classical Texts, Oxford: Clarendon Press, 1920.

赫西奥德：

M. L. West, ed. *Hesiod*, Theogony: *edited with Prolegomena and Commentary*, Oxford: Clarendon Press, 1966.

M. L. West, ed. *Hesiod*, Works and Days: *edited with Prolegomena and Commentary*, Oxford: Clarendon Press, 1978.

梭伦、特奥格尼斯及其他早期挽歌体诗人：

M. L. West, ed., *Iambi et elegi Graeci*, 2 vols, Oxford: Clarendon Press, 2nd edition, 1989-1992.

第一章
"古风诗教"引论

第一节　ΠΑΙΔΕΙΑ

§1. 古希腊人有关"教育"的种种思想、制度与实践皆统摄于 paideia 这一概念。总体来说,西方古典学界大抵从"教育史"的角度来探讨 paideia,强调古希腊的 paideia 如何成为后世西方教育的基石,这方面影响最巨的论述莫过于法国学者马茹(Henri-Irénée Marrou, 1904—1977)撰著的《古代教育史》(*Histoire de l'éducation dans l'Antiquité*),①这部名著被誉为古希腊罗马教育史的奠基之作,从整体上叙述了公元前 1000 年至公元 500 年这一千五百年间古代教育的历史沿革。作者将"古典教育"(l'éducation classique)的实现与完成设定在希腊化时期(公元前 323 年—前 1 世纪后期),而将古风(约公元前 8 世纪早期—前 5 世纪早期)与古典时期(前 480—前 323)视为其发端与草创,作者有言:"只是在亚里士多德和亚历山大大帝那一代希腊人之后,古代教育才获致其古典和最终的形式;其后,它不曾发生本质性的改变。……当我们提及'古典教育'(l'éducation classique),我们实际上指的是'希腊化教

---

① Marrou 1956(法文原著初版于 1948 年)。本书征引的二手文献,为便于读者检核,非英语研究论著如有英译本,均引用英译文(英译文如与原文有较大出入,则随文注明)。

育'",① 如此一来,早期希腊的 paideia 成为通往希腊化时期"古典教育"的初始阶段,"古典教育"的部分特征虽已在古风与古典时期萌现,但尚未充分展开,充其量只可算作胚形粗具。马茹将希腊化时期的"古典教育"看成古希腊 paideia 的最终实现,前提是希腊化文化对古典文化的发扬光大,这种带有"进化观"特征的论点主张,古典时期希腊城邦(尤其是雅典)的文化只是到了希腊化时期,才随着帝国的建立而播及地中海各地区,蔚为古代西方的普世文化,古典 paideia 的理想也只有借助希腊化时期更为完备的教育体制与教学实践,方能付诸实施。

马茹的"进化观"叙述模式从全书三部分的题名可见一斑:第一部分题为"古典教育的根源:从荷马至伊索克拉底",第二部分题为"希腊化时期:古典教育之全景",第三部分题为"罗马与古典教育"。从篇幅上看,涵盖希腊古风与古典教育的"第一部分"仅占全书的四分之一弱,最早的古风教育篇幅甚少,仅四章。全书围绕"古典教育"铺展,重心显然在后两部分,考察的是希腊化时期"古典教育"如何完成,又如何被罗马帝国传承,并与基督教教育合流。② 依照此一叙述模式,古希腊的 paideia 只有到了希腊化时期才臻至完善,而其完善主要体现在希腊化时期系统的学校教育制度。因此,《古代教育史》以正规的学校教育为重,分别讨论教育机制、课程设置以及教育方法等,致力于展现古希腊罗马教育思想与实践的全貌。仅以该著核心的第二部分为例,继第一章导言之后,其余各章分别缕述"教育机构""体育""文艺教育""初级学

---

① Marrou 1956, p.95: "It was only in the generation following Aristole and Alexander the Great that education assumed its classical and definitve form; thereafter it underwent no substantial change... When we say 'classical education' we really mean 'Hellenistic education'."

② 这种"进化观"论点背后的深意,需置入该书作者自身所处的历史与思想情境来领会,参见 Too(ed.)2001, pp.4-10 及 Elsner 2013, pp. 145-149。

校""初等教育""中等教育：文学科目""中等教育：科学科目""高等教育：次要科目""高等教育：修辞学""高等教育：哲学"，条理清晰地呈现了希腊化时期教育制度的方方面面。

《古代教育史》风行大半个世纪以来，虽不失为相关论题的扛鼎之作，但早有学者尝试另辟蹊径，有所突破。马茹史著最受诟病的自然是其"进化观"的阐释框架，晚近学者便多从此处着力，其中较有代表性的新作为当代美国学者杜云礼（Yun Lee Too）编辑的《古代希腊与罗马的教育》（*Education in Greek and Roman Antiquity*），① 此书由多人撰写的论文结集而成，着意于多角度地重写古代教育史。编者杜云礼撰写的"导论"以马茹史著为出发点，对之多有检讨与批评，并对重写古代教育史的肇因提出如下设问："是由于我们发现了大量的新材料，改变了我们对古代世界里教学活动的看法吗？并非如此，而是由于我们针对古代世界的教学活动提出了不同的问题，并且发现，旧材料以不同的方式在言说。"② 要提出"不同的问题"，首先必须重新思考 paideia 这个概念。马茹笔下的 paideia，杜云礼称之为"前政治的"（pre-political）或"非政治的"（non-political），前者视教育为一个与城邦政治相区隔的领域，受教育者对于城邦的政治活动和公共事务而言尚未成熟，他们被置于家庭或学校等隔离空间，因此未能有效地作用于城邦社会。然而，杜云礼指出，根据当代社会学和教育学所带来的根本性的观念转变，"教育"的实质是一种适应社会生活的社会化过程（socialization），在古代亦复如此；就古希腊而言，paideia 更确切

---

① Too（ed.）2001。

② Ibid., p.10: "Is it that we have discovered quantities of new material which transform how we think about teaching and learning were in the ancient world? No. Rather it is rather (*sic*) that we are now asking different questions about what teaching and learning were in the ancient world, and we are discovering that the material speaks in different ways."

地说是一种适应城邦政治的政治化过程（politicization），其目的是培养让共同体趋于稳定的公民；① 杜云礼还指出，paideia 极受古代政治哲学家的关注，比如柏拉图的《理想国》和亚里士多德的《政治学》都专门从城邦政治的角度论析 paideia，恰恰是因为 paideia 关乎城邦体制的成败，而非像马茹所认为的那样与城邦政治无涉。于是，《古代希腊与罗马的教育》的各位作者以 paideia 的社会性和政治性为基本预设，尽力凸显古代教育史的断裂性与多元性，他们意在脱离马茹阐释框架的窠臼，论证古代教育并不遵循进化的模式实现于希腊化时期的"古典教育"，而是多种教育方式在不同时代或不同地区并存。由是观之，古代各种教育方式之间可化约的共通因素才体现了 paideia 的实质，此即"一种社会化的过程"（a process of socialization）。

然而，无论马茹的旧著抑或杜云礼的新编，对于 paideia 的理解皆有所蔽，因为两者均立足于"教育史"来审视 paideia，对其另一个重要面相缺乏关注。这一面相彰显于德国大学者耶格尔（Werner Jaeger, 1888—1961）的鸿篇巨制，三卷本 *Paideia* 的副题："古希腊的文化理想"。② Paideia 与"文化理想"有何关系？作者在英译本第一卷的扉页上给出了一个纲领性说明，其中最关键的段落迻译如下：

> 我用一个希腊词【译按：即 paideia】来指代一个希腊的事物，意在提示，这个事物是用希腊人而非现代人的眼光被看。避免使用诸如"文明""文化""传统""文学"或者"教

---

① Too（ed.）2001, p.13.

② Jaeger 1939-1945. 该著的德文版三卷本刊布于 1934-1947 年，其中后两卷撰于作者从纳粹德国流亡美国期间，故而先有英译本（英译者为知名古典学者 Gilbert Highet）面世，德文原本反倒出版于后。

育"这样的现代概念，全无可能。不过，它们当中的任何一个都不足以囊括希腊人用 paideia 来表达的涵义；它们每一个只限于 paideia 的一面，无法穷尽其意，除非我们把这些概念合在一起使用。……古人相信，教育与文化并非技术性的东西，亦非抽象的理论，可与一个民族的精神生活的客观历史结构相分离。他们认为，两者均具体表现于文学，这一所有较高级文化的真正表征……

By using a Greek word for a Greek thing, I intend to imply that it is seen with the eyes, not of modern men, but of the Greeks. It is impossible to avoid bringing modern expressions like civilization, culture, tradition, literature, or education. But none of them really covers what the Greeks meant by *paideia*. Each of them is confined to one aspect of it: they cannot take in the same field as the Greek concept unless we employ them all together... The ancients were persuaded that education and culture are not a formal art or an abstract theory, distinct from the objective historical structure of a nation's spiritual life. They held them to be embodied in literature, which is the real expression of all higher culture...

这段引文涉及与 paideia 相关的多个概念，若以拉丁文表述，分别为 educatio（教育）、formatio（培育、塑形）、traditio（传承、传统）、cultura（栽培、文化）、civitas（文明）以及 litterae（文学、人文），这些拉丁概念虽然孳乳了现代西方文明的相关概念，但都不足以迻译古希腊文的 paideia。耶格尔强调，在古希腊人那里，paideia 统合了"文化"与"教育"两个方面，从本原的意义上来讲，paideia 泛指"文化"的获取和传承，并不特指体制化的正规学校教育，虽然学校教育也部分地承担起前者的功能；若从教育的角度来理解，paideia 实质上是一种"人文教育"，以赓续人文传统、实现一种文化的最高理想为旨归，而非以传授知识与技能为鹄的。因此，paideia 既指代文化本身（尤其是最高意义上的文化），又指代此种文化得以在个体身上实现的过程，以及代代相续的文化传承。Paideia 这一具有希腊特征的概念，强调的是两者之间的平衡关系，或者说内在统一关系。① 于是，耶格尔以极富德国文化意味的 Bildung 一词来对译古希腊的 paideia。② 我们知道，耶格尔是倡导"第三期人文主义"的精神领袖，*Paideia* 一书无疑是这场精神事业最重要的文献，其主旨在于证明，"第三期人文主义"的精神本质伏根于古希腊的 paideia。此一根源，耶格尔依循德国古典人文主义的传统认为，只可能在前希腊化的古风与古典文化里找寻。③ 因此，*Paideia* 皇皇三大卷论及希腊化时期只有片言只语，该著几乎完全围绕古风与古典时期立论并阐发，重心更是在公元前 5 世纪到 4 世纪的雅典，尤以柏拉图的教育哲学为重中之重。此番情形与马茹史著构成鲜明反差，究其缘由，当然在于耶格尔对 paideia 的

---

① *Paideia* 全书"导论"（Jaeger 1939-1945, vol.1, pp.xiii-xxix）题为"古希腊人在教育史上的位置"，对此详加申论。

② 此处牵连到一个关键问题：如何在不同的文化语境中迻译 paideia？拉丁文译作 humanitas，德文译作 Bildung，似鲜有争议，而英文若译作 education，便只侧重了"教育"的一面，需由来自拉丁文的 humanism 来弥补其"文化"的一面；在中文里更难找到涵盖两面的对应词语，"教育""教养"和"教化"，都偏重"教"的一面，权衡之下，本书仍以"教育"一词来指代 paideia 的两面，希读者明辨。

③ 耶格尔视古希腊的 paideia 为德意志 Bildung 的精神与心灵故乡，有关耶格尔的 paideia 观念背后的德国古典人文主义传统及其核心概念 Bildung，参阅伽达默尔在《真理与方法》一书里的哲学史回溯（洪汉鼎中译本第一卷，商务印书馆，2007 年，第 19—32 页）。

不同理解。① 耶格尔以柏拉图的教育理念为古希腊 paideia 的最高成就，paideia 被理解成"刻意用理想的范型对个人的性格加以甄陶和塑形"，好比雕塑家用美的理式来造就美的形象。② 在耶格尔看来，"理想的范型"可求之于古风与古典时期的经典作品，即富于创造力的"古典文学"，而非希腊化时期衰颓的、摹仿的文学，更非彼时的教育体制或教学实践，所以他在上引"纲领性说明"里明确表示，paideia 的精神实质并非技艺或理论，而是（广义上的）"文学"。

总揽以上诸家之说，马茹、杜云礼和耶格尔对古希腊的 paideia 观念的理解尽管各异其趣，却仍有一基本共通之处：paideia 一词虽带有 pais 词根（意为："儿童"），其实质乃关乎"成人"，或者准确地说，**如何使儿童成人**。③ 至于如何才是成人之道，则三家分途：杜云礼等英美学者以现代教育社会学的眼光，视"成人"为融入社会，成为城邦公民的一员，但此中的症结在于，paideia 在古希腊历史演进里透显出来的不同特质，被化约为当代欧美主流文化的多元观。马茹则以欧洲文艺复兴以来的"古典教育"为准绳，视"成人"为成为"整全之人"，希腊化时期的 paideia 旨在从各方面（包括身体与灵魂、感觉与理智、性格与才智）化育整全之人。最后，耶格尔悬以德国古典主义树立的"文化理想"高标，用此种"文化理想"来化育"成人"，也即是成为被某种文化奉为最高典范之人。此三种 paideia 观念各不相同，其眼界高下不难分判。

---

① 与 *Paideia* 相比，马茹史著于稍后的 1948 年问世，耶格尔的巨大身影立乎其前，马茹必然设法从中脱"影"而出，个中情形参见 Elsner 2013，该文将耶格尔与马茹进行历史性的对照研究，从两位学者身处其中的不同文化和政治"意识形态"入手，把他们各自对 paideia 的不同理解归因于德法间的文化之争。

② Jaeger 1939-1945, vol. 1, p.xxii: "education means deliberately moulding human character in accordance with an ideal."

③ 有趣的是，罗马人以 humanitas 来对译希腊人的 paideia, 该词源自 homo, 意为"人"，多指"成人"而非"儿童"。

第二节 "诗人之教"与"哲人之教"

§2. 本书对 paideia 的理解秉承耶格尔的"文化理想"观:古希腊的 paideia,一言以蔽之,是**一种文化成就的最高理想**,而非流布于社会的意识形态,只有作为"文化理想"在个体身上的生成与实现,才能恢复希腊人用 paideia 这个概念标示的本己意图。这种"文化理想"的观念可以从古希腊思想史的具体情境当中得到印证,因为 paideia 正如其他根本性的文化概念譬如 logos、alētheia 和 sophia,并非中立的、对某种客观存在的表征,而是古希腊各种文化群体竞争的对象。各种相互冲突的含义同时并存或先后相续,竞争的各方均以"最高教育"来呈现自身并获得正当性和权威性,也就是说承载了耶格尔所谓的"文化理想"。本论以此为视域提出,古希腊"教育"(paideia)的历史演进可以更为本质性地(而非依循传统的历史分期)划分为前后两个阶段:**前一个阶段为"诗人之教",涵盖古风与古典时期,后一个阶段为"哲人之教",始自古典时期而延续至希腊化时期;在古典时期"诗人之教"与"哲人之教"并存共生,到了希腊化时期"哲人之教"最终取代"诗人之教"**。根据此种划分,"古风诗教"具有决定性的优先地位,因为古典时期(耶格尔)以及希腊化时期(马茹)的"哲人之教"均从中化生而出。

在古风希腊,正如其他古老文明孕育出来的传统社会那样,教育尚未被机构化,教育功能由一系列的社会制度,而非由专门的教育机构来承担。据史料记载,学校制度萌芽于古风晚期,但在各种教育机制当中只占据微不足道的位置。① 非学校类的教育机制包

---

① 希罗多德在《历史》(6.2)里提到公元前 494 年发生的一个惨剧:一所学校的屋顶坍塌,砸落到正在上课的孩子们身上,结果 120 个学童里只有一个幸免于难;而在此前两年,据旅行家保萨尼阿斯(Ⅵ.9)记载,某狂人袭击了一所学校,同样致使屋顶坍塌,压死了 60 个孩子。这些报道可以证明,最晚在前 5 世纪早期,一些希腊城邦里已经出现了初等学校。

括法律条文（以及不成文的习俗）、军事训练与成人仪式（如斯巴达的 krypteia 和雅典的 ephēbeia）、宗教组织（如 thiasos）、共餐组织（如 syssitia 和 symposia）、同性关系（如 paiderastia）等等，渗透到城邦生活的各个方面，构成一个非常复杂的社会制度网络，而这个制度网络起到了从各方面教育青年人的重要作用。① 其中占据最核心位置的当属"缪斯之艺"（mousikē），与之密切相关的社会制度包括城邦的宗教节日和宗教仪式、会饮制度以及音乐训练（如 choreia，"合唱队"），② "缪斯之艺"之所以在这个教育制度网络里举足轻重，与希腊古风文化的总体特征，也就是学界通称的"歌吟文化"（song culture）密切相关。"歌吟文化"的概念由美国学者赫林顿（John Herrington）明确界说，他认为在古风希腊社会里，"'歌'是用来表达和传播最重要的情感和思想的首要媒介"。③ "缪斯之艺"（mousikē）在古风希腊各种担负教育功能的社会制度里据有至高的地位，正是由"诗歌"在这一时期"歌吟文化"里的重要性所决定。

古风时期的"诗人之教"即以"缪斯之艺"（mousikē）为主要内容，目标是培养 mousikos anēr（字面意思为"信奉、跟从缪斯之人"），换言之，"诗人之教"以掌握"缪斯之艺"（mousikē）为人的实现与完成。所谓 mousikē，盖指九位缪斯女神（Mousai）管辖的领域，即她们掌管的各种艺术门类，其中尤以诗歌、音乐

---

① Griffith 2001 对这些起到教育作用的社会制度做出了精当的分析，并提供了丰富的参考文献。

② 以具体的希腊城邦为例：Murray & Wilson(eds.)2004 从多方面探究雅典的 mousikē 文化，Calame 2001（法文原版面世于 1977 年）则从"少女歌队"的角度，充分展现了鲜为人知的斯巴达 mousikē 文化。

③ Herrington 1985, pp.3-5（引文见第 3 页："a society whose prime medium for the expression and communication of its most important feelings and ideas was song."）。另见 Thomas 1995, pp.106-113。

和舞蹈为首，此三者常常融汇成一种综合艺术，表现为诗、舞、乐和合的文艺活动。希腊古风和古典时期的诗歌在不同程度上包含了音乐甚至舞蹈，从史诗诗人的吟诵，到弦琴伴奏的讽刺诗（iambos）和"笛子"或"双管"（aulos）伴奏的哀歌（elegy），再到由七弦琴伴奏的独唱诗（monody）和载歌载舞的合唱诗（choral song），最后到悲剧诗歌，一种充分融合诗歌、音乐和舞蹈的综合艺术。① 其中诗又占据了统领的地位，诗的话语引导乐的声音与曲调以及舞的动作与节奏，贯彻了 mousikē 所施行的"文艺教育"，故而在这个时期，诗人（尤其是荷马与赫西奥德）被视为最崇高的"教育家"，"诗人之教"以荷马式的贵族教育为根基，一直赓续至古典时期，以新颖的戏剧形式，即阿提卡的悲剧和喜剧为之。

这种情形到古典早期发生很大改观，是为古希腊"教育"第二阶段的发轫。公元前 5 世纪中叶，出现了一群巡回教师，被后世统称为"智术师"，他们引发了一场思想与文化上的丕变。"智术师"（sophistēs）这个称谓从动词 sophizomai 派生而来，后者源自 sophos 一词，因此 sophistēs 和 sophos 这两个名词曾是同义词，比如在希罗多德那里（见于 2.1.29; 2.49.1; 4.95.2 等处），原先泛指拥有某种"智慧"（sophia）的人士。② 诗人、乐师、卜者、先知都曾被叫作 sophistēs；"七哲"（sophoi）也同时称作 sophistai。不过，到了前 5 世纪中叶，sophistai 这个词渐渐成为一个专门术语，用来指称一群与众不同的职业教育家，其中最负盛名者为普罗塔哥拉、高尔吉亚、普路狄科和希庇亚斯。这群智术师首先向诗人作为教育家的传统发难，宣告自己拥有一种特殊的"智慧"（sophia），

---

① Mousikē 作为缪斯女神所管领的活动从古风至希腊化时期的总体演变历程，参阅 Murray 2004。

② 参见 Chantraine 1999，σοφός 词条以及 Kerferd 1976 和 1981。

胜过诗人的智慧,或者他们反过来声称"诗人实际上是伪装的智术师",诗人是在用隐晦的方式来传授智术师的"智慧",① 而这种"智慧"(sophia)其实就是"智术"(sophistikē technē)。那么,究竟何为"智术"?普罗塔哥拉在柏拉图的同名对话录里提出的观点极具代表性:他定义"智术"(sophistikē technē)为"成年人教育"(paideuein anthrōpous),传授的是"美德"(aretē),即政治上的卓越和成功以及"城邦术"(politikē technē)。② 普罗塔哥拉对"智术"教育的定义显然影射传统的 paideia,这在他看来是只适合教育儿童的,而他的"智术"教育的对象是成年人,因此要比传统的 paideia 更胜一筹。如同普罗塔哥拉,绝大多数的智术师传授的"智慧"(sophia)正是这种"美德"(aretē),并同样将之牢牢地维系于城邦的公共生活,③ 为此,他们特别提供有益于处理公共事务并让人在城邦生活当中出类拔萃的各种技能训练。尽管他们传授的技艺五花八门,有些智术师甚至以百科全书般的博学著称(比如希庇亚斯的学问就囊括了数学、音乐、天文、记忆术乃至手工艺),但占据其教育核心的科目无疑是"话语"(logos)的技艺,即"演说术"(rhetorikē)。他们的教学方式既有在大庭广众面前发表的演说(epideixis),展示辩驳论证的技巧,也有小范围的讲座,允许随意提问和共同讨论,还有更小范围的个别辅导。智术教育以"话语"(logos)的技艺为核心,也是与传统的"诗人之教"竞比的重要方式,比如高尔吉亚称"诗歌为有韵的 logos"(《海伦颂》9),意在模糊"诗歌"与"演说"的界限;而将"诗歌"降低为 logos 之一种,

---

① 柏拉图《普罗塔哥拉》316d。
② 同上书,317b。如所周知,柏拉图对智术师充满敌意和偏见,他的转述不可径直采信,然而学界公认的是,不同于其他几部有关智术师的对话录(例如《高尔吉亚》和《欧绪德墨斯》),柏拉图在《普罗塔哥拉》里煞费苦心地为"智术"作了比较忠实的描画。
③ 只有高尔吉亚是唯一的例外,他声称自己只传授"演说术"(rhētorikē),而非"美德"(aretē),但事实上他的"演说术"最终还是服务于城邦生活。

则娴熟于所有"话语"(logos)技艺的"智术师",当然也就把"诗歌"纳入其更高等的教育之下了。

智术师们在希腊各地到处游历讲学,但最吸引他们并让他们大放异彩的舞台无疑是雅典。希波战争以后,随着民主制度在雅典的深入发展,话语(logos)在几乎所有的公共生活领域诸如公民大会、议事会和法庭上占据了支配性的力量,在这些公共空间里,作为对话、辩论和说理的话语已经成为掌控社会关系的首要工具。智术师教育正是迎合了人们对掌握话语效力(即说服力,peithō)的需求。不过从广义上说,"智术师"(sophistēs)只是"哲人"(sophos)的一种,与他们同时在雅典竞争"智慧"(sophia)以及"哲人"(sophos)之名的还有自称为"哲学家"(philosophos)的人物,哲学家的"智慧"(sophia)同样围绕着"逻各斯"(logos)展开:如果说智术师从"逻各斯"的话语层面发展了演说术和修辞学,哲学家则更多诉诸"逻各斯"的理性层面创设了哲学(philosophia)。鉴于诗(及与之相关的文艺形式)在古风教育里占据了统领的位置,智术与哲学勃兴以后,必然要挑战诗人的权威,质疑诗的教化效用。哲学与智术一样,意在取代诗歌,成为最高意义上的教育,或者至少成为"高等教育"的主要内容。然而,古风时期的"文艺教育"或"缪斯之艺"(mousikē)仍起着决定性的影响,新式的教育者,无一不以之为参照,作为竞比与超越的对象。他们将"诗教"纳入道德政治教化的辖制之下,即所谓的城邦教育,智术师已经发其端绪,着手解说古诗,尤其是荷马史诗,哲学家则对诗做出了哲学的分析和批判;此外,到了古典时期,"教育"的场所也被机构化,智术师与哲学家创办了各自的学校,修辞教育与哲学教育在机构化的过程中渐趋完善,成为学校教育的正规模式,深刻地影响了整个"古典教育"的精神实质,可以说此时的"哲人之教"已大有取"诗人之教"而代之的势头了。

§3. 传世史料较为丰富的雅典可以让我们具体了解从"诗人之教"到"哲人之教"的转捩。公元前 5 世纪下半叶,雅典已执希腊文教事业之牛耳,被誉为"整个希腊的学校(tēs Hellados paideusis)",① 但是直至古风时代晚期(即希波战争以前),雅典的教育体制还与绝大多数城邦相差无几,这一时期的雅典教育仍属传统教育,西方教育史家通常根据阿里斯托芬喜剧《云》里的一段著名文字称其为"旧式教育"。② 这位阿提卡的喜剧家在《云》的第一场对驳词里(第 889-1112 行),让"正义的逻各斯"颂美"旧式教育"(hē palaia paideia,第 961 行),③ 赞扬它"培养了马拉松的英雄们"(第 986 行),不过"正义的逻各斯"对"旧式教育"的具体内容语焉不详,只是简略提到,它由两个部分组成,包括"琴师"(kitharistēs)传授的"文艺"(mousikē)和"教练"(paidotribēs)传授的"体操"(gymnastikē)。欲进一步了解"旧式教育",需求证于柏拉图的对话录。在《理想国》卷二,苏格拉底着手讨论"卫士"的教育,他首先以陈述事实的方式提醒对话者,传统教育分为两个部分,一个是陶冶灵魂的"文艺"(mousikē),另一个是锻炼身体的"体操"(gymnastikē),"文艺"为传统教育的开端,"体操"则为后续(376e)。在"文艺"教育的那部分,苏格拉底和对话者一致同意,最为基础也是最为核心的内容是"神话故事"(muthoi, 377a),尤其是赫西奥德与荷马所讲的"神话故事"(377d),但是对话者旋即转入对这些"神话故事"的哲学批评去了,而不再详述"文艺"教育的其他内容。柏拉图的另一篇对话录《普罗塔哥拉》为雅典传统教育增添了更多的史实,普罗塔哥拉在向苏格拉底论

---

① 语出伯利克里著名的"国葬演说",见修昔底德 2.41.1。
② 见 Marrou 1956,第 4 章。相关文献收集在 Beck 1964,第 4 章,图像资料见 Beck 1975。
③ 罗念生先生在《云》的中译本里译作"旧时代所制定的教育",见《罗念生全集》第四卷,第 193 页。

证"美德可以传授"的宏辞（logos）里，以近乎客观描述的手法说道（325e-326d）：大约在七岁左右，雅典的男孩开始向"文法教师"（grammatistēs）学习"识字"（grammata）和算术（希腊字母也兼作数字），一旦学童学会了字母和拼写，老师便让他诵读诗歌作品，特别是荷马史诗；数年后，他可以继续到"琴师"（kitharistēs）处学习抚琴，并练唱弦琴诗与合唱诗；与此同时，他还要到"摔跤场"（palaestra）去跟随"教练"（paidotribēs）练习体操；这样，传统教育在青少年时期（大约十三四岁）便宣告结束，因此相对于普罗塔哥拉所传授的"智术教育"只能算作"基础教育"。需要强调的是，上述"基础教育"的实施完全取决于学童家长的个人决定和经济状况，城邦并没有建立起一套公共学校制度，雅典人似乎确信，对未来的公民进行智识和道德培养，"文艺"（mousikē）为本的基础教育就足以胜任，正如克里托丰（Clitophon）在柏拉图同名短篇对话录里所言，这种由识字（grammata）、"文艺"（mousikē）和"体操"（gymnastikē）构成的教育被视作"培养美德的完美教育"（paideian aretēs telean, 407c），此语无疑代表了当时雅典的公众意见。①

当然，阿里斯托芬喜剧《云》里颂美的"旧式教育"乃针对全剧的主题"新式教育"而言，这种"新式教育"在剧中由智术师"苏格拉底"所代表的新文化来传授。② 从希腊各地涌入雅典的智术师向一些家境富裕的年轻人索取高额的酬金，传授修辞术、推论术和诡辩术，目的是让他们在城邦的公共生活里出人头地，成为政

---

① 与此形成鲜明反差的是斯巴达的"国家教育"体制即所谓的 agōgē，这在整个希腊世界都属于特例，参阅 Marrou 1956，第 2 章；Kennell 1995。

② 《云》初演于公元前 423 年，彼时苏格拉底 46 岁，在一般雅典公众的心目中俨然就是"新式教育"的化身，甚至就在同一年上演的另一出喜剧，也以其为讽刺对象。阿提卡喜剧把苏格拉底塑造成"智术师"这一做法，引起他许多弟子的反击，其中尤以柏拉图对乃师"哲学家"形象的捍卫最为成功。不过据传，苏格拉底本人与阿里斯托芬等喜剧家交往甚密，对他们的"戏说"倒是一笑了之。

坛领袖。这一批新式教育家在雅典开办学校，犹如《云》里的苏格拉底和他的"思想所"那样，孵化出各种"新知识"，包括能把无理的说成有理的诡辩逻辑，吸引了像剧中的斯瑞西阿德斯和斐狄庇德斯这对父子那样的雅典民众前来附学。有关"新式教育"与传统的"旧式教育"的根本差别，《云》的第二段对驳词（第1321-1451行）最值得玩味：父亲斯瑞西阿德斯抱怨说，在一场会饮上，儿子斐狄庇德斯断然拒绝自己的要求，不愿抚弄弦琴并演唱一曲西蒙尼德斯所作的著名歌唱诗（第1353-1358行）；父亲又提出，让儿子至少手执桃金娘树枝（亦即在笛管手的伴奏下），表演一首埃斯库罗斯的合唱歌，但就连这一要求也遭到拒绝（第1365行）；父亲只得再三退让，由儿子朗诵一段欧里庇得斯悲剧里的"戏词"（rhēsis，第1371行）了事。从这对父子间的"代沟"当中不难领悟，"新潮"的斐狄庇德斯全身心地接受了智术师的"新式教育"，弃音乐和诗歌主导的雅典传统教育（mousikē）如敝屣，崇尚的是智术师和诡辩家（以及深受其影响的欧里庇得斯）的"逻各斯"（logos）。当然作为喜剧，《云》不无谑而近虐之处，但"新式教育"的特征于此可见一斑。

　　需要强调的是，在雅典发生的从"旧式教育"所代表的"诗人之教"到"新式教育"所代表的"哲人之教"的转捩，并不意味着"哲人之教"彻底取代了"诗人之教"，事实上两者在古典时期的雅典更多地处于相互竞比的关系。阿里斯托芬《云》里新旧两种教育的对照，乃以诗体的喜剧为之，便足以说明问题：喜剧诗人美"旧式教育"而刺"新式教育"，仍然在以一种独有的方式施行"诗人之教"。同样，在阿里斯托芬的另一部著名喜剧《蛙》（公元前405年上演）那里，此前不久去世的悲剧诗人"欧里庇得斯"与前辈悲剧诗人"埃斯库罗斯"较量，竞争谁是更为杰出的"教育者"，戏剧之神"狄奥尼索斯"亲自到冥府担任裁判，把桂冠判给了更为传统的悲剧诗人"埃斯库罗斯",其深层原因与《云》对"旧式教育"的维护如出一辙。可见,雅典的诗人在公元前5世纪下半叶,以悲剧和喜剧的新形式来抗衡"哲人之教"造成的冲击,努力延续以"缪斯之艺"(mousikē)为精神实质的"诗人之教";然而随着这两种具有高度创造力的诗体在古典末期的式微,"诗人之教"在希腊化时期便难以为继,而转向对经典诗作——尤其是荷马史诗——的习读和阐释,终于变为"经师之教",再也无力抗衡"哲人之教"了。这里所谓的"经师",指的是希腊化时期亚历山大里亚的学者(philologoi),他们致力于经典诗作的学术研究,对古希腊意义上的paideia影响力有限,而同时期"文人学者型"诗人(例如卡利马库斯、阿波罗尼乌斯之流)也不再以"最高教育"为己任,倒是希腊化世界里蔚为壮观的修辞演说之术以及各种哲学流派所代表的"哲人之教"在某种意义上赓续了paideia的传统,也正是这两种最高教育的形式被罗马人接受和传承,在后世余响不绝。

第三节 "古风诗教":问题与思路

§4. 以上对古希腊paideia概念内涵的界说以及对其历史演化的勾勒,为本书的论题即"古风诗教"标画了自己的视域。在这一视域里进行的考论,聚焦于"诗人之教"的阶段,并基于这样一个核心命题:对于"诗人之教"而言,**诗是教育(古希腊意义上的paideia)实现其本质(最高文化理想的生成)的最高样式**。我们需要追问:在古风希腊,**诗承载了何种文化理想而成为最高样式的教育(paideia)**?"诗教"在何种意义上乃是最高文化理想的生成?具体而言,我们要从"诗教的观念"与"诗教的施行"两个角度分别探析**古风诗论所蕴含的"诗教"和"诗人教育家"**的原型以及古

风诗歌里"诗教"的具体展现。"古风诗教"的问题因此分为两项任务，本项考论也相应地划分为两个部分，前半部分包含第一至第三章，后半部分包含第四至第六章。

  针对前半部分所考论的"诗教"的观念，首先有必要做出两层重要的区分。第一层区分关乎内在于诗的诗论和外在于诗的诗论。荷马与赫西奥德以降，古希腊诗论初现于诗的内部，是内含的，与诗中具体的情境有着千丝万缕的联系而具备其特有的多义性与丰富性。诗人对诗歌的言说，即所谓"诗人论诗"，是一种诗的思想，其特点在于用诗的语言来表达，不同于哲学家（以亚里士多德的《诗学》为典范）说理性质的论述。西方学界把诗人的诗论称为"内在诗论"（immanent poetics），把萌现于"前苏格拉底哲学家"及智术师，经由柏拉图而总成于亚里士多德的《诗学》，这类从外在于诗的哲学角度进行系统分析的诗论，称作"哲理诗学"（philosophical poetics），[①] 这两种诗论并行不悖，但之间的关系盘根错节，往往交互影响而又彼此对峙。

  就内在诗论而言，古希腊诗歌于开端伊始，也就是说公元前8世纪的荷马史诗那里，便蕴含了一种对其自身的反思与批评精神，其后经由赫西奥德、弦琴诗人（尤其是品达）和悲剧诗人，到了前5世纪晚期，"内在诗论"在阿里斯托芬的喜剧当中蔚为大观。[②] 这一诗论传统主要围绕诗的本原、诗的本质和诗的效用三大类问题

---

  ① 参见 Heath 2013 对希腊"哲理诗学"传统（从柏拉图与亚里士多德到普鲁提诺与朗吉努斯）的简述，但他对"前苏格拉底"哲学家的讨论语焉不详，另见 Most 1999 以补其不足。

  ② 原始文献的辑选首推 Lanata 1963，该书从早期诗文里抽绎出与"诗论"相关的篇什，不仅囊括古风到古典时期的"诗人论诗"，而且还胪列"前柏拉图"哲学家（尤其智术师）及古典史家的论述，题名为《前柏拉图诗论汇编》（*Poetica Pre-Platonica*）。有关古风诗论的现代综述性著作，较早的 Maehler 1963, Grube 1965, Svenbro 1976, Russell 1981 仍不乏参考价值；晚近的研究特别参见 Kennedy（ed.）1989（其中 Nagy 1989 综论早期诗论），Ford 2002（追溯亚里士多德以前古希腊诗论的社会史），Ledbetter 2003（辨析柏拉图之前的诗论尤其是苏格拉底诗论的思想来源）。

展开深入思考。本书考论的"诗教"便属于诗的效用问题,归纳而言,有两种观点在古代诗人那里占据主导:除了"诗的教化"效用外,另一种观点主张"诗的娱情"效用。这两种观点后来经由罗马大诗人贺拉斯的名句"诗人唯愿给人益处或是乐趣"(aut prodesse volunt aut delectare poetae,语出《诗艺》,第333行)而广为人知。"娱情观"从诗的受众一方着眼,强调诗歌表演对受众的影响,这种影响主要发生在情感领域,因为诗能激发强烈的感情,带来赏心的愉悦或是情感宣泄后的宁静;在极端情况下,诗甚至可以施加魔力并导致心醉神迷的特殊状态(称作 enchantment 或 ecstasy)。[①]需要辨明的是,"诗的娱情"并非如常人所见,像是珍馐美馔愉悦口腹,而是要满足灵魂的种种欲求,其中最深层最隐蔽的欲求,在荷马史诗以降的古希腊诗人看来,与"痛苦"和"恐惧"不可或分,因为灵魂最深处的"愉悦"必然在某种强烈的痛苦释放之后获得(有如我们所谓的"大悲后大喜"),而诗的"摹仿"使受众得以最大限度地享受此种"愉悦"。[②]故而,虽然任何一种情感的满足即为"娱情",但情感由浅及深,直至灵魂最深层的情感的满足才称得上"诗的愉悦"。

"教化观"则以为诗的效用不仅发生在情感层面,而且还更重要地发生在道德与心智这两个层面,在这两个层面,诗有益智与涵养性灵之效。这种观点的来源可以追溯到早期口传社会里诗歌的文化功能:由于传统的知识、价值观念和行为准则主要以诗歌的形式来保存并流传,从最早的荷马和赫西奥德开始,诗人便

[①] Walsh 1984 以及 Halliwell 2011 堪称这一论题的两部代表之作,前者勾勒出荷马至阿里斯托芬的古希腊诗人关于"诗的魔力"(enchantment)的种种观点,后者从"诗的迷醉"(ecstasy)角度剖析"诗的效用",并将之与"诗的真理"交织成贯穿古希腊诗论始末的两条主线。

[②] 参见《奥德赛》卷一(第336-344行)佩内洛佩对费米奥斯诗歌表演的评论,以及卷八(第83-95行,第521-531行)奥德修斯对德墨多克斯两轮诗歌表演的反应。后来,亚里士多德在《诗学》里以"净化说"来解释悲剧(及史诗)带来的"愉悦",可谓与此一脉相承。

被视为"教育家",诗歌被认为具有教化和训谕的功效,到了阿里斯托芬的喜剧《蛙》,剧中人物"埃斯库罗斯"还声称:"儿童由教师来教育,而成年人则由诗人"。他的竞争对手,另一位悲剧家"欧里庇得斯"虽与之多有辩难,但对"诗的教化"效用并无异议,可见这一观点早已深入人心。以上两种诗的效用观,既相互争锋,又往往合流。折中的意见认为,诗恰恰是在"娱情"当中产生"教化"的效用,贺拉斯的名言同样可以为证,例如"诗人的言说应该给人以快感,同时也有益于人生"(aut simul et iucunda et idonea dicere uitae,《诗艺》,第 334 行);再如"最高明的诗人寓教于乐,既劝喻读者,又让他愉悦"(omne tulit punctum qui miscuit utile dulci, lectorem delectando pariterque monendo;《诗艺》,第 343-344 行)。

有关"古风诗教"观念的第二层区分针对诗人的"内在诗论"本身,在此范围内又有"显性的"(explicit)与"隐性的"(implicit)之别。以诗的"娱情观"和"教化观"这两种主要观点为例,倘若推本溯源,荷马与赫西奥德分别为两者的开山鼻祖。荷马史诗的内在诗论凸显的是"诗的娱情"乃至"诗的迷醉",在荷马那里"诗的教化"效用隐而不彰,诗人被呈现为愉悦听众的"故事的歌手",而非传授"知识"的施教者。在此仅以两部荷马史诗里描摹的"诗人"为例略加说明。《伊利亚特》的叙事里没有出现"职业诗人",但其中最主要的英雄阿基琉斯在全诗最关键的情节转折点上被呈现为"诗人",委实耐人寻味:当希腊将领派遣的求和使节抵达阿基琉斯的营帐时,"发现他正在弹奏清越的弦琴,愉悦心灵……他借手中的弦琴赏心寻乐,歌唱英雄们的荣光"(卷九,第 186-189 行),在这个意味深长的场景里,诗的主要功效是抚慰受到伤害的心灵,阿基琉斯以一种移情的方式颂唱其他"英雄们的荣光",正因为他自己被迫退出战场,无法争取自己的荣光,故而诗人在此处强调的显然是诗的娱情作用。与战功题材的《伊利亚特》相比，《奥德赛》对于诗歌的反思愈加丰富和深入，其中的主角奥德修斯同样被呈现为"诗人"，而且多次被比作最高明的"诗人"，得到"受神明启示而能歌唱令世人心旷神怡的诗句"的赞誉（卷十七，第518-519行）。尤有甚者，在全诗近六分之一的篇幅里（卷九至卷十二），奥德修斯与史诗诗人的声音合二为一，果真以"诗人"的身份用第一人称的口吻向费埃克斯人的国王和王后自述漂泊经历。有趣的是，在这番通宵达旦的叙述中间出现了一次停歇，此时史诗诗人恢复自己的口吻描述奥德修斯的故事对听众造成的效果道："他这样说，所有的人静默不语，在幽暗的大厅里心醉神迷"（卷十一，第333-334行）；同样的描述又在奥德修斯结束自己的故事之时再现（卷十三，第1-2行），与间歇时的描述遥相呼应，无疑强调了奥德修斯如诗人一般高超的叙事本领，从中我们不难推测，奥德修斯的故事让听众"心醉神迷"的效果也是诗人希望通过史诗达到的效果。除了"诗人"奥德修斯，《奥德赛》里还出现了两位"职业诗人"，一位是在"真实的"伊萨卡岛宫廷里被迫为众求婚者表演的歌手费米奥斯（Phemius），另一位是在"奇幻的"斯克里埃岛宫廷里受人爱戴的歌手德墨多克斯（Demodocus）。这两位诗人，虽然有着"现实中的"诗人与"理想的"诗人之间的鲜明反差，却均以愉悦听众为己任，直到让听众陷入心醉神迷的状态，并视此为诗歌表演的最高境界。"现实中的"诗人费米奥斯的"父名""特尔佩西亚德斯"（Terpsiades）也带有寓意，该词意为"给人愉悦者之子"，说明他们父子相传的歌手职业以"愉悦"为主要功效。《奥德赛》里还提到另一位诗人：涅斯托尔对前来寻父的特勒马库斯说，阿伽门农在出征前留下一位歌手来照看他的妻子（卷三，第267-270行），这是否意味着诗人除了愉悦听众外，还有道德教诲的职责？无论如何，这处隐晦的提法在两部荷马史诗里仅为孤例，只能说明"教化观"在荷马诗论里还是"隐性的"。①

到了赫西奥德的《神谱》那里，"诗的娱情"功效同样被强调，当歌手开始吟唱，听者"立刻会忘记忧伤，不再回想起任何苦恼，缪斯女神的礼物迅速转移他的心思。"（《神谱》，第 102-103 行），不过与此同时，《神谱》序诗也开创了"诗人教育家"的原型，诗人不仅愉悦性情，甚至还能改变性情起到教化之功；而在《神谱》之后的《劳作与时日》里，诗的"教化观"已然成为"显性的"诗论，诗人以教诲听众为主要的职能。显性的"诗教"观念的根本特征在本书第三章和第四章有详细的论述，此处不赘。需要说明的是，尽管从"显性的内在诗论"着眼，赫西奥德实为"诗人教育家"的先驱，但是古风时期以降，希腊人通常以荷马为"整个希腊的教育家"，例如生活于公元前 6 世纪的古风诗哲塞诺芬尼说过："从最初开始所有人都向荷马学习"（ex archēs kath' Homēron epei memathēkasi pantes, DK10），他们或者也将赫西奥德与荷马并举，例如比塞诺芬尼略晚的哲人赫拉克利特称荷马为"所有希腊人里最有智慧者"（tōn Hellēnōn sophōtatos pantōn, DK56），也称赫西奥德为"绝大多数人的老师（didaskalos pleistōn）"（DK57）。②就古希腊文化整体而言，荷马无疑为当仁不让的"教育家"，"教育家荷马"的称号无可争议，然而从"显性的内在诗论"观之，"诗人教育家"在赫西奥德那里才首度现身，因而本书的相关考论集中于赫西奥德的两部诗作，对古希腊后世的"教育家荷马"传统

---

① 此外，塞壬神女对奥德修斯唱到，凡是聆听她们的歌声的人"不仅感到愉悦，并且还增长知识"（卷十二，第 188 行），如果把这行诗径直当作史诗诗人的自况，那么"诗的教诲"功能在此有所体现，不过也只能说是"隐性的"，因为这里的言说者乃塞壬神女，而非诗人自己。有关荷马史诗里诗人的功能以及荷马"诗论"的其他面相，参见 Maehler 1963, pp.9-34, Goldhill 1991 第 1 章, Ford 1992 第 3 章, Segal 1994, 第 6-8 章以及 Halliwell 2011 第 2 章等各家之说。

② 将荷马与赫西奥德"分说"或"并举"，其中往往寓有深意，参阅 Koning 2010 一书从接受史角度对赫西奥德与荷马的关系做出的精辟论述。

姑且存而不论。①

基于上述两层区分，本书的前半部分围绕古风诗教的观念基础，从"哲理诗论"和"内在诗论"两方面进行考论。在预备性的"引论"之后，第一部分的其余两章分别从哲学家、智术师与诗人竞争"最高教育者"以及诗人、先知与王者竞争"最高教育者"两个方面来审视"古风诗教"的观念。首先，**"最高教育之争——哲学、智术与诗的分合"**循着"引论"对古希腊教育演化的勾勒，以柏拉图的"哲理诗论"为中心，聚焦于智术教育、哲学教育与"诗教"的争锋，智术与哲学虽并峙称雄，意在取传统"诗教"而代之，然唯有哲学才真正触及"诗教"的根本，正是在柏拉图那里，"诗"能否成为"最高教育"的问题被尖锐地提出来了，"教育家荷马"这一传统"诗教"的核心提法被加以哲学的质问与辨析。因此，**反思柏拉图的"诗歌批评"乃是进入"古风诗教"问题核心的最佳捷径**，本章便围绕柏拉图的《理想国》，把柏拉图对诗歌的批评置放到他创建"哲学"（philosophia）这一门新型"智慧"的思想史场景当中，勾勒出"哲学"与"教育"（paideia）之间的密切关联，并在此基础上提出，柏拉图的"诗歌批评"虽胜义迭出，主旨恰恰在于用哲学来融摄诗，用哲学家来取代诗人和智术师，为城邦提供最高教育，而《理想国》作为柏拉图"哲学"的奠基和扛鼎之作，致力于把"哲学"塑造为最高教育；与此同时，柏拉图的"诗歌批评"却在许多方面承接了诗人的余绪，譬如柏拉图针对诗的本原进行探究，归纳出"灵感说"（enthousiasmos）和"摹仿说"（mimesis）这两种学说；从"内在诗论"的源头来看，这两种学说其实早已伏根于古希腊诗人的两种原型：荷马史诗以"摹仿"为主干确立了创

---

① "教育家荷马"传统是一个庞大的课题，笔者尚未见到整体性的全面研究，初步的勾勒参见 Jaeger 1939-1945, 卷 1 第 3 章以及 Verdenius 1970。

制者－诗人（poeta creator）的原型，而赫西奥德《神谱》则以"灵感"为主干确立了先知－诗人（poeta propheta）的原型。因此，**"诗人、先知与王者——'教育家赫西奥德'考论"**转向赫西奥德《神谱》序诗所代表的"内在诗论"传统，阐明其中的先知－诗人的原型也正是"诗人教育家"的最初面貌。这一章的理论基础是业师戴地安（Marcel Detienne）在其名著《古风希腊的真理主宰》（*Les maîtres de vérité dans la Grèce archaïque*）里阐发的观点：在早期希腊，诗人、先知与王者这三种人掌握了具有法术－宗教力量的有效话语，因此而持有"真理"，成为"真理的主宰"，他们言说"真理"的三种方式分别为诗言、神谕和神意裁定，而早期希腊的"真理"（alētheia）实为一种特殊的言说。赫西奥德的《神谱》序诗的诗论便以此为布景，运用诗人的话语与先知和王者（basileus）的话语之间错综复杂的分合关系来表明，诗的"真理"来自缪斯女神，诗人的颂唱直接关涉宇宙秩序（kosmos）的建立和万物意义的生成，伴随"神谱"之诗的颂唱浮现出来的是一种独特的"诗的眼界"，诗人用颂赞来发挥言说的效能，促成一种精神状态，一种回忆与遗忘融合的精神状态；诗令人忘怀得失、独存赏心，在"诗的眼界"里，人心的境界始大，得与往古的英雄和天界的众神同游，先知－诗人（poeta propheta）由此而超越其他智识之士，实现了古希腊文化的最高理想。

§5. 本书的前半部分旨在昭示"古风诗教"观念的真谛在于相互依存的两个方面：一方面，诗人只有成为教育者，才能真正实现他的文化使命；另一方面，这种教育以"诗的智慧"为第一义，由诗性的思维方式来施行教化的功用，成就教育的最高样式。根据这个论点，本书后半部分进一步诘究的问题是：**"古风诗教"在具体的施行当中传授的实质内容是什么？由这一实质内**

容决定了作为施教者的诗人与作为受教者的听众之间处于何种关系？在此我们不妨仍从古风诗歌的两大源头即荷马与赫西奥德着手，对相关古今观点的流变略加检讨。古风和古典时期的希腊人大抵坚信两位诗人（尤其是荷马）无所不教也无所不知，此种信念见诸当时一些具有代表性的说法，比如，古风时期的塞诺芬尼对荷马与赫西奥德提出尖锐的批评，但批评声中却包含富有价值的信息：

> 那些在凡人当中会遭致谴责和辱骂的事情，
> 荷马与赫西奥德把这一切都加在众神身上：
> 偷盗、婚外情以及相互之间的尔虞我诈。①
>
> πάντα θεοῖς ἀνέθηκαν Ὅμηρός θ' Ἡσίοδός τε
> ὅσσα παρ' ἀνθρώποισιν ὀνείδεα καὶ ψόγος ἐστίν,
> κλέπτειν μοιχεύειν τε καὶ ἀλλήλους ἀπατεύειν.

其次，古典时期的史家希罗多德称荷马与赫西奥德为全希腊最高的宗教"权威"，他转述当时的公众意见道：

> 每一位神从哪里诞生，还是所有的神都永远存在，他们的外形如何，这一切希腊人可以说是在不久之前才知道的，原因是，赫西奥德与荷马生活的年代在我看来比我早了四百年但不会更多，是他们为希腊人创作了诸神的谱系，赋予众神各自的名号，区分他们的尊荣和能力，并且展示了他们的外形。②

---

① 塞诺芬尼，B17 DK。
② 希罗多德：《历史》2.53。

ἔνθεν δὲ ἐγένετο ἕκαστος τῶν θεῶν, εἴτε αἰεὶ ἦσαν πάντες, ὁκοῖοί τέ τινες τὰ εἴδεα, οὐκ ἠπιστέατο μέχρι οὗ πρώην τε καὶ χθὲς ὡς εἰπεῖν λόγῳ. Ἡσίοδον γὰρ καὶ Ὅμηρον ἡλικίην τετρακοσίοισι ἔτεσι δοκέω μευ πρεσβυτέρους καὶ οὐ πλέοσι. οὗτοι δέ εἰσι οἱ ποιήσαντες θεογονίην Ἕλλησι καὶ τοῖσι θεοῖσι τὰς ἐπωνυμίας δόντες καὶ τιμάς τε καὶ τέχνας διελόντες καὶ εἴδεα αὐτῶν σημήναντες.

再次，同一时期阿里斯托芬的喜剧对悲剧（以及悲剧的"前身"荷马史诗）极尽讽刺之能事，其中尤以阿氏中年时期的杰作《蛙》为最，剧中的人物"埃斯库罗斯"有言：

请你考虑，从最初开始，
诗人当中的佼佼者如何给人们带来益处：
俄耳甫斯教给我们宗教仪式，远离杀生；
缪塞乌斯教授疾病的医治以及神谕；赫西奥德
教授土地上的劳作、谷物的季节还有犁地；神圣的荷马
教给我们的很是实用，布阵、勇武和披盔戴甲，
难道他不正是因此而获得尊崇和荣光么？①

σκέψαι γὰρ ἀπ' ἀρχῆς
ὡς ὠφέλιμοι τῶν ποιητῶν οἱ γενναῖοι γεγένηνται.
Ὀρφεὺς μὲν γὰρ τελετάς θ' ἡμῖν κατέδειξε φόνων τ' ἀπέχεσθαι,
Μουσαῖος δ' ἐξακέσεις τε νόσων καὶ χρησμούς, Ἡσίοδος δὲ
γῆς ἐργασίας, καρπῶν ὥρας, ἀρότους· ὁ δὲ θεῖος Ὅμηρος

---

① 阿里斯托芬:《蛙》, 第 1030-1036 行。

ἀπὸ τοῦ τιμὴν καὶ κλέος ἔσχεν πλὴν τοῦδ', ὅτι χρήστ'ἐδίδαξεν, τάξεις ἀρετὰς ὁπλίσεις ἀνδρῶν;

最后，在柏拉图对话录里，荷马与赫西奥德究竟教给人们什么，是一个常见的话题，在此仅引用《理想国》最后一卷里的两段以概其余。第一段里苏格拉底讨论过"诗的摹仿"的本体论性质之后，再次把矛头指向了荷马：

那么下面我们必须考察悲剧诗及其领袖荷马了。既然我们听到有些人说，这些诗人知道一切技艺，知道一切与善恶有关的人事，还知道神事。①

οὐκοῦν, ἦν δ'ἐγώ, μετὰ τοῦτο ἐπισκεπτέον τήν τε τραγῳδίαν καὶ τὸν ἡγεμόνα αὐτῆς Ὅμηρον, ἐπειδή τινων ἀκούομεν ὅτι οὗτοι πάσας μὲν τέχνας ἐπίστανται, πάντα δὲ τὰ ἀνθρώπεια τὰ πρὸς ἀρετὴν καὶ κακίαν, καὶ τά γε θεῖα;

第二段里苏格拉底引述当时一些对荷马赞不绝口的人的话说：

因此，格劳孔啊，当你遇见赞颂荷马的人，听到他们说这位诗人是希腊的教育者，在管理人们生活和教育方面，我们应当学习他，我们应当按照他的教导来安排我们的全部生活……②

οὐκοῦν, εἶπον, ὦ Γλαύκων, ὅταν Ὁμήρου ἐπαινέταις ἐντύχῃς

---

① 柏拉图：《理想国》598d-e。
② 同上书，606e。

λέγουσιν ὡς τὴν Ἑλλάδα πεπαίδευκεν οὗτος ὁ ποιητὴς καὶ πρὸς διοίκησίν τε καὶ παιδείαν τῶν ἀνθρωπίνων πραγμάτων ἄξιος ἀναλαβόντι μανθάνειν τε καὶ κατὰ τοῦτον τὸν ποιητὴν πάντα τὸν αὑτοῦ βίον κατασκευασάμενον ζῆν...

上引几个著名的说法足以表明，荷马与赫西奥德（以及传说中的其他早期诗人如俄耳甫斯）实为一切"知识"和"智慧"的源泉，堪称希腊文化的"经典"。归纳而言，他们传授的"知识"包含三大类，即实用和技艺、伦理与政治、神话和宗教。① 塞诺芬尼的批评和希罗多德的论断均围绕荷马与赫西奥德的众神而言，由此可以推知，宗教特别是其中的神话部分是这两位诗人传达给希腊人最核心的"知识"；阿里斯托芬剧中的"埃斯库罗斯"则推重赫西奥德与荷马史诗里的技艺和实用价值，赞美他们分别传授了农业劳动和军事活动的技能；而柏拉图笔下的苏格拉底把荷马的教育概括为"技艺""人事"和"神事"，足以囊括人类生活的各个方面，并因此而给予人类生活整体性的指导。

当我们把目光转向现代学者便会发现，他们对这一问题的解答虽异说纷呈，然约之也不外数派，并且多少都能从上引古人的说法里找到端绪。例如，20世纪上半叶的学者马茹和耶格尔均强调荷马教育的伦理内涵，前者在《古代教育史》里称荷马史诗的"内容为伦理的"，又说"年轻的希腊人从荷马那里得到的教育正是诗人赋予诗中的英雄们的教育，即阿基琉斯从佩琉斯和菲尼克斯、特勒马

---

① 由于荷马与赫西奥德被奉为古希腊文化的"权威"，后世的智识之士如智术师、哲学家、史家、修辞学家、语法学家乃至地理学家都在两位诗人那里找到了自己所传授的专门知识的源头，这当然是一种"自我授权"的方式和策略，与这里论及的一般意义上的"诗教"不同，此处姑置不论。

库斯从雅典娜那里得到的教育";①后者在 *Paideia* 卷一里专辟"教育家荷马"一章，探讨荷马史诗以何种手段来施行教育，耶格尔主张"《伊利亚特》的总体设计是伦理的"，体现在"内部结构""典型场景"（如"英雄战功"aristeia）、"神话典范"（paradeigma）等史诗特性当中。②嗣后，荷兰学者维德尼乌斯（W. J. Verdenius）针对耶格尔的"伦理教化说"，撰写了题为"荷马——古希腊人的教育家"的长文，更细致地展示了荷马教育的多样面貌，除"伦理与政治教诲"之外，维氏还列举了"技术指导"以及"宗教观念"两大方面，持论恰与上引古人观点暗合。③同样，美国学者哈弗洛克（Eric Havelock）在稍早出版的《柏拉图发凡》（*Preface to Plato*）一书当中运用文化人类学的"口传性"（orality）理论，把荷马史诗看成是口述传统的成文汇编，将之比作一套部落文化的"百科全书"，是"一部包容各种信息与指导的大型百科全书，让人知晓如何处理公共生活和私人生活"，④这种"百科全书式"的教育当然不局限于"伦理和政治"，而是囊括了一切值得保存的"知识"。

不过，自 20 世纪七八十年代以还，有一派学者的观点逐渐成为主流，时至今日仍流布甚广。这些学者提出，古风诗人的教育以"伦理－政治观念"为其教化核心，因为古风诗歌的精神实质植根于城邦政治，荷马与赫西奥德堪称古典时期伦理－政治思想的主要来源，应当被奉为古希腊"政治思想"或"政治哲学"的

---

① Marrou 1956, p.10: "its content was ethical"; "the education which the young Greek derived from Homer was that which the poet gave his own heroes, the education Achilles received from Peleus and Phoenix, and Telemachus from Athena."

② Jaeger 1939-1945, vol.1, p.47: "the *Iliad* has an ethical design." 他认为《奥德赛》同样具备这一特性。

③ Verdenius 1970.

④ Havelock 1963, p.36: "a vast encyclopedia containing information and guidance for the management of one's civic and personal life."

滥觞，① 这一观点把"伦理－政治"的维度推向极端，可名之为"泛政治说"。"古风诗教"的"泛政治说"建立在一个重要前提之上，亦即对诗人在古风社会里所处位置的一种特定解释：古风诗人被看成"传统价值观念的化身，是他所属的共同体的代言人，或者（与此密切相关的）是它的教育者"；② 他的职能是"把作为社会基础的世代相传的价值观重现给他的受众"，③ 如此一来，"古风诗教"便等同于"传统价值观念"（亦即城邦政治观念以及为之服务的道德观念）的传授。若是将今人的"泛政治说"与古人的说法略加比较，有两个根本性的差别值得强调：首先，当古人将荷马与赫西奥德并举用以指代诗歌的整体，两位诗人主要被视为"宗教"权威并向希腊人传授"宗教"教育（如上引塞诺芬尼与希罗多德）；④ 而当古人区分荷马与赫西奥德并分别论说，每位诗人便会更加擅长某一领域的知识而专门传授之（如上引阿里斯托芬）。其次，更进一步的是，古人的观点里蕴含一种内在的紧张关系，在今人那里已不复存在，这种紧张关系表现在，一方面荷马与赫西奥德拥有至高无上的道德与宗教权威（见于上引希罗多德的著名论断），而另一方面两位诗人所描摹的众神却是非道德的，众神的所作所为与凡人的伦理社会规范往往背道而驰（见于上引塞诺芬尼的猛烈抨击），这也正是柏拉图从哲学上对"教育家荷马"进行深入批评的关键所在（见于上引《理想国》）。⑤

---

① 参见 Rowe & Schofield（eds.）2000, pp. 23-59（中译本第 33—68 页）。
② Thomas 1995, p.118: "poet as the embodiment of traditional values, as spokesman of his community, or（closely related）as educator."
③ Nagy 1990, p.42: "the poet re-creates for his audience the inherited values that serve as the foundations for their society."
④ 参见 Graziosi 2002, pp.180-184 以及 Koning 2010, pp.77-80。
⑤ 当代学者 Koning（2010）的力作独具只眼，他对荷马与赫西奥德作为文化"权威"的分析便以上述"紧张关系"为线索，不过他关注的焦点是古希腊人如何发展出各种解释策略来消弭这种"紧张关系"（见第 82—101 页），而非这种"紧张关系"所指向的"古风诗教"的特质。

这种"紧张关系"促使我们反思，作为宗教权威的诗人如何与作为道德权威的诗人相称？能否简单地把"古风诗教"的实质内容等同于受众群体的传统伦理 – 政治观念的汇集、再现与经典化？难道诗人的教化作用不过是传递、维持并巩固共同体既有的观念？本书的后半部分展开对这些问题的深究，具体的方法是以古风诗歌为材料，通过三项个案研究（赫西奥德的《劳作与时日》、梭伦诗篇以及《特奥格尼斯诗集》），从三位诗人具体的历史处境出发，并结合其所属的特定的诗歌传统，来检视古风诗人如何塑形"诗教"，呈现"诗教"的各种模式，"诗教"如何在具体的表演场合上运作，又如何成为教育的最高样式。通过这三项个案的研究，我们发现，**"古风诗教"并未受到城邦的各种伦理 – 政治观念的制约与拘限，而是一个独立自主的领域，有着自己的法则，并反过来作用于伦理 – 政治观念，对之加以转化。**

"古风诗教"的观念在赫西奥德《神谱》那里已经奠基，形成一种独具特色的原型，而"古风诗教"的施行最初肇端于同一位诗人的《劳作与时日》，并在早期的"挽歌体诗"（elegy）得到延续和发扬。本书后半部分所选择的三部诗作通常被视为古风希腊"教诲诗"（古希腊人称之为 hupothēkai）的代表，其中诗人明确地以"教育者"的面目出现，并用诗的教化来维系自己与受众的关系。这三部诗作成形于不同的社会文化情境，诗人教育者的面目遂呈现出不同的轮廓，"诗教"也以三种不同的形态（农人、城邦公民和贵族）来施行。**"田间的诗教"** 考论赫西奥德的教诲诗《劳作与时日》里的"正义"之教。《劳作与时日》以"兄弟间的争端"为戏剧框架，用"诗教"来解决这一"争端"，"争端"的根源是"争斗女神"（Eris），而诗人对"争端"的最终解决诉诸"来自宙斯的、也是最完美的公正裁决（dikai）"（第36行），目的则是"争斗女神"的转化，亦即从"坏的争斗女神"转向"好的争斗女神"。这个戏剧性场景的设计，让诗人与"王爷"在"智慧"上尤其是正义的言说上展开竞争，诗人坚持在"此时此地"，即诗人创造的"诗的场域"里解决"争端"，从而取代"王爷"，用话语来捍卫宙斯的正义。诗人传达了劳作所具有的宗教性质，据此凡人得以在宙斯确立的宇宙秩序里正义地生活，正是在这个意义上，诗人通过"诗的颂赞"与至高之神宙斯建立了互补的关系，用诗的言说施行了宙斯的意图。

"立法者的诗教" 转向深受赫西奥德影响的雅典人梭伦。作为希腊"七哲"之一及一位"智慧的表演者"（performer of wisdom），梭伦的诗作和立法构成其"智慧"的两种表现形式，立法为梭伦确立了一世功名，而诗作往往被当作梭伦为自己的政治活动所做的自传性的辩护和评述，或是直接等同于政治宣传的工具。本章摒弃这一解读模式，以梭伦诗歌的诗性特质（poetics）和政治功能（politics）的内在关联为核心问题，围绕梭伦诗残篇四（别名《致城邦》）进行文本分析提出，梭伦的"良序"之教超越了"立法"代表的政治活动所能企达的层面，"诗人"梭伦将"良序"最终建立在心智的层面上，实现了心智秩序与理想政治秩序的结合。因此，梭伦的"诗教"并非政治活动的替代物，而是超逾了政治活动所能企达的层面，梭伦诗歌的诗性特质（poetics）同样也从一个更高的层面来驾驭其政治功能（politics）。

"会饮上的诗教" 从雅典来到其近邻麦加拉。在特奥格尼斯名下流传的一部由1400行挽歌对句组成的诗集，通过会饮上的表演保存了麦加拉古老的贵族教育传统。作为贵族聚饮会谈的场合，会饮成为贵族生活方式的一种展示，而诗歌表演是其中的一项重要活动，由于会饮团体的排外性，在这个场所表演的诗歌倾向于使用"加密"的交流方式，特奥格尼斯的会饮诗歌构造了一位成年贵族教育一位贵族少年的框架，并充分运用了"加密"的交流。本章的解读展示诗人在会饮制度的具体背景下如何建立自己的教育家形象，如何通过诗歌表演展现和生发各种美德（aretai），并将它们缩影在会饮当中。要之，会饮上《特奥格尼斯诗集》的表演不啻为养成贵族美德的最高教育形式。

§6. 最后，从方法上对本书的基本取向略赘数语。本书以"古风诗教考论"为题，属于古风时期的思想史研究，一方面注重思想史层面上的"考"，探赜历史源流，钩沉具体的思想情境：在这一层面上，本书的一个基本方法论前提是摒弃带有强烈目的论色彩的"**演进原则**"（由"演进原则"支撑的"进化说"习惯将古典时期看作古风时期的最终目的与实现，譬如把哲学家成系统的"哲理诗学"看作散见于诗歌作品里的"古风诗论"的总结与完成），而代之以渗透古风及古典希腊文化和社会的"**竞争原则**"，以此一原则为主导线索，侧重同一诗歌传统内部、不同诗歌传统之间，乃至不同的"智慧"传统（诗、智术和哲学）和不同的"智者"（诗人、先知和王者）之间存在的竞争关系，以此来置身思想的历史情境，而非用后人的概念来准绳前人。另一方面，本书通过对文本内在理路层面上的"论"来强调问题本身的辨析：本书使用的材料主要为诗歌文本，注重对其中蕴含的"内在诗论"的抉发，以诗的特性、效用与价值为根本关怀，因此对问题的辨析需要落实到文本的内在理路上，这不仅体现在文本的内容和主题当中，而且还体现于形式和结构，因为在诗那里，形式是思想最集中的表达，结构是思想最严密的组织，而内容与主题只有经过形式与结构的淬炼，才得以成立。为了深入到文本的内在理路当中，本书力求紧密结合思想史与文化史，充分利用近几十年来西方古典学界对早期希腊诗歌的大量研究成果，从古风时期"诗人论诗"的角度来考察他们的教育功能，这种角度要求研究者对整个古风诗歌和思想传统有较全面和较透彻的把握，不能局限于那些貌似我们现代意义上的"诗学理论"的词句和段落而做寻章摘句式的点评,研究者需要复原和突显"诗人论诗"所发生其间的思想和社会场景,因为这种"诗论"本身就属于诗歌表演的有机组成部分。总而言之,本书以文本分析为根本,"考""论"结合,旨在文本的"思想情境"与"内在理路"之间求得互制与平衡。①

---

① 所以说,对"古风诗教"的考论既有别于从古风诗人的作品当中提取"政治思想",亦无关乎从诗人作品里读出特定的"微言大义"。

第二章
最高教育之争——哲学、智术与诗的分合

第一节 哲学教育抑或智术教育

§1. 公元前5世纪与前4世纪之交，古典希腊的"哲人之教"已如日中天。在雅典，由智术师引入的"教育变革"卓见成效，新式教育蔚然成风，传统教育显得落伍，被斥为"旧式教育"。① 此际，两种后起的教育方式趋于成熟，起而竞逐风潮，它们分别定型为"哲学教育"和"智术教育"，与传统的"诗教"鼎足而三，形成相互竞比、相互抗衡之势。如同之前的诗人，哲学家（philosophos）和智术师（sophistēs）自称与"智慧"（sophia）结下不解之缘，不仅自己据有"智慧"，而且还能以之授予他人，并自居为最高的教育者。为了更有效地达致目的，这两种教育方式皆诉诸教育的机构化，开办学校来传布自己的教育理念并付诸实践，其中首推柏拉图（前427—前347）的"哲学学园"和伊索克拉底（前436—前338）的"演说术学校"声名最著。两所学校分别是哲学教育和智术教育的典范，为自己的成功和声望而相互竞争，各自宣称为城邦提供了"最高教育"。这场竞争不仅在机构层面，而且也在观念层面展开，可以概括为两种迥然不同的"爱智之学"（philosophia）——即伊索克拉底的"演说术"与柏拉图的"哲学"——之间的对抗。

---

① 这一时期教育发展的概貌，参阅 Ostwald & Lynch 1994。

虽然早期智术师的演说教育可说是"高等教育"在古希腊的萌芽,但由于智术师巡回讲学,好似游方的"游吟诗人",他们的教学没有固定地点,故而在他们离去后便难以为继。到了前4世纪初,雅典的演说家伊索克拉底最先将演说教育机构化,伊索克拉底早年曾受业于名满天下的智术师高尔吉亚(Gorgias)以及普罗狄科(Prodikos),约公元前390年,他在雅典的吕克昂(Lyceum)附近开办了一所学校,并在那里执教长达半个世纪之久。① 伊索克拉底的学校大获成功,吸引了雅典乃至整个希腊的一批批青年才俊前来附学。尽管在他的许多作品里,伊索克拉底费尽心思要把自己同智术师——特别是与他同时代的"堕落了的智术师",主要指诡辩家(eristics)和讼师(forensic logographers)——区别开来,但他的教育目的、手段和课程多受益于智术师倡导的演说教育以及演说文化,故而就古希腊教育史的脉络观之,伊索克拉底仍属于智术传统,甚至可谓这个传统的集大成者。②

伊索克拉底在其教育生涯的始末,分别撰作了两篇演说辞,提出自己的教育方案,并抨击当时的对手。两篇演说辞倡导的教育方案颇为相似,显示出伊索克拉底终生不渝的教育理念。其一为《驳智术师》(*Kata Sophistas*),该演说辞发表于学校开办之初,撰文的动因是宣传建校的纲领,为新办的学校聚拢生徒,以便在雅典熙来人往的教育"集市"里争得一席之地。伊索克拉底针对当时存在的两类智术师提出辩驳,澄清自己的教育何以与之不同。他说,第一类智术师培养"对灵魂的关怀"(psychēs epimeleia),他们声称拥有真知(epistēmē),而非意见(doxa)。此处虽未点名,指的显然是苏

---

① 又过了半个世纪,在前335年,亚里士多德也在此地创办了著名的"学校"并直接称之为"吕克昂"(Lyceum),但亚氏的"学校"更类似一所研究机构,性质上与伊索克拉底和柏拉图的学校多有不同,加之它成立的时间又较晚,故此处不作讨论,读者可参考 Lynch 1972 及 Natali 2013。

② Marrou 1956, pp.79-91; Jaeger 1939-1945, vol. 3, pp.46-155.

格拉底及其弟子，很可能也包括柏拉图在内。可惜的是，现存的演说辞在作者宣布将要详尽地说明自己的教育方案时戛然而止。因此，我们需要参考另一篇，即作于此后三十五年伊索克拉底职业生涯末期（前354年）的《论财产交换》（Antidosis）演说辞。当时作者已年逾八旬，满怀感慨地回首自己一生的教育生涯并再次为之辩护。辩护的起因，正如演说标题所示，是一场有关财产交换的诉讼。公元前356年，一位名叫麦伽克里德斯（Megacleides）的雅典富人，接到了出资建造一艘三层桨战舰并维持其一年开销的公益服务（triērarchia），他声称伊索克拉底比自己更富有，更适合承担这一服务。根据当时的城邦法律，伊索克拉底有两种选择，要么承担服务，要么与那人互换财产，此即标题里所谓的 antidosis。伊索克拉底为此事提出申诉，但法庭上始料未及的败诉让他得出结论，必须针对公众持有的偏见为自己的品性、生活和教育方式做出全面的辩护（《论财产交换》，6）。出人意料的是，他为这番"自我辩护"设计了一个虚构的框架：在一场想象的审讯中，一位名叫吕西马库斯的人告发伊索克拉底（15，30），说他腐蚀青年，教唆他们如何把没理的说成有理的，如何在法庭上强词夺理，违反正义来胜诉；若被告有罪，控告人提出的刑罚为死刑（75）。毋庸置疑，这场虚构的审判会让听众联想起约半个世纪前（前399年）针对苏格拉底的那场真实的审判，特别是柏拉图在《苏格拉底的申辩》里呈现的情形。的确，《论财产交换》对柏拉图的《苏格拉底的申辩》多处映射，这清楚地表明，伊索克拉底的自我辩护词与柏拉图的作品之间有着互文的关系。①

---

① 具体的文本指涉，可参考 Mirhady & Too 2000 英译文里的相关注释。另外，Nightingale 1995, pp.26-40 依托雅典当时的社会政治语境对这两部作品之间的"互文性"（intertextuality）做出的分析甚为透辟；Ober 2004 将伊索克拉底的演说辞刻画为"对柏拉图哲学的殉道英雄所受审判的一次大胆模拟和高度修辞化的'错演'（misperformance）。"伊索克拉底与同时期的哲学家特别是柏拉图的争论，详见 Eucken 1983。

随之而来的问题是：伊索克拉底为何要以受审判的苏格拉底为原型，特别是以柏拉图的《苏格拉底的申辩》为《论财产交换》的互文文本（intertext），来为自己所从事的教育事业做最全面的辩护？从互文的比照看来，伊索克拉底此举的主要目的是以此来与柏拉图争夺"爱智之学"（philosophia）的拥有权，因为在这篇演说辞里，作者明言自己教授的并非其他，恰恰也是"爱智之学"（philosophia）。为自己的教育理论和实践争夺"爱智之学"（philosophia）的名目，实质上是把他的学校与柏拉图学园之间的竞争提升到相同的层次；换言之，教育之争摆在了"爱智之学"（philosophia）的"竞技场"里上演。

《论财产交换》是一篇超长的演说辞，伊索克拉底在其中用近半的篇幅（第 167-309 节）来界说并细述他的"爱智之学"（philosophia）和教育（paideia）。在演说辞的序言里，作者宣告将会"开诚布公地讨论 philosophia 并阐明它的效力"（《论财产交换》，10）。[①] 行文过半，在第 270-271 节，他正式提出自己对 philosophia 的定义：

> 在我看来，某些人所谓的 philosophia 并不与这个名称匹配，因此由我来为你们定义和解释什么是名实相符的 philosophia，并非不合时宜。关于这个问题，我恰好能够略陈己见：由于凭借人的本性无法获得真知（epistēmē），即那种我们一旦拥有便知道该做什么和该说什么的知识，那么那些人我认为可以算作"智者"（sophoi），他们能够在大多数情况下形

[①] 伊索克拉底在其全部作品（现有 21 篇演说辞和 9 封信札归在他的名下）里总共使用含有 philosoph- 词根的词 87 次，其中 34 次出现在这篇演说里，由此可见该演说的重要性。Timmerman 1998 探讨伊索克拉底对 philosoph- 词汇的具体使用，分析伊索克拉底赋予 philosophia 的主要含义及其与柏拉图 philosophia 的差异；另见 Classen 2010。

成最佳的意见（doxai）；并且我称呼这样的人为"爱智者"（philosophoi），他们正在从事的活动会让自己尽快获致这种实用智慧（phronēsis）。

...... ἐμοὶ δ' ἐπειδὴ καὶ κρίνομαι περὶ τῶν τοιούτων καὶ τὴν καλουμένην ὑπό τινων φιλοσοφίαν οὐκ εἶναί φημι, προσήκει τὴν δικαίως ἂν νομιζομένην ὁρίσαι καὶ δηλῶσαι πρὸς ὑμᾶς. Ἁπλῶς δέ πως τυγχάνω γιγνώσκων περὶ αὐτῶν. Ἐπειδὴ γὰρ οὐκ ἔνεστιν ἐν τῃ φύσει τῇ τῶν ἀνθρώπων ἐπιστήμην λαβεῖν, ἣν ἔχοντες ἂν εἰδεῖμεν, ὅ τι πρακτέον ἢ λεκτέον ἐστίν, ἐκ τῶν λοιπῶν σοφοὺς μὲν νομίζω τοὺς ταῖς δόξαις ἐπιτυγχάνειν ὡς ἐπὶ τὸ πολὺ τοῦ βελτίστου δυναμένους, φιλοσόφους δὲ τοὺς ἐν τούτοις διατρίβοντας, ἐξ ὧν τάχιστα λήψονται τὴν τοιαύτην φρόνησιν.

细心体味之下，这个定义与柏拉图所代表的"哲学"传统多有相通之处。首先，伊索克拉底的定义隐含了"智者"（sophoi）和"爱智者"（philosophoi）之间的区分，而这一区分在柏拉图那里尤为重要。伊索克拉底认为，"智者"（sophoi）已经拥有据以形成最合适意见（doxai）的实用智慧（phronēsis），而"爱智者"（philosophoi）正在学习如何获取此种实用智慧。基于此种差别，"爱智之学"（philosophia）显然要依赖教育（paideia），不啻为实用智慧（phronēsis）与合适意见（doxai）的养成。其次，这个定义默认在柏拉图哲学里极为重要的"真知"（epistēmē）和"意见"（doxa）的对立，但故意将之倒转。伊索克拉底把"真知"（epistēmē）的领域摒除在"爱智之学"（philosophia）的视野之外，其理据为，日常的社会生活和政治生活面对的是一个变动不居、模棱两可的世界，对未来的先知先觉能力没有被赐予人的本性，因此这个世界里没有一劳永逸的真知（epistēmē），有的只是随机应变的"意见"（doxa）。另一篇名为《泛雅典颂词》（Panathenaicus）的演说辞可兹映证，在那里伊索克拉底形容真正受过教育的人（pepaideumenoi）是那些"意见（doxa）的拥有者，他们见机行事，每当新情况发生，总能合时宜地采取最有利的行动（tēn doxan epituchē tōn kairōn echontas kai dunamenēn hōs epi to polu stochazesthai tou sumpherontos）"（30）。可见，伊索克拉底的"爱智之学"（philosophia）界定"意见"（doxa）为其领地，以"实用智慧"（phronēsis）为宗旨，恰好与柏拉图以"真知"（epistēmē）为疆域，以"最高真理"（alētheia）为诉求的"爱智之学"（philosophia）针锋相对。①

伊索克拉底的"爱智之学"（philosophia）诉诸"话语"（logos），究其实质而言，乃是"修辞演说之术"（rhētorikē），这也是他所倡导的"智术教育"的根本。② 伊索克拉底将"爱智之学"（philosophia）限定在"意见"（doxa）的领域，无疑使之等同于 ta politika（"政务"，"城邦事务"），而在城邦的公共事务领域，doxa 和 dokein 的词汇恰好也是"政治决策"的专用术语，因此他极力批驳智术师传统里的其他支脉，例如"诡辩术"（eristikē）或者"反证法"（或译"矛盾互攻术"，antilogikē），斥其为无益而且有害，以便把"话语"（logos）引向为城邦所用的"演说"。他明言，自己的教育（paideia）传授的是一种"关于城邦事务的演说"（logos politikos），这种"演说"

---

① 在这一点上，伊索克拉底还是秉承了智术师传统，即一方面把 doxa（意见，判断）和 apatē（幻象，骗局）相联，另一方面又把它与 epistēmē（真知）和 alētheia（真理）对立起来，这个传统在存世文献里可追溯到开奥斯岛的诗人西蒙尼德（Simonides of Keos），详见 Detienne 1996, pp.111-119。

② 值得一提的是，伊索克拉底在现存的作品里避免使用 rhētorikē 一词，总是用 logos 来指代他所传授的演说术，其原因很可能是因为 rhētorikē 在柏拉图那里（譬如《高尔吉亚》）已遭诟病，具有贬义，这也可以视为两人竞争关系的又一佐证。

（logos）属于城邦（polis）并以其福祉为鹄的。伊索克拉底把以此为基础的教育称作"演说（logoi）教育"（hē tōn logōn paideia），这里的演说与属于私人领域的法庭诉讼无关，而是"有关整个希腊、个别城邦和泛希腊集会的演说（logous…Hellēnikous kai politikous kai panēgyrikous）"（《财产交换》，46），而此处提及的几种演说（logoi）都能在他自己创作的演说辞里找到范例。伊索克拉底相信，这些涉及城邦公共事务的演说（logoi）不仅训练学生的口才（eu legein），培养他们的理性思维能力，而且还塑造他们的道德观念（aretē）。在他看来，雄辩和道德之间存在着直接的因果关系，因为"真实的、合法的、正义的logos是善良忠诚灵魂的外在表现（logos alēthēs kai nomimos kai dikaios psuchēs agathēs kai pistēs eidōlon estin）"（《财产交换》，255）。他强调，演说家如果潜心于光荣伟大的主题，就会把自己的心灵从不义和琐碎中解放出来，与自己为演说的主题而选择的榜样朝夕相处，这样他的性格就会变得高贵。因此，"关于城邦事务的演说"（logos politikos）一方面展示了演说者的美德，另一方面向听众灌输美德。它培养的是天下公认的道德，而不是伊索克拉底的竞争对手（主要指柏拉图学派）教育他们的学生去追求的那种道德；那种道德被其他所有人忽视，就是在它的信徒之间也争论不休（《财产交换》，84）。相比之下，伊索克拉底的"演说（logoi）教育"因为有其道德功效而成为公民教育，培养了为城邦政治服务的美德（aretē），它可以为所有的雅典公民积极参与民主政治做准备，并能够培养他们在城邦生活中的领导才能。[①]

如此一来，伊索克拉底把"演说"（logos）从语言的艺术拓展至理性思维乃至行动的领域，把"修辞演说之术"（rhētorikē）从一门辩驳和论说的技艺改造成一种强有力的教育手段，并提升为可

[①] 参考文献：Poulakos 1997，Poulakos & Depew（eds.）2004。

与柏拉图的"哲学"比肩的"爱智之学"(philosophia)。① 起初,"修辞演说之术"在早期希腊独立发展,演说师(rhetorikos)视之为一项技艺,以"说服"听众为能事和终极目的。虽然这项技艺在城邦的公共生活里举足轻重,但它本身并不构成一种完备的教育,正是前5世纪的智术师开风气之先,**以授受"智术"为由,将之纳入"智术教育"的核心,成为实现"智术文化"的最有力手段**。伊索克拉底虽然极力与智术师划清界限,但他的"爱智之学"以"意见"(doxa)为领地,以"实用智慧"(phronēsis)为宗旨,他为此施行的教育以"关于城邦事务的演说"(logos politikos)为手段和方式,这些都是智术师传统的遗风余泽。因此,我们把他所倡导的教育称作"智术教育"(而非单纯的"演说术教育"),并视其为这种教育的集大成者。

§2. 与此适成对峙之势的是柏拉图的"爱智之学"——如今所谓的"哲学"。正如其竞争对手,柏拉图的"哲学"(philosophia)不仅在观念的层面,而且还在机构的层面上与伊索克拉底相抗衡。② 大约公元前387年,即伊索克拉底开办了演说术学校之后三年,柏拉图在雅典的近郊创立了他的哲学学校,名之为"学园"(Academy)。③ 作为一个教育机构,学园不仅为众多科目的教学和研究提供了

---

① 以现代眼光观之,伊索克拉底常常被追奉为所谓"人文教育或博雅教育"(liberal education)的鼻祖,与柏拉图和亚里士多德一系的"哲学教育或学术教育"双峰并峙。

② 这种竞争关系虽然从互文关系来看十分明显,但伊索克拉底和柏拉图在各自的著作里都鲜有提及对方的名字。唯一的例外是在柏拉图的对话录《斐德若》篇末(278e-279b),苏格拉底颇有深意地"预言"道,伊索克拉底凭借他出众的天分将会取得超乎所有其他演说家之上的成就,而且如果他受到更高贵更神圣的动力的驱使,追求比演说术更重要的事情,他的成就还会更大,因为"从本性上而言(phusei),他的心灵中存在着某种'对智慧之爱'(tis philosophia)。"这里的措辞很可能是借苏格拉底之口影射柏和伊之间对 philosophia 的争夺。

③ 有关"学园"的现存史料,参见 Baltes 1993 的辑录与评述,另可参考 Ostwald & Lynch 1994, pp.602-616 的历史概观。

场所，更重要的是，它是一个由资深成员和年青学员组成的共同体，一个近乎宗教性质的团体，旨在以宗教的虔诚态度来践行哲学的生活方式。

柏拉图创建的学园当中交织着两条重要的线索，其一为毕达哥拉斯宗教团体，其二为苏格拉底式教育。从法律角度而言，学园是一个"敬神团体"（thiasos），一个供奉缪斯女神的膜拜组织，[①]在这方面它仿效了出现于意大利南部的毕达哥拉斯宗教团体。毕达哥拉斯教派的兴起属于前6世纪末席卷了整个希腊的秘密宗教浪潮，如果说城邦宗教的目的在于把个人纳入城邦生活并成为其中的一员，那么与之相对立的秘密宗教的宗旨则在于个人灵魂的拯救，在于个人与神明之间更紧密更直接的接触。毕达哥拉斯的教义试图通过一种特殊的生活方式（bios Pythagoreis，"毕达哥拉斯式生活"）把凡人改造成"神人"（theios anēr）；其信徒必须奉行一系列统称为"信条"（akousmata）的行为规范，据说这些"信条"源自毕达哥拉斯本人的言传身教。受到这些行为规范的约束，毕达哥拉斯团体里的成员生活在一个关系紧密的共同体当中。到了前5世纪的中叶，宗教性质的毕达哥拉斯教派经历了一场变革，把哲学探索和科学研究也纳入其"精神训练"（askēsis）的范围，这尤其在克罗同的费罗劳斯（Philolaus of Croton）和塔壬土的阿尔基塔（Archytas of Tarentum）这两位毕达哥拉斯派哲学家的学说那里得到反映。新起的毕达哥拉斯门徒称呼自己为"数理派"（mathēmatikoi），区别于旧有的更为宗教化的"信条派"（akousmatoi）。"信条派"直截了当地否认"数理派"是真正的毕

―――――――――
① 柏拉图之所以选择缪斯女神作为膜拜对象是因为他深信，"哲学"（philosophia）在最高的意义上属于"缪斯之艺"（mousikē），详下文第三节；有关柏拉图学园及毕达哥拉斯教派与缪斯崇拜的关系，参阅 Boyancé 1936。不过也有学者提出异议，认为现存史料均出自"新柏拉图主义"学者的"回溯性虚构"，不可轻易采信，详见 Lynch 1972。

达哥拉斯门徒；反之，"数理派"虽然不否认"信条派"属于毕达哥拉斯教派，却声称毕达哥拉斯的教义建立在更高层次的理性思维之上，其中包括算术、数论和音乐理论。据传，正是在意大利南部，出现了最初的"哲学学校"，服务于毕达哥拉斯式的"哲学教育"。①

柏拉图在仿效毕达哥拉斯团体创立他的学园之际，教育作为他的哲学观念的施行，是对通常意义上的"城邦事物"（ta politika）的拒斥，正如作为秘教的毕达哥拉斯教派是对城邦宗教的拒斥。如所周知，柏拉图的思想受到毕达哥拉斯学派的影响甚巨。② 由于早期毕达哥拉斯教派属于秘教，传世文献稀少，我们无法确知柏拉图学园的组织结构在多大程度上仿效了毕达哥拉斯团体。不过，可以推论的是，柏拉图在毕达哥拉斯团体的共同生活当中，见到了他的哲学教育的一个不可或缺的面相，这就是"同-在、共-处"（sunousia），学园作为机构化了的哲学教育，以师生间的"同-在、共-处"（sunousia）为先决条件。在谈及哲学家所追求的最高知识时，柏拉图如此揭示哲学意义上的"同-在、共-处"（sunousia）的本质："这种知识并非如其他各种知识那样，可以诉诸文字，而是在老师和学生之间持久的经常的'同-在、共-处'（sunousia），在双方追寻它的共同生活里（tou suzēn），突然之间，犹如点火之后火光的闪烁，它会在灵魂里诞生并立即滋养自己。"（《第七封信》341c-d: ῥητὸν γὰρ οὐδαμῶς ἐστιν ὡς ἄλλα μαθήματα, ἀλλ' ἐκ πολλῆς συνουσίας γιγνομένης περὶ τὸ πρᾶγμα αὐτὸ καὶ τοῦ συζῆν

---

① 另有学者提出，创办最初的"哲学学校"的是苏格拉底的弟子们，见 Ostwald & Lynch 1994, p.594。Burkert 1972 仍旧是详论早期毕达哥拉斯教派的扛鼎之作，亦可参阅 Kahn 2001 的扼要论述。

② 柏拉图在创建学园前不久的第一次西西里之行中与这些团体过从甚密，《理想国》（600a）里的苏格拉底也盛赞毕达哥拉斯为"教育领袖"（ἡγεμὼν παιδείας）。

ἐξαίφνης, οἷον ἀπὸ πυρὸς πηδήσαντος ἐξαφθὲν φῶς, ἐν τῇ ψυχῇ γενόμενον αὐτὸ ἑαυτὸ ἤδη τρέφει.）换言之，哲学知识有如密仪崇拜的终极"奥义"，来自于灵魂与灵魂之间长期"同－在、共－处"，在心智交融之际突然的"顿悟"。

然而，与毕达哥拉斯教派总是诉诸"教主"（即毕达哥拉斯本人）的终极权威不同，柏拉图学园里的师生从事的是一种共同的探索，它的主要方式为对话（dialogos），正如柏拉图在其"对话录"里所呈现的那样。对话录里的苏格拉底针对不同的对话者，有时使用"反诘法"（elenchos）迫使对方陷入困境（aporia），不得不承认自己的无知；有时使用"产婆术"（maieutics）或"规劝法"（protreptikos），借助回忆来唤起对话者灵魂里的知识；还有时则使用"辩论法"（dialektikē），与对话者共同追寻真知。对话录里的这些方法，无不以"真理"（alētheia）为鹄的，展示哲学教育的真精神。苏格拉底的"对话"（dialogos）与伊索克拉底的"修辞演说之术"（rhētorikē）虽然同属"话语"（logos）的技艺（technē），但苏格拉底式的哲学教育却基于一个特殊的原则：不存在现成的知识可以从一个灵魂转移到另一个，就像水由于虹吸现象从满杯流到空杯（《会饮》175d；参见《理想国》518b）；知识只能在一个灵魂与另一个灵魂的"同－在、共－处"（sunousia）并从其"受孕"中产生。只有一种长期维持的教育机构才能保证这种哲学意义上的"同－在、共－处"（sunousia）的持久性，柏拉图学园因此是他的哲学教育的必然形式，它既延续了苏格拉底的教育使命，又避免了苏格拉底个人的不幸命运。

苏格拉底在古稀之年，被指控犯有"不敬神"和"腐化青年"罪，并被雅典人处以死刑。历史上的苏格拉底如何在法庭上为自己辩护，我们不得而知，不过柏拉图在为其所撰的《申辩》里，让苏格拉底利用这个机会为自己一生的使命——哲学——进行了辩护。① 据《申辩》篇里的苏格拉底所说，他自己从事"哲学"的肇因是他的门徒凯瑞丰（Chaerephon）从德尔菲带回来的一条神谕，这条神谕说："世上没有人比苏格拉底更有智慧。"起先苏格拉底大惑不解，随后他着手探究"智慧"（sophia）的本质，并从事"爱智之学"（philosophia）。他盘诘了当时所有以"智慧"闻名的人士，包括政治家、诗人和手工艺人，发现他们虽然于人于己都显得充满智慧，事实上却不然。在苦寻无果的情况下，他得出了这样的结论：智慧是神圣的，凡人无法企及；人所能渴望的顶多是"对智慧之爱"，即 philo-sophia，而从事哲学意味着对知识和无知进行深入的考查。苏格拉底相信，这就是德尔菲之神阿波罗赐予他的神圣使命，他因此而终生致力于诘问所遇之人。他的谈话总是隐含这样一种规劝：谈话对方在自己的无知被呈现出来之后，就应该努力寻找关于自我的知识，即"照料自己的灵魂"（psychēs therapeia，《申辩》29d, 30a）。根据苏格拉底的理解，"照料灵魂"等同于"关怀美德"（epimeleisthai aretēs）。由于美德处于"城邦事物"（ta politika）的核心，他认为，"政治活动"（ta politika），如果要真正地有益于城邦，必须以对美德的哲学探究为起始。正因为此，他在《申辩》里解释（31c-32a），为什么终其一生他回避了通常意义上的"政治"，诸如参与选举、参加公民大会、出席法庭审判。他说，一个人如果真想为正义而斗争，即便想短暂地保全性命，就必须过一种私人的而非公共的生活。这种私人生活指的当然就是哲学生活——以谈话方式对雅典人进行哲学教育。柏拉图创建的学园正是为了延续苏格拉底意义上的"政治活动"（即哲学教育），是苏格拉底哲学教育的机构化。学园虽然远离当时雅典城邦的实际政治

---

① 显而易见，柏拉图笔下的苏格拉底不等于历史上的苏格拉底，因为柏拉图在他的对话录里，主要通过对苏格拉底的形象塑造来界定和描绘他心目中真正的哲学家。

生活，但却在更高的层次上面向城邦：柏拉图对雅典城邦的民主政治提出质疑并加以拒斥；他要让教育服务于一个理想城邦，只有成为这个理想共同体的成员，参与它的活动，服从它的法律，才意味着真正的"政治生活"。①

综合上述两条线索来看，**柏拉图的"哲学学园"的精神实质乃是以毕达哥拉斯的宗教团体生活来实现苏格拉底式的教育**，因此与集智术教育之大成的伊索克拉底的"演说术学校"有着根本性的差异。不过，并非巧合的是，两者均自称为"最高教育"而足以取代传统的"诗教"。在伊索克拉底的教育制度里，诗虽还留有余响，但他往往对之语焉不详。例如，他在《论财产交换》演说辞里（267）提到，传统教育包括"语法"（即对经典著作的释读）和"音乐"，但认为这些都属于儿童教育；他又在《泛雅典颂词》（18-25）对其他教师教授诗歌（尤其是荷马与赫西奥德）的方式表示不满，允诺将阐述自己的观点，不过他并未兑现这一诺言。② 所以，诗在伊索克拉底倡导的"最高教育"那里变得无足轻重，它的位置已被"关于城邦事务的演说"（logos politikos）的创作和表演所取代，"诗教"被降至初等教育的地位。那么，在柏拉图的"哲学教育"那里，"诗教"是否同样遭到贬低，降格为初等教育，"诗教"的问题是否也随之遁形于无了呢？

第二节 "诗与哲学的古老纷争"

§3. 诗能否成为最高意义上的"教育"（paideia）? 这个问题在智术师那里并没有真正提出和展开——虽然老辈智术师里，普罗

---

① 据柏拉图在《第七封信》（324b-326b）里回忆，早年在雅典城邦生活里的遭遇，使他放弃了从事实际政治活动的愿望，并取而代之地选择了"哲学教育"作为真正的"政治生活"。

② 详见 Halliwell 2011, pp.285-304 对伊索克拉底著作里相关篇章的论析。

塔哥拉擅长"说诗",高尔吉亚对"诗的魔力"有所论及,另一些(希皮亚斯和普罗狄科)则草创了诗的"学术研究"和"文学批评",他们都未曾在最深层的观念上触动传统"诗教"的根基;① ——可是对于柏拉图的哲学而言,这恰恰是最核心的问题之一。柏拉图的提问,一方面借助苏格拉底的"哲学批评"从诗的本质与本原,来彰显诗不同于哲学的特性;另一方面则倚赖自己的"哲学写作",让诗反作用于哲学的自我界定。两方面合而观之,哲学与诗的竞争关系淋漓尽致地展现于柏拉图的对话录,其中哲学与诗各自具备的不同力量均得到充分展示。

纵览柏拉图的全部作品,论及诗歌的对话录主要包括《伊翁》《苏格拉底的申辩》(22a-c)、《斐德若》(245)、《美诺》(99c-e)、《理想国》第二、三和十卷,《礼法》第二、七卷。② 要深入诠释上述作品并从中勾画出柏拉图"诗论"的面貌,有几条原则亟需注意:首先,柏拉图哲学写作的文类是对话录,绝大多数以苏格拉底为主角,而柏拉图本人并未出场,我们不能简单化地以苏格拉底为柏拉图的"代言人",将两者等同而彼此不分。对话录里的苏格拉底在多大程度上表达了柏拉图自己的观点,或者更多的是柏拉图"哲学戏剧"里的一个人物(虽说是柏拉图最景仰最同情的一个人物),

---

① 智术师对诗尤其是荷马史诗的"研究"和"批评",参见 Pfeiffer 1968,第 II 章;他们对传统诗歌和神话的利用,参见 Morgan 2000,第 4 章(Morgan 将之细分为三个方面,分别为"诗歌文本的阐释""诗歌神话里的道德典范"以及"展示性演说对诗歌神话的改写",不过这些利用方式都无关乎"诗教"的根本问题)。

② Murray(ed.)1995 辑录了其中部分篇什并附以翔实的注释,中译文参见朱光潜译:《柏拉图文艺对话集》。关于"柏拉图与诗"的综论,参见 Grube 1935, pp.179-208; Ferrari 1989; Janaway 1995; Murray(ed.)1995, pp.1-32. 对柏拉图诗论的最新研究,参见 Halliwell 2011, Ch. 4; Heath 2013, Ch. 2 以及 Destrée & Hermann(eds.)2011(部分相关论文的中译见张文涛选编 2007 年)。柏拉图与古风诗人的关系(例如与赫西奥德)正在被重新审视,参见 Boys-Stones & Haubold(eds.)2010。

应当根据具体情境予以细致考量。① 其次，对话录里的苏格拉底，如同历史上的同名人物，以"反讽"著称，常常摹仿他人的论辩方式并以此反制其人之身。对话录里哪些是苏格拉底的真心实话，哪些是他的反讽之语，也应当细心加以甄别。最后，除了专论史诗诗艺的《依翁》，柏拉图对话录论及诗歌的问题，总是出现在一个更广阔的语境，诗并没有被视为独立的哲学课题，通常的讨论把柏拉图对话录里的相关部分从它们的上下文里孤立出来，分门别类予以缀合，当作柏拉图的"诗学"或"美学"论点，以此为"材料"来重构柏拉图的"诗学"或"美学"，这种做法的弊端在于，一方面会把诗与柏拉图哲学本身割裂开来，另一方面也会消解诗与哲学在对话录里构成的张力。②

以上述诠释原则为据，让我们从最集中讨论诗和诗人的《理想国》入手。《理想国》以"摹仿说"为主线，对诗歌提出了两次著名的批评：第二、三卷的"首次批评"旨在净化史诗和悲剧诗，使之为理想城邦所用，而第十卷的"再次批评"则针对诗歌本身，将哲学与诗的关系推演至极端，苏格拉底总结说，这是"诗与哲学的古老纷争"中的又一次较量（X.607b）。③ 那么，就《理想国》的思想主旨来看，苏格拉底为何一前一后两度"批评"诗歌？所谓

---

① 关于柏拉图对话录的诠释方法，笔者坚定地站在"文学派"的一边而深信，对话录里的"哲学义理"与"文学特性"绝对不可分割，详下文 §6。

② 中文学界对柏拉图诗论的绍述，尚难脱此窠臼。顺带提及，柏拉图的"诗论"或"诗说"实有别于亚里士多德的"诗学"或"诗术"（poiētikē technē）。古希腊"诗学"的真正创立者是亚里士多德，而非柏拉图，但这并不意味着，柏拉图有关诗歌的论述是在为亚里士多德的"诗学"做准备。在亚里士多德那里，诗是一个可以明确界定的研究范畴，构成"诗学"或"诗术"，与"修辞术"并属亚氏所谓的"创制哲学"（philosophia poiētikē），在亚氏以哲学论文形式对诗加以研讨的《诗学》里，诗的位置居于历史学和哲学之间，当然无力挑战哲学的最高地位。如下文所示，柏拉图与诗的关系与亚里士多德极不相同。有关古希腊诗学的历史演进，参阅 Ford 2002。

③ 《理想国》的希腊原文本参见"版本说明"，中译文主要采用的是郭斌和、张竹明的译本，但该译本舛误之处不少，笔者径据原文改动。

第二章　最高教育之争——哲学、智术与诗的分合

"诗与哲学的古老纷争",其焦点究竟何在?

为了避免脱离上下文语境以及割裂文本内在理路来讨论,首先需要重审《理想国》整体的谋篇布局,以便把对诗歌的两次批评放回到各自所属的位置。柏拉图《理想国》一书,文理斐然,头绪繁纷,而其主脉实为**"灵魂(psychē)与城邦(polis)的类比"**,这一类比攸关整部《理想国》的宏旨,不啻为读者深入其精义的锁钥。在此,有必要循着类比的进程,先把整篇对话作一番解说。①

对话发端于一个苏格拉底式的问题:什么是"正义"(dikaiosunē)(I. 331c)?不过,这里提出的并非一个纯理论问题,因为第一卷里苏格拉底与智术师色拉叙马霍斯针锋相对的谈话里,就已屡次强调正义问题乃是涉及一个人应当以什么方式来生活的大事(I. 344e, 347e, 352d)。在批驳了几种流俗的"正义"观之后,第一卷的讨论虽然貌似无果而终,却在谈话者中间达成了这样一个共识,即正义是灵魂的一种美德(aretē),不义是灵魂的一种邪恶(kakia)。第二卷伊始,苏格拉底在格劳孔和阿得曼托斯两兄弟的劝说和敦促下,接受了一个艰巨的任务:展示什么是正义本身,什么是不义本身,两者对灵魂各生发何种效果,并以此为基础来证明行正义之人的生活乃是最善的生活。与短篇"苏格拉底对话"不同,苏格拉底从《理想国》的第二卷开始占据了主导地位,正面阐述自己的思想。他放弃在第一卷及其他短篇对话录里常用的"诘难法"(elenchos),运用一个全新的方法,此即**"灵魂与城邦的类比"**(analogia),并称其为一个间接的路径,也就是说,讨论将"间接地"从城邦的正义导向个人的正义(II. 368d-369b,参考 IV. 434d-e)。苏

---

① 相关论述不胜胪举,管见所及,其中最得要领的当属 Blössner 2007,另可参见 Ferrari 2005。

格拉底提出,有两种正义——灵魂中的正义和城邦中的正义,后者要比前者宏大,所以更容易被发现;因此更为便捷的讨论方式是把对灵魂之正义的探索放大为对城邦之正义的探索。于是,类比的关系首先建立在灵魂和城邦各自所拥有的相似属性(即"正义")之上。

确立了**"灵魂与城邦的类比"**关系以后,至为关键的决定是,苏格拉底及其对话者没有满足于惯常的做法,以某个现存的城邦为依据,出发去寻找正义。他们要立即着手创建自己的城邦(II. 369a)。苏格拉底说,如果能通过谈话(logōi)看到一个城邦的成长,就能看到那里正义和不义的生成(同上)。谈话者们共同创建的正义的城邦经历了三个阶段。第一个阶段(II. 369c-372e)以社会分工为原则,虽然被苏格拉底戏称为一个"真正的城邦"(II. 372e),却是一个非政治的初民社会,在那里无论正义和非正义都不存在。因此,它要被扩张成一个"繁华的城邦"并被净化(参考 III. 399e),这是第二个阶段(II.372e-IV.427d)。构成这个城邦的是著名的三阶层:生产者(II. 369c-372d)、卫士(II. 373e-III. 412b)及统治者(III. 412b-417b)。在第四卷里(IV. 427d),正义的城邦宣告建成,接下去只需找寻已然蕴含其中的正义,这体现为每一个阶层只做它自己分内的事,从而达致社会的和谐(IV. 433b)。随后,按照最初的方法设计,城邦之正义被按部就班地应用到灵魂之正义。为了使**"灵魂与城邦的类比"**关系继续发挥效用,两者**在结构上**也必须相似。这正是为什么,正义的城邦拥有的三阶层恰恰与灵魂的三部分一一吻合:生产者阶层对应欲望部分,卫士阶层对应情感部分,而统治者阶层对应理性部分(IV. 435c-441c),于是灵魂之正义也与城邦之正义相似,是一种三部分各司其职而达致的内在和谐,也就是说,由理性部分统治,情感部分协助,而欲望部分则被统治(IV. 432b-434d)。更为巧合的是,城邦里的其他美德

(aretai),也与灵魂里的其他美德一一对应,譬如"智慧"(sophia,讨论分别见于 IV. 428b-429a 及 442c)、"勇敢"(andreia,讨论分别见于 IV. 429a-430c 及 442b-c)和"节制"(sōphrosunē,讨论分别见于 IV. 430d-432b 及 442d)。

找到城邦之正义和灵魂之正义以后,苏格拉底在第四卷末着手进一步探讨不同种类的政体以及与之相对应的不同种类的灵魂。这一探讨在第五卷开始处被波勒马霍斯和其他谈话者打断。对话似乎转向一大段题外话:从第五卷到第七卷,首先讨论妇女儿童问题(V. 449b-471c),其次从第五卷后半(471c)到第七卷末尾又集中讨论哲学和哲学家。不过,随着"理想国"创建的步步推进,有一个问题变得越来越突出,萦绕对话者的脑际,挥之不去,最后终于由格劳孔打断苏格拉底,直截了当地提出了这个问题(V. 471c):"理想国"究竟能否实现?如果可能,又怎样实现?苏格拉底对这个问题的答复乃是《理想国》的一大枢纽。首先,他提醒格劳孔(V. 472c-e),他们之所以苦心经营理想的城邦,真正的目的是探究"什么是正义"。理想的城邦包含并体现了绝对正义,是一个样板(paradeigma),他们并不需要证明这个样板能成为现实中存在的东西,正如一位杰出的画家,画了一个完美的人体作为样板,并不需要证明这样的完美人体实际存在。① 其次,如果一定要证明理想城邦能成为现实,只有一个办法,即让哲学家成为君王,或者让目前的君王和统治者成为哲学家(V. 473d)。这样,问题就转变为,哲学家能否成为现实,即哲学家的产生如何可能。**理想城邦的现实性最终落脚于哲学家(即理想灵魂)的生成。**于是,接下去的谈话详究哲学(philosophia)的本质(V. 473c-VI 末),细

---

① 可对照 VI. 500c:幸福的城邦必经画家按照神圣的原型(theiōi paradeigmati)加以描画。苏格拉底经常把"理想城邦"的创建者比作运用原型或样板的画家,这一点对于理解他如何看待"**灵魂与城邦的类比**"关系至为重要。

述哲学家的教育（VII 卷），这实质上构成了创建正义城邦的第三也是最高的阶段。哲学家被认为是绝对正义的灵魂，只有他才能够统治绝对正义的城邦，即"美善之邦"（kallipolis, VII. 527c）。第二卷到第五卷已经讨论了理想城邦的方方面面，但还没有彻底展开与之对应的理想灵魂（即哲学家）的讨论，这个任务在第五卷后半到第七卷末得以出色地完成。

从哲学的高度，第八和第九两卷回到最初的正义和不义的问题。苏格拉底的方法仍旧借助"灵魂与城邦的类比"。他探讨"美善之邦"（kallipolis）及其统治者哲学家的次第衰变，经由荣誉政制和追名者，寡头政制和寡头，民主政制和民主者，最后到暴君政制和暴君。苏格拉底与谈话者回到现实，把理想城邦-哲学家与现实中存在的四种类型的政制-灵魂作对比，证明绝对正义的灵魂要比任何其他类型的灵魂更幸福，特别是与暴君（即绝对不义的灵魂）相比。在得出这个结论以后，苏格拉底承认（IX. 592b），"理想城邦"是建在天上的原型（paradeigma），为了让绝对正义的人（即哲学家）凝神观照，并依样在自己心中构筑正义的灵魂，格劳孔也赞同说："合意的城邦你指的是我们用词句（en logois）建立起来的那个城邦，那个理想中的城邦，但我想这个城邦在地上是找不到的。"（IX.592a: ἐν ᾗ νῦν διήλθομεν οἰκίζοντες πόλει λέγεις, τῇ ἐν λόγοις κειμένῃ, ἐπεὶ γῆς γε οὐδαμοῦ οἶμαι αὐτὴν εἶναι.）①

全书的最后一卷（第十卷）针对诗歌提出了"再次批评"之后，用"埃儿（Er）的神话"终结了整篇对话。苏格拉底讲述这则神话是为了"证明"，正义非但就其本身而言——这在第二至第

---

① 比较苏格拉底之前所言："我们不正是在这里用词句（logōi）创造一个善的城邦的原型？"（V. 472d: οὐ καὶ ἡμᾶς, φαμέν, παράδειγμα ἐποιοῦμεν λόγῳ ἀγαθῆς πόλεως；【译按：郭斌和、张竹明译文此处漏译 paradeigma 一词】）。有必要指出，苏格拉底从建城伊始就强调"用词句"（logōi，见 II. 369a, c）这一说法。

九卷已被"证明"——而且就其后果而言要远远胜过不义。《理想国》的第十卷故此与第一卷遥相呼应：第一卷提出的问题是"什么是正义"，那里的正义乃就个人而言，而最后一卷的收尾神话——有关灵魂在冥界为重生而选择不同的生活模式——又回到了个体灵魂。从这样的框架中，我们可以清楚地看到，在第二至第九卷起了重要作用的"**灵魂与城邦的类比**"，其真正目的是为了用正义的城邦来阐明正义的灵魂。苏格拉底和他的对话者追寻的是理想的而非现实的正义，他们的方法是创建一个理想的城邦并培育一颗理想的灵魂。理想的正义在城邦中体现为"美善之邦"（kallipolis）的政体（politeia），在灵魂中体现为哲学家的灵魂结构（亦称作politeia）。[①] 总之，**理想城邦的创建实质上是用来作为类比，以彰显理想灵魂的产生**。

概括而言，《理想国》大体可分为三个部分：第一卷为第一部分，提出主题，但尚未运用"**灵魂与城邦的类比**"；第二至第九卷为第二部分，对主题的探讨在上述"类比"的基础上得到充分展开；第十卷为第三部分，脱离类比最终返回主题。以上笔者不惮辞费对《理想国》的谋篇布局进行勾勒，旨在揭示"**灵魂与城邦的类比**"关系在其中的枢纽作用。唯有如此，我们方能充分领会，《理想国》的核心议题直指"教育"的本质。

§4.《理想国》的"主体部分"（即第二到第九卷）隐含了一个上升和一个下降的过程：下降的过程是第八和第九两卷，展现了理想城邦和理想灵魂的次第衰变，从理性统治的"哲人王"逐步蜕

[①] 哲学家的"灵魂结构"有时亦被称作 politeia（如第九卷，591e），这正是《理想国》希腊文原名 Politeia 的双关之处，通行的中译名《理想国》（其他译名尚有《国家篇》《治国篇》）虽不很确切，但已约定俗成，姑且沿用。新见的译名如《王制》，蓄意比附吾国经典，令读者徒生歧义，本书不取。

化为欲望统治的"暴君";① 上升的则是第二卷到第七卷创建理想城邦经历的三个阶段,从初民社会的第一阶段经由"繁华城邦"及其净化的第二阶段,最终到达由"哲人王"统治的第三阶段。让我们先来细看第二至第七卷的上升过程。巧妙的是,这个上升过程既对应于城邦的三阶层,也对应于灵魂的三部分,严格按照"**灵魂与城邦的类比**"关系,从创建理想城邦的三个阶段引导出培育理想灵魂的三个阶段。除了第一阶层——生产者——对应的是人的灵魂中欲望的部分,这在苏格拉底看来是只可控制无法教育的,其他两个阶层——分别对应灵魂中情感和理智的部分——的教育占据了讨论的核心。在这个上升过程里,**教育乃是原动力**:由于理想城邦的正义依赖卫士和统治者的恪尽职守,理想城邦的存亡维系于这两个阶层的教育;同理,正义的灵魂离开教育亦无从生成。第二、三阶层——卫士和"哲人王"——的教育是一个整体的前后阶段:它从"缪斯之艺"(mousikē)和"体育锻炼"(gymnastikē)的"传统教育"出发,归宿于"哲学教育"(philosophia)。质言之,**这个教育进程恰恰对应 philo-sophia("爱–智慧")词源上的两个词素:第一阶段集中在 philo- 部分,被理解为它的强化状态,即 Eros("爱欲");第二阶段集中于 sophia("智慧")**。

具体而论,年青卫士(二十岁为止)的教育(II. 376c-III. 412b)依循传统希腊教育的分类,由两部分组成:mousikē 和 gymnastikē,即"缪斯之艺或文艺教育"和"体育训练",其目的是性格(ethos)的培养,使灵魂的两部分(理智和情感)之间张弛得宜,达到和谐(III. 411e)。"体育训练"(III. 403c-412b)的最终目的是激励灵魂中的情感部分,与"文艺教育"保持平衡,因为"文

---

① 事实上,下降的过程原本在第四卷末(445b-e)开始,但旋即被阿得曼托斯打断(V. 449b),随后引入有关"妇女儿童问题"的一大段"题外话"。

艺教育"离开"体育训练",会使人过度软弱和柔顺,而"体育训练"离开"文艺教育"又使人过度野蛮和粗暴。所以,归根结底,"体育训练"的宗旨并不像人们通常认为的那样,是为了照顾身体;其实,它同"文艺教育"一样,也是为了照顾灵魂(III. 410b-d)。

有关卫士教育的对话主要论及"文艺教育",从第二卷 376d 到第三卷 403b。在这一大段讨论的尾声,苏格拉底明确指出"文艺教育"的最终目标是"达到对美和高贵的爱"(III. 403c: ta tou kalou erōtika)。前文已及,从"**灵魂与城邦的类比**"关系来看,整个卫士教育的过程同时是对"繁华城邦"的净化(III. 399e)。当"初民城邦"得到扩张,"艺术家"(mimētai,字面意思为"摹仿者")随同其他一大群人(如猎人、保姆、厨师等)一起涌入了"繁华城邦";"艺术家"当中的一些用形象和色彩来摹仿,另一些用"缪斯之艺"(mousikē)来摹仿,比如诗人及其助手、吟诵者、演员、合唱队等等。由于卫士的"文艺教育"必须依靠"艺术家"(mimētai)和"摹仿"(mimēsis),苏格拉底便着手净化这座"发高烧的城邦"(II. 372e),他的办法是从内容和形式两方面审查诗人引入城邦的神话故事,审查的结果是,只接受"善人的单纯摹仿者"(III. 397d)并"强迫他(即诗人)塑造好品格的形象"(III. 401b),让年青的卫士摹仿众神和英雄的善行,以此为行动的楷模。苏格拉底的诗歌审查虽然广遭物议,[①] 但它却服务于协调"爱欲"(Eros)的教育目的,因为未经协调的"爱欲"(Eros)只能是一位"暴君"(见 IX. 572e, 573a 等处)。只有借助被审查过的"缪斯之艺"(mousikē),年青卫士的灵魂才能培育出对"美和高贵事物"(ta kala)的"爱欲"(Eros)以及对"丑和低俗事物"的憎恶。"文艺教育"带来"好言辞、好音调、好风格、好节奏",总之,"好性格"(III. 400e)。卫

---

① 罕见的例外有 Naddaff 2002,该著为《理想国》的两次诗歌审查做了机智的辩护。

士的"爱欲"(Eros)经由"文艺教育"的调节,成为"正确的爱欲",一种"对美和秩序有节制而又合乎缪斯之艺的爱"(403a: kosmiou te kai kalou sōphronōs te kai mousikōs eran)。

当讨论转入第二阶段即统治者的教育之时,格劳孔回忆到:"'缪斯之艺'(mousikē)通过习惯教育卫士,以音调培养某种和谐,以韵律培养优雅得体,还以故事培养其他与此相近的习惯"(VII.522a),但他强调指出,这些还都不是"知识"(epistēmē)。实际上,"知识"将成为第二阶段围绕"智慧"(sophia)展开的教育的核心,因为苏格拉底把"智慧"(sophia)理解为一种特殊的"知识",即"真知"(epistēmē)。第二阶段的教育是对第一阶段的"扬弃",① 它既以第一阶段为必要基础,又超越了第一阶段:**如果灵魂里的爱欲没有被"缪斯之艺"向着"美和高贵事物"(ta kala)完成协调,"哲学教育"便无从发生,"哲学"(philosophia)也无法取代"缪斯之艺"(mousikē)的位置。**

那么,"哲学教育"究竟何所指?从第五卷474b开始,苏格拉底对哲学家给以明确的界说。需要再次强调的是,在卫士教育中得到了协调的爱欲,成为这番解说的出发点(474c)。爱欲必须经由"缪斯之艺"的协调,完全聚拢在"美和高贵事物"(ta kala)之上,才能为"哲学教育"做好准备。以此为基础,哲学家灵魂中爱欲的对象就不仅是智慧(sophia)的一部分,而是它的全部(475b)。智慧即"真知"(epistēmē),是关乎"理式"(eidos, idea)特别是关乎最高"理式",即"善的理式"的知识。知识的对象是由"理式"构成的本体领域,而由感官事物构成的知识现象领域则是意见(doxa)的对象,哲学家出于对知识的爱欲,"不会停留在意见所能达到的多

---

① 这当然是一个黑格尔哲学术语,但笔者认为它特别适用于理解柏拉图对话的方法:被扬弃之物是被纳入到更大整体的一部分,在被否定的同时被保存。有关《理想国》的这一特点,参阅 Roochnik 2003,尤见第5—6页和第147—148页。

样的个别事物上,他会继续追求,爱欲的热情不会降低",直至他的灵魂从现象领域上升到本体领域,并且在那里"与存在接近、交合,生育出理性和真理"。(VI.490b)

为了更生动地表现灵魂的上升过程,苏格拉底给出了著名的洞穴比喻。虽然这个比喻历来为聚讼所在,但注家们往往舍近求远,反倒误入歧途。① 其实,苏格拉底已经为我们提供了自己的解释——洞穴比喻有关"受教育和不受教育对我们的天性的影响"②——并由此引导出对教育本质的重新界定:

> 但是我们现在的论证说明,知识是每个人灵魂里都有的一种能力,而每个人用以学习的器官就像眼睛。整个身体不改变方向,眼睛是无法离开黑暗转向光明的;同样,整个灵魂必须转离变化世界,直至它的"眼睛"得以正面观看实在,观看所有实在中最明亮者,即我们所说的善者。……于是这方面或许有一种转向的技艺(technē tēs periagōgēs),即一种使灵魂尽可能容易尽可能有效地转向的技艺;这种技艺不是要在灵魂中创造"视力",而是肯定灵魂本身有"视力",但认为它面对的方向不正确,或不是在看该看的方向,因而想方设法努力促使它转向。(VII. 518c-d)

> Ὁ δέ γε νῦν λόγος, ἦν δ᾽ ἐγώ, σημαίνει ταύτην τὴν ἐνοῦσαν ἑκάστου δύναμιν ἐν τῇ ψυχῇ καὶ τὸ ὄργανον ᾧ καταμανθάνει

---

① "洞喻"的寓意言人人殊,为之强作解人者不知凡几,其中甚至包括现代德国大哲马丁·海德格尔。据笔者所见,Nightingale 2004 第 3 章从古希腊文化角度所做的解读多有创发,她用 theōria("观礼")这一古希腊文化习俗为模式,来阐明洞穴比喻:灵魂是去朝圣的 theōros("观礼员"),去观看"理式"组成的神圣的 theōria("景象")。

② VII. 514a: τὴν ἡμετέραν φύσιν παιδείας τε πέρι καὶ ἀπαιδευσίας.

ἕκαστος, οἷον εἰ ὄμμα μὴ δυνατὸν ἦν ἄλλως ἢ σὺν ὅλῳ τῷ σώματι στρέφειν πρὸς τὸ φανὸν ἐκ τοῦ σκοτώδους, οὕτω σὺν ὅλῃ τῇ ψυχῇ ἐκ τοῦ γιγνομένου περιακτέον εἶναι, ἕως ἂν εἰς τὸ ὂν καὶ τοῦ ὄντος τὸ φανότατον δυνατὴ γένηται ἀνασχέσθαι θεωμένη· τοῦτο δ᾽ εἶναί φαμεν τἀγαθόν...Τούτου τοίνυν, ἦν δ᾽ ἐγώ, αὐτοῦ τέχνη ἂν εἴη, τῆς περιαγωγῆς, τίνα τρόπον ὡς ῥᾷστά τε καὶ ἀνυσιμώτατα μεταστραφήσεται, οὐ τοῦ ἐμποιῆσαι αὐτῷ τὸ ὁρᾶν, ἀλλ᾽ ὡς ἔχοντι μὲν αὐτό, οὐκ ὀρθῶς δὲ τετραμμένῳ οὐδὲ βλέποντι οἷ ἔδει, τοῦτο διαμηχανήσασθαι.

教育就是这种"转向的技艺"（technē tēs periagōgēs），洞穴囚徒从可见世界的黑暗朝着可知世界的光明的旅程正是它的比喻。从"不受教育"（apaideusia）到"教育"（paideia）的向上旅途，即灵魂的上升，在本质上就是哲学（philosophia）的旅途。质言之，**对苏格拉底而言，哲学的本质与教育的本质合二为一了，正是在"哲学"（philosophia）与"教育"（paideia）的本质交融里，一种革命性的"教育哲学"诞生了。**①

以"教育"本质的重新界定为依据，第七卷（521c-541b）详述有助于灵魂转向和上升的课程安排：数学（包括算术、几何、天文学和音学）能够把灵魂从影像和感官事物的现象世界引领到理智的世界，但这些学问仅是哲学教育中最高学问的预备，这最高学问就是"辩论法"（dialektikē）。"辩论法"作为一种方法源自苏格拉

---

① 陈康先生早在 1947 年刊布题为"柏拉图《国家篇》中的教育思想"的长文（陈康 1995，第 49—75 页），试图从历史的观点"确定柏拉图《理想国》中的教育思想的内容和确定这个思想和它以前的教育思想的关系"（第 49—50 页），可资参考。不过，陈文没有深刻反思"**灵魂与城邦的类比**"关系在整个《理想国》构架里的枢纽作用，所以仅限于阐述《理想国》里的"教育思想"，而没有提升到苏格拉底所标举的"教育哲学"的高度。

底通过对话（dialegesthai）进行的哲学实践，① 它能让理性抛开数学必须依赖的假设进入到一个高于假设的世界，即"理式"世界，直抵"不被假设的万物之本原"（VI.511b），即"善的理式"。综上可见，第二阶段的"哲学教育"以"对智慧的爱欲"（philo-sophia）为核心内容，**"哲学"（philosophia）遂超越传统的"缪斯之艺"（mousikē），成为灵魂的最高教育。**

§5. 现在，我们可以更为精准地把握苏格拉底对诗歌的两次批评在《理想国》里的位置，为"诗与哲学的古老纷争"求得合乎其内在理路的正解。"首次批评"（II.376e-III.403c）发生于理想灵魂-城邦的创建之初，讨论卫士阶层的教育之际，如前文所示，"创建之初"意味着，通往哲学的道路必然经由诗歌，传统的"缪斯之艺"乃"哲学教育"的先导和预备。"首次批评"主要从两方面展开：诗的内容（376e-392c）和诗的形式（392c-398b）。② 内容上的讨论，集中于诗讲述的"神话故事"（muthos），逐一从奥林坡斯主神、次要的神灵、冥府之神及英雄各方面检视传统诗歌，尤其是两部荷马史诗与赫西奥德的《神谱》。苏格拉底发现，诗人讲述的"神话故事"大多有悖于"卫士"教育的目的，不符合"美善之邦"培养卫士的宗旨，需遭到剔除和净化。随后展开的有关形式的讨论，则根据当时希腊诗歌的体式，分成纯叙述体（如酒神颂）、纯摹仿体（如悲剧）以及叙述与摹仿混合体（如史诗）。苏格拉底的批评尤其针对"摹仿"（mimēsis），认为青年卫士不该去摹仿传统诗歌里出现的人物及其言行，否则只会败坏自己的品格、腐化自己的心性。从内容和形式综合来看，苏格拉底

---

① 有关 dialektikē 在柏拉图哲学里的技术性和非技术性含义，参见 Roochnik 2003 的附录；Kahn 1996, Ch. 10 追溯 dialektikē 这一方法在柏拉图对话集里的发生和嬗变。

② 另外还涉及诗歌的乐调和节奏（398c-403c）。

在批评的过程中，针对诗的本质大致给出了如下界定：**诗乃言说"神话"（muthos）、运用"摹仿"（mimēsis）的一种"缪斯之艺"（mousikē）**。

对诗的"再次批评"出现在第十卷上半部分（X. 595a-608b）。这一卷里，"灵魂与城邦的类比"虽然留有余响（例如595a 及 607b），但不再是讨论赖以维持的枢纽，因为此时"美善之邦"业已创立，"哲学"已然净化了"缪斯之艺"，取代诗成为灵魂-城邦的"最高教育"。在"首次批评"里，经过严格审查的诗歌虽然在年青卫士的教育中占有重要位置，诗人却已被逐出了"美善之邦"（398a-b），第十卷的"再次批评"正是为这一大胆的举措作进一步的辩解。[1] 苏格拉底提出两个论点反对诗歌。第一个论点是著名的"三层隔离说"，它结合"摹仿说"与形上学和本体论，针对诗的本质提出，诗歌如同绘画是一种"摹仿"（mimēsis），[2] 工匠依据"理式"制造桌子，画师又依据工匠制造的桌子绘画，两人皆有失于"理式"之"真"，而画师尤甚；诗人与画师不相伯仲，摹仿的不过是感观事物，与本真之理式——知识的真正对象——也隔着三层。因此，诗人对他所摹仿的行动和美德不具备真知。第二个论点结合了"摹仿说"与灵魂论和心理学，针对诗的效用提出，诗的"摹仿"迎合灵魂中较低的两个部分，即情感和欲望，而非理应统治它们的理性部分。通过纵容非理性部分使之得到满足，"摹仿的诗人……在每个人的灵魂里建立起一

---

[1] 不少"分析派"柏拉图学者指出这两场讨论存在前后矛盾，比如第二、三卷的讨论里，诗歌相当重要，因此必须接受严格审查，而在第十卷的讨论里它的作用而又显得微乎其微，详见 Annas 1981, Ch. 14. 不过，"分析派"恰恰忽视了《理想国》的辩证特性，从对话的辩证进程看来，由于年青卫士的教育在哲学家的教育那里得到扬弃，协调爱欲必然经由的诗歌，也在面向"智慧"（sophia）协调了的爱欲即哲学（philo-sophia）那里得到扬弃。

[2] 这里 mimēsis 一词的含义与第三卷里有所不同，第三卷里它指的是戏剧表演的"摹仿"，而这里指涉再现表象的"摹仿"。关于 mimēsis 的两重含义，参阅 Janaway 1995, Ch. 4 和 Ch. 5, 以及 Halliwell 2002, Part I.

个恶的'制度'（politeia）"（X. 605b: τὸν μιμητικὸν ποιητὴν...κακὴν πολιτείαν ἰδίᾳ ἑκάστου τῇ ψυχῇ ἐμποιεῖν）。

苏格拉底提出的这两个论点围绕着"摹仿"（mimēsis），是从形上学、灵魂论和心理学几方面对"首次批评"的深化。与第五至第七卷描画的真正的哲学相比，诗被降级到了表象、幻觉、阴影和意见的层次，不再能声称自己拥有"真知"或"智慧"（sophia），它给予听众的无非是快感。因此，对理想城邦-理想灵魂而言，诗人必须遭到流放，只有小部分"歌颂神明和赞美善人的颂诗"才被允许留下，甚至连荷马这位"整个希腊的教育者"也不例外，尽管他是最高明的诗人和第一位悲剧家（606e-607a）。值此之际，苏格拉底引出**"诗与哲学之间的古老纷争"**，是为"再次批评"的高潮和尾声。在这个段落里（607b-608b），挑战除了在字面上由哲学向诗提出，而且还更深层地蕴含在苏格拉底的措辞当中。苏格拉底说，如果诗做不到这一点，他和他的对话者就要"在心里对自己诵唱（aisometha）一遍自己的理由，作为抵制诗之魅力的咒语真言（epaidontes）"（608a）。这里的措辞是在呼应"再次批评"开始的时候，苏格拉底解释说，只有关于诗的本质真相的知识才能作为符咒（pharmakon）抵消诗的魔力（595b）。于是，苏格拉底在"再次批评"的首尾用出人意料的措辞构成一个框架，把诸如aidein（"颂唱"），epaidein（"吟诵咒语"），pharmakon（"符咒"）之类的词汇运用在哲学话语之上，既是针对诗的讽刺，也为中间的"哲学论证"（logos）添上了别样的色彩，仿佛是在暗示，哲学的"法术"与诗旗鼓相当，甚至能够"吟唱"比诗具有更高"法力"的"真言"。

饶富意味的是，苏格拉底关于"纷争"的论述以法庭控辩两造的形式展开，诗与哲学俨然对簿公堂。苏格拉底代表"哲学"的控方，要求诗人在哲学批评的"法庭"上为自己申辩，如若申辩无理，要被"美善之邦"处以"流放"的刑罚；只有当诗人或诗的"保护人"（prostatai[①]）为诗申辩成功，证明自己"不仅仅令人愉快，而且是对城邦制度（politeiai）和人们的全部生活有益"，才会被允许从流放中返回（607b-608b）。从这一别具意涵的形式来看，苏格拉底虽然判分了诗与哲学的高低，却并未对这段公案作一定谳：他还为诗留有余地，诗人还可以从流放中返回，恢复他们昔日的尊荣；他所要求于诗人或他的辩护人的，是必须在哲学的层面为自己做出合理的辩护。透过法庭控辩的形式，苏格拉底的哲学批评向享有传统权威的诗人提出挑战，但也反过来要求诗人应对哲学的挑战，让诗抗衡哲学。这样，哲学批评就不仅针对诗，而且还针对哲学自身提出了一个根本性的问题：哲学倘若自我界定为一种特殊的智慧，它与其他种类的智慧之间关系如何？诗与哲学泾渭判然不能互通，还是相互调适以求会通？不管怎样，从"诗与哲学的古老纷争"里已经透露出这样的消息：**诗具有不同于哲学的重要特质，哲学只有面对诗才能真正地界定自身。**

第三节 哲学——最高的"缪斯之艺"

§6. 柏拉图对诗的论述，除集中于《理想国》的"摹仿说"外，尚有另一条主导线索，贯穿于《伊翁》《苏格拉底的申辩》（22a-c）、《斐德若》（245）、《美诺》（99c-e）这几篇主题各不相同的对话录，此即"灵感说"。"灵感说"关乎诗的本原，其说略谓：诗歌创作不是"技艺"（technē）的产物，诗人对于所歌唱的事物并

[①] 这个词在雅典特指拥有雅典公民权的外侨保护人，暗示诗人在"美善之邦"没有公民权，最多只是侨民而已。顺带提及，有学者推断，柏拉图此处借"苏格拉底"之口暗指当时已在"学园"崭露头角的弟子亚里士多德。这一推断是否成立，依赖对《理想国》卷十（以及亚里士多德早期对话录《论诗人》）写作年代的精准考证，不过无论结果如何，亚里士多德后来撰作《诗学》的一个主要动因，正是为诗进行"哲学辩护"，参阅 Halliwell 1998, pp.19-27 及 App. 2。

不掌握真知（epistēmē）；诗人是受了神灵的感应（enthousiasmos），在神灵的凭附下进入某种迷狂的状态（mania），才得以开口颂唱诸神与英雄的业绩；因此，诗的本原为"神启"，任何依靠凡人的技艺赋诗的诗人都只能是平庸之辈。柏拉图当然并非"灵感说"的首创者，更早的前苏格拉底哲学家德谟克利特已有此说。① 不过柏拉图戛戛独造，让笔下的苏格拉底把"诗的灵感"融入著名的"四迷狂说"，主张真诗人的"迷狂"乃出于缪斯神赐，与出于阿波罗神赐的"预言迷狂"，出于狄奥尼索斯神赐的"仪式迷狂"以及出于爱若斯神赐的"爱欲迷狂"共同组成凡人享有的最高福祉（《费德若》244a-257b），于是就其本原来看，诗与哲学——依苏格拉底的新解，哲学的本原来自"爱欲迷狂"——并列，同属最高的神赐。这里，我们不拟深入上引各篇对话录的内在理路，对"灵感说"再做一番考究。之所以提及"灵感说"，不仅因为它与"摹仿说"构成两条并行不悖的主导线索，相互制约相互呼应，故而论者不可有所偏废；② 更重要的原因是，**"灵感说"与"摹仿说"一道，把哲学与诗之间的最高教育之争推展到更深的层次，亦即"哲学写作"的层次**。与"摹仿说"对诗歌创作的本质的规定相应，"灵感说"直指诗歌创作的本原，将之定为缪斯神赐，而根据上述"四迷狂说"，哲学的本原出自爱若斯（Eros）的神赐（这也是一种富于创造力的精神活动），那么哲学要晋升为最高的"缪斯之艺"——源于缪斯神赐的创造活动——就离不开诗，诗也就必然反作用于哲学的自我界定。

---

① 参见 Tigerstedt 1970 以及 Murray 1981。有必要指出，哲学家的"灵感说"不同于诗人自己对"诗的灵感"的言说，诗人强调的恰恰是，"真知"只有凭靠"诗的灵感"才能通达，详见下章第一节。

② 柏拉图只在最后一篇对话录即《礼法》(719c-d)里，才将"摹仿说"与"灵感说"杂糅，以说明诗人缺乏理性，并不拥有真知，需要接受哲学家的指引。

问题的关键是，**哲学如何成为最高的"缪斯之艺"？**在柏拉图看来，只有借助"哲学写作"的技艺，此中暗含柏拉图与苏格拉底对诗的哲学批评之间的最大差异。事实上，面对乃师苏格拉底不立文字的口传身教，柏拉图选择从事哲学的写作本身就已耐人寻味。他的选择并非乍看起来那样理所当然，因为我们不能忘记，在希腊古典文化那里，文字与书写并未占据统领地位。在更早的古风希腊，书写技术出现在一个大体上还处于口传社会的文化当中，文字发明了以后并没有径直取代言说；实际上，在相当长的一段时间里，它恰恰服务于言说。① 更重要的是，尽管苏格拉底之前及同时代的"哲人"，有不少开始使用文字来记录自己的思想，苏格拉底对这一新技术的有效性却顾虑重重。以常常为论者称引的《斐德若》（274b-277a）的著名篇章为例，苏格拉底谈及口头话语和书面文字的关系，质疑书面文字的教育价值，认为依赖文本的教育必须附属于口头传授这一更高形式，他随即在书写和绘画之间做出如下的经典比喻：

> 书写与绘画分享一个奇怪的特征：绘画的产物貌似活灵活现，但如果有人质询它，它便庄严地保持缄默，书面文字也是同样，你以为它带着真知在诉说，可一旦你想要更多地了解而质询它所说的话，它却不停地表达同一个意思；当话语被书写下来，它就到处游荡，不加选择地来到拥有真知的人和与它毫无干系的人身边，并且它也不知道对谁应该说话而对谁又不应该；当它遭到非难或恶意中伤，它总是需要它的创造者来声援，而它自己既不能为自己辩护也不能支撑自己。②

---

① 有关早期书写与言说之间的关系，参阅 Detienne（ed.）1988, Thomas 1992。
② 《斐德若》，275d-e。（原文不具引）。

因此，真正的"爱智者"（philosophos）会更热衷于把"智慧"书写在他的灵魂里，而非用文字书写在卷轴上。退一步说，"哲学家"到了老年，由于记忆力的衰退，不得不诉诸文字，文本也只能作为助忆的手段，而不能取代记忆，成为哲学活动的核心。

透过柏拉图的描绘，体现于苏格拉底身上的是古老的"智慧的展演者"（performer of wisdom）的形象。① 以希腊"七哲"为代表的早期的"智慧"拥有者，与诗人一样，通过面向公众的"表演"来展示和证明他们的"智慧"。在古典时期对"七哲"的形象塑造中，非语言行为和言说密切相关："智慧"必须在口头上或行为中"展演"出来。尽管他们当中的一些人开始使用文字以使自己的"智慧"传诸久远，但是"智慧"在书面文本中的流传却没有取代它在"哲人"身上的"展演"。苏格拉底承接了这些"智慧的展演者"的余绪，并对"智慧"提出独到的见解。首先，从严格意义上来说，他不认为自己拥有"智慧"，而是永远针对"智慧"进行不懈的追寻；其次，他追寻的"智慧"是可转化成美德的知识，必须实践在哲学家的整个人格当中。哲学必须被转化成生活方式，苏格拉底典范性地实践了这一要求。哲学的真正场所在于个人的灵魂，只有作为灵魂之间的交流才真正产生。因此，苏格拉底没有选择写作，而是进行面对面一问一答式的讨论，用对话来从事哲学探究。

苏格拉底作为哲学家的典范，以及苏格拉底式的生活作为哲学生活的典范贯穿柏拉图哲学活动的始终。既然如此，柏拉图为什么要做出完全有悖于乃师哲学精神的选择，用对话录来从事哲学的写作？柏拉图从事哲学的写作与他所选择的对话录形式，两

---

① "智慧的展演者"这一概念（参见Martin 1993对"七哲"的研究）在早期希腊"智慧"史的研究领域里广为接受（如Nightingale 2000），另见下文第五章第一节。这里有必要澄清译名："七哲"在中文学界通常译作"七贤"，但古风希腊"七哲"并不以"贤德"（aretē）安身立命，而是以"智慧"（sophia）为最高诉求。

者处于非此不可的关系。对话录这种貌似外在于哲学内容的"文学"形式，细案之下，却深刻体现了柏拉图的哲学观念，反过来作用于哲学的自我界定；也正是由于柏拉图采用了对话录来进行哲学写作，才为哲学内化并融摄诗的诉求留下足够的空间。在对话录里，柏拉图使用了丰富多样的诗歌手法，譬如诗的风格、诗的想象、各种意象、隐喻和神话，以及戏剧性元素，包括场景描绘和人物刻画（具有心理和思想深度的各色人物）等等，与通常意义上的诗形成一种创造性的竞赛关系。近几十年来，柏拉图对话录的文学特性与写作层面越来越为评家关注，相关的研究蔚为大观。一种新的研究范式已然成形，与传统的"分析派"对垒，我们或可称之为"文学派"。此派的核心信条为：柏拉图对话录里形式与内容彼此深刻地交互作用，其中的"哲学论证"与"文学特质"相辅相成，浃洽无间。①

对话录作为一个文类虽非柏拉图首创，但他自始至终选择对话的形式来呈现其哲学观念和哲学教育，这一点至关重要。② 可以说，只有透彻了解对话录这一形式的属性，才能领会柏拉图哲学和哲学教育的特性。从古希腊文体的分类来看，准确地说柏拉图选择的是所谓的"苏格拉底对话"（logoi Sōkratikoi）。③ 这个文类源起

---

① "文学派"关注的主要面相有：一、对话录的文学体式，如 Kahn 1996；二、对话录与对话录之间以及对话录与其他文类的互文性，如 Nightingale 1995；三、戏剧场景与人物的性格与心理刻画，如 Blondell 2002；四、象征性话语的使用（诸如比喻、意象、类比、神话），如 Brisson 1998, Morgan 2000, Collobert, Destrée & Gonzalez（eds.）2012（部分相关论文的中译见张文涛选编 2008 及 2010）。

② 现存的柏拉图全集除了殿尾的十三封书信及伪作，全都是对话录，其中只有《苏格拉底的申辩》比较特殊，系一篇第一人称的演说辞，但当中也包含假想的对话部分。

③ 这一称呼出自亚里士多德《诗学》（1447b11）。笔者用"苏格拉底对话录"来统称柏拉图所有的对话录，而非专指通常意义上的"早期对话录"。"苏格拉底"尽管在一小部分"晚期"对话录（例如《礼法》）里没有作为对话者出现，但从总体上看，这些对话录仍旧是"苏格拉底对话录"的某种延伸。

于公元前 5 世纪末的苏格拉底门徒,被他们用来"再现"苏格拉底主要的哲学活动即对话。现存的"苏格拉底对话"除了柏拉图和色诺芬的作品保存完好以外,还留下安提斯特尼(Antisthenes)、爱斯克涅斯(Aeschines)、斐多(Phaedo)和欧克里德(Eucleides)等人的残篇。① 以往对"苏格拉底对话"存在一种误解,认为苏格拉底的弟子在他生后,为了保存对乃师的记忆,用这样一种传记式的书面记录,如实地再现苏格拉底的言行。这种误解已逐渐被近年来学界的研究破除,譬如著名的古希腊哲学史家卡恩(Charles Kahn)在《柏拉图与苏格拉底对话——一种文学样式的哲学化用》一书里,对现存的文献作了整体的梳理后提出:"从爱斯克涅斯、斐多和色诺芬等人所描绘的苏格拉底身上可以找到一种惊人的多样性。这些画像各不相同,而且也与柏拉图的不同,尽管实际上所有画像又都分有一种貌似家族成员间的相似性。"② 由于存世的"苏格拉底对话",除柏拉图撰作的以外,只有色诺芬的四篇(即《会饮》《家政》《苏格拉底的申辩》和《回忆苏格拉底》)堪称完整,研究者不得不主要以此作为柏拉图对话的参照。卡恩的相关分析表明,色诺芬使用的第一人称叙述方式,基本上属于虚构,目的在于引出作品中一个新的篇章,或是提醒读者注意一个特别重要的段落。在这一点上,色诺芬遵循了苏格拉底对话的传统,把第

---

① 辑录于《苏格拉底及其弟子残篇集》(*Socratis et Socraticorum Reliquiae,* Naples, 1990),由意大利学者 Gabriele Giannantoni 编订,共四卷。此外,柏拉图的学生亚里士多德也写过对话录,但只留下了其他作家转引的只言片语,有意思的是,在他的对话里苏格拉底从未出现,而亚氏本人倒成为主要的对话者(参见西塞罗,*Ad Att.* XIII, xix 4 的证言),这与乃师的"苏格拉底对话录"大异其趣。

② Kahn 1996, p.3: "There is <also> the striking diversity to be found in the portraits of Socrates given by Aeschines, Phaedo and Xenophon. These differ from one another as much as they differ from Plato, despite the fact that there is something like a family resemblance that unites all four portrayals."

一人称的叙述与回忆作为文学手法来使用。① 虽然卡恩对"苏格拉底对话"的历史真实性予以全盘否定的做法,尚有商榷的余地,但循此得出的正确结论是,"苏格拉底对话"并不一定是实际发生过的谈话的文字记录,而是一种更为灵活的文学样式,历史真实与虚构创作杂糅其中。"苏格拉底对话"的核心人物当然是苏格拉底,但是每一位"苏格拉底对话"的写作者从历史中的苏格拉底身上,提取了体现自己哲学观念的素材,并且凭借"对话录"这种文学样式来"摹仿地"再现苏格拉底式的哲学生活。到了柏拉图那里,由于他非凡的写作天才,他笔下的对话录(特别是"早期"对话录)显得极为"逼真",但并不比其他的苏格拉底弟子的对话录更忠实于历史事实,故此柏拉图的对话录或可称作"逼真的虚构对话"。

倘若跳出"对话录"而就古希腊的文类大宗再看,"苏格拉底对话"实与戏剧相埒,皆属于"纯摹仿体"。亚里士多德在《诗学》(1447a28-b11)的开篇有云:

> 另有一种艺术或仅用散文摹仿,或仅用有格律的诗体(其中还有混用格律或仅用一种格律之别),这种艺术至今没有名称。事实上,我们没有一个共同的名称来称呼索弗荣(Sophron)和塞那耳克斯(Xenarchus)的拟剧(mimoi)以及"苏格拉底对话"……

> ἡ δὲ μόνον τοῖς λόγοις ψιλοῖς <καὶ> ἡ τοῖς μέτροις καὶ τούτοις εἴτε μιγνῦσα μετ' ἀλλήλων εἴθ' ἑνί τινι γένει χρωμένη τῶν μέτρων ἀνώνυμοι τυγχάνουσι μέχρι τοῦ νῦν· οὐδὲν γὰρ ἂν

---

① Kahn 1996, pp. 29-35.

第二章　最高教育之争——哲学、智术与诗的分合　69

> ἔχοιμεν ὀνομάσαι κοινὸν τοὺς Σώφρονος καὶ Ξενάρχου μίμους καὶ τοὺς Σωκρατικοὺς λόγους…

在这段文字里，亚里士多德把索弗荣及其子塞那耳克斯为代表的西西里拟剧（mimoi）与"苏格拉底对话"相提并论，并非出于偶然。古代的注疏家已经道出个中缘由，例如萨默斯岛的杜里斯（Duris of Samos，生活于公元前 4—前 3 世纪）尝谓，索弗荣的拟剧才是柏拉图写作灵感的真正来源。以现存索弗荣拟剧的残篇为证，无一例外都是取材于日常生活的写实短剧，以滑稽笔法描摹了社会底层的男女。① 不过，拟剧或许对柏拉图极富戏剧性的人物刻画有所启发，并不能说对他产生了决定性的影响，让柏拉图对话录受益最多的应当还是雅典的悲剧和喜剧。② 以阿里斯托芬的《云》为代表，雅典的喜剧诗人在前 5 世纪 20 年代热衷于用滑稽的手法摹仿苏格拉底的言谈举止，在柏拉图刻画的苏格拉底形象身上，就可以明显地看到喜剧的影响；另一方面，雅典悲剧所描绘的英雄人物则为柏拉图表现苏格拉底的英雄本色提供了范例。总体来说，柏拉图的"苏格拉底对话"实际上是一个杂糅了各种因素尤其是悲剧和喜剧因素而成的"混合文类"。

这种"混合文类"不仅从来源上看如此，而且对话录本身亦可容纳其他文类，呈现出各种文类杂陈其间的"混杂"风格。③ 对

---

① 索弗荣的生平轶闻和拟剧残篇的辑录，见 R. Kassel & C. Austin, *Poetae Comici Graeci*, vol. 1, Berlin: De Gruyter, 2001, pp. 187-253，苏格兰学者 I. C. Cunningham 在 2002 年新版的"洛布丛书"第 225 册（题名 *Theophrastus: Characters. Herodas: Mimes. Sophron and Other Mime Fragments*）第 293—351 页，选译了其中最重要的篇什，归入"妇女拟剧""男人拟剧"以及"类型未定拟剧"三类，内容多涉市井生活。

② 参阅 D. Clay 1994 以及 Nightingale 1995，第五章。

③ Nightingale（1995）另出机杼，探讨柏拉图的对话录如何通过文类的混杂来展开"文类对话"，服务于柏拉图创建和界定"哲学"的精神事业，其说可谓深中肯綮。

此,尼采曾做出精妙的比方,称柏拉图的对话录犹如一叶扁舟,拯救遇难的古老诗歌和她所有的孩子,把他们置于扁舟之上,渡向未来;之所以如此,是因为"它通过混合一切既有风格和形式而产生,游移在叙事、抒情与戏剧之间,散文与诗歌之间"。① 此语道出了柏拉图对话录的一个显著特征:柏拉图会摹仿甚至直接采用其他文类进行创作。举例而言,《会饮》篇由阿波罗多洛斯转述悲剧家阿伽同家里进行的一场对话,其中共有七位性格迥异的演说者发表了七篇风格不一的演说辞来讨论"爱欲",《会饮》篇因此由各种类型的演说辞混杂而成,虽然演说辞绝非柏拉图偏好的文体,但柏拉图的对话录却能有效地承纳演说;同样,另外一篇题为《美内克塞诺斯》(*Menexenus*)的短篇对话录,除去一头一尾,主体部分就是一篇"葬礼演说辞",论其风格与表现力,方之修昔底德笔下伯里克利所发表的"国葬演说辞",亦不遑多让。

§7. 把握柏拉图撰作的"苏格拉底对话"的文学特质,我们方能进一步领会:柏拉图选择对话录而非哲学论文来从事"哲学写作",不仅关乎其哲学观念的根本性质,而且涉及柏拉图与诗和诗人的竞争关系。如上文所论,苏格拉底持"摹仿说"与"灵感说"对诗展开哲学的批评,从本质与本原上界说诗不同于哲学的特质——本原上,诗属于"缪斯之艺"(mousikē),源于缪斯女神赐赠的"迷狂";本质上,诗为言说"神话"(muthos)的一种摹仿活动,诗人因此被界定为"神话言说者"(muthologos)与"模仿者"(mimētēs)。并非偶合的是,**作为哲学写作者的柏拉图恰恰身兼两者,从"摹仿"与"神话"潜入哲学与诗的更深层竞争,最终为哲学争得最高的"缪斯之艺"(mousikē)之实。**

---

① 尼采:《悲剧的诞生》,周国平译,三联书店,1986年,第59页。

作为文学体式,"苏格拉底对话录"与索弗荣的拟剧或是雅典的悲剧和喜剧之间最根本的共通之处在于,它们全都用对话来进行"摹仿"(mimēsis)。亚里士多德的《诗学》已作如是观,在上引段落里(见第68—69页),他把索弗荣的"拟剧"和"苏格拉底对话"相提并论,后者的写作者当然也包括柏拉图。从《诗学》的"摹仿说"看来,这两者与其他种类的"话语"(logos)如演说辞之间最根本的不同是,前两者属于摹仿,而后者并不进行摹仿。正如亚里士多德随后举例说明的那样,荷马与恩培多克勒虽然都使用六音步长短短格的史诗诗体,两者除此而外却别无共同之处,因为荷马史诗摹仿行动,而恩培多克勒的哲学诗阐明义理。因此,《诗学》虽未明言,但难以避免的推论是:柏拉图谴责从事摹仿的诗人,可他自己,在撰写"苏格拉底对话"之时,仍然是一位"摹仿者",而且还是一位无人能出其右的"摹仿者"。这个推论也为柏拉图笔下的苏格拉底的论述间接地证实。在《理想国》的第3卷(392c及以下),苏格拉底结束对诗歌内容的讨论,转向讨论其形式。他区分了三种叙事方法:纯叙述、纯摹仿以及两者混用。根据这个分类,如果说悲剧和喜剧属于"摹仿",那么柏拉图自己创作的"苏格拉底对话"也毫无疑问归入此类,作为对话录的写作者,柏拉图同诗人(尤戏剧诗人)一样,是一位"摹仿者"。

"哲学写作者"柏拉图与《理想国》里的苏格拉底看似矛盾互攻,在这里作者(柏拉图)的观点显然无法与人物(苏格拉底)等同。合理的解释是,柏拉图与传统诗人竞比,让诗的"摹仿"服务于哲学。他化用西西里拟剧以及雅典戏剧的各种元素,发展并完善了"苏格拉底对话",使之成为对哲学家和哲学生活的一种"摹仿",一种"哲学戏剧"。苏格拉底的形象(以及与苏格拉底交游和对话的众多人物形象),乃是柏拉图的"苏格拉底对话"所"摹仿"

的"哲学戏剧"的核心内容。① 对哲学家苏格拉底的人物塑造和性格刻画，与哲学论辩和论证一样，成为哲学写作最根本的维度，因为哲学不仅仅是一项思辨探索，更紧要地是一种生活方式，真正的哲学体现在真正的哲学家身上。要同时表述哲学并表现哲学家，需要一种能够展示哲学家正在从事哲学（即思辨探索与生活方式合二为一）的文学体式，因此描绘对话中的苏格拉底成为柏拉图的必然选择。对话体最生动地把哲学展现为一种戏剧，对话体的写作也因此促成柏拉图哲学与传统诗歌在摹仿的层面上直接展开较量。

与此同时，"苏格拉底对话"还为柏拉图在自己的作品里广泛地利用诗及其手法提供了最适合的场所，这可以从几个层面剖析：首先，最直观的层面是，对话里的人物经常诉诸诗人的权威来支持自己的观点，并由此引发苏格拉底对其传统权威的批判。② 其次，柏拉图在对话录里或明或暗地运用诗歌手法，其中最引人注目的是柏拉图对"神话"（muthos）的使用，仅以前文着墨最多的《理想国》为例，诗的意象遍布整篇对话录，其中较著名的有：城邦之船、太阳比喻、线的比喻、洞穴寓言、灵魂之为多头的野兽比喻；此外，还有贯穿整篇对话录始末并支撑其框架的类比，即"灵魂与城邦的类比"。《理想国》除了富于诗的意象，还包含数则神话，譬如"隐身戒指的神话"（第二卷，359d-360b），"土生土长的

---

① 传统观点认为，柏拉图只是在"早期"写作了"苏格拉底对话"，到了"中期"特别是"晚期"，逐步放弃了苏格拉底的形象，这种观点的前提预设是，柏拉图的思想处于发展当中，以循序渐进的方式体现于早、中、晚三个时期，每一个时期的思想都有着根本性的差别，故而也影响到对话录的形式特别是苏格拉底在其中的作用。不过，仅就苏格拉底的作用而言，学界一致公认的晚期对话《斐立布》篇又一次以苏格拉底为核心的对话人物，这便足以引起对"发展观"读解方式的质疑。依笔者之见，更为合理的解释由"统一观"提出，即苏格拉底在柏拉图的"苏格拉底对话"里的出场（绝大多数对话录），在某些对话里的在场而不参与（如《智术师》《政治家》），乃至在少数对话里的缺席（如《礼法》），都是柏拉图用来呈现他的"哲学戏剧"的策略，与其他因素一起，体现了对话录写作的多样性和复杂性。

② 参阅 Halliwell 2000。

神话"(即"高贵的谎言")(第三卷,414d-e)以及最后收束全篇对话的"埃尔的神话"(第十卷,614a-621d)。这些神话大都安置在对话整体进程里的关键处,历来为注家所重,其中尤以"埃尔的神话"为荦荦大者,成为整场对话的最终归宿。更有甚者,在"故事"意义上的"神话"而外,苏格拉底还屡次提及,他们正在进行的这场对话也可视作"神话的言说",并且他们正在创建的"美善之邦"也不啻为一个"神话"(muthos)。举例而言,有关卫士教育的大段讨论开始之际,苏格拉底说:"让我们来讨论怎么教育这些卫士的问题吧。我们不妨像讲'神话'那样,用"神话的言说方式"(muthologountes)来谈。"[①] 所谓"神话的言说方式",原文里用的是 muthologein 这个动词,该词为柏拉图用来表达"言说神话故事"这一含义的主要动词。[②] 又如,苏格拉底认为,只有当哲学家成为城邦的统治者,城邦和个人才能终止邪恶,苏格拉底及其对话者"用话语作为神话构造出来的制度"(hē politeia hēn muthologoumen logōi)才能实现(第六卷,501e)。此外,柏拉图的另一篇对话录《蒂迈欧》的开篇与《理想国》呼应,在那里《理想国》的"美善之邦"被称作"好比是 muthos"(hōs en muthōi, 26c9),并且与《蒂迈欧篇》里讲述的有关阿特兰提斯(Atlantis)的真实故事(alēthinon logon, 26c5)形成对比。[③] 根据著名的柏拉图专家布里松(Luc Brisson)的研究,柏拉图系统地把 muthologos("讲神话的人")与 poiētēs("诗人","制作者"), muthologia("神话的讲述")与 poiēsis("诗","制作")联系在一起,布里松集中考查了柏拉图全部作品中所有包含

---

① 《理想国》第二卷,376d: hōsper en muthōi muthologountes。

② 例如,对理想城邦公民所讲述的"土生土长的神话"即由该词引导: pros autous muthologountes(《理想国》第三卷,415a)。

③ 不过,《蒂迈欧》讲述的"宇宙创生"也被称作"神话"(muthos),见 29d2, 59c6, 68d2, 69b1 等处。另外,"雅典客人"在《礼法》(VI. 752a2)里称有关理想城邦及其政体的讨论为"神话"(muthos)。

muthos 及其派生词与复合词的语料，他的结论得自精审细致的词汇研究和语义分析。① 这一结论同样适用于《理想国》，因为除了上引几处别具深意的例外，muthos，muthologos 和 muthologein 等词也总是用在诗人身上。《理想国》里的苏格拉底自己在某种意义上成为"讲神话的人"（muthologos），这一奇特的现象表明，"神话"最适当地属于诗人的领域，但对于"哲学论证"同样不可或缺。

从"哲学写作"的层面看来，柏拉图在对话录里没有袭用当时通行的"寓言解释法"（allegorēsis），而是另辟蹊径，化用传统神话的素材撰写了一整套"新神话"，用以取代传统诗人的神话。② 例如，结束《理想国》全篇对话的"埃尔的神话"就与传统的"下冥界"神话形成对比。苏格拉底在该则神话的引言部分，提示我们将之与传统神话对观，他说："我要讲的不是阿尔克诺额斯（Alkinou）的故事，而是关于一个勇士（alkimou）的故事"（X, 614b）。这里在 Alkinou 和 alkimou 之间的文字游戏，显然指向《奥德赛》第 9-12 卷里早已家喻户晓的故事：在《奥德赛》最为世人称道的这几卷当中，奥德修斯向法埃克斯人的国王阿尔克诺额斯（Alkinoos）讲述了自己归家途中的历险经历，其中处于核心位置的正是包含在第 11 卷的"冥界游"。"埃尔的神话"所描绘的死后灵魂的命运，适与奥德修斯所讲述的"冥府"情景形成鲜明反差：后者由传统神话里的人物和场景组成，而前者旨在把"灵魂与城邦的类比"纳入整个宇宙的框架；灵魂、城邦和宇宙组成由小及大的三个对称的结构，各自的完美形式都体现于"正义"主持的良好秩序。

柏拉图所撰写的"新神话"里，有两个最重要的主题，分别为

---

① Brisson1998，特别参见第 150 页和附录 II。

② 柏拉图对"寓言解释法"（allegorēsis）显然不屑一顾，参见《斐德若》229b-230a 里的驳斥。有关"寓言解释法"从古代到文艺复兴时期的历史嬗变以及柏拉图在其中的独特位置，参阅 Brisson 2004 的专论。

宇宙的本然和脱离身体的灵魂。① 这两个主题恰恰触及柏拉图哲学的最高义谛——"新神话"言说灵魂与理式世界的交融，指向一种终极"奥秘"，一种超越话语的"神秘体验"，一种"与神趋同"的境界。柏拉图的哲学致力于为这种终极体验奠定理性（logos）基础："理性"训练灵魂逐渐向神靠拢，而"神话"（muthos）则把"理性"（logos）引领出它的有限范围，朝向它的终极目标。因此，柏拉图在"哲学论证"的同时书写"新神话"，努力把两者都作为不可或缺的因素涵容在他的哲学观念和哲学写作当中。换言之，诗的"神话"反作用于哲学的自我界定，构成柏拉图哲学的一个根本特征。

根据柏拉图的灵魂论，神话深深扎根于灵魂的非理性部分，哲学理性无法将之根除。如果哲学必须同时照料灵魂的理性部分和非理性部分，哲学家就要从诗人手中攫取神话，利用它证明自己能比诗人更好地照料灵魂的非理性部分。故此，只有作为"摹仿者"和"神话言说者"，柏拉图才能真正地与传统诗人展开竞争，凭借神话与理性的融合，哲学才能完整地教育人的灵魂，作为"苏格拉底对话"写作者的柏拉图，也才能展示自己是足以取代传统诗人的"真正的诗人"。所以说，**柏拉图选择对话的戏剧性摹仿以及对诗歌语言特别是神话的使用，目的正在于把哲学塑造成最高意义上的"缪斯之艺"**，哲学只有不仅在批评的层面上超越传统的"缪斯之艺"（如《理想国》里苏格拉底所为），而且还要化身为最高的"缪斯之艺"（如《理想国》的写作者柏拉图所为），才能成就灵魂的"最高教育"，从而真正地取代"诗教"的地位。②

---

① 详见 Morgan 2000，第 6-8 章。
② 柏拉图有关哲学是最高意义上的 mousikē 的具体论述，参见《斐多》61a；《理想国》499d, 546b；《斐立布》67b 等处。

§8. 柏拉图的"哲学写作"与诗的竞争可以说一直持续到他生命的终点,并在其一生的压轴大作《礼法》那里作一了结。《礼法》篇讲述三位对话者在克里特岛上,创建了一座用"法治"建立起来的"次善"城邦,名之为"麦格尼西亚"(Magnesia)。① 这座城邦,如同《理想国》的"至善城邦",将不允许传统的诗人尤其是悲剧诗人进入,对这些诗人,这座城邦的立法者将如是说:

> 最尊敬的客人,我们自己就是悲剧诗人,我们创作的悲剧是最美的最善的。至少,我们创设的这整个城邦制度是对最完善最高贵的生活的一种"摹仿",而我们坚信这才是最名副其实的悲剧。因此,同你们一样,我们也是诗人,用同样的素材进行创作,并且作为最完美的戏剧的艺术家和表演家是你们的竞争对手。②

> ᾮ ἄριστοι, φάναι, τῶν ξένων, ἡμεῖς ἐσμὲν τραγῳδίας αὐτοὶ ποιηταὶ κατὰ δύναμιν ὅτι καλλίστης ἅμα καὶ ἀρίστης· πᾶσα οὖν ἡμῖν ἡ πολιτεία συνέστηκε μίμησις τοῦ καλλίστου καὶ ἀρίστου βίου, ὃ δή φαμεν ἡμεῖς γε ὄντως εἶναι τραγῳδίαν τὴν ἀληθεστάτην. ποιηταὶ μὲν οὖν ὑμεῖς, ποιηταὶ δὲ καὶ ἡμεῖς ἐσμὲν τῶν αὐτῶν, ὑμῖν ἀντίτεχνοί τε καὶ ἀνταγωνισταὶ τοῦ καλλίστου δράματος.

这里,雅典人——柏拉图的一个化身——明言,在对话录里创建的城邦才是最高贵的"摹仿",对话录才是"真正的悲剧",进行哲学

---

① "次善"当然相对于《理想国》里的"至善"城邦而言,对《礼法》篇的正确解读必须建立在这种等级关系之上。

② 《礼法》第七卷,817b。

对话并创作哲学对话录的人才是"真正的悲剧诗人",此处的弦外之音无疑指向柏拉图一生的"哲学写作"。①

与柏拉图自己的"晚年定论"对照,不妨再看柏拉图笔下所描述的苏格拉底临终之际的一个细节。据《斐多》篇所载,这位哲学家在狱中竟然开始"创作诗歌",当大惑不解的弟子们问他:"你这个从来不作诗的人为什么进了监狱反倒作起诗来?"苏格拉底如是作答:

> 我这样做是为了试图证实我的一些梦的意义,是为了提防自己失职,因为我多次梦见应当从事"缪斯之艺"(mousikē)。事情是这样的:我一生中有很多次做同样的梦,做梦的方式和时间虽然各异,梦里却都是同一句话,即"苏格拉底啊,创造并从事'缪斯之艺'(mousikē)吧。"过去我以为这是鞭策我、勉励我去做自己已经在做的事情,正像人们给赛跑的选手喝彩打气一样,这梦是在鼓励我做我正在做的工作,创造"缪斯之艺",**因为哲学就是最伟大的"缪斯之艺"(megistē mousikē)**,而我正在做这种工作。但是现在我在判决之后、神圣的节日缓刑期间,想到那些接二连三的梦也许实际上是让我从事通常意义的文艺,我应该照办,不能违抗。我想自己最好在辞世之前做应当做的事,即听从梦的命令,制作诗句。于是我首先编了一首这个节日歌唱神恩的颂歌。编完颂歌之后,我想到一个诗人只要真是诗人就该言说"神话"(muthoi),而不是大讲"道理"

---

① 顺带提及,《礼法》篇为"次善城邦"描绘了另一套"教育规划",与《理想国》为"至善城邦"制定的"教育规划"遥相呼应。饶富意味的是,"缪斯之艺"(mousikē)在"次善城邦"的"教育规划"里占据了更大的比重:孩童从10-13岁以《礼法》篇为教本学习读写(809e-810b),13-15岁学习抚琴(809e-810a)与歌唱(812d-e),并加入"缪斯(儿童)合唱队"(664c),成年后(三十岁前)加入"阿波罗合唱队",三十至六十岁加入"狄奥尼索斯合唱队"(665a,等等)。城邦公民养成"美德"(aretē)的教育任务,完全由上述三个合唱队的歌舞(choreia)来担负。

（logoi），但我自己并不善于言说"神话"（muthologikos），于是就把那随手可得而且自己很熟悉的伊索寓言（muthoi）拿来，将最先见到的几篇编成了韵语。（60e-61b）①

这段文字启人深思：柏拉图为什么要提到这一貌似无关紧要的细节？为什么苏格拉底在临死之际如此关心他常做的一个梦以及梦中的话"从事缪斯之艺（mousikē）"的含义？为什么在解析梦的意义之时，苏格拉底会重新思考他一生对"缪斯之艺"（mousikē）的理解（即哲学是最伟大的"缪斯之艺"），而开始通常意义上的"缪斯之艺"（即诗）的创作？是因为阿波罗节日（他提到的"神圣的节日"）造成的缓刑，使他重新认识了他与这位德尔斐之神的关系以及阿波罗的神谕（"没有人比苏格拉底更智慧"）的含义？更尖锐地提问：临刑之前"创作诗歌"的苏格拉底，是对他一生的"哲学事业"的"翻案"么？此番话语借行将为哲学"殉道"的苏格拉底之口道出，意义非同寻常。这是柏拉图为"哲学写作"埋设的又一个充满寓意的象征：直到哲学家苏格拉底生命最后的时刻，诗仍旧是哲学最伟大的对手，哲学家仍旧不能藐视诗歌作为传统的"缪斯之艺"的威力；而只有在"哲学写作者"（或称"哲学诗人"）柏拉图那里，在他改塑成最高的"缪斯之艺"的哲学那里，哲学才真正融摄了诗，"诗与哲学的古老纷争"才最终化解。

---

① 此处采用王太庆译文，略有改动（原文较长，不具引）。

第三章
诗人、先知与王者——"教育家赫西奥德"考论

第一节 诗人与先知

§1. 上章的考论显示,柏拉图"哲学"把"教育家荷马"当作传统"诗教"的典范,以最尖锐的方式提出了"诗"能否成为"最高教育"的问题。要更加深入地反思柏拉图"诗歌批评"的复杂意蕴,就必须转向奠立"古风诗教"观念的"内在诗论"本身,考察"诗人教育家"的最初面貌如何以"先知-诗人"的原型出现,而面对其他智识权威例如先知与王者,后起的诗人又如何与他们展开"最高教育者"的竞争。本章便循着这一思路前行,以赫西奥德《神谱》序诗为核心,来探抉古风希腊"诗人教育家"的原型。

在古希腊文化的发轫之初,有三种人被推尊为最高的智识权威或称"真理的主宰",他们分别是先知、诗人与王者。①就先知与诗人而言,两者在早期印欧文明里尚浑然一体,同一人承担了两种智识和社会功能,这种先知兼诗人的人物掌握一切"知识"和"真理",后来的智识阶层便从他分化而来。②不过,在存世

---

① 参阅 Detienne 1996 [1967]。
② 现代文化人类学的研究为这一现象提供了许多佐证,参见 Chadwick 1942 的概览以及 Conford 1952 针对古希腊的专论,该著将"先知-诗人-智者"当作一体之三面,共存于"萨满"之一身,其中第 VI 至 IX 章展示"哲学家"如何从"先知-诗人"化身而出,至今仍发聋振聩。

最早的古希腊典籍即荷马史诗那里，诗人与先知已判然两分——诗人被称为 aoidos（歌者），而先知则称为 mantis。《伊利亚特》（1.68-72）里希腊人的随军卜师卡尔卡斯（Kalchas）是一位"最高明的鸟卜师"（oiōnopolos），掌握了来自阿波罗的预言术（mantosunē），正是依凭此术，他在史诗开篇的全军大会上昭示了阿波罗降下瘟疫的缘由，并由此触发了阿基琉斯与阿伽门农的争吵。交战的另一方，特洛伊城的主要先知名为赫勒诺斯（Helenos），他既是卜师又是战士，特洛伊人认他为"最高明的鸟卜师"（6.76），他能听到"神的声音"，知晓阿波罗与雅典娜商定的计划（7.44-53）。卡尔卡斯与赫勒诺斯是两位典型的先知，与荷马史诗里的诗人形象相去甚远。在《奥德赛》那里，此一区别更为显明，诗中提及，萍踪无定但到处受到欢迎的有四种人，他们是"掌握某种技艺而为公众服务的行家（demiourgoi）"，其中包括先知（mantis）、医师、木工和歌者（aoidos）（17.381-385）。可见，诗人（"歌者"）与先知已分属掌握不同技艺的两种"职业"。同一部史诗里描绘的两位"歌者"，费米奥斯（Phemius）与德墨多克斯（Demodokos），亦很难说具备先知的特征，而更类似于吟诵荷马史诗的"故事的歌手"。尽管如此，我们并不能简单地把两部荷马史诗当作对客观事实的报道，而需充分意识到，先知在其中的呈现总是被纳入史诗自身的诗性逻辑，并且先知对神意的通晓与诗人的"灵感"存在某种隐性的张力，因而史诗对先知的"刻画"背后还有这种隐性张力起着微妙的作用。①

要把握诗人与先知之间的隐性张力，首先有必要对"先知"的概念略作分疏。古希腊世界里的"先知"，是从事占卜（divination）的人员，更准确地说，他们与"卜师"一同构成了两种最主要的占卜人员：先知基于"神灵感应"（inspiration）的体验来宣告"神

---

① 参见德拉孔波 2016 对《伊利亚特》里诗人与先知关系的精湛分析。

谕"，古希腊人称作 mantis，现代术语作 seer；"卜师"则运用各种手段来获取并解释朕兆，现代术语作 diviner。根据西方存世最早的系统论述占卜的著作，古罗马演说家和哲学家西塞罗的《论占卜》(De divinatione) 一书，古代的占卜术略分为"神启式"与"归纳式"两大类型：前一类如预言和梦占，依靠神灵感应（adflatus divinus），从事此类占卜最重要的前提经验为"神灵附体"，占卜之人因神力的凭附得以进入另一种精神状态，用预言来宣告神示或见到不可言喻的异象；后一类则依靠技艺（ars）与知识（scientia），卜师并不进入"神灵附体"的特殊体验，而是用一套系统的方法阐释来自神灵世界的朕兆，诸如飞鸟的行迹、牺牲的内脏以及各种天象。① 西塞罗广为人知的两分法还可上溯至希腊古典时期的哲学家柏拉图，在《费德若篇》里，柏拉图笔下的苏格拉底提出四种"神圣迷狂"的著名论点，"预言者的神灵附体"便位列其中，乃是神明带给凡人的四种至福之一。苏格拉底进而将"受神灵感应的预言术"（mantikē entheos）与通过观察各种朕兆而进行的占卜术对比，认为前者凭靠神力，来自阿波罗赐予的"神圣迷狂"，后者出自人力，由"神智清醒"的卜师施行，相形之下当然逊色许多。② 苏格拉底的分判反映了古希腊人的普遍观念，也即是说，前述两种从事占卜的人员当中，"先知"享有比"卜师"更高的威望。

就"先知"而论，他们主要以两种形态出现，其一隶属于机构化的神谕所（oracle），如德尔菲的皮媞亚（Pythia），其二是单个的先知，没有机构化的隶属关系，例如传说里著名的特雷西亚斯（Tereisias）。先知的主要职责为宣告神的旨意，也就是广义上的"神谕"，所使用的媒介则是人的语言。"先知"之所以比其他类型的"卜

---

① 西塞罗：《论占卜》（De Divinatione）I, 12。
② 柏拉图：《费德若篇》（Phaedrus），244b-d。

师"地位更高,也仰赖他使用的特殊媒介:"先知"在语言的领域内运作,语言本身被用来作为神人沟通的朕兆以传达神意。古希腊人因此将此类占卜者称为 mantis,该词的本义为"在一种特殊的精神状态下言说之人",也即是说,先知的占卜活动诉诸"语言"来实现。"先知"(mantis)之所以会被推尊为最高地位的占卜者,与古希腊人对"语言"的偏爱有关,诚如法国古典学家韦尔南(J.-P. Vernant)所言:"希腊人看重诉诸话语的占卜方式,而非解释朕兆的技术,或是像投掷骰子那样有赖于偶然性的占卜程序,这些在他们看来属于低级的占卜方式。他们偏好 Crahay 所谓的神谕式对话,即神的话语直接向问卜者的提问做出回答。"[1]

在所有"诉诸话语的占卜方式"当中,又以德尔菲神谕所(Delphic Oracle)占据至高无上的地位。据载,德尔菲神谕很可能由两种不同人员共同完成,他们分别被称作 mantis 与 prophētēs:前者为神灵附体的灵媒即皮媞亚,她求神问卜并给出神谕的实质内容;后者为襄助她的神职人员,他们得名为 prophētēs(本义为"宣告者"),是因为他们将皮媞亚口中据说"语无伦次的"神谕改写成史诗诗体,并将之宣告出来。虽然德尔菲神谕的具体运作方式迄今仍有争议,但确凿无疑的是,神谕在 mantis 和 prophētēs 这两个层面上都诉诸"语言",并且,神谕的最终颁布与一种特殊的语言——诗歌——发生关联。在 prophētēs 的层面上,德尔菲的神谕被改写成诗体,神谕使用了最为庄严的史诗格律,其中不乏史诗的语汇、意象与程式化手法。[2] 在此种意义上,神谕的语言不啻

---

[1] Vernant 1991, p. 311: "The Greeks valorized oral divination; rather than techniques of interpreting signs or aleatory procedures like the throw of the dice, considered by them to be minor forms, they preferred what Crahay calls the oracular dialogue, in which the deity's word replies directly to the questions of the consultant."

[2] 参见希罗多德 1.47, 55, 65 等处,以及普鲁塔克的论文《德尔菲的神谕为何不再以韵语给出?》。

为诗，prophētēs 在对语言的使用上与诗人相类。从性质上来看，古希腊的神谕也与诗相近，它并非神的律令，亦非强加于凡人的道德规范，而是如谜语一般对问询者的答复，一如诗歌的语言，需要问询者自己做出解释，有时甚至是矛盾互攻的解释。① 德尔菲的 prophētēs 宣告"神谕"性质的"预言"，其实仰赖 mantis 的"迷狂"，mantis 和 prophētēs 两者不可或分。此种关系恰恰也与诗的运作颇为相似。在早期希腊思想里，诗人也接受神灵的启示，沟通神界与人世。神对于诗人，像对于先知和预言家一样，夺去他们的平常理智，感发他们，引他们进入迷醉的境界，用他们作昭示神意的代言人。② 上文提及的柏拉图所谓的四种"神圣迷狂"当中，"诗人的迷狂"与"先知的迷狂"最为相垺。③ 因此之故，希腊古风诗人的一种自我呈现方式，便以先知为原型。最为经典的表述可以在公元前5世纪的大诗人品达那里找到："缪斯女神，赐我以神谕（manteueo），我来为你宣告预言（prophatasō）。"④ 品达径直使用了德尔菲神谕的术语，将自己比作颁布神谕的"宣告者"（prophētēs），将缪斯女神比作赐予神谕的阿波罗；不过，他把 mantis 与 prophētēs 两者合而为一了，品达作为诗人既是 mantis 又是 prophētēs。

品达在诗人与先知之间构筑的紧密关联，据现存材料来判

---

① 在此仅举两个显例：希罗多德《历史》记载的"木制城墙"的神谕以及柏拉图《苏格拉底的申辩》记载的"世上没人比苏格拉底更智慧"的神谕，都在神谕的问询者以及相关人员中间引发了相互矛盾的解释。

② 参见 Kugel（ed.）1990 从古希腊－罗马与古代以色列两条线索，追溯"诗言与预言"作为文学观念的起源与流变，不过其中仅有 Nagy 1990c 一篇短文直接涉及古希腊；另见 Leavitt（ed.）1997 用文化人类学的方法探究作为神灵感应的诗与预言。

③ 具体的论析参见 Dodds 1951, pp. 64-101 及 Cornford 1952, Ch. V。

④ 残篇 150（Snell-Maehler）：μαντεύεο, Μοῖσα, προφατεύσω δ'ἐγώ；同样的观念参见品达《阿波罗颂歌》（Paean）6.6，诗人自称为 aoidimon Pieridōn prophatan，"皮埃里亚山上的女神【译按：缪斯女神】门下的著名预言家"。

断，最早可上溯至赫西奥德的《神谱》，这是古希腊存世最早也是最完整的神谱史诗，约作于公元前 8 世纪晚期或前 7 世纪早期。此后直至前 6 世纪，仍有数种神谱史诗陆续出现，被认为由俄耳甫斯（Orpheus）、缪萨乌斯（Musaeus）、阿里斯特阿斯（Aristeas）和埃皮美尼德斯（Epimenides）等人所作。① 这些神谱史诗叙述万物与众神的起源，从鸿蒙之初直到当下宇宙秩序的建立，其中除了"神的起源"（theogony），还包含"宇宙的起源"（cosmogony）以及"人的起源"（anthropogony），是古人对于天地万物的一种整全构思。史料还记载，古希腊创作神谱史诗的诗人，如上述的阿里斯特阿斯和埃皮美尼德斯，同时也是先知。俄耳甫斯与缪萨乌斯这两位诗人，则更多地属于神话传说，缪萨乌斯被认为是俄耳甫斯的伙伴和追随者，不仅创作了神谱类诗歌，而且还有一组"神谕"归在他的名下；而根据神话，俄耳甫斯生前是古希腊诗人的原型，死后还能够发布"预言"，后来更被推尊为创设了宗教密仪的先知。因此可以说，与英雄史诗相较，在神谱史诗的传统里，先知与诗人更为紧密地联结在一起，几乎有如一体之两面。

神谱史诗诗人往往也兼任先知，一个重要原因在于神谱史诗最初与宗教仪式密不可分。更早的古代西亚的神谱史诗由祭司或先知来传承，并在重要的宗教仪式上吟诵（如《埃努玛·艾里什》在巴比伦的新年仪式里上演），所以神谱史诗并不仅是诗歌，更是有效验的"咒语"，确保宇宙秩序的再度发生与正常运行。不过，没有任何存世史料将赫西奥德的《神谱》与仪式联系起来。如果说《神谱》是一首"纯粹的"诗歌，与仪式无关，诗人为何具有先知的特征？为了回答这一重要问题，我们需从《神谱》著名的序诗入手。这首序诗共一百一十五行，为现存希腊古风诗歌里篇幅最长的有关

---

① 参见 West 1966, pp. 1-16 对世界各地尤其是古希腊神谱文学的概览。

诗歌的论述，故而享有早期希腊诗论的开山纲领的美誉。① 序诗意涵深远，层面甚广，运用神话诗论的各种手法，将诗人与缪斯联结在一种错综复杂的关系当中，其中描写诗人如何受到缪斯女神的眷顾，被授予圣职并成为能够言说"真理"的诗人，这是早期希腊存世最重要的关于"诗的真理"的呈现。值得注意的是，在这首序诗里先知成为诗人的一个重要面相，诗言与神谕、诗的真理与神谕的真理多见重叠之处。有学者推测，这是早期观念的遗存，反映了"未分化的诗人－先知"形象。② 然而必须强调的是，有如先知的诗人并非从任意一位神明，而是从一群职司文艺的缪斯女神那里获取灵感，正如《神谱》序诗（第99-100行）所言，诗人乃是"缪斯女神的随从"。如果说缪斯女神为希腊人所独有，即便在影响古希腊文化甚巨的西亚文化圈内亦未见其踪影，③ 那么这些专门掌管诗歌艺术的女神对于诗人而言，又具有怎样不同寻常的含义？从缪斯女神身上能见出古希腊诗歌传统对诗歌的独特理解么？其中古希腊"诗教"思想的根本特征又如何得到形塑？回答这些问题的关键正是《神谱》序诗，因而对于序诗的诠释乃是本章的核心任务。

§2.《神谱》序诗以赞美缪斯女神的颂歌为形式。从古希腊诗歌体裁来看，以神明为对象的颂歌可分为"祀神颂歌"（cult

---

① 中译文参见本书附录一，鉴于《神谱》序诗的重要性，译文附有较为详细的注释，请读者与本章的考论相互参照。

② Nagy 1990, p.56.

③ 参阅 West 1997, p.170 所言：在古风希腊所属的西亚文化圈内，"某位神明把诗歌置入诗人的心田，这种观念并非罕见……但并没有哪位神明专司此一职务，也没有哪一位神明特别受到诗人的青睐，被祈求赐予这样的恩惠。据我们所知，缪斯女神纯粹是希腊人的产物，在古代东方没有对应物。"（"The idea of a deity putting a song into a singer's mind is not unknown there...but there is no deity specialized in this function, and none is petitioned for such a boon. The Muses are, so far as we know, purely Greek creatures, and have no counterpart in the orient."）

hymn）与"史诗颂歌"（epic hymn）两类，前者重颂扬神之功德，后者重叙述神之行事。这两类颂歌在早期的《荷马颂歌》（*Homeric Hymns*）里均有收录，而《神谱》序诗与其中的长篇最为相类。①德国古典学家弗里得兰德（Paul Friedländer）在1914年发表的一篇论文里，最早对两者之间的相似性给出了有力的证明，成为当代研究的出发点。据该文分析，《神谱》序诗可分为前后两部分，前一部分从第1行到第35行，是一首致赫利孔山缪斯女神的颂歌；后一部分从第36行到第115行，为一首致奥林坡斯山缪斯女神的颂歌。后一首颂歌里的主要元素与见诸荷马颂歌的典型元素以相同的顺序一一对应，弗文共总结出如下七个元素：1）开篇向神祈告（第36a行）；2）随后用一个关系从句来形容缪斯女神最根本的特征，进一步描述她们的活动、活动的场所以及伴侣，对她们歌唱主题的描述（第36b-52行）；3）缪斯女神的诞生（第53-60a行）；4）再一次描述她们活动的场所、伴侣以及歌唱的主题（第60b-67行）；5）她们荣登奥林坡斯山，在那里歌唱赞美宙斯的颂歌（第68-74行）；6）颂歌的高潮：诗人咏唱九位女神的芳名，她们的职能范围（timai），她们经由王者与诗人对凡人世界的影响（第75-103行）；7）最后向女神告别、祈祷，转向"另一首歌"，即接下来歌唱的"神谱"，并给出其纲要（第104-115行）。弗里得兰德提出，《神谱》序诗的独特之处在于，赫西奥德在这首传统性质的缪斯颂歌之前添加了另一首更为个人化的颂歌，即序诗的前一部分（第1-34行），以便将自己与这些女神的相遇纳入其中。在这一部分里，颂歌的典型元素与非典型元素并现：1）开篇向神祈告（第1行）；2）

---

① 现存《荷马颂歌》诗集由三十三篇长短不一的诗篇组成，其中第二至第五首为数百行的长篇（第一首原先亦为长篇，但抄本残缺，仅保留十余行），其余各首，长达数十行，短至三行，均属短篇。赫西奥德另一部作品《劳作与时日》也有一首序诗，但篇幅短小，仅十行，与《荷马颂歌》里的短篇更为相似，详见下章§4。

随后用一个关系从句引出她们的活动与活动的场所,并展开对她们歌唱主题的描述(第 2-21 行);3)突然转向一段叙事:某一天缪斯女神向赫西奥德显圣,授予他诗人之职(第 22-34 行)。这里的第一和第二个元素与后一部分颂歌的第一和第二个元素对应,但是由第 22-34 行构成的场景却非同寻常,虽然与其他颂诗里的"神明向凡人显灵"(epiphany)的场景略有相似,却是"赫西奥德"个人的遭遇,是他在自述如何受到缪斯女神的眷顾,获得她们的赐赠而成为诗人,可以说带有"自传"的色彩。① 以上对弗里得兰德论文观点的撮述旨在表明,从形式上辨识序诗的两个部分对于诠解工作至为关键,基于弗里得兰德的分析,我们不妨把两个部分称作颂歌一和颂歌二,而两首颂歌以第 35 行诗为界,在序诗的第 1 行和第 36 行,各自以歌唱缪斯女神为开端。如此看来,《神谱》序诗的两个开端,成为结构上最显明的划分。②

与形式上的结构分析同样重要的是,如何正确理解这首序诗的性质。《神谱》序诗,如同《荷马颂歌》,在希腊文里称作 humnos,但在早期记载里,亦往往称作 prooimion(也就是在正式的史诗表演之前演唱的序曲),因此可以视作集 prooimion 与 humnos 为一体的特殊类型的颂歌。这类颂歌不仅是史诗表演的引子,也在各自所歌颂的神明的节日庆典上表演,具有重要的宗教功能。颂歌通过歌颂某位神明而令受众在诗歌表演的当下感领该神明

---

① 详见 Friedländer 1914。

② 另有一些学者(例如 Walcot 1957,Minton 1970)主张,序诗应分为三部分,他们把第 80-103 行独立出来,以之为第三部分,认为这一部分既是针对第一部分(第 1-34 行)也是针对第二部分(第 35-79 行)的结束语。不过,无论如何具体划分序诗的结构,晚近的学者们倾向于认为,这首序诗是以传统颂诗为基础改造而成,有结构上的设计,遵循了口头诗歌的结构原则(如 Walcot 1957 提出的"山墙结构"或 Bradley 1966 以及 Thalmann 1984, pp. 135-137 所示的"环状结构"),而非像老辈学者如 West(1966, p. 151)或 Verdenius(1972, pp. 259-260)所以为,纯粹依靠观念上的联想来铺展。

的特殊力量；换言之，诗人在颂歌里召唤神明的在场，而神明的出场表现为将其特具的神性灌注于诗人的颂唱。颂歌的作用因此不仅在于歌颂神明，更在于让听众体悟所歌颂的神明的特质，为之所据有，从而感领神的降临；而颂歌诗人的赞颂，则以再现所歌颂的神明的本性来为之，赞颂者——诗人与听众——共同效仿被颂之神的本性，并以此向神趋近。《神谱》的序诗，作为"神谱之歌"的prooimion-humnos，正体现了这种性质：**诗人赞颂缪斯女神，再现了缪斯女神的本性，而如下文所示，这些女神的本性恰恰是赞颂，故而诗人乃以此来效仿之。**

整首序诗里最为世人称道的是由第 22-34 行诗构成的诗人与缪斯女神相遇的场景。这个场景具有特定的宗教性质，在英语学界往往被称作"诗人的入教仪式"（the poet's initiation），而德语学界通常使用 Dichterweihe（"诗人的圣职授予"）这个术语，来彰显其中的宗教意蕴。① 延续这一解释方式，本论认为，序诗里"圣职授予"的过程虽则简短，却不失为一个完整的仪式，与入教密仪（initiation）相仿佛。由于古希腊的入教密仪通常由两部分组成，即称作 legomena 的"话语"部分（目的是传授入教者某种奥义），以及称作 drōmena 的"动作"部分（目的是转变入教者的身份），诗人的"入教密仪"也由两部分组成，即缪斯女神的"话语"（muthos）部分（第 24-29 行）和"动作"（ergon）部分（第 30-34 行），其中缪斯女神的奥义传授首先发生在"话语"部分，而赫西奥德的身份转变发生在随后的"动作"部分，两者共同完成了诗人的"入教"密仪，

---

① 对于这个场景的性质，历来聚讼纷纭，West 在《神谱详注》（1966, pp. 158-161）里归纳为"宗教体验"和"文学成规"两大类解释，后一类解释认为，赫西奥德的描述承袭了古代西亚常见的母题（例如神向希伯来"先知"显灵），实质上并非诗人亲历，而是文学上的摹仿，但是这一类的解释与诗人自己对这次相遇的重视有所抵牾，参见《劳作与时日》第 646-662 行里对这次相遇的描画。

让诗人与缪斯女神达致一种"诗的密契"。

乍看之下，这一场景的仪式性质最显明地体现于缪斯女神的"动作"（ergon）部分。诗人告诉我们，"曾有一天……当他正在神圣的赫利孔山山麓放牧羊群"，缪斯女神飘然而至，向他显灵并授予诗艺（第22-23行）。这一相遇使赫西奥德瞬间改变了身份，从尚未开化的牧人摇身而变为技艺娴熟的诗人。为了将诗人的圣职授予牧人，缪斯们用两件礼物相赠，并以此构成仪式的"动作"部分（第30-32行）：

并且从一棵茂盛的月桂树上摘下一根奇妙的树枝，
给我做权杖（skēptron），并把一种神圣的声音（thespis audē）
吹入（enepneusan）我的心扉，使我能颂赞（kleioimi）将来
与过往之事，

καί μοι σκῆπτρον ἔδον δάφνης ἐριθηλέος ὄζον
δρέψασαι, θηητόν· ἐνέπνευσαν δέ μοι αὐδὴν
θέσπιν, ἵνα κλείοιμι τά τ' ἐσσόμενα πρό τ' ἐόντα,

缪斯女神赐赠的第一件礼物非同一般，这可以从两方面看出。一方面，这是一柄权杖（skēptron），并非通常授予诗人的弦琴。有关"权杖"和"弦琴"的各自属性，荷马史诗里的描写可兹参照：荷马的世界里，持有权杖者，除神明而外，主要为祭司（例如《伊利亚特》1.15）、先知（例如《奥德赛》11.91）、国王（例如《伊利亚特》2.46）、传令官（例如《伊利亚特》7.277）以及会场上的发言人（例如《伊利亚特》1.245），这些人在某些特殊的场合手持权杖，以志威权；口诵诗人则手握一把弦琴，作为自己的标志，边弹边唱，例如《奥德赛》里的两位歌手，费米奥斯（1.153-155；

22.330-343）和德摩多克斯（8.67-69）。荷马史诗之外，古希腊历史上的第一位"弦琴诗人"阿基洛克斯（Archilochus），也曾叙述自己在梦境里被授予诗人之职，提到乔装的缪斯女神先是取笑了他的牛倌身份，随后赠给他一把弦琴，此后他便以诗为职志，成为诗人。① 相较之下，赫西奥德获赠的是一把权杖，而非弦琴，显然具有不同的意蕴。② 另一方面，缪斯们赐予的权杖本身十分奇特，乃是临时制作之物，是从一棵茂盛的月桂树上摘下的"奇妙的树枝"，权杖的材质——"月桂树"——为它的涵义添加了清晰的指向。如所周知，月桂乃阿波罗的圣树，此树尤其与德尔菲的阿波罗神谕密切相关。《致阿波罗的荷马颂诗》（Homeric Hymn to Apollo）便说："他【译按：阿波罗】颁布神谕，用的是生长在帕纳索斯山中幽谷里的月桂树。"（第396行）以阿波罗的月桂树树枝为诗人的权杖，这个不同寻常的意象表明，赫西奥德所获得的威权，在某种意义上与属于神谕之神的预言能力有关。

此种理解在第二件赠礼上得到进一步印证。在赐予权杖之后，缪斯女神"把一种神圣的声音（thespis audē）"吹入赫西奥德的心扉，这一表述可以视作对"神灵感应"体验（inspiration）的形象描述。所谓"神灵感应"，即 inspiration，其词源为拉丁语的 in + spirare，本义即为"吹入，呼入"，赫西奥德所说的缪斯女神把"声音"呼入自己的心中，正是化用了"神灵感应"的本义，亦即女神如"气"（pneuma，比较第31行使用的动词 enepneusan）一般呼入的是一种"声音"；而且，这种"声音"并非任何寻常之物，是一种"神圣（thespis）的声音"，这里的修饰语 thespis 又与"神谕"发生联系，该词的本义为"来自神的话语"，后来派生出了表示"预言"的动

---

① 参见阿基洛克斯评述辑录（Tarditi 辑本）第四条。
② 可与下文第84b-93行描述"王者的话语"的场景对观，在那里王者言说时并未手持权杖，这是否也预示着：诗人的话语将会取代王者的话语？参见下文§6。

词 thespizō 和表示"预言、神谕"的名词 thespisma。① 值得一提的是，这个修饰词也出现于《致赫尔墨斯的荷马颂诗》(*Homeric Hymn to Hermes*)：新生的赫尔墨斯弹奏着他刚刚发明的弦琴，演唱了一首"神谱"之歌，阿波罗称赞这是 thespis aoidē（第 442 行），这个短语通常解作"神圣的歌"；作为神明，赫尔墨斯演唱的歌当然是"神圣的"，但 thespis 的涵义还不止于此；事实上，这首颂歌的一个重要主题是，赫尔墨斯的"歌声"（尤其作为"神谱"之歌）与阿波罗的"预言"旗鼓相当，两者的意义和价值甚至可以互换。根据《致赫尔墨斯的荷马颂歌》的诗性逻辑，正是这一交换最终达成了两位神明弟兄之间的和解，可见赫尔墨斯歌声的"神圣性"（thespis）与阿波罗的"预言"存在某种内在关联。②

同样，缪斯女神赐赠赫西奥德的"神圣的声音"，赋予他一种预言能力，具体地体现在他能够"颂赞将来与过往之事"（《神谱》第 32 行）。这里的表述"将来与过往之事"呼应数行以后，缪斯女神自己讲述"现在之事、将来之事还有过往之事"（《神谱》第 38 行）。许多学者指出，这两个相似的短语表达了诗歌与预言的共通之处。③ 经常被称引的例子是荷马史诗里的先知卡尔卡斯，诗人说他知晓"现在之事、将来之事还有过往之事"（《伊利亚特》1.70），措辞与《神谱》第 38 行完全一致。这一短语描画了先知最突出的

---

① 参 Chantraine1999 的 θεσπέσιος 词条。
② 参阅 Vergados 2013, 519 对本行诗句的诠解。当然，最终阿波罗并没有用德尔菲神谕而是用"更古老的"但地位较低的"蜂女预言"与代表赫尔墨斯"神圣的歌声"的弦琴交换。
③ 第 32 行的"将来与过往之事"与第 38 行的"现在之事、将来之事还有过往之事"在含义上有无差别？West（1966, p.166）认为两者相同，只是前者更为精简而已。Clay（2003, pp.65-70）试图做出区分并主张，第 32 行的"将来与过往之事"涉及的是同一类对象，即作为"永恒之存在"的众神；而第 38 行的"现在之事"则增添了另外一类，即作为"当下之存在"的凡人，两者共同囊括了赫西奥德诗歌的内容，即主要涉及众神的《神谱》与主要涉及凡人的《劳作与时日》，此说甚有见地。

本领，因而也成为他的标志性特征，赫西奥德分享了先知的标志性特征，这无疑意味着他具备了某种"预言"能力。在此有必要指出，先知卡尔卡斯不仅知晓"将来之事"，还掌握"现在之事和过往之事"，这是因为，在古风希腊社会里，预言并不仅仅针对将会发生的事情，而且也包括当前发生或业已发生的事情。譬如，传说克里特岛的先知与诗人埃皮美尼德斯（Epimenides）所擅长的预言，便是针对已经发生但晦暗不明的过往之事。① 另据希罗多德的叙述，吕底亚国王克洛伊索斯向各处的神谕所征询的事情乃是他当下的所作所为。② 故而，"现在与过往"同"将来"一样，属于预言的范畴。

从荷马史诗的传统来看，缪斯女神赐予灵感的诗人几乎单单颂唱"过往之事"，他的身份乃是"故事（即过往之事）的歌手"，而"将来之事"属于阿波罗赐予灵感的先知的领域。相比之下，赫西奥德的缪斯女神把"将来之事"纳入了诗的范畴，这表明，诗人的歌唱以预言为模本，既能"知往"（知"古"与知"今"）亦能"知来"，诗人有如先知，能超逾一己存在的当下，将整个的时间维度在宇宙大全里化为一体；之所以如此，是由于两者具有一种共通的体验，此即源自缪斯或阿波罗的神灵感应，它让诗人或先知在神凭的体验中神游方外，深入到理智清醒的时刻无法触及的层面，例如神圣力量的世界或者人的无意识领域。因此，缪斯女神授予诗人圣职，使他成为她们的"先知"（在 mantis 和 prophētēs 两者合一的层面上），正如阿波罗的神谕经由他择选的先知（在 mantis 和 prophētēs 分立的层面上）传达世人。以阿波罗的月桂树枝为权杖乃是诗人被授予有如先知之圣职的外在表征，而"神圣的声音"则是与之互为表里的内在质素，明确地指向类似"神灵感应的预言"（inspired prophecy）

---

① 根据亚里士多德《修辞学》（卷三，1418a21）的记载。
② 《历史》卷一，第46-49节。

的宗教体验。因此，我们可以从缪斯女神的"动作"部分得出如下结论：她们授予诗人圣职的仪式有如"受戒密仪"（initiation），以阿波罗的神谕为范型，让诗人成为接受神启的"先知"。

第二节 "诗言真"

§3. 诗人凭靠"神灵感应"获得了一种像先知那样贯通神界与人间的能力，赫西奥德称之为"神圣的声音"（thespis audē），这种能力让他得以"颂赞（kleioimi）将来与过往之事"，这里的用词"颂赞"（kleioimi，动词原形 kleō）点明诗人与先知不同的言说方式，下文另作讨论（见第四节）。此处需要指出，诗人与先知的共通之处在于，两者凭靠"神圣的声音"，同样诉诸"话语"来言说"神圣真理"。诗如同神谕和预言也是言说神圣真理的一种方式，这种方式的独到之处，已经由缪斯女神们自己展演于授予诗人圣职的仪式里，她们在施以赠礼的"动作"（ergon）之前，首先诉诸真理的言说，此即"话语"（muthos，第 24 行）的部分。如此安排透显出"话语"对于这些女神而言的重要性，从这个场景的脉络来看，"话语"与"动作"虽然一起构成了完整的授职仪式，但只有首先经由"话语"的效力，"动作"才能顺其自然地展开。

缪斯们的"话语"虽然短短三行，却着实费解，引起后人各执己说。一个重要的原因在于，缪斯们的"话语"也具有"神谕"的性质，她们向仍是牧人的赫西奥德直接宣谕，随后通过"动作"授予其诗人的圣职，使他成为能够领解"神谕"的"先知"。起先，女神们向放牧的赫西奥德如是说（《神谱》，第 26 行）：

荒野里的牧人们，一无是处，肚腹（gasteres）而已
ποιμένες ἄγραυλοι, κάκ' ἐλέγχεα, γαστέρες οἶον

缪斯们的"话语"以召唤开始("荒野里的牧人们"),但出人意料的是,召唤旋即伴以斥责("一无是处,肚腹而已")。其实,在神明向凡人显灵(epiphany)的场景里,这样的斥责并不罕见,其作用往往是为了突显圣凡两界的对立,即神的存在与人的存在之间不可逾越的鸿沟。譬如,《致德米特的荷马颂诗》(Homeric Hymn to Demeter)里提到,女神德米特幻化成老保姆,试图以神力改造初生婴儿得摩丰使其长生不老,正当接近成功之际,却被窥伺的母亲美塔奈拉破坏了天机而功亏一篑,女神便向她显现真身,并以谴责之词呵斥凡人的愚鲁,无法认识神的安排(第256-262行)。与此相似,在《神谱》序诗里,缪斯女神斥责貌似无辜的牧人们"一无是处,肚腹而已",① 意在突出赫西奥德转变前后的反差:在还未接受缪斯女神的恩赐之时,他在荒郊野外逡巡度日,与徒知果腹的牲畜无异;然而此刻,缪斯女神前来引领他"入教"成为诗人,谴责之语正是为了让他从无所用心的牲畜般的生存状态里醒觉。② 醒觉的刺激,是接下来如谜题一般的两行诗句(《神谱》,第27-28行):

我们知道,如何讲述(legein)许多酷似事实(ētuma)的虚语
(pseudea);
我们也知道,如果愿意,如何宣唱(gērusasthai)真理
(alēthea)。

---

① 原文包括"牧人们"在内的三个名词都用了复数,意指赫西奥德所属的群体,但实际上针对的是赫西奥德一人,参阅 West 1966, p.160。

② Katz & Volk 2000 针对此行诗提出了有趣的新解,他们将 gasteres("肚腹")与一种特殊形式的占卜即 eggastrimuthoi("腹语占卜")联系起来,认为缪斯女神的用词貌似辱骂,实则隐射诗人将成为神的媒介,因为他的"肚腹"(gastēr)将成为神灵感应发生的场所。这种解释的困难在于:缪斯女神用"肚腹而已"称呼赫西奥德之时,他还是"荒野里的牧人",而非转变后的"诗人",这个称呼应当更合理地指向他与牲畜无异的生存方式。

> ἴδμεν ψεύδεα πολλὰ λέγειν ἐτύμοισιν ὁμοῖα,
> ἴδμεν δ' εὖτ' ἐθέλωμεν ἀληθέα γηρύσασθαι.

这两行诗引发学者们争议纷纭，争议的焦点首先关乎两行诗之间的关系：它们是相互对立还是相互补充？其次关乎它们的所指：是两种类型的诗人、诗歌抑或两种言说方式间的对立或互补？这两行诗是泛指所有的诗歌（包括赫西奥德的诗歌在内），还是特指赫西奥德自己的诗歌，亦即将要演唱的《神谱》之歌？① 归纳而言，各家的解说可分作两大类。② 大多数学者认为，缪斯女神言说的"真理"（alēthea）与"虚语"（pseudea）正相对立，前者指的是赫西奥德自己的诗作，后者指向他人的诗作。③ 如此一来，争论的焦点转变为，赫西奥德影射的竞争对手究竟为何许人？对于信奉进化论模式的古希腊诗歌研究者而言，既然与荷马的匿名性与客观性相较，赫西奥德的个性与自我意识体现了希腊精神的进一步发展，"虚语"无疑指涉他的前辈荷马（或荷马史诗里的某个部分），或者至少泛指当时流行的英雄史诗。针对这一观点，韦斯特（Martin L. West）指出，"不曾有希腊人把荷马史诗看作完全是虚构荒唐之作"，因此他认为，"虚语"与"真理"并非指称"英雄史诗"与"神谱史诗"这两种诗歌类型，而更多地指向赫西奥德的神谱与其他神谱之间的对立。④ 纳什（Gregory Nagy）则运用"泛希腊化"（Panhellenism）

---

① 第三种可能性是，这两行诗均指代非赫西奥德类型的诗歌，虽然亦有学者主张此说（如 Neitzel 1980），但从上下文的语境来看，这一解释难以成立。

② 参见 Katz & Volk 2000, pp.122-123 的研究回顾。

③ 持此类解说的学者不胜枚举，主要有 Latte 1946, pp.159-163; Verdenius 1972, pp.234-235; Neitzel 1980, p.390; Thalmann 1984, p.146; Arrighetti 1996, pp.53-60。

④ West 在《神谱详注》的"导论"里（West 1966, pp.12-16），列举了古希腊除赫西奥德以外的其他神谱诗歌，例如俄耳甫斯、埃皮美尼德斯（Epimenides）与费瑞居德斯（Pherecydes）所做的神谱，这几种神谱可能都独立于赫西奥德《神谱》传统而各自成形，West 认为，赫西奥德的"虚语"正是影射诸如此类的其他神谱诗歌。

的解释模式，更进一步地具体说明，"虚语"并非泛指其他的神谱诗歌，而是特指那些地方性的因而充满舛误的版本，与赫西奥德将要叙述的"泛希腊"的因而唯一真实的版本适成对照。①

"对立说"最大的困难在于，我们从这两行诗里其实很难读出竞争或辩难的意味，少数学者因而别立"互补说"。② 他们指出，赫西奥德的听众仅仅凭借"许多虚语"（pseudea polla）这一说法很难确定，这里影射的争辩对象便是荷马；此种解释与赫西奥德诗歌文本的若干内证也有出入，在序诗稍后的一个段落里（第100-101行），赫西奥德并无异议地将诗歌的内容归纳为"古代英雄的光荣业绩"与"居住在奥林坡斯的快乐神灵"，而两者恰恰分别是英雄史诗与神谱史诗的主题；此外，在赫西奥德的另一篇诗作《劳作与时日》里有两处提及史诗传统，也并没有清晰可见的争辩意味。③ 于是，持"互补说"的学者主张把这两行诗的特定句式（即每一行诗起首重复使用"我们知道"[idmen] 这个动词，修辞格里称作 anaphora）与早期史诗里其他类似的诗句进行比较，特别是《奥德赛》卷十二，第189-191行，塞壬女妖向奥德修斯所说：

我们知道，在辽阔的特洛伊城，阿尔戈斯人与特洛伊人
按照神明的意愿所忍受的各种苦难，
我们也知道，丰饶的大地上所发生的一切事情。

ἴδμεν γάρ τοι πάνθ' ὅσ' ἐνὶ Τροίῃ εὐρείῃ

---

① Nagy 1990, p.45。

② 此类解说的代表有 Otto 1952, pp.51-52; Kraus 1955, 尤见 pp.72-73; Stroh 1976, 尤见 pp.86-97; Clay 2003, p.59 及以下。

③ 《劳作与时日》，第 161-165 行：忒拜与特洛伊史诗传统；第 651-653 行：特洛伊史诗传统。

"Ἀργεῖοι Τρῶες τε θεῶν ἰότητι μόγησαν·
ἴδμεν δ' ὅσσα γένηται ἐπὶ χθονὶ πουλυβοτείρῃ.

除了句式上相仿，这里的言说者塞壬女妖与缪斯女神也有着非同一般的相似性，以至于她们甚至被当作"冥府里的缪斯女神"，① 她们诱人的歌声将缪斯女神所代表的诗歌的魅力推向极端，释放出的魔力能使所有为之迷惑的过往旅人遭受灭顶之灾。为了蛊惑奥德修斯，中止他归家的旅途，塞壬们坦言，自己不仅知晓特洛伊战事的本末，而且对大地上所发生的一切了如指掌，正是这双重的"知识"决定了塞壬之歌的致命力量，而她们也用句首重复的动词"我们知道"（idmen）来增强其歌声的魅力。同样道理，《神谱》序诗里缪斯女神重复使用"我们知道"一词，也是为了增强她们的话语所具备的神圣力量。②

此外，从缪斯女神对"真理"和"虚语"的双重掌握来看，她们与《致赫尔墨斯的荷马颂诗》(Homeric Hymn to Hermes) 第552-566 行里提到的"蜂女"神似。这是三位庄严谨肃的姐妹，拥有轻盈的翅膀，居住在帕纳索斯山谷，她们曾向年幼的阿波罗初授预言之术，当时他正在山中放牧牛群。阿波罗如此描述这些"蜂女"："一旦她们食用了金黄的蜂蜜而受神感发，就会乐意言说真理（alētheiēn agoreuein）；如若她们被剥夺了众神那甜美的食物，就会相互冲撞，满口虚语（pseudontai）。"（第 560-563 行）不仅如此，这里的整个场景与赫西奥德的"圣职授予"场景都极为相似：

---

① 参见 Buschor 1944, Pollard 1952, Gresseth 1970。罗德岛的阿波罗尼乌斯（《阿尔戈英雄远征记》，卷四，第 892-896 行）甚至说，塞壬女妖乃一位缪斯女神的女儿。

② 另见《致德米特的荷马颂诗》第 229-230 行：德米特女神幻化成老保姆，劝说美塔奈拉把初生的婴儿交由自己抚养的时候，也使用了"我知道……我也知道……"这一句式，也同样是互补性质。

年幼的阿波罗独自在帕纳索斯山中放牧，就如同赫利孔山里的赫西奥德，而前来向阿波罗传授"预言"之术的"蜂女"，就如同向赫西奥德授予诗人之职的缪斯女神。更有甚者，与缪斯女神一样，三位"蜂女"既能"言说真理"，亦会"满口虚语"，决定性的因素是她们是否食用引发神灵感应的"蜂蜜"，而"真理"和"虚语"共同属于她们的"预言"，正如两者共同属于缪斯女神的"话语"，阿波罗虽能明断，"蜂女们"食蜜与否，凡人则无从知晓。

§4. 基于上述理由，本论认为，"互补说"更契合这两行诗句的意旨。在缪斯女神授予赫西奥德诗人圣职的"入教密仪"这个场景里，**这两行相互补充的诗句其实是"话语"部分最重要的元素，是女神们向诗人宣告的"诗的奥义"，亦即诗的"密仪"的最高义谛——"诗的真理"与"诗的言说"的本质之谜。**

让我们从其所出现的特殊场景中仔细地审视这两行诗。首先，如果在"酷似事实的虚语"和"真理"之间是互补的关系，那么缪斯女神所谓的"许多虚语"（pseudea polla）就别具涵义，而非俗常理解的贬义。事实上，女神们明言，这些"虚语"拥有"酷似事实"（etumoisin homoia）的性质，这里的形容词 homoia 既表示"相似、酷似"，亦表示"相同，一致"，也即是说，"虚语"和"事实"是如此相似，以至于两者已相互交融难分彼此。① 这恰恰是缪斯女神引以为豪的本领：她们的"虚语"是如此巧妙，竟与事实"相同"，或者是对"事实"惟妙惟肖的"摹仿"而几可乱真，一言以

---

① Heiden 2007 提出，早期希腊史诗里，homoios 只表示（就两个事物本身而言的）"相等，（在某方面）等价"，并没有（从观察者的角度所见的）"相似，类似"的含义，故而将此处的短语译作"与真理等价的谎言"（"lies equivalent to truth"），来透显其出人意表的矛盾性质。这种理解的问题在于，他忽视了 etuma 与 alētha 之间的本质差异，Heiden 甚至相信两者为同义词（见该文第 171 页注 46）。

蔽之，这是些"逼真的虚构"。可以与之比较的是《奥德赛》（卷十九，第 203 行）里非常相似的一行诗：

他讲述许多虚语（pseudea polla），使之与事实酷似（etumoisin homoia）

ἴσκε ψεύδεα πολλὰ λέγων ἐτύμοισιν ὁμοῖα

这行诗形容的是奥德修斯，他有如一位口诵诗人，正在对佩内洛佩讲述自己的历险，而后者尚未认出此人便是长年离散的丈夫。奥德修斯讲述的是"克里特谎言"，其间充斥着从未发生但又无比真实的细节。不难体会，史诗诗人对奥德修斯的描述满怀对他本人诗歌表演的自豪之情：史诗诗人在表演奥德修斯的歌唱时与其合二为一，因此对史诗主角的赞美亦是对诗人自己的褒奖。赫西奥德的缪斯女神与《奥德赛》的诗人一样，称道自己讲述"逼真的虚构"的本领。可以说，在这酷似的两处诗行里，古希腊人数世纪以后才提出的对于"诗的构拟"的正面理解已初露端倪。①

其次，有必要在 etumos 和 alēthēs 这两个对举的近义词之间做出细致的区分，因为要澄清这里所蕴含的"诗的真理"的观念，这对互为表里的概念至关重要。② 实质上，etumos 和 alēthēs 分别代表了"真理"的两个层级：etumos（以及字母重叠的异形词 etētumos）指的是实际存在或发生之事，它是事实含有的某种性

---

① 对于"构拟"（通称"虚构"）的正面理解最早见于公元前 6 世纪的诗人西蒙尼德斯（Simonides）以及前 5 世纪的智术师高尔吉亚（Gorgias），参见 Rösler 1980b。在赫西奥德那里，pseudea 本身（或 pseudeis logoi）尚具负面含义，例如，《神谱》（第 226-232 行）里，Pseudea 与其他负面力量诸如"争斗""争端""违法"和"毁灭"等同为"不和女神"（Eris）的子嗣；再如，《劳作与时日》（第 77-78 行）讲述，赫尔墨斯把"谎言"（pseudea）同"哄骗之词以及一颗狡黠的心灵"一起放入了潘多拉的胸膛。

② Clay（2003, pp.60-61, 78）甚至将这种区分用于对赫西奥德诗作的整体性理解，可供参考。

质。① 借用德国学者克里舍（Tilman Krischer）的定义："etuma 意为事实，或者更确切地说，符合事实的陈述；相应地，etumoisin homoia 意为貌似实际发生的事实，貌似现实。"与此相对，alētheia 为"说话者对于所经历之事无所保留的如实叙述"。② 这种语义层面的区分大致可以成立，但我们知道，在早期希腊的神话思想世界里，alētheia 的意蕴要比传统语文学所给出的释义更为丰富。法国古典学家戴地安（Marcel Detienne）有关这一概念的前哲学史研究表明，它属于一套神话－宗教观念构成的系统，其中最重要者还包括 Lēthē（"遗忘""失忆"）、Mnēmosynē（"记忆""回忆"）以及 Dikē（"正义"）。③Alētheia 源自 lēth- 词干，这一词干出现于常见的动词 lanthanō，其中动态形式表示"不被注意，不被发觉"；表褫夺的 alpha 前缀通过否定词干 lēth- 的涵义而与 mnēmē 和 mnēmosynē 的概念联结起来，使之与"记忆"密切相关。因此，alētheia 不仅仅是"说话者对于所经历之事无所保留的如实叙述"，而且更进一步地指向这种"如实叙述"的神性本原，此即"记忆"。

Alētheia 指向的"记忆"，在希腊神话里称作 Mnēmosynē，亦即缪斯女神的母亲涅莫绪内。赫西奥德告诉我们，涅莫绪内乃地母盖亚与天父乌拉诺斯之女，为十二位提坦神之一（《神谱》，第135行）。她的名字既然是"记忆"，毫无疑问记忆隶属她的职司范围。就古风希腊的历史情境观之，在一个几乎完全依赖口耳相闻来传承文化传统的社会里，"记忆"的重要性自然不言而喻，但是涅莫绪内作为缪斯女神的母亲，并非通常所谓的"记忆"之人格化，

---

① Chantraine 1999, 见 ἐτεός 词条。比较《劳作与时日》第 10 行：赫西奥德对自家兄弟佩耳塞斯言说的是 etētuma（详下章 §4）。

② Krischer 1965, p.167. 另参见《早期希腊史诗词典》（*LfrgE*）中由 H. J. Mette（1955）撰写的 ἀληθής 词条，Mette 指出，在早期希腊史诗当中，alēthea（形容词的中性复数形式）几乎总是与表示言说的动词连用。

③ Detienne 1996, p.49.

而是代表了"记忆"的神圣属性。韦尔南（Jean-Pierre Vernant）从文化人类学角度对古风时期记忆的神话面相做出了开创性研究，他的研究表明，神化了的记忆不是现代意义上的一种心理功能，用来历史性地重构过往之事，而是一种特异的能力，能够企及感官世界背后的"实在"或"万有的本质"（le fond de l'être）。因而，涅莫绪内的女儿们能够讲述"现在之事、将来之事还有过往之事"（《神谱》，第38行），与预言的无所不知差相仿佛；这种能力再由缪斯女神传授给诗人，让诗人掌握最终来自"记忆女神"而与先知相埒的全知，使他得以逃脱人的时间性并参悟神的知识。正是缘此，诗人的"真理"（alētheia）获得了法力广大的效能。①

从这个角度来考察缪斯女神所谓的"宣唱真理"（gērusasthai alēthea），乃是诠解两行诗句的枢纽所在。她们使用了罕见的动词gērusasthai，指代一种与俗常话语有别的诗的言说方式。这个动词的本义结合了"歌唱"与"宣告"两种含义，在特殊的语境里可解作"以歌唱的方式来宣告"。它在古风诗歌里比较罕见，除了此处，还见于赫西奥德的《劳作与时日》第260行（"正义女神"向父亲宙斯"宣告"凡人的不义之心），以及《致赫尔墨斯的荷马颂诗》第426行，后一作品该词出现的语境与此处更为接近，年幼的赫尔墨斯发明了弦琴，并为兄长阿波罗演唱一曲："在弦琴清越之音的伴奏下，他开始了宣唱（gērueto）。"由于赫尔墨斯开始歌唱的正是一首神谱之歌，同样的动词（gērueto）在这里有着相近的含义，不仅仅是"歌唱"，而且也是透过"歌唱"来宣告真理，这蕴含在紧接着的下一行诗当中（第427行："他实现了（krainōn）不朽的众神与幽暗的大地"，具体含义详下§9）。因此，gērusasthai意味着一种不同寻常的言说方式，在缪斯女神的"话语"那里，该词与

---

① Vernant 2006, 第 IV 章。另参阅 Detienne 1996, 第 41 页及以下。

前一行更常见的动词 legein 形成了反差。legein 的语域属于人间，gērusasthai 则指向更高语域的话语，拥有圣言属性的 alētheia，因而是有如神谕和预言一般，将真理下达人间的言说方式；与之相比，legein 乃是属人的言说方式，但是这种言说方式的内容，即"酷似事实的虚语"，也能将听众引向真理。可以说，缪斯女神既区分又浑融了诗歌话语言说真理的两种不同方式：诗既能如神谕般"宣唱真理"（gērusasthai alēthea），又能不同于神谕，以其独有的方式"讲述酷似事实的虚语"（pseudea polla legein etumoisin homoia）。① 这两种不同的言说方式规定了"诗的颂赞"（见第四节）的本质属性。

然而，值得再次强调的是，在入教密仪的"话语"部分，缪斯女神对"诗的真理"的言说乃以神谕般的谜题出之。女神向赫西奥德道出"诗的言说"与"诗的真理"的本质之谜，由诗人自己对谜团中的玄机与奥义心领神会，而恰恰是这番参悟的工夫构成了赫西奥德"受戒"入诗仪式的重要组成部分。② 此处，对于缪斯女神的"话语"（muthos），诗人并不作答，只是叙述道（第 29 行）：

伟大宙斯的女儿们，能说会道的（artiepeiai）缪斯女神如是说
ὣς ἔφασαν κοῦραι μεγάλου Διὸς ἀρτιέπειαι

"能说会道"（artiepeiai）这个修饰词显示，缪斯女神的话语不可捉摸。事实上，诗人对"诗的奥义"的参悟体现在从序诗第一部分叙

---

① 参阅 Clay 2003, pp.58-67 的"互文性"解读，Clay 虽然认识到第 27-28 行所指的是两种不同的言说（见第 60 页），但理解为分别指代"众神"和"凡人"，这种理解与上下文不符，本论则进一步申发为言说真理的两种不同的方式。

② 晚近，德国学者 Doren Wohlleben（2014）对西方古代、近代和现代三个时期见于神话、文学和哲学的"谜语"（das Rätsel）做了较为全面的研究，归纳出五种类型，其中第二种为"秘教-秘传型"，主要功能为引领受戒者入教，缪斯女神对赫西奥德所说的"谜语"即可视为此种类型。

述的诗人的圣职授予转向序诗第二部分的缪斯颂歌。① 在第二部分里，缪斯女神透过一种奇特的方式向诗人授受完整的神谱之歌，引领诗人上达真理的圣域，并以此展示如何将神圣真理的神谕式言说转化成诗的言说。

第三节　诗言与辞令的分野

§5. 在《神谱》序诗的"颂歌一"（即上文所论的第 1-34 行）那里，诗人的言说与先知的言说之间存在若隐若现的融合，转至"颂歌二"（即第 35-115 行），具有神谕性质的诗言又饶富意味地与王者（basileus）的话语发生联系。"颂歌一"里先知并未现身，而是隐含在诗人被授予圣职的"仪式"转化当中，而王者在"颂歌二"里倒正式登场，甚至与诗人"相提并论"。据此可见，《神谱》序诗凸显诗人、先知与王者这三种特殊人物对于话语的掌控，实质上展现了戴地安在其名著《古风希腊的真理主宰》(Les maîtres de vérité dans la Grèce archaïque)一书里所勾勒的历史情景，他发现："古风时期的希腊有三类人物，即先知、诗人与司法的王者共同拥有施与真理的特权，因为他们具有与众不同的资质：诗人、先知和王者分享同一类型的话语。受惠于记忆女神（'涅莫绪内'）

---

① 值得一提的是，序诗从第一到第二部分的过渡，也是一行自古以来难以索解的诗句："但是，这些关于橡树和岩石之事与我有何相干？"(《神谱》，第 35 行)。通行的解释是，诗人自问，为什么要说这些离题的话？但困难在于，序诗第一部分尤其是此行之前的第 22-34 行包含了缪斯女神授予诗人圣职的重要叙述，怎能称作"离题的话"？因此，O'Bryhim 1996 提出的新解耐人寻味，他认为，"橡树和岩石"其实指的是用来进行占卜特别是求问神谕的地点，例如多铎那的宙斯神谕据说是通过橡树树叶的飒飒之声来求问，而在德尔菲也有传说，瑞娅让克罗诺斯吞下的那块巨石（见《神谱》，第 498-500 行)，被当作具有预言能力的圣石矗立在该地。所以，诗人的意思是，"这些发生在橡树与岩石周围的事情【译按：指神谕】与我有何相干？"诗人所要表达的是，自己由于被缪斯女神赋予特殊的预言能力，从牧人一变而成先知般的诗人感到十分诧异。在此意义上，此行诗恰恰是对第 22-34 行这个段落的收束。

的法力，诗人以及先知有能力直接通达彼岸世界，他们明察不可见之物，宣告'已经发生、正在发生和将要发生之事'。由于具备了这种神启的知识，诗人用吟唱的话语歌颂英雄的丰功伟绩，使之光芒四射、生气勃勃。与之对应的是王者的话语，它基于神意裁判，具有神谕的功效；它实现正义，无需证据或审讯便建立起法的秩序。"① 易言之，在上古希腊，不仅有诗人与先知，还有王者也参通神人，王者以言说"神意裁定"（themistes）为之，可以说与诗人和先知的话语共同构成了古风"真理"的三个面相。《神谱》序诗的内在理路便建立在此一布景之上，其中最重要的诗学策略便是这三种话语之间的分合。

需要说明的是，这里所谓的"王者"，意指运用话语来施行正义的统治者，在神话原型当中，比如"海中长者"或是克里特岛国王米诺斯，最为清晰可辨。② 他们掌握的"真理"（alētheia）兼及"神谕"与"正义"（dikē），此两者统摄于"天条、神意裁定"（themistes）的概念，并神格化为女神"忒弥斯"（Themis）。这位提坦女神（参见《神谱》，第135行）的法力，从司法裁判和政治生活一直延伸到占卜的领域；同样，themistes（"神意裁定"）也既可指称司法裁判的话语，亦可指称阿波罗的神谕话语。③ 作为神话原型的王者

---

① Detienne 1996, pp.15-16: "in archaic Greece, three figures –the diviner, the bard, and the king of justice—share the privilege of dispensing truth purely by virtue of their characteristic qualities. The poet, the seer, and the king also share a similar type of speech. Through the religious power of Memory, Mnēmosynē, both poet and diviner have direct access to the Beyond; they can see what is invisible and declare ' what has been, what is, and what will be'. With this inspired knowledge, the poet uses his sung speech to celebrate human exploits and actions, which thus become glorious and illuminated, endowed with vital force and the fullness of being. Similarly, the king's speech, relying on test by ordeal, possesses an oracular power. It brings justice into being and establishes the order of law without recourse to either proof or investigation."

② Ibid. pp.53-63.

③ Ibid. p.61.

之所以能够言说"神意裁定"（themistes），正因为他具备参通神人的能力，拥有神谕降示的知识，并以此来施行正义（dikē）。在赫西奥德的作品里，这些王者被称作 basileis（basileus 的复数），分别在两部诗作里出现：《劳作与时日》里的 basileis 是现实世界里的"王爷"，"吞噬礼物"而歪曲正义（详下章§3）；《神谱》序诗里的"王者"则保有上古时期遗存下来的理想原型的特征。如所周知，在赫西奥德诗作成形的公元前8世纪晚期至前7世纪早期，王权已在希腊各地发生危机，新的城邦政治制度正在勃兴，上古时期集中于"君王"一身的各种权能开始分化，残留下来的唯有一小部分司法与祭祀职务。《神谱》里的"王者"，作为理想中的人物与《劳作与时日》里的现实中的人物形成鲜明反差，这从一个侧面生动反映了这场王权的危机。以这场王权危机为历史后景，让我们回到《神谱》序诗里"王者"登台的前景，考察他们的话语如何被刻画，又如何来映衬诗人的话语。

在《神谱》序诗里，诗人的话语与王者的话语发生联系，出现在"颂歌二"的第75-103行，紧随第53-74行的"叙事"部分。根据上文§2的结构分析，"叙事"部分叙述了缪斯女神的诞生（第53-67行），她们如何荣登奥林坡斯山（第68-74行），并以此筑起整首颂歌的高潮（即第75-103行），随后进入序诗的尾声，向女神告别并过渡到正文（第104-115行）。这里的高潮部分，由相互关联的两份"清单"构成，首先是九位缪斯女神的"命名式"，其次列出她们的职司范围（timai）及其对凡人世界的影响。从颂诗的结构来说，这一部分对于领解缪斯女神的本性至关重要。"颂歌二"在缪斯女神的"命名式"当中达臻高潮，赫西奥德列举九位女神的芳名时，特别突出她们当中的最后一位（第77-80行）：

克里奥、欧忒尔佩、塔利亚、美尔坡美涅、

忒尔普西霍瑞、埃拉托、坡吕姆尼亚、乌拉尼亚
以及卡莉奥佩（Kalliope），她在所有缪斯女神当中最享尊荣，
因为她还陪伴让人敬畏的王者（basileusin）

Κλειώ τ' Εὐτέρπη τε Θάλειά τε Μελπομένη τε
Τερψιχόρη τ' Ἐρατώ τε Πολύμνιά τ' Οὐρανίη τε
Καλλιόπη θ'· ἡ δὲ προφερεστάτη ἐστὶν ἁπασέων.
<u>ἡ γὰρ καὶ βασιλεῦσιν ἅμ' αἰδοίοισιν ὀπηδεῖ.</u>

一般而言，神名以特别的方式规定了神的本质，仿佛一语道破其神性的奥秘，这种情形在此处尤为显豁。诗人逐个报出的九个名字从各个方面透显出缪斯女神的本性，囊括了之前的诗句里已经提到的特质。[①] 此前，缪斯女神并未得名，她们虽为复数，但作为一个整体而存在，并无个体的区分。此时的"命名"，实为赫西奥德"神话诗论"的一项重要策略，故而诗人所给出的这些名字，经常被视作"诗歌话语的一套神学理论"。[②] 九位缪斯女神当中，卡莉奥佩居于首位，别寓深意：此位缪斯享有最高的地位，因为她不仅陪伴诗人，"还陪伴让人敬畏的王者"，她的名字最突出地代表了所有缪斯女神的特征，此即 Kalli-ope（意为"美妙－歌声"），她是完美话语的化身。正因此，她将诗人与王者在话语的层面上联系起来。实际上，诗人紧接着说，不仅是卡莉奥佩，并且缪斯女神作为一个群体都对王者青眼有加（第81-84a行）：

---

① 详见 West 1966, pp.180-181 的注解。

② 参见 Detienne 1996, p.40: "a whole theology of 'sung speech'"。

在宙斯抚育的（diotrepheōn）王者当中，凡是伟大宙斯的女儿们
看着他出生并青眼相加的那一位，
她们便用甘露浇灌他的舌尖
从他的口中流淌出甜蜜的话语（epea meilicha）；

ὅντινα τιμήσουσι Διὸς κοῦραι μεγάλοιο
γεινόμενόν τε ἴδωσι διοτρεφέων βασιλήων,
τῷ μὲν ἐπὶ γλώσσῃ γλυκερὴν χείουσιν ἐέρσην,
τοῦ δ' ἔπε' ἐκ στόματος ῥεῖ μείλιχα·

值得注意的是，王者在此被冠以"宙斯抚育的"（diotrepheōn）这一饰词，点明了他们与天庭的王者宙斯之间的传统维系。换言之，王者在执政与司法上的威权源自宙斯，不过他们若是受到缪斯女神们（此处特别强调她们是"伟大宙斯的女儿们"）的眷顾，同样能获得她们的赐赠，此即"甜蜜的话语"（epea meilicha）。王者的话语与诗人的话语在神性来源上仿佛轩轾难分，不过更仔细地审视之下，王者得到缪斯女神赐赠的方式，却有别于诗人：拥有"甜蜜的话语"的王者在降生时便获得一种与生俱来的能力，而非依靠"神灵感应"的经验；相比之下，缪斯女神对赫西奥德的赐赠，如诗人的"圣职授予"里所描述，发生在他生命中的某个特定时刻，以"入教密仪"为原型使他从牧人转变为诗人。结果是，虽然王者的话语和诗人的话语同样都是"甜蜜的话语"，两者同样拥有"甜蜜的声音"（第97行），但唯独诗人享有缪斯们赐赠的"神圣的声音"（第31行）。因此从这两种不同的赐赠方式来看，诗人更紧密地与感领神启的先知和合，而王者则与诗人和先知有别。

然而，虽有上述区别，赫西奥德将缪斯女神的庇护从诗人延

至王者，仍属出人意表。① 从传统上看，王者与缪斯女神之间的关联至多是间接的，须通过诗人的中介，主要体现在诗人歌颂王者的荣耀之时。在荷马史诗当中，某些国王滔滔雄辩的话语偶尔也被形容为有如诗歌的话语，例如《伊利亚特》(1.249) 如此描述年长的涅斯托："从他的舌尖流淌出比蜜更甜的话语（τοῦ καὶ ἀπὸ γλώσσης μέλιτος γλυκίων ῥέεν αὐδή）。"不过，史诗诗人虽然经常将国王的话语归功于某位神明，却从来不曾将之归于缪斯女神的神灵感应。② 那么，如何解释赫西奥德在王者的话语与诗人的话语之间构筑的平行关系？有学者提出，赫西奥德此举实际上服务于一个特殊目的，即《神谱》这篇诗作表演的特定场景，因为据他们考订，该诗乃为王者而作。③ 这些学者进一步申论，赫西奥德的《神谱》如果置放到古代近东的神谱类诗歌传统当中，属于歌颂王权（以宙斯为天界代表）的史诗类型，诗人服务于君王乃天经地义。另有学者试图透过诗歌与王权的联系，窥见隐藏于赫西奥德背后更古老的传统，他们推测，赫西奥德的诗句指向一个史前时期，那时诗人需帮助王者"将政令和法规转化成韵语"；④ 还有一种可能性是，作为司法官的王者，曾经依赖一个口头传统，当时传承的法律条文使用了韵语以助记忆，就此而言，王者与诗人一样受到了缪斯女神的协助。⑤ 事实上，这两种

---

① 对此学界多有评述，Solmsen（1954，p.5）可谓一语中的："这看来是赫西奥德唯一一次将承自传统的某位神的职司范围加以扩展，因为他惯常的做法是，宁可创造新神来涵盖那些荷马世界的众神所不曾顾及的人类生活的面相。"（"This seems to be the only instance in which Hesiod expanded the sphere of a deity whom he knew from tradition. For, on the whole, his inclination is rather to create new deities who are to take care of those aspects or conditions of life that he did not find properly represented in the Homeric world of gods."）

② 参见 Solmsen 1954, p.5。
③ West 1966, p.182；另见 Bradley 1975。
④ Havelock 1963, p.108。
⑤ Roth 1976。

解释都失之牵强，并未充分考虑文本自身的脉络，而细寻本诗文理，赫西奥德将诗歌的话语与王者的话语共同托庇于缪斯女神，是为了在相互参照之中发现差异，既是把诗人的话语提升到与王者的话语同等的地位，也是让两者分离。

§6. 为此，诗人设计了两个相映成趣的场景，分别透显王者的话语与诗人的话语如何以不同的方式运作并发生效力。① 让我们先来看第一个场景（第84b-93行）：

> 所有的民众
> 都注视着他，当他用公正的判决（dikai）
> 做出裁定（themistes），而他准确无误的言说（asphaleōs agoreuōn）
> 能迅速地、机智地平息一场不小的争端。
> 因此，王者聪明睿智，在广场上
> 用温厚柔和的话语进行劝说（paraiphamenoi），
> 轻而易举地为遭受损害的民众做出补偿（metatropa erga），
> 当他步入民众集会，人们敬他如神，
> 对他谦恭有礼，而他则有如鹤立鸡群。
> 这便是缪斯女神给予凡人的神圣礼物。

> οἱ δέ νυ λαοὶ
> πάντες ἐς αὐτὸν ὁρῶσι <u>διακρίνοντα θέμιστας</u>
> <u>ἰθείῃσι δίκῃσιν</u>· ὁ δ' <u>ἀσφαλέως ἀγορεύων</u>

---

① 关于诗人的话语与王者的话语在此处的复杂关系，Laks 1996 的评论虽然扼要，但极富洞见，本论从中获益良多。顺带提及，这两个场景还与第22-34行遥相呼应：之前缪斯们对赫西奥德的个人赐赠在此处被纳入对整个人类社会（经由王者与诗人）的赐赠，详见 Thalmann 1984, pp.135-143 的结构分析。

αἶψά τι καὶ μέγα νεῖκος ἐπισταμένως κατέπαυσε·
τούνεκα γὰρ βασιλῆες ἐχέφρονες, οὕνεκα λαοῖς
βλαπτομένοις ἀγορῆφι <u>μετάτροπα ἔργα</u> τελεῦσι
ῥηιδίως, μαλακοῖσι <u>παραιφάμενοι</u> ἐπέεσσιν·
ἐρχόμενον δ' ἀν' ἀγῶνα θεὸν ὣς ἱλάσκονται
αἰδοῖ μειλιχίῃ, μετὰ δὲ πρέπει ἀγρομένοισι.
τοίη Μουσάων ἱερὴ δόσις ἀνθρώποισιν.

这是一位万众瞩目的王者，他出现在市政广场上，运用话语来解决争端，这位王者的形象及其话语的效验，可以参照《伊利亚特》第十八卷（第 497-508 行）里的一个著名段落来理解。在火神赫淮斯托斯为阿基琉斯锻造的神盾盾面上，描绘了这样一个场景：许多民众聚集在市政广场上，两人正为一起命案的赔偿事宜发生争执，双方各执一端，围观的民众大声呐喊拥护各自的一方，他们同意将争执交由长老们（gerontes）仲裁，这些长老已围成一个神圣的圆圈，手握传令官递来的权杖，① 两造向他们申述，由他们依次裁决，而地上摆放着两塔兰同的黄金，谁给出最公正的判决（dikē），黄金就归谁。在这个场景里，虽然"长老们"并没有被称作"王者"，他们无疑像王者一样，在公共空间里，在众目睽睽之下履行法律职责，他们由传令官陪伴，起立发言之时，便从后者手里接过权杖，而他们的责任是"给出最公正的判决（dikē）"（第 508 行）。

同样，《神谱》里出现在广场上的王者也是一位仲裁，一位正

---

① 这个细节值得与《神谱》序诗里的场景对比：王者在广场上言说之时，诗人并没有提及他手握权杖，倒是在诗人自己的"受职仪式"里，缪斯女神赐赠他"一根奇妙的树枝"，给他做"权杖"（skēptron）。这个细节是否隐含某种深意，此即：诗人的话语终将替代王者的话语？

义的主持者（第84b-86a行）。① 由于他在出生的一刻获得了缪斯女神的赠礼，他能够"准确无误的言说"（asphaleōs agoreuōn）。所谓"准确无误的"（asphaleōs），格尔哈特（Y. Gerhard）的解释最为明了："当副词asphaleōs用来形容表示'言说'的动词agoreuō时，指代达到目的所使用的手段……话语被视为箭矢，飞射后直中鹄的。"② 因此，王者使用他的话语从来不会无的放矢，"准确无误的言说"（asphaleōs agoreuōn）这一说法充分表明了王者话语的效验。王者的话语发生效验是通过"劝说"（paraiphamenoi，第90行），而劝说之辞能达致的效验，诗人称为"metatropa erga"，字面意思为"倒转的行动"，通常训释为"补偿"；也即是说，王者的话语最终导致一种行动上的转变，使得争端得以平息。统而观之，王者的话语最重要的功效为劝说（peithō），它裁定判决，关乎群己之利害，隶属于社会政治层面，服务于整个共同体的福祉。可以说，王者的话语在此已初现古典希腊蔚为大观的"演说与修辞之术"（rhetoric）的雏形，与诗人的话语即"诗言"有别而不妨名之为"辞令"。

随后出现的第二个场景，展露了"诗言"的不同效能（第98-103行）：

如若有人因新近遭受的创伤而痛苦
心灵因悲伤而枯寂，一旦歌手，
这缪斯女神的随从，颂唱（humnēsei）古代英雄的光荣业绩

---

① 当然，如前所述，出现在这幅图景里的是理想中的"王者"，与《劳作与时日》里现实的"王爷"大相径庭；从《神谱》序诗诗论的视角观之，两者之间的反差不仅归因于理想和现实的距离，而且更重要地取决于缪斯女神的眷顾，即她们是否赐赠"甜蜜的声音"（即有效话语）。

② 《早期希腊史诗词典》（LfrgE）该词词条（Y. Gerhard 撰写）："il s'agit des moyens employés pour atteindre un but...le mot est conçu comme une flèche, qui...atteint son but."

以及居住在奥林坡斯的快乐神灵，
他立刻会忘记忧伤，不再回想起任何苦恼，
缪斯女神的礼物迅速转移（paretrape）他的心思。

εἰ γάρ τις καὶ πένθος ἔχων νεοκηδέι θυμῷ
ἄζηται κραδίην ἀκαχήμενος, αὐτὰρ <u>ἀοιδὸς</u>
<u>Μουσάων θεράπων</u> κλεῖα προτέρων ἀνθρώπων
<u>ὑμνήσει</u> μάκαράς τε θεοὺς οἳ Ὄλυμπον ἔχουσιν,
αἶψ' ὅ γε δυσφροσυνέων ἐπιλήθεται οὐδέ τι κηδέων
μέμνηται· ταχέως δὲ <u>παρέτραπε</u> δῶρα θεάων.

　　这个场景没有明言诗人表演的场合，但强调的是诗人的歌声对人的心灵所造成的深刻影响。诗人的听众是人世间的芸芸众生，对于这样的听众，诗歌的效用不仅仅凭靠记忆，而需将记忆与遗忘混合，使得听众在追忆英雄与众神的光荣业绩的同时，遗忘自己的苦恼与悲伤。故此，诗人言说的方式是"颂唱"（humnēsei），言说的内容则是"英雄与众神"。这与王者的言说方式（即"劝说"）和内容（即"裁定"和"正义"）大相径庭。此外，诗人话语的效能亦不同于王者的辞令，前者作用于忧伤和苦恼所属的个人情感世界，造成一种心理的转变（paretrape），这里第103行的pare-trape一词，与前文形容王者话语的meta-tropa（第89行）以及parai-phamenoi（第90行）相呼应，表明两者既具有同样的"转变"效力，又有着不同的运行机制。质言之，**诗的话语运行在心理的层面，通过记忆与遗忘的交融来造就一种特殊的精神状态，引领凡人转向无关一己的"神话"世界**，此即"古代英雄的光荣业绩以及居住在奥林坡斯的快乐神灵"（第100-101行）的世界。从古希腊诗歌传统来看，前一部分为荷马史诗的主题，后一部分则为荷马颂诗以及赫西奥德将要颂唱的"神谱"的主题,两个部分共同划定了诗的疆域。在这个诗的疆域里,人们得以忘怀得失,独存赏心,而诗的这一效力仰赖诗的眼界,在诗的眼界当中人心的境界始大,直至与往古的英雄和天界的神明同游。

前人已经指出,将这两个场景对观,可以发现许多措辞上和主题上的呼应。① 本论认为,这里的呼应恰恰是为了在诗人与王者之间建立一种平行而又独立的关系,并且彰显两种话语的同中有异。上文所分析的这种差异,其实在两个场景的接榫处,已由诗人自己点明(第94-97行):

正是源于缪斯女神与远射神阿波罗,
一些人才在大地上成为歌手与弦琴手,
而王者源自宙斯:凡是缪斯女神钟爱的那一位,
便是有福者,从他的口中流淌出甜蜜的声音(glukerē audē)。

ἐκ γάρ τοι Μουσέων καὶ ἑκηβόλου Ἀπόλλωνος
ἄνδρες ἀοιδοὶ ἔασιν ἐπὶ χθόνα καὶ κιθαρισταί,
ἐκ δὲ Διὸς βασιλῆες· ὁ δ' ὄλβιος, ὅντινα Μοῦσαι
φίλωνται· γλυκερή οἱ ἀπὸ στόματος ῥέει αὐδή.

诗人称道的"有福者",不仅包括诗人,而且还包括王者,只要后者受到缪斯女神的钟爱,因为拥有"甜蜜的声音"(glukerē audē)是其福分的重要标志。不过此处强调,诗人与王者其实有着不同的神性来源,虽然他们在"话语"层面上存在交叠之处,但是诗人的话语(诗言)还与阿波罗的"预言"发生关联,王者

---

① 详见 Maehler 1963, p.44 ff.; Duban 1980, p.13; Gagarin 1992, p.64。

的话语（辞令）则服务于政治和司法权力的终极源头，即宙斯。如此一来，赫西奥德将缪斯女神的庇护从诗人推展到王者，恰恰斩断了神话原型当中，王者的话语与"神谕"之间的关联，遮蔽了王者参通神人的传统能力。与神谕和合的诗言，开始与王者的辞令分野，两者虽皆具效验，但各自的功效及其运行机制却迥乎不同。① **诗人的话语因此独立于王者的话语，与之构成平行与对立的关系。**

第四节　诗的颂赞

§7. 前文已及，在序诗的"颂歌一"那里，诗与神谕相类，是言说真理的一种方式，诗人"颂赞（kleioimi）将来与过往之事"（第32行），而在"颂歌二"那里，诗人的言说与王者的言说有别，诗人"颂唱（humnēsei）古代英雄的光荣业绩以及居住在奥林坡斯的快乐神灵"，这里的动词"颂唱"和前面的动词"颂赞"共同道出诗人言说真理的方式。此处要进一步追问的是："颂赞"的言说方式如何规定了诗言的特质，使之区别于神谕？在《神谱》所构筑的众神护持的宇宙秩序当中，诗言究竟有何效力？我们的追问将从《神谱》序诗里指称诗歌的关键词语以及描述的诗歌内容开始，并进一步推展到《神谱》正文，特别要关注的是正文与序诗的结构性关联。

纵观赫西奥德的诗作，用来指称诗歌的主要有三组词语，即aoidē 词组、kleos 词组与 humnos 词组，其中最常用来泛指诗歌活动的是 aoidē 词组。② 例如，赫西奥德在引出缪斯女神授予他圣职的场景时有言（第22行）：

---

① 这一场景也为《劳作与时日》里的诗人与宙斯联手，来取代王者埋下了"伏笔"，但需要强调的是，赫西奥德是以诗人－先知的身份取代王者，详下章第二节。

② 参见 Leclerc 1993, pp.72-74 的列表及随后的评论。

> 曾有一天，她们授受赫西奥德美妙的歌艺（aoidē）
> αἵ νύ ποθ' Ἡσίοδον καλὴν ἐδίδαξαν <u>ἀοιδήν</u>

在《劳作与时日》（第659行）里，诗人再次提及这个重要事件：

> 在那里，她们首次让我踏上了优美动听的歌唱（aoidē）之路
> ἔνθα με τὸ πρῶτον λιγυρῆς ἐπέβησαν <u>ἀοιδῆς</u>

同样，aoidē一词还出现在《神谱》（第104行）序诗尾声，诗人向缪斯女神告别并向她们再次祈祷：

> 再会，宙斯的女儿们！请赐我美妙的歌唱（aoidē）
> χαίρετε τέκνα Διός, δότε δ' ἱμερόεσσαν <u>ἀοιδήν</u>·

此外，aoidē及相关的动词aeidein不仅运用在诗人身上，而且还经常用来形容缪斯女神的"歌唱"，体现出诗人与缪斯之间的本质性关联。① 从词义上看，aoidē在古风时期主要指诗与歌和合的表演活动，② 当时的口诵诗人通常被称作aoidoi，他们的歌唱乃是aoidē。这类传统的口诵诗人，若以《奥德赛》里的费米奥斯与德

---

① 关于aeidein，上引Leclerc一书的结论是："毫无疑问，ἀείδω词组是含义最宽泛的，这组词实际上不仅指称诗人与缪斯的歌唱，还用来表示蝉鸣，也可以同夜莺对比或造成文字游戏……除却暗喻里的引申，这组词的所有用法都严格地关乎诗人与缪斯。"（p.75："Le groupe le plus general est sans doute celui d'ἀείδω. Il désigne en effet le chant de la cigale comme celui du poète et des Muses, permet rapprochement ou jeu de mots avec le rossignol…Sauf par extension métaphorique, l'ensemble du dossier concerne strictement le poète et les Muses."）

② 参见《古希腊早期史诗词典》（*LfrgE*）aoidē词条2的释义："诗歌作为一种活动，该词……总是保有行为名词的特征（而非'作为作品的诗歌'）"（"Gesang als Tätigkeit, wobei…der Charakter des nom. act. jedoch immer gewahrt bleibt [nicht 'Werk']"），即是说，aoidē用来指称动作的过程，而非动作的结果或产物。

墨多克斯为代表，乃是"故事的歌手"，最重要的社会功能是通过歌唱（aoidē）赋予荣光（kleos）。赫西奥德与这样的传统诗人有着共通之处，他也强调自己的歌唱"颂赞（kleioimi）将来与过往之事"（《神谱》，第 32 行），这里的动词 kleioimi 源自 kleos，本意为"通过歌唱赋予荣光"。在赫西奥德的诗作里，这一层含义还通过 kleos 词组与 aoidē 词组合并使用来强调，例如《神谱》第 44 行与《劳作与时日》第 1 行都提到，缪斯女神通过"歌唱"（aoidē）来"赋予荣光"。正因为此，赫西奥德的"歌唱"也同样"赋予荣光"。不过，与荷马史诗主要以英雄为颂赞对象有所不同，《神谱》的主题是众神，尤其是以宙斯为首的奥林坡斯诸神，这使之与《荷马颂诗》更相类。在《劳作与时日》（第 662 行）里，诗人如此提及缪斯女神当初授予他诗艺一事：

缪斯们教我歌唱一首无尽的颂歌（humnos）
Μοῦσαι γάρ μ' ἐδίδαξαν ἀθέσφατον ὕμνον ἀείδειν

也就是说，整部《神谱》被称作一首"颂歌"（humnos）。值得注意的是，赫西奥德经常使用的 humnos 词组，① 在荷马那里仅出现一次，见于《奥德赛》卷八第 429 行的短语 aoidēs humnos，对这一奇特的短语历来诸说纷纭，但一般认为，humnos 限定了具有更宽泛涵义的 aoidē 的某个方面，这与赫西奥德的用法相符。② 除此而外，humnos 词组主要出现在赫西奥德和荷马颂诗，因此也加强了两者在诗性特质上的相似性。③

---

① 根据 Leclerc 1993 p.74 的统计，共有十处，其中《神谱》七处，《劳作与时日》三处。
② Ford 1992，p.24 n.29 对此提出另一种见解，可备一说。
③ 参见 Leclerc 1993，p.76 的结论："⟨ὑμνέω 词组⟩由于受到了限定，与ἀείδω 词组相区分，也由于其主题的多样性，与κλείω 词组有别。"（"Par son caractère délimité, il se distingue du groupe d'ἀείδω et, par la variété de ses themes, du groupe de κλείω."）

让我们更加细致地审视这三组词语在《神谱》序诗里的频繁出现。首先，aoidē 词组最紧密地将诗人与缪斯女神联系起来：从第 1 行开始，诗人宣告要"歌唱"（aeidein）缪斯女神；随后，在"圣职授予"的场景里（第 34 行）又强调，是女神自己命令他"总要在开端和收尾时歌唱（aeidein）她们"；在序诗的两处关节点，诗人用 aoidē 一词来指称缪斯女神向自己灌注的歌唱能力，即上引第 22 行与第 104 行。① 其次，humnos 词组共出现七次，其中五次以缪斯女神为主语，两次以诗人为主语；② 不过，humnos 词组的对象总是众神或者宙斯，换句话说，缪斯女神与诗人歌唱的主旨相同。类似的情形出现在 kleos 词组那里，序诗里凡五见，其中三次以缪斯女神为主语，两次以诗人为主语。③ 可以说，这三组词语贯穿序诗的首末，在用法上既各有侧重，亦相互交叉、相互补充。此种情形最典型地体现在"诗人的圣职授予"场景里，正因为这个场景，如上文所示，蕴含了诗歌言说方式的本质之谜。诗人说，缪斯女神授予他诗人之职的目的是（第 32b-34 行）：

> 使我能颂赞（kleioimi）将来与过往之事，
> 她们吩咐我颂唱（humnein）永生至福的神族，
> 但是总要在开端和收尾时歌唱（aeidein）她们。

> ἵνα κλείοιμι τά τ' ἐσσόμενα πρό τ' ἐόντα,
> καί μ' ἐκέλονθ' ὑμνεῖν μακάρων γένος αἰὲν ἐόντων,

---

① 此外，还有第 95 行与第 99 行，用 aoidos 一词形容"歌者/诗人"，第 60 行与第 75 行 aoidē 词组用来描写缪斯女神的歌唱。

② 以缪斯为主语：第 11, 37, 48（与 aoidē 合用）, 51, 70 行；以诗人为主语：第 33, 101（与 kleos 合用）行。

③ 以缪斯为主语：第 44（与 aoidē 合用）, 67, 105 行；以诗人为主语：第 32, 100（与 humnein 合用）行。

σφᾶς δ' αὐτὰς πρῶτόν τε καὶ ὕστατον αἰὲν ἀείδειν.

在这里，三组词语被巧妙地结合起来，诗人用指称诗歌的这些关键词语好比将自己与缪斯女神编织在三重维系的网络里：诗人与缪斯同样用诗歌（aoidē 词组）来颂唱（humnos 词组），并赋予荣光（kleos 词组）。

§8. 据此可见，序诗将《神谱》之歌界定为一种特定的"歌唱"（aoidē），一首"颂歌"（humnos），其功能是赋予众神的种族以荣光（kleos）。这样，诗人以"颂赞"来发挥诗言的效能，将"真理的言说"转化为"颂赞（kleioimi）将来与过往之事"（第 32 行），亦即《神谱》之歌。那么，以神谱为形式、具有"颂歌"性质的"真理的言说"究竟发生何种效力？从《神谱》一诗的内在诗论着眼，**诗人的颂赞实际上昭示宇宙大全的终极意义，并在此意义上完成了宇宙秩序**。序诗诗论的这一旨归，可从细致分析序诗里描述的诗歌内容及其与正文内容的结构性关联加以领会。就后一方面而言，在《神谱》序诗和正文里，两首颂歌极为绵密地交织在一起，分别是诗人的缪斯颂歌与缪斯的宙斯颂歌。据上引第 33-34 行，正是缪斯女神将这种规定预设在了授予诗人圣职的仪式当中。女神们对赫西奥德的吩咐，正是她们自己在整篇序诗里所做之事：歌颂（humnein）众神的种族，尤其是宙斯。然而，如何开始和结束这首颂歌，女神们对诗人做了不同的规定："女神们颂唱宙斯……她们在歌曲开始时和结束时都是如此"（第 47-48 行），而诗人则必须以缪斯女神开始和结束自己的歌唱（第 34 行）。根据缪斯们的这一设计，《神谱》序诗遂成为缪斯的颂歌，而《神谱》正文部分将成为众神尤其是宙斯的颂歌。如此一来，一首缪斯颂歌（即序诗）顺理成章地汇入一首宙斯颂歌（即正文）。事实上，《神谱》序诗与正文在结构上的关联更为奇妙。赫西奥德在"缪斯颂歌"之外套上一首众神及宙斯颂歌,而后面这首更宏大的颂歌将会在某种意义上返回缪斯女神,以她们为终曲。这样巧妙的安排便是缪斯们所说的"总要在开端和收尾时歌唱她们"的含义。虽然我们不能过于拘泥地理解"在收尾时歌唱她们"这一表述,但值得指出,缪斯女神们在《神谱》正文里再次出现,是在临近尾声时,宙斯登基后迎娶第五位女神即涅莫绪内之际(第915-917行),这里的三行诗扼要概述了序诗里关于缪斯们的谱系与诞生的叙事。[1] 如此一来,缪斯女神的诞生与谱系在《神谱》的首尾遥相呼应,联结成一首宙斯颂歌的巨大圆环。

因此,人间的歌手赫西奥德以缪斯女神为开端和结束,而众神的歌手缪斯女神的歌唱则以宙斯为开端和结束,两者和合便构成了《神谱》这首终极"颂歌"。序诗的缪斯颂歌与正文的宙斯颂歌存在着密不可分的结构性关联,同生共济,缺一不可。虽然《神谱》正文是缪斯女神授予赫西奥德的宙斯颂歌,其最终意义却必须在序诗(诗论)的朗照下才能彰显,因此有必要进一步分析序诗里对缪斯们颂歌内容的描述,以及这些描述与诗人接下去将要颂唱的神谱正文之间的关联,进而了解整首《神谱》之歌的本质。

《神谱》序诗里提及缪斯们在四个场合上歌唱:从赫利孔山降临之际(第9-21行)、在奥林坡斯山巅宙斯的圣殿里(第36-52行)、在她们自己位于奥林坡斯山顶的居所里(第63-67行)以及当她们离开皮埃利亚的出生地登临奥林坡斯山之际(第68-75行)。尽管

---

[1] 当然,《神谱》的通行版本共有1022行,但至少从第963行往下为一首新诗的开端,由后人黏附于原作,为了便于和另一首赫西奥德的诗作即《名媛录》(*Katalogos tōn gunaikōn*)顺利衔接。《神谱》本身应当结束于何处,历来没有定论,笔者认为,以宙斯及其儿女即奥林坡斯诸神收尾(约第950行),最为可取。

她们在这四个场合里的歌唱都在赞颂不朽的众神一族，但她们歌唱的内容不尽相同，一些学者因此推断，缪斯们在这四个场合演唱了四首不同的歌曲。① 本论认为，更合理的解释是将其视作同一首神圣歌曲向诗人的不同显现，以层层推进之势塑形了序诗尾声当中诗人向缪斯们祈告的歌唱纲领（第104-115行）。

在这四个场合里，最令评说者棘手的是缪斯们的第一次歌唱，即她们从赫利孔山飘然而下时所唱之歌（第11-21行），歌中一一列举了十九位神明：始于宙斯，然后是赫拉、雅典娜、阿波罗、阿尔忒米斯、波塞冬、忒弥斯、阿芙洛狄忒、赫柏、狄奥涅、勒托、亚佩托斯、克罗诺斯，最后是一系列自然神，包括黎明女神、太阳神、月神、地母、环河神以及夜神。最令人费解的是这份清单里众神的排列次第。德国学者阿列（W. Aly）曾称之为"以反向顺序给出的神谱目次"，② 施奈尔（B. Snell）则认为："这并非以谱系而是以尊荣与神圣性为序"。③ 近来，纳什颇具影响力地提出，这份清单里所描述的歌唱内容反映了缪斯女神们的地方性身份，即赫利孔山的缪斯，与她们下一首歌的内容（第36-52行）进行比较，纳什认为，"缪斯们从赫利孔山的地方性的女神转变为奥林坡斯山的泛希腊的女神。"④ 不过，纳什的解释难以自圆其说，因为就在同一个场景里，当缪斯们来到赫利孔山山麓与赫西奥德相遇之际，已经被称作"奥林坡斯的缪斯"（第25行）。依笔者之见，发生转变的与其说是缪斯们，不如说是赫西奥德自己：听闻缪

---

① 参见 Clay 1988; Hamilton 1989, 11ff.; Nagy 1990, 57ff.; Rudhardt 1996, 32ff.。

② Aly 1913（Heitsch ed.1966, p.54, n.1）："eine Inhaltsangabe der Theogonie in umgekehrter Reihenfolge."

③ Snell 1975, p.55: "dies ist nicht die Ordnung der Genealogie, sondern die Würde und Heiligkeit."

④ Nagy 1990, p.57: "a transformation of the Muses from loca goddesses on Mount Helikon into pan-Hellenic goddesses on Mount Olympus."

斯们从赫利孔山飘然而下时歌唱的赫西奥德，尚未被授予诗人之圣职，也就是说，接受缪斯歌唱的第一次显现的赫西奥德，仍属于"荒野里的牧人"，他还没有获得"神圣的声音"以及随之而来的"诗的眼界"，故而无从按照神谱的有序次第来理解缪斯们的神圣之歌。正因为此，缪斯之歌的第一次显现并非一首神谱之歌，而是从凡人的视角来领受：众神的排列次第"以反向的顺序给出"，依循这一顺序，他们与芸芸众生的关系由近及远，正符合普通民众的宗教观念。此外，第一次显现里，除了雅典娜被称作"持神盾的宙斯之女"，诗中没有提及众神之间的亲缘与谱系关系，这与随后的几次显现形成鲜明反差。①

只有当赫西奥德与缪斯们相遇之后，缪斯之歌作为神谱之歌的真正显现才得以发生。第二次歌唱从第 44 行开始，她们"从本原（ἐξ ἀρχῆς）开始"（第 45 行），首先（πρῶτον, 44）歌唱可敬的神的种族，由地母与天父结合生下的那些神明，其次（δεύτερον, 47）歌唱宙斯，众神与凡人之父，再次（αὖτις, 50）歌唱人的种族和巨人的种族（有必要指出，这里开列的清单比《神谱》包含的内容更为丰富，因为现存的《神谱》版本并不涉及最后一个主题）；随后的第三次歌唱，缪斯们"颂赞所有不朽神明的行事方式和善好习性"（第 66-67 行），强调把所有神明当作一个整体，亦即众神统系（pantheon）的完整性；最后的第四次歌唱发生在缪斯们诞生后不久，她们歌唱的内容是此前最重要的事件：宙斯"正统治着天宇，手持响雷与炫目的霹雳，此前他刚用武力推翻了父亲克罗诺斯，公平地把一切分配给不朽众神，策划了他们的尊荣。"（第 71-74 行）。引人注意的是，这几次显现的内容并不重复，而是符

---

① 也即是说，最终颂唱的神谱之歌的三个关键要素（谱系、王权更替与本原，详下）在这里尚付阙如。

合各自的场合。有鉴于此，我们不妨视之为同一首歌在不同场合的显现，把这些断片式的不同显现组合起来，便构成了缪斯女神的颂歌，也就是诗人在最后向女神们祈告时，乞灵赐予他的那首完整的《神谱》之歌。

序诗尾声的祈告（第 104-115 行）向缪斯们恳求恩惠，赐予一首神圣的歌曲。诗人为即将演唱的神谱之歌给出了概括性的纲目，其中吸纳了缪斯们所唱之歌的内容、主题和用语。这个纲目从三个方面勾勒了"神谱"之歌的特征：首先（第 106-107 行）从"神的谱系"的角度追本溯源，揭示"盖亚、乌拉诺斯、纽克斯和蓬托斯"这四位古老之神为居于众神谱系之首的原初之神；其次（第 108-113 行）又从"神权更替"的角度再次追本溯源，整个众神统系以"最初"和"其次"被分作两个阶段，"其次"出现的神明是"最初"神明的子嗣，更重要的是，他们是奥林坡斯众神，在宙斯的率领下夺取了天界的统治权。最后，在纲目的结尾处（第 114-115 行）诗人重申，要从万物创生之初开始歌唱：

告诉我这些，居住在奥林坡斯山上的缪斯女神啊，
请从本原（ex archēs）开始述说，他们当中哪个最先诞生？

ταῦτά μοι ἔσπετε Μοῦσαι Ὀλύμπια δώματ' ἔχουσαι
ἐξ ἀρχῆς, καὶ εἴπαθ', ὅτι πρῶτον γένετ' αὐτῶν.

第 115 行的"从本原开始"（ex archēs）这一短语，与缪斯女神的第二次歌唱（第 45 行）遥相呼应（诗人两次都将这一短语置于行首，以示强调），并构成了神谱之歌的最后一条根本原则。概括而言，"神谱"之歌的三个特征是：一、由"谱系"（genealogy）

而发展成万神"统系"(pantheon);① 二、由"王权更替神话"(succession myth)而引导出"宙斯之治"(包括宙斯的正义和分配原则);② 以及三、从"本原"(archē)发端而演化出整个宇宙秩序(kosmos),分别见于缪斯女神的第二次歌唱(特征一、三)、第三次歌唱(特征一)和第四次歌唱(特征二)。

需要再次强调的是,序诗尾声的纲目对神谱之歌的三重特征做出重申,与诗人在被"授予圣职"之前听闻缪斯女神的歌唱构成强烈对比:在缪斯之歌的第一次显现那里,作为牧人的赫西奥德耳闻她们的颂唱,从当下开始,由近及远地颂赞与芸芸众生最息息相关的神明诸如宙斯、赫拉、雅典娜和阿波罗等等;而缪斯之歌的第二至第四次显现发生在诗人获得了与缪斯女神一致的"诗的眼界"之后,缪斯女神的颂歌乃以特定的顺序展开,即从万物创化之初到宙斯的登极。**颂歌演唱的顺序,便是宇宙万物从无序走向有序的顺序,宇宙万物的差异、区别与秩序经由"神谱之歌"的颂唱呼唤出来,形成一个有明确差异和严密区分的诸神管辖统系,因此诗的颂赞最终昭示了宇宙万物的神性根基。**

§9. 作为诗的颂赞,神谱之歌不仅揭示了万物创化的根本原则,并且还最终完成了宇宙秩序的确立。诗的颂赞赋予众神护持的宇宙至高的"荣光",赋予它终极意义,在这个意义上它才算最终完成,因而缪斯女神——"诗的颂赞"的神格化身——与宙斯所代表的宇宙秩序之间的关系也应当作如是解,为此我们可以从早期诗

---

① West(1966, pp.31-39)从《神谱》六大类不同的神明里归纳出两大家族,即卡奥斯家族与盖亚家族。赫西奥德正是以这种缜密的家族谱系,条贯数以百计的神明,筑成"万神统系"(pantheon)。

② West(1966, pp.18-31)从"王权更替神话"里勾画出两个"改朝换代"事件和两个"武力冲突"事件。

歌里找到两个旁证来进一步说明。

其一是前文（§3）已论及的《致赫尔墨斯的荷马颂诗》(*Homeric Hymn to Hermes*)。这首古老的颂诗叙述说，赫尔墨斯甫一诞生，便偷偷屠宰了阿波罗的两头圣牛，为了平息同父异母兄长的怒火，他取出自己不久前发明的弦琴并唱了一首神谱之歌（第 423-433 行）。与赫西奥德相仿佛，赫尔墨斯从缪斯女神之母涅莫绪内开始歌唱，随后的"神谱"对众神以及他们各自所分得的尊荣追本溯源，以此"实现了（krainōn）不朽的众神与幽暗的大地"（第 427 行：κραίνων ἀθανάτους τε θεοὺς καὶ Γαῖαν ἐρεμνήν）。这里译作"实现"一词的希腊文动词，krainōn，与诗歌话语的效验有着紧密联系。① 依照《赫尔墨斯颂诗》诗论的内在逻辑，赫尔墨斯的神谱作为一首颂歌"实现"众神，正如阿波罗与他交换的神杖能够"实现"（epikrainousa）宙斯的规条，或者就像"蜜蜂神女"啜吸了蜂蜜后，能够"宣告真理"并且"实现（krainousin）每一件事"（第 559 行）。在同样的意义上，赫尔墨斯通过有序地歌唱（kata kosmon，第 433 行）神谱，得以"实现"的是宇宙万物的有序排布。诚如戴地安所云："借助诗歌话语的法力，他【译按：赫尔墨斯】创设了属于不可见世界的诸种超凡力量，巨细无遗地阐发了诸神的体系，在其中每一位神明按等级拥有自己的位置，分配到属于自己的尊荣。诗的赞颂创设了与现实同等的秩序"。②

第二个旁证来自品达的《宙斯颂歌》(*Hymn to Zeus*)，其中更明确地道出了上述缪斯女神与宙斯的关系。这首伟大的颂歌在亚历

---

① 参见 Vergados 2013, pp.18-19, 507-508；关于这首颂歌的"诗论"与《神谱》序诗诗论之间的诸多相似之处，详见 Vergados 2013, pp.12-13。

② Detienne 1996, p.71: "Through the power of his poetic language, he establishes the powers of the invisible world, and exposes in detail the theory of the gods, wherein each is assigned his proper place in the hierarchy and accorded the appropriate 'honor' due. Poetic praise establishes the same order of reality."

山大里亚学者辑录的品达诗集里位列篇首，其重要性可见一斑。虽然时至今日只有残篇存世，从这些零星的篇什可以得知，颂歌的主题是卡德摩斯（Kadmos）与哈尔墨尼亚（Harmonia）的著名婚礼，在那个场合，阿波罗与缪斯女神们在全体众神面前演唱了一首神谱之歌。① 据猜测，这首神谱如同赫西奥德的《神谱》叙述了众神的起源，并以宙斯的胜利为高潮，证据是存世的一个残篇里提到了宙斯与忒米斯的婚礼。② 生活于公元2世纪的智术师阿里斯提德斯（Aristides）留下的一段重要文字，很可能与《宙斯颂歌》里提及的这场婚礼有关，他写到："在《宙斯的婚礼》里，品达说，当宙斯询问其他众神，他们是否还缺少什么，众神们恳求他为自己造出一些神，这些神会用话语和音乐完成他的伟大业绩和他所设置的整个宇宙秩序（<kata> kosmēsousi）。"③ 于是，宙斯生育了缪斯女神，来满足他们的要求。缪斯们的歌唱所实现的功能，正寓于 <kata> kosmēsousi 一词当中：通过赞颂宙斯的"伟大业绩"和"他所设置的整个宇宙秩序"，她们最终完成了万物从混沌之初向有序宇宙的进程。

以上两个旁证让我们明了，《神谱》诗人与缪斯女神一样，在赞颂众神的法力特别是宙斯的功烈之际，为凡人的世界最终完成了宇宙秩序。当缪斯女神把神谱赐予诗人，这构成一种神圣的真理，凡人只有通过诗人的中介才可获得的真理，凭借神谱之歌所具备的追本溯源与整全无遗的特质，诗人得以引领凡众上达由神谱之歌构成的神圣真理之域，如此一来，神谕下达真理的片段式言说被

---

① 参见品达残篇 32（Maehler 辑本），另见 Snell 1975, 第五章的讨论。

② 品达残篇 30（Maehler 辑本）。

③ Aristides, or. 2. 420 = Pindar, fr. 31（Maehler 辑本）："Πίνδαρος...ἐν Διὸς γάμῳ καὶ τοὺς θεοὺς αὐτούς φησιν ἐρομένου τοῦ Διός, εἴ του δέοιντο, αἰτῆσαι ποιήσασθαί τινας αὐτῷ θεούς, οἵτινες τὰ μεγάλα ταῦτα ἔργα καὶ πᾶσάν γε δὴ τὴν ἐκείνου κατασκευὴν κατακοσμήσουσι λόγοις καὶ μουσικῇ."

转化为诗的整全言说，昭示着宇宙大全的终极意义。故而，在《神谱》的序诗诗论里所蕴含的"诗的奥义"，在"神谱"正文里透过诗的颂赞而朗现，成就了古风"诗教"观念的原型：缪斯女神授予诗人圣职成为她们的先知，让诗人凭靠神灵的感应而拥有洞见神圣真理的能力，像先知那样谙悉主宰凡人生活的不可见世界之奥秘；据此，赫西奥德用先知的形象来比拟诗人，用"预言的真理"来塑形"诗的真理"：诗人和先知一样，可以窥知主宰凡人生活的不可见世界之奥秘，并因此负有独立于王权而沟通神界与人世的使命；不过与此同时，序诗还完成了一种翻转，诗人对真理的言说比先知更胜一筹，前者从后者转化而来但返本归原，能够揭示我们生活于其中的宇宙大全的终极意义；**如果说神谕将神意下达人间，诗则从相反的方向运作，即通过促成一种特殊的精神状态，将凡人引领至圆融无碍的真理圣域**，这一翻转对于后世希腊诗学传统尤其是"诗教"的观念发生了定型的影响，也成为西方诗性思维的一个重要来源。

第四章
田间的诗教——《劳作与时日》与"正义"的践行

第一节 "教诲诗"

§1. 一个令人惊异的事实是,赫西奥德与荷马作为古希腊诗歌传统的两大源头,都不仅以一部史诗,而是以两部相互关联的史诗传世——正如《伊利亚特》之后有《奥德赛》,《神谱》之后又有《劳作与时日》。① 赫西奥德的《神谱》(尤序诗)奠立了希腊"古风诗教"最为核心的观念,勾画出"诗人教育家"的原型,这对后世的影响至为深广——首先就体现在赫西奥德的第二部诗作《劳作与时日》。虽说自古以来,《劳作与时日》和《神谱》的作者是否同为赫西奥德就存在争议(正如两部荷马史诗的"作者"是否为同一人也无定谳),本论遵循后世的主流传统,认为两部史诗同出一源(即一个诗歌传统),姑以"赫西奥德"名之。②

---

① 《劳作与时日》原文作 *Erga kai Hēmerai*,英译名 *Works and Days*,这一标题正如其他早期希腊诗歌的标题那样,来自后起的传统,虽然概括了诗中一部分内容,却并未准确捕捉全诗的立意。中译名主要有《工作与时日》和《田功农时》,前者为通用译名,但其中"工作"一词疏于宽泛,并不特指赫西奥德主要讨论的农夫在田间的劳作;后者颇为古雅,但失于精确,因为诗中的"时日"部分谈及的并不仅限于"农时",还包括各种其他活动的吉日和凶日,故本论改用新近出现的中译名《劳作与时日》。

② 例如保萨尼亚斯 9.31.4-5 = T42 Most。

就其所属的诗歌传统言之,《劳作与时日》通常归入"史诗体诗歌"(epos,或译作"史诗体叙事诗"),但与其他现存的史诗相较,这部诗作委实非同寻常。这首长诗虽然采用了史诗的格律、语言和风格,主题上和内容上却与其他史诗大相径庭。《劳作与时日》的主旨既非"众神的伟绩"亦非"英雄的荣光",而是普通凡人的日常生活,涉及的主题包括凡人应当如何谋生,如何劳作获致幸福,如何与他人和众神相处。全诗主要围绕正义和农业劳动展开,描绘了农事活动和农村生活,传达了力作为人生要义的根本信念。从主题来看,《劳作与时日》最先把目光投注到当下生活以及诗人所处时代的现实问题,具备一种"切近而翔实"的特征,在现存早期希腊史诗作品当中罕有其匹。这种特征至少从三个方面充分展露:首先是诗人自己的"个性"十分鲜明,诗中出现了与诗人身份相关的各种细节,包括姓氏、籍贯、家庭成员、生平行谊。另外两个方面分别体现在诗篇所处的时间和空间维度:就时间维度而言,《劳作与时日》面对的是听众生活其中的当下现实,也就是诗人所谓的"黑铁时代"——与英雄史诗和神谱史诗主要涉及远离听众的"往昔"迥然不同——这一时间维度又被更精细地划分为月令农时的轮转以及吉日凶日的更替;就空间维度而言,史诗的距离感同样被弭除,诗人将听众熟悉的农村和城邦生活置放于前景,并且用具体的地名——譬如希腊本土比奥提亚(Boeotia)境内的小村庄阿斯克拉(Ascra)及近旁的赫利孔山(Helicon),或者小亚细亚爱奥利亚(Aeolia)地区的移民城市库迈(Kyme)——来营造一种现实感,这与英雄史诗和神谱史诗主要发生在辽远而陌生的空间亦迥然有别。

不特如此。英雄史诗和神谱史诗的诗人在序诗以后通常隐身而退,诗人改用第三人称来叙述他的主题,而《劳作与时日》的诗人通篇以第一人称的口吻向包括其弟佩耳塞斯、当地王爷(巴西琉斯）及旁观者在内的听众进行训谕，训谕的手法不仅诉诸劝说，还涵括指导、命令、劝诱、规谏、许诺、威胁等等，而训谕的修辞方式则融合了神话故事、神明谱系、动物寓言、道德寓言、谜语、格言、戒律、技术指导等等，这些方式大多与常见的史诗叙事方式无关。倘若从古希腊史诗传统内部来追本溯源，《劳作与时日》与荷马史诗里的某类演说辞倒是若合符节。耶格尔（Werner Jaeger）就曾提出，荷马史诗里有一类可称作训谕辞（paraenetic speech）的演说辞，旨在劝说或劝止对方采取某种行动，最著名的例子是《伊利亚特》第九卷（第 432-605 行）菲尼克斯对阿基琉斯劝导性质的长篇演说，耶格尔主张，《劳作与时日》正是从这类演说辞衍生而来，或者说是以之为原型而延展至"史诗般"的长度。① 然而，耶格尔所忽视的一个重要区别在于，荷马史诗里"训谕辞"的演说者并无诗人，如上引菲尼克斯的身份乃阿基琉斯的随军师傅，负责督导阿基琉斯并为其出谋划策，他自己也是率领阿基琉斯兵卒的五将领之一。反之，荷马史诗里的诗人也并不对其听众进行直接的训谕，在荷马描述的英雄社会里，诗人首要地是"故事的歌手"，以愉悦并迷魅听众为能事。诗人对诗的教化效力并未明言，而是留待听众自己领会，因此可以说"诗教"作为一种观念在荷马那里还是间接的、隐性的。②

有鉴于此，以韦斯特（Martin L. West）为代表的当代研究者认为，"在某些方面，与《劳作与时日》更为相似的对应物存在于古

---

① Jaeger 1945, p.66 及 p.433, n. 37; Diller 1966 进一步申发了这一观点。此后的学者对这一观点隐含的假设——即赫西奥德必然晚于荷马史诗并从中取材——表示怀疑，而更倾向于从两者的共同来源加以解释，例如 Lardinois 2003 从荷马史诗里的另一类演说辞，即所谓的"怒斥演说"（angry speeches）当中找寻《农作与时日》的结构性特征，但他并不认定前者是后者的原型。

② 参阅第一章 §4 对"显性的"和"隐性的""诗教观"所做的区分。

希腊罗马文学范围之外，而非其内部，"① 他们因而将之纳入盛行于古代近东的"智慧文学"（wisdom literature）的范畴来考察。韦斯特在《〈农作与时日〉详注》的导论里，罗列了世界范围内所见的"智慧文学"作品，特别是古代近东和地中海地区，包括苏美尔、阿卡德、埃及、阿拉姆、希伯来以及印欧传统的相关作品，展示了这些"智慧文学"传统之间的相似性，因此赫西奥德的诗作受到后者的深刻影响已经成为学界公认的事实。② 然而，值得注意的是，在古希腊早期文学范畴之内，却并没有独立于《劳作与时日》而与之类似的作品。虽说若干篇归在赫西奥德名下的诗作也源自同一个诗歌流派，例如《大劳作》（可能比《劳作与时日》篇幅更长而得名，但存世仅有两段残篇）、《克戎箴言》（由智慧的马人克戎向少年阿基琉斯宣告的一组箴言，现仅存三段残篇）以及《天文》和《鸟卜》（这两首诗的独立性与真实性饱受质疑），但这些诗篇应该说都是在《劳作与时日》的影响之下形成的。③《劳作与时日》出现以后，还有佛克利德斯（Phocylides）也以史诗格律创作格言诗（gmomic poetry）；另外，与史诗格律最为相近的"挽歌对句体"（elegy）诗歌也形成了一派"训谕体挽歌"（paraenetic elegy）的传统，以斯巴达的提尔泰乌斯、雅典的梭伦（见第五章）以及麦加拉的特奥格尼斯（见第六章）为代表。古典学界把以上列举的古希腊早期诗歌

---

① West 1978, p.v: "The fact is that in some respects the *Works and Days* has better analogues outside Greco-Roman literature than within it."

② West 1978, pp.3-25；近二十年后，West 1997, pp.306-331 又更加深入地分析了《劳作与时日》与近东"智慧文学"之间的诸多相似之处。西方学界有关赫西奥德与古代近东文学传统关系的研究现状，参看 Rutherford 2009 的综述。

③ 尽管有学者主张（如 Martin 1992），《克戎箴言》实际上是一种极为古老的诗歌类型的遗存，在世界各地的文学传统里都可以见到，这便是通称为"王子训导"（Instruction of Princes）的文类，但是这部归在赫西奥德名下的诗作无疑为后人伪托，是在《劳作与时日》（以及《名媛录》）的启发下构思而成的，参见 Montanari, Rengakos & Tsagalis（eds.）2009, pp.128-129 的论述。

命名为"教诲诗"（didactic poetry，德文：Lehrgedicht），当作是遍布世界各地的"智慧文学"的一个门类，《劳作与时日》也因此被奉为古希腊"教诲诗"传统的滥觞。①

"教诲诗"的主要特征是通过诗来阐述某一领域的知识或技能，举凡天文、农业、航海等知识，或是捕猎、恋爱和创作等技能，都可以成为"教诲诗"的主题。在形式上，"教诲诗"不拘一格，可以是一组箴言的简单结集，也可以是经过精心设计而有着叙事框架的文学作品。当其发轫之初，"教诲诗"以"知识"为重，包括对宇宙万物之本原以及人类生活之准则的思索，赫西奥德的两部诗作可以说分别在古希腊引发了这两大主题的端绪。此后，"教诲诗"一方面走向了"哲学教诲诗"的一路，以巴门尼德和恩培多克勒的"哲理诗"为最高成就，另一方面又走向了"道德教诲诗"的一路，以文前已及的"训谕体挽歌"以及"格言诗"著称于世。降至希腊化和罗马时期，传授"技能"的"教诲诗"转而更受到诗人的青睐，例如古罗马大诗人维吉尔便效仿《劳作与时日》而作《农事诗》（Georgics），以罗马人的方式传授农业劳动的"技能"。其他罗马诗人则另辟蹊径，创作"教诲诗"传授"诗的技艺"（贺拉斯《诗艺》）或者"爱的技艺"（奥维德《爱的艺术》）。② 归纳而言，不管是"哲学教诲诗""道德教诲诗"还是"技能教诲诗"，究其本源都可以上溯到赫西奥德一派的诗歌传统，而赫西奥德的《劳作与

---

① 顺带提及，有非主流的意见认为，《劳作与时日》实质上并非"教诲诗"，而是"讽刺诗"，诗人的旨趣在于铺陈戏剧性的讽刺情节以收愉悦受众之效（参见 Hunt 1981 及 Nisbet 2004），这种诠释与原诗精神多相违背，本论不取。

② 对西方古代"教诲诗"传统的流变与类型的专门研究，参见 Effe 1977；有关罗马"教诲诗"，参见 Volk 2002，尤见第 44—60 页从早期希腊"教诲诗"（《劳作与时日》名列首位）到卢克来修的历史概览。

时日》更是被古希腊和罗马人推崇为所有"教诲诗"的开山之作。①

无论《劳作与时日》在多大程度上符合后人对"教诲诗"的界定，②单纯以"教诲诗"视之，极易造成一种偏颇，反倒把它与赫西奥德的另一部诗作《神谱》（以及两者共属的史诗传统）割裂开来。事实上，两部诗作之间存在明显而又多层面的互文性，一个不可避免的结论是，**诗人自己将两部诗作视为一个互补的整体，并且引导受众也作如是观**。如所周知，早期希腊诗歌作品当中，互文关系可谓无所不在，最显著的例子当属两部荷马史诗之间的互文性，荷马学界已言之綦详。近来由美国学者柯蕾（Jenny Strauss Clay）主倡的"互文诠释"则对两部赫西奥德史诗之间的互文关系多有揭橥，③在此仅举其荦荦大者，首先是《劳作与时日》对《神谱》文本的暗指，例如《劳作与时日》第11-12行对《神谱》第782-784行有关"纷争女神"谱系的"修正"，两部作品里关于"普罗米修斯神话"的两个互补的版本，以及《劳作与时日》第658-659行对《神谱》第22-34行里缪斯女神授予诗人圣职这一事件的指涉，都在提示接受者，要以《神谱》为参照来领解《劳作与时日》。④其次，两部诗作之间还存在主题上的互文：《神谱》以宇宙万物为主题，展现整个创世过程从鸿蒙之初到宇宙秩序的最终确立，而《劳作与时日》则以人类社会为主题，展现社会秩序从黄金

---

① 从接受史角度来研讨《劳作与时日》（以及《神谱》和《名媛录》）在古代的际遇和回响，是晚近赫西奥德研究领域的一大热点，其中 Hunter 2014 颇具代表性，该著从古风时期至公元5世纪一千年的接受史当中撷取了关键性的古希腊文本，来展示《劳作与时日》如何从各个不同的维度被塑形为最经典的"教诲诗"。

② 例如 Heath（1985, p.253）对"教诲诗"所做的三重划分（"功用上的""目的上的"以及"形式上的"），《劳作与时日》只属于"形式上的"教诲诗；再如 Volk（2002, pp.34-43）归纳出作为独立文类的"教诲诗"应具备的四个特征，这些特征在《劳作与时日》那里并非悉数可见。

③ Clay 2003。

④ Ibid. pp.6-8.

种族到黑铁种族的崩解以及重建的可能。奇妙的是,从这两部诗作的主题上来看,它们分处在史诗体(epos)这一早期希腊地位最崇高的诗歌体式所描画的一整幅宇宙图景的两端:《神谱》处在宇宙创化的前端,而《劳作与时日》则处在人类社会的末端。位于这两端之间的是其他早期史诗作品的主题:《荷马颂诗》涉及宙斯登极以后,另几位奥林坡斯主神(例如狄奥尼索斯、阿波罗、赫尔墨斯)如何诞生并被接纳;《名媛录》(多数学者认为这是赫西奥德的作品)讲述了奥林坡斯众神的统治确立以后,男性神如何与凡间女子生育英雄的种族,该诗很可能以特洛伊战争的发端为终结;两部荷马史诗所属的"特洛伊诗系"(以及其他英雄史诗诗系,例如"忒拜诗系")关乎英雄种族的伟绩及其没落,此后便进入《劳作与时日》所称的"黑铁种族",即人类的当下现状。因此,《神谱》和《劳作与时日》主题上的互文还在更广泛的意义上,使两部作品共同从属于其他颂神诗与英雄史诗构筑起来的"史诗的世界"。最后,主题上的互文进一步引发了视角上的互文关系:《神谱》关注的焦点是众神,从神的视角来观察宇宙万物的生成,而《劳作与时日》关注的焦点是凡人,从人的视角来思考凡人的生活世界,此番思考的前提是,凡人的生活必须纳入众神护持的宇宙秩序才具有意义,因此与《神谱》的众神世界密不可分。

除了上述多重的互文关系以外,对于本章的主题——《劳作与时日》里的"诗教"——最为重要的是见于两部作品里"诗人"形象之间的互文关系:简言之,无论在《神谱》还是在《劳作与时日》那里,"颂赞的诗人"与"教诲的诗人"都是如影随形,虽然每一部诗作的侧重有所不同。以下的考论便以这一层互文性为原则,从《劳作与时日》为施行"诗教"搭建起来的"叙事框架"以及"诗人教育者"的真面目入手,进而转向"诗教"的核心内容与整体进程,通过一系列的"互文"对读来重新检视赫西奥德"教诲诗"里的"诗性"。本章的考论意在反思，以"教诲诗"来解读《劳作与时日》，往往只重"教诲"而无视"诗"，或者简单地把诗当成传授知识或技能的媒介，这是否会导致理解上的重大偏颇？时下，《劳作与时日》被一种主流的阐释誉为"古典政治哲学"的鼻祖，这种影响深远的观点是否过度强调了"教诲"，因而是这种偏颇视角的产物？本章（及以下两章）的任务之一是，**重视"教诲诗"的"诗性"，更深入地从"诗性"的维度反观"教诲"，借此展示"教诲"如何最终从"诗性"生发出来并由"诗性"造就**。这也是本书后半部考论"古风诗教"如何具体施行的核心任务。

第二节　"兄弟间的争端"

§2. 在《劳作与时日》里，"诗教"被纳入一个"叙事框架"来施行，尽管这首长诗并非叙事诗，诗人对"叙事框架"的处理也与典型的叙事诗迥乎不同——诗人把他的"教诲"相对松散地安排在一个故事情节当中，并以片段的方式连缀起整部诗作。① 在这个"叙事框架"内，诗人赫西奥德化身为农夫的角色，这一新身份与《神谱》序诗里缪斯授予他"圣职"，让他从牧人转变为诗人的"叙事框架"构成某种呼应关系。诚然，就古风社会的历史情境而言，未成年的青少年更可能从事放牧活动，到了成年以后则转事农业生产，故有论者推断《神谱》为赫西奥德青年时期的作品，而《劳作与时日》则作于成年时期，不过这一推断无从证实，正如《伊利亚特》作于荷马的青年时期而《奥德赛》出自老年荷马的古代传说

---

① 有关《劳作与时日》的创作方式（composition）以及"统一性"（unity）的问题是学界研究的焦点，论者不胜枚举。管见以为，这部诗作的谋篇布局不同于叙事诗，在一个整体性的"叙事框架"内各部分可分可合，以此服务于诗人的"教诲"目的，参见新近面世的 Canevaro 2015，该著对《劳作与时日》的教育理念和方法多有抉发。

第四章　田间的诗教——《劳作与时日》与"正义"的践行

一般。更为有效的思路，是从猜度文本之外的历史真实返回到文本的内在脉络，分析这两种身份——农夫和牧人——如何服务于每部诗作的旨归，并勾连起一种互文的诗人形象。① 《神谱》里的牧人身份只局限于序诗部分，与此不同的是，诗人在《劳作与时日》里的农人身份贯穿序诗之后的整部诗作，并且被纳入一个特定的情节当中。诗人告诉我们（第 27-41 行）：父亲亡故之后，他和弟弟佩耳塞斯发生阋墙之争，佩耳塞斯由于贿赂王爷而"获得了较大的一份"遗产（主要指田产），此后却游食度日，田荒不耕，终于将遗产挥霍殆尽，此刻又来向赫西奥德乞求接济，并威胁说如若不从便要挑起诉讼，受此激发诗人创作了长诗，用以训诫兄弟，并晓谕世人。

以上概括的这个情节究竟是历史性的还是戏剧性的？要解答这个问题，关键在于如何看待赫西奥德诗作里的第一人称陈述。除上述段落外，包括《神谱》第 22-34 行，《劳作与时日》第 633-640 行及第 646-662 行在内的第一人称陈述，以往一直被简单当作诗人的"自传性"材料，评者据此勾画出一位活动于落后的比奥提亚山区的淳朴农民诗人的传统形象。② 然而，近几十年来学界对赫西奥德所从属的口传文学及其创作方式的多样性和复杂性有了更为深入的理解，上述"传记式解读"已广受诟病；此外，现代学者的"传记式解读"还受到古代"传记传统"（biographical tradition）的巨

---

① 参见 Haubold 2010, pp.11-30（中译本第 15—42 页），尤见 pp.15-23（中译本第 20—32 页），该文作者提出"传记诗论"（biographical poetics）的概念来取代陈旧的"传记式解读"，可谓深中肯綮。

② 例如 Jaeger 1945, pp.57-59, Fränkel 1973 [1962], pp.94-95。评者基于这些"自传性"材料做出的"自传性"解读，可参看 Stoddard（2004, pp.1-33）全面而深入的讨论与批评。

大影响，而对后者性质的重估正是目前古典学研究的一个热点。①晚近的学者们指出，不应拘泥于字面来理解这些貌似"自传性"的段落，必须更多考虑到文本的内在理路来分析赫西奥德的第一人称陈述在其诗歌的具体语境中所起到的作用。根据这种观点，赫西奥德的第一人称陈述，乃是服务其诗歌体式与表演场合的传统文学手法，将之等同于诗人的自传，恰恰犯了将"叙事者"或"主述者"等同于作者本人的简单错误。赫西奥德在《神谱》和《劳作与时日》里的第一人称陈述，各自出于不同语境的需要，不应将这些片段缀合起来，去钩沉历史上的赫西奥德其人，而更应关注这些片段如何服务于各自语境的修辞和诗学目的。

在这一进路上最极端的观点由纳什（Gregory Nagy）提出，他否认历史上实有"赫西奥德"其人，主张"赫西奥德"像"荷马"一样，并非历史上的诗人的名字，而是各自类型的诗歌塑造的、起到文学作用的"典范诗人"，而"自传性"篇章作为诗人的生平行谊是被虚构出来的，完全服务于塑造一位"典范诗人"的宗旨。②管见以为，纳什的观点虽不无可取之处，但因此而否认赫西奥德的历史存在未免失之武断。纳什的观点主要依赖对 Hesiodos 一词的词源学解释，但学界对该词的词源迄无定论。③ 即便我们能够确凿无疑地证明 Hesiodos 一词指代"发出声音者"（纳什说），仍旧无法排除如下的可能性，即一位真实存在的诗人以之为"艺名"，

---

① 有关赫西奥德生平事迹形成的各种古代传说与赫西奥德作品之间的关系，参见 Lefkowitz 2012, pp.6-13 对相关材料的整理以及 Lamberton 1988, pp.3-48, Nagy 2009 与 Kivilo 2010, pp.7-63 的详论，Kivilo 得出的结论是，"赫西奥德传记里的一大部分源自诗人自己的作品"（第59页）；另见 Koning 2010, pp.130-138 比较"赫西奥德传记传统"与"荷马传记传统"而得出的极富启发性的结论。

② 参见 Nagy 1990, pp.36-82 以及 Lamberton 1988, pp.1-37 对这一观点的申论。

③ 纳什的词源解释参见 Nagy 1990, pp.47-48 以及 Nagy 1999, pp.296-297; 另见 Meier-Brügger 1990 罗列的各家之说。

来张扬自己高超的技艺得自于"发出美妙声音的缪斯女神"。质言之,"赫西奥德"可以是真实诗人使用的"艺名",故而并不能消解诗人生平细节的"真实性"。

无论如何,老派的"传记式解读"完全低估了赫西奥德诗篇与所从属的诗歌传统之间的复杂关系,这种复杂关系让"传记式解读"重构历史真实的努力变得困难重重。此外,"传记式解读"貌似延续古代的"传记传统",试图从诗人的"自传"片段里补缀出一份较为完整的"传记",但它实质上误解了古代"传记传统"的真正属性:古代的"传记传统"并不看重历史真实,而是对"传主"作品的一种解读方式,甚至可以说是一种文学评论的手段。① 在此,本论不拟追究"农夫赫西奥德是真实抑或虚构"这一无法解答的问题。无可否认的事实是,《劳作与时日》的诗人将自己作为一个人物置入"兄弟间的争端"这样一种具体情节当中,故而我们应当把目光专注于这场"争端"作为戏剧性场景在文本的内在理路中起到的作用,分别考察争端的起因、所牵连的人员以及争端的最终解决。

通行的解释认为,争端的起因是弟弟佩耳塞斯曾经挑起一场诉讼,贿赂担任仲裁的王爷攫取了更多的遗产;此刻,他威胁乃兄将如法炮制,让赫西奥德再次卷入诉讼。依笔者之见,这一解释需要修正。② 让我们首先引用原文,细心体味诗人自己如何描述这一情节:

噢,佩耳塞斯!你的心中要牢记这些事:
不要让那个乐于伤害的争斗女神把你的心思从劳作中移开,

---

① 参见 Graziosi 2002 对"荷马传记传统"的开创性研究,以及 Koning 2010 比较"赫西奥德传记传统"与"荷马传记传统"的力作。

② 以下讨论得益于 Gagarin 1974 与 Edwards 2004, pp.38-44。

去注意和倾听法庭上的争讼（neikea）。
一个人如果还没有把一年的粮食，大地出产的物品，德墨特尔的谷物
及时收贮家中，是没有时间花在吵嘴和争讼（neikea）上的。
当你获得丰足的食物，你可以挑起诉讼（neikea）
以获取别人的财物。但是，你不会再有机会
如此行事，让我们就在此时此地（authi）解决我们的争端（neikos）
用来自宙斯的、也是最完美的公正的裁决（dikai）。
须知，我们已经分割了遗产，并且你还夺走了
其他很多东西，让那些收受贿赂的王爷们
得意忘形，他们乐意给出这种裁决（dikē），
这些傻瓜！他们既不知道一半要比全体多得多，
也不知道以草芙蓉和常春花为生是多大的幸福。

ὦ Πέρση, σὺ δὲ ταῦτα τεῷ ἐνικάτθεο θυμῷ,
μηδέ σ' Ἔρις κακόχαρτος ἀπ' ἔργου θυμὸν ἐρύκοι
νείκε' ὀπιπεύοντ' ἀγορῆς ἐπακουὸν ἐόντα.
ὥρη γάρ τ' ὀλίγη πέλεται νεικέων τ' ἀγορέων τε,
ᾧτινι μὴ βίος ἔνδον ἐπηετανὸς κατάκειται
ὡραῖος, τὸν γαῖα φέρει, Δημήτερος ἀκτήν.
τοῦ κε κορεσσάμενος νείκεα καὶ δῆριν ὀφέλλοις
κτήμασ' ἐπ' ἀλλοτρίοις. σοὶ δ' οὐκέτι δεύτερον ἔσται
ὧδ' ἔρδειν, <u>ἀλλ' αὖθι διακρινώμεθα νεῖκος
ἰθείῃσι δίκῃς, αἵ τ' ἐκ Διός εἰσιν ἄρισται.</u>
ἤδη μὲν γὰρ κλῆρον ἐδασσάμεθ', ἄλλα τε πολλὰ
ἁρπάζων ἐφόρεις, μέγα κυδαίνων βασιλῆας

δωροφάγους, οἳ τήνδε δίκην ἐθέλουσι δικάσσαι,
νήπιοι, οὐδὲ ἴσασιν ὅσῳ πλέον ἥμισυ παντός,
οὐδ' ὅσον ἐν μαλάχῃ τε καὶ ἀσφοδέλῳ μέγ' ὄνειαρ.

(《劳作与时日》，第 27-41 行）

从上引第 37-39 行可以得知：两兄弟在父亲亡故后分割了遗产，佩耳塞斯靠着强取豪夺获得了其中更大的一部分。① 不过在这一段落里，诗人并没有直言佩耳塞斯目前的处境，而是在数百行之后，诗人劝告弟弟，要依循季节的更替来从事各项农活，"否则，你日后一旦匮乏，就不得不求乞于别人的家门，而结果往往是徒费口舌，正如你才来找过我一样"（第 392-397 行），由此可以推知：佩耳塞斯已一贫如洗，将分割家产时得到的那一份挥霍殆尽，究其原因，如第 27-34 行所言，是由于佩耳塞斯过着游手好闲的生活，逃避农田里的辛苦劳作，把光阴虚掷在市政广场上；由于经常聆听广场上的争讼，佩耳塞斯早已深谙此道，打算与自家兄长展开一场自认稳操胜券的诉讼。针对此段文字，评者争论的一个焦点是：从诗人的描述来推断，在《劳作与时日》开场之前是否已经有过一场诉讼？通行的解释主要依赖第 34-35 行——"但是，你不会再有机会如此行事，让我们就在此时此地解决我们的争端"——来推论此前已有过一场诉讼。然而，仔细寻味文义，"如此行事"（第 35 行：ὧδ' ἔρδειν）这个短语并不明确表达"挑起诉讼"，其含义更恰当地由随后的字句揭示，即在分割遗产之际，佩耳塞斯"夺走了其他很多东西，让那些收受贿赂的王爷们得意

---

① 值得一提的是，佩耳塞斯"人如其名"，因为他的名字 Perses 在希腊文里是"洗劫、劫掠"的意思，这是一种巧合，还是诗人的设计？

忘形"（第 37-38 行）。换言之，诗人是在提醒佩耳塞斯，虽然他当时获得了更多的资产，足以向王爷们施行贿赂，但彼一时此一时也，鉴于他目前的处境，他已无力再依靠贿赂来侵占兄长的财产。故而，所谓"你不会再有机会如此行事"指的是，佩耳塞斯无法再像第一次分割遗产后那样，终日游手好闲不务正业。[①] 根据这样的解读，虽然佩耳塞斯威胁兄长，要诉诸王爷重新分割遗产，他与赫西奥德之间的"争端"实际上尚未成为一场"诉讼"。《劳作与时日》的一个主要修辞目的恰恰是，劝说佩耳塞斯不要挑起诉讼，而是按照宙斯的公正裁决，"就在此时此地（authi）解决我们的争端"。

"兄弟间的争端"其实别有起因，诗人对此言之凿凿。倘若我们充分顾及此段引文所处的语境，而非将之与上下文割裂开来单独索解，便会发现：上引第 27-41 行这个段落与之前的第 11-26 行的段落共同构成一个相对独立的篇章，而"兄弟间的争端"这一情节被纳入其中，显然深具寓意。诗人针对引发佩耳塞斯挑起"争端"（neikos）的起因，明确提出了两位"争斗女神"（Erides，单数 Eris）的新见：

> 原来"争斗女神"（Erides）并非一种，在大地上
> 共有两种：一种争斗，只要人能理解（noēsas），就会赞美
> （epainēseie）她，
> 而另一种则应受到谴责（epimōmētē）；

> οὐκ ἄρα μοῦνον ἔην Ἐρίδων γένος, ἀλλ' ἐπὶ γαῖαν
> εἰσὶ δύω· τὴν μέν κεν ἐπαινήσειε νοήσας,

---

① 参见 Edwards 2004, p.43 的讨论。

第四章　田间的诗教——《劳作与时日》与"正义"的践行　　141

ἡ δ' ἐπιμωμητή·

（《劳作与时日》，第 11-13a 行）

显而易见，两位"争斗女神"（或"争斗女神的两重性"）的提法"修正"了《神谱》（第 225-232 行）里叙述的"争斗女神"的谱系。① 为人熟知的那位"争斗女神"挑起争斗和战争，凡人不得不尊敬她，并非出于喜爱，而是不朽众神的意愿使然。我们在《伊利亚特》里屡屡领教这位"争斗女神"的威力，她陪伴嗜血的战神阿瑞斯，被众神不时派往人间，带来"毁灭性的争斗"，例如，《伊利亚特》卷十一伊始（第 1-14 行），"宙斯派遣令人畏惧的争斗女神前往阿开奥斯人的快船，她手持战斗号令"，来展开新一天的战斗。面对这样一位可怕的女神，赫西奥德宣告，她还有一位更年长的姊姊，比她更享尊荣。当初宙斯为众神分配荣誉和职能之际，由于这位年长的"争斗女神"在众神中间并无用处，便被安置于大地之根，作为凡人生活的基础（第 17-19 行），这就是为什么这位"争斗女神"至今隐而不显，未被凡人所识，但她给凡人的生活带来了推动的力量，因为她代表了"创造性的竞争"原则，这个原则以人类社会里的不同群体为单位在每个群体内部运作。赫西奥德列举了农民、陶工、木匠、歌手甚至乞丐这些不同群体，群体内部的创造性竞争带来莫大的益处。诗人努力说服佩耳塞斯，要避开"坏的争斗女神"，跟从"好的争斗女神"，学会与自己的同行竞争，这样才能通过农业劳动创造财富（第 20-24 行），正如"陶工与陶工竞争，工匠与工匠竞争；乞丐忌妒乞丐，歌手忌妒歌手"（第 25-26

---

① Clay 2003, pp.6-8 对通行的"修正说"提出异议，主张《劳作与时日》与《神谱》里的两个段落具有相互补充的"互文"关系，而非简单的修正。

行）。随后，诗人直接劝喻乃弟，莫要受"坏的争斗女神"掌控，去关注法庭上的争讼，值此之际诗人才引出"兄弟间的争端"这个主题。

综上可知，第11-26行（"两位争斗女神"）与第27-41行（"兄弟间的争端"）在整个篇章（第11-41行）的脉络里，适成平行而对应的两段，前段以"好的争斗女神"制衡"坏的争斗女神"，后段里"坏的争斗女神"左右了佩耳塞斯，"好的争斗女神"的缺席恰恰指向诗人隐含的目的：引导佩耳塞斯从一种精神状态和生活方式（"破坏性争斗"）转向另一种精神状态和生活方式（"创造性竞争"）。可以说，两位"争斗女神"的鲜明对比体现了两种生活方式和相伴的精神状态之间的对立：一方面是劳作与正义的生活方式，另一方面则是怠惰与肆意的生活方式，佩耳塞斯跟随乐于伤害的"争斗女神"，离开了农田而到法庭上去倾听争讼，只有带来益处的"争斗女神"才能把他领回劳作与正义的生活方式。与此同时，两位"争斗女神"有着某种内在关联，诗人将她们用谱系法联系起来，使得她们之间的转化自然而然。因此，《劳作与时日》的正文以"争斗女神的两重性"发端，并非随兴而为，实在涵括了全诗的根本旨趣。诗人正是在"争斗女神的两重性"里发现了解决争端的最终办法，并以此开始对佩耳塞斯的教诲："不要让那位乐于伤害的争斗女神把你的心思从劳作中移开，去注意和倾听法庭上的争讼"（第28-29行）。

《劳作与时日》的诗人以"争斗女神"的谱系作为正文的发端，不禁使我们联想起荷马史诗的传统，对《伊利亚特》而言，"争斗"（Eris）是引发"阿基琉斯的忿怒"这一主题的直接原因（卷一，第6-8行：阿基琉斯与阿伽门农的"争斗"）与终极原因（"争斗女神"未被邀请参加阿基琉斯父母佩琉斯与忒提丝的婚礼而怀恨在心，故意挑起三位女神争夺"金苹果"）。虽然我们无法证明，赫西奥德的"新见"影射荷马史诗的具体内容，① 但他对"争端"的解决直指"争斗女神"所代表的神圣力量，恰与荷马史诗的传统如出一辙。事实上，赫西奥德完全可以推出一位新神（比如"竞争之神"）的方式来宣告自己的"新见"，但却选择了修正先前已给出的谱系的方式，此中不无深意。如同《神谱》对宇宙创化的追本溯源，诗人也在此探求，究竟是何种力量在左右着佩耳塞斯目前的精神状态？他发现，引起"争端"（neikos）的最终原因是"争斗"（eris），这在《神谱》所述"争斗女神"（Eris）的谱系里已经提及，其中第 229 行明言，"争端"（neikea，neikos 的复数）为"争斗女神"的众多子嗣之一。② 在上引《劳作与时日》的第 27-41 行也多次强调，受到"争斗女神"支配的佩耳塞斯把心思放在"争端"之上，如第 29，30，33 和 35 行数次出现 neikos 或复数 neikea 一词（中译文里根据上下文语境译成"争讼""诉讼"或"争端"）。由此观之，赫西奥德的"新见"甚至比荷马传统更胜一筹，因为他能够"理解"（noēsas，第 12 行）"争斗女神的两重性"，并且懂得如何分别"赞美"（参见第 12 行 epainēseie）和"谴责"（参见第 13 行 epimōmētē）两者，而"赞美"（epainos）和"谴责"（mōmos）正是古风诗人拥有的重要功能。③ 或许赫西奥德在这里影射荷马史诗传统，可以视作他所谓的"歌手与歌手的竞争"的具体表现。要之，"争斗女神的两重性"引出了《劳作与时日》的一个重要主题"劳作"（在凡人世界里

---

① Rousseau（1993 以及 1996, pp.118-119, 150-151）尝试证明这一观点。虽然"坏的不和女神"被赫西奥德描述为"挑起不幸的战争和争斗"（第 14 行），但很难据此确信，诗人影射的是就在《神谱》里也不乏"不幸的战争和争斗"。

② 顺带提及，《神谱》第 225-232 行所罗列的"不和女神"众多子嗣的名字，并非随意牵扯在一起的杂拌，实可看作心理学和社会学层面上对"不和"这一重要的史诗主题的剖析。

③ 在"赞美"和"谴责"这一对立的背后，是攸关古风诗人最根本的双重功能即"记忆"和"遗忘"的对立，参见 Detienne 1996 [1967], pp.47-48。

具有特殊意义的好的"争斗女神"),并通过互文关系将之与《神谱》的主题之一"众神之间的战争与争斗"(众神世界里仅有的坏的"争斗女神")对立起来,以此把两者共同纳入宙斯的宇宙秩序当中。

§3. "兄弟间的争端"以"争斗女神"为最终根源,也以"争斗女神"的转化为最终解决。赫西奥德强调要在"此时此地(authi)解决我们的争端(neikos)"(第35行),意味着诗人的言说足以解决争端,这与佩耳塞斯的意图,即诉诸王爷们的辞令("判决")适成对照。不少论者已经指出,诗人所谓的"此时此地"(authi),正是由《劳作与时日》一诗的表演构成,[①] 对此我们可以再做申发:《劳作与时日》的表演所构成的"此时此地"(authi),是由诗人与其听众维系起来的一个"诗的场域",外在于由"收受贿赂的"王爷所掌控的公共"政治空间";在这个"诗的场域"里,诗人实为"正义之声",知晓如何"用来自宙斯的、最完美的公正裁决"(第36行)来解决"争端",而佩耳塞斯应当留在"此时此地",这一"诗教"发生的场域。

如此一来,诗人设计的"叙事框架"将他自己与王爷带入了对立而竞争的关系。在早期希腊文学里,诗人(或先知)与王者(或统帅)之间的关系往往充满张力导致冲突,成为一个屡见不鲜的主题。例如《伊利亚特》里的先知卡尔卡斯与统帅阿伽门农,或者《奥德赛》里诗人费米奥斯与王者奥德修斯以及"求婚者"之间的关系,但不同的是,《劳作与时日》里的诗人在与王爷的对立和竞争关系当中,并未与他们在冲突之后达致和解,而是最终取代了他们;取代的方式并非诗人摇身一变成为王者,或者诗人以一己之身兼任

---

① 参见 Most 2006, p.xlc; Clay 2003, p.35。

两者，改用诗的言说来行使王者的职能，① 而是说，诗人独立于王者，用诗的言说方式昭示王者的辞令无从企及的终极真理。②

表面上看，诗人与王爷的竞争仿佛违背了诗人自己提出的同行相争的原则，但若依据"互文"对读，《神谱》序诗其实早已为此埋下"伏笔"（详上章第三节）：诗人与"王者"（或此处的"王爷"，在原文里均为 basileis 一词）可以**在话语的层面就"正义"和"智慧"两方面展开"好的争斗女神"所象征的良性竞争**。首先，诗人对"争端"的解决抑或王爷对"争端"的判决，其焦点集中于**"正义"**（Dikē），第 35-36 行所言的"用来自宙斯的、也是最完美的公正的裁决（dikai）"与第 39 行里的"他们乐意给出这种裁决（dikē）"体现了两者间的对立。从历史情形来看，赫西奥德提及的王爷们（basileis），有可能是生活在临近城邦特斯比亚（Thespiae）的贵族成员，这些权力在握的人物，实乃地方首领，主要以法官的身份解决争端并审判案件。③ 在《神谱》第 79-92 行的场景里，我们得知，受到缪斯女神眷顾的王者（basileis）"用公正的判决（dikai）做出裁定（themistes）"（第 85-86 行），他能够"迅速地、机智地平息哪怕是一场不小的争端"（第 87 行），易言之，他的有效话语让来自宙斯的正义付诸实现。然而，《劳作与时日》里所呈现的现实生活中的

---

① 这是 Benardete 1967, pp.163-165 的"政治哲学"诠释，他称"赫西奥德集王者与诗人于一身"（p.165: "Hesiod as ruler and poet"），这种诠释的最大问题是没有看清《神谱》序诗里呈现的"诗人的言说"与"王者的辞令"的分野，详上章第三节。

② 值得再次回味《神谱》序诗第 30-31 行，缪斯女神赐赠赫西奥德一柄用月桂树枝制成的权杖（skēptron），权杖虽通常象征王者的权力，但这柄权杖却来自阿波罗的月桂树枝，言下之意仿佛在说，缪斯与阿波罗的共同赐赠让诗人获得一种独立的、堪与王者比肩的权力，参阅 Laks 1996, pp.90-91（中译本第 23 页）以及 Clay 2003, pp.73-76。

③ Drews 1983, pp.105-106 指出，《神谱》第 486 行称克罗诺斯为"先前诸神的 basileus"，而《劳作与时日》第 668 行亦称宙斯为"不朽众神的 basileus"，依两处的文义，basileus 一词当解作"领袖"。West 在《〈劳作与时日〉详注》（第 151 页）里，引用 Diodorus Siculus（4.29.4）的记载，将赫西奥德的"王爷"等同于特斯比亚的七位"民众领袖"（dēmouchoi）。

王爷，与《神谱》里的理想的王者大相径庭，他们收受贿赂，给出不公正的判决，从而扭曲了正义。当理想的王者缺席，唯有诗人能言说"正义"并化身为"正义之声"。为此，诗人首先同"收受贿赂的"王爷展开**"智慧"**上的竞争。赫西奥德用两个貌似悖谬的说法在佩耳塞斯面前，把王爷置入无知之徒的境地：

> 这些傻瓜！他们既不知道一半要比全体多得多，
> 也不知道以草芙蓉和常春花为生是多大的幸福。①

> νήπιοι, οὐδὲ ἴσασιν ὅσῳ πλέον ἥμισυ παντός,
> οὐδ' ὅσον ἐν μαλάχῃ τε καὶ ἀσφοδέλῳ μέγ' ὄνειαρ.

（《劳作与时日》，第 40-41 行）

其次，诗人直接面对王爷，用一则寓言故事来形象地呈现竞争的开展与结局：

> 现在，我要给心知肚明的王爷们讲一则寓言（ainos）
> νῦν δ' αἶνον βασιλεῦσ' ἐρέω, φρονέουσι καὶ αὐτοῖς.

（《劳作与时日》，第 202 行）

接下去，诗人讲述了著名的"老鹰与夜莺"的故事：老鹰抓住一只夜莺，夜莺痛苦地呻吟，老鹰回答说，自己要强得多，可以对夜莺随心所欲，"尽管你是一名歌手（aēdon），我只要高兴，就以你

---

① 这两个说法可能是当时的习语，其准确含义至今莫衷一是，参见 West 1978, pp.152-153 及 Verdenius 1985, pp.40-41 的评注。

为餐，但也可放你远走高飞"（第 208-209 行），对于此番话语，夜莺缄口不言，默而不答。诗人称呼这段"寓言"为 ainos（第 202 行）。我们知道，ainos 乃是一种特殊类型的故事（此处使用的动物寓言为其中一种），其根本特征为，故事要传达双重的信息——表面的和隐秘的信息，故事的寓意并非表面所呈现的，而需要受众做出解释，解释的正确与否依赖受众自身的"智慧"。故而，从 ainos 一词派生出了表示"谜语、隐语"的 ainigma 一词（转写为英语单词 enigma）以及表示"说谜语、暗示"的动词 ainissomai，这一组词汇都指向故事的"谜题"性质。要破解"谜题"，受众必须掌握相应的"智慧"，亦即"谜题"的符码并对之进行解码。

这则寓言的符码并不难索解：夜莺被称作歌手（aēdon），无疑指代诗人（aoidos），相应地，老鹰则指代王爷。[①] 此处，诗人正是将自己比作夜莺来透显寓言里的隐秘信息。在寓言里，夜莺闭口无言，似乎成为老鹰任意摆布的牺牲品，然而在"谜题"的给出（第 202-212 行）与谜题的解答（第 274-285 行）之间，横亘了两大段关于**正义**的言说（第 213-247 行面对佩耳塞斯，第 248-273 行面对王爷，详下 §7）。这两个段落中，寓言里夜莺的缄默之声化作诗人的滔滔雄辩冲决而出，最后以面向佩耳塞斯的劝告间接地回答了老鹰-王爷，对 ainos 的谜题做了最终的解答：

克洛诺斯之子将这个法则（nomos）交给了人类，
而鱼、兽和有翅膀的鸟类互相吞食，

[①] 参阅 West《详注》（第 206 页）："在荷马史诗里，老鹰的猎物通常是鸽子，（中略），赫西奥德选择了夜莺，因为这代表他自己。"不过，有关"老鹰"与"夜莺"的指代依然众说纷纭，其中 Puelma 1972 与 Pucci 1977, pp.61-65 两家可谓得其正解。此外，Hubbard 1996 主张，"夜莺"为佩耳塞斯，"老鹰"为宙斯；Nelson 1998, pp.77-81 同样以"老鹰"为宙斯，但认为"夜莺"代表了作为群体的王爷们。另有 Lonsdale 1989 将整个 ainos 解读为预兆，而非"寓言"。

因为他们之间没有正义（Dikē），
但是宙斯已把正义给了人类，它是最好的，
远胜其余。

τόνδε γὰρ ἀνθρώποισι νόμον διέταξε Κρονίων,
ἰχθύσι μὲν καὶ θηρσὶ καὶ οἰωνοῖς πετεηνοῖς
ἔσθειν ἀλλήλους, ἐπεὶ οὐ Δίκη ἐστὶ μετ᾽ αὐτοῖς·
ἀνθρώποισι δ᾽ ἔδωκε Δίκην, ἣ πολλὸν ἀρίστη
γίνεται·

（《劳作与时日》，第 276-280a 行）

也即是说，"宙斯的正义"乃是破解"寓言"的真正符码：老鹰－王爷所依赖的弱肉强食的法则只在鸟兽的世界里可行，而在人类世界里，宙斯做了别样的安排，将"正义"赐给了凡人并以之为最根本的法则。王爷们对此"心知肚明"：若是破解了"寓言"的谜底，则必须以宙斯所赐予的"正义"为准绳；若是对故事的寓意不甚了了，那么他们与宙斯的传统维系便难以为继，诗人得以取而代之。这样，"寓言"表面呈现的夜莺与老鹰的关系，在隐秘层面发生倒转，老鹰－王爷面对夜莺－诗人的"正义之声"唯有默然以对。"王爷们"在第 248-273 行接受了诗人的正面规劝后就退出了前台，此后诗人把关注的焦点集中在佩耳塞斯身上，这一叙事策略或可理解为，诗人在与王爷们的竞争中获胜而成功地将佩耳塞斯拉回到远离广场的"诗的场域"。甚至可以说，诗人在与王爷的竞争中，比起直接的规劝更有效力的是间接的"寓言"（ainos），诗人面向王爷述说"寓言"（ainos），将他们引入非此即彼的两难境地，他们的"智慧"变得岌岌可危。

王爷们（basileis）虽然在传统上受到宙斯的庇护而与他有着紧密联系，但是"兄弟间的争端"这一叙事框架从"正义"和"智慧"两个方面质疑了这一传统关系。王爷们既不施行正义，也无力言说正义，在"智慧"上更无从领解正义的真谛，因此他们必然为诗人所取代。需要强调的是，"争端"背后的修辞策略和目的在于，**诗人并非在王爷们退让出来的"政治空间"里替代他们，而是构筑了一个独立的"诗的场域"来言说正义，并教育佩耳塞斯，如何践行正义来转化"争斗女神"，并最终解决"争端"。**

第三节　从颂赞到教诲

§4. 基于以上分析，作为《劳作与时日》的"叙事框架"，"兄弟间的争端"无论就其根本起因还是就其最终解决来看，都唯有诗的言说可以达致，诗人因此在这部诗作里扮演了绝对核心的主导角色。这一特点若是对比《神谱》里诗人的角色，便更为显明：《神谱》里的诗人在序诗之后便隐身而退，从"正文"第116行开始，诗人成为"外在叙事者"（external narrator），并不参与到叙事的进程当中，"诗人之声"甚至可以视为"缪斯之声"的化身；[1]《劳作与时日》则不然，在简短的序诗（第1-10行）末尾，诗人自己作为一个人物登场，面对"内在听众"（internal addressees）以自己的口吻言说：

而我要向佩耳塞斯言说事实（etētuma muthēsaimēn）

ἐγὼ δέ κε Πέρσῃ ἐτήτυμα μυθησαίμην.

（《劳作与时日》，第10行）

---

[1] 参阅 Stoddard 2004，第二与第三章从叙事学角度展开的分析。

如下文所示，这一行诗的作用非常关键，于宣告整部诗篇的主题之际从序诗向正文过渡，也正是在此时，诗人以教育者的面目（persona）现身，把自己与主要的"内在听众"即弟弟佩耳塞斯连接在一种"诗的教育"的关系当中。

要更清晰地辨识"诗人教育者"的真面目，核心的问题是：**《劳作与时日》里的"诗的教诲"与《神谱》里的"诗的颂赞"处于何种关系，教诲的诗人与颂赞的诗人之间存在何种本质性的内在关联？**对这个问题的探究需从《劳作与时日》的序诗入手，并将之与《神谱》序诗里的诗论进行互文对读，来分析**诗人、缪斯女神与宙斯之间的三重关系**有何变化。上章已经论证，《神谱》序诗里的诗人借由对缪斯女神的颂赞来颂赞宙斯，而在《神谱》正文里，缪斯女神对宙斯的颂赞与诗人对宙斯的颂赞巧妙地重叠。与呈现出上述错综复杂特点的《神谱》序诗相较，《劳作与时日》的序诗简明扼要，由于诗人在前一首序诗里已经充分展示了诗的奥义，以及诗人、缪斯女神和宙斯之间的重重关联，故在此处只需以互文的手法完成某种调适。[①] 从这首序诗的进程来看，诗人在第1-8行面向缪斯和宙斯，延续了（但有所变化，详下）《神谱》序诗里的"颂赞"，并且对《神谱》序诗里的关键词语（尤其是第1-2行）多有重复，而到了第9-10行诗人又从天上的宙斯回到身旁的佩耳塞斯，**从"颂赞"转向"教诲"**。

就形式而言，《劳作与时日》的序诗与《神谱》序诗一样，也是一首致缪斯女神的颂诗，这首颂诗的结构并不复杂：诗人首先向

---

① 晚近学者（例如 Clay 2003, p.72; Haubold 2010）从"认知方式"的角度来解释《劳作与时日》的序诗为何如此简短：《神谱》的内容超越了凡人的认知限度，故而需要一首足够篇幅的序诗来说明诗人何以获得相关知识；相比之下，《劳作与时日》的内容涉及凡人的生活，诗人凭借个人经验便可获知，因此不需要对自己的"认知方式"详加说明。这种解释的偏差在于，《劳作与时日》的序诗之后，诗人立即讲述了"不和女神"的新谱系以及两段长篇神话，对此他如何获知，倘若不是与《神谱》里的诗人同样的"认知方式"？

缪斯女神祈告，让她们歌颂自己的父亲宙斯（第 1-2 行），随即便过渡到女神们对宙斯所唱的简短颂歌：

有死的凡人享有盛名或默默无闻，
为人称道或不为人知，全都仰赖伟大宙斯的意愿；
他能轻易使人强大，也能轻易让强大者疲弱；
他能轻易压低显赫者，也能轻易抬高低微者；
他能轻易变曲为直，也能轻易让心高气傲者萎顿，
居于至高屋宇、从高处发出雷电的（hupsibremetēs）宙斯！

ὅν τε διὰ βροτοὶ ἄνδρες ὁμῶς ἄφατοί τε φατοί τε
ῥητοί τ' ἄρρητοί τε Διὸς μεγάλοιο ἕκητι.
ῥέα μὲν γὰρ βριάει, ῥέα δὲ βριάοντα χαλέπτει,
ῥεῖα δ' ἀρίζηλον μινύθει καὶ ἄδηλον ἀέξει,
ῥεῖα δέ τ' ἰθύνει σκολιὸν καὶ ἀγήνορα κάρφει
Ζεὺς ὑψιβρεμέτης ὃς ὑπέρτατα δώματα ναίει.

（《劳作与时日》，第 3-8 行）

缪斯的颂歌短短六行，其中五行（第 3-7 行）却围绕同一个主题，在宙斯的诸多面相当中，唯独颂赞他施诸凡人世界的神力：宙斯主宰了凡人生活的方方面面，诸如名声（第 3-4 行）、能力（第 5 行）、地位（第 6 行）和美德（第 7 行），而他的主宰方式也被两两对立地表述出来，将正面与负面的结果并置，借此来凸显宙斯无边的神力。① 这首颂歌的末尾一行（第 8 行），宙斯俨然又以天界

---

① 宙斯的这个面相在《神谱》里并不突出，因为凡人在其中处于极为边缘的位置，那里颂赞的是作为众神之王的宙斯，《劳作与时日》偏重宙斯主宰人世的威力，恰好与之互补。

主宰的形象出现，该行用在宙斯身上的饰词"从高处发出雷电的"（hupsibremetēs），除却此处，在赫西奥德的文本里仅见于《神谱》的第 568 和第 601 行，出现在"普罗米修斯的神话"里，两处均形容宙斯如何从至高的天宇决定着地上凡人的命运。我们知道，"雷电"是宙斯推翻其父克罗诺斯的王位，赢得最终胜利的保障，而在《神谱》的叙事当中，这场换代之争的矛头实质上直指"正义"：以克罗诺斯为首的提坦众神故意践踏正义的原则，诉诸武力与仇报，因此被宙斯领导下的奥林坡斯众神击败并取代；而宙斯重新建立的宇宙秩序确保每一位神明都公平地获得一份荣耀，享有宇宙秩序中的某一份额作为自己的执掌范围。所以，宙斯的统治奉"分配性的正义"为原则，他本人便是正义在宇宙秩序层面上的最高施行者，凡人世界或社会秩序层面上的正义最终由他管领，这在《神谱》里象征性地体现为宙斯与忒弥斯（Themis，代表"天律"）联姻，并生育了三位时序女神（其中之一即为"正义女神"，Dikē），她们与三位命运女神共同掌管自然与社会的合理运作。

出人意料的是，在《劳作与时日》的序诗里，缪斯女神的颂赞到了第 8 行却戛然而止，诗人停止转述，突然转向宙斯本人，对他祈告（第 9 行），旋即又转向佩耳塞斯，对他"教诲"（第 10 行）：

请你耳听目视，用正义（dikē）给出平直的裁决（themistes），
而我要向佩耳塞斯言说事实（etētuma muthēsaimēn）。

κλῦθι ἰδὼν ἀιών τε, δίκῃ δ'ἴθυνε θέμιστας
τύνη· ἐγὼ δέ κε Πέρσῃ <u>ἐτήτυμα μυθησαίμην</u>.

（《劳作与时日》，第 9-10 行）

第四章　田间的诗教——《劳作与时日》与"正义"的践行　153

诗人在这里从缪斯的颂歌跳脱而出，径直把自己与缪斯女神所颂赞的宙斯并列起来。译文第 9 行的"你"与第 10 行的"我"在原诗里均在第 10 行，以"并置"（juxtaposition）的手法列为该行的头两个单词，① 这里的"你"直呼宙斯，且以"你"与"我"并置，突出了诗人与宙斯之间形成的某种互补关系，可以视为诗人与佩耳塞斯之间所确立的教诲关系的另一面。这两行诗作为诗人向宙斯的祈告，代替了序诗里的典型元素，即诗人向缪斯女神的告别（例如《神谱》第 104-115 行里的告别），但保留不变的功能是，整部诗篇的主题在此得以宣告：

而我要向佩耳塞斯言说事实（etētuma muthēsaimēn）。

ἐγὼ δέ κε Πέρσῃ ἐτήτυμα μυθησαίμην.

（《劳作与时日》，第 10 行）

其中最关键的 etētuma muthēsaimēn 这个短语自然引起许多注家的讨论，他们往往将这个短语与《神谱》第 27-28 行缪斯女神所言的"讲述（legein）许多酷似事实（ētuma）的虚语（pseudea）"以及"宣唱真理"（alēthea gērusasthai）进行比较。从原诗的格律上看，alēthea gērusasthai 与 etētuma muthēsaimēn 这两个短语完全相同，因此一些注家主张，此处并非诗人随意的变文，他们对 etētuma 与 alēthea 做出区分，并将 etētuma 等同于 ētuma，释为"现实之物，实在的事物，事实"，认为 alēthea 更多地指涉《神谱》颂赞的众神世界以及神圣领域的至高真理，而 etētuma 则关乎凡人世界，现实

---

① 此外，原文还借助"跨行"（enjambment）的手法将"你"移就"我"，译文无法复制这两种饱含意蕴的修辞格。

生活中的真实事情和实在之物,这两种"真理"正好从神、凡两个视角形成互补的格局。①

不过,考虑到赫西奥德紧接下去即将述说的内容,包括上文论及的"两位争斗女神"的新见,以及"潘多拉神话"和"五个种族神话",在何种意义上这些"神话故事"可以视作"事实或实在的事物"?让我们暂且把注意力从诗人言说的内容(etētuma)转向诗人言说的方式,即这里出现的动词 muthēsaimēn。该词的原型为 mutheomai,源自名词 muthos,虽在赫西奥德的诗作里仅见于此处,但在早期史诗里 mutheomai 与 muthos 一样颇为常见。针对 muthos 一词,美国古典学者马丁(Richard Martin)以荷马史诗里的演说辞为主要文本材料详加研索,提出只有从表演场景来理解诸如 muthos 这样表示"言说、话语"的词汇,才能透显其特定含义。他结合布拉格语言学派与文化人类学的方法,得出如下结论:在荷马史诗里,muthos 与 epos 构成一对用来表示"诗歌话语"的术语,其中 epos 为非标记性术语(unmarked term),而 muthos 则为标记性术语(marked term),两者相较,epos 的意涵更宽泛,更强调"言说、话语"的物质特征(比如说话者的声音特质)及简明扼要的性质,而 muthos 更强调"话语"的修辞层面与行事功能,借用马丁给出的定义,"荷马史诗里的 muthos,是表明说话人权威的话语行为,通常在公众面前详尽地表演,全神贯注于每一个细节。"② 对于名词 muthos 的这种界定可以推及动词 mutheomai(muthēsaimēn 为该词的祈愿式),用来指称具有上述特征的话语行为。③ 如是,

---

① 参阅 Clay 2003, p.78。其他观点不可殚举,例如 Rousseau(1996, pp.113-115)认为,alētheia 指代荷马的英雄世界,etētuma 指代赫西奥德言说的日常世界。

② Martin 1989, p.12: "muthos is, in Homer, a speech-act indicating authority, performed at length, usually in public, with a focus on full attention to every detail."

③ Martin 1989, pp.17-18。

我们可以把 etētuma muthēsaimēn 这个短语理解为"我要用 muthos 的方式来言说事实"。这里不仅强调言说内容的差别（etētuma 之于 alēthea），还点明言说方式的不同。muthos 的言说方式是诗人独有的言说方式——结合了《神谱》序诗当中缪斯女神向诗人昭示的两种言说"真理"的方式——其权威性和有效性与宙斯的神力并列起来：在宙斯"耳听目视，用正义给出平直的裁决"的前提下，诗人"要用 muthos 的方式"向佩耳塞斯"言说事实"，也就是说，诗人寓于诗言的效力，与宙斯寓于施行的神力，恰恰构成了互补的关系。①

在《劳作与时日》的序诗里，诗人直接呼唤缪斯女神，让缪斯女神颂赞宙斯，这与《神谱》序诗里诗人以描述的方式间接表现出来的情形如出一辙。不过，《劳作与时日》的序诗在结尾处突出诗人与宙斯的合作，似乎将缪斯们搁置一旁，诗人以第一人称宣告："我要向佩耳塞斯言说事实"，仿佛他自己便能胜任"以 muthos 的方式言说 etētuma"，而无需乞灵于缪斯女神。那么随后展开的《劳作与时日》正文，果真是诗人一人所为？让我们回过头来再看序诗的开篇，诗人如何呼告缪斯女神的莅临，并吁请她们颂赞自己的父亲宙斯：

> 来自皮埃里亚的缪斯们，用诗歌（aoidai）赋予荣光（kleiousai）的女神！
> 请莅临此地（deute），叙说并颂赞（humneiousai）你们的父亲宙斯，

---

① 参见 Clay（2003, p.140），她将这一关系描述为"一种分工：宙斯将会审查、惩罚不义的王者，而赫西奥德则将训示佩耳塞斯，世界如何运行。"（"a division of labor: Zeus is to watch and punish the unjust kings while Hesiod will instruct Perses in the ways of the world."）

Μοῦσαι Πιερίηθεν, ἀοιδῇσι κλείουσαι,
δεῦτε, Δί' ἐννέπετε σφέτερον πατέρ' ὑμνείουσαι,

（《劳作与时日》，第 1-2 行）

诗人提及缪斯女神的出生地皮埃里亚，使人联想起她们乃宙斯与记忆女神涅莫绪内于彼处结合所生（《神谱》，第 53 行以下）；她们的首要职能是"用诗歌（aoidai, aoidē 的复数）赋予荣光（kleos）"；她们叙说宙斯的伟绩并以此颂赞（humneō, humnos 的动词）父神；凡此种种，皆与《神谱》序诗里描述的缪斯女神若合符节。《神谱》序诗以"让我们歌唱赫利孔山的缪斯女神"（第 1 行）发端，① 到了结尾处（第 104 行以下），诗人向缪斯们再次致意，并祈求她们赐予美妙的诗歌，这首缪斯颂歌犹如典型的荷马颂诗，在史诗开场前颂唱，以确保缪斯女神在诗人颂唱《神谱》正文之时的在场；与之相比，《劳作与时日》的序诗更加直截了当，诗人呼告缪斯女神"请莅临此地"（deute），恳请她们从皮埃里亚山降临人间，来到诗歌表演的现场，也是为了让她们的神性灌注于接下去的表演。② 不仅如此，她们的"莅临"还引来宙斯，因为缪斯女神总是歌唱宙斯，他借由缪斯女神的颂歌呼唤而来，伴随她们的"莅临"同时来到。③ 这里的重重关系所造成的效果，假使用音乐来作比方，那么缪斯女神的宙斯颂歌既是序曲，也是接下去诗人独奏表演的伴奏，即是说，在诗人"向佩耳塞斯言说事实"的当下，缪斯女神将

---

① 有趣的是，赫西奥德的两部诗作不仅均以颂赞缪斯开篇，而且均以"缪斯"之名为开篇第一个单词，这或许是有意为之的呼应。

② 在这个意义上，《劳作与时日》的序诗更接近短篇的荷马颂诗，其主要功能为呼唤神明的降临，也有学者称之为"仪式颂歌"（cultic hymn）（Calame 1996, p.174），或"祷告"（prayer）（Clay 2003, p.76）。

③ 第 2 行的关系代词引出缪斯的宙斯颂歌虽然是颂诗的传统手法（比较《神谱》第 2 行），却仿佛形象地体现了缪斯女神在莅临的同时以颂歌引来宙斯。

会始终伴随左右。也正是她们的在场，让诗人用诗的方式向佩耳塞斯"言说事实"，并且这里"请莅临此地"（deute）的呼求，将会在解决"兄弟间的争端"的"此时此地"（authi）那里得到呼应，缪斯女神的在场为诗人构筑起一个"诗的场域"，让诗人得以从"颂赞"转向"教诲"。故此，《劳作与时日》的序诗里通过维持诗人、缪斯女神和宙斯的三重关系，体现了**"诗的教诲以诗的颂赞为根本"**的原则：诗人对佩耳塞斯的教诲导源于诗人对缪斯女神的颂赞，而后者颂赞宙斯并用一种特殊的颂赞方式让诗人能够直面宙斯。

§5. 上述原则的一个表征是，"诗的教诲"凭靠的"诗的智慧"也必然出自"诗的颂赞"。虽说《劳作与时日》的序诗不像《神谱》的序诗那样，深入探究"诗的智慧"的来源，但在正文的一个段落里诗人对此问题还是有所触及，这个段落包含在通称为"说航海"（Nautilia，第618-694行）的篇章里，诗人开始指导佩耳塞斯关于航海的技术，但却坦承自己对航海活动鲜有经验：

我将为你说明波涛汹涌的大海的节律（metra），
尽管关于航海及船只我个人所知（sesophismenos）甚少；

δείξω δή τοι μέτρα πολυφλοίσβοιο θαλάσσης,
οὔτέ τι ναυτιλίης σεσοφισμένος οὔτέ τι νηῶν·

（《劳作与时日》，第648-649行）

果真如此，究竟是什么授权诗人给出指导？赫西奥德紧接着叙述（第650-657行），他仅有的一次航海经历是从奥利斯前往隔岸相望的欧比亚，去参加在卡尔基斯举办的安菲达玛斯的葬礼竞技会，诗人不无自豪地宣告，自己在竞技会上演唱了一首颂歌而折取桂冠，赢得一只三脚鼎作为奖品，而这件奖品：

我把它【译按：三脚鼎】献给了赫利孔山的缪斯女神，
在那里她们首次领我走上清越的歌唱之路。
这便是我关于多栓的船只的全部经历，
但即便如此，我仍要言说持盾者宙斯的意图（noos），
因为缪斯女神已教会我吟唱无尽的颂歌（athesphaton humnon）。

τὸν μὲν ἐγὼ Μούσῃς Ἑλικωνιάδεσσ' ἀνέθηκα,
ἔνθά με τὸ πρῶτον λιγυρῆς ἐπέβησαν ἀοιδῆς.
τόσσόν τοι νηῶν γε πεπείρημαι πολυγόμφων·
ἀλλὰ καὶ ὣς ἐρέω Ζηνὸς νόον αἰγιόχοιο·
Μοῦσαι γάρ μ' ἐδίδαξαν ἀθέσφατον ὕμνον ἀείδειν.

（《劳作与时日》，第658-662行）

上引诗句所属的整个段落，亦即由第618-694行构成的"说航海"（Nautilia），包含两段作者的"个人"经历，历来为学界讨论的焦点：其一为第650-659行，叙述诗人渡海参加诗歌竞赛，还影射了《神谱》序诗里诗人与缪斯女神相遇一事；其二为第633-640行，提及赫西奥德的父亲如何从小亚细亚的城邦库麦（Kyme）移民回到希腊本土比奥提亚的小村庄阿斯克拉（Ascra）。这两个段落虽然包含了关于诗人的"个人"信息，却与诗人言说的主旨大有关系。①

---

① 有关第二个段落，赫西奥德"父亲"的生涯可读作"反面典型"：他试图作为一名职业商人来维持生计却失败了，于是放弃了贸易活动，定居在阿斯克拉以耕种来养家糊口，这完全"符合"赫西奥德对佩耳塞斯的教诲，要以务农为本海上贸易为末。有关第一个段落，见下文。

第四章　田间的诗教——《劳作与时日》与"正义"的践行

有学者甚至提出，整个"论航海"篇章乃是假航海之名来言说诗歌，因为第650-655行显然有多处对荷马史诗《伊利亚特》的影射，颇具反讽意味的是，希腊人在奥利斯集结后远航到爱琴海对岸的特洛依城，而赫西奥德则从奥利斯渡海来到近在咫尺的卡尔基斯，参加的并非一场战争，而是"诗人的竞争"，这种影射和反讽显然针对《伊利亚特》所代表的史诗传统而发。① 循此思路可以进一步发现，诗人将第646-662行置于整个段落的中心位置（前后的两段，第618-645行与第663-694行，给出关于"航海"的实用性建议），以突出其重要性。在这个核心部分，诗人想要"说明波涛汹涌的大海的节律（metra，单数为metron）"与其后的坦承"尽管关于航海及船只我个人所知（sesophismenos）甚少"表面上存在矛盾之处，但绝非随意，而是点明了自己所凭靠的"智慧"的神性来源。Metron一词本义为"尺度、规律"，在早期希腊思想里与sophia（智慧）有密切联系：唯有具备某方面的sophia，才能知晓并言说它的metron。稍后的诗人梭伦（残篇13.51-52）与特奥格尼斯（第876行）都提及metron与sophia的关联，强调只有诗人才掌握了"智慧的尺度"（sophiēs metron）。②

然而，赫西奥德承认自己并不具备有关"航海"的sophia（sesophismenos包含了sophia的词根），但却声称能够解释"大海的节律（metra）"。这种看似矛盾的说法通过随后的诗行得到纾解：诗人在诗歌竞赛中拔得头筹，证明了自己凭靠诗歌而拥有来自缪斯女神赐赠的"智慧"（sophia），这种"诗的智慧"高于一切专门的

---

① Nagy 1990（该文首发于1982年）较早提出这一推测，他说，这个段落"或许昭示出赫西奥德诗歌与荷马诗歌故意做出了区分"（p.78："Perhaps, then, this passage reveals an intended differentiation of Hesiodic from Homeric poetry."）；Griffith 1983 也应和此说；Rosen 1990 根据这一推测对"论航海"做出细致的寓意性解读，并将整个段落称为赫西奥德"关于诗歌的宣言式纲领"（p.100："a declarative program about poetry."）；另见 Clay（2003, pp.176-182）的互文阐释。

② 详第五章第二节和第六章第二节。

知识和技能，让他得以通达"宙斯的意图"（第 661 行），而"大海的节律（metra）"这样的技术知识也隶属于"宙斯的意图"，这在诗人便能够言说。因此，作为诗中人物的"农夫赫西奥德"虽然有着个人知识和经验的限度——况且这种限度也应该理解为恰恰是他身体力行自己的"教诲"，也就是以务农为本而以海上贸易为末的结果——但是对于诗人赫西奥德而言，这种个人知识和经验的限度并不等同于诗的言说的限度，因为诗人已从缪斯女神那里习得"无尽的颂歌"（athesphaton humnon），① 正是这曲绵延不绝足以包罗万象的"颂歌"让诗人知晓"宙斯的意图"，通达宙斯的整全视野，当然也让他谙悉像"航海"这样的活动在宙斯所确立的宇宙秩序和社会秩序里的位置。

由此可见，诗人再次以诗的颂赞为先决条件呈现自己的教育者形象。从"吟唱无尽的颂歌"（athesphaton humnon），即作为"宙斯颂歌"的《神谱》，诗人转向"诉说宙斯的意图"（Zēnos noon），即作为"言说事实（etētuma）"的《劳作与时日》。《神谱》中的诗人颂赞众神尤其是宙斯，以颂歌的形式主要面向神界，而《劳作与时日》的诗人，以教育者的形象，主要面向人世。诗人与宙斯的互补关系，在"言说事实"（etētuma muthēsaimēn）这一意涵丰富的表述里得以概括：赫西奥德将要言说的 etētuma 正是宙斯的意图，而这在佩耳塞斯无法从"收受贿赂的王爷"那里获知。诗人"言说宙斯的意图"，是用诗言的效力于"此时此地"解决与佩耳塞斯的争端，而这场争端恰恰在教育佩耳塞斯的过程中渐渐消

---

① athesphaton 一词的含义容有争议，通行的解释为"神奇的、妙不可言的"，但笔者依据 West《〈农作与时日〉详注》（1966，p.22:"unlimited"），Benveniste 1969, II, pp.141-142（"sans limites fixées par les dieux"），Fränkel 1973 [1962], p.95, Hofinger 1975, 该词词条，Pucci 1977, p.34, n.4, 以及 Leclerc 1993, pp.35, 76, 251-252 等众人之说释作"无尽的"，意为"在主题上和结构上不受限制的"。

弭。换言之，诗人在诗歌表演构筑的"诗的场域"里对争端的解决等同于对佩耳塞斯的"诗教"。

§6. "诗的教诲"与"诗的赞颂"之间的内在关联，还经由"诗的记忆"体现在"诗教"的模式当中，亦即"诗教"所依赖的教育者和受教者的关系及其所带来的效果。诗人在向佩耳塞斯展开全诗第二部分（第 286 行往下）的主题——"劳作"——的教诲之前，对此做出如下反思：

> 至善之人（panaristos）自己思考（noēsei）一切（panta），
> 能够洞察将来以及最终的更好结局；
> 听取别人的良言的那位，也是善者（esthlos）；
> 唯有既不会自己思考（noeēi）也不在心中（thumos）铭记
> 别人的话语的那位，乃是无用之徒（achrēios）。
> 而你要时刻记住（memnēmenos）我们的训谕（ephetmē），
> 努力劳作吧，高贵的（dion genos）佩耳塞斯。

> οὗτος μὲν πανάριστος, ὃς αὐτὸς πάντα νοήσει,
> φρασσάμενος τά κ' ἔπειτα καὶ ἐς τέλος ᾖσιν ἀμείνω·
> ἐσθλὸς δ' αὖ καὶ κεῖνος, ὃς εὖ εἰπόντι πίθηται·
> ὃς δέ κε μήτ' αὐτὸς νοέῃ μήτ' ἄλλου ἀκούων
> ἐν θυμῷ βάλληται, ὁ δ' αὖτ' ἀχρήιος ἀνήρ.
> ἀλλὰ σύ γ' ἡμετέρης μεμνημένος αἰὲν ἐφετμῆς
> ἐργάζεο Πέρση, δῖον γένος

（《劳作与时日》，第 293-299 行）

在这个近乎以"枚举衬托"(priamel)结构起来的段落里,世间众人被分成三等。第一等的"至善之人"无疑是诗人的自况,因而也是诗人教育者的自我描绘:诗人可谓"生而知之的上智者",他拥有通达宙斯意图的特殊本领,让他得以"洞察将来以及最终的更好结局"(第294行),这种洞察将来之事的能力,得自于对当前和过往之事的思考,诗人自己思考一切,因而与宙斯相似,能把"一切、万物"(ta panta)纳入眼帘。① 此外,"至善之人"还拥有言辞上的说服力:他能用好言好语劝说别人,即列于第二等的"善者"(esthlos),这位"善者"可谓"中人",属于"学而知之者",他不会自己思考,无法通达宙斯的意图,但还是乐意听取"至善之人"的话语,并从中获知宙斯的意图。位列末等的"无用之徒"(achrēios)可谓"下愚者",既非"生而知之",又不能"学而知之",他是愚蠢的傻瓜,nēpios。在《劳作与时日》的正文里,诗人多次称呼佩耳塞斯为 nēpios(第286、397及633行),而"王爷们"虽然也被贬为 nēpioi(第40行),其中或语带讥讽,因为他们也被称作"心知肚明的"(第202行),言下之意是"王爷们"要么无法通达"宙斯的意图",要么故意用"辞令"来遮蔽"宙斯的意图",不管哪种情况,他们都与"至善之人"相去甚远。至于佩耳塞斯,尽管他并非生来能够自己思考一切的"至善之人",却应当聆听诗人的教诲,从"无用之徒"和"傻瓜"的境地中自拔,上升到"善者"(esthlos)的等级。

由于"无用之徒"不能自己思考(noeēi),他必须"在心中(thumos)铭记",原文在这里使用了 thumos 一词,指的是引领、驱动人的行为的"内心情感"或曰"性情",而这正是"诗的教诲"

---

① 比较第293行形容"至善之人"的 πάντα νοήσε 与第267行形容宙斯的 πάντα νοήσας。

必须产生效果之处。① 为了凭借"诗的教诲"让佩耳塞斯"在心中（thumos）铭记"，诗人诉诸记忆这一诗性功能。对应于"诗教模式"里的三等人，记忆也以三种方式运作。首先是诗人的"记忆"，在 noos（"心智"）的层面运作，"至善之人自己思考一切（ta panta），洞察将来以及最终的更好的结果"（第 293-294 行），从这一描述当中，我们可以辨识出缪斯女神所掌握的"知识"，此即"当前、将来及过往之事"（《神谱》，第 38 行），而诗人之所以能够通达此一"知识"，正是由于缪斯女神对他的赐赠，使他获得宙斯那样的超越当下贯通未来的整全视野。② 不过，诗人不同于宙斯之处在于，严格地说他无法亲眼洞见"一切、万物"（ta panta），像宙斯那样将之收摄于自己的眼界，他必须凭靠"记忆"，一种让诗人看见不可见世界的先知能力，来赢获一种"诗的眼界"。这种"诗的眼界"以宙斯的整全视野为蓝本，只能从"记忆"这一诗性功能生成。记忆的第二种运作方式涉及"善者"，他也需要运用"记忆"，而他的"记忆"在 thumos（"心、内心情感、性情"）的层面运作，因为他自己无法思考，这在诗里通过对第三等人的反面描述来表现："无用之徒"不"在心中（thumos）铭记别人的话语"；若是正面来表述，这位"善者"不仅要"听取别人的良言"，而且更要"在心中（thumos）铭记"。最后则是彻底的"无用之徒"，"记忆"在他身上已不再运作。

对于"诗的教诲"而言，第一种和第二种"记忆"的运作方式同等重要。诗人在 noos 层面的"记忆"必须作用于佩耳塞斯在 thumos 层面的"记忆"，因此诗人在此段的末尾强调："你要

---

① 《劳作与时日》里诗人多次用相似的表达，要求佩耳塞斯"放在心上"，例如第 27、107 和 274 行。除了 thumos，诗人还使用了近义词 phrenes。

② 这种整全视野当然只有宙斯才能完美地拥有，参见第 267 行：πάντα ἰδὼν Διὸς ὀφθαλμὸς καὶ πάντα νοήσας（"宙斯之眼，明见一切，洞察一切"）。

时刻记住（memnēmenos）我们的训谕（ephetmē），努力劳作吧，高贵的（dion genos）佩耳塞斯"（第 298-299 行）。有论者指出，这里先后出现了两个颇不寻常的表达方式，值得玩味。① 其一为 ephetmē（"训谕"）一词，在荷马史诗当中仅仅用来指称神对凡人的告诫和命令，② 而在此处却由诗人给出；其二为 dion genos（"高贵的"）这个程式化短语，在其他早期诗歌里，这个短语（直译为"神的后裔"，引申为"出身高贵的"）指的都是宙斯的子女如狄奥尼索斯或者阿尔忒弥斯，而凡人能享有这个称号的必定是贵族出身的英雄，此处的用法显然带有反讽的意味。③ 不过，若是将两者合而观之则可以推断，诗人在这里把自己抬升到神的位置向佩耳塞斯发出"训谕"，而与此同时佩耳塞斯也被抬升到英雄的位置来接受"训谕"。这一做法的用意何在？我们知道，在《伊利亚特》所代表的英雄史诗那里，thumos 是英雄们身上最为突出的特质，尤以阿基琉斯充满"血气"的 thumos 为典型，众神往往先激发英雄们的 thumos，以此促使他们完成惊天动地的伟业，从这种角度来看，赫西奥德将佩耳塞斯称作"高贵的"并借此抬升到英雄的位置，自己则如同神明一般给出"训谕"（当然得自"诗人的记忆"），目的是要激发他的 thumos，让"记忆"能够在那里发挥作用，最终采取行动。此后，诗人在教诲的过程中还时时强调"记忆"的重要性，尤其是涉及农业活动，佩耳塞斯必须牢记，在合适的时机从事合适的工作。④ 在这个意义上，佩耳塞斯必须运用"记忆"的力

---

① 参见 Pucci 1996, pp.197-198（中译本第 170 页）以及 West 的详注本，第 232 页。

② 唯独的例外是《伊利亚特》卷一第 495 行，指的是阿基琉斯对自己的母亲的"命令"，不过这一用法并不违背史诗里将神的词汇仅仅用在阿基琉斯一人身上的通则。

③ 这一短语引发了有关佩耳塞斯所属社会阶层的争论，详见拙文《赫西奥德〈农作与时日〉里的社会史问题两则》，《历史研究》2010 年第一期，第 184—185 页。

④ 第 422、616、623、641、711 及 728 行，等等。有关《劳作与时日》里"记忆"的作用，参阅 Detienne 1963, pp.44-48 以及 Simondon 1982, pp. 36-38。

量，才能免于成为彻底的"无用之徒"并上升为"善者"。

第四节 践行"正义"

§7. 在赫西奥德的"诗人教育者"形象里，诗的教诲以诗的颂赞为根本，只有后者才能把"事实"（etētuma）的神性本质召唤出来（"我要向佩耳塞斯言说事实"，第 10 行），也就是诗人所通达的"宙斯的意图"。"宙斯的意图"指的是**一幅万物各守其序的宇宙图景**，诗人正是借助对宙斯的"颂赞"，才能有如缪斯女神一般观览这幅宇宙图景，在这个意义上，诗人的言说（muthos）成为昭示"事实"的神性本质的唯一有效方式，诗人也是唯一能够借助"诗的颂赞"来维系人神关系的言说者。正因为此，在《劳作与时日》搭建的"兄弟间的争端"这个"叙事框架"里，诗人的言说与王者的辞令构成了截然的对立：诗人言说"宙斯的正义"，而"王爷们"的辞令歪曲"正义"，割断人神之间的维系，佩耳塞斯却心甘情愿地追随他们，对他们的辞令迷恋不已，于是如何言说正义，**昭示正义的神性本质，并在"劳作"（erga）当中践行正义**，遂成为《劳作与时日》里的"诗教"的主导线索。

这条由"正义"及其践行组成的主导线索隐伏在全诗的结构当中，根据对这两个主题的侧重，《劳作与时日》略可一分为二：前半部分从第 11 至第 285 行，以"正义"为重心；后半部分从第 286 至第 764 行，以"劳作"为重心。① 虽然在前后两个部分里，"正义"和"劳作"这两个主题也偶尔交织在一起，但是第 286 行

---

① 第 1-10 行为"序诗"，第 765-828 行为"时日"，这两个部分区隔了"正义与劳作"构成的中心部分。顺带提及，《劳作与时日》这一后起的标题实质上只概括了后半部分（第 383 行往下）的主要内容，因为这一部分以"农业劳动"（尤其是第 383-617 行的"农夫年历"）为核心，被古人视为全诗最具代表性的部分。

诗可以看作全诗一个关键的转折点，诗人从这里开始决定性地转向佩耳塞斯一人言说，并以"劳作"为言说的主旨。按照这样一种结构上的布局，诗人对"正义"的言说（muthos）与王爷们的辞令之间的对立最突出地体现于全诗的第一部分当中，这一部分里诗人对"正义"的言说可以概括为 **Dikē 的神格化**，也就是**把 Dikē 带入到维系人神关系的核心位置**。

为了弄清《劳作与时日》里 Dikē 的神格化的性质，首先有必要重提《神谱》为其确立的谱系：

> 其次，宙斯娶了满面荣光的忒弥斯（Themis），她生下了时序女神（Hōrai），
> 欧诺米娅（Eunomia）、狄刻（Dikē）以及欣欣向荣的厄瑞涅（Eirēnē），
> 这三位女神为速朽的凡人照管他们的劳作（erga）

> δεύτερον ἠγάγετο λιπαρὴν Θέμιν, ἣ τέκεν Ὥρας,
> Εὐνομίην τε Δίκην τε καὶ Εἰρήνην τεθαλυῖαν,
> αἵ τ᾽ ἔργ᾽ ὠρεύουσι καταθνητοῖσι βροτοῖσι

（《神谱》，第 901-903 行）

根据这个谱系，狄刻（Dikē）与她的姊妹欧诺米娅（Eunomia）和厄瑞涅（Eirēnē）统称"时序三女神"（Hōrai），她们是宙斯在登临王位后不久与忒弥斯（Themis，意为"天律"）所生。通常，这三位"时序女神"乃是季节的化身，她们确保季节的有序更替，维护"自然"的秩序，但在赫西奥德的谱系里，她们被赋予了一层新的含义："时序三女神"被分别命名为"正义""良序"与"和平"

女神，因此又共同维护人类"社会"的秩序，尤其是"照管他们的劳作"（erga）。如此，这个谱系在自然与社会之间建立了紧密的联系，把此前时序女神所代表的"自然"秩序延展到了"社会"秩序，并将两者共同隶属于宙斯所确立的宇宙秩序，亦即由忒弥斯表征的并由宙斯自己来掌管的"天律"。不过，《神谱》虽然给出了"正义"的谱系，但在众神世界里，她只是三位"时序女神"之一，并没有单独受到颂赞。到了《劳作与时日》的凡人世界，"正义"乃是奠立凡人生活方式的根本原则，因而成为诗人颂赞宙斯的一个最重要的维度，甚至可以说，全诗乃**以颂赞"正义"的方式颂赞宙斯**。正缘于此，诗人对正义的言说（颂赞）与王爷们对正义的言说（辞令）构成了第一部分最本质性的冲突：与王爷们对"正义"的歪曲相反，诗人逐步丰富 dikē 的含义，最终使她成为由诸多层面组合而成的整体性原则，一位在人间施行"宙斯的正义"的伟大女神。

最初，在《劳作与时日》的"叙事框架"里，dikē 主要指涉法律程序，也就是对"兄弟间的争端"的法律裁决（参见第 36 行、第 39 行等处）。① 为了让佩耳塞斯远离充斥于集会和法庭上的"争讼"，"用自宙斯的、也是最完美的公正的裁决（dikai）"（第 36 行）来解决他们之间的"争端"，诗人向他连续讲述了两则神话故事，即"潘多拉神话"（第 42-105 行）与"人类演变神话"或称"五个种族神话"（第 106-201 行），充分展示了诗人的言说如何有别于王爷们的辞令，而把凡人的世界与众神的世界维系起来。这两则神话富含意蕴，历来解者纷纭，不过根本上来说这两则神话应当对观，两者共

---

① Gagarin 1973 主张，"《劳作与时日》里的 dikē 可以指'法律'，这意味着让争端得以和平解决的程序……但并不具备任何宽泛意义上的伦理含义。"（p.81: "in the WD δίκη may mean 'law,' in the sense of a process for the peaceful settlement of disputes...and does not have any general moral sense."）这一观点显然没有顾及诗人在对 dikē 进行神格化的过程当中赋予她的多层含义，另见 Claus 1977 以及 Dickie 1978 对 Gagarin 的反驳。

同规定了宙斯统治下凡人的生存境遇和相应的生活方式，也就是"劳作"和"正义"。① 两则神话均从人神关系的角度展示了导致这种生存境遇的原因："潘多拉神话"通过与《神谱》(第 535-616 行)里同一则神话的互文关系，把"劳作"纳入宙斯与普罗米修斯"斗智"的宇宙创生事件当中，使之成为人神分离后的一个标志性后果；"人类演变神话"则叙述人类五个种族的次第蜕化，② 人类从"与神同源"(第 108 行)逐步与诸神疏离，从"黄金种族"到"英雄种族"昭示了人类存在的其他几种可能性，然而当下的生存境遇是第五个种族即"黑铁种族"，它正面临与神性彻底隔绝的悲惨境地(第 197-200 行)，在这个人类衰退的过程中，践行"正义"还是践踏"正义"是造成人神分离的根本原因。统而观之，两则神话以诗人特有的言说方式，把"劳作"和"正义"规定为身处"后普罗米修斯"时期的"黑铁种族"重新维系人神关系的纽带。

随后，诗人面对王爷们简短讲述了一则"寓言"(第 202-212 行)，进一步点明了王者的辞令(借"老鹰"之口表出)如何在"正义"的层面上割裂人神关系。寓言的"谜底"如前文(§3)所示，诗人在此并未揭晓，而是出现于六十余行诗之后(第 274-285 行)，彼时诗人才晓谕佩耳塞斯，宙斯为人类世界所制定的根本法则乃是"正

---

① 这一观点承自法国古典学家韦尔南(Jean-Pierre Vernant)，自 20 世纪 60 年代以来，他发表了一系列划时代的论文(见 Vernant 1983 [1965] 第 1 和第 2 章, 1980 [1974], 第 8 章, 1989 [1979])，彻底改变了学界保守的传统观点。此前基于"思想进化论"的主流看法(即赫西奥德的神话思维尚处于质朴阶段)得到了彻底的扭转，学者们普遍认识到，赫西奥德叙述的神话当中蕴藏了丰富而深刻的思想内容，而用何种方法将之昭示出来才是争议的焦点，尽管在韦尔南之后的半个世纪里，不少学者对他的具体读解方法提出批评与修正(例如 Carrière 1996; Crubellier 1996; Neschke 1996 [以上三篇论文的中译文参见居代－德拉孔波等编：《赫西俄德：神话之艺》，吴雅凌译，北京：华夏出版社，2004 年]；Clay 2003, pp.81-95, 100-28)，他的基本观点获得了广泛的认可。

② 严格地说，位列第四的"英雄种族"打断了次第衰退的顺序，如何解释这一例外是学界争论的焦点，参见前注所列各家之说。

义",而王爷们的辞令所依赖的弱肉强食的法则,只适用于鸟兽的世界(第276-280a行);换言之,王爷们并不知晓人的位置乃处于神和兽之间,或者他们虽然知晓(第202行称呼王爷们为"心知肚明",或许透露此中消息)却故意混淆人与兽的区别,从而割断人与神的维系,为此诗人重申"正义"在人类生存境遇里的核心位置,"正义"使人与鸟兽有别,让人趋近由宙斯统治的诸神。

前文业已提及,在这则寓言的"谜题"及其破解之间,诗人插入了两大段关于"正义"的言说,其一面向佩耳塞斯(第213-247行),其二面向王爷(第248-273行)。前一段首先以"人格化"(personification)的手法,把"正义"与其反面"暴戾"(Hubris)对举,这一段的言说从伦理(第213-218行)和法律层面(第219-221行)转向城邦政治层面(第222-224行),总汇于"正义的城邦"和"不义的城邦"这幅著名的"双连画"里。"正义的城邦"里(第225-237行)是一片安居乐业的承平景象:人们享用肥沃土地出产的丰足食物,没有饥荒和灾祸,他们也无需驾船出海;山上橡树的枝头长出橡实,蜜蜂盘旋采蜜于橡树之中,绵羊身上长出厚厚的绒毛;妇女生养很多外貌酷似父亲的婴儿。这个段落是对人类可能拥有的神样生活的描摹(与"黄金种族"的生活多有相似之处),而起到决定作用的是城邦里的所有公民都要各司其职、履行"正义":王爷们要予以外邦人和本邦人公正的判决,<u>丝毫不背离"正义"</u>(第225-226行),①而农人则要心系劳作(第231行)。对比之下,"不义的城邦"里(第238-247行),人们不事稼穑强暴行凶;整个城邦往往因一人作恶而遭受惩罚,宙斯带给他们饥荒和瘟疫,消灭他们的军队,毁坏他们的城墙,沉没他们的船只。在这两个城邦里,宙斯主持的"正

---

① 张竹明、蒋平译本把这一句的主语译作"人们",不正确。在赫西奥德所属的古风时代,普通人民没有审判权,只有"王爷"才享有这一特权。

义"并不区分自然、社会和伦理层面而是将其混为一体,这尤其体现在"不义的城邦"里,一位恶人的"不义之举"会招致整个自然和社会秩序的崩解。究其原因,是由于诗人赋予"正义"(dikē)的多义性,从神界的宇宙到自然层面,从人间的社会、政治层面再到个人的伦理乃至生理层面,"正义"无处不在。因此,当诗人转向王爷言说"正义"(第248行),便从城邦政治的层面又提高到"神界"层面,对"正义"进行"神格化"(deification,第256-262行),并把整段"论正义"部分(第213-285行)推向高潮:"正义"作为宙斯的女儿,"受到奥林坡斯众神的尊崇与敬畏",她经常坐在父亲身旁,向他禀报凡人的"不义心智"(第256-262行)。在这里,诗人明确重申Dikē的高贵谱系(参见上引《神谱》,第901-903行),不仅让她从"时序三女神"里脱颖而出,而且还赋予她近乎"奥林坡斯神"的地位,让她在最高诸神那里也尽享殊荣。归纳而言,这两大段关于"正义"的言说(第213-247行与第248-273行),以"正义"的"人格化"起首(第213-224行)又以"正义"的"神格化"收尾(第256-262行),首尾呼应地将"正义"的各个层面纳入宙斯所确立的宇宙图景当中。在这个过程里,**诗人把"正义"的神性本质召唤了出来,并重新维系起人间与神界的纽带。**①

§8. 诗人在《劳作与时日》前半部分,通过对"正义"的言说向佩耳塞斯表明,如若他追随王爷们的辞令,与他们沆瀣一气,则凡人与诸神的关系将最终断裂,那时的情形就像诗人对"黑铁种族"的悲惨结局所做的预言(第179-201行)一样:这个族类由于多行不义且信奉"强权即正义",将会被最后两位女神"敬畏"(Aidōs)

---

① "正义"的"人格-神格化"对后世影响深远,参见下章§7讨论梭伦诗残篇四里的"正义女神"。

与"义愤"(Nemesis)抛弃,当她们回返奥林坡斯山,人类便陷入神性泯灭的悲哀当中,再也无处求助。做出此番预言的诗人有如先知,他通达"宙斯的意图",尤其是在宙斯主宰的宇宙秩序当中,"正义"如何规定了人类存在境遇的总体状况与总体属性。因此,在《劳作与时日》的前半部分,诗人的言说对正义的护持与王爷们的辞令对正义的歪曲正处于截然对立的两面,诗人虽然偶尔交替地向佩耳塞斯与王爷们言说,但教诲的真正对象是佩耳塞斯,王爷们其实无从接受"诗教",反倒是诗人与之竞争和较量的对手。[1] 此后,当诗人的言说从"正义"本身转向"正义的践行"之际,王爷们便彻底退出了诗人的话语。随着王爷们的退出,还发生了一个重心上的转移,也就是在全诗的后半部分,"践行正义"的焦点从城邦社会转向以"家"(oikos)为单位的个体。个体赖以生存的"家"与"家"之间虽存在互帮互助的邻里关系,但这些"家"(oikoi)各自独立,并没有构成具备政治属性的共同体。[2] 毋宁说,诗人对佩耳塞斯进行教诲的整体进程,恰恰要让他从城邦共同体当中抽身而出,返回诗人昭示的真实生活,一种融入宙斯主宰的宇宙秩序的生活状态。

实现这种真实生活的方式便是"践行正义",这在《劳作与时日》里被称作 erga。诗人在全诗的后半部分通过抉发 erga 的双重含义来晓谕佩耳塞斯:erga 既是在田间辛勤耕耘的"劳作",亦是

---

[1] 详上文 §3。诗人只在第 202 行和第 248 行直接向王爷们言说,前者以"老鹰和夜莺"的寓言引出诗人与王爷们的竞争,后者以"正义的神格化"这样的诗的言说方式让王爷们的辞令黯然失色。

[2] 从诗作内部来看,诗人对现实里的"城邦"(特斯比亚?)及其公共空间抱持怀疑和疏离的态度,但事实上,在《劳作与时日》成文的公元前 8 世纪晚期,古希腊的城邦制度很可能尚处于萌芽状态,有关阿斯克拉(Ascra)这座村庄的社会性质及其与邻近"城邦"特斯比亚(Thespiae)之间的政治经济关系,参阅拙文《赫西奥德〈农作与时日〉里的社会史问题两则》,《历史研究》2010 年第一期,第 185—188 页。

人与人、人与神交接之时的"作为",只有在这两重含义上"践行正义",**他才能转向众神,成为向神性趋近的个人。**后半部分从结构上看,正是用erga的双重含义搭建起来,诗人的"教诲"在"劳作"与"作为"之间交替进行,并最终以双重含义的彼此交织收尾。具体而言,第286行开始的后半部分,在"人生两条路"的譬喻(第287-292行)以及"世间三等人"的判分(第293-298行,分析详上§6)之后,首先在erga的第一层含义("劳作")上展开教诲,在第299-319行这一段落的短短二十行诗里,"劳作"意义上的erga及其相关词(动词、形容词以及反义词)密集出现,多达十四处,集中向佩耳塞斯强调了"劳作"的重要性;继而,在第320行开始的下一段落(第320-380行)里,诗人基于erga的第二层含义("作为")给出了一系列箴言,这些箴言分别针对众神、邻里、朋友、妻儿,总结了合乎规范的行为举止,erga一词在这里显然指的是"作为"(例如第334行提到"因为他们的恶行":ergōn ant' adikōn);随后,著名的"农夫年历"(第381-617行)及其补充"说航海"(第618-693行)又回到了erga的第一层含义("劳作"),这个段落也以此重含义发端(诗人在第382行说"你要劳作、劳作、再劳作":kai ergon ep'ergōi ergazesthai);而第694行以下篇章的真伪历来饱受质疑,尚无定谳,许多论者因其与赫西奥德的原作在精神上不符,而认定是后人阑入,不过若从erga的两重含义角度观之,最后两个段落在全诗总体进程里的位置依然清晰可辨:由第694-764行组成的第二个箴言系列呼应了前一个系列(第320-380行),再次从erga的第二重含义("作为")以相反的顺序就娶妻、交友、待客和敬神几个方面陈述了合乎规范的行为举止;最后,第765-828行的"说时日"将erga的双重含义交织起来论说,"吉日"和"凶日"的区分不仅针对各种不同的农事("劳作"),而且还针对包括娶妻(第800-801行)、出嫁和生子（第783-784行）之类的"作为"。全诗末尾以涵盖了erga的双重含义的两行诗句作一收束：

谁若是知晓所有这些事情，去劳作、去作为（ergazētai），
不冒犯不朽众神，便称得上幸运与快乐。

εὐδαίμων τε καὶ ὄλβιος, ὃς τάδε πάντα
εἰδὼς ἐργάζηται ἀναίτιος ἀθανάτοισιν.

（《劳作与时日》，第826-827行）

由此可见，erga作为"正义的践行"从"劳作"和"作为"两方面完整地规定了属于"黑铁种族"的人类生活方式，人的存在因此得以纳入宙斯的整全视野，获得其终极意义：**人在宙斯建立的宇宙秩序里占据了介乎神与兽之间的位置，只有通过"践行正义"，人才能脱离兽性，主动向神性趋近。**

"践行正义"的终极意义尤其在《劳作与时日》里最广为传颂的篇章，即通称为"农夫年历"（Farmer's Almanac）的段落（第383-617行）里突显出来。诗人在此集中描述了农夫一年之内的"劳作"，表面上似乎在教诲佩耳塞斯相关的农业知识和技能，但实质上则别有深意。近来有论者指出，这一篇章不能简单地视为一本"农事手册"。"农夫年历"的真正旨趣并不在于农业技术指导，理由主要有三：其一，在构成"农夫年历"的235行诗句里，将近三分之一的内容，特别是对冬季农闲（第504-563行）和夏季农闲（第582-596行）的两大段描述，完全不涉及农业劳动的技能（前者主要刻画冬季的严寒，后者描摹夏季野餐的惬意），再加上引入各项农业劳动时描述季节变化的许多诗行，那么将近一半的篇幅与"务

农技能"没有任何直接的关系;其二,诗人此处给出的教谕,从"技能"的角度来看,大多显而易见,并不具备专业技术的性质,当时的农人应该早已了然于胸;其三,诗人对各项农业劳动的取舍并不按照各自的重要性,事实上许多不可或缺的农事被省略,而一些微不足道的农事则被提及。① 由此而得出的结论是,诗人描述"农夫年历",目的不在于从技能上指导佩耳塞斯如何从事农活,而在于诗意地再现"劳作",来展示一种"践行正义"的生活方式。

"农夫年历"重点勾画了这种生活方式的两个基本特征:一方面,农夫的"劳作"依赖种种"征兆"(sēma,见第450行),诸如星象、自然现象或鸟兽行踪,对此农夫要善于辨识,因为诸神用这些征兆向凡人晓示宇宙秩序,而凡人对这些征兆的辨识意味着认清他们身处其中的宇宙秩序;另一方面,农夫的"劳作"要"合时"(hōrion ergon,见第422行②),也就是要依循时序三女神(Hōrai)所代表的"自然"秩序把自己纳入到宇宙秩序的运行当中。这两个基本特征具体表现在"农夫年历"的结构方式里:"年历"的每一个段落都由某种"征兆"来表征某个时令的到来,用以确定各种农活的"合适时节"。据此,整部"年历"共分为九个段落,"征兆"(以下划线示之)与"合适时节"的配合略解如下:

第一段(第383-413行):"农夫年历"以三个希腊文单词组成的庄严诗行起首(第383行):Πληιάδων Ἀτλαγενέων ἐπιτελλομενάων("当<u>普勒阿得斯</u>【译按:指昴星团】,阿特拉斯的七位女儿升起之际"【译按:五月上旬】),应当开始收割,当

---

① 详见 Nelson 1998, pp.49-50; 182, n. 42;另参见 West 1978, pp.53-54; Heath 1985, pp.255-256; Grene 1991, pp.146-147。

② 据统计,hōrios(及其不同形式)在"农夫年历"部分出现不下十六次,具有十分醒目的"标语"性质,参见 Clay 2003, p.45, n. 43。

她们落下时【译按：十月与十一月之交】，应当耕种。

第二段（第 414-447 行）：当灼热的阳光减退威力，大能的宙斯送来秋雨，这时天狼星在夜晚出现的时间超过白天【译按：九月与十月之交】，是伐木取材，准备杵、臼、犁等农具的时节；

第三段（第 448-492 行）：当云层里传出鹤的鸣叫，冬雨即将到来【译按：十月与十一月之交】，是耕田与播种的时节；

第四段（第 493-563 行）：在最寒冷的冬季，是农闲的时节；

第五段（第 564-570 行）：太阳回归后的六十天，当牧夫座从洋川上升起【译按：二月下旬】，是修剪葡萄藤的时节；

第六段（第 571-581 行）：当蜗牛从地下爬到植物上，以躲避普勒阿得斯【译按：五月中旬】，是收割的时节；

第七段（第 582-596 行）：当菊芋开花，蝉在树上嘶鸣【译按：七月中旬】，在最炎热的夏季，是农闲的时节。

第八段（第 597-608 行）：当猎户座出现【译按：六月二十日前后】，是打谷的时节；

第九段（第 609-614 行）：当猎户座和天狼星走入中天，牧夫座在黎明时分出现【译按：九月中旬】，是采摘葡萄的时节。

以上述方式结构的"农夫年历"旨在揭示，宇宙秩序体现在季节的更迭当中，并化身于农夫每一年周而复始的劳作。诗人强调的是，要遵照季节轮换的神圣秩序，在正确的时机进行正确的劳作，每一桩农活都必须在规定的时间以准确无误的方式完成。① 正是通过"合

---

① 同样，紧随"农夫年历"的"说航海"（第 618-694 行），重点也在于确定出海的合适时节，而非具体指导如何航行（当然，如此侧重的部分原因是，诗人坦承自己对航海本身所知甚少，参见上文 §5 的讨论）。诗人强调，有两个时节适合航海：其一是太阳回归后的五十天，炎热的夏季行将结束【译按：六月末至八月】；其二是在春季，当无花果的枝头刚刚抽出像乌鸦脚印大小的嫩叶【译按：四月末】。"说航海"的结尾处，诗人再次重申：凡事遵守适宜时机才是最佳之策（第 694 行）。

适时节"的"劳作",人的生活方式被纳入宙斯确立的宇宙秩序,人在"践行正义"的过程中向神趋近。如此看来,"农夫年历"对于一年各项"劳作"的诗意再现实质上具有颂赞的性质,在颂赞当中昭示了"宙斯的意图"。

§9.《劳作与时日》把农人的生活方式纳入宙斯所确立的宇宙秩序当中,这种整全视野并非赫西奥德一系的诗人所独有,荷马史诗诗人也同样具备。在《伊利亚特》卷十八的第 478-616 行,史诗诗人出神入化地颂唱了一段著名的"阿基琉斯之盾",这段堪比工笔细描的篇章"图像化再现"(ekphrasis)了工匠神赫淮斯托斯锻造的一件"神样的"艺术品,最令人叹为观止的是上面的图案将整个宇宙图景浓缩其中。这幅图案由五个同心圆环组成,由内向外分别是:第一环处于中心位置的是大地、天空、大海,还有天空中的太阳、月亮和各种星座,它们为人类生活确保了有序的岁月更替。第二环是两座城市的对比,其中一座承平之邦,秩序井然的生活由两个场景体现:一个是婚庆场面,妇女们在门前观赏;另一个是法律程序,两位长老在公共场所担任仲裁。与之相对的是战乱之邦,同样用两个场景"围攻"和"埋伏"来表现。第三环是乡村生活,由耕耘、收割和采集葡萄这三个季节的农活组成。第四环还是乡村生活,呈现了牛群、羊群和舞蹈场景。第五环为外缘,环绕大盾周边的是奔流的"洋川"(Okeanos),它与第一环组成的自然世界把第二到第四环的人类生活容纳其中:中间是宇宙天体,周边是人类世界的边界,在这之间是人类生活的浓缩,城市和乡村生活。在这幅图案里,诗人不仅把人类生活安放在整个宇宙图景当中,而且还将《伊利亚特》的特殊主题(阿基琉斯的征战以及赫克托耳对特洛伊的守卫同第二环的"战乱之邦"相似)纳入诗人的整全视野,以显其所处的位置。

荷马式的史诗诗人以愉悦甚至迷魅听众的英雄故事见长,但却以巧妙的艺术手法把整个宇宙图景纳入了史诗叙事当中,仿佛是针对赫西奥德式的史诗诗人的一番竞赛,因为对于后者而言,宇宙图景恰恰是他们歌唱的核心主题。① 从《神谱》到《劳作与时日》,一幅恢宏而又完整的宇宙图景展现在我们眼前:《神谱》犹如"阿基琉斯之盾"的内环与外环,众神的世界将人类生活涵容其中,而《劳作与时日》关注的是中间三环组成的城市与乡村生活。单独地看待《劳作与时日》或是《神谱》,都是对这幅宇宙图景的随意割裂,只有一种互文的解读才能赋予我们一种诗人的整全视野,恰如《伊利亚特》的诗人在审视"阿基琉斯之盾"上的图案时所投注的眼光。就本章和上章的题旨而言,赫西奥德这位拥有整全视野的诗人实为沟通神凡两界的媒介,能够通达宇宙万物的终极真理:《神谱》以宇宙创化的演历展示了宙斯所确立的宇宙秩序,而《劳作与时日》则晓谕凡人如何在这一宇宙秩序里正义地生活;正是在这个意义上,《劳作与时日》里的"诗的教诲"导源于《神谱》里的"诗的颂赞",由其生发亦由其造就。

---

① 反过来看,赫西奥德一系的诗人把"阿基琉斯之盾"也视为一个竞比的对象,这可以从归于赫西奥德名下的小型史诗《赫拉克勒斯之盾》得一佐证,这篇拟作的核心部分(第139-320行)详细描述了赫拉克勒斯盾牌上的图案,以其宇宙图景的设计与规模衡之,拟作诗人显然在与荷马竞比。

第五章
立法者的诗教——梭伦诗篇与"良序"的重建

第一节 三重身份

§1. 梭伦（生年约数为公元前640—前560）在古希腊文化史上担负三重身份，除了为人熟知的"立法者"或政治社会改革家的身份，其余两重身份也同等重要，并且与"立法者"相互交织、不可或分，这另外两重身份便是："诗人"梭伦——他是从属于古风诗歌传统的第一位雅典诗人，以及"哲人"梭伦——他是体现了"古风智慧"且雄踞"七哲"之首的"智慧之士"。在"立法者"或政治-社会改革家的耀目光环之下，梭伦的后两重身份往往隐而不显，这与他在后世尤其是古典和希腊化时期的接受史密不可分，而事实上，越是靠近梭伦生活的年代，在这三重身份当中，"哲人"的身份就越加凸显。从存世文献来看，梭伦首先以"哲人"的形象见知于世，这一形象最早在希罗多德的《历史》那里已清晰可睹，《历史》卷一述及梭伦与吕底亚国王克罗伊索斯富有传奇色彩的一场会面，希罗多德在引出这场会面时，特意形容梭伦为拜访这位吕底亚国王的众多"智者"（sophistai）中的一位。① 需要说明的是，

---

① 《历史》1.29-33（梭伦还在 1.86, 2.177 及 5.113 等另外几处短暂出现）。希罗多德虽然还提及其他几位"哲人"比如泰勒斯和比阿斯，但并没有使用"七哲"这个概念，很可能是因为在他撰写史书之际，这个传统尚未形成。

在希罗多德生活的年代，sophistai 这个名称是 sophoi 的同义词，意思都是"智慧之士"，后世意义上的 sophistai——专指公元前 5 世纪兴起的"智术师"且带有明显的贬义——主要归因于柏拉图，是他用 sophistai 来指称像普罗塔哥拉和高尔吉亚那样的教师，而特意把 sophoi 一词留给了更加令人仰慕的"智慧之士"，比如古风时期的"七哲"。所以，希罗多德把梭伦归入"智者"（sophistai）的行列，反映出在前 5 世纪的希腊，梭伦的"哲人"（sophos）身份已然确立。如若我们更进一步地审视希罗多德叙述的这场会面便会发现，虽然它作为历史事件存在着严重的年代问题而被大多数现代学者视为虚构，① 但却在希罗多德整部《历史》的框架里占据了关键的位置，尤其是梭伦对克罗伊索斯所做的长篇演说具有提纲挈领的性质，因为梭伦和克罗伊索斯分别代表了有关人类幸福的两种互相冲突的观念，这两种观念在希罗多德的《历史》世界里处于此消彼长的动态平衡而成为结构性的解释原则。② 因此，虽然这则故事本身不具备历史真实性，希罗多德利用梭伦的形象来传达其《历史》的核心主题这样一个事实却足以说明，在梭伦身后一个世纪，他已经被塑造成典型的古风"哲人"（sophos）了。

稍后，梭伦又与其他数位古风"哲人"一起被归入所谓的"七哲"的群体，并在其中占据了显著的位置。③ 柏拉图在其对话录《普罗塔哥拉》（343a-b）里给出了现存最早的"七哲"名录，并且说，七位哲人联手把智慧的"第一批果实"祭献在德尔斐的阿

---

① 克罗伊索斯于公元前 560—前 546 年左右统治吕底亚，而学界一般认为，梭伦在其"变法"（即公元前 594/593 年）之后不久便开始周游列国，两者在时间跨度上相差过大。普鲁塔克已经意识到这个年代问题，但有趣的是，他并没有因此而否认这场会面，因为它是"如此著名……如此与梭伦的性格吻合"（《梭伦传》，27）；换句话说，普鲁塔克认为，就梭伦在希腊人眼中的形象而言，希罗多德的叙事是有代表性的。

② 参见 Shapiro 1996。

③ "七哲"传说的形成、传承和利用，参阅 Fehling 1985, Busine 2002 以及 Engels 2010。

波罗神庙里,其中就包括著名的格言"认识你自己"和"勿过度"。①在随后形成的传说当中,这七位哲人又被"金鼎(或金杯)"的故事和"德尔斐聚会"的故事牵连起来,前者表现了他们之间不同于流俗的智慧"竞赛",后者则以宴饮为场景让他们同时登场并展示各自的智慧,传世的普鲁塔克《七哲宴饮》便是这一题材的集成之作。②这些"哲人"之所以被传说塑造成一个相互竞争的群体,即所谓"七哲",原因在于早期希腊社会中占主导地位的"争胜"(agon)原则,这一原则早在荷马史诗所描画的英雄社会里就已经非常突出,其后自前8世纪以降,古希腊世界里就存在着以智慧为对象的各类竞争,"七哲"的传说只是其中的一个著例。③统观"七哲"的传说,尽管作为历史人物而言,他们大多生活在公元前6世纪而属于同时代人,但将他们汇聚在一起,组成一个群体的各种传说很可能出自后世的虚构,因而遵循这类传说所从属的文类的传统表现手法。从这个视角来看,我们应该追问:这些传说所要表现的"哲人"形象具有何种意义,特别是"七哲"之间的共通之处何在,他们以一个整体来代表的是何种类型的"智慧"?美国古典学者马丁(Richard P. Martin)对这些问题做出极具启发意义的思考,他在一篇影响甚广的论文里,从"七哲"的传说当中归纳出三个反复出现的特征:其一,这些"哲人"大多为诗人;其二,他们参与城邦事务;其三,他们是"展

---

① 除去柏拉图的《普罗塔哥拉》,现存有关"七哲"最重要的文献为第欧根尼·拉尔修的《名哲言行录》第一卷,参见 Snell 1971 辑录的相关古人评述资料。值得注意的是,在不同的"七哲"名录里,至少出现了十七个名字,其中有四个名字固定不变,可谓"核心成员",他们分别为梭伦、皮塔库斯、比阿斯及泰勒斯。

② 关于"金鼎(或金杯)"故事,参见 Snell 1971, pp.114-127,关于"七哲宴饮",参见 pp.63-67。

③ 有关古风时期"智慧的竞争",参见 Lloyd 1987,第 83 页及以下。

演者"（performers）。① 前两个特征在许多（但并非所有）"哲人"身上出现，而最后一个特征则为所有"哲人"分享，可谓是最根本的特征，正因为此，马丁称呼"七哲"为"智慧的展演者"。基于这一论点，我们不妨如此来界定"七哲"所代表的"智慧"：这是一种能够践行的"智慧"，或者更准确地说，能够被"展演"（performed）的智慧。"展演"这个概念，同时强调"展示"和"表演"两个方面，也就是说，这种"智慧"在一个富于戏剧性的表演过程当中被展示出来，而实现其自身。"展演"的方式既可以是"行"（ergon）亦可以是"言"（logos），并且依照从前者向后者的渐变，我们可以为各种"七哲"言行的传闻做出有效的分类：首先是完全不诉诸言语的"行为"，例如第欧根尼·拉尔修在《名哲言行录》卷一当中记述的许多与"七哲"有关的逸闻，都是不借助言语的纯粹的行动；其次是"言"与"行"同时发生作用的方式，在《名哲言行录》里也多有呈现；再次是各种"以言行事"的方式，例如"七哲"名下的各种格言和隽语，这是些言简意赅的"语言艺术作品"，不啻为简短的"诗歌作品"，往往发生在具体的情景里而具有"行事"的作用；最后则是与本章的论题最为相关的"诗歌作品"，它们是比格言和隽语更为复杂、更加绵密的"话语"，并且在其表演的场景中，通过"展演"诗人的"智慧"而同样具备"行事"的功能。归纳而言，古风"七哲"对"智慧的展演"，主要体现在诗歌创作与表演以及城邦政治活动这两个方面，从这两方面来看，梭伦无疑最突出地彰显了"七哲"的共同特征：作为诗人，他创作了数量可观的诗作，在当时和后世一直广为流传，在雅典几近家弦户诵；同时，他参与城邦事务，是古风希腊最负盛名的"立法家"和政治家。故此，在许多后世的希腊人眼

---

① Martin 1993, p.113.

中，梭伦已臻古风"智慧"的最高境地，被奉为"七哲"之首。①

§2. 倘若我们用"智慧的展演者"来界定作为"哲人"的梭伦，并以诗歌创作和政治活动为其最重要的两个表征，那么梭伦的另外两重身份，即诗人和"立法者"（或政治社会改革家），都应当统摄其下，视为前者的两个面相。我们进一步要追问的是：作为诗人的梭伦与作为"立法者"或政治社会改革家的梭伦之间构成了何种关系？这是本章所要考论的"立法者的诗教"最为关键的前提问题。

在展开对这一问题的讨论之前，有必要对存世的梭伦诗篇做一概览，以便明确"诗人"梭伦所从属的古风诗歌传统。依照目前学界通行的标准版本，英国古典学家韦斯特（Martin L. West）编定的《古风与古典希腊讽刺体与挽歌体诗合集》（*Iambi et Elegi Graeci ante Alexandrum cantati*），共有 46 个残篇归在梭伦名下。② 学者们通常以梭伦在公元前 594/593 年担任雅典的首席执政官并着手"变法"为界，将这些残篇归入早、中、晚三期。③ 据考证，属于早期作品的有韦斯特编号残篇 1-3，该诗主题有关雅典与其近邻麦加拉争夺萨拉米斯岛（Salamis）的战事（大约公元前 600 年爆发），残篇 4 也可能作于"变法"前不久，提出梭伦对时局的看法以及自己的政治理想。中期的作品创作于"变法"之后，主要有残篇 5，32，34，36 和 37，这些诗篇为"变法"辩护，其中尤为重要的是残篇 36，对梭伦采取的一些措施有所提及。晚期的作品以隐射僭主皮西斯特拉图的残篇 9-11 为代表（梭伦当殁于皮氏第一次成为

---

① 例如柏拉图的《蒂迈欧》（20d）里，克里提亚斯称梭伦为"七哲当中最富智慧者"，柏拉图或有亲雅典之嫌，但前及希罗多德在其历史著述里也以梭伦为古风智慧最杰出的代表，当足以说明问题。

② 见"版本说明"，最新的校订与注疏本参见 Noussia-Fantuzzi 2010 以及 Mülke 2002。梭伦诗残篇及相关古人评述的中译文，见本书附录二。

③ 参见 Gerber 1997, pp.113-116。

雅典僭主，即公元前 561/560 年后不久）。梭伦残篇里篇幅最长的一首，残篇 13（共 76 行，也是整个古风和古典时期保存迄今最长的一首挽歌体诗）的主题关乎人生的基本伦理观念，由于这种特性，很难确定具体的创作年代，但该诗一般公认为梭伦思想成熟时期的作品。总体而言，梭伦最重要的存世诗篇以"政治诗"为主（韦斯特编号残篇 1-11 以及 32-37，其中尤以残篇 4 和 36 篇幅较长，意义重大），其他主题的诗篇涉及伦理、宗教思想（残篇 13-18，其中残篇 13 最为重要）、旅行（残篇 19，28）、死亡（残篇 20-21）、恋爱（残篇 23-26）、人生诸阶段（残篇 27）、食物（残篇 38-41）等等。为便利起见，学界通常把梭伦的存世诗篇分为"政治诗"与"非政治诗"两大类。①

这些不同主题的诗篇以三种格律写就，即归入韦斯特残篇编号 1-30 的挽歌对句（elegiac couplet）、编号 32-35 的四音步长短格（trochaic tetrameter）以及编号 36-40 的三音步短长格（iambic trimeter）。② 这三种诗歌格律又可归为两类：挽歌体（elegy）和讽刺体（iambos）。在古希腊，挽歌体和讽刺体与史诗体一样，有着悠久的历史，甚至可以追溯到史前时期。③ 两种诗体不仅在形式上有着不同的特征，而且还分属不同的表演场合。以挽歌体诗为例，形式上它使用的是挽歌对句，这种诗体介于吟诵的史诗诗体

---

① 例如 Fränkel 1973, p.229。Mülke 2002 即根据这一分类单独评注了"政治诗"（韦斯特编号残篇 1-13 与 32-37），但其中最成问题的是残篇 13，这首长诗真的能用"政治诗"来囊括其丰富的含义么？"非政治诗"显然是更合理的归类（例如 Fränkel 1973，第 232 页及以下），不过这也让我们产生怀疑，"政治诗"与"非政治诗"的分类是否过于简单，反而妨碍对诗歌本身的理解？

② 此外，残篇编号 31 为六音步长短短格（hexameter），但该诗仅存两行，可以断定为托名之作；残篇编号 41-46 为难以归类的单词或词组。

③ 有关这两种诗体的历史演变，参见 West 1974, pp.1-39。

(epic)与弦琴伴奏的琴歌诗体(lyric①)之间,很可能是在伊奥尼亚地区与史诗诗体同时发展起来的。早期的挽歌体诗歌与悲伤、哀悼并无多大关系,它其实主要指一种诗歌格律,即由一个六音步长短短格诗行(hexameter)和一个五音步长短短格诗行(pentameter)组成的挽歌对句(elegiac couplet),只是到了前5世纪,这种格律常常被用来撰写墓志诗(epitaph),挽歌体才开始渐渐获得它现有的含义。在古风时期,用这样的格律创作的诗歌主要分两类:一类是长篇的历史性叙事挽歌,代表作为弥木奈墨斯(Mimnermos)的《士迈那之歌》和1992年发现的西门尼德斯(Simonides)的《普拉塔亚之战》,这类挽歌是在盛大的公共节日上表演的,以颂扬城邦为目的;而大多数存世的早期挽歌体诗人的作品,如卡利诺斯(Callinus)、特奥格尼斯(Theognis)以及塞诺芬尼(Xenophanes)所创作的是主要在会饮场合表演的短诗,另一位前7世纪的挽歌体诗人,斯巴达的提尔泰奥斯(Tyrtaeus)所做的激励士气的战歌,很可能不是在会饮上,而是在其他场合,例如公共节日或是作战之前表演。②无论语言上还是思想上,早期的挽歌诗人都受到了史诗诗人荷马和赫西奥德的深刻影响,不过挽歌诗人逐步把挽歌体诗改造成更适合于古风城邦的富于新意的表达方式,梭伦便是运用这种表达方式的一位代表诗人。在公元前6世纪末阿提卡悲剧兴起以

---

① Lyric在汉语学界通常译作"抒情诗",但鉴于古希腊诗歌的分类,这种译法并不恰当。古希腊的lyric,大多并不像现代诗歌那样"抒情",往往具有其他功能。罗念生先生曾根据lyric一词的希腊文词根,即lyra(用来伴奏的一种类似现代竖琴的古老乐器),译作"琴歌",此处从之。Elegy亦为广义上的lyric之一种,它在表演时用类似"笛子"(aulos,或译作"双管")的乐器伴奏,或可相应地译作"笛歌"。

② 关于这两类挽歌体诗及其表演场合的差异,参见Bowie 1986的详论(该文针对的是West 1974, pp.10-14所列举的八种不同的表演场合);另见Aloni 2009,他径直将早期挽歌体诗分为"会饮挽歌"(sympotic elegy)和"公众挽歌"(public elegy)两类。提泰乌斯战歌的表演场合是争论的焦点,参见Bowie 1990(该文认为这些战歌也在会饮上表演)。

前，梭伦实为雅典首屈一指的诗人，他创作的挽歌体诗最初在会饮上表演，随后在雅典的城邦生活里成为重要的公众艺术形式。

梭伦现存诗篇里挽歌对句占据了绝大部分，共约 220 行左右，而其他两种格律合在一起约 60 行。其实，存世的 280 行残篇只构成了梭伦诗歌创作的一小部分，据第欧根尼·拉尔修《名哲言行录》(1.61) 的记载，仅挽歌体诗一种，梭伦的创作就达 5000 行之多。不过需要提及的是，即便围绕现存为数不多的梭伦诗篇，其"作者问题"也并非没有争议。[1] 传统的观点认为，这些诗篇由历史上的梭伦作于其生平的不同时期，基本上按照原样流传至今，[2] 但是晚近有学者提出，从传承史的角度来看，由于梭伦所创作的乃是口传诗歌，在相当长一段时间内是以口传形式保存，并没有逐字逐句记录下来，结集之时必定会有其他诗人的作品阑入其中，故而梭伦名下的诗集实为层层累积地造成，历史上的梭伦只是其中众多诗人之一，[3] 还有学者从表演场合与诗人的自我塑造角度提出更为激进的"伪托说"，认为这些归在"梭伦"名下传世的诗篇其实出自一个稍后的诗歌传统，这个传统用这些诗作塑造了一位典型的立法者形象并名之为"梭伦"，这个塑造"梭伦"的过程与下章将要讨论的《特奥格尼斯诗集》塑造"特奥格尼斯"这位古风麦加拉贵族的形象并无二致。[4] 不过，这一争论目前尚属悬而未决，依笔

---

[1] 正如作为立法者，梭伦虽留下了一部分法律条文，但现存的版本很可能经过后世的篡改，并且公元前 4 世纪的雅典人习惯于把各种法律都归在梭伦名下，因此具体法律的归属问题也存在极大争议。关于梭伦的法律条文，参见 Ruschenbusch 1966 辑本以及 Leão & Rhodes 2015 的最新辑本。

[2] 参见 Linforth 1919, p.4。

[3] 这种观点的典型代表为 Lardinois 2006, 他主张，梭伦诗篇文本传承下来的众多异文，实质上是公元前 4 世纪的雅典人出于政治动机而故意为之的改动，解释者应当以梭伦法律的形成为类比，来检视梭伦诗篇如何经历了相似的托名过程。

[4] Stehle 2006 提出这一设想。

者之见，并没有充足的证据来证实"伪托说"或推翻正统的观点，因此本章的考论在"作者问题"上仍持主流观点，认为这些诗篇大致出自历史上的梭伦，尽管其中个别词句可能遭到后人的篡改或增饰。

§3. 针对前述"诗人"梭伦与"立法者"（或政治社会改革家）梭伦之间的关系问题，大体上存在三种解释模式。第一种模式称，梭伦的诗歌创作与其政治生涯没有联系，是相互分离的两种活动，虽然后人能从其诗作当中提取少量政治活动的信息，但这些信息大多语焉不详而价值甚微。显而易见，这一解释模式割裂了梭伦的两重身份，因而基本上为学界所摒弃。第二种模式认为，梭伦的这两重身份之间存在关联，但"诗人"梭伦是次要的，因为他首先是一位政治家，碰巧（甚至不得已）使用诗歌作为媒介，以便为自己的政治活动进行自传性质的陈述、评论和辩护。这种观点长期在学界占据主导地位而至今约定俗成，具体表现为"传记-社会史"的解读方式，最早可以追溯到署名亚里士多德的《雅典政制》。不过，正如前文所述，在亚里士多德之前，梭伦的三重身份里乃以"哲人"居首，比如存世最早的梭伦形象，希罗多德《历史》里的梭伦是一位典型的"哲人"，而非政治家，希罗多德虽然不曾征引梭伦的诗篇，但根据一些学者的分析，在他笔下出现的梭伦所具备的主要特征其实都根源于后者的诗篇，[①] 因此可以推断，希罗多德对梭伦的诗篇熟稔于胸，并且以之为"哲人"梭伦的具体表征而镕铸于自己的叙事当中。在早期梭伦形象的另一位重要的塑造者柏拉图那里，情形则更为复杂，诗人、哲人和立法者这三重形象往往被刻意

---

① 参阅 Noussia-Fantuzzi 2010, pp.14-17 给出的例证，据此她主张希罗多德从梭伦诗篇当中筛选，有选择性地塑造了一个几近"非政治的哲人"（apolitical sage）形象；另见 Chiasson 1986。

分离，以满足不同对话录的需要。① 相比之下，《雅典政制》（以及亚里士多德的《政治学》）里对梭伦形象的塑造凸显其立法者兼"政治家"的身份，置"诗人"与"哲人"于从属的地位，恰恰透出鲜明的亚里士多德思想的特征。②

降至现代，"传记－政治史"解释模式广为流布，《剑桥古典文学史》"梭伦"一节的作者诺克斯（Bernard Knox）不啻为其代言人。诺克斯主张，梭伦诗篇关涉当时的现实社会政治问题，读者必须借助像亚里士多德的《雅典政制》《政治学》以及普鲁塔克的《梭伦传》之类的后世记载进行解读，梭伦改革的背景是这些诗篇唯一或最主要的解释框架；反过来说，梭伦诗篇也可径直当作其政治活动的事实材料来看待。于是，解释者顺理成章地仅仅关注梭伦这个历史人物与其诗歌的政治社会属性，从梭伦诗歌里重构立法者的生平与政治活动成为解释者的首要任务。③ 然而，"传记－社会史"解读模式的主要参照者亚里士多德生活在梭伦之后两个多世纪，而另一位参照者普鲁塔克更可谓去古已远，距梭伦近七百年。从梭伦生活的年代到《雅典政制》的撰写年代这两个多世纪里，雅典社会经历了古典时期的种种巨变，梭伦的形象也随之改变，以至于到了公元前4世纪，"梭伦"之名为各类政治集团所利用，既被民主派奉为"民主之父"，亦被反民主派视作精神

---

① 参阅 Morgan 2015 给出的精当分析。

② 需要补充的是，公元前5世纪后期—前4世纪雅典的政治宣传对梭伦形象的塑造，尤其是阿提卡演说家那里的梭伦形象，对这部署名亚里士多德的《雅典政制》有着深刻影响。有关《雅典政制》里的梭伦形象及其与《政治学》里的梭伦形象的比较，参见 Gehrke 2006，他的结论是，这两部著作里的梭伦形象基本一致，他是"出色的立法者与混合政体的创制者"（p.287: "the good lawgiver and architect of a mixed constitution"）。

③ 参阅 Knox 1982。诺克斯直截了当地表述自己的观点如下（p.146）："（梭伦）这位政治领袖利用诗歌为其主要的交流方式，来激励和警示（民众），来宣布自己的政策并为之辩护。"（"a political leader using poetry as his principal means of communication, to agitate, to warn, to announce and defend his policies"）

领袖,使他成为具有奠基性质的政治历史"神话",许多后来才创设的政治、经济和社会制度都堆在他的名下。① 所以,虽然亚里士多德与普鲁塔克乃现存梭伦诗篇的主要征引者,梭伦的形象在他们的著作里往往成为一种符号,这些诗篇出现其中的叙事框架并不足以成为解释的主要依据,而更多地属于梭伦诗歌的接受史范畴,把这些诗篇从征引叙事中脱离出来,并重置到最适宜其自身的情境里来解读,遂成为近几十年来西方学界讨论的焦点。

在"传记-社会史"的主流解读模式之外,德国古典学家耶格尔(Werner Jaeger)开创了可称为"伦理政治思想史"的另外一种研究进路。他在1926年发表了名文《梭伦的"欧诺米娅"》("Solons Eunomie"),把梭伦诗篇蕴含的思想置放到前苏格拉底哲学尤其是"七哲"的思想史情境里讨论,并着重探讨梭伦在古希腊伦理和政治思想从古风时期向古典时期演变过程中所处的位置。② 耶格尔认为,梭伦一方面承袭了以赫西奥德为代表的传统神话思想,另一方面则受到新兴的伊奥尼亚理性思想(譬如阿纳克西曼德)的影响,这种影响特别反映在梭伦的"正义"观当中:正如理性思想在自然界里发现了遵循因果律的自然法则,梭伦在人类社会里发现了"正义"的法则,其运作遵守同样的因果律,而梭伦诗歌正是借助自然界的意象来表达这一重要观念。因此,决定我们对梭伦诗篇做出解释的主导因素不再是"梭伦改革"的历史现实,而是其诗作本身内在的思想连贯性,这种连贯性可以通过细致地分析他所使用的诗歌语汇和意象,以及出现于不同诗篇的对应观念来揭示。③ 耶格尔的论文在梭伦诗歌的研究史上可谓开创了新的纪元,其影响迄今

---

① 参阅 Mossé 1979。

② Jaeger 1926.

③ 属于这一思路的近期研究著作有 Anhalt 1993 以及 Lewis 2006。对上述两种研究进路的详细讨论,参阅 Almeida 2003 的第一和第二章。

未衰;不过,他的观点建立在当时盛行的早期希腊思想史的进化解释模式之上,这种进化模式如今已遭到多方质疑,① 耶格尔将梭伦的诗篇视作体现了某些重要的政治概念在含义上逐步进化的客观材料,对诗篇本身所从属的文化情境,尤其是表演场景未予关注,而这一维度恰恰决定着梭伦诗歌所要传达的意义,并进而规定了"诗人"与"立法者"之间的关系。

晚近出现的一种研究进路正是从古风诗歌及其特定的表演场合提出新见解,可名之为"口传诗歌与表演文化"视角,在这一视角下,出现了解释"诗人"梭伦与"立法者"(或政治社会改革家)梭伦之间关系的第三种模式。这一模式致力于平衡梭伦这两重身份的关系,学者们首先强调,诗人梭伦从属于古风诗歌传统,与其表演的具体场合存在着不可分割的联系,梭伦诗篇不能简单地当作表达梭伦政治与伦理观点的载体,或者当作对政治活动进行评论和辩护的工具,其功能必须在古风希腊的表演文化情境里加以具体分析。对于梭伦诗篇的解读一方面要考察梭伦如何袭用了之前与同时期的诗歌传统,例如荷马史诗与赫西奥德史诗以及其他挽歌体诗,另一方面又要关注他如何对之加以改变和利用,以何种方式置身于所属的诗歌传统当中。于是,讨论的焦点问题转化为**梭伦诗篇的诗性特质(poetics)与其政治功能(politics)之间的关系**,具体地说就是诗歌表演本身如何便是一种有效的政治活动,并以其独有的方式作用于个人与群体的生活世界。由于"泛政治化"解读的影响,晚近的研究者仿佛合奏出同一种声音:梭伦以诗歌表演来从事政治活动,"诗人"梭伦实质上是一位政治活动的施行者(political

---

① 参看由各种质疑的声音结集而成的论文集 Buxton 1999。

agent），梭伦的诗篇甚至被看作其最出色的政治活动。① 这个合奏出来的声音正在呈现出单一化的倾向，把梭伦的诗歌创作简单地等同于政治活动，不假思索地在梭伦诗歌的诗性特质（poetics）背后找寻政治功能（politics）。我们不禁要反问：**梭伦的诗作究竟是政治活动的替代物，还是超逾了政治活动所能企达的层面，并从更高的层面来引导和驾驭政治功能？"诗人"梭伦究竟是变相的政治家，还是在诗歌的创作和表演当中实现了唯有诗才能实现的功能？** 从本论研讨的课题着眼，这些问题又具体落实在梭伦诗篇所施行的重要功能——"诗教"的功能——以及其中所内含的诗性特质（poetics）与政治功能（politics）的关联上，以下便从这个角度进行考论。

第二节　立法者－诗人

§4. 在梭伦诗篇里，教育者同时以"诗人"和"立法者"的形象出现，首要的问题是，这些诗篇如何塑造并勾连起"诗人"与"立法者"的双重形象？设若从"诗人"入手来细加考查，梭伦诗篇里的"诗人"与执掌诗艺的缪斯女神之间关系如何？与其他早期诗人尤其是荷马与赫西奥德相比，这种关系是否以及如何经历了转变？转变又如何具体表现在那些与缪斯女神密切相关的能力（诸如回忆、真理和智慧）的新生含义当中？回答这些问题的关键在于，把目光投向具有"序诗"（proem）性质的篇章，因为诗人正是在

---

① Anhalt 1993 较早提出此说，近年来的代表性著作有 Blok & Lardinois, eds.2006 第一部分里的多篇论文以及 Irwin 2005。Irwin 的专著探究"古风时代诗性（poetics）与政治（politics）的相互交涉"，并从诗人针对受众采取的"劝勉（paraenesis）态度"（第 2 页）来考察梭伦诗篇，该著虽多有创获，但仍囿于梭伦的"政治诗"，而未能与"非政治诗"统合起来，通盘审视梭伦的"诗教"。

第五章 立法者的诗教——梭伦诗篇与"良序"的重建 191

那里最经心地构筑起自己与缪斯女神的关系,恰如前文对《神谱》序诗(第三章)以及对《劳作与时日》序诗(第四章第二节)的考论所示。存世的梭伦诗作里,篇幅最长的一首别名为《致缪斯女神》,其开端处正包含了这样一个"序诗"性质的段落,内容是诗人向缪斯女神们的祈告:

> 回忆女神(Mnēmosunē)与奥林坡斯宙斯的灿烂夺目的女儿们,
>   皮埃罗斯山的缪斯女神们,请听我祈告:
> 请赐我来自至福天神的富足(olbos),以及来自
>   所有凡人的永世流芳的令名(doxa agathē);
> 由此而让朋友感到甜蜜,让敌人感到苦楚,
>   受到前者的尊敬,受到后者的畏惧。

> Μνημοσύνης καὶ Ζηνὸς Ὀλυμπίου ἀγλαὰ τέκνα,
>   Μοῦσαι Πιερίδες, κλῦτέ μοι εὐχομένῳ·
> <u>ὄλβον μοι πρὸς θεῶν μακάρων δότε καὶ πρὸς ἀπάντων</u>
>   <u>ἀνθρώπων αἰεὶ δόξαν ἔχειν ἀγαθήν·</u>
> εἶναι δὲ γλυκὺν ὧδε φίλοις, ἐχθροῖσι δὲ πικρόν,
>   τοῖσι μὲν αἰδοῖον, τοῖσι δὲ δεινὸν ἰδεῖν.

(残篇十三,第1-6行)

乍看之下,梭伦遵循的是荷马与赫西奥德所代表的史诗传统,通过向缪斯女神的祈愿来开始一首长诗:首先他点明缪斯女神们的谱系,说她们是回忆女神与宙斯的女儿,然后特意提及她们的诞生地皮埃罗斯山(Pieros),这些细节我们从《神谱》的长篇序诗里已耳熟能详。再者,梭伦使用的措辞也杂糅了荷马史诗与赫西奥德史

诗里常见的表达方式，例如第一行的前半"回忆女神与奥林坡斯宙斯的"（Mnēmosunēs kai Zēnos Olumpiou）是惯用于缪斯女神的称呼，而其后半"灿烂夺目的女儿们"（aglaa tekna）则是早期史诗的程式化短语。第二行的前半"皮埃罗斯山的缪斯女神们"（Mousai Pierides）的称呼虽不见于荷马史诗，却显然源自《神谱》（第53行以下）。[1] 尽管具备这些传统的史诗特征，随着祈愿的推进，梭伦所言却出人意表之外。诗人没有像其他早期诗人那样，向缪斯女神祈求灵感并提供诗歌的主题，而是向她们恳请，赐予自己"富足"（olbos）与"令名"（doxa agathē）。这不禁让许多评家心生疑惑：梭伦向缪斯女神祈求的赐福，通常来自宙斯和其他神明而非这些文艺女神，那么在什么意义上，缪斯女神能够赐予诗人"富足"与"令名"呢？[2] 或许，梭伦把缪斯女神当作自己与其他神明特别是宙斯的中人，因为她们是宙斯的女儿而祈请她们代为自己求情，但这种理解的困难在于，诗人恰恰向缪斯女神直接请求"富足"与"令名"，并无片言只语提及她们的中人身份，在缺乏相反证据的情况下，我们只能假设，缪斯女神们所能赐予诗人的一切，都来自她们作为诗歌的保护女神的特定身份。因此，需要细加检视的是，诗人梭伦如何来形塑这些执掌诗艺的女神的身份。

诗人仍旧称呼缪斯女神为回忆女神（Mnēmosunē）的女儿，但在开篇祈告里，梭伦祈求这些女神赐赠之物并非"诗的回忆"或者"诗的灵感"，反倒与传统意义上的"回忆"关系甚微。那么对于梭伦而言，"回忆"究竟何谓，与缪斯女神如何相关？如第三章§4所论，在史诗当中，回忆是一种神力，只有凭借"回忆女神"赐予的预卜般的全知全识，史诗诗人才能通达遥远的过去，才得以歌唱

---

[1] 详见 Noussia-Fantuzzi 2010 及 Mülke 2002 的相关注释。

[2] 再进一步，残篇十三的"序诗"与正文部分的关联何在，是学界讨论该诗谋篇布局的一个关键问题，详见 Noussia-Fantuzzi 2010, pp.127-130。

"英雄的美名"（klea andrōn）和"众神的伟业"（erga theōn）。与此迥异的是，梭伦的缪斯女神并不助力诗人回忆过去，"英雄的美名"和"众神的伟业"也并非梭伦诗歌的主题，作为挽歌体（及讽刺体）诗人，梭伦的诗歌更多地直面当下，而非如英雄史诗诗人和神谱史诗诗人一般颂赞往昔。有论者因此提出，在梭伦所属的挽歌体诗当中，可以觉察到一种针对"回忆"的"去圣化"（desacralization of Memory）过程，① 最重要的证据是另一位早期挽歌体诗人——同时也是前苏格拉底哲学家——塞诺芬尼（Xenophanes）的一段诗歌残篇，其中不仅规范了会饮上的举止，而且还限定了会饮上所表演的诗歌的内容：

赞美那个在畅饮之后昭示高贵思想的人，
　　他使我们对德性（aretē）产生回忆（mnēmosunē）并为之奋斗；
不要再絮叨提坦之战、巨人之战
　　或马人之战——这些前辈们的虚构和捏造——
抑或充满暴力的内讧（stasias）；这些事情毫无用处（khrēston）。

ἀνδρῶν δ' αἰνεῖν τοῦτον ὃς ἐσθλὰ πιὼν ἀναφαίνει,
　　ὡς ᾖ <u>μνημοσύνη καὶ τόνος ἀμφ' ἀρετῆς</u>·
οὔ τι μάχας διέπειν Τιτήνων οὐδὲ Γιγάντων
　　οὐδέ <τι> Κενταύρων, πλάσμα<τα> τῶν προτέρων,
ἢ στάσιας σφεδανάς· τοῖς οὐδὲν χρηστὸν ἔνεστιν.

（塞诺芬尼残篇一，第 19-23 行）

---

① 参见 Edmunds 1985, pp.96-97；另见 Rösler 1990（讨论会饮诗歌里的"回忆"与历史著述的关系）。

这里的回忆（mnēmosunē）并非一种让诗人洞见"提坦之战、巨人之战或马人之战"的神力，她唤醒的主题是适宜会饮场合的"德性"（aretē），评判这两种主题孰高孰低的标准，乃是"有用"（khrēston）与否，前者作为"虚构和捏造"完全无用，而后者不仅在小范围的会饮上，而且还在大范围的城邦生活里发挥作用，因为它能够巩固社会团结，驱逐纷争（注意第 23 行提到"内讧"，stasias）。考虑到两者相同的表演场景，梭伦的"回忆女神"与塞诺芬尼的"回忆"一样，实质上也被"去圣化"，她已侧身于会饮，并要遵守那里的道德规范与审美准则，其中最为根本的是，她要面向城邦以及有用于城邦的"德性"（aretē）。①

在"回忆"经历"去圣化"的同时，"真理"（alētheia）的观念也随之发生深刻的转变。对史诗诗人尤其是赫西奥德而言，诗人与先知和王者一起是"真理的主宰"（Masters of Truth），"真理"与他们所掌握的神圣话语不可或分，乃是源自"回忆女神"而与"遗忘"适成反照；正是"回忆女神"确保了诗歌吟唱的"真理"，甚至可以说，"唤起回忆"与"吟唱真理"指的根本上是同一回事。那么，对于像梭伦那样的挽歌体诗人而言，既然"回忆"不再以遥远的"往昔"而是以当下的诗歌表演为旨归，"真理"的话语属性也必定直接面对诗歌表演的受众，梭伦在存世仅两行的残篇十里说：

时间很快就会向市民们（astoi）昭示，我究竟有无发疯，
　　时间定会昭示，当"真理"（alētheia）来到公共空间
　　　　　　　　　　　　　　　　　　（es meson）。

δείξει δὴ μανίην μὲν ἐμὴν βαιὸς χρόνος ἀστοῖς,

---

① 另外可比较《特奥格尼斯诗集》（15-18）的开篇祈告，详第六章 §3。

δείξει ἀληθείης ἐς μέσον ἐρχομένης.

（残篇十）

有关这两行诗的"表演场景"，称引者第欧根尼·拉尔修报道说："他【梭伦】手执长矛和盾牌，冲进了公民大会，向人们警告皮西斯特拉图的图谋，（中略）而当时的议事会，由皮西斯特拉图的党羽组成，遂宣称他已发疯，于是他说出了如下的诗句……"（《名哲言行录》，1.49）无论我们是否相信这一戏剧场景的历史真实性，从"当真理来到公共空间（es meson）"这一表述可以推论，"真理"出现的场所是像"市政广场"以及"会饮"那样的"公共空间"，即由 meson 所标示的中间地带，不为任何人或势力所独占的空间。正是在那里，"真理"会被"时间"昭示，也即是说，"时间"将某种晦暗不明之物带入"公共空间"的敞开之域并使之昭然若揭。从两行残诗的口吻来看，梭伦对于"真理"在这个空间里的必然显现，就如同"先知"一般确信无疑。①

在第三章分析的《神谱》序诗诗论里，我们看到缪斯女神凭借"回忆"赐予诗人通达"真理"的力量，诗人因此而据有"智慧"。倘若"回忆"和"真理"在梭伦那里已经发生如上所述的变化，那么挽歌体诗人对"智慧"又作何解？据传，公元前5世纪早期有一位名叫"皮格瑞斯"（Pigres）的诗人，在《伊利亚特》的每一行六音步诗行后面添加了一行自己创作的五音步诗行，以此把整部荷马史诗从史诗体改成挽歌体。他的改作是否毕尽其功，我们不得而知，幸存于世的唯有第一行五音步诗，其诗云：

---

① 这两行诗里，诗人如同先知一般宣告"真理"，详见 Mülke 2002, p.215 的分析。另外，残篇三十六第3行里，诗人提及"时间的裁判席"（ἐν δίκῃ χρόνου），可见"时间"不仅昭示"真理"，而且还带来"正义"。

缪斯女神，因为你掌握了一切智慧的界限。
Μοῦσα· σὺ γὰρ πάσης πεῖρατ' ἔχεις σοφίης.①

由于"皮格瑞斯"的改作是破天荒的"诗体"上的移植，在古希腊可谓绝无仅有，有学者便把此行诗句誉为"挽歌体诗的总纲领"。② 虽然这种提法有过誉之嫌，但不可否认的是，与史诗诗人相比，挽歌体诗人对"诗的智慧"有着更加明确的表述，在这行诗里也得到充分体现。这里所谓的缪斯女神"掌握了一切智慧的界限"，不啻为挽歌体诗的一种稍带夸张的宣言，比"皮格瑞斯"更早的挽歌体诗人早已开其先河，例如特奥格尼斯（详下章第二节）和塞诺芬尼（韦斯特编订残篇二）都对自己的"智慧"有明确而直接的主张。同样，在梭伦的挽歌体诗里，残篇十三对诗人的描述也强调他所掌握的"智慧"：

有人受到奥林坡斯缪斯的教诲，得到她们的赐赠，
通晓了迷人的智慧（sophiē）的尺度（metron）。

ἄλλος Ὀλυμπιάδων Μουσέων πάρα δῶρα διδαχθείς,
ἱμερτῆς <u>σοφίης μέτρον</u> ἐπιστάμενος·

（残篇十三，第51-52行）

这两行诗出现于残篇十三里一个相对独立的段落，即由第43-62行构成的"人类职业的清单"（catalogue of professions）。根据上下文的情境，这里的诗人并不特指挽歌体诗人，甚至更有可

---

① Pigres, fr. 1 West = Suda iv. 127. 24 Adler.
② Edmunds 1985, p.100: "programmatic for elegy."

能指的是职业的游吟诗人或者以创作合唱诗为生的诗人,但梭伦此处对"诗的智慧"的表述乃以挽歌体诗道出,并且与挽歌体诗的自我理解颇相吻合。第 52 行里的 sophiē 一词(梭伦使用的是 sophia 的伊奥尼亚方言形式),是该词在现存文献当中最早与诗人有关的例证。在荷马那里,sophia 一词只出现了一次,即《伊利亚特》第十五卷第 412 行里,指的是木匠的手艺和技能,并没有被运用到诗人身上;但在稍后的赫西奥德那里,除了上文论及的《劳作与时日》(第 649 行)里指涉诗人自己的一处(详第四章 §2),该词还在麦勒-韦斯特(Maehler-West)编订的残篇 206 号里被用来形容传说中的诗人利诺斯(Linos)的技艺;而在创作年代较早的一首荷马颂诗《致赫尔墨斯》(第 483 和 511 行)里,sophia 也与 technē 并用,来刻画音乐(包括诗歌)技艺的不同方面,其中 sophia 更多指向认知层面,technē 则偏重技能层面。倘若我们跨越数个世纪,来到公元前 4 世纪的哲学家那里,可以看到 sophia 是他们最看重的关键词,其含义也被极大地丰富和深化了;简言之,sophia 摒除了早期的"技能、技艺"的成分,成为圆满融通的最高"智慧"。于是,有学者从 sophia 的这段历史当中归纳出一个向终极目的演进的模式,认为本质上而言,sophia 的思想史是从早期的手工技能向着更高的精神层面演变,最终实现于"哲学理论"的纯粹精神活动当中。[①] 按照这一模式,梭伦此处对 sophia 的用法正处于其含义发展的中间阶段,既指向作诗的技能又兼及诗的艺术特性。然而仔细审视之下,这种带有目的论性质的进化

---

① 参见 Gladigow1965 针对 sophia 提出的进化模式,以及 Bollack 1968 的批评,Kerferd 1976 对这一解释模式也提出有力的反驳,并将之归因于亚里士多德构建的"哲学史"所造成的影响。笔者认为,相较于史诗诗人,挽歌体诗人例如梭伦、特奥格尼斯和塞诺芬尼之所以对自己的"智慧"更加直言不讳,原因在于他们所处的时代已有新兴的思维方式以"智慧"(例如早期伊奥尼亚的哲学思想)为其标志,挽歌体诗人与之处于竞比的关系,这种情形恰如本论第二章所展示的"哲学家""智术师"与诗人之间对"智慧"的争夺。

模式其实难以成立，因为即便在古风时期，sophia 除了专指特殊职业的"技能"而外，还有着"智慧、知识、理解力"等等更宽泛的含义。① 仅以梭伦诗残篇为例，还有另一行出现 sophia 一词的诗句值得玩味，在别名"人生诸阶程"的一首诗里，诗人把人的一生划分成十个七年，对第七、第八和第九个七年的刻画侧重每个人在思想和言谈方面的能力：

在第七和第八个七年，统共十四年里，
　　他的心智（nous）和言辞（glossa）都最为卓越。
到了第九个七年，他尚有能力，但在卓越的程度上，
　　言辞（glossa）和智慧（sophiē）都略显逊色。

ἑπτὰ δὲ <u>νοῦν καὶ γλῶσσαν</u> ἐν ἑβδομάσιν <u>μέγ' ἄριστος</u>
　ὀκτώ τ'· ἀμφοτέρων τέσσαρα καὶ δέκ' ἔτη.
τῇ δ' ἐνάτῃ ἔτι μὲν δύναται, μαλακώτερα δ'αὐτοῦ
　πρὸς <u>μεγάλην ἀρετὴν γλῶσσά τε καὶ σοφίη</u>.

（残篇二十七，第 13-16 行）

原文第 13 行与第 16 行运用相似的词汇但以相反的词序排列（即第 13 行的 νοῦν και γλῶσσαν 与第 16 行的 γλῶσσά τε καὶ σοφίη，另比较第 13 行的 μεγ' ἄριστος 与第 16 行的 μεγάλην ἀρετὴν），形成一个小小的环状结构。这样的修辞手法促使我们将 nous 与 sophia 并置起来理解：nous 是人的心智，它经过缓慢发展后成熟，在第七和第八个七年才臻至顶峰，而 sophia 则与"心智"（nous）密切

---

① 参见 J. Bollack 1968 以及 Kerferd 1976。

相关，可以看作是 nous 企达完美状态的表征和特质。表面上看，这里的 sophia 一词与诗歌的技巧和能力并没有关系，反而适用于每个人的"心智"（nous），它在每人自己的人生阶段上都有可能获致。

那么，诗人的"智慧"与其他人的"智慧"有何差别？让我们回到《致缪斯女神》的第 51-52 行再加细案。这两行诗里提及的诗人的"智慧"还特别受到 metron 一词的界定，也就是说，缪斯女神的赐赠能够让诗人不同于其他人而通晓"智慧的尺度"（sophiēs metron）。何为"尺度"？"尺度"关乎 peirata（或同义的 termata），亦即事物之界限与规定。梭伦在残篇十六里也提及"尺度"，并且更明确地道出了"尺度"的功用：

> 识见（gnōmosunē）的尺度（metron）无形无影，最难辨识，但唯有它执掌万物的界限（peirata）。

γνωμοσύνης δ' ἀφανὲς χαλεπώτατόν ἐστι νοῆσαι μέτρον, ὃ δὴ πάντων πείρατα μοῦνον ἔχει.

（残篇十六）

这里的"识见的尺度"（gnōmosunēs metron）对应于残篇十三里的"智慧的尺度"（sophiēs metron），前者"执掌着万物的界限（peirata）"，正如同"皮格瑞斯"诗句所云，缪斯女神"掌握了一切智慧的界限（peirata）"。"界限"（peirata）这一概念肇自史诗，常见于 πείρατα τέχνης 或 νίκης πείρατα 这样的短语，其含义为"给出界定之物"，也就是对某物的本质做出的规定。[1] 在梭伦残篇

---

[1] 参见 Bergren 1975，尤见第 132-143 页所论公元前 6 世纪挽歌体诗歌对这一概念的使用。

十三的具体语境里，诗人向缪斯祈愿之后，整篇诗作的一个最重要的主题是财富，梭伦提出："财富的界限（terma）没有向人昭示"（第71行：πλούτου δ'οὐδὲν τέρμα πεφασμένον ἀνδράσι κεῖται）。相较于其他人类活动而言，追求"财富"的界限最难认清，而唯有诗人，因为通晓"智慧的尺度"而"执掌着万物的界限"，才能胜任向世人教导财富的界限之职。

《致缪斯女神》一诗的主题，正如德国学者弗兰克尔（Hermann Fränkel）所言，是"人类生存的根本问题"。① 梭伦在对缪斯的祈告中并没有像史诗诗人那样，为了歌颂往昔英雄的伟业而向女神祈求灵感。作为会饮场合上表演的挽歌体诗人，他关注的是诗歌的当下功用：缪斯女神如何能够为他带来富足和令名？答案正是缪斯女神的赐赠——诗——让诗人掌握"智慧的尺度"，一种关乎"万物的界限"的"智慧"，缘于此，诗人的"心智"（nous）得以通达最高的"智慧"，诗人也得以持"智慧的尺度"来衡量凡人的幸福，揭橥"富足"与"令名"的真谛。正是在这个意义上，诗人才会向缪斯女神祈求"富足"和"令名"，而两者的实现最终还是仰赖她们作为诗歌保护神的身份。

§5. 掌握了"智慧的尺度"的诗人拥有完满的"心智"，在梭伦诗篇里，他以一位典范的"立法者"形象得到印证。这位"立法者"为城邦奠立秩序，而秩序的终极源头恰恰是诗人的"心智"。"立法者"的形象主要出现于梭伦的讽刺体诗歌，即韦斯特编订残篇三十二至三十七，其中尤以残篇三十六为最集中的体现。通行的观点认为，相比于挽歌体诗，这些讽刺体诗更明确地为梭伦的政治主张辩护，也提及与其政治活动相关的更多细节，比如残篇三十六

---

① Fränkel 1973, p.232: "the basic questions of human existence."

就言及解放土地,让贩卖至海外的人口归返,为贫民解负以及订立法律,而其他几首残篇则澄清自己虽有机会成为僭主但又拒绝的缘由(残篇三十二至三十四以及三十七)。这是否意味着,"立法者"梭伦更多地使用讽刺体诗歌为自己的"变法"辩护?

让我们从最重要的讽刺体诗即残篇三十六入手,来审视"立法者"的形象。诗中一位年长的"立法者"回顾自己的改革措施(特别是 seisachtheia,即"解负令"),坦陈这些措施并未得到应有的赞许,这位"立法者"以一个设问句起首(第 1-2 行),随后历数自己为雅典人完成的各项事功(第 3-15a 行),紧接着又给出这些事功背后的理据(第 15b-20a 行),① 其中包含对"立法者"的自我刻画如下:

> 我写下律法(thesmoi),同样为低贱者与高贵者,
> 为每个人调谐(harmosas)公平的正义。

> <u>θεσμοὺς</u> δ' ὁμοίως τῷ κακῷ τε κἀγαθῷ
> εὐθεῖαν εἰς ἕκαστον <u>ἁρμόσας</u> δίκην
> <u>ἔγραψα</u>.

(残篇三十六,第 18-20a 行)

这三行诗一首一尾的两个单词(位于各自诗行的起首以示强调,中译文难以复制),thesmous("律法",主格单数:thesmos)和 egrapsa("我写下")勾画出"立法者"的形象,即古风时期

---

① 对此诗的结构分析,参见 Blaise 1995, p.27; Mülke 2002, pp.362-363; Noussia-Fantuzzi 2010, pp.455-457,各家的解说略有不同,但第 15b-20a 行为此诗核心,则众议金同。对这几行诗的阐释,详下§7。

的 thesmothētēs，我们有必要从这里用来指称"法"的名词——thesmos——在当时所具有的语义内涵，来领会这位"立法者"与城邦之间的关系。正如在他之前的德拉古（Drakon），梭伦称呼自己的律法为 thesmoi，普鲁塔克（《梭伦传》，19.4）引述梭伦的第十三块"法表"（axōn）记载的第八条法律，该法律条文也自称为 thesmos。同样，在梭伦的诗作里，用 thesmos 一词而非后世通用的 nomos 一词来指称他的法律。[①] 据语文学者考证，只是到了公元前 6 世纪晚期，nomos 一词才取代 thesmos，成为指称"法律"的专门术语。那么，thesmos 和 nomos 的差异何在，后者逐步取代前者又意味着何种思想上的变化？美国古典学者奥斯特瓦尔德（Martin Ostwald）的《诺莫斯（Nomos）与雅典民主的滥觞》（初版于 1969 年）一书对此问题进行了堪称经典的研究，书中从语义上对 thesmos 一词作如是解："θεσμός 最基本的含义是，由外在的动力被当作义务施加到人们头上的东西，这种外在动力被认为与普通之物分离，并属于更高的层面"；当 thesmos 作"律法"解而与 nomos 相对时，奥氏得出的结论是，"θεσμός 将之【译按：指法律】视作由立法者施加于他为之制定法律的民众之上，而 νόμος 则把律法看作是民众集体认为具有约束力、必须遵守的规范的表达"。[②] 这一结论澄清了 thesmos 和 nomos 之间的本质差异。此外需要补充的是，从词源上来看，thesmos 来自动词 tithenai，具有"创建、

[①] 残篇三十六第 15-16 行稍有争议，称引该诗的文本为托名于亚里士多德的《雅典政制》（12.4），其纸莎草伦敦抄本读作 νόμου，柏林抄本读作 ὁμοῦ，学界多采用后者，其理据参阅 Rhodes 1981, p.176 的注释。

[②] 以上两段引文均见 Ostwald 1969, 第 55 页, 原文分别为："The basic idea of θεσμός is… that of something imposed by an external agency, conceived as standing apart and on a higher plane than the ordinary, upon those for whom it constitutes an obligation" 以及 "θεσμός envisages it as being imposed upon a people by a lawgiver legislating for it, while νόμος looks upon a statute as the expression of what the people as a whole regard as a valid and binding norm"。

奠立"的含义，而 nomos 来自动词 nemein，更强调"分配、分发"的意思。① 从这个角度结合奥氏的结论再看梭伦的诗句，便可以领会到，这位"立法者"（thesmothētēs）"写下律法（thesmos）"，乃是为城邦奠基的行动，他将这些"律法"施加于民众，并由一种外在的属于更高层面的权威性，来确保其不受变更，有如城邦的地基一般纹丝不动。

残篇三十六从头至尾以第一人称的口吻言说，在现存的二十七行诗句里，总共出现三次第一人称代词，而第一人称的动词更是多达十次，从诗中对"我"的所作所为的强调当中，不难听出"我"与城邦之间存在巨大张力的弦外之音，而这正反映了"立法者"与城邦民众之间的关系。这位"立法者"与城邦里的各个团体保持距离，自己则处于孤立无援的境地，在梭伦现存诗篇里，这一"孤立的立法者"形象尤其通过三个富含意蕴的比喻而被赋予鲜明的特征。有论者指出，存世梭伦诗篇里鲜有神话典故（muthos），而以拟人、意象和比喻为其主要诗性手法。梭伦对比喻（包含明喻和暗喻）的使用可分作两类：一类从自然现象当中取材，例如残篇九和十二分别以天象和大海为喻，后一类则以人类活动尤其军事活动为喻。前者描绘人所共知的自然现象，并从中得出类比性的推论，其主要功能是将梭伦思想里的抽象观念转为具象的画面，后者的功能则更偏重诗人的自我呈现，往往采用与常理相悖的设喻技巧，以此来制造出人意表之外的效果，这类比喻不提供论证也不明言可以得出的推论，而要听者自己思考，逐步入其堂奥，② 这里要讨论的三个比喻便属于后者。首先，残篇五有云，为了让"庶民"（demos）避免与有权有势者相互攻击：

---

① 参阅 Chantraine 1999, p.432 以及 Benveniste 1969, II, p.103。

② 有关梭伦诗篇里比喻的功能及其修辞特征，参阅 Noussia 2006, pp.139-43; Noussia-Fantuzzi 2010, pp.67-77。

> 我屹立于此，为双方挥舞坚实的大盾，
> 　不许任何一方行不义而占上风。

ἔστην δ' ἀμφιβαλὼν κρατερὸν σάκος ἀμφοτέροισι,
　νικᾶν δ' οὐκ εἴασ' οὐδετέρους ἀδίκως.

（残篇五，第5-6行）

称引这首残章的《雅典政制》的作者，如是解释"坚实的大盾"这个比喻："梭伦反对双方，尽管他如果随意袒护其中一方，便能成为僭主，他却宁愿遭受双方的仇视，而采取最优良的立法，拯救自己的国家。"（11.2）如所周知，盾牌是交战的两军用来保护自己的防御性武器，尤其在重装步兵方阵里起到关键作用，不过奇特的是，梭伦持盾保护的是交战的双方，而非其中的任何一方。可以想象，梭伦与双方保持同样的距离，有如神明一般站在交战双方的上空，用一面巨型的盾牌同时保护着两军，在这超然于交战双方之上的中立空间里，梭伦挥舞着防御性的盾牌，实质上为双方取消了可能爆发的"战争"（即"内讧"）。

其次，在上引残篇三十六的末尾，也出现了一个耐人寻味的明喻：

> 正因为此，我从各方面鼓足勇气（alkē），
> 　我好比是一匹独狼，在狗群里奔突。

τῶν οὕνεκ' ἀλκὴν πάντοθεν ποιεόμενος
　ὡς ἐν κυσὶν πολλῆισιν ἐστράφην λύκος.

（残篇三十六，第26-27行）

梭伦出其不意地把自己比作"一匹独狼",孤身在成群的敌人当中奋战。熟谙荷马史诗的读者知道,这个比喻显然指向英雄史诗的战争世界,并以之为互文参照;① 不过,荷马史诗用来比拟战士的动物里,单兵作战的贵族英雄通常被比作狮子或是野猪,遭到成群的敌人围攻,例如《伊利亚特》卷十七第 725-734 行里,特洛伊士兵被比作一群狂奔的猎狗,包围受伤的野猪(即两位埃阿斯);再如,卷十二第 41-42 行里,赫克托尔被比作受到猎人和猎狗包围的野猪或狮子。对照之下,上引梭伦诗篇里出现的"狼"在古希腊世界有着全然不同的文化含义:在荷马那里,"狼"通常成群出现,具备无畏的精神与搏斗的勇气,它们象征协同作战的战士及其残忍与暴力,例如《伊利亚特》卷四第 471 行及以下、卷十一第 72 行、卷十六第 156-163 行及第 352-356 行;而"独狼"则孤身徘徊在文明社会的边缘,被视作非社会性的动物,同时也是具有狡智的动物,例如《伊利亚特》卷十(当然学界公认该卷较为晚出)所叙述的故事,奥德修斯以及"披狮皮"(第 177 行)的狄奥墨德斯夜探敌营,如何与"披狼皮"(第 334 行)的多隆狭路相逢。② 因此,梭伦把自己比作"独狼",不仅与荷马史诗里单打独斗的希腊英雄例如阿基琉斯相去甚远,而且与城邦保卫者的原型赫克托亦复不同。对于后者而言,保卫特洛伊免遭希腊联军的攻占和荼毒,是他的全部职责,为此他也受到整座城邦民众的爱戴与拥护,而作为"独狼"的梭伦虽然具备同样的

---

① 参阅 Anhalt 1993, pp.126-139 的详论,她称之为"以非荷马的方式运用的荷马式明喻",并且指出,梭伦既将自己比作《伊利亚特》里最具代表性的城邦守卫者赫克托,又非常巧妙地与之有所区别。

② 有关古希腊文化里"狼"的复杂形象,参阅 Detienne & Svenbro 1989 的专文讨论。值得一提的是,在古典时期,作为非社会性动物的"独狼"成为"僭主"(tyrannos)的象征,最具代表性的篇章是柏拉图《理想国》卷八(565d-566a),其中苏格拉底叙述了阿卡狄亚的宙斯神庙里发生的故事,来说明"僭主"如何由人变成了狼。不过,尚无有力的证据表明在梭伦生活的时期,"独狼"的这一象征含义已然成形,尽管 Irwin 2005, pp.245-261 试图论证这一点。

勇气（alkē），面对的却是由自己城邦里的民众组成的"狗群"，他所处的是"独狼"般孤立无援的境地，他游走在城邦的边缘甚至在城邦之外，因此也不像赫克托那样受到城邦的保护。更有甚者，他要护卫的雅典城邦，不再是赫克托所要护卫的如其所是的特洛伊城，梭伦的目的是要用他的"律法"（thesmoi）来重新奠立一座新的城邦。

最后，在残篇三十七出现的"界石"比喻，其丰富的意蕴同样出人意表：①

> 而我屹立在他们中间，好比是
> 无人地带的一块界石（horos）。

> ἐγὼ δὲ τούτων ὥσπερ ἐν μεταιχμίωι
> ὅρος κατέστην.

（残篇三十七，第8-9行）

在梭伦诗作里，"界石"的意象并不罕见，其实他的"变法"的一项重要内容正涉及"庶民"土地上的负债界石，诗篇三十六（第3-7行）就提到，他为贫民"解负"而移除了"界石"（horoi）。不过令人意外的是，梭伦在这里把自己比作一块矗立在"无人地带"的"界石"（horos），所谓"无人地带"（metaichmion），字面意思是"投掷长矛的中间地带"，指的是两军之间作战的空地，"无人地带"是交战双方都将跨越之地，而充满反讽意味的是，梭伦要像一块岿然不动的界石一般，将两军交战之地分隔开来；换言之，"立法者"自己化身为"界石"，站立在这个空间的中央，以此来护卫它免遭

---

① 这一比喻引起的相关讨论，参见Loraux 1984以及Martin 2006对之做出的回应。

交战双方的侵入。作为"界石"(horos)的梭伦和他自己为贫民移除的"界石"(horoi)之间的差别是,后者服务于城邦社会里的某个群体,而前者外在于所有的城邦集团,以不偏不倚的中立之势阻止各方的交战。

以上三个军事比喻都突出了"立法者"的孤立境地,他被排除在整个城邦之外,但这位"立法者"的形象并非梭伦所创,而是植根于一个传统,主要保留在有关早期立法者的传说里。在立法者传说的传统故事模式里,有一个常见的主题为"立法者出游异邦",也就是说,当社会和政治危机因新订立的法典而得到缓解,立法者就需要保证他的法典维持原样,不再被任何人更动。由于立法者被城邦民众推举为最高权威,只有他本人才有权更动法典,故而他往往选择在完成立法以后,长期离开城邦甚至永不归返,以此来避免被迫修改自己的法典。① 据普鲁塔克的《梭伦传》(25)记载,梭伦将自己订立的法律的有效期定为一百年,然后征得雅典人的许可,让他外出十年,游历异邦去了;梭伦认为,这样一来,雅典人在这十年期间,会习惯于他所订立的法律而不再愿意更改。无论这一传说的历史真实性如何,它无疑体现了这样的事实,即古风时期的立法者必须从为之制定法律的社会里脱身而出,与自己订立的法律分离。现存的梭伦诗作并未提及后世传统归在其名下的任何一条具体法律(残篇三十六虽然提及"解负",但这并非一条法律),而是塑造了一位典范人物(paradigmatic persona)——"立法者"的形象。我们不妨设想,梭伦创作了诗歌在自己"缺席"之时表演,这种"缺席"可以是历史事实上的,也可以是象征意义上的;不管怎样,这些诗歌以一位"立法者-诗人"的人格面貌来咏唱,典范性地承载了"哲人"梭伦的智慧。因此,梭伦诗篇里的"立法者-

---

① 参见 Szedegy-Maszak 1978 对"立法者传说"所运用的传统故事模式的经典分析。

诗人"的形象绝非现实中的立法者的附属,只为后者做出自传式的评论或自我辩护,而是可与之等量齐观的诗的创造,是"智慧的展演"。诗人与立法者的形象相互牵连但并不等同,毋宁说,"立法者"乃诗人的"心智"在城邦生活里的示范;归根结蒂,是掌握了"智慧的尺度"而拥有完满"心智"的诗人在向雅典人传授"立法者的诗教"。

第三节 失序的城邦

§6. 以上对梭伦诗篇里的"立法者-诗人"形象的分析,为我们提供了基础,来探究其"诗教"的诗性特质(poetics)与政治功能(politics)的具体关联,此番探究将围绕梭伦现存诗作里最集中也最直接地向雅典人提出教诲,因而也是最具纲领性的一首诗篇,即编号残篇四的挽歌体诗。该诗由于公元前4世纪的大演说家德莫斯提尼在著名演说辞《论使团》(19.254-6)里的称引而幸存,因以"我们的城邦"开篇而别名《致城邦》,德莫斯提尼引诗共三十九行,其中虽有几处脱漏,但基本上可以视为一首完整的作品。① 《致城邦》的结构并不复杂,略分为两个部分:第一部分(第1-29行)表明,众神尤其是宙斯与雅典娜对于"我们的城邦"心怀善意,因而并非众神而是雅典公民们自己对城邦目前所遭受的灾难负有责任,雅典业已陷入"狄斯诺米亚"(Dusnomia),社会和谐被摧毁,整个城邦面临内战;不过"正义女神"(Dikē)虽然此刻默不作声,终有一天会带来惩罚。诗篇的第二部分(第32-39行)转向赞美"狄斯诺米亚"(Dusnomia)的反面"欧诺米娅"(Eunomia),

---

① 脱漏分别出现于第10、11和25行之后,下面的中译文以省略号示之。

歌颂后者如何让整个共同体受益。① 这两个部分的接榫处，即由第一部分向第二部分过渡的第 30-32 行，奏响了全诗的"主导动机"，从第一部分的沉郁悲怆之音转向第二部分的高亢颂歌，也正是在此处诗人以第一人称的口吻向听众宣告：

> 胸中的意气（thumos）敦促我如此教导（didaksai）雅典人：
> "狄斯诺米亚"（Dusnomia）给城邦带来数不尽的灾祸，
> 而"欧诺米娅"（Eunomia）昭示万物之有序与适恰，

> ταῦτα <u>διδάξαι θυμὸς Ἀθηναίους με κελεύει</u>,
> ὡς κακὰ πλεῖστα πόλει Δυσνομίη παρέχει,
> Εὐνομίη δ' εὔκοσμα καὶ ἄρτια πάντ' ἀποφαίνει,

（残篇四，第 30-32 行）

这里的"教导"（didaksai，第 30 行）一词明确表达了诗人面对其听众采取的态度，并且这一态度还在原文里被"雅典人"与"我"这两个词的相邻并置（juxtaposition）而强化：梭伦凭借诗歌来"教导"的听众正是全体雅典人，而"教导"的主题则为全体雅典人组成的这座城邦；此外，"敦促"诗人施行"教导"的是"胸中的意气"（thumos），这种"意气"在荷马史诗的英雄们身上体现地最为淋漓尽致，而"胸中的意气敦促我"（thumos...me keleuei）这一表

---

① 有关此诗的谋篇布局与思想脉络，参见 Mülke 2002, pp.88-91; Noussia-Fantuzzi 2010, pp.217-218 以及 Faraone 2008, pp.83-86, 168-174 各家的解析。Faraone 的结构分析以"诗节"（stanza）为单位，认为第 1-10 行构成第一个诗节，是一首类型化的"城邦诗"（a generic city-poem）；梭伦此诗是否以"诗节"为单位，尚可存疑，但 Faraone 不乏洞见地指出，此诗的开篇与《特奥格尼斯诗集》卷首的两首"城邦诗"（第 39-48 行及第 53-62 行）有着不少语言和内容上的共通之处。有关《特奥格尼斯诗集》的两首"城邦诗"，详下章 §7。

述或与之相似的表述常见于史诗,具有鲜明的史诗色彩,主要用来引出史诗英雄在集会上发表的公开演讲。① 可以说,梭伦在《致城邦》这首挽歌体诗里借助一种最庄重的史诗的言说方式,向雅典民众传达了他的"诗教","立法者-诗人"在这里明确无疑地现身为教育者。②

《致城邦》一诗首先提出的问题关乎梭伦"诗教"的核心宗旨:dusnomia 的根源何在?雅典这座城邦危机四伏,正走向毁灭的深渊,责任是否在于众神?诗人给出了否定的回答:

我们的城邦绝不会由于宙斯的命定,
　　抑或其他不朽众神的意图(phrenas)而毁灭;
因为心胸宽广的(megathumos)守护者、强大父亲的女儿,
　　帕拉斯·雅典娜在上方伸出双手。
民众自己,由于他们的愚昧(aphradiēisin)和拜金
　　心甘情愿地摧毁这座伟大的城邦,
而"民众的领袖"心存不义(adikos noos),
　　定会由于暴戾(hubris)而遭受诸多痛苦;
因为他们不知如何(ouk epistantai)遏止贪婪(koros),
　　抑或如何在宴会(dais)上眼前的欢愉中平和守序。
....
　　他们发财致富,为不义的行为(adika ergmata)所蛊惑
....

---

① thumos 原意为"吐纳于胸腔之气",后来古希腊人视之为人的情感与意志活动的枢纽,是激发人采取行动的最活跃的能动力。有关"胸中的意气敦促我"(thumos...me keleuei)这一程式化短语在史诗里的用法,参见 Mülke 2002, p.146; Noussia-Fantuzzi 2010, p.257。

② Jaeger 1966 [1926], pp.83-88 把梭伦比作"先知般的警示者"(prophetic warner),并且强调,不同于《奥德赛》里常见的描述,梭伦并非犹如赫尔墨斯那样的"神的使者",而是源于自己"胸中的意气"(第 30 行)来警示雅典的民众。此说影响甚巨,但不足之处在于,梭伦在《致城邦》一诗当中并未甘于"警示",而是以"立法者-诗人"的身份施行其"诗教"。

第五章 立法者的诗教——梭伦诗篇与"良序"的重建

不放过任何属神的或是公共的财产，
各自从不同的场所偷盗掠夺，

ἡμετέρη δὲ πόλις κατὰ μὲν Διὸς οὔποτ' ὀλεῖται
　　αἶσαν καὶ μακάρων θεῶν φρένας ἀθανάτων·
τοίη γὰρ μεγάθυμος ἐπίσκοπος ὀβριμοπάτρη
　　Παλλὰς Ἀθηναίη χεῖρας ὕπερθεν ἔχει·
αὐτοὶ δὲ φθείρειν μεγάλην πόλιν ἀφραδίῃσιν
　　ἀστοὶ βούλονται χρήμασι πειθόμενοι,
δήμου θ' ἡγεμόνων ἄδικος νόος, οἷσιν ἑτοῖμον
　　ὕβριος ἐκ μεγάλης ἄλγεα πολλὰ παθεῖν·
οὐ γὰρ ἐπίστανται κατέχειν κόρον οὐδὲ παρούσας
　　εὐφροσύνας κοσμεῖν δαιτὸς ἐν ἡσυχίῃ
....
πλουτέουσιν δ' ἀδίκοις ἔργμασι πειθόμενοι
....
οὔθ' ἱερῶν κτεάνων οὔτε τι δημοσίων
φειδόμενοι κλέπτουσιν ἀφαρπαγῇ ἄλλοθεν ἄλλος,

（残篇四，第 1-13 行）

耶格尔以还，学者们普遍注意到此诗的开篇（特别是前四行）与荷马史诗的紧密联系。耶格尔最早将前六行诗与《奥德赛》开卷后第一个场景里宙斯的发言（1.32-43）相比照，发现两者对"凡人应为自己的不幸负责而不应归咎于众神"这一观念的表述极为相似。[1]

---

[1] Jaeger 1966 [1926], pp.83-88.

此后，学者们延续耶格尔的思路，分别从语言上、主题上乃至结构上找到了更多的对应之处（parallels），认为此诗开篇里（较之诗篇的其余部分）荷马史诗的语汇与程式化用语十分醒目，合理的解释是，梭伦有意在此唤起听众对荷马史诗的世界产生联想。由于梭伦诗歌与荷马史诗两者在早期的传承史上都借助口头表演，荷马史诗的成文时间尚无定论，我们不可武断梭伦在此引用了具体的荷马史诗段落，但是语言上和主题上的呼应表明，梭伦在用"暗指"（allusion）的手法向听众传达自己的意图。①

诗篇起首的短语"我们的城邦"（以及原文里夹在"我们的"与"城邦"之间的转折小品词 de）暗指并未明言的另一个城邦，这个城邦与雅典不同，恰恰由于宙斯与众神的意图（phrenas）而遭到毁灭，经受如此命运的城邦是《伊利亚特》的一个重要主题，最为典型的例子当然就是特洛伊城。从这里的描述来看，梭伦有意在"我们的城邦"与《伊利亚特》中的特洛伊城之间形成鲜明的反差。②诗中对雅典城邦被内部冲突所蹂躏的刻画，仿照的正是荷马史诗里城邦受到外敌洗劫的主题：雅典的民众领袖把自己的城邦当作被征服的异邦，像抢劫战利品那样掠夺城邦的财富，不管是属神的还是公共的财产都无法幸免（第12-13行），他们像对待被征服者那样奴役自己的同胞或者将其贩卖到海外（第23-25行），穷人们与富人们一样，试图洗劫城邦（第13行）。然而，诗人的刻画也突显了导致两座城邦相似命运的不同根源：特洛伊城的厄运为众神所命定，但雅典内乱的起因不是众神的惩

---

① 口传诗歌中的"暗指"（allusion）和"对应"（parallel）或广义上的"互文性"（intertextuality）如何运作，是目前学界研究的一个焦点，史诗里的素材（包括语汇、饰词、程式化短语、主题和场景，等等）被挽歌体诗人重新使用，两者之间存在的相同或者相异之处都可能是后者表达含义的手段。

② 参阅 Irwin 2005, pp.91-100; Anhalt 1993, pp.72-78。

罚，而是内在于雅典社会。在语法上和结构上与第 1-4 行形成对立（antithesis）关系的第 5-8 行点明了雅典的危机源自内部："民众自己"与"民众的领袖"皆难辞其咎。"民众的领袖"心存不义乃至乖张暴戾的原因在于"不知如何遏止贪婪（koros）"。①为了说明"贪婪"带来的无度可能引起整个社会秩序的崩溃，梭伦使用了一个传统的象征手法，即祭祀后的宴飨，希腊人称之为 dais（第 10 行）。西方古典学界近几十年来对古希腊的献祭宴会（dais）与会饮制度（symposium）进行的比较研究表明，在古风时期这两种制度化的共餐活动实质上体现了两种不同的公民生活模式，会饮主要由贵族团体参与，属于部分社会群体带有排外性质的成员内部活动，而献祭宴会则向全体公民开放，乃城邦公共活动。②古希腊语里用来指称献祭宴会的 dais 一词，源自动词 daiomai（意为"分割、分配"），指的是当献祭的胙肉由与祭之人瓜分以后，献祭者共同参与的食用胙肉的宴会。正如纳什（Gregory Nagy）所示，在古希腊的挽歌体诗里，社会秩序的概念往往与 dais 上胙肉的公平分配联系在一起，③实际上，在宴会上食用相等份额的胙肉意味着分享公民之间的平等，dais 恰恰为社会秩序和社会正义提供了一种范式。因此，"民众的领袖"的不义和暴戾扰乱了宴会上"眼前的欢愉"，成为他们威胁到整个城邦社会秩序的一个缩影。

"民众的领袖"在宴会上的胡作非为体现了他们不受遏止的贪婪以及由此而生的暴戾（hubris），而起因正在于他们"心存不义"

---

① Koros 一词的语义涵盖"满足""餍足""贪得无厌"，参阅 Helm 1993; Anhalt 1993, pp.82-93；后者主张，koros（以及相关动词 korennumi）在荷马与赫西奥德那里只具有"满足、餍足"的含义，正是梭伦以及挽歌体诗人赋予该词"贪婪、贪得无厌"的新义。

② 参阅 Schmitt-Pantel 1990。

③ Nagy 1990b, 第 11 章。

(adikos noos，第 7 行)。梭伦在另一首诗作，现存仅四行的残篇六里表达了同样的思想：

让民众追随他们的领袖的最佳方法，
　　是他们既不享有过多的自由也不太受压制；
因为贪婪（koros）滋生暴戾（hubris），若是巨大的财富
　　来到心智失序（mē noos artios）的人身旁。

δῆμος δ' ὧδ' ἂν ἄριστα σὺν ἡγεμόνεσσιν ἕποιτο,
　μήτε λίην ἀνεθεὶς μήτε βιαζόμενος·
τίκτει γὰρ κόρος ὕβριν, ὅταν πολὺς ὄλβος ἔπηται
　ἀνθρώποις ὁπόσοις μὴ νόος ἄρτιος ᾖ.

（残篇六）

财富是贪婪不受限制的对象，在对财富永不餍足的追求上，民众与他们的领袖并无二致，一方面"民众的领袖"由于心存不义（adikos noos），而不再懂得自我克制与守序，另一方面民众由于心智失序（mē noos artios）而追求财富，由此变得愚昧。**对梭伦而言，由于认识财富的限度取决于人的"心智"，"心智"（noos）遂成为"诗教"的核心所在。** 例如，在《致城邦》的前十行，有多处强调了"心智"的作用，如第二行的"意图"（phrenas）、第五行的"愚昧"（aphradiēisin）、第七行的"心存不义"（adikos noos）和第九行的"不知如何"（ouk epistantai）。

在梭伦的思想世界里，"心智"与"限度"交织在一起，成为一个重要主题。前文（§4）已及的另一首长篇挽歌体诗《致缪斯女神》对此问题做了详尽的探讨，该诗集中阐发了梭伦的人生哲学

第五章　立法者的诗教——梭伦诗篇与"良序"的重建　215

思想，须与《致城邦》一诗对观。① 如前所述，《致缪斯女神》这首诗的主题是"富足"（olbos）和"令名"（doxa agathē），梭伦祈求缪斯女神将两者赐予自己（1-6 行），在向缪斯女神祈祷之后，诗人这样解释他所谓的"富足"：

我渴望拥有资产，但不愿行不义而取之，
　　因为"正义"无疑会尾随而至。
众神赐予的财富（ploutos）才会持久，
　　它从最底端到顶部都稳固牢靠，
而凡人出于暴戾（hubris）推崇的财富，来得紊乱无序
　　　　　　　　　　　　　　（ou kata kosmon），
　　它只是被不义的行为（adika ergmata）蛊惑
才勉强跟随，但转眼之间便与祸害（atē）相伴。

χρήματα δ᾽ἱμείρω μὲν ἔχειν, ἀδίκως δὲ πεπᾶσθαι
　　οὐκ ἐθέλω· πάντως ὕστερον ἦλθε δίκη.
πλοῦτον δ᾽ὃν μὲν δῶσι θεοί, παραγίγνεται ἀνδρὶ
　　ἔμπεδος ἐκ νεάτου πυθμένος ἐς κορυφήν·
ὃν δ᾽ἄνδρες τιμῶσιν ὑφ᾽ὕβριος, <u>οὐ κατὰ κόσμον</u>
　　ἔρχεται, ἀλλ᾽<u>ἀδίκοις ἔργμασι</u> πειθόμενος
οὐκ ἐθέλων ἕπεται, ταχέως δ᾽ἀναμίσγεται ἄτῃ·

（残篇十三，第 7-13 行）

---

① 从整体上对《致缪斯女神》一诗所做的阐释，参阅 Lattimore 1947; Allen 1949; Anhalt 1993, pp.11-65; Stoddard 2002。

梭伦区分了两种类型的财富：众神赐予的财富和凡人用暴戾攫取的财富，后者导致的结果是宙斯派遣的灾祸（atē），作为对于暴戾（hubris）的惩罚。如果我们将这一段落与同一诗篇的结尾部分（第71-76行）、上文引用的残篇六以及《致城邦》的第5-11行联系起来，便会发现梭伦的伦理思想里包含一条因果之链，它由人类生活中起到重要作用的几种负面力量组成，也就是：财富→贪婪→暴戾→祸害（ploutos → koros → hubris → atē）。诚然，这一系列属于梭伦所继承的诗歌传统，该传统已经对这些概念加以神格化并构建了谱系，[①]但梭伦的新见是，这条因果之链的最初起因乃是"不义的心智"（adikos noos）："不义的心智"引起对财富的贪婪，贪婪滋生暴戾，暴戾带来祸害，祸害最终导致 dusnomia。倘若从财富而生的贪婪发生于人的心智（noos）变得"不义"（adikos）也即"失序"（mē artios）之际，那么如何改变"心智"必然成为扭转这一系列的关键所在。

第四节　重建"良序"

§7. 就主题而言，《致缪斯》的"富足"与《致城邦》的"财富"互相呼应，两者均致力于"心智"的扭转，而《致缪斯》言及 doxa agathē 从"期冀"向"令名"的转化，恰好也是在"心智"中生成。该诗第33行开始转向诗人最初祈祷的另一项内容："众人赋予的令名"（doxa agathē）；但是凡人，无论善恶皆心怀另一种 doxa，即"徒然的期冀"，[②]"徒然的期冀"实际上源自对于事物本质的无知，其中最紧要者莫过于有关财富的限度。然而，芸芸众生为"徒然的期冀"所驱使，奔忙于各式各样的营生，对于自己的命运却茫然无知。

---

① 参阅 Abel 1943 以及 Doyle 1970。
② 古希腊文里的 doxa 一词兼具"名声"与"期冀"两种含义。

梭伦虽然如其他人一样，也无从知晓"命运"女神的安排，不过缪斯女神赐予他智慧，使他拥有对于"限度"的认识（第51-52行），因此他对一件事情知之无疑，此事即追逐财富必有限度；倘若财富有其限度，便不是他所唯一祈求之物，因为财富（ploutos）不等于富足（olbos），后者依赖神赐之财富，凡人以义取之且依限度。此外，与神赐的财富可等量齐观而同为幸福不可或缺的另一要素乃"令名"，梭伦将doxa的含义从徒然地期冀命运女神的恩惠转向人们对之能有所掌控的"令名"，亦即他人对自己所拥有的美德的赞誉，与朋友和敌人的关系确立了这种美德，梭伦将之表述为："对朋友甜蜜对敌人苦涩，赢得前者的尊敬与后者的畏惧"（第5-6行）。

如果说在会饮的贵族友人圈子里，"令名"及其中固有的对"美德"的追求，尚且难以抑制对财富的过度贪婪，那么在城邦的公共生活里，"贪婪"与"暴戾"业已泛滥，若要扭转"不义的心智"，首先需要一种更有力的遏止力量来惩戒"不义的行为"，此即"正义"（Dikē）的力量。《致城邦》在叙述了"民众的领袖"所行的不义之后，继而描画正义女神的降临：

他们不再守卫正义女神的庄严础石（semna Dikēs themethla）；
她虽缄默不语，却见证了正在和业已发生之事，
　　有朝一日定会降临，施以惩罚。
如今这无法逃避的创伤正向整个城邦袭来
　　城邦旋即处于悲惨的奴役之中，
它唤醒内部的纷争和沉睡的战争
　　摧毁无数风华正茂的青年。
因为在不义之人的阴谋里，我们挚爱的城邦
　　正被自己的敌人消耗得精疲力竭。
这些罪恶在民众那里泛滥成灾，

而众多的贫民只得背井离乡
被绑上可耻的脚镣遭到贩卖。
　　…………
于是，公共的罪恶造访每人的私宅
　　庭院的大门不再将之拒于门外，
它越过高高的篱笆，定会将无论何人寻见
　　即便他躲入内室最为隐蔽的角落。

οὐδὲ φυλάσσονται σεμνὰ Δίκης θέμεθλα,
ἣ σιγῶσα σύνοιδε τὰ γιγνόμενα πρό τ' ἐόντα,
　　τῷ δὲ χρόνῳ πάντως ἦλθ' ἀποτεισομένη.
τοῦτ' ἤδη πάσῃ πόλει ἔρχεται ἕλκος ἄφυκτον,
　　ἐς δὲ κακὴν ταχέως ἤλυθε δουλοσύνην,
ἣ στάσιν ἔμφυλον πόλεμόν θ' εὕδοντ' ἐπεγείρει,
　　ὃς πολλῶν ἐρατὴν ὤλεσεν ἡλικίην·
ἐκ γὰρ δυσμενέων ταχέως πολυήρατον ἄστυ
　　τρύχεται ἐν συνόδοις τοῖς ἀδικέουσι φίλαις.
ταῦτα μὲν ἐν δήμῳ στρέφεται κακά· τῶν δὲ πενιχρῶν
　　ἱκνέονται πολλοὶ γαῖαν ἐς ἀλλοδαπὴν
πραθέντες δεσμοῖσί τ' ἀεικελίοισι δεθέντες
　　…………
οὕτω δημόσιον κακὸν ἔρχεται οἴκαδ' ἑκάστῳ,
　　αὔλειοι δ' ἔτ' ἔχειν οὐκ ἐθέλουσι θύραι,
ὑψηλὸν δ' ὑπὲρ ἕρκος ὑπέρθορεν, εὗρε δὲ πάντως,
　　εἰ καί τις φεύγων ἐν μυχῷ ᾖ θαλάμου.

（残篇四，第 14-29 行）

在这幅城邦遭受惩罚的生动场景里,"正义"被加以"拟人-神格化"(personification-deification)。早期希腊思想里存在一种常见的现象,把某些不可见但又永存的"抽象"力量拟人-神格化,包括人类生活中那些无法抵御的生命体验(如恐惧、爱欲和死亡)以及对人类社会起到巩固作用的核心价值(如和平、胜利和正义),将这些"抽象"力量拟人-神格化的思维方式表明,这些力量所具备的特征可以借助人格化来理解,但其来源并非人间,而是隶属于亘古不变的永恒秩序,拟人-神格化不仅蕴含而且激发凡人面对这些力量所产生的情感,因而还会进一步成为崇拜仪式的对象,①拟人-神格化是古风诗歌用来表达普遍观念的一个重要手法,并且经常与谱系化(genealogy)结合使用,用以体现相关观念之间的结构与联系。

"正义"的拟人-神格化始见于赫西奥德的两部诗作,此前 dikē 指的还是具体的法律和社会制度,包括司法审判、裁定、判决和惩罚等义项。②虽然在梭伦的诗篇里,dikē 仍旧保有原先的这些具体含义,③但他所秉承的赫西奥德史诗思想传统对于"正义"(dikē)的观念已经形成了更为普遍意义上的思考。对赫西奥德和梭伦而言,dikē 已成为奠立社会共同体的基本原则,它所指代的具体制度反倒被看作是对一种更高更持久的原则的实际运用。梭伦将这一观念表述为"正义女神的庄严础石"(semna Dikēs themethla),其中 themethla("础石")一词在词源上与 Themis 相同,令人联想到时序三女神的母亲,即作为"天律"的忒弥丝,这一谱系背后的根

---

① "拟人-神格化"作为一种思维方式一直延续到希腊化和罗马时期乃至拜占庭,体现于文学、艺术和宗教等各个领域,参阅 Stafford & J. Herrin, eds., 2005。

② 详上章 §7,值得再次强调的是,在赫西奥德那里,"正义"的多层含义同样被纳入"神格化"的过程当中。

③ 参见残篇四,第 36 行;残篇十三,第 8 行;残篇三十六,第 3、16 及 19 诸行。

本思想是，人类社会的"正义"来源于体现宇宙秩序运作的"天律"和主持宇宙秩序的天父宙斯。同时，梭伦的"正义"观念也与赫西奥德有着重要的差别，其实质可以通过对比赫西奥德《劳作与时日》（第 238-247 行）里描述的"不义的城邦"来领会：在赫西奥德那里，执行毁灭的是宙斯自己，作为对个人罪行的惩罚，宙斯给整个城邦带来饥馑、瘟疫和流产，彻底摧毁城墙、军队和海上的舰船；然而在梭伦看来，正义是内在于人类社会的一种秩序原则，因此并非某种外在的神力而是不义的行为（adika ergmata）本身，由于内在的因果关系，带来了灾难性的后果，所以正义女神无须依靠宙斯的力量，而是自己施以惩罚；再者，《劳作与时日》的诗人把"正义"女神当作人类的标志性特征，因为宙斯将她赐予人类，却没有给予动物（第 276-280 行），而在人类正身处其中的"黑铁"时代，遵循"正义"的生活意味着远离城邦并在农田间辛勤劳作（详上章第四节），相比之下，梭伦的"正义"女神居住在城邦当中，她的"庄严础石"就像一座宏伟神庙的地基，深深地扎根于城邦，她的惩罚被比作整个城邦机体上的"创伤"，当城邦染上了致命的疾病，没有一所私宅能够躲避"公共的罪恶"，"庭院的大门与高高的篱笆"，通常划分了公共与私人空间，却也无法保护屋内最私密的角落免受公共罪恶的传染和渗入。

那么，"正义"的拟人-神格化在梭伦那里究竟表达了怎样一种城邦政制观念？如所周知，"正义"是梭伦变法的基本原则。根据亚里士多德《雅典政制》（7.3）、《政治学》（1274a19-21）与普鲁塔克《梭伦传》（18.1-2）等史料的记载，梭伦最为重要的一项政治改革举措，即财产等级制度（及以此为基础的政治决议和参与的分级制度）的建立旨在实施一种"分配性正义"。梭伦修改了传统的财产等级制度，将雅典公民分为四个等级，并根据"财富"这一新的标准而非传统的"出身"标准分配不同的政治权利：只有最高两个等级的成员,"五百斗级"与"骑士级",才有资格担任主要官员,第三个等级,"双牛级"能够担任较低的官职,而最低的等级"贫民",只能参加公民大会。这项改革措施建立在"比例的平等"这一原则之上,按等级制度给予整个公民群体参与城邦事务的不同权利,用财产的标准取代了血统的标准,使得所有的雅典公民都有权利参与政治事务,这便是蕴涵在梭伦法律里的"正义"所分配给民众的"职权"(见残篇五,第1行)。这些具体措施在梭伦诗篇里并没有提及,诗歌所关注的是城邦实施的"分配性正义"的最终根源何在。诗人在另一首重要的诗篇,以讽刺体创作的残篇三十六里提到自己的变法时有言:

> 这些事我用权力(kratos),
> 将蛮力(biē)与正义(dikē)相互调谐(ksunarmosas)后
> 完成,并像我承诺的那样锲而不舍;
> 我写下律法(thesmoi),同样为低贱者与高贵者,
> 为每个人调谐(harmosas)公平的正义。

> ταῦτα μὲν κράτει
> ὁμοῦ βίην τε καὶ δίκην ξυναρμόσας
> ἔρεξα, καὶ διῆλθον ὡς ὑπεσχόμην·
> θεσμοὺς δ' ὁμοίως τῷ κακῷ τε κἀγαθῷ
> εὐθεῖαν εἰς ἕκαστον ἁρμόσας δίκην
> ἔγραψα.

(残篇三十六,第15b-20a行)

乍看之下,梭伦在这里把"蛮力"与"正义"相提并论实在

出人意料。根据赫西奥德的《劳作与时日》（第275行），这两种力量相互对立，它们是相互排斥的选择，因此赫西奥德劝诫自己的兄弟要弃绝"蛮力"服从"正义"，而在其他现存的梭伦作品里，"蛮力"也具有负面含义并与僭主的形象联系在一起。① 不过，倘若我们从凡人的世界转向众神的世界，另一种情形便浮现出来。在此有必要简单回顾《神谱》里的宙斯如何攫取王权登临王位：与提坦众神交战的前夕，宙斯做了一次重要的演说，旨在向所有自愿与他并肩作战的男女众神承诺，他将会公平地分配职权，② 这一演说赢得了斯地可丝（Styx：冥界的恨河）及其子女泽罗斯（Zēlos："热情"）、尼凯（Nikē："胜利"）、克拉托斯（Kratos："权力"）和比亚（Bia："蛮力"）的支持，而这些支持者对于宙斯的最终胜利不可或缺，③ 因此，宙斯在登临王位的那一刻履行了自己的承诺："他公平地把职权分配给他们【译按：指所有站在宙斯一边的神明】"，④ 作为这一公平分配的结果，宙斯的统治与忒弥斯（"天理""天律"）结合，并生育了三位时序女神。可见，在赫西奥德的叙事里，宙斯的统治结合了"权力""蛮力"与"正义"，并以此赋予整个宇宙一种特定的秩序。

当梭伦使用"用我的权力（kratos）将蛮力（biē）与正义（dikē）相互调谐"这样不同寻常的表述时，恰恰通过"暗指"意在传达，他的变法在城邦的层面上与宙斯对职权的分配以及对整个宇宙秩序的创设有着相通之处。⑤ 一方面，梭伦赖以重建雅典城邦的根本原则与上界至高之神据以获得统治权力的原则相同：一种建立在"公

---

① 参见残篇三十二，第2行及残篇三十四，第8行。
② 《神谱》，第389–396行。
③ 参见《神谱》，第386–388行："他们离开宙斯别无居所和座位，只前往他引领他们所至之处，并总是与雷鸣轰隆的宙斯同起同坐。"
④ 《神谱》，第885行。
⑤ 详见 Blaise 1995。

平分配职权"基础上的"正义";另一方面,立法者为城邦设立的"法"(thesmoi, thesmos 的复数)与宙斯为宇宙设立的"天律"(themis)相对应,尤其是在梭伦那里,"法"的观念由 thesmos 表达,与之后通行的 nomos 相比,更强调了"法"是被居高临下的施行者加诸城邦之上的意涵,[①]也就是说,立法者在城邦政治的层面上完成了与宙斯在宇宙秩序的层面上相似的工作。

§8. 然而,通过立法的方式实现的"正义",虽然意在惩戒并遏止"不义的行为",尚不足以触及 Dusnomia 的真正根源,此即"不义的心智"。只有当"正义"成为有效的力量作用于人的"心智",才能带来彻底的翻转,"良序"才能同时实现于"心智"和城邦,这种力量于是成为梭伦向雅典人传授的"诗教"最核心的部分:

  Dusnomia 给城邦带来数不尽的灾祸
 而 Eunomia 却昭示万物之有序(eukosma)与适恰(artia)
  她常常用锁链束缚不义之人(tois adikois),
使粗糙变平滑,制止贪婪(koros),令暴戾(hubris)畏缩,
  让祸害(atē)的茂盛枝桠干枯,
她使弯曲的判决(dikas skolias)平正,抑制傲慢之举
        (huperēphana erga)
终止引发骚乱的行为(erga dichostasiēs)以及惨痛的
内部纷争(eris)带来的怒火;在她的统御之下
  人间万事皆恰如其分(artia)、审慎有度(pinuta)。

  ὡς κακὰ πλεῖστα πόλει Δυσνομίη παρέχει,

[①] 参阅 Ostwald 1969。

> Εὐνομίη δ' εὔκοσμα καὶ ἄρτια πάντ' ἀποφαίνει,
> καὶ θαμὰ τοῖς ἀδίκοις ἀμφιτίθησι πέδας·
> τραχέα λειαίνει, παύει κόρον, ὕβριν ἀμαυροῖ,
> αὐαίνει δ' ἄτης ἄνθεα φυόμενα,
> εὐθύνει δὲ δίκας σκολιάς, ὑπερήφανά τ' ἔργα
> πραΰνει, παύει δ' ἔργα διχοστασίης,
> παύει δ' ἀργαλέης ἔριδος χόλον, ἔστι δ' ὑπ' αὐτῆς
> πάντα κατ' ἀνθρώπους ἄρτια καὶ πινυτά.

（残篇四，第 31-39 行）

在这里，诗篇第一部分（第 1-29 行）对雅典所处悲惨境地的生动描绘被概括为 Dusnomia（第 31 行），与此同时，诗人转向其反面即 Eunomia，歌颂后者将会带来的美好景象。前已论及，如何从 Dusnomia 翻转到 Eunomia 关乎全诗的根本理路，也是梭伦"诗教"的关键所在，因此有必要依据文本对这种翻转做出具体的分析。首先需要从语义上澄清的是，梭伦所谓的 dusnomia 和 eunomia 这一对概念，虽然同出 nomos 一词，但并不表达 nomos 在古典时期占主导地位的"法律"含义。美国古典学者奥斯特瓦尔德（Martin Ostwald）对 nomos 及其派生词（包括 eunomia, dusnomia, anomia 和 isonomia）做了精审的语义学研究，他主张在公元前 5 世纪早期及以前，nomos 尚不具备狭义的"法律"含义，因此 eunomia 和 dusnomia 里的 -nomia 后缀同样亦非"法律"之意。[①] 在此一时期，nomos 的含义更接近其词根 nemō 具有的"分配，分享"的意思。

[①] Ostwald 1969, pp.62-85。值得指出的是，梭伦自己只用 thesmos 一词而非 nomos 来称呼他所制定的"法律"，参见诗篇三十六，第 18 行以及 Noussia-Fantuzzi 2010，第 474-475 页对该词的讨论。

第五章 立法者的诗教——梭伦诗篇与"良序"的重建

由是观之，eunomia 的基本含义是源自合理的、公平的分配的某种有序状态，与之相对立的 dusnomia 也就是违反了分配原则而导致的失序状态。

《致城邦》的这个结尾段落有着独特风格并自成一体，通常被称作一首"Eunomia 颂歌"。从风格上而言，这个段落是名副其实的颂歌，在古希腊诗歌体式的分类里，颂歌（hymnos）指的是通过歌颂某位神明而令听众在诗歌表演的当下感受到该位神明的特殊力量的一种诗歌类型。耶格尔已从语汇、主题和修辞手法等方面细致分析了"Eunomia 颂歌"与赫西奥德《劳作与时日》序诗（第 1-10 行的"宙斯颂歌"）之间存在的明显相似之处，并认为两者都有着仪式颂诗的特征。① 如前所述，Eunomia 和"正义"（Dikē）在《神谱》里同为时序女神，② 《劳作与时日》更是突出了三位时序女神当中的"正义"女神，将其提升到首要的位置，但却不曾细述她的姐妹 Eunomia；虽然《神谱》（第 230 行）把 Dusnomia 当作"纷争"女神（Eris）众多子女中的一位，却并没有把她与宙斯的女儿 Eunomia 对立起来。对于梭伦而言，两者不仅对立，而且更重要的是，这种对立通过颂歌的方式更直观更形象地把 Dusnomia 的"混乱失序"转换成 Eunomia 的"良序"。诗人梭伦充分运用了颂歌的功能来实现这种翻转。从语汇和修辞上来看，这首"Eunomia 颂歌"逐一回应了第一部分里描绘的造成 dusnomia 的各种根源，例如第 32 行 eukosma 与第 9-10 行 oude...kosmein，第 33 行 tois adikois 与第 7 行 adikos noos 和第 11 行 adikois ergmasi，第 34 行 koros, hubris

---

① Jaeger 1966 [1926], pp.96-97.

② 《神谱》，第 901-903 行。Eunomia 一词在《奥德赛》（卷十七，第 487 行）里也出现过，但并没有被拟人 - 神格化：求婚者的头领安提奴斯被警告，众神会乔装打扮在城市里四处走动，观察人们身上的"暴戾"（hubris）或是"守序"（eunomiē），在这里，eunomiē 与 hubris 相对，指代个人行为里的一种"品性"。

与第 8 行 hubrios 和第 9 行 koros，第 37 行 dichostasiēs 与第 19 行 stasis，第 39 行 pinuta 与第 5 行 aphradiēsin，等等，这样的对应关系从观念上对造成 dusnomia 的各种根源进行了翻转。

更为重要的是，诗歌表演中的 Eunomia 如何直接作用于"不义的心智"。整个段落以"环状结构"（ring composition）首尾相属：第 32 行的"有序"（eukosma）和"适恰"（artia）在结尾处第 39 行的"恰如其分"（artia）和"审慎有度"（pinuta）那里得到回应，artia 一词在首尾重复，突出了 Eunomia 最重要的特征，这正是对于诗篇第一部分的有力回答：Dusnomia 带来了无序的混乱状态，Eunomia 则使万物"井井有条"（eukosma）、"恰如其分"（artia）和"审慎有度"（pinuta）。这里的三个形容词具体说明了梭伦对于 Eunomia 的理解，而其中的"井井有条"（eukosma）和"审慎有度"（pinuta）则围绕着 artia 做出了进一步的解释。三者中最为重要的是 artia 一词，该词的词根 ar-（例如在动词 arariskō 当中）指代的是，通过对一个整体中的各个部分和谐地排列而产生的秩序。① Artia 一词在梭伦的诗篇里使用的频率颇高，除了在这里出现两次，还出现在诗篇四 c 第 4 行及诗篇六第 4 行，而这些段落里的 artia 都与"心智"（noos）有关。在 Eunomia 的颂歌里，Eunomia 也首先作用于不义之人的"心智"，扭转"财富→贪婪→暴戾→灾祸"构成的因果之链（第 34-35 行），只有这样才能改变他们的不义行为以及伴随而来的"傲慢"和"怒火"（36-38 行）。由于 Dusnomia 的真正根源在于"不义的心智"（adikos noos），而"不义的心智"意味着心智的失序（mē artios），故而只有依靠 Eunomia 的调谐力量，才能带来心智秩序的适恰（artios noos）。

---

① 参见 Benveniste 1973, p.380。与之相关的动词 harmozō 出现在上文引用的诗篇三十六，第 16 行和第 19 行，有学者称（Linforth 1919, p.179），梭伦对该词情有独钟。

综上，梭伦在《致城邦》一诗里所歌颂的 Eunomia，一方面是体现了"分配性正义"（Dikē）的一种理想的城邦政治秩序，一种"各安其位、各得其所的良序"，类似于宙斯通过"天律"（Themis）所实现的宇宙秩序（kosmos）；另一方面是直接作用于"不义的心智"的扭转力量，正是在这里诗人与立法者相互补充，将 Eunomia 的实现直接建立在心智的层面上。通过以上分析的各种诗歌手法呈现出来的诗性特质（poetics），可以得出如下结论：**梭伦诗歌表演中的 Eunomia 这一理想政制超逾了政治活动（politics）所能企达的层面，将心智秩序与理想政制的秩序直接联系在一起；换言之，梭伦"诗教"所构筑的"诗的场域"高居于城邦的政治空间之上——正如"立法者-诗人"的形象高居于城邦的各个阶层之上——而这一场域以 Eunomia 的理想作为象征，以心智秩序的形成为其根本。**

§9. 亚里士多德在《政治学》第二卷的末尾（章十二，1273b27-1274b28）胪列了早期立法者的名单，并区分了两种类型：一类立法者只拟定法典，另一类则不仅建立新法（nomoi），又兼定政制（politeia），亚氏举出吕库古与梭伦为后一类的代表，因为两人分别被斯巴达和雅典奉为各自城邦政体的奠基者。巧合的是，据传这两位立法者均以"欧诺米娅"（Enumoia）来称呼自己理想的政治制度，当然两人为各自标举的"欧诺米娅"赋予了不同的含义。① 在斯巴达，传说中公元前 8 世纪的吕库古改制令城邦面目一新，实现了长治久安的"欧诺米娅"，希罗多德（1.65-68）和修昔底德（1.18）一致认为，这是斯巴达日后强大的必要条件。这一传说在早期斯巴达诗人提尔泰乌斯（Tyrtaeus）那里也得到佐证，

---

① 巧合背后的一种合理解释是，Eunomia 在古风希腊作为最高的政制理想，往往被各种政治意识形态所利用，雅典与斯巴达的竞争也由此展现出来。

这位生活于公元前 7 世纪的诗人有一篇被后人（例如亚里士多德《政治学》卷五 1306b36）命名为"欧诺米娅"的诗作（韦斯特编号残篇 1-4），其中提及由德尔菲圣所颁布的"瑞特拉"（Rhetra）神谕，并将之等同于在斯巴达付诸实施的"欧诺米娅"这一理想政制。① 同样，梭伦改革的各种具体制度和措施均服务于被他称为"欧诺米娅"的理想政制，而梭伦也只在自己的诗作里对"欧诺米娅"有所提及，此即集中概括了梭伦的政制理想的《致城邦》一诗。以上的考论表明，梭伦对于雅典城邦政制的重建以"欧诺米娅"为理想，突出了"正义"（Dikē）的关键作用："正义"是同时作用于"心智"和城邦的主导原则，而"欧诺米娅"则是需要达致的和谐。这一观念与斯巴达人的"欧诺米娅"观念形成鲜明对比：提泰奥斯的残篇四里虽也提及"正义的行动"（erdein panta dikaia，第 7 行），但只针对"民众"（dēmotas andras，第 5 行）而言，在"欧诺米娅"里的位置居于针对"国王"（basilēas）和"长老"（gerontas）的"建议"（boulē）之后，与"正直的话语"（eutheiais rhētrais，第 6 行）一起是对于前者的执行；另一位斯巴达琴歌诗人阿尔克曼（Alcman，生活于公元前 7 世纪下半叶）还为"欧诺米娅"构造了一个斯巴达式的谱系：她是"时运"女神（Tuchē）和"劝说（听从）"女神（Peithō）的姐妹，"先见"女神（Promatheia）的女儿。② 在这个谱系里，"先见"女神取代"忒弥斯"（Themis）成为"欧诺米娅"的母亲，而"时运"女神和"劝说"女神取代了"和平"女神和"正义"女神成为她的姐妹，前者意味着实现"欧诺米娅"的前提条件乃"先见之明"，不管是属神的（如德尔菲神谕颁布的"瑞特拉"）还是属人的（如"国王"和"长老"的"建议"），后者指向与"欧诺米

---

① 斯巴达人把归于吕库古名下的城邦制度称作 Eunomia，相关讨论参见 Andrewes 1938; Ehrenberg 1946, pp.77-81; Ostwald 1969, pp.75-85 以及 Raaflaub 2006。

② Campbell 1988-1993, vol.II, fr. 64.

娅"相生相伴的具体情形,其中的"劝说(听从)"女神既象征着"国王"及"长老"对于"民众"的"劝说"能力,又反过来象征着"民众"对他们的"听从"。"正义"女神在这个谱系里的缺席,也佐证了她在提尔泰乌斯诗篇里的次要地位。

但在雅典,"正义"在梭伦理想的城邦秩序与心智秩序——"欧诺米娅"——里所占据的核心位置得到赓续和深化。梭伦之后两百多年,出身于贵族名门、奉梭伦为母系一族祖先的雅典哲学家柏拉图,也在《理想国》里构建了"美邦"(kallipolis)这一理想政制(politeia)。柏拉图笔下的苏格拉底与其对话者将"美邦"建立在"灵魂"(psychē)与"城邦"(polis)的平行类比关系(analogia)之上,以此对"正义"(dikaiosunē)的本质和后果展开深入探讨。根据这一类比关系,灵魂中的正义被放大为城邦中的正义,结果是,理想的正义在城邦里体现为理想城邦的政体(politeia),在灵魂里体现为哲学家的灵魂质体(详第二章§3)。正如梭伦的理想政制Eunomia,在柏拉图的理想政制Politeia那里,城邦政体与灵魂质体之间存在着密切的对应关系,而"正义"则同时体现于有序的城邦与有序的灵魂当中。**如果说在柏拉图那里,哲学家的"灵魂"借助苏格拉底式的论辩哲学(dialektikē)而成为理想政制Politeia的最终根源,那么在梭伦那里,诗人的"心智"借助梭伦式诗歌的表演亦成为理想政制Eunomia的最终根源。**因此,立法者梭伦并非偶然也是诗人,正如柏拉图的"君王"并非偶然也是哲学家,从这个意义上而言,"立法者-诗人"梭伦堪称柏拉图"哲人-王"的前身,梭伦的"诗教"也堪称柏拉图"哲学教育"的先导。

第六章
会饮上的诗教——《特奥格尼斯诗集》与"美德"的养成

第一节　会饮诗歌

§1. 古风希腊的贵族精英文化以展示"美德"（aretē）为重要组成部分，无论战场上还是竞技场上，贵族成员极力崭露各自的"美德"，相互之间展开激烈的竞比，而诗人则致力于颂扬其中的佼佼者，例如荷马史诗颂扬战场上的英雄，品达的凯歌颂扬竞技场上的优胜者，这些诗歌将贵族的道德规范确立为古风时期的文化理想，深刻地影响了古典时期的希腊（乃至整个西方文明）。到了古风晚期，继战场和竞技场之后，会饮成为又一个展示贵族"美德"和生活方式的场所，而诗歌表演也是会饮上的一项基本内容，其中就包括大多数存世的挽歌体诗歌。根据亚里士多德的一位学生——美萨那的狄凯阿库斯（Dicaearchus of Messana）的记载，会饮上表演的诗歌大略分为三类：第一类由全体会饮成员齐唱，第二类由每位会饮者按顺序轮唱，第三类则由最富才艺者不按既定的顺序演唱。① 第一类诗歌当为颂神诗，由所有在场的会饮者向神明举行奠酒仪式时演唱；对于第二和第三类诗歌的所

---

① 参见 Plato, *Gorg.* 451e 的古代注疏。

指，学界还存在一定争议。不过，存世有一类比较特殊的会饮诗歌，按照记录者雅典那乌斯（Athenaeus）（《哲人燕谈录》第 15 卷，694c-696a）的说法，是由一位会饮者将手中的桃金娘树枝不按顺序传给另一位，传到谁的手里谁就歌唱，这便是著名的阿提卡 skolia，这类会饮诗歌往往会跳过不善歌唱之人，很可能便是狄凯阿库斯所指的第三类。至于余下的第二类，应该包括大多数现存的挽歌体诗歌，尤其是篇幅短小的挽歌体诗歌（通常不超过 100 行诗，即 50 个挽歌对句）。①

　　与战场和竞技场有所不同，会饮不仅展示了贵族的生活方式和文化理想，而且还凭借诗歌表演实现了重要的教育功能，会饮的场合也成为贵族"诗教"的场合。② 这种类型的会饮诗歌最完备地留存于世的便是《特奥格尼斯诗集》（以下简称《诗集》），这部诗集为我们深入探析"会饮"上的"诗教"及其与城邦的关系提供了最为翔实的材料。现存《诗集》共分两卷，其中大多为短诗，总和 1400 余行。从结构上看，《诗集》大体上可分为四个部分：第一部分（第 1-18 行）为整部诗集的序诗，由四首致神颂歌组成；第二部分（第 19-254 行）是《诗集》的核心，向一位名叫居尔诺斯的贵族青年言说，这个部分本身由一个序曲（第 19-38 行）和一个尾声（第 237-254 行）构成，似乎有意形成一个首尾完具的整体，并且在这部分里，几乎每一首诗里都出现了"居尔诺斯"或"波吕保斯之子"（"波吕保斯"为"居尔诺斯"的父亲）的称呼，具有某

---

① Bowie 1986 力倡此说，最近的讨论参看 Aloni 2009。
② 当然，不仅仅是会饮，其他形式的共餐制度（例如斯巴达武士实行的"共餐制"[syssitia]）也是重要的"教育"场合，但是在这些共餐制度里，诗歌表演并没有占据核心位置，甚至完全阙如。

种标志性的特点；① 第三部分（第 255-1230 行）是结构较为松散、内容多样的杂诗，其中言说的对象既有居尔诺斯，也有其他人（例如见于第 667 行和第 503 行等处的"西蒙尼德斯"以及"奥诺马克里托斯"）；第四部分（第 1231-1389 行）比较特殊，依赖一份 10 世纪的抄本单独流传并题为"卷二"，主要是吟诵男童恋的"恋爱诗"，这个部分最初应该没有单独归拢在一起，而是散见于《诗集》各处。②

  作为古风时期唯一保存完好的挽歌体诗歌作品，《诗集》是如何纂辑起来的，其中有多少诗篇为出自特奥格尼斯的真作？卷一里的两个部分，向居尔诺斯言说的诗篇与杂诗之间是何种关系？有关这些问题，目前学界的主流观点建立在考证诗人生平资料的基础之上。据古代编年史家记载，特奥格尼斯活跃于公元前 550—前 540 年，他来自尼塞亚的麦加拉（位于雅典和科林斯之间），但也有古人认为，他的籍贯实为西西里的麦加拉（此为前者在西西里东海岸建立的同名殖民城邦）。③ 有关特奥格尼斯名下的这部诗集，现代学者从文本内容、时代背景和思想观念等方面考辨真伪，得出的结论是，诗集并非一人一时所作，学界提出的证据甚夥，举其要者，有以下四条：其一，《诗集》提及或影射的历史事件超出了单个诗人的生命年限，横跨一个半世纪，例如第 39-52 行似乎在预言特阿格尼斯（Theagenes）的僭政，古史学界一般确定为公元前 640—前 600 年之间发生，而第 773-782 行则又提到"米提亚军队"的入侵，应该是指波斯国王薛西斯于公元前 480 年对希腊的攻

---

  ① 除了第 19-254 行，"居尔诺斯"的名字还经常出现在第 319-372 行，第 539-554 行，第 805-822 行以及第 1171-1184b 行这几个部分。据统计，整部诗集出现的呼格 Kurne 多达 76 次，Polypaidē（意为 Polypaos 之子，亦即 Kurnos）9 次。

  ② 附录三给出了两卷《诗集》的完整汉译，有关这四个部分，参见附录三的简注。

  ③ 见柏拉图《法律篇》1. 630a 及古代注疏，其中提到，诗人究竟来自哪一座同名城邦，古人已有争议。有关特奥格尼斯生平和时代的考证，详见 West 1974, pp.65-71。

伐；其二，《诗集》里有不少诗句在前后不同的地方重复出现，重复时文字上稍有变动或者一字不易，这是古代多人作品的合集常见的典型特征；其三，《诗集》里还包含了一些散见于其他古风挽歌体诗人如梭伦（Solon）、提尔泰乌斯（Tyrtaeus）和弥木奈墨斯（Mimnermos）等人的诗句，虽非字句全同，但往往略改一二单词而已；① 最后，有些诗句之间存在明显的自相矛盾之处，例如对于饮酒的限度、财富和美德孰高孰低的分判，等等。第二至第四种情况都表明，至少《诗集》的一部分具有合成的性质，因此现代学者依据古代编年史家的传统，认为历史上的特奥格尼斯生活在公元前6世纪中叶，他的诗作构成了《诗集》的核心（第19-254行再加上杂诗里的小部分共约三百多行诗句），在这个核心的基础上，《诗集》经过多位后世无名诗人的增饰而不断扩充，逐渐定型为一部涵括几代麦加拉诗人作品的诗集。于是，目前学界一般用 Theognidea，即 Sylloge Theognidea（意为"特奥格尼斯名下的诗集"）的简称，而非径直用 Theognis 来称呼这部诗集。

上述有关《诗集》的作者、编纂和传承的观点，可名之为"核心说"，是19世纪初德国学者威尔克（Friedrich Welcker）编订了第一部现代校勘本（1828年）之后学界的主流观点，在当代由英国古典学巨擘韦斯特（Martin L. West）承其余绪并发扬光大。韦斯特总结前人之说提出，现存的《诗集》不是一个具有统一性的整体，而是一个合成体，并且是由两到三个希腊化时期的挽歌体诗歌选集混合而成，特奥格尼斯只是选集里众多诗人中的一位，由于《诗集》的这种特性，特奥格尼斯本人的作品已经很难从诗集里其他麦加拉诗人的作品中析出，而根据希腊化时期之前古人的具名引述以及诗

---

① 以梭伦为例，其现存三十首挽歌体残篇里的五篇，有一行或数行也出现在《诗集》里，有关《诗集》里所见的"梭伦"诗篇及其性质，参阅 Noussia-Fantuzzi 2010, pp.55-65。

集里"居尔诺斯"之名的出现,大致可以认定《诗集》里约 300 余行诗为历史上的"特奥格尼斯"所作,而其余的诗句只能视作无名诗人的作品。① 韦斯特的推断建立在两个关键的假设之上,一是历史上实有"特奥格尼斯"其人,我们可以从《诗集》里零星的自我指涉来重构这位诗人的传记,这一假设建立在 19 世纪以降对早期诗歌的传记式解读之上;二是"特奥格尼斯"用"居尔诺斯"的名字来标示自己的诗作,凡是出现"居尔诺斯"以及"波吕保斯之子"这两个称呼的诗句,都无疑来自历史上的"特奥格尼斯",这一假设建立在对于"特奥格尼斯的印章"的一种特定理解之上,以上两个假设能否成立,正是当代"特奥格尼斯研究"的焦点。

针对第二个假设,下节另有考论,此处不赘。至于第一个假设,虽然不能否定历史上实有"特奥格尼斯"其人,但有关这位诗人的生平材料传世极少,传世者亦大多语焉不详。于是,研究者往往把《诗集》里散见的自我指涉当作传记材料,并以此为基础结合古风时期麦加拉的政治社会史做出各种推测,这种"传记-历史性"解读以"去伪存真"为前提,即必须剔除《诗集》里不属于历史上的"特奥格尼斯"的部分,保留真实的"特奥格尼斯"的自我指涉;如此一来,《诗集》便会在各种"历史索隐"的解读方式里被解析得支离破碎。因此有学者为了维护《诗集》的统一性,提出了与"核心说"所属的"解析派"相对立的解释模式,我们不妨依循荷马史诗的研究范式名之为"统一派"。② "统一派"学者首先对《诗集》文本里的部分特征另求别解,例如在"解析派"看来是"阑入"《诗集》的其他诗人的作品,"统一派"学者认为正是《诗集》故意借用和改作的结果,因为在古风希腊借用前人和同时代人的诗句并

---

① 详见 West 1974, pp.40-64,更早的观点可参考 Jaeger 1945, pp.187-190,Fränkel 1973 [1962], p.401 以及 Carrière 1975, pp.13-27。

② 《诗集》的"统一派"解释模式可以追溯至 Harrison 1902。

加以改作，乃是常见的做法，也是诗人之间唱和的惯例；这些学者甚至坚称，在一首诗里，即便是一个单词的改动，也并非单纯的变体，而往往寓有深意；再如，《诗集》里的重复（或近于重复）之作，也并不必定是后人的"阑入"，很可能由于其上下文语境的改变，从"复沓"（repitition）当中获得全新的含义和强烈的效果；此外，诗句之间存在的"自相矛盾"之处，也可以从上下文语境以及戏剧性角度得到合理的解释。

除了文本上的特征，古风诗歌的"作者问题"也从口头创作方式和传承方式的角度被重新审视，古风诗歌里的"自我指涉"并不必然指向历史上的作者其人，而更有可能与诗歌所属的体裁以及相应传统使用的"人物形象"（persona）或者"面具"（mask）有关。所谓"作者"，更多的是这个传统塑造出来的形象，甚至是这个传统运用的诗学策略。倘若如此，《诗集》的"作者问题"就不再是溯源历史上的"特奥格尼斯"究竟创作了诗集的哪个"核心"部分，后人又是如何冒用其名层层"阑入"了其余的部分，而是把"特奥格尼斯"当作《诗集》里由许多诗人的声音合唱组成的一个最具"威权的声音"（authoritative voice），整部《诗集》也是在"特奥格尼斯"所代表的诗歌传统下汇合而成。这种"统一派"的解释模式催生了当代"特奥格尼斯研究"领域影响深远的论文集《麦加拉的特奥格尼斯：诗歌与城邦》，① 该论文集提出，《诗集》塑造的"特奥格尼斯的形象体现了由麦加拉诗歌传统累积起来的一个综合体（the figure of Theognis represents a cumulative synthesis of Megarian poetic tradition）"，而这里的"麦加拉"并非一时一地的某个具体城邦，并不实指"尼塞亚的麦加拉"或者"西西里的麦加拉"，而是由《诗

---

① Figueira & Nagy（eds.）1985（中译本见张芳宁等译，2014年）。

集》构建的所有希腊贵族的"母邦",① 这部《诗集》虽然最初肇自一种地方性的诗歌传统,随后却经历了泛希腊化的传播过程,其中大部分地方性的特征元素都被抹除,或经过提炼之后融入泛希腊的诗歌传统,"特奥格尼斯" 最终不再是麦加拉这一座城邦而是所有古风希腊城邦贵族的代言人。②

这种解释模式在《麦加拉的特奥格尼斯》一书里被具体阐发和运用,该书对《诗集》的诗性特质和诗学思想给予了前所未有的关注,应该说充分展现了这种模式的解释效力。不过,《麦加拉的特奥格尼斯》一书虽然提供了一个合理而有效的解释框架,却对整部《诗集》进行了一种"泛政治化"的解读,这种意识形态的取向已经在该书的副题"诗歌与城邦"里道出,并在"导言"里得到精炼的概括。这里我们不妨用一些引文来说明:《诗集》的"纲领是要恢复一座正常运作的贵族城邦",③ 因此"会饮"作为诗歌表演的场所形同"微缩的城邦","理想的会饮乃理想的城邦之模型(model, exemplar)","建立理想的会饮秩序旨在最终建立理想的城邦秩序";④ "会饮"与城邦之间存在一种平行关系,体现于包括"教育"在内的诸多方面,⑤ 就"教育"而言,会饮上的诗歌表演旨在"以教育(paideia)来塑形城邦政治,因为用诗歌来传授青年他们所在城邦的价值观念,正是希腊城邦生活的基础"。⑥ 从以上引文不难

---

① Figueira & Nagy(eds.)1985,p.2.

② Nagy 1985, pp.33-36.

③ Figueira & Nagy(eds.)1985, p.4: "the program of this poetry is the restoration of a properly functioning aristocratic state."

④ Ibid. p.8: "the symposium is a microcosm and a model of the larger community."

⑤ 参见 Figueira & Nagy(eds.)1985 里的 Levine 论文,除"教育"而外,该文还从"节制""狡智"以及"乌托邦"三方面勾勒出这种平行关系。

⑥ Figueira & Nagy(eds.)1985, p.7: "the poems of Theognis……represent poetry as it informs politics through paideia 'education'; for the foundation of Greek political life was the instruction of young boys in the values of their own polis through poetry."

推断：会饮上的"诗教"不啻为城邦政治生活的"预备练习"，而《诗集》便可视作此种"诗教"的一个范本。鉴于此书的影响力，本章将集中反思"会饮"与"城邦"的关系，尤其是会饮上的"诗教"与城邦政治生活的关系，旨在纠正上述"泛政治化"解读的流弊。

需要说明的是，本章的考论以"统一派"的取径为解释框架，将整部诗集看作古风贵族"诗教"的代表，涵括了麦加拉贵族阶层的"诗教"整体，呈现了其中的各项主要原则。①《诗集》的主题并非单一，主要涉及会饮的规则与实践、城邦的处境、财富、美德、男童恋与友情、婚姻与妇女，等等，然而透过这多样的主题，却不难发现其中一条主导性的线索，这便是贵族阶层的种种生活理想，《诗集》对于这些理想的表述与展现设定在一位成年贵族向一位少年贵族言说的框架内，集中体现了这一框架的便是由第19-254行构成的《诗集》的核心部分，这一部分甚至被现代学者冠以"居尔诺斯集"（The Kyrnos Book）的别名，本章的考论便以"居尔诺斯集"为主要依据，并辅之以其余部分的相关篇什。

第二节　特奥格尼斯的印章

§2."居尔诺斯集"以一首"卷首诗"（第19-38行）和一首"卷尾诗"（第237-254行）为框架，"卷首诗"之后是两首较长的"城邦诗"（第39-52行和第53-68行），随后则是长短不一的短诗，其中最短的只有两行（一个挽歌对句），较长的则为十行或十二行（五或六个挽歌对句）。诗集伊始，诗人便用一首长达二十行的"卷首诗"在他自己和"居尔诺斯"之间建立了一种教育关系，诗人明言，要将他的"智慧"传授给一位未经世事的少年（pais）：

---

① 因此，本章所使用的"特奥格尼斯"一名，指的是存世《诗集》里呈现出来的古风贵族诗人的形象及其所代表的贵族"诗教"传统，而非历史上的特奥格尼斯。

居尔诺斯啊，因我展示智慧（sophizomenos），让我把印章
（sphrēgis）盖在
　　这些诗句（epē）上面，它们就不会失窃而不被察觉；
好东西若在，就没有人能够以次充好。
　　每个人都会说："这些诗句（epē）属于特奥格尼斯，
一位麦加拉人，他的名字人人称道。"
　　然而我还无法取悦城邦里的所有民众，
这并不奇怪，波吕保斯之子啊，就连宙斯
　　降下雨水还是将之收回，也无法取悦每个人。
对你满怀好意，我给你教诲（hupothēsomai），是我自己，
　　居尔诺斯啊，孩提时代从高贵者（agathoi）那里所学。

Κύρνε, σοφιζομένῳ μὲν ἐμοὶ σφρηγὶς ἐπικείσθω
　　τοῖσδ' ἔπεσιν· λήσει δ' οὔποτε κλεπτόμενα,
οὐδέ τις ἀλλάξει κάκιον τοὐσθλοῦ παρεόντος,
　　ὧδε δὲ πᾶς τις ἐρεῖ· "Θεόγνιδός ἐστιν ἔπη
τοῦ Μεγαρέως· πάντας δὲ κατ' ἀνθρώπους ὀνομαστός"·
　　ἀστοῖσιν δ' οὔπω πᾶσιν ἁδεῖν δύναμαι.
οὐδὲν θαυμαστόν, Πολυπαΐδ'· οὐδὲ γὰρ ὁ Ζεὺς
　　οὔθ' ὕων πάντεσσ' ἁνδάνει οὔτ' ἀνέχων.
σοὶ δ' ἐγὼ εὖ φρονέων ὑποθήσομαι, οἷάπερ αὐτός,
　　Κύρν', ἀπὸ τῶν ἀγαθῶν παῖς ἔτ' ἐὼν ἔμαθον.

（《诗集》，第 19-28 行）

上引的十行诗被学界称作"印章诗"，与接下去的第 29-38 行共同组成整部诗集的"卷首诗"，也是最重要的一首，为特奥格尼斯

第六章　会饮上的诗教——《特奥格尼斯诗集》与"美德"的养成　239

的"诗教"定下了基调。① "印章诗"包含五个挽歌对句，可分为前后相等各占五行的两个部分，其中前一部分（第 19-23 行）与后一部分（第 24-28 行）适成对照：一边是"展示智慧"而表演诗歌的诗人，另一边是与他同处一邦的民众以及居尔诺斯；后一部分里，在城邦民众与居尔诺斯之间又出现了另一层对照：诗人无法"取悦"所有的城邦民众，但对居尔诺斯却"满怀好意"，努力让他满意。这两层对照关系显然在强调，诗人与居尔诺斯的关系才是最实质性的关系；相比之下，与诗人同处一邦的民众只能退居背景。居尔诺斯同诗人一样，属于由少数"高贵者"（agathoi）组成的团体，正聚集在会饮的场合，是诗人"展示智慧"的真正受众。此外，这首诗的结构还透露了诗人"展示智慧"的主要目的，因为第 27 行的"对你满怀好意"（σοι δ'ἐγω εὖ φρονέων）与第 19 行的"因我展示智慧"（σοφιζομένῳ μὲν ἐμοι）形成了一个小型的"环状结构"，并且由第 28 行与第 19 行起首的两个相同的呼格"居尔诺斯啊"（Κύρνε）得到加强。② 于是，这首诗的内在脉动从第 19 行的 sophizomenos 朝向第 27 行的 hupothēsomai，并且在上述两个"对立"的部分当中展开，最后由"我给你教诲"呼应"我展示智慧"。

"印章诗"里最关键的是"印章"的比喻（第 19-23 行），一如诗人在这几行诗里的预言，我们迄今仍在称道"麦加拉人特奥格尼斯"的名字，主要归功于"印章"的比喻。③ 这个比喻对理解特奥

---

① 也有论者（例如 West 1974）提出，这里有两首或三首独立的诗；Johansen 的长文（1991，1993 及 1996）就这首诗的"整一性"进行了翔实的考辨。本论认为，即便《诗集》第 19-38 行包含了几首诗，这几首诗前后继续的安排绝非随意，必定体现了某种内在的关联。

② 有关这首诗的结构及其中的多重"对照"（anthithesis），参见 Campbell 1967, pp.347-348; West 1974, pp.149-150; Edmunds 1997, pp.33-36; Faraone 2008, pp.57-60。

③ 这也是"印章"（sphrēgis）这个词在现存古希腊文献里首次出现，开创了这个文学母题的悠久历史，参阅 W. Aly, "Sphragis", RE 3A（1929）; Kranz 1961。

格尼斯的"诗教"起着指导性的作用,历来为论者关注。① 让我们首先辨析"特奥格尼斯的印章"的表面喻义,明乎此,才能进一步探究其深层含义。这个比喻的表面喻义依托其文化情境,亦即实际的印章在古希腊世界里的用途。石制或金属制的印章很早就在古希腊出现,有些佩戴在脖子或手腕上,但最常见的是装配在戒指上,组成一种印章戒指(signet ring)。一般来说,早期的印章具备两种互相关联的用途:其一,印章被盖在私人的财产上,如大门、箱子或罐子上面,用来维护所有权,防止未经许可的侵入,它的实用目的与现代的锁相似,不过与锁相比更容易被破坏;其二,印章被用来证实身份,信使带着有印记的印章来证明所传达的信息是由谁发送的。② 索福克勒斯的悲剧《特拉基斯妇女》(*Trachiniae*)第598-632行描绘了一个场景,充分说明了印章的以上两种用途:赫拉克勒斯攻克了优比亚的一座城池以后,爱上了他所虏获的一位女俘,他的妻子德阿涅拉为了重新赢回丈夫的心,做出最后一番努力,派遣传令官利卡斯作为信使把一件袍子送到赫拉克勒斯手中,并带口信要求他立即穿上,这件袍子抹上了马人涅索斯临死时留给她的所谓"爱药",德阿涅拉相信赫拉克勒斯只要披上了袍子就会对自己重萌爱意。在信使利卡斯临行前,德阿涅拉对他说:

---

① 当代最重要的论文,按时间顺序为:Woodbury1952, Griffith 1983, Ford 1985, Pratt 1995, Edmunds 1997,学者们主要从"印章"的所指和效用两方面来解释这个比喻,仅就"印章"的所指而言,Woodbury 认为是"特奥格尼斯的名字",以确保他对《诗集》的所有权,Carrière(1975, p.142)认为是在每一首特奥格尼斯的诗作里都会出现的"居尔诺斯的名字",Griffith 认为是"诗人与居尔诺斯以及其他听众的关系",Pratt 认为是"书写得以将之前口传的诗歌固定下来的这一新颖的用途",Edmunds 认为是"《特奥格尼斯诗集》在政治和道德层面上的特征,由'特奥格尼斯'一名来指代",如此等等,不一而足。

② 参阅 Boardman 1970,实物材料相对丰富的是雅典,参阅 Bonner 1908。在雅典,到了梭伦的年代印章可能已经很流行了,因为这位立法者据说颁布了一条法律,禁止印章雕刻师保留所售戒指的印模(第欧根尼·拉尔修,1.57)。

第六章　会饮上的诗教——《特奥格尼斯诗集》与"美德"的养成　　241

你带去这个标记（sēma）作证，他很容易就会认出
我的印章（sphragis）圈子上的这个标记。

καὶ τῶνδ' ἀποίσεις σῆμ', ὃ κεῖνος εὐμαθὲς
σφραγῖδος ἕρκει τῷδ' ἐπὸν μαθήσεται.

（《特拉基斯妇女》，第 613-614 行）

德阿涅拉所谓的"标记"（sēma），指的是她的印章的印记，位于戒指上嵌宝石的座盘（"圈子"）上，她用这个印章在装有袍子的匣子的封蜡上印了一个标记，这样一来，赫拉克勒斯会很容易地认出袍子的所有者，也会毫不犹豫地执行利卡斯带来的口信；接着，德阿涅拉又警告利卡斯"要遵守这条规矩：你是一个使者，别想做分外的事情"（第 616-617 行），她的言下之意是，不要破坏匣子上的印记，打开匣子偷看里面的物品。可见，德阿涅拉的印章起到了两重功能，印章的"标记"不仅证明了袍子所有者的身份，而且也防止他人的觊觎。

印章上的印记通常以描绘神明、英雄或是动物的图案来表示，但有时也直接使用文字，例如公元前 5 世纪的一枚印章上就刻有如下字样：Θέρσιός ἐμι σᾶμα· μή με ἄνοιγε（"我是特尔西斯的标记，不要把我打开"），[1] 这段印章文字的形式（"我是……[一个属格人名]"）常常用来标志和维护所有权。[2] 与此相似，特奥格尼斯的"印章"可以看作是由一个"镌刻的文本"构成的，这个"文本"道出了这些诗句的所有者的名字并证明了他的身份："这

---

[1] Boardman 1970, p.141。
[2] 文字的早期用途之一，正是标志和维护所有权，参阅 Thomas 1992, pp.58-59。

些诗句（epē）属于麦加拉人特奥格尼斯，他的名字人人称道"（《诗集》第22-23行）。正因为特奥格尼斯把这个包括他的名字的"文本"当作"印章"盖在了"这些诗句"之上，其他人才无法盗用，或者更换而以次充好（第20-21行）。① 可见，古希腊印章的用途当中所包含的所有权和证明身份的观念都在特奥格尼斯的比喻里发挥着作用。

从表面喻义看，特奥格尼斯的"印章"通过证明诗人的身份来维护他对诗句的所有权。传统的文学史观点认为，这里对文学作品的所有权的强调，应当归功于当时在整个艺术领域内日益萌发的自我意识。就诗歌而言，从荷马为代表的史诗诗人的"匿名"，经由赫西奥德和"荷马"颂诗诗人的自我指认，到弦琴诗（例如阿尔基洛科斯、阿尔凯奥斯、萨福等等）张扬诗人个性的"主观性"，这个"进化过程"体现了自我意识的苏醒，而"特奥格尼斯的印章"可谓其中关键的一环，诗人使用"印章"的比喻不仅宣告自己是诗篇的作者，而且还首次流露出对著作版权的保护意识。著名德国古典学家耶格尔（Werner Jaeger）曾经力主此说，他在 Paideia 一书中写道："特奥格尼斯使用了一个风格上的特殊表现手法来标志自己的作品，使之带上别人无法弄错的著作权的标记。"② 不过，这种解释明显受到"著作权"和"版权"等现代观念的影响，已遭到广泛质疑，在古风希腊诗歌的研究领域内引入近代才兴起的"原创作者"之类的概念，不免要犯下严重的时代错误；③ 此外，这种解释背后的"进化说"无视古风诗歌的口传性质和表演性质，也已经饱受诟病。当代学者们认为，荷马史诗、赫西奥德诗歌、"荷

---

① 当然，特奥格尼斯的"印章"像实际的印章一样，并不能阻止偷窃，不过诗人相信，他的诗句一旦失窃，就会被察觉。

② Jaeger 1945, vol.1, p.190: "(But) Theognis used a special stylistic device to mark his own work with an unmistakable sign of copyright."

③ 具体的论点这里不再赘述，详见 Woodbury1952 以及 Ford 1985。

马"颂诗以及弦琴诗之间的区别主要归因于各种诗歌类型的功能分工,并不遵循"个性的觉醒"之类的进化过程。早期希腊诗歌由于是口头表演和口头流传的,与各种社会生活的场合有着密不可分的联系,各种类型的诗歌的起源甚至可以追溯到不同的社会机制,不同的诗歌类型承担了不同的社会功能,无法用进化模式来解释诗歌类型的历史"演变"。

有鉴于此,有必要透过"特奥格尼斯的印章"的表面喻义,从《诗集》表演场合的特性以及诗人传达"智慧"的特殊方式来探究其深层含义与真正效用。前引索福克勒斯悲剧《特拉基斯妇女》里描绘的印章的使用,还为我们提供了另外一条重要的线索:德阿涅拉在装有袍子的匣子上盖上自己的印章,是让赫拉克勒斯能够心领神会,打开匣子见到袍子以后应该做什么;换言之,盖上印章的物品通过对所有权和身份的强调,还可以在它的所有者与它的接受者之间传达某种"不言而喻的"信息。这种信息在"特奥格尼斯的印章"里,蕴含在一个关键词 sophizomenos 当中,译成中文就是"因我展现智慧"。原文里这个单词的位置非常突出,它被放置在呼格的 Kurne("居尔诺斯啊")之后,所有其他词句之前,既点明了它的重要性,也巧妙地把"展示智慧的诗人"与"居尔诺斯"联结起来。词源上看,sophizomenos 是动词 sophizomai 的现在分词形式,后者派生于名词 sophos,① sophizomai 按字面意思,可译作"我展示智慧","我具有某方面的智慧"。由于特奥格尼斯在此指的是他作为诗人所从事的活动,这个词又可以更精确地理解为"我通过诗歌表演来展示智慧","我在诗歌这方面具有智慧"。② 那么,诗

---

① 有关 sophos, sophia, sophizomai 这同一组词的词源,参阅 Chantraine 1999 里的 sophos 词条。
② 部分学者(例如 Woodbury 1952, pp.26-27; Campbell 1967, p.348)把 sophizomai 一词狭义地理解为"我展现诗歌技巧",本论未敢苟同。综观整个《特奥格尼斯诗集》,其中出现的 sophia 及相关词汇绝不仅限于狭义的"技巧"层面,详见下文 §4 的讨论。

人为什么要在"印章"的比喻里如此强调自己的"智慧"?"智慧"与诗歌表演之间的具体关系是什么?

§3. 对特奥格尼斯来说,与其他古风诗人一样,"智慧"的来源是缪斯女神。诗人通过界定与这些女神的特殊关系,来界定自己所拥有的"智慧"的性质:

> 缪斯们的随从和使者,因为[①]他所知超群出众,
> 　　不应该对他的智慧(sophia)有所吝惜,
> 他求索其中的一些,展示一些,创制另一些;
> 　　倘若只有他自己知道,对她们又有何用处?

> χρὴ Μουσῶν θεράποντα καὶ ἄγγελον, εἴ τι περισσὸν
> 　　εἰδείη, σοφίης μὴ φθονερὸν τελέθειν,
> ἀλλὰ τὰ μὲν μῶσθαι, τὰ δὲ δεικνύναι, ἄλλα δὲ ποιεῖν·
> 　　τί σφιν χρήσηται μοῦνος ἐπιστάμενος;

(《诗集》,第 769-772 行)

整部《诗集》四次提及缪斯女神,分别为第四首序诗(引文见下文 §4)、《居尔诺斯集》"卷尾诗"(引文见下文 §4)、第 1055-1058 行以及此处。这首诗虽然出现在《诗集》的"杂诗"部分,但其所在位置并非随意,有学者提出,从第 757 行开始,仿佛是与"居尔诺斯集"卷首平行的另一个诗集的开端,因为第 757-764 行宛若一首向宙斯与阿波罗祈告的"序诗"(其中提到"先奠酒来取悦众神",

---

① εἰ 在这里应该理解为表示原因而非条件,参见 van Groningen 1957, pp.103-109。

随后再开怀畅饮），在上引的"缪斯诗"之后，则又是一首向阿波罗祈告的"城邦诗"（第 773-788 行）。① 虽然这一假设无从证实，但也提醒我们，这首诗可能具有"序诗"的性质，而"序诗"正是早期诗人表述自己的"诗学"观念最适宜的场合，因此不可等闲视之。②

诗人称呼自己为"缪斯们的随从和使者"（Μουσῶν θεράποντα καὶ ἄγγελον），这个意味深长的称号在史诗传统的基础上，重新界定了诗人与缪斯女神的关系。诗人是"缪斯们的随从"（Μουσῶν θεράπων）这种说法早已出现在赫西奥德《神谱》（第 100 行）那里，并屡见于其他早期诗歌，③ 不过，θεράπων（"随从"）一词所指并非简单的追随者，而是具有特殊的宗教含义，可以说是某种"仪式上的替代者"，也就是说，作为"缪斯的随从"，诗人与女神们被紧密地联结在一种崇拜仪式的关系当中，④ 这种关系最典型地体现在《神谱》序诗那里（详第三章 §2）。诗人以崇拜仪式来供奉缪斯女神，成为她们的"随从"，而作为回报，诗人从女神们那里得到"智慧"，因而"所知超群出众"。特奥格尼斯在此处以有用与否来衡量自己的智慧，更关心如何传达智慧，诗人反问：如果只有他自己知道，对于缪斯女神来说，诗人又有何用处？因此，特奥格尼斯进一步界定自己为"缪斯们的使者"，通过诗歌表演为受众带来她们的馈赠。第三行诗里用到的三个动词与第二行的 sophia 一词直接相关，评家大多解作"诗歌"或"诗艺"的三个方面，⑤ 本

---

① 参见 Fränkel 1973 [1962], pp.406-407 以及 Carrière 1975, pp.172-173。
② 或者，这四行诗是一首更长的诗作（或诗歌表演）的开篇（见 Woodbury 1991, p.489），因而也具有类似序诗的性质。
③ 例如《荷马颂诗第 32 首》，第 20 行；《马吉特斯》（Margites），残篇 1、2 等处。
④ 正如荷马的武士是"战神阿瑞斯的随从"，详见 Nagy 1999, pp.292-297 的论述。
⑤ 例如 van Groningen 1957, pp.103-109（三种不同的诗歌类型）；Woodbury 1991, pp.483-501（三种诗歌"发表"的方式）；Carrière 1975, p.174（诗人的三重功能）；Edmunds 1985, pp.106-109（ainos 的两个面相）；Ford 1985, pp.93-94（三种政治性的诗歌"发表"方式）。

论认为，sophia 在《诗集》里虽然也指代"诗艺"，但并不局限于此。据统计，整部诗集出现与 sophia 相关的词语共达 21 处，① 其含义可以归纳成三组：其一，诗人自我呈现为"智慧的拥有者"（sophos）（例如第 19 行和 682 行）；其二，特指会饮上的"智慧"（例如第 502 行、654 行和 876 行）；其三，宽泛意义上的"智慧"（例如第 120 行、1060 行和 1159 行）。总体而言，sophia 的语义场包含"技艺""知识""巧智""狡黠"等等，并不特指诗人的"技艺"，而诗人所拥有的 sophia 应当从宽泛的意义上来理解，看作是一种"诗的智慧"。

既如上述，第 772 行诗里的三个动词实质上道出了智慧之传达的三个方面：第一个动词 μῶσθαι 十分罕见，大意是指某种智识上的努力，或可解作"求索"。柏拉图在《克拉底鲁篇》里也用这个词来为缪斯女神的名字作词源学上的解释说，"至于缪斯女神（Mousai）和总体上而言的艺术（mousikē），她们似乎得名于 μῶσθαι，得名于'探究'（zētēsis）和'爱智'（philosophia）"，② 依照这一解释，诗人必须先从缪斯那里"求索"智慧，这是诗人与缪斯女神的特殊关系决定的，然后他才能用两种方式来传达，这两种方式分别为"展示"和"创制"。③ 概而言之，作为"缪斯们的随从"，诗人从她们那里得到"智慧"；作为"缪斯们的使者"，他肩负传达"智慧"的使命。

在诗人看来，这一神圣的使命可与另一位特殊使者的使命相提并论：

---

① 根据 D. Young 的"托依布纳"版（1961 年）所附的"单词索引"（Index Verborum），出处如下：sophia 218, 564, 770, 790, 876, 942, 995, 1074, 1157, 1159; sophos 120, 502, 565, 682, 902, 1004, 1060, 1159, 1389; sophizomai 19; asophos 370。

② *Cratylus*, 406a。

③ ποιεῖν 意为"制作"，在公元前 5 世纪以前用来指称"诗歌创作"的情况并不多见（另见于《诗集》第 713-714 行及梭伦残篇 20 第 3 行），参阅 Ford 2002, 第六章的详论。

第六章 会饮上的诗教——《特奥格尼斯诗集》与"美德"的养成　247

神使（theōros）必须比木匠的绳墨、直尺和矩尺
　　更加正直，居尔诺斯啊，他要时刻提防；
因为德尔斐神的女祭司对他给出暗示（sēmainei），
　　从富裕的神殿发出了神的声音。
倘若你添油加醋，再不会找到其他的补救之法，
　　倘若你隐瞒减损，也无法逃避对神明的冒渎（amplakiē）。

τόρνου καὶ στάθμης καὶ γνώμονος ἄνδρα θεωρὸν
　　εὐθύτερον χρὴ <ἔ>μεν, Κύρνε, φυλασσόμενον,
ᾧτινί κεν Πυθῶνι θεοῦ χρήσασ' ἱέρεια
　　ὀμφὴν σημήνῃ πίονος ἐξ ἀδύτου·
οὔτε τι γὰρ προσθεὶς οὐδέν κ' ἔτι φάρμακον εὕροις,
　　οὐδ' ἀφελὼν πρὸς θεῶν ἀμπλακίην προφύγοις.

（《诗集》，第 805-810 行）

诗人提及的"神使"（theōros），乃是由城邦派遣到德尔斐圣所请求神谕的特殊使者，他跋涉到神谕所在地，执行相应的祭祀和仪式，然后询问神谕，最后回到城邦宣告神的回复。一个著名的例子是索福克勒斯的悲剧《俄狄浦斯王》的开始处（第 114 行以下），从德尔斐询问神谕返回忒拜城的克瑞翁。"神使"得到的神谕被认为是神与城邦之间的机密交流，所以要被密封来确保其权威性，不至于受到篡改，而城邦对中途泄密的"神使"会施以严厉的惩罚。① 这种制度（希腊人称之为 theōria）为诗人的自我呈现提供了适恰的

---

① 除此以外，还有其他类型的 theōroi，例如出席重大宗教节日的"观礼员"，为观光和增长见识的目的而四处游历的好学之士，有关古典时期的 theōria 这一重要文化现象及其思想含义，参见 Nightingale 2004。

比拟，尤其因为这首诗强调的是"神使"的使命，而不是城邦在得到神谕之后应该如何采取行动，正如从神那里传达神谕的神使，诗人带来了神圣的信息，即"缪斯女神的馈赠"。①

如第三章第一节所述，德尔斐的阿波罗神谕由他的女祭司皮提亚（Pythia）发布，再由"宣告者"（prophētēs）编排成诗体向询问者宣告，德尔斐神谕颁布的过程中，女祭司→"宣告者"→城邦委派的"神使"构成了三个紧密相扣的环节。在赫西奥德一类的先知－诗人那里，诗人只承担前两个环节的功能，并往往将两者合而为一，到了特奥格尼斯这里，"德尔菲神谕的模式"得到了进一步的推展：由于诗人既是"缪斯的随从"，亦是她们的"使者"，他便同时承担了"宣告者"和"神使"的两重作用，他的诗歌如同从德尔菲带回的"神谕"，而这"神谕"是诗人从缪斯女神那里得到的，正如皮媞亚的神谕是从阿波罗那里得到的。可见，在赫西奥德那里，作为先知的诗人好比是德尔菲的皮媞亚和"宣告者"（prophētēs），因此而独立于希腊诸城邦之外，而在特奥格尼斯那里，诗人不再是居留于德尔菲的先知，而是从那里获取了"神谕"并返回城邦的"使者"。

从这个角度，我们能更为明确地掌握"特奥格尼斯的印章"的真正用途。倘若诗人对"智慧"的传达乃是以德尔菲神谕为模式，那么盖上"印章"显然是为了防止诗人的"智慧"在诗歌表演之际遭到篡改，上引《诗集》第805-810行这首诗便强调如何正确地对待和传递神谕，特别强调"神使"的重要品质：正直和诚实。"神使"不能以任何方式篡改神谕，既不能添油加醋也不能隐瞒减损，不然的话，他将难逃来自神明的罪责。"神使"的这些品质显然也适用

---

① 也有学者（例如 Bowra 1959; Carrière 1975）根据这首诗的字面意思进行"传记式"的解读，推测特奥格尼斯曾经担任过麦加拉城邦的"神使"一职，此处他正在向居尔诺斯传授"神使"的庄严职责。

于诗人自己，对观下引这首诗便不难体会：

> 我必须凭木匠的直尺和矩尺来做出这个判决，
> 　　居尔诺斯啊，给予双方同样的公道，
> 凭靠先知、鸟兆和燃烧的祭品的助力，
> 　　以免因冒渎（amplakiē）而招致可耻的谴责。

> χρή με <u>παρὰ στάθμην καὶ γνώμονα</u> τήνδε δικάσσαι,
> 　　Κύρνε, δίκην, ἶσόν τ' ἀμφοτέροισι δόμεν,
> μάντεσί τ' οἰωνοῖς τε καὶ αἰθομένοις ἱεροῖσιν,
> 　　ὄφρα μὴ <u>ἀμπλακίης</u> αἰσχρὸν ὄνειδος ἔχω.

（《诗集》，第 543-546 行）

诗人使用了同样的比喻（"木匠的直尺和矩尺"），同样提到了"冒渎"，无疑使我们联想起"神使"的形象，特奥格尼斯正是用"神使"的品质来理解自己作为诗人的品质。此外，预言神阿波罗通过"神使"与城邦之间进行加密的交流，其情形恰如缪斯通过诗人与他的听众之间进行的交流。如所周知，神谕通常使用暗示的语言，正如赫拉克利特的著名箴言所云："在德尔斐拥有神谕的那位主宰，既不明说也不隐瞒，而是暗示（sēmainō）"，① 特奥格尼斯在前引第 808 行恰恰也使用了 sēmainō 这个词，来形容女祭司发出神的"声音"，亦即神谕乃是"暗示"。神谕的"暗示性"往往来自于其诗歌语言的"暗示性"，如同"神使"具有神圣的责任防止神谕受到篡改，诗人也必须防止自己的诗句受到篡改，所以他要求在他的诗句上

---

① 22B 93 DK.

"盖上印章",这样一来,所有人都知道这些诗句属于特奥格尼斯。诗人之所以用"印章"来证明和维护对"这些诗句"的所有权,正是为了确保来自缪斯女神的"智慧"经由诗人得到准确无误的传达。

§4. 准确无误的传达既依赖诗人也依赖他的听众,那么处于诗人传达智慧另一端的听众又该如何准确地领受诗人的"智慧"呢?让我们再回到 sophizomenō 这个关键词。除了表示原因,这个现在分词的另一个主要用法是表示时间或场合,可以理解为"当我展示智慧时",所以它必须被置放到诗人展示"智慧"的场合,即诗歌表演当中来理解,因为诗人在特殊的场合上传达他的"智慧",并且通过诗歌表演与他的听众之间建立起一种特殊的关系。由于会饮制度本身的排外性质,在那里表演的诗歌不时地采用一种特殊的传达方式来体现这种排外性,加强维系于诗人与听众之间的纽带。古风时期的会饮是只有贵族成员参加的排外性质的制度,在会饮表演的诗歌往往采用加密的交流方式,这主要体现在两个方面:其一,诗歌赋予一些重要的词汇以特殊的含义,灌注贵族精英的意识形态于其中,例如 agathoi, kakoi, philoi, sophoi 等词;其二,运用特殊的传达方式,例如 ainos。纵观整部《诗集》,最能体现诗人试图与他的听众形成一个排外团体的词汇恰恰是"智慧"(sophia, sophos),例如,诗集里有一首著名的诗(第 667-682 行)把处于内讧的城邦比作遭遇风暴的海船,这首诗以如下两行结尾:

> 这些掩盖起来的(kekrummena)话语是我对高贵者(agathoi)
> 所说的隐语(ainissomai),
> 只要他拥有智慧(sophos),任何人都能认清灾难所在。

ταὐτά μοι ἠνίχθω κεκρυμμένα τοῖς ἀγαθοῖσιν·

γινώσκοι δ' ἄν τις καὶ κακόν, ἄν σοφὸς ᾖ.

(《诗集》,第 681-682 行)

在这两行诗里,第二行的"拥有智慧者"(sophos)与第一行的"我"即诗人之间,存在一种默契关系,诗人的话语闪烁其辞却暗藏玄机,是"掩盖起来的话语"即"隐语",指向"城邦之舟"面临的真正灾难所在。所谓"隐语",迻译的是 ainissomai(原文为 ainissomai 一词的被动态命令式)一词,指的是介乎晦明之间的言说方式;而这个动词又来自于名词 ainos,根据美国古典学家纳什(Gregory Nagy)的相关研究,ainos 在早期诗歌和诗学里具有特殊的含义,要正确领受 ainos,对听众有着三重相互交织的要求:其一,听众必须是 sophoi,智识上能够理解诗歌加密的信息;其二,听众必须是 agathoi,与诗人同为"高贵者",满足美德上的必要条件;其三,听众必须是 philoi,与诗人同为契友,满足情感上的必要条件。① 在此基础上纳什指出,诗人把"城邦之船"的寓言呈现为一个 ainos,其中充满了两可性和排外性:"ainos 指代一种类型的诗歌话语,只能被它所针对的听众准确无误地理解……ainos 需要一种至少带有两个寓意的密码——正确的寓意给它针对的听众,错误和改窜的寓意给其他人"。② 因此,正如诗人在加密其 ainos 的时候是 sophos,他的听众也必须在对其解密的时候成为 sophoi,正确地理解诗人使用了 ainos 的诗句,比如"城邦之船"的寓言,意味着听众与诗人之间形成了用"智慧"维系起来的紧密的小团体。

---

① 参见 Nagy 1990, p.148。

② Nagy 1985, p.24: "…ainos, designating a mode of poetic discourse that is unmistakably understandable only to its intended audience…the ainos entails one code with at least two messages—the true one for the intended audience and the false or garbled ones for all others."

在古风希腊，会饮上小团体内部的这种紧密关系依托于一个重要的社会机制，这在《诗集》当中得到充分反映。整部《诗集》被冠以四首具有序诗性质的颂神诗，① 再现了会饮上诗歌表演的惯例，因为会饮上的诗歌表演通常以颂扬神明的短诗开始。四首颂神诗里的最后一首，也是"卷首诗"之前的一首诗，献给了缪斯女神和美惠女神（Charites）：

缪斯女神与美惠女神啊，宙斯的女儿们，你们曾经
　　莅临卡德墨斯的婚礼，歌唱动人的诗句（epos）：
"凡美善者皆可爱，不美善者不可爱。"
　　这样的诗句出自不朽的芳唇。

Μοῦσαι καὶ Χάριτες, κοῦραι Διός, αἵ ποτε Κάδμου
　　ἐς γάμον ἐλθοῦσαι καλὸν ἀείσατ᾽ ἔπος,
"ὅττι καλὸν φίλον ἐστί, τὸ δ᾽οὐ καλὸν οὐ φίλον ἐστί"·
　　τοῦτ᾽ ἔπος ἀθανάτων ἦλθε διὰ στομάτων.

（《诗集》，第 15-18 行）

奇特的是，在这首"序诗"性质的颂诗里，诗人并没有向缪斯女神祈求灵感，而是描述她们与妹妹们美惠女神来到忒拜城的建立者卡德墨斯的婚礼，共同歌唱动人的诗句（epos）。② 这里要提出的问题是：美惠女神为什么与诗歌的保护神一起被呼唤？根据赫西奥德的《神谱》（第 907-909 行），美惠女神是宙斯在登临天界王位后与

---

① 分别为两首致阿波罗（第 1-10 行），一首致阿尔特弥丝（第 11-14 行）以及一首致缪斯女神和美惠女神（第 15-18 行），有关这几首颂神诗，另可参见附录三的译文简注。
② 比较梭伦残篇十三第 1-6 行的开篇祈告，详第五章 §4。

第三位妻子欧律诺美（Eurynome）所生的女儿。与缪斯女神相似，美惠女神同歌唱和舞蹈有着密切关联，因此这两组女神经常同时在庆典之类的欢乐场面出现，神话中比较著名的一次正是此处提到的卡德墨斯与哈尔莫尼亚的婚礼。美惠女神是美丽、魅力和风度的化身，诗人呼唤她们，显然是希望她们把这些特征惠赠给自己和自己的诗歌；再者，美惠女神（Charites）又是 charis 的复数，是一种原则的化身，这种原则与特奥格尼斯诗歌面对的会饮中的听众尤为相关。古风诗歌里的 charis 一词不仅可以用来刻画个人的愉悦，而且往往用来形容一种社会关系，即"互惠"的原则。① 应用到会饮诗歌，诗人传达的"智慧"把诗人与他的听众维系在一种恩惠的互相交换关系当中：在会饮上，诗人向"契友"（philoi）组成的听众传达"智慧"，他也期待听众回报他的"恩惠"。

正是建立在这种"互惠"的原则之上，诗人塑造了自己与男孩居尔诺斯的"教育"关系，并创作了由"印章"比喻开启的整部《诗集》。前已言及，与包含"印章"比喻的"卷首诗"形成对照的是"卷尾诗"（第 237-254 行），其中诗人强调已经履行了自己的那部分义务："我给了你翅膀"（237）。诗人所谓的"翅膀"象征着诗歌带来的荣耀（kleos，第 245 行）会让居尔诺斯赢得不朽，借助特奥格尼斯的诗歌赐予的"翅膀"，整个希腊的年轻人都会吟诵他的美名，甚至在身后他也不会被人遗忘，未来的人们还会把他颂扬，居尔诺斯将会飞跃大地和海洋，来到每一场会饮，停留在许多人的唇上：

> 不是高坐在马背上，而是由头戴紫罗兰花环的
> 　缪斯女神的光辉赐赠把你送去；

---

① 参见 Nagy 1985, p.27, §6 n. 2。有关 charis 在整个早期希腊诗歌里的意涵，参见 MacLachlan 1993。

> 凡是属意缪斯赐赠的人，甚至百代之后，
> 都会以你为歌唱的对象，只要那时大地和太阳尚在。

οὐχ ἵππων νώτοισιν ἐφήμενος, ἀλλά σε πέμψει
  ἀγλαὰ Μουσάων δῶρα ἰοστεφάνων·
πᾶσι δ᾽ ὅσοισι μέμηλε καὶ ἐσσομένοισιν ἀοιδὴ
  ἔσσῃ ὁμῶς, ὄφρ᾽ ἂν γῆ τε καὶ ἠέλιος·

（《诗集》，第 249-252 行）

"缪斯女神的光辉赐赠"是诗人"展示智慧的"诗歌，诗人正是以此来赋予居尔诺斯"不朽的美名"。诗人出色地完成了他自己的职责，不仅用诗歌使居尔诺斯荣获"美名"，而且还以此实践了"高贵者"之间的"互惠"原则，成为"忠诚"和"信义"之德的表率。①

  总而言之，特奥格尼斯的诗歌承载了对居尔诺斯的"教诲"（hupothēkai），正是在"这些诗句"上，诗人要盖上他的"印章"。究其实质，"印章"所指的是诗人在"特奥格尼斯"与"居尔诺斯"两人之间确立起来的"诗教"关系：《诗集》的一个显著特点是散见于各处的"居尔诺斯"的名字，带有特奥格尼斯名字的"印章"盖在了这些包含了"居尔诺斯"的名字的"诗句"上，从而使两个人的名字不可分割地联结在了一起，象征着两人之间的上述关系；尤有甚者，诗人对 sophizomenō 一词的强调表明，在"印章"

---

① Tarkow 1977 质疑这一通行的解释，认为这首诗只是表面上颂扬居尔诺斯的"美名"，实质上蕴含了特奥格尼斯对居尔诺斯的不忠诚的"报复"，尤其是最末两行诗句顿时将"美名"化为"恶名"，整首诗因此体现并实施了"报复"这一重要的贵族品质，此说虽不乏新意，但若纳入"诗教"框架观之，却难以成立。

的比喻里，特奥格尼斯是"展现智慧"的诗人，而领受其智慧的是居尔诺斯（以及他所代表的其他听众），因此"印章"的深层含义与真正效用是要同时确保诗人的"智慧"如同德尔菲的神谕那样准确无误的传达和领受；可以说，"印章"攸关特奥格尼斯"诗教"的根本性质，对之给出了三重的界定：特奥格尼斯和居尔诺斯之间的"诗教"关系的界定，诗人的自我界定（诗性智慧）以及受众的界定（对智慧的领受）。

第三节　"美德"是否可教？

§5.《诗集》的"诗教"以诗人特奥格尼斯对少年居尔诺斯的言说为框架，概括为"教诲"（hupothēkai）的传承，而这些"教诲"是诗人在孩提时代从长辈"高贵者"那里学得的：

对你满怀好意，我给你教诲（hupothēsomai），是我自己，
　　居尔诺斯啊，孩提时代从高贵之士（agathoi）那里所学
　　　　　　　　　　　　　　　　　　（emathon）。

σοὶ δ' ἐγὼ εὖ φρονέων ὑποθήσομαι, οἷάπερ αὐτός,
　　Κύρν', ἀπὸ τῶν ἀγαθῶν παῖς ἔτ' ἐὼν ἔμαθον.

（《诗集》，第27-28行）

表面上看，"教诲"在贵族之间代代相传，似乎自然而然，诗人只需借助诗歌表演来传授，居尔诺斯只需聆听，并同化"贵族"的"美德"（aretē），成为他们的一员即可。然而，随着"诗教"在"居尔诺斯集"里的开展，我们只听到诗人的一面之词，发现他运用包括

规劝、劝阻、祈告和诅咒在内的各种方法,但是对居尔诺斯所起到的作用,我们并无所知。① 直到"卷尾诗"的最后两行,诗人突然话锋一转,向居尔诺斯倾诉苦衷:

可我从你那里没有得到些许的敬畏(aidōs),
　　你用言语把我欺骗(apatais),好比我是乳臭未干的孩子。

αὐτὰρ ἐγὼν ὀλίγης παρὰ σεῦ οὐ τυγχάνω αἰδοῦς,
　ἀλλ᾽ ὥσπερ μικρὸν παῖδα λόγοις μ᾽ἀπατᾷς.

(《诗集》,第 253-254 行)

倘若把这两行诗与第 27-28 行相比照,不禁让我们心生诧异并且反问:诗人的"教诲"是否被居尔诺斯真正地接受并且践履?抑或是部分地接受部分地排拒?"卷尾诗"以这两行诗出人意料地收尾,不啻对整部"居尔诺斯集"里的"教诲"的"翻盘"。极具反讽意味的是,"卷首诗"里的诗人对少年(pais)居尔诺斯施以"教诲",而到了"卷尾诗"里诗人反而被居尔诺斯如同"孩子"(pais)一般对待;更有甚者,在"卷尾诗"里,诗人通过诗歌给予居尔诺斯"不朽的美名",是出于"互惠"关系(charis)而期待着回报的,令诗人不满的是,居尔诺斯对他没有足够的尊敬,用甜言蜜语欺骗他,没有履行自己的义务,居尔诺斯还没有掌握或实践"互惠"的

---

① 早在 1826 年,德国学者 Friedrich Welcker 就已提出,"居尔诺斯"乃是诗人虚构的名字,泛指贵族少年,以便诗人传授自己的"教诲",故而"教诲"在"居尔诺斯"身上产生的作用我们无从得知。本论认为,居尔诺斯虽未必实有其人,但在《诗集》里是一个具体人物(正如佩耳塞斯之于赫西奥德),是特奥格尼斯"诗教"针对的主要对象,我们可以从字里行间细心体味出"居尔诺斯"发生的变化。

原则，也没有真正习得"敬畏之心"（aidōs），倒是已经对"欺骗"（apatē）颇为熟稔。① 纵观《诗集》，"敬畏"（aidōs）正是诗人"教诲"里的重要一项（例如第83-86行，第409-410行，第635-636行以及第1161-1162行），而"欺骗"（apatē）也并非全具贬义，在"高贵者"与"低贱者"之间，甚至在"高贵者"之间的交往当中不无用途（例如第213-218行以及第1071-1074行）。

进一步而言，表面上的悖谬实质上指向某种更为内在的矛盾：一方面，诗人是一位教育者，能够把贵族品质传授给居尔诺斯；另一方面，诗人又强调，所有真正意义上的贵族品质都是与生俱来的，特奥格尼斯的"诗教"因此蕴含着贵族教育的一个内在矛盾，可以最直接地表述为"美德（aretē）是否可教？"这个著名的"苏格拉底问题"。我们知道，苏格拉底是针对智术教育提出这个根本问题的，原因在于智术师以收费授徒的教学方式来教授"美德"，从而引起了包括苏格拉底在内的雅典文化精英的极大质疑。不过，在苏格拉底生活的年代（公元前5世纪下半叶），由于智术师对教育思想和实践的关注，围绕"教育"基本上形成了一种共同的认识，即"天性"（phusis）、"教导"（didaskalia）以及"训练"（askēsis, meletē）三者必须结合，缺一不可。② 这三大要素当中孰轻孰重，是当时争论的焦点之一。譬如，在柏拉图《美诺》的开篇，来自特萨利的贵族青年美诺直截了当地向苏格拉底发问："你能否告诉我，苏格拉底啊，美德是可以传授的呢，还是训练而成的？如果既不能教，又不能练，是不是生来就具备的，还是用什么别的办法获取的？"③

---

① 也有注家把第253行里的否定词与形容词 oligēs（"些微"）联系起来，理解为"可我从你那里得到的尊敬并非微不足道"，亦即"极大的尊敬"；即便如此，根据下一行诗的意思，这种"极大的尊敬"也只是表面文章，并非出自真心实意，因此居尔诺斯是否真正地习得"敬畏之心"（aidōs），仍然存疑。

② 例如，阿里斯托芬《蛙》第1109行及以下。

③ 柏拉图：《美诺》70a，采用王太庆（2004年）的译文，略有改动。

不难发现，"教育"的三大要素已经包含在这个问题里："美德"是教授而成、训练而成，还是生来具备？不过，对苏格拉底而言，要回答"美德（aretē）是否可教？"的问题，首先必须对"何为美德？"进行哲学思辨。苏格拉底认为，只有当"美德"是一种知识，才是可教的，所以他在柏拉图的"早期"对话录里对"美德"是否一种知识展开了探究，例如《拉凯斯》《卡米德斯》以及《游叙弗伦》这三篇对话录的主旨分别是"勇武"（andreia）、"克己"（sophrosunē）和"虔敬"（eusebeia）这三种"美德"是否即为知识；"中期对话录"例如《普罗塔哥拉》与《理想国》，则更进一步地辨析，如若"美德"即为知识，诸种"美德"是否构成一个统一体，又如何得以在"灵魂"和"城邦"里养成。

在特奥格尼斯那里，"美德是否可教？"这个问题以诗的形式初露端倪，诗人当然并未对之进行哲学思辨，而是在其"诗教"当中包容了"教育"的三大要素，并围绕三者之间的关系形成两个核心问题。首先，**"天性"在贵族教育里占据了何种位置？**诗人对于"天性"（phusis）极为看重，这集中体现在以下这首诗里（另见第535-538行）：

> 生下并养育孩子，要比在他胸中置入高贵的心思（phrenas esthlas）
>
> 　　更为容易；还不曾有人想出办法，
> 让"愚蠢者"（aphrōn）变得"明智"（sōphrōn），让"低贱者"
> 　　（kakos）变得"高贵"（esthlos）。
> 倘若神明赐予阿斯克来皮乌斯门徒这种本领，
> 让他们医治人们的"低贱"（kakotēs）和糊涂的心思（atēras phrenas），
> 　　他们定会获得丰厚无比的酬金。

第六章 会饮上的诗教——《特奥格尼斯诗集》与"美德"的养成 259

倘若"智识"（noēma）可以造就并置入人心，
　　高贵（agathos）的父亲就不会有"低贱"（kakos）的儿子，
因为儿子会听从明智的言辞；但是凭借"教育"（didaskōn），
　　你无法让一位"低贱者"（kakos）变得"高贵"（agathos）。

φῦσαι καὶ θρέψαι ῥᾷον βροτὸν ἢ φρένας ἐσθλὰς
　　ἐνθέμεν· οὐδείς πω τοῦτό γ' ἐπεφράσατο,
ᾧ τις σώφρον' ἔθηκε τὸν ἄφρονα κἀκ κακοῦ ἐσθλόν.
εἰ δ' Ἀσκληπιάδαις τοῦτό γ' ἔδωκε θεός,
ἰᾶσθαι κακότητα καὶ ἀτηρὰς φρένας ἀνδρῶν,
　　πολλοὺς ἂν μισθοὺς καὶ μεγάλους ἔφερον.
εἰ δ' ἦν ποιητόν τε καὶ ἔνθετον ἀνδρὶ νόημα,
　　οὔποτ' ἂν ἐξ ἀγαθοῦ πατρὸς ἔγεντο κακός,
πειθόμενος μύθοισι σαόφροσιν· ἀλλὰ <u>διδάσκων</u>
　　οὔποτε ποιήσει τὸν κακὸν ἄνδρ' ἀγαθόν.

（《诗集》，第 429-438 行）

诗人言及的"天性"（phusis）是某种不可教育，不可塑造之物，高贵者（agathos）的"天性"由高贵的出身带来，他们生来禀赋"高贵的心思"；反过来说，"低贱者"（kakos）生来拥有"糊涂的心思"，没有教育者能将他从"愚蠢"（aphrōn）变为"明智"（sōphrōn），从"低贱"变为"高贵"（esthlos）。① "美德"只能教授给与生俱来的"高贵者"（agathos），也就是说，将他的高贵出身所带来的"天性"释放出来，把他潜在的高贵品质开展出来。因此，高贵者的

---

① 在柏拉图的《美诺》里（95d-96b），苏格拉底特意指出特奥格尼斯的"自相矛盾"，他引用了《诗集》第 33-36 行与第 434-438 行，解释诗人在这两处分别肯定和否定了"美德"可教。

"天性"既是贵族教育的出发点，亦是其最终目标。

然而，高贵者的"天性"虽是与生俱来，却并不牢固，"高贵的心思"（phrenas esthlas）尚未转化成"智识"（noēma），或被周遭的环境束缚，不得不隐藏而被遮蔽，或与"低贱者"为伍，不听从"明智的言辞"而被败坏。于是，对于高贵者"天性"的释放与完成，教育的其他两个要素即"教导"和"训练"亦不可或缺。"教导"和"训练"并非要造就高贵者的"天性"，因为那是与生俱来的，而是要让它凭靠"美德"来提升自己，朝向"高贵"来完成自己。这便牵引出特奥格尼斯贵族教育的第二个核心问题：**如何向"高贵者"传授"美德"（aretē），让他成为他自己之所是？**诗人在"居尔诺斯集"的"卷首诗"里明言，一方面要通过"教导"："对你满怀好意，我给你教诲（hupothēsomai），是我自己……孩提时代从高贵之士那里所学（emathon）"（第27-28行），也即是说，诗人把自己年幼时学得的"教诲"再次教授给"居尔诺斯"；另一方面也要通过一种特殊的"训练"：

你要认清这些事情原是如此：莫要与低贱
　　之徒为伍，而要时刻跟随高贵者；
与他们同饮同食，与他们同起同坐，
　　并要取悦那些大能大德之人。
因为从高贵者你将习得高贵，而倘若你
　　与低贱者混迹，连你所拥有的心智（noos）也会丧失。
领会这些话，与高贵者交往，总有一天你会说，
　　我给予契友的是良善的劝告。

ταῦτα μὲν οὕτως ἴσθι· κακοῖσι δὲ μὴ προσομίλει
　　ἀνδράσιν, ἀλλ' αἰεὶ τῶν ἀγαθῶν ἔχεο·

第六章 会饮上的诗教——《特奥格尼斯诗集》与"美德"的养成　261

καὶ μετὰ τοῖσιν πῖνε καὶ ἔσθιε, καὶ μετὰ τοῖσιν

　ἷζε, καὶ ἅνδανε τοῖς, ὧν μεγάλη δύναμις.

ἐσθλῶν μὲν γὰρ ἄπ᾽ ἐσθλὰ μαθήσεαι· ἢν δὲ κακοῖσι

　συμμίσγῃς, ἀπολεῖς καὶ τὸν ἐόντα νόον.

ταῦτα μαθὼν ἀγαθοῖσιν ὁμίλει, καί ποτε φήσεις

　εὖ συμβουλεύειν τοῖσι φίλοισιν ἐμέ.

（《诗集》，第 31-38 行）

这里的"训练"方式，是与其他"高贵者"聚会和交往（homilia），尤其是在会饮的场合，只有如此，"居尔诺斯"才能从高贵者那里习得高贵；反之，倘若与"低贱者"为伍，"居尔诺斯"天生禀赋的"心智"也将晦暗不明。"教导"和"训练"在特奥格尼斯的贵族教育里相辅相成，诗人向"居尔诺斯"传授"教诲"（hupothēsomai）与"居尔诺斯"同高贵者（尤其是诗人自己）的"交往"不可分割。原因在于，从根本上说，"美德"（aretē）无法直接授受，只有通过会饮上的诗歌表演，诗人展示"美德"才能言传身教。

　　以上两个核心问题，具体运用到特奥格尼斯的教育模式里，可以表述为：**诗人如何同时传授和培养"美德"？或者说，诗歌表演如何通过展示"美德"来生发"美德"？**特奥格尼斯的"诗教"以一种特殊的诗歌体式来施行，这便是"格言体"（gnōmai）。古代唯一一份有关特奥格尼斯作品的史料是公元 10 世纪编纂的《苏达辞书》，其中在"特奥格尼斯"条目下，列举了包括 2800 行挽歌对句体的格言诗（gnōmai）以及向"居尔诺斯"言说的挽歌对句体的"格言录"（gnōmologia）。[1] 据此我们不妨将《诗集》的主要诗歌体式称作"格

---

[1] 参见 Gerber 1999, p.167: T1。

言体",其长度往往仅为一个挽歌对句（distich），大多也不超过六个挽歌对句，即十二行诗句。这种"格言体"又可进一步区分为"纯格言体"和"抒情格言体"两类：前者短小凝练，仅仅数行，却言简意赅、耐人寻味，《诗集》里绝大多数诗篇属于此类；后者篇幅稍长，以"省察"和"规劝"的诗节交替进行，代表作包括第39-52行、第53-68行、第667-682行和第699-718行等。① "格言体"往往针对彼此相近的主题与问题集中讨论，有时随着视角和语境的调整用重复或稍作变化的表达加以突显，甚至用自相矛盾的表述来突破惯常思维，试图从一个新的视角来质疑、挑战现有的准则。格言体的一个主要特征是零碎，无视知识之间彼此关联的逻辑性，它并非某种系统性的哲学思考（如柏拉图-亚里士多德伦理学对"美德"的义理之辩），而是以一种渗透其间的精神气质来显示其"统一性"。这些"格言诗"好比拼图里的一个个小块，必须由受众自己去拼合出"高贵者"的图像。

此处姑举一例以说明上述特征。"居尔诺斯集"开篇的卷首诗和两首城邦诗之后，诗人的"教诲"以一系列（第69-128行）关于"友情"（philiē）与"忠信"（pistis）的短篇格言诗开始。事实上在整部《诗集》里，"友情"和"忠信"的崩坏仿佛一个不时重复的主导动机，诗人一再哀叹在艰难的逆境中值得信赖的友伴少之又少，而自己则遭到友伴的欺骗和背弃。因此，诗人通过反省和规劝向"居尔诺斯"传授"忠信"的美德，按照多兰（Walter Donlan）的分类，诗人的"规劝"可以分作五类，其中第一类为"诗人规劝，莫要背弃友伴或对友伴两面三刀"（例如第87-90行，要求友伴心口一致，否则倒不如公开背弃"友情"，成为敌人），而第三类则为

---

① 参见 Faraone 2008 对"挽歌对句体"体式和结构的最新研究，该著对以上几首"抒情格言体"的代表作都有具体辨析。

"诗人规劝,要成为两面三刀的友伴"(例如第 213-218 行,诗人劝告自己,要变换各种性情与友伴相处,就像狡猾的章鱼,总是与黏附其上的岩石形状无异)。① 表面上,这两类"劝告"相互抵触,几乎让听众无所适从,但其实际作用却是突破惯常思维,从一个新的视角来引发对"言""行"关系的重估。诗人的"言行"具有示范意义,针对"居尔诺斯"所代表的口是心非、表里不一的友伴,诗人自己是一个经受了考验、值得信赖的友伴。②

第四节 养成"美德"

§6. 那么,在《诗集》里,究竟何为"美德"(aretē),诗又养成哪些"美德"? 在古风希腊,aretē 这一概念涵括一整套贵族价值观念和行为准则,凡是拥有 aretē 的贵族成员便自称为 agathos(复数 agathoi),aretē 的具体含义虽然随着时代的推移而发生变化,但所有后起的含义必定以两部荷马史诗(尤其是《伊利亚特》)里的观念为基础,正是在不同的社会情境下对荷马的文化理想的改造和重塑。因此,为了回答对特奥格尼斯而言何为"美德"这一问题,首先有必要对荷马史诗里的 aretē 和 agathoi 作一概述。

荷马史诗描绘了一个特殊的社会阶层,即武士贵族阶层,他们的优越性由财富、血统和美德(aretē)三者来标示。财富主要由土地、牲口和劳动力组成,不仅是贵族(agathoi)维持自己的社会地位的必要前提,而且也为贵族成员之间建立盟友关系提供了保障,例如,贵族经常举办隆重宴会,来维持自己在友伴(hetairoi)中间的影响力;再如,他们向远道而来的访客予以慷慨的赠礼,建

---

① Donlan 1985, p.225。
② Ibid. C3. 除此而外,诗人还是"克己"(例如第 475-478 行)、"正义"(例如第 543-546 行、第 945-946 行、第 957-948 行)以及"中道"(第 219-220 行、第 331-332 行)诸德的表率。

立一种互惠的"客谊"（xenia）关系，使自己的声望随着客友（xenoi）的归去而远播四方。比财富更为重要的标志是血统，贵族（agathoi）声称自己是神明或是英雄的后裔，运用血统的标志来证明自己的贵族身份，最著名的例子莫过于《伊利亚特》第六卷（第119-236行）里描述的希腊将领狄奥墨德斯与吕西亚将领格劳科斯在战场上的一番对话，格劳科斯面对狄奥墨德斯"报上名来"的挑衅式询问，虽然以"人世变迁如树叶枯荣"的比喻开场，随后却详细列数了自己的六世祖先以及他们的辉煌业绩，最后点明自己出生于吕西亚境内最高贵的世系，格劳科斯正是以此来向对手证明，自己拥有贵族的血统和身份，是对手不可小觑的堂堂武士。

如果说在贵族（agathoi）的社会群体里，财富与血统是不可或缺的要素，那么更为贵族自己所津津乐道的是他们所奉行的一套价值规范，或曰英雄主义。在上述著名的场景里，格劳科斯对狄奥墨德斯宣称（《伊利亚特》卷六，第206-208行）："希波洛科斯生了我，我来自他的血统，是他把我送到特洛伊，再三告诫我，永远要成为世上最勇敢最优秀的人"，同样的嘱托也由阿基琉斯的父亲向即将奔赴战场的儿子道出（《伊利亚特》卷十一，第783行）。"永远要成为世上最勇敢最优秀的人"这一格言极为有力地表达了贵族群体之间相互竞争的价值观：每一位贵族成员（agathos）都与其他成员展开竞争，夺取"最高贵者"（aristos）的荣光，而只有具备卓越的"美德"（aretē），他才能在竞争中胜出。因此，"美德"（aretē）成为贵族（agathoi）争当"最高贵者"（aristoi）的焦点。

从语义的角度看，荷马史诗里的aretē一词可以泛指某物行使自己所具备的功用的能力，例如刀的aretē为"锋利"，马的aretē为"迅捷"，等等；同样，针对人而言，aretē乃是令其出类拔萃、超越同侪的能力。在两部史诗所描绘的贵族阶层那里，这主要指涉武士的卓越品质,可以分为"身之美德"与"心之美德"两类。前者涵盖相貌、体形和体格等,以"健美""捷足"和"勇武"为最突出的特质,后者转向精神和才智,以"机智"和"能言善辩"为最突出的特质。举例而言,对于《伊利亚特》的主要英雄阿基琉斯而言,展现 aretē 最典型的场所乃是战场,"捷足"和"勇武"是他最显著的"美德";而《奥德赛》里的主要英雄奥德修斯则身处不同的境遇,除了"勇武"以外,还以"机智"(metis)与"能言善辩"傲视群雄(参见《奥德赛》卷十二,第211行他对自己特质的概括:"我的勇敢、机敏的智谋和聪明的思想")。综上可知,荷马史诗里的 aretē 指的是"高贵者"(agathos)特有的品质,并不专指"道德",虽然在贵族的行为方式里隐含某种道德规范,但"道德、品德"这样的伦理范畴并非衡量"美德"的主要标尺。值得提及的是,aretē 还与其他一组概念关联起来,让贵族信奉的"英雄主义"更具深刻的含义,其中最重要的概念分别是 timē,kudos 和 kleos。简括而言,timē 是对一位英雄所展示的 aretē 的公开认可,而 kudos 和 kleos 更多的指向个人层面的荣耀,kudos 通常由神明赐予英雄,kleos 则是流芳百世的美名,主要借由诗歌,特别是英雄史诗来保存。譬如,奥德修斯之子特勒马库斯用欣羡的口吻,如此赞美为父报仇的俄瑞斯特斯:"阿凯亚人将广传他的 kleos,给后人留下诗曲一篇。"(《奥德赛》卷三,第203-204行)在荷马描述的贵族(agathoi)眼里,在后人的记忆中通过诗人的吟唱来保留自己的 kleos,乃是他们所能获得的最高礼遇。

总体而言,在荷马史诗描画的贵族社会里,"美德"(aretē)尚处于双重的理想状态当中:一方面,"美德"与"财富"和"血统"构成一种合理的协调关系,以财富和血统为保障并维系起来的贵族团体,围绕"美德"这一竞技舞台形成了他们的"争胜文化";另一方面,贵族团体体现了"身心兼美"的理想,在他们那里"身之美德"与"心之美德"相辅相成,相得益彰。① 可是,在特奥格尼斯的世界里,这种理想的吻合关系已不复存在,"财富、血统和美德(aretē)"之间理想的协调状态已遭破坏。"财富和血统"仍旧被视作贵族(agathoi)地位的前提条件,然而,两者已无法避免平民(kakoi)的侵蚀,难以保持荷马社会里的纯粹性。诗人哀叹世风日下,抱怨从前那些披裹破烂山羊皮的人们,"如今成了 agathoi,而从前的 esthloi,如今成了 deiloi"(《诗集》,第 57-58 行;比较第 1109-1114 行),在诗人的语汇里,esthloi 和 agathoi 是同义词,指代"高贵者、贵族",deiloi 和 kakoi 也是同义词,指代"低贱者、平民"。Kakoi 靠着发财致富而摇身一变,与 agathoi 平起平坐,他们膜拜"财神",奉之为众神当中最可敬的神,是他让生为 kakos 的人变成了 esthlos(第 1117-1118 行)。偶尔,诗人也重起怀旧之思,神往于贵族理想中的财富分配原则,即"只有高贵者才配享有财富,而低贱者甘于贫穷正是合情合理"(《诗集》,第 523-526 行),但事实是,财富不再伴随身份,恰恰相反,如今身份伴随财富。由此带来的最可怕的后果是,财富已经玷污血统,诗人充满讥讽地指出,人们费尽心思让自己的牲畜保持纯种,但"高贵者"(esthlos)却满不在乎地迎娶一位出生于"低贱"(kakos)父亲的"低贱"(kakē)女儿,败坏自己的血统,只要她能带来丰厚的嫁妆,这样的通婚已司空见惯,贵族(agathoi)的高贵种族正因此变得孱弱无力(第 183-192 行)。总之,因为财富已经败坏血统,美德(aretē)正受到财富与血统的双重侵蚀。

造成这种状况的原因,是在特奥格尼斯的世界里发生的深刻变化。整部《诗集》在卷首诗(第 19-38 行)之后,以两首"城邦诗"(第 39-52 行和第 53-68 行)描绘了这种变化,其中的第一首有言:

---

① 《伊利亚特》第二卷(198-277)里出现的忒耳西忒斯(Thersites)可谓最有代表性的反证,这位"非贵族"的普通士兵不仅是舌头不羁的恶徒,而且也是所有远征特洛伊城的希腊人里最丑陋者,也就是说,他恰恰是贵族"身心兼美"理想的反面。

"虽然眼下一切尚波澜不惊……但终将会出现内讧、同胞间的仇杀以及独裁者"（第48-52行），诗人因此而担心"僭主"的出现（第39-40行）。城邦虽然已经"风雨飘摇"，但尚有挽救的可能，因为"民众仍旧头脑健全，但他们的领袖已经变样，深深地堕入低贱的泥潭。"（第41-42行）可是，在第二首"城邦诗"里，一切似乎已经尘埃落地，城邦里的低贱之徒已经位居高贵者之上：

> 居尔诺斯啊，这座城邦照旧，然而民众已变，
> 　　从前那些不知何为正义、何为律法
> 两肩披着破烂不堪的山羊皮
> 　　像鹿群般在这座城邦之外野居的人们，
> 如今他们才是高贵者，波吕保斯之子啊！从前的高贵者
> 　　　　　　　　　　　　　　　　　　　　（esthloi）
> 　　如今成了低贱者（deiloi）。面对此番景象，谁堪忍受？
> 他们相互欺骗，相互取笑为乐，
> 　　对低贱者（kakoi）或高贵者（agathoi）的标准均无所知。

> Κύρνε, πόλις μὲν ἔθ' ἥδε πόλις, λαοὶ δὲ ἄλλοι
> 　　οἳ πρόσθ' οὔτε δίκας ᾔδεσαν οὔτε νόμους,
> ἀλλ' ἀμφὶ πλευραῖσι δορὰς αἰγῶν κατέτριβον,
> 　　ἔξω δ' ὥστ' ἔλαφοι τῆσδ' ἐνέμοντο πόλεος.
> καὶ νῦν εἰσ' ἀγαθοί, Πολυπαΐδη· οἱ δὲ πρὶν ἐσθλοὶ
> 　　νῦν δειλοί. τίς κεν ταῦτ' ἀνέχοιτ' ἐσορῶν;
> ἀλλήλους δ' ἀπατῶσιν ἐπ' ἀλλήλοισι γελῶντες,
> 　　οὔτε κακῶν γνώμας εἰδότες οὔτ' ἀγαθῶν.

（《诗集》，第53-60行）

将两首"城邦诗"对观，相互之间存在呼应，也多有矛盾之处。①两首诗都在探究城邦遭受不幸的原因，却给出了截然不同的观点：第一首将罪责归于一部分贵族统治者，他们违背贵族的行为准则，与"低贱之徒"无异，因而在他们当中很快会产生一位僭主，来惩罚他们的"暴戾"之行；②第二首则将罪责归于民众，从前他们是"低贱之徒"，如今却翻身成了统治者，而从前的高贵者，如今却沦落为"低贱之徒"，对于城邦的处境无能为力。当然，这两首"城邦诗"可能作于不同的时期，因而发生观点上的变化。不过，它们被并置于"居尔诺斯集"的卷首，显然有其用意，可以说，这两首"城邦诗"虽然以历史上的麦加拉为原型，但并不确指某一特定历史时期的麦加拉，而是为整部《诗集》勾勒出一个古风时期普遍的历史情境，并以此作为反衬来凸显诗人的言说。③

正因为"特奥格尼斯的城邦"处于剧烈的变动当中，它对于"古风时期所有的希腊人都具有典型特征"。④诗人多次使用"城邦之舟"的比喻来刻画这座城邦的处境以及贵族团体惶惶不安的心灵，其中最著名的一首为《诗集》第 667-682 行，在这首诗里诗人向名为"西蒙尼德斯"的友伴悲叹自己的不幸：诗人失去了财产，别人正占有他的土地，这不仅是他个人的损失，他请求"高贵者"（agathoi）

---

① 详见 Faraone 2008, pp.76-83，他因此认为第二首"城邦诗"是针对第一首"城邦诗"的回应和批评，属于"会饮对歌"（catena simposiale）的类型。

② 对观第 1081-1082b 行，这首诗作为第一首"城邦诗"开头四行的"变体"，却对"僭主"有着完全负面的评价：他自己就是"暴戾之徒，要来引发残酷的内乱"。

③ 耐人寻味的事实是，古人（包括亚里士多德学派的《麦加拉政制》以及麦加拉地方史家）未曾征引这些"城邦诗"，参见 Figueira 1985b 和 Okin 1985 对古风麦加拉的史料收集和讨论，以及 Oost 1973, Figueira 1985a, Cobb-Stevens 1985, van Wees 2000 对"特奥格尼斯的麦加拉"的历史考证。

④ 语出 Figueira & Nagy（eds.）1985, p. 3: "Theognidean Megara, a paradigmatic homeland for all archaic Greeks"。根据 Nagy 的解释模式，这是因为"特奥格尼斯的麦加拉"剔除了地方特征以及对具体事件的指涉，经历了一个"泛希腊化"（pan-Hellenic）的过程。

从整个城邦正在遭受的灾难的角度来看待此事。为此，诗人使用隐语将加密的信息传达给"高贵者"（agathoi）：他把城邦比作正在波涛汹涌的大海上飘摇的一叶扁舟，以此来描绘遭受"内讧"（stasis）之苦而危在旦夕的城邦。"城邦之舟"的比喻在希腊古风诗歌传统里并不罕见，① 特奥格尼斯沿用了这个比喻并赋予它更具体的细节，改换了它的含义："城邦之舟"里的"商贩"（phortēgoi）实为第二首"城邦诗"里提及的"披着破烂的山羊皮"的贱民，他们不知遵守城邦的律法，而只知在相互欺骗中谋取一己私利，他们推翻了原本熟练地引领航船的"领航员"亦即城邦的统治阶层，并用武力攫取船舱里的"货物"亦即城邦的财富，"城邦之舟"的秩序已被彻底打破，仅限于高贵者（agathoi）内部的对财富和权力的"公平分配"（dasmos isos）难以为继。②

当城邦如同一叶扁舟在风雨交加的海面上飘摇，社会等级制度与秩序已被打乱，各种维持贵族"美德"的准则已被颠覆，这座城邦实质上已沦落为败德的渊薮；值此之际，作为贵族生活制度的"会饮"自然成为最后的避风港湾，因为只有在那里，在"聪慧的贵族友伴"（sophoi agathoi philoi）的圈子里，才存有一线希望，用诗歌的表演来养成"美德"。那么，会饮究竟为何能担此重任？我们要从会饮制度的历史沿革来理解。希腊古风时期的会饮习俗可能肇自荷马史诗里描述的英雄宴饮，随后渐渐形成一套自成系统的规则和仪式，到了古典时期已演变成贵族生活的一项重要制度。③ 其中一个决定性的因素是，在东方化时期（约公元前 750-前 650），

---

① 另见 Alcaeus, 残篇 208V 以及 Gentili 1988, pp.197-215 对该诗的分析。

② 参阅 Cerri 1969 对 dasmos isos 这一短语的分析，他认为，这个短语等同于 isonomia，与 tyrannis 和 monarchia 相对立，表达了贵族寡头团体在其内部公平分配政治权力的诉求。

③ 会饮制度是近几十年来古风社会史研究的一个焦点，在英国学者 Oswyn Murray 的倡导下已经展开了广泛而深入的探讨，参见由其编次的两部重要论文集 Murray（ed.）1990 以及 Murray & Tecusan（eds.）1995，另见 von der Mühll 1975 以及 Slater（ed.）1991。

希腊人从近东引入了在卧榻上斜倚饮食的姿势,这样的姿势进而限制了参与会饮的人数。考古挖掘表明,宗教场所和私人宅邸里通常用来举行会饮的餐室有着特殊的格局布置,便于容纳供斜倚的卧榻,考古学家分辨出两种标准类型的"会饮空间"①:它们都呈正方形,在三面墙壁的每一面放置两张或三张卧榻,在第四面墙壁少放一张以供出入;这样,最常见的"会饮空间"可容纳七张或十一张卧榻,每张卧榻上一般有两人斜倚,而整个房间里的人数一般在14-22人之间。考古学对"会饮空间"的研究强调了它相比于"城邦公共空间"的狭小性和私密性,参加会饮的友伴(hetairoi)往往形成一个关系紧密的小团体(hetaireia),并具有极大的排外性,会饮也因此成为贵族生活方式的一个相对封闭的自我展现的场所。要之,古风城邦里的会饮制度,乃是贵族阶层展现其生活方式与文化理想的重要场合,其中就包括在贵族交往的基础上对贵族美德的培育。

纵观《诗集》,由诗歌表演构成的"会饮空间"与城邦的"政治空间"之间横亘一条不可逾越的鸿沟:在城邦里,"美德"(aretē)已遭到无可挽回的败坏,"高贵者"(agathos)已疏离自身,被置入不再能成为自己的环境里;与此相比,"会饮空间"是仍旧能够养成"美德"的最后场所。个中缘由并非因为"会饮空间"乃是"政治空间"的缩影,而是因为前者与后者保持距离,自成一体,只有在"会饮空间"里,一小部分真正的"高贵者"(agathoi)才能持存,他们以居高临下的"不介入"甚至敌视周遭世界的态度,伴以"自我保护的模拟"(protective mimicry),② 如同习性狡猾的章鱼那样善于伪装(《诗集》,第 213-218 行),来维护自己的

---

① 参见 Bergquist 1990,该文从考古学的角度提出了"会饮空间"的概念,下文将在诗歌表演的意义上对此概念加以引申。

② 语出 Jaeger 1939—1945,卷一,第 200 页。

存在不受城邦政治的侵害；也只有在这样的前提下，他们的"会饮空间"在诗歌表演的当下化为一种"诗性空间"，得以实施养成美德的"诗教"。需要强调的是，"会饮空间"里的诗歌表演并非城邦政治活动的"预备练习"，"诗教"的目的也并非有朝一日重建城邦秩序；恰恰相反，"会饮空间"里的诗歌表演及贵族美德的养成取代了城邦里的政治活动，"诗教"的理想唯有在"会饮空间"里才能追寻。

§7. 在此意义上，《诗集》不啻为一部贵族"美德"的集锦，举凡"勇武"（andreia）、"忠诚"（pistis）、"敬畏"（aidōs）、"虔诚"（eusebeia）、"正义"（dikaiosunē）、"克己"（sōphrosunē）、"智慧"（sophiē）诸种"美德"，在此都得到了呈现。然而，透过《诗集》里貌似相互孤立的"格言体"表述，我们却能发现一种张力，也就是在贵族统治和贵族精神摇摇欲坠的时期，这些"美德"之间是何种关系，应该如何排序、如何确立"主德"以及成就高贵的"最高美德"。《诗集》里对于哪一种"美德"堪称最高"美德"多有涉及，举例而言，第147-148行明确表示，正义（dikaiosunē）统贯一切美德，拥有正义即为拥有高贵；第335-336行则褒扬"中道"是难以获致的"美德"；而如第653-654行所云，"虔诚"以及由之而来的"好运"是最值得拥有的"美德"；第1161-1162行则首推"敬畏之心"（aidōs）是留给子孙最好的财富；此外，传统的"勇武"（andreia）之德也同样被赞美，称为最高美德（第865-868行以及第1003-1006行）。以上的例证表明，《诗集》从各种角度呈现了传统的贵族"美德"，而非用一种单一的观点来统系这些"美德"。

在《诗集》多角度的探讨当中，最富含意蕴的莫过于第699-718行的一首诗，这首诗以"财富"为反衬，极具代表性地列出了最为核心的主要"美德"，这些"美德"仅仅属于贵族成员（agathoi），

但在"财富"面前全都显得"无足轻重":

> 对大多数人而言,只剩下这一种"美德":
> 　　致富!其余的一切都无足轻重——
> 即使你拥有拉德曼图斯那样的"克己"(sōphrosunē)之德,
> 　　或者你比西西弗斯,埃伊奥洛斯之子,所知更多,
> 他曾依靠智识(polyïdreia),甚至从幽冥之域返回,
> 　　当他用甜言蜜语(haimulioisi logois)说服了佩尔塞福内,
> 这位冥后伤残人的心智(noos),带给人遗忘(lethē),
> 　　因而未曾有任何其他人能设法做到,
> 一旦死亡的黑云笼罩了他,
> 　　他便来到亡者的幽暗之地,
> 穿越了幽闭亡魂的漆黑大门,
> 　　尽管这些鬼魂怨声载道;
> 正是从那里,英雄西西弗斯凭着过人的机敏(polyphrosūnē)
> 　　得以返回,回到太阳的朗照当中。
> 纵使你能够造作酷似事实(ētuma)的虚语(pseudea)
> 　　有着神样的涅斯托一般的高贵言辞(glōssan agathēn),
> 或者你的双足比飞速的哈尔比
> 　　或是博瑞阿斯之子更为敏捷——
> 无济于事!每个人都要牢记以下的格言:
> 　　在所有人眼里,财富的威力最大。

πλήθει δ' ἀνθρώπων ἀρετὴ μία γίνεται ἥδε,
　　<u>πλουτεῖν</u>· τῶν δ' ἄλλων οὐδὲν ἄρ' ἦν ὄφελος,
οὐδ' εἰ <u>σωφροσύνην</u> μὲν ἔχοις Ῥαδαμάνθυος αὐτοῦ,
　　πλείονα δ' εἰδείης Σισύφου Αἰολίδεω,

第六章　会饮上的诗教——《特奥格尼斯诗集》与"美德"的养成　273

ὅς τε καὶ ἐξ Ἀΐδεω πολυιδρίῃσιν ἀνῆλθεν
　　πείσας Περσεφόνην αἱμυλίοισι λόγοις,
ἥ τε βροτοῖς παρέχει λήθην βλάπτουσα νόοιο—
　　ἄλλος δ' οὔ πώ τις τοῦτό γ' ἐπεφράσατο,
ὅντινα δὴ θανάτοιο μέλαν νέφος ἀμφικαλύψῃ.
　　ἔλθῃ δ' ἐς σκιερὸν χῶρον ἀποφθιμένων,
κυανέας τε πύλας παραμείψεται, αἵ τε θανόντων
　　ψυχὰς εἴργουσιν καίπερ ἀναινομένας·
ἀλλ' ἄρα κἀκεῖθεν πάλιν ἤλυθε Σίσυφος ἥρως
　　ἐς φάος ἠελίου σφῇσι πολυφροσύναις—
οὐδ' εἰ ψεύδεα μὲν ποιοῖς ἐτύμοισιν ὁμοῖα,
　　γλῶσσαν ἔχων ἀγαθὴν Νέστορος ἀντιθέου,
ὠκύτερος δ' εἴησθα πόδας ταχεῶν Ἁρπυιῶν
　　καὶ παίδων Βορέω, τῶν ἄφαρ εἰσὶ πόδες.
ἀλλὰ χρὴ πάντας γνώμην ταύτην καταθέσθαι,
　　ὡς πλοῦτος πλείστην πᾶσιν ἔχει δύναμιν.

（《诗集》，第 699-718 行）

多有评者指出，这首诗与斯巴达诗人提泰乌斯（Tyrtaeus）存世的残篇 12 的前十四行诗有着异曲同工之妙，两首诗提出的核心问题都是："何为真正的美德？"为此两位诗人均罗列了一组"美德"，并借助"枚举衬托"（priamel）的修辞手法来称扬最后一项"美德"。①在提泰乌斯诗篇伊始，诗人列举了各种"美德"，包括"善于奔跑

---

① 所谓"枚举衬托"（priamel），是指由三项或更多的相似陈述并置起来的一个系列，往往通过贬低其余诸项来肯定并突出最后一项。

或搏斗的体力"(第2行)、"俊美的容貌"(第5行)、"财富"(第6行)、"王者风范"(第7行)以及"善于辞令"(第8行),并为每一种"美德"配以神话典范,但是这些"美德"一一遭到摒弃,让位于最后提到的"战场上的勇猛"(thouris alkē,第9行),因为"这才是美德,这才是青年人所能赢得的人世间最高、最美的奖品"(第13-14行)。①也即是说,在这位斯巴达诗人眼里,重装步兵在战场上的"勇猛"足以令传统的贵族"美德"黯然失色,它才是"真正的美德",因为它服务城邦的公共利益,并为城邦带来莫大的荣光。同样,在特奥格尼斯的诗里,诗人列举了"克己""智识""善于辞令"以及"善于奔跑"种种"美德",并且以拉德曼图斯、西西弗斯、涅斯托尔以及哈尔比和博瑞阿斯为每项"美德"的神话典范,然而讽刺的是,这些"美德"在起首处就被推翻,对世人而言唯有"财富"才是"真正的美德"。② 倘若我们将两首诗细致地比较,便会发现,提泰乌斯残篇12的前十四行诗里,对每一种"美德"的陈述基本上篇幅相等,而在上引特奥格尼斯一诗里,以"枚举衬托"(priamel)结构起来的四种"美德"却突出了"西西弗斯"所代表的"美德",因为其中加入了一段长达11行的"西西弗斯叙事"(第702-712行)。那么,西西弗斯所代表的美德与其他美德的关系如何?让我们结合《诗集》其他篇章对相关"美德"的表述,来探究这一问题。

诗人列举的第一类"美德"突出了贵族道德的优越性,按亚里士多德在《尼各马可伦理学》里的说法,可以统称为"伦理美德",

---

① 值得一提的是,这几行诗(提泰乌斯12.13-16W)甚至也出现在《特奥格尼斯诗集》里,即第1003-1006行的那首诗,特奥格尼斯的版本与提泰乌斯仅有一词之异,即第1003行的"智慧的"取代了提泰乌斯第14行里的"青年的"。

② 不少学者推测,特奥格尼斯的这首诗是对提泰奥斯残篇12的前14行诗的摹仿或戏拟,参见Jaeger 1966b, pp.131-133, Carrière 1975, p.169; Patzer 1981。Faraone 2008, pp.97-100具体分析了上引特奥格尼斯一诗的"枚举衬托"(priamel)结构,但他步武Carrière(1975, p.169)而申发的假设,谓"西西弗斯叙事"乃后来的表演者阑入,显然值得商榷,详见下文的论述。

第六章 会饮上的诗教——《特奥格尼斯诗集》与"美德"的养成 275

在这里集中体现于冥界的公正判官拉德曼图斯。诗人仅言及他的"克己"(sōphrosunē),sōphrosunē 可理解为"克制、审慎",在《诗集》里与 metron("尺度、有度")和 meson("中道、执中")这两个概念以及它们的反面 koros("无度、贪得")及其后果 hubris("狂肆")密切相关。懂得"克己"(sōphrosunē)的人严守"尺度"(metron),但只有贵族(agathoi)才掌握如何在一切事物中奉行"克己"之道(参见第 614 行)。对于每个人而言,何为"有度"何为"无度",在会饮的场合最为有效地得到了试验。《诗集》里一首篇幅颇长的诗(第 467-496 行)规定了会饮上的一套举止规范,其中"饮酒有度(metron)(第 479 行)最为重要,一旦这一"尺度"被打破,之前还能"克己"之人(sōphron)便成为众人嘲笑的傻瓜(第 483 行;比较第 501-502 行);故此,贵族成员应当避免"饮酒过度",而诗人自己则是遵守"尺度"的典范(第 475-478 行)。此外,诗人拥有对美酒"赞美"或是"责备"的智慧,这其中的"尺度"只有诗人掌握(第 475-478 行)。

"有度"(metron)的反面是"无度、贪得"(koros),那些不具备"克己"之德的人,在会饮上贪杯无度、丧失理智;同样,他们在其他事务上,特别是对于财富的追求上也贪得无厌,"无度、贪得"大行其道,让许多人利令智昏毁于一旦,由于财富的"尺度"最难辨识(第 693-694 行),人们甚至认为,财富没有"尺度"(第 596 行)。如同梭伦一样,特奥格尼斯相信,"无度、贪得"(koros)的后果是"狂肆"(hubris,参见第 153-154 行,这两行诗与梭伦残篇 6, 3-4W 仅有细微差别),而"狂肆"将会导致城邦的毁灭,正如同它已经让马格尼西亚(Magnesia)、克勒丰(Colophon)和士麦那(Smyrna)这几座城邦毁灭(第 603-604 行及第 1103-1104 行)。因此,诗人向居尔诺斯传授"勿过度"(mēden agan)和"中道、执中"(meson)的智慧:一位真正的"高贵者"(agathos),在会饮上于"滴酒不沾"和"狂饮无度"两者，取其"中道"（meson），倘若居尔诺斯掌握了"执中"之道，他可以说获取了"克己"（sōphrosunē）这一难得的贵族"美德"（第335-336行）。

除"克己"之外，拉德曼图斯的形象还隐含了另一种美德，此即"正义、公正"（dikē），因为此人正是由于刚正不阿闻名于世，死后才被冥王延请为判官。① 事实上，"正义"与"克己"这两种美德在《诗集》里往往并举（例如第379-380行，第753-756行），秉公行事、躬行正义被看作是"克己"的标志。"高贵者"（agathos）在会饮上践行"克己"之德，正是由于他心怀"正义"而厌弃"狂肆"（hubris），"正义"是"高贵者"（agathos）有别于"低贱者"（kakos）的一个重要特征，尤其当两者均被贫穷困扰之时：

> 若身陷贫穷，"低贱者"（deilos）和那位远胜于他的人
> 　　都昭然若揭，一旦他们被匮乏占据，
> 后者的心智充满正义之思，他的胸中
> 　　永远根植着平正的判断力（itheia gnōmē）；
> 而前者的心智在顺境和逆境里都不尾随〈正义〉。

ἐν πενίῃ δ' ὅ τε δειλὸς ἀνὴρ ὅ τε πολλὸν ἀμείνων
　　φαίνεται, εὖτ' ἂν δὴ χρημοσύνη κατέχῃ·
τοῦ μὲν γὰρ τὰ δίκαια φρονεῖ νόος, οὗ τέ περ αἰεὶ
　　ἰθεῖα γνώμη στήθεσιν ἐμπεφύῃ·
τοῦ δ' αὖτ' οὔτε κακοῖς ἕπεται νόος οὔτ' ἀγαθοῖσιν.

（《诗集》，第393-397行）

---

① 例如，公元前6世纪的弦琴诗人伊比科斯（Ibykos）称拉德曼图斯为"正义者"（dikaios），见残篇28 PMG。

第六章 会饮上的诗教——《特奥格尼斯诗集》与"美德"的养成

"低贱者"要么不知何为"正义"(第54行),要么对"正义之事"不以为然(第279-282行),但诗人坚信,"正义"会带来最终的回报。因此,在整部《诗集》的开篇,即"特奥格尼斯的印章"一诗里,"正义"的主题已经作为"诗教"的一条核心原则奏响,诗人在第29-30行,教谕居尔诺斯要按照"正义"来追求贵族生活的三大要素:荣誉(timai)、美德(aretai)以及财富(aphenos)。在《诗集》里,"正义"甚至被提升到统摄其他贵族美德的最高位置:

要敬神,宁愿靠少量资财为生,
  也不要行不义(adikōs)而暴富;
因为正义(dikaiosunē)统贯一切美德,
  凡是正义之人(dikaios),居尔诺斯啊,即为高贵(agathos)。

βούλεο δ' εὐσεβέων ὀλίγοις σὺν χρήμασιν οἰκεῖν
  ἢ πλουτεῖν ἀδίκως χρήματα πασάμενος.
ἐν δὲ δικαιοσύνῃ συλλήβδην πᾶσ' ἀρετή 'στιν,
  πᾶς δέ τ' ἀνὴρ ἀγαθός, Κύρνε, δίκαιος ἐών.

(《诗集》,第145-148行)

倘若"正义者"(dikaios)的美德"正义"(dikaiosunē)可以统贯其他诸德,那么"正义者"非"高贵者"莫属;换言之,其反面不能成立,即"低贱者"(kakos)不会是"正义者"(dikaios)。如此一来,"正义的"(dikaios)和"不义的"(adikos)这一对概念被赋予新的含义,几乎与"高贵的"(agathos)和"低贱的"(kakos)同义,"正义"(dikaiosunē 或 dikē)成为"高贵者"的标志性美德,甚至被抬升到最高的贵族美德。

接下去的第二类美德，用亚里士多德的术语来说，可称作"智识美德"，在诗中由西西弗斯的"才智"和涅斯托尔的"言辞"为例证。西西弗斯是科林斯城邦的奠基英雄，在荷马史诗里就以"巧智"（mētis）著称于世。① 诗人在此仅言及他的一项著名"壮举"：如何使用巧智战胜死亡，从冥界返回人间。西西弗斯的"巧智"（mētis）在短短数行里一再被强调，例如第 703 行的"依靠识见"，第 704 行的"用甜言蜜语"，第 706 行的"设法做到"，第 712 行的"过人的机敏"；而西西弗斯使用"巧智"完成的死而复生的"壮举"，诗人也通过第 703-707 行与第 708-712 行的重复加以强调。纵观《诗集》，"巧智"作为贵族美德可分成两个方面：gnōmē 构成的"判断力"和 sophia 构成的"智慧"，前者尤其体现于对万物尺度的判断能力，这在诗人看来，是众神赐予凡人的最佳赠礼，心智上拥有判断力的人是有福的（参见第 1171-1173 行；第 895-896 行）；当然，只有高贵者（agathos）才会具备"平正的判断力"（itheia gnōmē），即便身陷穷困之境也不会将其丧失（参见上引第 395-396 行）；同样，如前文所论，只有高贵者（agathos）才掌握"智慧"（sophia），此类"美德"的另一位典范是荷马史诗里出现的年高德劭的老英雄涅斯托尔，他有着"高贵的言辞"（第 714 行），"能够造作酷似事实（ētuma）的虚语（pseudea）"（第 713 行）。这一不寻常的表述使我们联想起《奥德赛》卷十九，第 203 行里用来形容奥德修斯的相似说法以及赫西奥德的《神谱》序诗第 27-28 行所言，缪斯女神们知道"如何讲述许多酷似事实（ētuma）的虚语（pseudea）"，但她们也知道"如何宣唱（gērusasthai）真理（alēthea）"。涅斯托尔虽非诗人，但凭借"高贵的言辞"也能如同诗人那样，"造作"出"逼真的虚构"。

---

① 参见《伊利亚特》卷六，第 153 行；《奥德赛》卷十一，第 593-600 行。

第六章　会饮上的诗教——《特奥格尼斯诗集》与"美德"的养成　279

　　诗中提到的最后两种美德，即"高贵的言辞"和"捷足"所代表的"美德"，①仿佛又回到了传统贵族的"身心兼美"的理想，但实际上，在诗人陈述的四类"美德"当中，"西西弗斯的叙事"所表彰的贵族"美德"，以其失衡的长度凸显了重要性。"西西弗斯的美德"还与之前由拉德曼图斯所代表的"美德"以及之后由涅斯托所代表的"美德"构成主题上的关联：拉德曼图斯以"克己"之德获得众神的青睐，得以逃脱死亡，在冥府里成为公正的判官，不过与西西弗斯相比，却永居冥界而未能复返人间；涅斯托虽然拥有"高贵的言辞"（glōssan agathēn），能让凡人混淆"虚语"（pseudea）与"事实"（etuma），却难以比肩西西弗斯的"甜言蜜语"（haimulioisi logois），后者甚至说服了佩尔塞福内，而这位冥后对所有亡魂都毫不留情，带给他们"遗忘"（lethē）。因此，从主题上看，唯独西西弗斯用他的"言辞"战胜了死亡，他的"才智"实比其他两人更胜一筹。

　　综观全诗，整部《诗集》里体现出来的诸种美德之间的张力在此也得到集中展示，诗人以"枚举衬托"的手法不啻在向听者反问：既然"财富"已被暴发的平民篡夺，"血统"也因此受到玷污，对于真正的贵族而言，出身已不再是充分的保证，究竟哪些贵族"美德"能够抵御和抗衡"财富的巨大威力"，它们之间是何种关系，应该如何排列？换言之，如何品评传统的贵族"美德"？这个问题成为《诗集》的一个核心问题，摆在诗人和听众的面前。《诗集》里涵括的各种观点（有时相互应和，有时彼此冲突）以一种开放性的态度凸显了这一问题的重要性，同时也表明，唯有在不同的

---

① "捷足"的"美德"使人联想起《伊利亚特》的英雄阿基琉斯，虽然诗人并未提及他的名字。

情境下对此问题多侧面多方位地反思,才能给出适宜的回答。①

§8. 由于其诗歌合集的特性,《诗集》对于"何为真正美德"(或"何为最高美德")的反思呈现出一种开放性,由各种声音复合而成,意在引发对问题的探讨,而非给出结束讨论的最终答案。不过,在多变的回答里却隐伏了一条主线,规定了"真正美德"的根本性质,这就是"美德"属于"高贵者",是"高贵者"成其为"高贵"的特性,不管哪一种具体的"美德",都必须指向"高贵",才称得上"真正美德"。**在诗歌表演的场合,列举一系列的"美德",反思其特性和顺序,以及相互之间如何补充、扩展乃至抵触而彼此超越,由此来组成一个个不同的"美德之阶梯",让贵族青年养成超凡出众的品质,一步步攀登朝着"高贵"最终成为他自己。**

由上所论,特奥格尼斯"诗教"的宗旨必然是"高贵的养成"。这在冠于整部《诗集》之首的四首颂歌里的第四首已经借由职司诗歌的女神之口道出,这首微型的"叙事颂诗"献给缪斯女神和美惠女神,其中特别援引了这些女神们在卡德摩斯与哈摩尼亚的婚礼上歌唱的诗句(epos):

缪斯女神与美惠女神啊,宙斯的女儿们,你们曾经
　　莅临卡德墨斯的婚礼,歌唱动人的诗句(epos):
"凡美善者皆可爱,不美善者不可爱。"
　　这样的诗句(epos)出自不朽的芳唇。

---

① Patzer 1981 以第 699-718 行的这首诗为主要线索提出,由于特奥格尼斯所处时代的贵族在政治社会地位上发生了根本性的改变,《特奥格尼斯诗集》根据时代的要求对古风贵族"美德"予以重新"经典化"(Aretē-Kanon),并以此获得正当性。此说虽然可信,但我们要进一步追问:《诗集》是否形成了一套经典化的"新美德"?其中所包含的各种不同甚至相左的观点又如何解释?因此必须强调一种适宜不同情境的"开放性"。

第六章　会饮上的诗教——《特奥格尼斯诗集》与"美德"的养成　281

Μοῦσαι καὶ Χάριτες, κοῦραι Διός, αἵ ποτε Κάδμου
　　ἐς γάμον ἐλθοῦσαι καλὸν ἀείσατ' <u>ἔπος</u>,
"ὅττι καλὸν φίλον ἐστί, τὸ δ'οὐ καλὸν οὐ φίλον ἐστί"·
　　τοῦτ' <u>ἔπος</u> ἀθανάτων ἦλθε διὰ στομάτων.

（《诗集》，第 15-18 行）

这行诗句（epos）出自缪斯女神与美惠女神之口，诗人在引用之前和引用之后重复了 epos 一词来强调其重要性。同样，在紧随其后的"印章诗"里，指代诗人"诗句"的 epē（epos 的复数）一词也被重复，并且再次出现时也以称引的方式表述：

居尔诺斯啊，因我展示智慧，让我把印章盖在
　　这些诗句（epē）上面，它们就不会失窃而不被察觉。
好东西若在，就没有人能够以次充好。
　　每个人都会说："这些诗句（epē）属于特奥格尼斯，
一位麦加拉人，他的名字人人称道。"

Κύρνε, σοφιζομένῳ μὲν ἐμοὶ σφρηγὶς ἐπικείσθω
　　τοῖσδ' <u>ἔπεσιν</u>· λήσει δ' οὔποτε κλεπτόμενα,
οὐδέ τις ἀλλάξει κάκιον τοὐσθλοῦ παρεόντος,
　　ὧδε δὲ πᾶς τις ἐρεῖ· "Θεόγνιδός ἐστιν <u>ἔπη</u>
τοῦ Μεγαρέως· πάντας δὲ κατ' ἀνθρώπους ὀνομαστός".

（《诗集》，第 19-23 行）

这两首前后相续的诗作里对 epos（或 epē）的重复使用，仿佛

达致一种相互加强的效果：诗人与缪斯女神（以及美惠女神）的"诗句"彼此呼应，或者更准确地说，缪斯女神（以及美惠女神）的"诗句"（epos）为诗人的"诗句"（epē）界划了纲领性的主旨，而诗人的"诗句"则服务于这一主旨，正如诗人自视为"缪斯女神的随从与使者"。可以说，整部《诗集》的"诗教"正是以缪斯女神（以及美惠女神）所唱的诗句（epos）为宗旨：

"凡美善者（to kalon）皆可爱（philon），不美善者不可爱。"

"ὅττι καλὸν φίλον ἐστί, τὸ δ' οὐ καλὸν οὐ φίλον ἐστί"·

"美善者"（to kalon）在《诗集》里指的是最高美德，亦即"高贵之美"。特奥格尼斯的贵族"诗教"旨在养成对"高贵"之"爱"（philia 或 Eros），或谓 philo-kalon 的理想；《诗集》以居尔诺斯与特奥格尼斯的"友情"（philia）以及"爱欲"（Eros）为纽带来维系他们之间的关系，这两者正是"诗教"实施的基础；"友情"（philia）以及"爱欲"（Eros）的滋养，要转向"高贵"（to kalon）并以之为终极目标；然而，**唯有美德的展现才能生发美德，而诗歌表演正是对最高美德——"高贵"（to kalon）——的展现和生发，正因为此，诗乃是最高教育。**

结　　论

　　§1. 本部考论的出发点，是从古希腊意义上把"教育"（paideia）理解为**"最高文化理想的生成"**，并且在这个意义上，把"诗教"界定为**"以诗独有的方式来生成最高的文化理想"**。诗之所以能担此重任，离不开古风诗论的某些根本特征以及诗人在古希腊思想格局当中所占据的独特位置，而"古风诗教"的内在特质也最清晰地从这两方面显露出来。

　　考论的前半部分围绕"古风诗教"的观念，透过两个角度来分析古风诗论所蕴含的"诗教"和"诗人教育家"的原型。就观念而言，"诗教"实为"古风诗论"里重要的组成部分。我们从后起的哲学家针对诗的批评而构筑的"古典诗学"当中，可以归纳出有关诗的本原、本质和效能的三组重要的对立关系，分别为**"灵感与技艺"**的对立，**"真理与构拟"**的对立以及**"教化与娱情"**的对立。在某些智术师（如高尔吉亚）和某些哲学家（如德谟克利特）那里，这三组对立关系尚保有部分古风诗论的传统观点，但是柏拉图的"诗学"开启了一道重要的分水岭，柏拉图笔下的苏格拉底致力于将这三组对立引入一种非此即彼的关系当中，用逻辑论证的方法迫使对话者得出单一的、排他的结论：诗的本原为"灵感"而非"技艺"，诗的本质为"构拟"（或曰"摹仿"）而非"真理"，诗的效能为"娱情"而非"教化"，由此得出的结论必然是——诗不能达致真理，无法掌握真知，虽能使人愉悦却毫无教化作用。与柏拉图笔下的苏格拉底相辅相成的是对话录的写作者柏拉图，他把哲学转化为最高意义上的"缪斯之艺"，以诗化的哲学写作方式融摄"诗的灵感"和"诗的真理"；不过，对他而言，"诗的教化"作用必须为哲学所取代，因为只有哲学——当然要以诗化的写作方式来传达——才能胜任"最高教育"的责任。统而观之，柏拉图的"诗论"具备一种独特的两面性，分别体现于柏拉图笔下的苏格拉底和哲学写作者柏拉图身上，但是这种两面性服务于一个根本的目的，此即以"哲学教育"取代"诗教"。

考论的前半部分从哲学家为了与诗人竞争"最高教育者"而构筑的"古典诗学"入手，随后再返回古风诗人的"内在诗论"，这一看似迂回的进路能更加便捷地追溯古风"诗教"和"诗人教育家"的原型。古风诗人对于诗的效能主张"娱情"和"教化"，从古风诗论的源头来看，有两种诗歌传统分别对此各有偏重：其一为荷马，颂扬英雄的"荣光"（kleos）而制为"英雄史诗"（epos），诗的效能源自对"荣光"（kleos）和"记忆"（mnēmē）的保存和传播，诗人乃是"故事的歌手"，以"愉悦"听众为能事；其二为赫西奥德，颂扬众神的"荣光"（kleos）而制为"颂歌"（humnos），诗的效能源自对于众神尤其是宙斯的颂赞，诗人乃是"沟通神人的先知"，以"教化"听众为要义。当然，在古希腊，荷马式的"史诗"与赫西奥德式的"颂歌"相互补充，构成"诗性智慧"及其诗论的双重本原。由是观之，古风诗论的一个根本特质是，**无论"诗的教化"还是"诗的娱情"，两者均仰赖"诗的真理"**：诗人只有传达神圣的真理才能充分发挥诗的效用，而"诗的真理"只有当受众处于心醉神迷的状态才能最有效地传达，并充分发挥教化的作用；"诗的真理"则源自"诗的灵感"，诗人只有凭靠缪斯女神的神启才能进入"真理"之域，亦即"神圣的记忆"（Mnēmosynē）所能通达之域，因此古风诗论当中，"诗的真理"和"诗的灵感"分别规定了诗的本质和诗的本原。然而，与"古典诗学"有别的是，在古风诗论的源头，**"诗的真理"向"诗的构拟"敞开，"诗的灵感"则由"诗的技艺"形塑**。古风诗论的这一特质在荷马史诗（特别是《奥德赛》）那里已经端倪初现，在赫西奥德的《神谱》当中堪称彰明较著，《神谱》序诗描述缪斯女神"知道如何讲述许多酷似事实的虚语"，但她们"也知道如何宣唱真理"，也就是说，缪斯女神的"真理"向"构拟"敞开，诗不仅可以直接"宣唱真理"，而且也可以诉诸"构拟"（"酷似事实的虚语"）来间接地言说真理；缪斯女神"把一种神圣的声音吹入赫西奥德的心扉"，赋予他"诗的灵感"，又赐赠他月桂树枝制成的"权杖"，作为诗人威权的象征，这柄"权杖"同时也指涉诗人职志所必不可少的"诗的技艺"。因此，在赫西奥德的《神谱》那里，诗人受缪斯女神的托付，凭靠"诗的真理"与"诗的构拟""诗的灵感"与"诗的技艺"之间相辅相成的关系来施行教化之功，可以说"诗教"和"诗人教育家"的原型已然朗现。

从赫西奥德到古风晚期最后一位大诗人品达的两百多年岁月里，诗人们在诗歌当中不仅以"教育家"现身，而且对"诗的教化"作用多有论及，例如本书重点分析的"挽歌体"诗人梭伦与特奥格尼斯，还有本书略有所及的其他"挽歌体"诗人如塞诺芬尼，以及本书全未涉及的"弦琴体"诗人如阿尔克曼、萨福和品达。在这些古风诗人的"内在诗论"那里，"诗的教化"往往又与荷马史诗奠立的"诗的娱情"交织在一起，演变出多种多样的"诗教"模式和形态；不过，透过多样性我们依然能够辨识赫西奥德为"诗的教化"奠立的"诗论"原型：就诗的本质和本原而言，"诗的真理"与"诗的构拟""诗的灵感"与"诗的技艺"之间绝非相互排斥的对立关系，而是相辅相成的互补关系。倘若比照"古典诗学"的思想进程——草创于前苏格拉底哲学家（包括智术师），集大成于柏拉图，最后定型于亚里士多德的《诗学》——便可以发现，"古风诗论"里最具特征的三组互补关系被哲学家们以各种方式对立了起来：譬如，前已论及的柏拉图"诗学"之后，亚里士多德撰写了《诗学》讲义，成为希腊"古典诗学"的定论之作，亚氏的《诗学》与乃师多有辩难（尤其涉及"诗的真理"与"诗的娱情"这两方面），他反对柏拉图将诗的本原归入"灵感"，并走向其反面，力主"诗的技艺"，他又申发柏拉图的"摹仿说"来证明诗的本原为"技艺"，而与"灵感"无涉；如此一来，在柏拉图那里留有余响的古风诗论里的"灵感说"几乎被亚氏彻底排除，取而代之的是哲学探究的对象——"诗的技艺"。从柏拉图到亚里士多德的这一转变足以表明，"古典诗学"用理性论证得出的结论与"古风诗论"背道而驰，究其原因，在于两者之间的根本差别：**"古风诗论"并非"古典诗学"的先声，"古典诗学"亦非"古风诗论"的完成，两者必须置放到"诗人之教"与"哲人之教"的历史脉络和思想格局当中，才能被透彻理解，"古风诗论"也才能摆脱"古典诗学"的统辖而恢复其独立性与自足性。**

§2. 考论的后半部分提出的核心问题是："古风诗教"的实质内容与传统伦理-政治观念之间构成何种关系。我们从"古风诗教"选取的颇具代表性的三项个案显示，"诗教"的实质内容乃是一种独具一格的**"诗性智慧"**，这种**"诗性智慧"**仰赖诗对真理的言说，此即古希腊人称为 muthos 的言说方式以及思维方式，这是一种诗性的语言，指向最高的真理之域并以最有效的方式予以传达。因此，"诗教"的观念在具体的施行当中遵循自身的**"诗性智慧"**来运作，这一**"诗性智慧"**并不停留在城邦政治空间的层面，而是进入一个更深层、更幽微的领域——**"诗的场域"**——并在那里发挥独有的作用，以此为人的存在奠立诗性的根基。根据本书考论的三项个案的具体情形，再做如下归纳：首先，《劳作与时日》以农田间的劳作和"正义的践行"为人类生活的诗性根基，"诗的场域"以外在于城邦政治空间的小村庄"阿斯克拉"及其农田作为表征；其次，诗人梭伦以心智秩序的重建为人类生活的诗性根基，正如"立法者－诗人"高居于城邦的各阶层之上，他的诗篇以"良序"的理想来表征一个高居于城邦政治空间之上的"诗的场域"；最后，《特奥格尼斯诗集》以"美德"（尤其是"高贵"）的养成为人类生活的诗性根基，以贵族"会饮"制度这个从城邦政治空间里切分而出并与之保持疏离的"诗的场域"作为表征。

"古风诗教"之所以不同于传统伦理－政治观念的再现与传递，而能成就一种"最高教育"，一个重要原因是古风诗人作为"诗教"的施行者，在当时的思想格局里占据了极为独特的位置。**在古希腊思想的发端处，诗享有最高的地位，实为一切思想之源，"诗性智慧"乃是孕育各种思想的母体**。荷马以降，当其他形式的"智慧"（如智术、哲学和史学）兴起以前，古风诗人最早把自己呈现为"智慧"的拥有者和传播者，从荷马迄至雅典的悲剧家，诗人一直被奉为"智慧之士"（sophos），当然这数百年间，诗人所确立的"智慧之士"的形象经历了种种变化，但这些变化背后是相互交织的三种原型：首先，诗人是创制者（poeta creator），造就一个自洽自足的诗的世界，这一观念最明确地见诸荷马诗论；其次，诗人是先知（poeta propheta），知悉宇宙天地的神圣奥秘，以赫西奥德的《神谱》序诗为其纲领；最后，诗人是立法者（poeta legislator），这一原型在赫西奥德的《劳作与时日》、梭伦和特奥格尼斯那里有着多样的呈现。这三种原型集中凸显了"诗性智慧"的不同凡响，诗人的位置因此得以介乎神、人之间，与古希腊的英雄相仿，享有极高的文化地位。由是观之，"诗的教化"实际上最根本地作用于诗人自身，而受众的教化相比之下不啻为诗人营造的一种"镜像"。**诗形塑了

最高的文化理想，诗人自己据此成为最高的典范之人，有如赫西奥德从"牧羊人"转变而成"先知-诗人"（poeta propheta），创制"缪斯的颂歌"与"宙斯的颂歌"来实现这一文化理想，作为"创制者"（古希腊意义上的 poiētēs）的古风诗人，恰恰是在"诗性智慧"里成就自身。

不过到了古典时期，智术师与哲学家蔚起，与诗人成鼎足而立之势，智术、哲学这两种新型"智慧"也试图与"诗性智慧"形成对比并最终取而代之，智术师和哲学家与诗人争锋，对于"智慧"同样有着包罗无遗、圆融一体的诉求，并各自以独有的方式来传授整全的"智慧"。正是这种思想格局引发了智术教育、哲学教育与"诗教"三者之间的竞比；表面上看，诗人在古希腊文化里的崇高地位受到了挑战，但实质上，后起的"智术"和"哲学"这两种新型"智慧"均从"**诗性智慧**"化育而出，智术师和哲学家也总是以诗人在古希腊思想格局里的位置作为互较高下、以求超胜的目标。缘此，"古风诗教"的考论有助于我们重新检视古希腊"智慧"被诗、智术和哲学三分的思想格局，更深刻地把握古希腊理性思想的起源。从古风诗人的"**诗性智慧**"到古典时期与之处于竞争关系的新兴的"智慧"类型，这一发展脉络可以纳入古希腊早期思想史的大框架，亦即 muthos（"神话"）和 logos（"理性"）的**交互关系**这个大题目。19 世纪末到 20 世纪初的学者们提出了"从神话到理性"的"演进说"，他们主张，古希腊思想在公元前 6 世纪到 5 世纪经历了一个大转折，转折以后理性便与非理性彻底决裂，新的科学与哲学同旧的神话与宗教分道扬镳。20 世纪中叶以还，这个解释模式早已广遭质疑而被否定；如今，"神话"与"理性"的截然对立不再成立，两者的边界也不再泾渭判然，古希腊思想的发展不是简单的"从神话到理性"的直线进化，而呈现出更为多样和复杂的形态。以"智术"和"哲学"为代表的古希腊理性思想与"诗"

所代表的古希腊神话和宗教思想长期处于动态平衡的关系，从本书的"教育"视野观之，我们也能更加细密地审视 muthos（"神话"）和 logos（"理性"）之间此消彼长与并存互补的连续性。

正是这种连续性决定了诗人在古希腊思想从宗教衍生哲学的进程里，占据了至关重要的中间位置——古老的神启真理经由诗人转化提升为诗的终极真理，这直接催生了以哲学为典范的理性思想，哲学以诗的真理为参照，试图构建更"高"一级的哲学真理；然而，诗人上承先知下启哲学家，诗言居于神启预言与哲学论辩之间，在神的智慧与人的思想中间开辟两者兼备的自由之境，以其独有的方式直抵人的灵性，使之透显神性的光芒。

附录一
《神谱》序诗译注

【凡例】

一、本译文所据原文校勘本为 M. L. West, ed. *Hesiod, Theogony: edited with Prolegomena and Commentary,* Oxford: Clarendon Press, 1966。

二、本译文为诗体,力求每一行诗与原文对应,但中、希两种语言差距甚大,有几处不得已而调整语序与行数,以使译文晓畅通顺。译者参考了张竹明、蒋平译本,然该译本为散文体,往往未能紧扣原文,且多有漏译误译之处。

三、注释分为三部分:其一(楷体字)为疏通每段文意的概述,以括号里的行码标示原文出处;其二(行码及宋体字)为逐行详注,重在辨析词意和名物,译介或撮述部分前人注释,主要参酌了 West 1966 详注本(以 W 标示)、Verdenius 1972 注本(以 V 标示)以及 Pucci 2007 注本(以 P 标示),偶或掇拾其语句,并参以己意;其三(无行码宋体字)为笔者所撰评论。三个部分共同组成了较为深入的文本细读(close reading),读者还可与正文第三章的考论对读。

四、《神谱》序诗素享"古希腊诗论开山纲领"之美誉,历来论者无数,译注以笔者之见为条贯,读者若欲了解诸家解说,亦可参观正文第三章。

【译文】

让我们从赫利孔山的缪斯女神开始歌唱，
她们据有赫利孔这座巍峨的圣山，
以柔软的双足环绕紫罗兰色的泉水
还有无比强大的克洛诺斯之子的祭坛舞蹈，
当她们在佩美索斯河或是马泉或是   5
神圣的奥美乌斯河里沐浴了娇嫩的肌肤，
便在赫利孔山的山巅翩翩起舞，
舞姿曼妙动人，双足轻盈敏捷。
从那里出发，笼罩在浓厚的雾气里，
她们黉夜动身，发出无比动人的声音，   10
颂唱持帝盾的宙斯，阿尔戈斯的庇护神、
脚登灿灿金靴的威严主母赫拉，
还有持帝盾宙斯的女儿、明眸的雅典娜，
福波斯·阿波罗以及善射的阿尔忒米斯，
还有既持守大地又震撼大地的波塞冬，   15
令人敬畏的忒弥斯、眼波流盼的阿芙洛狄忒，
头戴金冠的赫蓓、娇美迷人的狄奥内，
勒托和雅培托斯，以及心思狡黠的克罗诺斯，
厄奥斯、伟大的赫利奥斯和光辉的塞蕾内，
盖亚、伟大的欧凯阿诺斯和黝黑的纽克丝，   20
以及其他永生不朽的神的种族。

曾有一天，她们授受赫西奥德美妙的歌艺
当他正在神圣的赫利孔山山麓放牧羊群，
奥林坡斯山的缪斯女神，持盾宙斯的女儿们，

首先向我道说如下的话语：　　　　　　　　　　　　25
"荒野里的牧人们，一无是处，肚腹而已，
我们知道，如何讲述许多酷似事实的虚语；
我们也知道，如果愿意，如何宣唱真理。"
伟大宙斯的女儿们，能说会道的缪斯女神如是说，
并且从一棵茂盛的月桂树上摘下一根奇妙的树枝，　　30
给我做权杖，还把一种神圣的声音
吹入我的心扉，使我能颂赞将来与过往之事，
她们吩咐我颂唱永生至福的神族，
但是总要在开端和收尾时歌唱她们。

不过这些围绕橡树和岩石之事与我何干？　　　　　　35
来吧，让我们从缪斯女神开始，她们为父亲宙斯
颂唱，在奥林坡斯山上愉悦他伟大的心智，
讲述现在之事、将来之事还有过往之事，
歌声和谐一致，不知疲倦的甜美声音
从她们口中汩汩涌流；父亲鸣雷神宙斯的殿堂　　　　40
也露出微笑，当女神们有如百合花般的声音
四处播散，白雪皑皑的奥林坡斯山巅
还有其他众神的屋宇也回音袅袅；
女神们发出不朽的声音，首先用歌声颂赞神族，
从本原开始，盖亚和宽广的乌拉诺斯生育的子嗣，　　45
以及他们的后代，那些赐赠善好之物的神明；
其次，女神们颂唱宙斯，诸神和凡人之父，
她们在歌曲开始时和结束时都是如此，
称赞他在众神当中最为卓越、最为强大；
再次，她们颂唱凡人的种族以及孔武有力的巨人族，　50

以此在奥林坡斯山上愉悦宙斯的心智,
那些奥林坡斯山的缪斯女神,持帝盾宙斯的女儿们。

在皮埃里亚山上,与克罗诺斯之子交合后,
涅莫绪内,埃琉特的守护神,生育了她们,
让人忘怀不幸之事,也不再忧心忡忡。 55
足智多谋的宙斯与她同寝九个夜晚,
远离不朽众神,独上她神圣迷人的床榻;
当一年的岁月流逝,季节轮转,
月亏月盈,许多的日子过去,
在距离白雪皑皑的奥林坡斯山巅不远处, 60
她生育了九位姑娘,她们心思和睦一致,
都以歌唱为念,而不知烦恼为何物;
在那里,有她们炫目的舞蹈和华美的屋宇,
毗邻美惠女神和渴望之神的住处
及欢庆场所;她们口吐迷人的声音, 65
歌声悠扬,颂赞所有不朽神明的行事方式
和善好习性,发出优美的声音。
那时,她们以神圣的歌曲为伴,往奥林坡斯山进发,
欣悦于自己美妙的歌声;黝黑的大地
为她们的颂唱发出回响,在觐见父神的路上, 70
优美的步伐声从她们足底响起;
他正统治天宇,手持响雷与炫目的霹雳,
此前他刚用武力推翻父亲克罗诺斯,公平地
把一切分配给不朽众神,策划了他们的尊荣。

这些主题,居住在奥林坡斯山上的缪斯女神 75

歌唱，她们是伟大的宙斯生育的九位女儿：
克里奥、欧忒尔佩、塔利亚、美尔坡美涅、
忒尔普西霍瑞、埃拉托、坡吕姆尼亚、乌拉尼亚
以及卡莉奥佩，她在所有缪斯女神当中最享尊荣，
因为她还陪伴让人敬畏的王者。 80
在宙斯抚育的王者当中，凡是伟大宙斯的女儿们
看着他出生并青眼相加的那一位，
她们便用甘露浇灌他的舌尖，
从他的口中流淌出甜蜜的话语；所有的民众
都注视着他，当他用公正的判决 85
做出裁定，而他准确无误的言说
能迅速地、机智地平息一场不小的争端。
因此，王者聪明睿智，在广场上
用温厚柔和的话语进行劝说，
轻而易举地为遭受损害的民众做出补偿， 90
当他步入民众集会，人们敬他如神，
对他谦恭有礼，而他则有如鹤立鸡群。
这便是缪斯女神给予凡人的神圣礼物。
正是源于缪斯女神与远射神阿波罗，
一些人才在大地上成为歌手与弦琴手， 95
而王者源自宙斯：凡是缪斯女神钟爱的那一位，
便是有福者，从他的口中流淌出甜蜜的声音。
如若有人因新近遭受的创伤而痛苦，
心灵因悲伤而枯寂，一旦歌手，
这缪斯女神的随从，颂唱古代英雄的光荣业绩 100
以及居住在奥林坡斯的快乐神灵，
他立刻会忘记忧伤，不再回想起任何苦恼，

缪斯女神的礼物迅速转移他的心思。

再会，宙斯的女儿们！请赐我美妙的歌唱，
颂赞永生不朽的神圣种族， 105
他们由盖亚和星光闪闪的乌拉诺斯生育，
还有漆黑的纽克斯以及咸涩的蓬托斯的后代，
请一一道来：最初，众神和大地如何诞生，
还有山川河流，汹涌澎湃、漫无涯涘的大海，
璀璨的群星，以及居于其上的浩瀚苍穹； 110
其次是这些神明的子嗣，赐福凡人的众神，
他们如何分割财富，分配各自的尊荣，
还有他们起先如何夺取多谷的奥林坡斯。
告诉我这些，居住在奥林坡斯山上的缪斯女神啊，
请从本原开始述说，他们当中哪个最先诞生？ 115

【注释】

1-21：诗人从赫利孔山的缪斯女神开始歌唱（1），描述她们在赫利孔山上翩翩起舞（1-8）：女神们首先在河水或清泉里沐浴（5-6），然后在赫利孔山上环绕某处泉水（3），或是宙斯的祭坛舞蹈（4）。缪斯女神在夜间动身从赫利孔山出发，发出美妙的歌声（9-10），从宙斯开始颂唱永生不朽的神的种族（11-21）。

1. **赫利孔山**：位于比奥提亚南部，如果我们相信赫西奥德的自述，他出生于该地区并在那里居住和生活，这座山可谓他的家乡风景。

    赫利孔山的缪斯女神："赫利孔山的"在这里是缪斯女神

的"名号"（epithet），"标示她们的崇拜仪式所在地以及经常活动的地方"（W），"赫西奥德很可能意指当时已经存在的崇拜仪式"（V）。不过，她们与随后出现的"奥林坡斯山的缪斯女神"实为同一组女神，"赫西奥德让缪斯女神从赫利孔山前往奥林坡斯山，是试图在地方性的信仰和史诗传统之间做出某种调和"（V）。赫西奥德之所以要从"赫利孔山的缪斯女神"开始歌唱的缘由，马上会在下文（第34行往下）道明；比较《劳作与时日》第658-659行，提及同一个事件时对缪斯女神相同的称谓。

3. **紫罗兰色的泉水**：很难确定，这是泛指，还是特指某一眼专门供奉给缪斯女神的泉水。

4. **克洛诺斯之子**：即宙斯，克洛诺斯与宙斯的父子关系是《神谱》一个重要主题。

   祭坛：这座宙斯的祭坛很可能坐落于赫利孔山的山巅（参第7行）。

3-4. **环绕……舞蹈**："环舞（ring dance）为最古老的舞蹈样式之一，特别与泉水和祭坛相关……这种活动无疑源自交感巫术，目的是确保泉水的持续涌流"（W）；"更有可能的目的是，让人分享涌流不息的泉水的生命活力"（V）。

5-6. **佩美索斯河或是马泉或是神圣的奥美乌斯河**：这几处溪流和泉水在赫利孔山上，都是缪斯女神经常出没之地。

10. **她们黉夜动身**：前往哪里？登临奥林坡斯山（第68行以下）还是到赫利孔山山麓与赫西奥德相会（第22行以下）？或主张后者："这里我们看到的是一种典型描述，而第68行的 τότε 一词指向过去的一个特殊场合，亦即缪斯女神诞生之际……实际情况是，赫西奥德——并不一定有意识地——让缪斯女神下山，是为了让她们与自己相会做准

备。"（W）或倾向前者："显然，缪斯女神与赫西奥德的相会并没有发生在夜间。"（V）

发出无比动人的声音："发出……声音"（ossan hiesai）这一短语多次出现在序诗当中，都用来形容缪斯女神的歌声（另见第 43、65、67 行）。据说，"赫西奥德"之名（原文为 Hesiodos，就词源上看可解作"发出声音者"）正是由此而来，诗人以屡次重复的方式来点明，缪斯女神以"声音"为职司范围，而"赫西奥德"秉承此一志业，甚至以此为名，遂为"缪斯女神的随从"（第 100 行）。

11-21. 有关缪斯女神第一首歌的内容，参见正文第三章 §8 的论述。

11. **持帝盾的宙斯**：帝盾，原文为 aigis，指的是以各种恐怖图案（如戈尔贡的头颅）为装饰的盾牌；"持帝盾的（aigiochos）"这一饰词一般只用来形容宙斯和雅典娜。

11-12. **阿尔戈斯的庇护神……赫拉**：据荷马史诗记载，位于伯罗奔尼撒半岛的阿尔戈斯地区为赫拉的主要崇拜地。

13. **持帝盾宙斯的女儿、明眸的雅典娜**：以"持帝盾宙斯的女儿"一语双关地点明雅典娜与宙斯的紧密关系。

14. **福波斯·阿波罗**：据传，"福波斯"乃一位古神，为阿波罗所杀，阿波罗以之为名表示纪念。

善射的阿尔忒弥斯：阿波罗与阿尔忒弥斯兄妹皆以善射著称，古陶画上多有呈现。

15. **既持守大地又震撼大地的波塞冬**：古希腊人相信，大海不仅浮载而且还会摇动大地，造成地震。

16. **令人敬畏的忒弥斯**：提坦神之一，宙斯第二位妻子（见第 901 行），与宙斯共同生育时序女神和命运女神。

眼波流盼的阿芙洛狄忒：有情人之间的神态被生动地投射

到他们的庇护神身上。

17. **头戴金冠的赫蓓**：青春女神，宙斯与赫拉之女（见第922行）。

    娇美迷人的狄奥内：根据荷马史诗，狄奥内为阿芙洛狄忒的母亲，但在《神谱》（见第353行），她是环河神欧凯阿诺斯之女，为众多山林水泽仙女之一；在这里，她的身份应该是前者。

18. **勒托**：阿波罗与阿尔忒米斯的母亲。

    雅培托斯：提坦神之一，普罗米修斯的父亲。

    心思狡黠的克罗诺斯：提坦神的领袖，宙斯的父亲；"心思狡黠的"（agkulomētēs）这一饰词主要用来形容克罗诺斯，此外也用于雅培托斯之子普罗米修斯（见第546行）。

19. **厄奥斯**：黎明女神。

    伟大的赫利奥斯：太阳神。

    光辉的塞蕾内：月亮女神。

20. **盖亚**：地母，众神与凡人之母。

    伟大的欧凯阿诺斯：环河神，即环绕大地周行而首尾相连的河流。

    黝黑的纽克丝：夜神。

诗人以第一人称（复数）的口吻开始歌唱，序诗的第一个单词"缪斯女神"点明主题（比较《伊利亚特》的第一个单词"忿怒"，即"阿基琉斯的忿怒"和《奥德赛》的第一个单词"英雄"，即奥德修斯），随后用关系从句（2）展开主题，描述缪斯女神的活动和活动场所（3-21）。描述分为两段，分别是舞蹈（3-8）与歌唱（9-21），这两段之间的对比关系很明确：第一段强调缪斯女神的曼妙舞姿，她们清晰可见，但并未发出声响；第二段的典型描述从缪斯女神的舞蹈转换到歌唱，她们不可见（9），但清晰可闻，"发出无比动人的声音"（10）。第一段对缪斯女神的描述使人联想起山林水泽女仙（nymphs），但她们的重要地位很快显露出来：第一段里缪斯女神环绕宙斯的祭坛舞蹈（4），第二段里她们从宙斯起首开始颂唱（11），均表明她们与宙斯之间的紧密关系。

***　　　***　　　***

22-34：诗人转向叙述一个特殊事件：某日，缪斯女神在赫利孔山山麓与自己相会（22-23），女神们向他道说了一番话语（24-28），以月桂枝做成的权杖相赠，并向他吹送神圣的声音（30-32），如此一来，赫西奥德从牧羊人（23）变身为诗人，得以颂唱将来与过往之事，永生的神族以及缪斯女神（32-34）。

22. **她们授受赫西奥德美妙的歌唱〈技艺〉**："歌唱〈技艺〉"原文为"aoidē"，或可解作"一首歌"。缪斯女神是以教给赫西奥德一首典范之歌（此即"神谱"之歌）的方式，来传授他歌唱的技艺；以下缪斯女神向赫西奥德的显圣，寓指歌唱技艺的获得（注意这一段在第34行以aeidein"歌唱"一词结尾）。至于这是通过长期训练而习得，还是瞬间的灵感迸发而顿悟，对于诗人来说，实乃一体之两面（参见Verdenius的评注："West提出，'赫西奥德在这里或许并不只想到单次的显圣，而是一段时期的练习'，但是此处διδάσκω的意思并非训练，而是授予一种能力"）。

赫西奥德：这里出现的"赫西奥德"之名，使我们得以知晓《神谱》作者的姓氏。当然，这一传统的解释依赖第22-23行与第24-25行的连读，即是说，第24行的"我"（中译文为顺从汉语语序，调整为第25行）与第22行的"赫西奥德"应理解为同一人。值得指出的是，第22-23行使用了第三人称，而到了第24行则转变为第一人称。据此，古今皆有学者认为，《神谱》的作者与赫西奥德并非同一人。不过，诗人在此处实以强调的方式给出自己的姓名，故不必遵从异说，将《神谱》的作者与赫西奥德判为两人。

23. **当他正在神圣的赫利孔山山麓放牧羊群**：牧羊人是实指还是虚指？从古代文学传统来看，牧羊人的主题早已被广泛使用：他们处于人类群体的边缘，终日与羊群为伴，在人迹罕至之地过着几近与世隔绝的生活（见第26行"居住在荒野里"）；唯其如此，神明才更易于向他们显现（参见 West, pp.158-161 的详论）。

24. **奥林坡斯山的缪斯女神，持盾宙斯的女儿们**：比较第29行"伟大宙斯的女儿们，能说会道的缪斯女神"；诗人以这两行诗（中译文为顺从汉语语序，将原文第25行调整为第24行）引导并结束缪斯女神的"话语"，一方面强调自己如实转述，另一方面通过重复缪斯女神的部分修饰短语，强调这些女神的崇高地位，即她们是主神宙斯的女儿。

26-28. 用直接引语给出缪斯女神的"话语"，表明这是她们亲口所说，一字未曾移易。有关这三行诗，自古以来诸说纷纭，详细讨论参见正文第二章第二节。

26. **荒野里的牧人们**：缪斯女神以复数形式（"牧人们"）称呼赫西奥德一人，用意何在？赫西奥德此时与其他牧人无异，并且与其他"牧人"所寓指的芸芸众生无异。

   一无是处，肚腹而已：关于"肚腹"，参见正文第94页注2。

30-32. **话语的赐赠（26-28）之后，是行动上的赐赠。**

32. **颂赞将来与过往之事**：即是说，诗人知往亦知来，比较下文第 38 行及注。

34. **总要在开端和收尾时歌唱她们**：比较下文第 47-49 行。有关这一说法的含义，参见正文第三章 §8。

22-34 行与上一段 1-21 构成一首致赫利孔缪斯女神的颂歌（即序诗前一部分的"颂歌一"）。诗人之所以要从赫利孔山的缪斯女神开始歌唱（1），目的正是为了引出这一段，其中叙述了发生在赫利孔山山麓的一个特殊事件。这个特殊事件对于赫西奥德来说，是一个决定性的事件。根据正文第三章第一节和第二节的解读，缪斯女神是以"入教仪式"（initiation）的模式来授予赫西奥德诗人的"圣职"；赫西奥德获得诗人的神圣使命，成为缪斯女神的"先知"，并通达宇宙万物的真相。

*** *** ***

35-52：诗人"言归正传"（35），再次从缪斯女神开始，歌唱她们在奥林坡斯山巅宙斯的圣殿里，为自己的父亲颂唱，愉悦他的心智（36-37，51）。她们演唱一首神谱之歌，从万物之初直到凡人的诞生（44-50）。她们的歌声感天动地，令奥林坡斯圣山发出回响，众神的屋宇也余音绕梁（40-43）。

35. **围绕橡树和岩石之事**：这行诗历来难以确解，大意是："我为何要讲述这些偏离正题之事？""让我言归正传"（另见正文第 103 页注 1）；不过，它在这里的作用倒很明确，是从"颂歌一"（1-34）转圜到接下来的"颂歌二"。

36. **让我们从缪斯女神开始**：诗人再次从缪斯女神开始歌唱

（比较第 1 行），是为"颂歌二"。诗人并未给女神添加饰词，但她们显然身处奥林坡斯山上。

38. **现在之事、将来之事还有过往之事**：这一程式化短语也出现在《伊利亚特》卷一第 70 行，用来形容"先知"卡尔卡斯的"无所不知"。有关"诗言"与"预言"的相似性，参见正文第三章第一节。此外，若与上文第 32 行相比，不难发现，缪斯女神似乎比诗人更胜一筹，除了知往和知来，还知晓当下正在发生之事；也有学者认为，第 32 行实乃此行之缩略，意思上并无不同（W）。

45. **从本原开始**：诗人首次提出神谱之歌的这一根本原则，与序诗结尾的第 115 行遥相呼应，并且诗人两次都将这一短语置于行首，以示强调。本短语原文作 ex archēs, archē（"本原""原则"），正是米利都的前苏格拉底哲学家以降，直至柏拉图和亚里士多德，众多古希腊哲学家孜孜探究的最重要的哲学问题之一。

盖亚和宽广的乌拉诺斯生育的子嗣：主要指以十二提坦神为代表的原初之神的后代。

46. **以及他们的后代，那些赐赠善好之物的神明**：主要指以奥林坡斯主神为代表的提坦神的后代。

48. **她们在歌曲开始时和结束时都是如此**：对此行诗的讨论，参见正文第三章 §8。

50. **凡人的种族**：这个主题在"神谱"正文里没有出现，虽然其中并不乏凡人的身影，例如在"赫卡特颂歌"（第 411-452 行）以及在"普罗米修斯的神话"（第 535-616 行）那里。不过，"凡人的种族"并没有成为"神谱"里的专门主题。如果这里指的是英雄种族，那么他们的谱系是《神谱》之后赫西奥德的另一部诗作《名媛录》（*Katalogos*

gunaikōn）里的主题；如果指的是人类整体，那么他们是《劳作与时日》的主题，特别是其中的"五个种族神话"，叙述了人类的种族从诞生直至当下的演化（"退化论"）。不管怎样，"凡人的种族"这个主题，乃是《神谱》与其他赫西奥德诗作之间"互文性"的一个表征。

孔武有力的巨人族：这个主题在"神谱"正文里没有出现（仅在第185-186行提及巨人族的谱系）。根据传说，巨人族（Gigantes）介乎凡人与神明之间，但更接近凡人。他们自恃强大，妄图推翻众神，却被众神击败。

第35行转圜到"颂歌二"，再次用"缪斯女神"一词点明主题（36），随后用关系从句（36）展开主题，描述缪斯女神的典型活动和活动场所。如前所示，"颂歌一"从"赫利孔山的缪斯女神"开始歌唱，是为了引出她们与诗人的相会，而"颂歌二"则径直从奥林坡斯山巅开始，描述缪斯女神的典型活动：她们为父神宙斯演唱一首"神谱"之歌。与她们的第一次演唱（11-21）相比，诗人对缪斯女神的第二次演唱的描述（36-43a），增添了表演的受众（宙斯及其他奥林坡斯众神）、表演的场合（宙斯在奥林坡斯山巅的圣殿）以及表演的效果（愉悦、露出微笑和回音袅袅）。此外，缪斯女神的第二次歌唱的内容（43b-50）秩序井然，以"首先"（44）、"其次"（47）和"再次"（50）划分出三个主题，分别为原初之神和奥林坡斯众神、宙斯以及凡人和巨人，其中第一和第二个主题最为重要，各占据三行，而第三个主题在"神谱"正文里并未出现，故合占一行。

***　　　***　　　***

53-74：缪斯女神的谱系和诞生叙事：她们的父亲是宙斯（53），母亲为记忆女神涅莫绪内（54），两位在皮埃里亚山交欢以后（53-57），涅莫绪内在距离奥林坡斯山巅不远处生下了这九位姑娘（60-61），她们从此居住在那里，与美惠女神和渴望之神比邻（63-65a），用优美的声音歌唱不朽的众神（65b-67）。她们荣登奥林坡斯山（68-71），并在那里颂赞刚刚夺取天界王权的父神宙斯（72-74）。

53. **皮埃里亚山**：奥林坡斯山的北坡，位于马其顿境内。据传，这里是缪斯女神崇拜仪式的发源地，赫西奥德故乡赫利孔山的缪斯崇拜便源自此处。参见《劳作与时日》第1行："来自皮埃里亚山的缪斯女神们"。

54. **涅莫绪内**：缪斯母亲的名字饶富意蕴，原文的含义为"记忆、回忆"，她是天父乌拉诺斯与地母盖亚之女，乃提坦众神之一（135），后成为宙斯的第五位妻子（915-917）。缪斯女神的谱系运用了"以出生来定义"（definition by pedigree）的手法（类似我国俗语所谓的"有其父必有其子"）：宙斯与"记忆女神"共同界定了缪斯女神的两个重要方面。有关"记忆"与诗歌的关系，参见正文第三章§4。根据普鲁塔克（743D）的报道，缪斯女神自己最初便被称作"记忆"（Mneiai, mnēmosynē 的异体词）；保萨尼阿斯（9.29.2）告诉我们，赫利孔山的缪斯女神原本是三位，分别名为"练习"（Meletē）、"记忆"（Mnēmē, mnēmosynē 的另一异体词）以及"歌唱"（Aoidē）。

埃琉特：这是位于比奥提亚地区和阿提卡地区交界处的基泰戎山上的一个地名，在那里很可能存在过供奉涅莫绪内的崇拜仪式。

55. **让人忘怀**：原文为名词"莱斯莫绪内"（lēsmosynē），仿"涅莫绪内"（mnēmosynē）所造之词，并与之构成一对反义词（更常见的是 lēthē 和 mnēmē）。赫西奥德将这两个词分别置于第 54 行与 55 行的行首，制造了非常明显的效果，两者之间的反差构成某种悖论：记忆之神的女儿带来的倒是"遗忘"，比较下文第 98-103 行的说明。

56. **同寝九个夜晚**：故而生下了九位缪斯女神。

60. **在距离……奥林坡斯山巅不远处**：此即前文第 53 行所言"在皮埃里亚山上"。

61. **生育了九位姑娘**：缪斯女神的数目在古代并不确定，两部荷马史诗开篇向缪斯祈求灵感的时候，用的都是单数；另外也有说缪斯女神共三位（见上文 54 注征引保萨尼阿斯），以及四位、五位或七位、八位，不一而足。

64. **美惠女神**：这三位女神由宙斯和欧律诺美生育（907-911），名为阿格莱亚、欧佛洛绪内和塔利亚，分别意为"光彩夺目""兴高采烈"和"欢庆喜乐"，她们经常与缪斯女神联系在一起。

渴望之神：原文作 Himeros，即"渴望"一词的神格化。诗人在这里运用了"以关系来定义"（definition by association）的手法（类似我国俗语所谓的"近朱者赤、近墨者黑"）：缪斯女神通过与美惠女神和渴望之神比邻而居、相与为伴，也或多或少地拥有了后两者的属性，能够发挥他们的功效，参见第 917 行所言："她们以欢庆和歌唱的愉悦为乐。"

66-67. **所有神明的行事方式和善好习性**："行事方式"原文作 nomoi，"习性"作 ēthea，这两个词在之后的希腊思想里虽然占据重要地位（分别表示"律法"和"伦理"），但在这里的含义难以确解，nomoi 是指"规条"（ordinances）

（W），还是"举止习惯"（manners）（V）？众神的"习性"又如何都能称作"善好"？因此，这两者"作为诗歌的主题，有点出人意表之外"（W）。

68. **那时……往奥林坡斯山进发**：回到缪斯女神诞生的叙事。缪斯女神在奥林坡斯山上出生，"往奥林坡斯山进发"云云，不免有夸张之嫌，不过"登临奥林坡斯山"乃是敬神颂歌的一个重要主题，表明该神为奥林坡斯的众神世界所接纳，故在此处郑重呈现。

69. **黝黑的大地**：缪斯女神已经为地母盖亚接纳。

70. **在觐见父神的路上**：她们立即会受到父神宙斯的接纳。

72-73. **他正统治天宇……**：缪斯女神诞生于宙斯推翻父亲夺取天界王权后不久，乃宙斯为巩固自己的政权所操办的七场婚礼之一（第五场）的产物。

73-74. **公平地把一切分配给不朽众神，策划了他们的尊荣**：宙斯之所以能够战胜自己的父亲克罗诺斯夺取王权，不仅由于武力（72-73）和智谋，还由于他的统治原则更胜一筹。如果说克罗诺斯的统治原则更接近"僭主制"，那么宙斯更倾向于"贵族制"，建立在一种称作 dasmos 的原则之上，即在统治集团内部公平分配权力的原则。参见《神谱》第 112 行及第 885 行。

如同"颂歌一"里两个段落的结构顺序，"颂歌二"一开始描述缪斯女神的典型活动，随后转向叙述一个特殊事件，亦即缪斯女神的诞生叙事。"诞生叙事"在敬神颂诗里往往占据重要位置，例如《荷马颂诗》之一"致狄奥尼索斯"、之三"致阿波罗"以及之四"致赫尔墨斯"。"诞生叙事"又可分成两部分，"诞生"本身以及出生后如何荣登奥林坡斯山为其他众神所接受。这两个部分在缪斯女神的"诞生叙事"里以非常精简的形式出现：53-62 为第一部分，68-72 为第二部分；鉴于缪斯女神的特性，诗人在"诞生叙事"里还是侧重于描述她们的歌唱。

***　　　***　　　***

75-103：诗人一一罗列九位女神的芳名，其中尤以最后一位即卡莉奥佩最享尊荣，因为她还陪伴王者（71-80）。随后进入对缪斯女神的职能范围的描述，她们经由王者（80-93）与诗人（94-103）对凡人世界施加影响。

77-79. 此前，缪斯女神并未得名，她们虽为复数，但作为一个整体而存在，并无个体的区分。此时的"命名"，很可能是赫西奥德的"发明"。不过，这些名字并非凭空捏造，而是囊括了前面已经提到的缪斯女神的各种特性，可以说，这九个名字从各个方面透显了缪斯女神的丰富特征。故而，赫西奥德所给出的这些名字，可以视作"诗歌话语的一套神学理论"（戴地安语）。此外，这种"以命名来定义"（definition by naming）的手法，实为神话思维的一种重要手段，命名以特别的方式规定了神的本质，仿佛一语道破其神性的奥秘。

77. **克里奥、欧忒尔佩、塔利亚、美尔坡美涅**：本意依次为"荣光""愉悦""欢庆"和"乐曲"，即是说，缪斯女神能够带来荣光、给人愉悦，她们喜好欢庆的场合，并以乐曲为伴。

78. **忒尔普西霍瑞、埃拉托、坡吕姆尼亚、乌拉尼亚**：本意依次为"善舞""动人""主题丰富""天界"，即是说，缪斯女神善于舞蹈，她们歌唱的主题众多，深深打动人心，她们的神妙属于天界。

79. **卡莉奥佩**：本意"美妙－声音"，她是完美话语的化身，故而也最能体现九位缪斯女神的主要特质。概括起来，九位缪斯女神分别意指歌唱的本质属性（卡莉奥佩、坡吕姆尼亚、乌拉尼亚）、与其密切相伴的姊妹艺术（美尔坡美涅、忒尔普西霍瑞）、其效能（克里奥、欧忒尔佩、埃拉托）及其表演场合（塔利亚），因此从各个侧面构成诗歌艺术的整体性。至于九位缪斯女神各自司掌不同的艺术门类，例如卡莉奥佩管领史诗，克里奥管领历史，乃是后起的传统，在赫西奥德那里尚未出现。

80. **她还陪伴让人敬畏的王者**：诗人之所以单独列举卡莉奥佩为陪伴王者的缪斯女神，是因为她的名字（"美妙－声音"）与接下去将要描述的王者的有效话语（81-84）最为契合；换言之，正是卡莉奥佩代表了九位缪斯女神的共通属性，使她们得以庇护王者，亦即赐予他"美妙的声音"（83-84）。

81. **宙斯抚育的王者**：根据古希腊传统，王权来自宙斯，正如宙斯自己是天界的王者。这种观念可以表述成，王者从血缘上追溯到宙斯，也可以表述成，王者受到宙斯的特别青睐，由他亲自抚育。

83. **用甘露浇灌他的舌尖**："甘露"指的是来自天界的液体，其他发生同样效力的液体还有蜂蜜或清泉；除了灌注舌尖，还可以涂抹在双唇上，甚至饮用这些液体，最终的效果其实相同，亦即"从他的嘴里流淌出甜蜜的话语"（84）。

84-93. 这个场景展现了王者的话语发生效力的场合、受众、方式以及带来的后果，具体的分析参见正文第三章§6。

85-86. **用公正的判决做出裁定**："判决"原文作 dikai，"裁定"原文作 themistes，这里透显出 Dikē 与 Themis 的亲缘关系。

87.	**一场不小的争端**：使人联想起《劳作与时日》里的那场"争端"，当然《劳作与时日》里"吞噬贿赂的王爷"与这里的王者不可同日而语。
89.	**以轻柔温厚的话语进行劝说**：王者的话语，不管从性质还是效用上来看，都与后来在古希腊蔚为大观的修辞和演说传统更为接近，不啻为"辞令之术"的滥觞，参见正文第三章§6。
93.	**这便是缪斯女神给予凡人的神圣礼物**：指的是缪斯女神通过"王者"赐赠凡人的礼物，即"辞令"。用此句为整个段落（80-92）作结，恰与下一个段落（94-103）的结尾（103）相互呼应，构成两个平行的场景。
94-103.	这一段构成了第二个场景，如同之前的第一个场景（84-93），这里展现了诗言发生效力的受众、方式以及带来的后果（不同的是，这里没有点明场合），具体的分析参见正文第三章§6。
94-97.	这四行诗起到承上启下的作用。这里的"有福者"不仅包括诗人，还包括王者，拥有"甜蜜的声音"是其福分的共同标志。另外，这四行诗（仅有细微的变文）还成为《荷马颂诗第二十五首：致缪斯女神与阿波罗》的主体。
94.	**缪斯女神与远射神阿波罗**：阿波罗为奥林坡斯主神之一，职司的范围极广，其中主要有四项：神谕、诗歌、医药与射术。作为主管诗歌之神，阿波罗往往又被视为缪斯女神的首领，并拥有"缪斯引导者"（Apollo Mousagetēs）的名号。
95.	**歌手与弦琴手**："弦琴手"原文作 kitharistai，特指用 kithara 琴（古希腊早期出现的一种较大的弦乐器，类似于竖琴）来为自己的歌唱伴奏的歌手。"歌手"原文作 aoidoi，他们往往也使用一种小型的弦乐器为自己伴奏。

98-103. 这里强调"诗言"作用于个体的心灵，如第98行的"创伤"和"痛苦"，第99行的"悲伤"和"枯寂"，第102行的"忧伤"和"苦恼"；而"诗言"发生效力的方式是"遗忘"与"记忆"的交织：忘怀一己之苦恼，追忆英雄和众神的世界，这便解释了前文第54-55行的"矛盾"说法。

99-100. **歌手，这缪斯女神的随从**：这一称谓在古希腊很常见，例如《荷马颂诗第三十二首：致塞蕾内》第19-20行，《特奥格尼斯诗集》第769行（参见正文第六章§3的论述），等等。

100-101. **古代英雄的光荣业绩以及居住在奥林坡斯的快乐神灵**：这个短语不啻为古希腊史诗的一种自我界定。这里的两大类主题简赅地囊括了史诗的主要内容，具体地说，前者（"古代英雄的光荣业绩"）为荷马史诗的主题（"光荣业绩"原文作 klea，这也是荷马史诗诗论里的核心概念），后者为神谱史诗（以及颂诗）的主题。因此可以说，这个场景里的"歌手"既包括像赫西奥德这样的神谱史诗诗人，也包括像荷马那样的英雄史诗诗人，两者所生发的效力不分伯仲。

103. **缪斯女神的礼物**：指的是缪斯女神通过"歌手"（诗人）赐赠凡人的礼物，即"诗言"。用此句为整个段落（94-102）作结，与上文第93行相呼应，构成两个平行的场景。

缪斯女神的"诞生叙事"在这里的"命名式"达致高潮，正如为新生儿取名是对其存在的接受和肯定；不同的是，为新生儿取名只是一种期许，而神的命名式则是对于神的本性的界定。随后，"颂歌二"转向敬神颂诗的另一个主要内容，描述缪斯女神的职能范围（timai）及其对凡人世界造成的影响。通过两个平行而相映成趣的场景，缪斯女神凭借王者与诗人分别赐予凡人"辞令"和"诗言"这两种有效话语，为人们带来福祉。这两个场景与前面的"谱系""诞生叙事"和"命名式"共同构成了"颂歌二"里对于缪斯女神秉性和特质的颂赞，并以此昭示出这些女神在宇宙统系里所处的位置，亦即分别在众神世界和人类世界里的位置。

***   ***   ***

104-115：诗人最后向女神告别并祈祷，转向"另一首歌"（104），即接下来歌唱的"神谱"正文，宣告其主题并给出纲目（105-115）。

104   **再会，宙斯的女儿们**：颂歌结尾的典型手法，因为颂歌的一个重要功能是过渡到另一首篇幅更大的史诗的表演。

105.   **永生不朽的神圣种族**：诗人在这里宣告《神谱》正文的主题。古希腊的众神虽然"永生不朽"，但并不等于"永恒"，因为他们有生而无死，并没有彻底超越时间性。

106-107. **盖亚……乌拉诺斯……纽克斯……蓬托斯**：随后用关系从句展开主题。这里列举的四位古老之神分别代表地、天、夜和海，强调了作为"神谱"根基的"宇宙创化论"。诗人在给出"神谱"纲目时首先从"神的谱系"的角度追本溯源：盖亚和乌拉诺斯所生的神族是整个《神谱》里最重要的一支，包含提坦众神和奥林坡斯众神；纽克斯为最初之神"卡奥斯"（Chaos，意为鸿蒙之初出现的一道"罅隙"，而非后世所谓的"混沌"）之女，养育了众多带来灾祸的子女（211-232），而蓬托斯为盖亚之子，是大量海中神灵和各种怪物的祖先（233-336）。因此，这四位古老之神被奉为居于众神谱系之首的原初之神。他们有别于开启整个宇宙创化的三位原初之神，即"卡奥斯""盖亚"和"爱若斯"，因为"卡奥斯"的一支是通过其女纽克斯来繁育，而"爱若斯"代表宇宙化育的根本原则，本身并没有生育。

108-113. **最初……其次**：诗人从另一个角度，即"神权更替"的角度再次追本溯源地给出纲要。整个众神统系以"最初"和"其次"被分作两个阶段，"最初"叙述的神明包括原初之神以及自然之神，"其次"叙述的神明则为奥林坡斯众神，以及他们在宙斯的率领下如何夺取了天界的统治权。

111. **赐福凡人的众神**：主要指奥林坡斯众神。

112. **他们如何分割财富，分配各自的尊荣**：参见上文第 73-74 行及注。

113. **夺取多谷的奥林坡斯**：也即是说，奥林坡斯众神如何夺取天界的统治权。归纳而言，"神谱"之歌实为创世之歌，以三代神明为统系表现了宇宙万物从鸿蒙之初的 Chaos 到宙斯治下的 Kosmos 的演进，"宙斯登极"为创世进程里最重要的事件，正因为奥林坡斯众神治理宇宙万物的原则，即"分配原则"（dasmos）是对提坦众神的原则（"报复"，tisis）以及原初之神的原则（"爱欲的结合"，Eros）的推进。

115. **请从本原开始述说**："从本原开始"（ex archēs），参见第 45 行及注。在序诗的最末一行再次强调"本原"，直接引出了《神谱》正文的第一行。

他们当中哪个最先诞生：用一个问句引出《神谱》正文，比较《伊利亚特》卷一第 8 行："是哪位神明使他们两人争吵起来？"

这个段落兼具两种性质：从组成颂歌的典型元素来看，诗人是在向女神告别，转向"另一首歌"，这正是颂歌收尾的成规，而从序诗所具功能的角度来看，诗人是在向女神祈求灵感，让他进入诗歌的正题。试比较荷马史诗的"序诗"，例如《伊利亚特》第 1-7 行，这一简短的序诗具备三重功能：向缪斯女神祈求、宣告主题以及展开主题。第一行（直译为"忿怒，请歌唱，女神啊，佩琉斯之子阿基琉斯的"）把"向神祈求"与"宣告主题"交织在了一起，第二行至第五行用关系从句展开主题，而第五行至第七行则已进入主题，给出"阿基琉斯的忿怒"主题的出发点。从序诗的三重功能来说，《神谱》序诗的最后这个段落与《伊利亚特》序诗一一对应，即第 104 行为"向神祈求"，第 105 行为"宣告主题"，第 106 行以下为"展开主题"，第 114-115 行为确立主题的出发点。可见，赫西奥德巧妙地化用了颂歌收尾的成规，使之实现史诗序诗的功能。

附录二
汉译梭伦诗残篇及古人评述

译者按：汉语世界里，梭伦诗篇的译介并不多见，管见所及，只有水建馥先生选译了零星几首（分别为残篇 13、24、11、9、15 和 5），收入《古希腊抒情诗选》（人民文学出版社，1988 年，第 75—83 页）。这里我根据戈尔博（Douglas E. Gerber）编次的《古希腊挽歌体诗集》"洛布丛书"，1999 年）的希腊原文，将其中的"梭伦残篇及古人评述"悉数译出。戈尔博使用的底本是韦斯特的标准考订版（见"版本说明"），从版本上看，应该说是目前学界最通行、最可靠的本子。戈尔博除了给出梭伦名下的残篇外，还附以征引者的上下文，这里也一并译出，为示区别，梭伦残篇以仿宋体排印。

挽歌体：残篇 1-30

残篇 1-3：《萨拉米斯》①

【残篇 1（普鲁塔克：《梭伦传》, 8.1-3）】

雅典人与麦加拉人为争夺萨拉米斯岛进行了旷日持久的战争，当他们对此感到厌倦的时候，便制定了一条法律，规定任何人不许在将

---

① 通常认为，残篇 1-3 属于同一首挽歌体诗，该诗题名《萨拉米斯》，长达 100 行，正如普鲁塔克在称引残篇 1 时所记述的那样。

来以书面或口头的方式，提议本邦去争夺萨拉米斯，违者处死。梭伦不能忍受这种不光彩的事情，他看到许多青年人都想要重新发动战争，但是碍于这条法律，却不敢采取主动，于是他就装作神志失常，从他家里向全城传出消息，说他出现精神错乱的症状。他还私下作了一首挽歌体诗，咏读成诵，然后他突然疾步走到市场上，头上戴着一顶小毡帽，当一大群人已经聚集在那里的时候，他跳上传令石，唱诵他的挽歌体诗，起首两句是：

> 我是传令官，从迷人的萨拉米斯亲自到此，
> 　　要唱一首措辞有序的歌来代替演说。

这首诗的题目就是《萨拉米斯》，长达一百行，作得十分美妙。

【残篇 2（第欧根尼·拉尔修：《名哲言行录》，1.47）】
下面所引的挽歌体诗曾令雅典人激赏：

> 但愿我能改换国籍，成为一名佛来冈得洛斯人
> 　　或是一名西基诺斯人，① 而非雅典人；
> 因为这样的说法很快会在人群里传开：
> 　　"他是阿提卡人，萨拉米斯割让者里的一员。"

【残篇 3（第欧根尼·拉尔修，续上）】
还有：

> 让我们去萨拉米斯，为这座迷人的岛屿而战，

---
① 两处均为爱琴海群岛里的无名小岛。

洗刷我们身上难以忍受的耻辱。

【残篇 4（德摩斯提尼，19.254-56）】①

请你拿起梭伦的这些挽歌体诗句并朗读，以便你们【译按：指（陪审团）】能够知晓，梭伦也憎恶像被告这样的人，（中略）请你朗读：

我们的城邦绝不会由于宙斯的命定，
　　抑或其他不朽众神的意图而毁灭；
因为心胸宽广的守护者、强大父亲的女儿，
　　帕拉斯·雅典娜在上方伸出双手。
民众自己，由于他们的愚昧和拜金　　　　　　　　　5
　　心甘情愿地摧毁这座伟大的城邦，
而"民众的领袖"心存不义，
　　定会由于暴戾而遭受诸多痛苦；
因为他们不知如何遏止贪婪，
　　抑或如何在宴会上眼前的欢愉中平和守序。　　　10
…………
　　他们发财致富，为不义的行为所蛊惑
…………
不放过任何属神的或是公共的财产，
各自从不同的场所偷盗掠夺，
　　他们不再守卫正义女神的庄严础石；
她虽缄默不语，却见证了正在和业已发生之事，　　　15
　　有朝一日定会降临，施以惩罚。

---

① 这首诗别名《致城邦》或《欧诺米娅》（Eunomia），为现存梭伦诗篇里最重要的三首之一。

如今这无法逃避的创伤正向整个城邦袭来，
　　　城邦旋即处于悲惨的奴役之中，
它唤醒内部的纷争和沉睡的战争
　　　摧毁无数风华正茂的青年。　　　　　　　　　　20
因为在不义之人的阴谋里，我们挚爱的城邦
　　　正被自己的敌人消耗得精疲力竭。
这些罪恶在民众那里泛滥成灾，
　　　而众多的贫民只得背井离乡，
被绑上可耻的脚镣遭到贩卖。　　　　　　　　　　25
…………
于是，公共的罪恶造访每人的私宅，
　　　庭院的大门不再将之拒于门外，
它越过高高的篱笆，定会将无论何人寻见，
　　　即便他躲入内室最为隐蔽的角落。
胸中的意气敦促我如此教导雅典人：　　　　　　　30
　　　"狄斯诺米娅"给城邦带来数不尽的灾祸；
而"欧诺米娅"却昭示万物之有序与适恰，
　　　她常常用锁链束缚不义之人，
使粗糙变平滑，制止贪婪，令暴戾畏缩，
　　　让祸害的茂盛枝桠干枯，　　　　　　　　　35
她使弯曲的判决平正，遏制傲慢之举，
　　　终止引发骚乱的行为以及惨痛的
内部纷争带来的怒火；在她的统御之下，
　　　人间万事皆恰如其分、审慎有度。

雅典人啊，你们已经听到，关于这样的人，还有关于那些他说会庇佑我们的城邦的神明，梭伦会说些什么。

【残篇 4a（亚里士多德：《雅典政制》，5）】①

当时的政治制度便是这样，由于多数人被少数人奴役，庶民便起来反抗贵族。内讧十分激烈，派系之间的相互对立持续了很长时间，这时他们才共同推举梭伦为调停者和执政官，把城邦政体委托给他。在这之前他创作了一首挽歌体诗，其开篇如下：

> 我明白，当我看到伊奥尼亚最古老的一片土地②
> 　　正在倾覆，悲哀留存我心挥之不去。

在这首诗里，他站在每一方的立场上与另一方论争和对抗，随后他规劝各方，一起停止相互之间的争强好胜。

【残篇 4c（亚里士多德：《雅典政制》，续上）】

就门第和声望而言，梭伦属于头等，但依财富和资产而论，则属于中等，这不但为别人所承认，而且也有他自己的诗句为证，在这些诗句里他劝告富人不要贪得无厌：

> 你们这些人啊，拥有过多的财物，
> 　　要收敛你们顽固的心，让它平静，
> 也要节制你们高傲的心智；因为我们不会
> 　　再服从，况且这对你们也不再适恰。

【残篇 4b（亚里士多德：《雅典政制》，续上）】

简言之，他总是把内讧的责任归咎于富人，所以他在这首挽歌体诗

---

① 据学者们分析，残篇 4a、4b 和 4c 可能都属于残篇 4 的缺漏部分。
② 雅典人自认为是伊奥尼亚族群里最古老的一支。

的开端说，他害怕

　　一些人的〈贪财〉和另一些人的嚣张

意思是，这些便是引起仇恨的起因。

（普鲁塔克：《梭伦传》，14.2）
梭伦自己说，起初他对于参与城邦政治犹豫不决，因为既害怕一派的贪财，又害怕另一派的嚣张。

【残篇 5（亚里士多德：《雅典政制》，11.2-12.1）】
他同时反对双方，尽管他如果随意站在任何一方那边，就可以成为僭主，他宁愿遭受双方的仇视，来拯救自己的国家，为之订立最优良的法律。对于上述情形，所有人都一致同意，他曾如此行事，并且他自己在诗作里对此也有提及，其辞如下：

　　我给予庶民适可而止的权利，
　　　　既不剥夺也不加增他们的尊荣；
　　而那些既拥有权力，财富又令人羡慕的人，
　　　　我也设法让他们不遭受损害。
　　我屹立于此，为双方挥舞坚实的大盾，
　　　　不许任何一方行不义而占上风。

5

【残篇 6（亚里士多德：《雅典政制》，续上）】
他又在诗里昭示，应当如何对待民众：

　　让民众追随他们的领袖的最佳方法，

>   是他们既不享有过多的自由也不太受压制；
> 因为贪婪滋生暴戾，若是巨大的财富
>   来到心智失序的人身旁。

【残篇 7（普鲁塔克：《梭伦传》，25.6）】

他希望彻底摆脱这种窘境，并且逃离公民们对他的非难和吹毛求疵——

>   致力伟业者，难以取悦每个人

正如他自己所说——就借口自己是一条航船的船主，征得雅典人让他外出十年的许可，乘船离去了。

【残篇 9（西西里的狄奥多鲁斯：《通史》，9.20.2）】

据说，梭伦曾用挽歌体诗句，向雅典人警示即将来临的僭政①：

>   大雪和冰雹的威力来自阴云，
>   雷鸣产生于炫目的闪电；
>   城邦毁于有权有势者，而民众
>   会因愚昧落入独裁者的奴役。
>   若是将某人抬得过高，以后就不容易
>   再去遏制他，所以此刻就要考虑周全。

【残篇 10（第欧根尼·拉尔修：《名哲言行录》，1.49）】

他手执长矛和盾牌，冲进了公民大会，向人们警告皮西斯特拉图的

---

① 这里指的是皮西斯特拉图的僭政统治，可参考以下两个残篇。

图谋,(中略)而当时的议事会,由皮西斯特拉图党羽组成,遂宣称他已发疯,于是他说出了如下的诗句:

> 时间很快就会向市民们昭示,我究竟有无发疯,
>   时间定会昭示,当真理来到公共空间。

【残篇 11(西西里的狄奥多鲁斯:《通史》,续残篇 9)】
此后,当皮西斯特拉图已成为僭主,他说:

> 倘若你们因自己的恶德而遭受不幸,
>   莫要归咎众神让你们遭此劫数;
> 是你们自愿给这些人卫队,增长他们的势力,
>   才因此受到恶劣不堪的奴役。
> 你们中的每一个都依靠狐狸的脚印追踪猎物, 5
>   但作为整体,你们的心智却空空如也;
> 你们只在意狡诈之人的巧舌与令言,
>   而对他的所作所为却视而不见。

【残篇 12(普鲁塔克:《梭伦传》,3.6)】

> 搅动大海的是风暴,但如果不受
>   摇晃,它在万物中最为平正。

【残篇 13(斯托柏乌斯:《诗文拾萃》,3.9.23)】①
选自梭伦:

---
① 这首诗别名《致缪斯》,为现存梭伦诗篇里最重要的三首之二。

回忆女神与奥林坡斯宙斯的灿烂夺目的女儿们，
　　皮埃罗斯山的缪斯女神们，请听我祈告：
请赐我来自至福天神的富足，以及来自
　　所有凡人的永世流芳的令名；
由此而让朋友感到甜蜜，让敌人感到苦楚，　　　　　5
　　受到前者的尊重，受到后者的畏惧。

我渴望拥有资产，但不愿行不义而取之，
　　因为"正义"无疑会尾随而至。
众神赐予的财富才会持久，
　　它从最底端到顶部都稳固牢靠；　　　　　　　10
而凡人出于暴戾推崇的财富，来得紊乱无序，
　　它只是被不义的行为蛊惑
才勉强跟随，但转眼之间便与祸害相伴。
　　祸害起于微末，犹如火苗，
最初微不足道，最终却酿成苦果。　　　　　　　　15
　　凡人的暴戾嚣张不会长久，
宙斯总在监视万事的结局，正如
　　一阵春风刹那间吹散了乌云，
这风从荒凉的大海底部掀起滚滚波浪，
　　蹂躏大地上硕果累累的麦田，　　　　　　　　20
又吹到苍穹，众神高高在上的座前，
　　让天宇澄澈，碧空如洗，
阳光温煦地照临肥沃的土地，
　　天空中再也不见一片乌云——
宙斯的惩罚便是如此；他不像　　　　　　　　　　25
　　速朽的凡人，遇事便动辄发怒，

凡是胸怀邪恶的人，永远无法逃脱
　　他的注意，最终定会恶名昭著。
不过有的人立即遭受惩罚，有的人时辰未到，
　　纵然他们自己逃脱众神注定的命运，　　　　　30
有一天它总会来到：无辜的儿女
　　或是子孙后代为他们偿付宿债。

我辈凡人，不管高贵或是微贱，皆做如是之想：
　　他所怀揣的希望正在实现，
直到他遭罹不幸，那时才痛哭流涕；此前　　　　35
　　我们总是张大嘴，眼望空虚的希望沾沾自喜
有人虽身患恶疾，已是病入膏肓，
　　却认为自己不日就会痊愈；
另一人身为卑贱，却自视高贵，
　　相貌丑陋却自以为标致；　　　　　　　　　40
如果有人一文不名，被贫穷困扰，
　　他认为自己总有一天会腰缠万贯。
人人各有所求：有人为获取利益返回故里，
　　乘船漂泊在鱼跃的大海上，
虽遭到凛冽的风暴肆虐，　　　　　　　　　　　45
　　仍置自己的性命于不顾；
有人操持弯犁，年复一年有如奴隶，
　　开垦那广被树木的土地；
有人学会雅典娜和赫淮斯托斯的手艺，
　　靠着自己的双手赢得生计；　　　　　　　　50
有人受到奥林坡斯缪斯的教诲，得到她们的惠赠，
　　通晓了迷人的智慧的尺度。

有人拜远射神阿波罗所赐成为先知，
　　能够认清远处向人逼近的灾殃，
倘若众神为他作证；当然，无论是鸟占　　　　　55
　　抑或是献祭，都无法挽回命定之事；
另些人操持精通药物的派翁神的工作，
　　担任医师，在他们那里也毫无保障：
往往一点微恙发展成巨大的病痛
　　没人能够开具药物予以缓解，　　　　　　60
而另一位被剧烈病痛折磨的病人，
　　他却双手一摸便使其霍然痊愈。
命运女神带给凡人有好事也有坏事，
　　不朽众神的赐赠无可逃避。
所有行动都蕴藏危险，在一事的开端，　　　　65
　　无人知晓它的结局会如何。
那想要行善的人，却不曾预料地
　　落入巨大而艰险的灾难里；
而对那作恶之人，凡事神都赐予他
　　意外的好运，使他逃脱愚蠢带来的后果。　　70
在凡人眼中，财富显然没有界限，
　　我们当中如今已拥有巨大资产的人，
仍渴望使之倍增。谁能让所有人满足？
　　但事实上，利益由不朽众神赐予凡人，
从中显露出来的却是灾祸，那是宙斯　　　　　75
　　派送的惩罚，人们各按其时必然遭受。

【残篇 14（斯托柏乌斯：《诗文拾萃》，4.34.23）】
选自梭伦：

没有一位凡人堪称有福,所有在太阳
　　俯视之下的速朽者一概身处不幸。

【残篇 15（普鲁塔克:《梭伦传》,3.2）】
他把自己归入穷人而非富人之列,这有以下诗句为证:

许多低贱者发财致富,许多高贵者一贫如洗,
　　然而我们不会用美德与他们
交换财富,因为美德永远牢靠,
　　而钱财却不时更换主人。

【残篇 16（亚历山大里亚的克莱门特:《杂记》,5.81.1）】
关于神,梭伦写下如此充满睿智的诗句:

识见的尺度无形无影,最难辨识,
　　可唯有它执掌万物的界限。

【残篇 17（亚历山大里亚的克莱门特:《杂记》,5.129.5）】
不过,赫西奥德在他的诗篇里（残篇 303 M.-W.）赞同我们之前所言,（中略）雅典的梭伦追随赫西奥德也不无道理,他在挽歌体诗里写下了:

众神的意图对凡人而言全然晦暗不明

【残篇 18（[柏拉图]:《恋人篇》,133c）】
还有什么比梭伦所言更称得上是哲学思考?他曾说:

我正步入老年，但总能学到许多新知

【残篇 19（普鲁塔克：《梭伦传》, 26.2-4）】

然后他航行到塞浦路斯岛，受到当地一位国王菲洛库普路斯的宠遇，这位国王据有一座不大的城邦，（中略）梭伦于是劝他把他的城迁移到下面的秀美平原上，并且把它改造得更宜人更宽敞些。他留在那里，亲自督责城池的迁移和加固。（中略）梭伦自己也提到建城的事情，他在挽歌体诗句里对菲洛库普路斯说：

愿你和你的子孙长久居住此地
　　世世代代统治这座"梭伦城"；①
愿头戴紫罗兰花冠的库普莉丝②用一艘快船
　　安然无恙地将我送离这遐迩闻名的岛屿；
愿她施惠于这定居之地，赐予它荣光，　　　　　　　5
　　也赐给我顺利的归途，重返故乡。

【残篇 20（第欧根尼·拉尔修：《名哲言行录》, 1.60）】

如果你现在听从我的劝告，抹去这行诗——
　　莫要抱怨，倘若我想得比你高明——
重新创作，里居埃斯塔得之子，③这样歌唱：
　　"但愿我年届八旬，才遭逢命定的大限之期。"④

---

① 原文为 Soloi，据普鲁塔克记载（《梭伦传》, 26），该地的国王出于感激，将旧名为艾佩亚的城邦以梭伦的名字命名为"梭伦城"。
② 即阿芙洛狄忒女神。据传，她出生在塞浦路斯岛附近，遂以岛名为其别名。
③ 即与梭伦并世的另一位早期挽歌体诗人米姆内墨斯（Mimnermus）。
④ 米姆内墨斯曾作诗云："但愿我年届六旬，无恙无疾，才遭逢命定的大限之期"（残篇 6），梭伦正是针对此诗有感而发。

【残篇 21（普鲁塔克：《普布里库拉传》，24.5："梭伦与普布里库拉对比"1.5）】

此外，有关人生大限，梭伦反对米姆奈墨斯的意见，他说：

> 愿死亡来临之际，我不会不被人哭悼，
> 　　愿我的离去给亲友带来悲痛与哀戚。

按照梭伦的说法，普布里库拉乃是有福之人。

【残篇 22（柏拉图：《蒂迈欧篇》，20e）】

【译按：这里的说话人为克里提阿斯】他【译按：指梭伦】是我的远亲，而且与我的曾祖父得洛比德斯过从甚密，正如他自己多次在诗中所言。

（柏拉图：《卡米德斯篇》，157e）

你们【译按：指卡米德斯与克里提阿斯】的父系家族，即得洛比德斯之子克里提阿斯的家族，曾受到阿纳克勒翁、梭伦以及其他许多诗人的赞美。据传，这个家族因美貌、美德和其他福运而出类拔萃。

【残篇 22a（柏拉图：《蒂迈欧篇》，20e，普罗克洛斯所作注疏）】

有关梭伦的家族及其与柏拉图家族的姻亲关系，情况如下：梭伦与得洛比德斯是埃克塞凯斯提德斯之子，而克里提阿斯为得洛比德斯之子，梭伦在其诗作里提及后者时曾说：

> 请告诉金发的克里提阿斯，要听从他的父亲，
> 　　那样他将会追随一位准确无误的向导。

【残篇23（柏拉图：《吕西斯》，212d-e）】

……还是他们真的爱这些事物，虽然这些事物对他们并不有情？——这样的话，诗人①所言便是谎言，他说：

> 凡是拥有爱他的男孩和健蹄的马匹、
> 　　猎犬以及他乡客友的人，可谓有福。

【残篇24（斯托柏乌斯：《诗文拾萃》，4.33.7，"选自特奥格尼斯"；《特奥格尼斯诗集》，第719-728行；普鲁塔克：《梭伦传》，2.3，引第1-6行）】

> 这两人一样富足：一个拥有大量黄金、
> 　　白银和盛产麦子的田地，
> 以及骡子和马匹；另一个只拥有些许物品，
> 　　让肚腹、两肋和脚上都感觉舒适，
> 还有男孩与女人，此外再添上韶华，　　　　5
> 　　让他充满青春活力尽享其乐；
> 这才是凡人的财富，因为没人能带着
> 　　他的万贯家产进入冥府，
> 也没人能支付赎金，逃离死亡或沉疴，
> 　　或是已经降临的老年之苦。　　　　　　10

【残篇25（普鲁塔克：《论恋爱》，5.751b）】

"凭宙斯发誓"，他说，"你提到梭伦，真是太好了，我们应该以他

---

① 赫尔米阿斯（Hermias）在为柏拉图《费德若篇》231e 所做的注释里说，这位诗人正是梭伦。

为衡量有情者的标尺"：

> 只要（直到？）爱上一位男孩，当他风华正茂，
> 　　渴望他的双腿和芬芳的嘴唇。

【残篇 26（普鲁塔克：《论恋爱》，5.751e）】
因此，我认为梭伦写下这些诗句【译按：即残篇 25】的时候还很年轻，正值柏拉图所谓的"精力弥漫"之际（《法律篇》，8.839b），但下面的诗句为他年齿渐长后所作：

> 如今，出生于塞浦路斯的女神，还有狄奥尼索斯以及缪斯女神
> 　　执掌的活动为我所爱，这些事给凡人带来欢悦

就好比是在男童恋的狂飙过后，他的生命航行在婚姻和哲学的平静海面上。

【残篇 27（菲洛：《论宇宙的创造》，104）】
关于人生的各个阶程，雅典的立法者梭伦写下了这样的挽歌体诗：

> 未成年的儿童，稚气未脱，七岁之时，
> 　　初次换去满口的乳牙；
> 当神明让另一个七年完结，
> 　　他开始显露青春期的征兆；
> 在第三个七年，他的肢体仍在发育，
> 　　下颌露出髭须，皮肤改变色泽；
> 到第四个七年，每个人体力上最为出色，
> 　　男人展现男子气概的迹象；

第五个七年，对男人而言，要考虑婚姻，
　　　　并且生儿育女，以便传宗接代；　　　　　　　　　10
　　在第六个七年，男人的心智凡事都已领略，
　　　　他不愿再轻举妄动、鲁莽行事。
　　在第七和第八个七年，统共十四年里，
　　　　他的心智和言辞都最为卓越。
　　到了第九个七年，他尚有能力，但在卓越的程度上，　　15
　　　　言辞和智慧都略显逊色。
　　如若某人度过以上诸阶段，跨入第十个七年，
　　　　大限之期的来临就不能算是过早。

【残篇 28（普鲁塔克：《梭伦传》，26.1）】

起初他来到埃及，正如他自己所言，逗留于

尼罗河的入海口，毗邻卡诺普斯海岸。

【残篇 29（[柏拉图]：《论正义》，374a）】

但你知道，苏格拉底啊，这一古老的格言说得没错：①

诗人讲述许多虚语

【残篇 30（狄奥根尼亚努斯：《格言集》，2.99）】

"听从统治者，无论他们的所作所为正义与否"，出自梭伦所做的挽歌体诗，劝喻性的。

---

① 这一段的古代注疏说，格言的作者乃是梭伦。

史诗体：残篇 31

【残篇 31（普鲁塔克：《梭伦传》, 3.5）】

有些人说，他试图把自己订立的法律改写成史诗体公之于众，他们记载了这诗的开篇：

> 首先让我们祈告克罗诺斯之子，宙斯天王，
> 愿他将好运和荣光赐予我们的律法。①

四音步长短格：残篇 32-35

【残篇 32（普鲁塔克：《梭伦传》, 14.8）】 ②

所有这一切都不能动摇梭伦的决心。据传，他曾对自己的朋友说，僭主的地位虽然令人艳羡，但却面临骑虎难下之危。他在致福库斯的诗里说：

> 若是我不曾用蛮力
> 攫取僭政，以此伤害我的祖国，
> 并玷污和辱没我自己的传世美名，
> 我问心无愧；因为在我看来，
> 只有这样，我才胜出所有人之上。　　　　5

由此可见，即使在立法之前，梭伦已经享有很大的名声。

---

① 由于其他文献未曾提及梭伦创作过史诗体诗，这两行诗的真实性难以采信。
② 以下几篇（另见残篇 9-11）涉及梭伦与僭政的关系，值得注意。

【残篇 33（普鲁塔克：《梭伦传》，续上）】

许多人因他规避僭政而对他冷嘲热讽，他就写了如下的诗：

"梭伦天生不是有头脑、有主意的人，
神明赐予他美事，他却不愿接受；
他布下巨网，面对捕获的猎物却吃惊发愣，
不知如何收紧罗网，只因为他缺乏勇气和胆识。
若是换作我，能拥有权力，获得巨大财富， 5
并在雅典当上哪怕一天的僭主，
我宁愿自己被剥皮，我的后代遭灭绝。"

以上便是他摹仿那些庸众的口吻所作的诗。

【残篇 34（亚里士多德：《雅典政制》，12.3）】

此外在另一处，他提及希望重新分割土地的那些人：

那些人为劫夺而来，他们图谋发财，
每个人都指望会寻得巨大的财富，
而我虽软语温存，心里却严酷无情，
他们当时想入非非，如今对我怒火中烧，
他们全用双眼斜觑着我，视如仇敌。 5
不该如此！凭众神相助，我兑现诺言，
其他的事，我不曾枉费工夫；用僭主之力行事，
非我所愿，我亦不愿让低贱者和高贵者
平分我们祖国的沃土膏壤。

三音步短长格：残篇 36-40

【残篇 36（亚里士多德:《雅典政制》，续上）】①

他又提及取消债务，说到那些原先为奴隶，而在实行"解负令"以后重获自由的人们：

在我把民众聚集起来，为他们实现的目标里，
哪一个我没有做到，便撒手不管？
在时间的裁判席上，我最好的见证人，
是奥林坡斯众神的伟大母亲，
黑土地，在她身上到处   5
树立着的界石已被我拔除，
从前她遭受奴役，如今获得自由之身。
许多被出卖的人们，我使他们返回雅典，
这座神造的祖邦：其中一些被非法贩卖，
另一些却是合法，还有些人出于被迫，   10
背井离乡，已不再操阿提卡方言，
到处漂泊的人常常会是这样；
更有些人就在此地遭受可耻的奴役，
面对主人的随心所欲瑟瑟作抖，
我都让他们解放。这些事我用权力，   15
将蛮力与正义相互调谐后
完成，并像我承诺的那样锲而不舍；
我写下律法，同样为低贱者与高贵者，
为每个人调谐公平的正义。

---

① 这首诗为现存梭伦诗篇里最重要的三首之三，是有关梭伦"解负令"的重要史料。

倘若另一个人像我这样执起鞭子，　　　　　　　　　20
　　一个心术不正、贪得无厌之人，
　　他将无法抑制民众；若我愿行
　　彼时令他们的敌手欢欣之事，
　　抑或他们对另一方图谋之事，
　　这座城邦定会失去许多男儿。　　　　　　　　　　25
　　正因为此，我从各方面鼓足勇气，
　　我好比是一匹独狼，在狗群里奔突。

【残篇37（亚里士多德：《雅典政制》，续上）】
后来双方不满，各有怨言，他又谴责他们：

　　如果我必须公开地谴责民众，
　　他们在梦里也不会见到
　　现在所拥有的一切……
　　而那些更有权有势的人
　　倒会认我为友，对我赞赏有加。　　　　　　　　　5

因为，他说，如果另外一个人取得这个职位：

　　他不会遏制民众，也不会停止
　　搅动牛乳，直到他取走奶酪；
　　而我屹立在他们中间，好比是
　　无人地带的一块界石。

【残篇 38（雅典那乌斯，14.645 及以下）】①

梭伦在其讽刺体诗里说，gouros 乃一种糕点：

    他们在宴饮：有些人品尝蜜饼，
    有些人食用面包，另些人正享用
    掺杂扁豆的 gouroi，那里不缺
    任何一种糕点，只要是
    黑土地为凡人所产。   5

【残篇 39（坡鲁克斯：《词汇》，10.103）】

他们称呼灰浆为 igdis，正如梭伦在其讽刺体诗里所言：

    一些人忙着寻找 igdis，另些人在找大茴香，
    还有些人在找醋。

【残篇 40（福里尼库斯：《阿提卡方言词汇》，374）】

直到今天，大多数人正确地称呼石榴籽为 kokkōn，梭伦在他的诗作里也是这样使用的：

    一个人找寻石榴籽（kokkōnas），另一人找寻芝麻。

字词拾零：残篇 41-45

【残篇 41（福提乌斯：《词汇表》）】

rous，一种香料，梭伦在诗里提到。

---

① 以下四个残篇很可能出自梭伦的同一首诗。

【残篇 43（克里基乌斯：《演说辞》，2.5）】
大地懂得如何将时序女神生养之物带给她的子民，因为她敞开自己的胸怀，正如梭伦所言，是一位

  丰腴的哺育者

【残篇 45（亚里士多德：《尼各马可伦理学》，10.7.1177b31）】
我们不该遵循那些人所主张的，凡人只思考凡人之事。

米夏埃尔注（《亚里士多德著作希腊文注疏集成》，xx.591.14）：有些人说，这一格言出自特奥格尼斯，另一些人说出自梭伦。

附录三
《特奥格尼斯诗集》汉译简注

　　译者按：如同梭伦诗残篇，汉语学界对《特奥格尼斯诗集》亦罕有译介，仅在水建馥先生的《古希腊抒情诗选》（人民文学出版社，1988年，第97—105页）收入了零星几首（共计九首，在原诗集里的行数分别为第1197-1202行、第87-92行、第119-128行、第133-142行、第213-218行、第221-226行、第257-260行、第325-328行以及第511-522行）。以下笔者根据戈尔博（Douglas E. Gerber）编次的《古希腊挽歌体诗集》（"洛布丛书"，1999年）的希腊原文，将《特奥格尼斯诗集》两卷全部译出。为便于读者理解并与正文第六章相互参照，译文还附以简注，简注不单解释疑难字词和名物制度，而且还疏通文意或发其精微。译注的撰写参考了戈尔博、坎贝尔（Campbell 1967）、卡里埃（Carrière 1975）诸家评注以及费古埃拉和纳什所编文集（Figueira & Nagy, eds.1985）里的相关论文，译者对各家之说往往参伍比较，择善而从，间或也出以己意，有所创发。

卷一（第 1-1230 行）

1-4①

主啊，勒托与宙斯之子，② 我永远不会
　　在开始与结束之际把你遗忘，
我一定会在最初、最终以及两者中间
　　歌颂你；请你倾听，赐我善好。③

5-10

我主福波斯啊，当威严的女神勒托将你分娩， 　　　　5
　　她，不朽神明中最姣美者，
在圆湖湖畔，用纤纤素手紧握棕榈树干，
　　一望无际的提洛岛到处弥漫
神圣的芬芳，广袤的大地展颜微笑，
　　白茫茫的大海从深处感受喜悦。 　　　　10

---

① 因为会饮上的诗歌表演通常以颂扬神明的短诗开始，第1-18行相当于整部诗集的序诗，这里包含了四首颂神诗：两首致阿波罗，其中第一首为"祈祷颂诗"，第二首为"叙事颂诗"，类似于《荷马颂诗》里的叙事部分（但经过高度浓缩），随后是一首致阿尔忒米斯的"祈祷颂诗"，以及一首致缪斯女神与美惠女神的"叙事颂诗"（同样经过高度浓缩）。

② 即阿波罗，他（而非狄奥尼索斯）是会饮的保护神，管领会饮的制度层面，因此会饮开始的第一首歌通常献给阿波罗，称作 paianizein，即"歌颂阿波罗"，参见色诺芬《会饮篇》2, 1以及柏拉图《会饮篇》176a3。此外，阿波罗还是麦加拉城邦的创建者和保护神，参见第773行。

③ 特奥格尼斯是否遵守了这里的承诺？整部诗集里除了此处以及接下去第5-10行的两首诗，阿波罗仅在757-764行、第773-788行以及第1119-1122行这三首诗里出现，我们也许不能过于拘泥字面来理解。

11-14

阿尔忒米斯啊,野兽杀戮者,宙斯之女,阿伽门农
　　曾为你造起一座神庙,当他乘坐快船驶向特洛伊;
请听我祈祷,祛除带来毁灭的厄运,
　　女神啊,这对你而言小事一桩,对我则事关重大。①

15-18

缪斯女神与美惠女神啊,宙斯的女儿们,你们曾经　　　15
　　莅临卡德墨斯的婚礼,歌唱动人的诗句:
"凡美善者皆可爱,不美善者不可爱。"
　　这样的诗句出自不朽的芳唇。②

19-38③

居尔诺斯啊,因我展示智慧,让我把印章盖在
　　这些诗句上面,它们就不会失窃而不被察觉;　　　20
好东西若在,就没有人能够以次充好。
　　每个人都会说:"这些诗句属于特奥格尼斯,
一位麦加拉人,他的名字人人称道。"
　　然而我还无法取悦城邦里的所有民众,

---

① 阿尔忒米斯为麦加拉的主神之一。在此诗人似乎以阿伽门农自比,正要启程远航而向女神祈福一路平安,诗人暗指的是《诗集》里后来经常提到的"流放"么?Labarbe 1993 持此说。另外,亚里士多德在《欧德谟伦理学》(7, 10; 1243a)里称引了这行诗。

② 卡德摩斯是忒拜城的创建者,他与哈摩尼亚(意为"和谐",战神阿瑞斯与爱神阿芙洛狄忒之女)的婚礼在忒拜举行,众神悉数参加,可谓希腊神话里最为著名的一场婚礼。

③ 第 19-254 行为第二部分,是整部《诗集》的核心,又称作"居尔诺斯集"。

这并不奇怪，波吕保斯之子啊，① 就连宙斯　　　　25
　　降下雨水还是将之收回，也无法取悦每个人。②
对你满怀好意，我给你教诲，是我自己，
　　居尔诺斯啊，孩提时代从高贵者那里所学。
保持审慎！莫要依靠可耻与不义的行为，
　　去攫取荣耀、功劳与财富。　　　　　　　　30
你要认清这些事情原是如此：莫要与低贱
　　之徒为伍，而要时刻跟随高贵者；
与他们同饮同食，与他们同起同坐，
　　并要取悦那些大能大德之人。
因为从高贵者你将习得高贵，而倘若你　　　35
　　与低贱者混迹，连你所拥有的心智也会丧失。
领会这些话，与高贵者交往，总有一天你会说，
　　我给予契友的是良善的劝告。③

39-52④

居尔诺斯啊，这座城邦已身怀六甲，我担心她
　　会产下一位惩治者，来惩罚我们的暴戾。⑤　　40
这些民众仍旧头脑健全，但他们的领袖

---

① 即居尔诺斯（波吕保斯为其父名）。
② 比较梭伦残篇7。
③ 在序诗之后，这是正式开启整部诗集的第一首诗，许多评者认为，这是诗集最核心部分，即"居尔诺斯集"的开篇诗，参见正文第六章第二节的详论。
④ 比较梭伦残篇4。
⑤ "惩治者"指的是"僭主"，有评者认为，这里影射的是特阿格内斯（Theagenes），但这位僭主据传在公元前600年左右（或者前640—前620）统治过麦加拉，可能早于《特奥格尼斯诗集》的成形年代，所以也有评者主张，诗人担心一位新的僭主会出现。

已经变样，深深地堕入低贱的泥潭。
高贵之士，居尔诺斯啊，从不曾毁灭任何一座城邦，
　　　可是一旦低贱者以施行暴戾为乐，
蹂躏民众，做出偏袒不义者的判决，　　　　　　　　　45
　　　只为一己私利与个人权力，
不要再指望那座城邦会长治久安，
　　　——虽然眼下一切尚波澜不惊——
倘若这些低贱者所喜之事正在发生，
　　　个人利益以公众的损害为代价。　　　　　　　50
由此将会出现内讧、同胞间的仇杀
　　　以及独裁者；愿这座城邦永不以此为乐。

53-68

居尔诺斯啊，这座城邦照旧，然而民众已变，
　　　从前那些不知何为正义、何为律法，
两肩披着破烂不堪的山羊皮，　　　　　　　　　　55
　　　像鹿群般在这座城邦之外野居的人们，
如今他们才是高贵者，波吕保斯之子啊！从前的高贵者
　　　如今成了低贱者。面对此番景象，谁堪忍受？
他们相互欺骗，相互取笑为乐，
　　　对低贱者或高贵者的标准均无所知。①　　　60
不要与这些民众中的任何一员，波吕保斯之子啊，

---

① 这两行诗（第59-60行）难以确解，Kurke 1989 提出一说，认为这两行诗暗指主要依靠零售商业活动而致富的平民（kakoi）从乡村进入了城邦中心（agora），所谓"他们相互欺骗"指的是零售的商业活动，这种说法反映了传统贵族对零售商业活动的鄙视态度，而"他们相互取笑为乐"则是说，买卖双方自以为蒙骗了对方而获取了更多的利益。

　　　　出于任何需要，真心诚意地交友。
在言辞上看似与所有人友善，
　　　　但不要与人分享任何重要的事务；
不然的话，你将会领教卑劣之徒的心思，　　　　　　65
　　　　在他们的行为里没有丝毫信义，
他们热衷于诡计、欺诈和刁滑，
　　　　一如那些无法获得救度的贱民。

69-72

绝不要，居尔诺斯啊，信赖低贱者并与他商议，
　　　　但凡你想完成一桩严肃的事业；　　　　　　　　70
你要出发去找寻高贵之士，居尔诺斯啊，
　　　　并愿意为此长途跋涉，历经艰辛。

73-74

不要与所有的契友商议计划中的行事，
　　　　他们当中只有少数人的心思可以信赖。

75-76

若你要干大事，只可信赖少数人，居尔诺斯啊，　　　75
　　　　否则你便会招致不可挽救的灾祸。

77-78

信义之人，居尔诺斯啊，在残酷的内乱中，

值得与他本人等重的黄金和白银。①

79-82

只有少数人,波吕保斯之子啊,你会发现
　　在困难的事业里成为可以信赖的俦伴,　　　　80
他们敢于在思想上与你保持一致,
　　不管顺境还是逆境,都与你同甘共苦。

83-86

即使寻遍所有人,你也难以找到足够的数目,
　　好让一艘小船无法承载他们,
在他们的言谈和眼色里还留有敬意,　　　　　　85
　　利益也不会驱使他们做出可耻之事。

87-92

莫要嘴上说爱我,而心思和念头却在别处,
　　如果你爱我,你的心思也要诚而有信。
要么爱我以诚挚之情,要么拒绝我,
　　憎恨我,与我挑起公开的争吵。　　　　　　90
嘴上说一套,心思在别处的人,居尔诺斯啊,
　　是危险的伴侣,与其做朋友,不如做敌人。

---

① 柏拉图《法篇》卷一(630a)称引了这首诗。

93-100

若是某人当你的面对你赞不绝口,
　　在你背后却恶言恶语,
这样的伴侣不是真正的契友,　　　　　　　　　95
　　谁若是嘴上油滑,心思却在别处。
但愿这样的人是我的契友,他了解
　　自己的伴侣,当他脾气乖张也能忍受,
就像兄长那样。朋友啊,请你把这些话
　　牢记心上,终有一天你会想起我的忠告。　　100

101-112

莫要让任何人说服你,以低贱者为友,
　　居尔诺斯啊,他会带给你什么益处?
他不会救你于困苦与水火之中,
　　也不会与你分享他得到的好处。
向低贱者示好,是十足愚蠢的慷慨;　　　　　105
　　好比是往灰白的大海里播种:
往大海里播种你不会获得丰饶的收成,
　　向低贱者示好,你也不会获得回报。
低贱者的心思贪得无厌;若是你偶有所失,
　　之前出于友情的善举皆属白费。　　　　　110
而高贵者对已得到的善待尽情享用,
　　他们对善事永志不忘,永存感激。

113-114

绝不要让低贱者成为你的契友,
　　总是避开他,好比那多灾的港湾。

115-116

许多人在有吃有喝的时候是你的伴侣,　　　　115
　　轮到严肃的事业,他们便作鸟兽散。

117-118

没有什么比伪装者更难辨识,居尔诺斯啊,
　　没有什么比对他加以提防更为紧要。

119-128

假金银造成的损失,尚可以承受,
　　居尔诺斯啊,明眼人也容易辨认真假。　　　　120
倘若契友心怀狡诈,他的心思虚假,
　　却隐匿胸中不被察觉,
这是神明给凡人制造的最具欺骗性的赝品,
　　辨认它会带来莫大的困难。
你无法知晓某男某女的心思,　　　　125
　　除非你考验他们,像拉车的牛马,
你也无法在恰当的时刻对他们估量,
　　因为表象往往会误导判断。

129-130

莫要祈求，波吕保斯之子啊，在美德或财富上
　　超群出众，凡人能获得的唯有运气。　　　　　　　　130

131-132

凡人中间没有什么比拥有这样一位父亲和母亲
　　更好了，居尔诺斯啊，若是他们记挂神圣的正义。

133-142①

没有人自己，居尔诺斯啊，为得失负责，
　　众神才是这两样东西的赐予者。
没有一个人心知肚明，他的操劳　　　　　　　　　　　135
　　最终会导致好的或是坏的结果。
想要做坏事的往往带来好的结果，
　　而想要做好事的倒遭致恶果。
没有一个人能得到他所欲求的一切，
　　因为难以克服的无助将他限制。　　　　　　　　140
我等凡人所想皆为虚妄，并无半点真知；
　　是众神按照自己的意愿成就一切。

143-144

没有一个凡人，波吕保斯之子啊，若是他欺骗了

---

① 比较梭伦残篇13，第65-69行。

异邦人或是乞援者,可以逃过不朽众神的眼睛。

145-148

要敬神,宁愿靠少量资财为生,　　　　　　　　　　145
　　也不要行不义而暴富;
因为正义统贯一切美德,①
　　凡是正义之人,居尔诺斯啊,即为高贵。②

149-150

运气甚至会把资财赐予一个十足的恶棍,
　　居尔诺斯啊,但美德的份额只跟随少数人。　　　150

151-152

暴戾,居尔诺斯啊,首先被加给卑微者,
　　若是神要让他再无容身之地。

153-154

贪婪滋生暴戾,当财富来到
　　心智失序的卑微者身旁。③

---

① 这一格言,据亚里士多德记载(《尼各马可伦理学》5.1.15 [1129b29]),出自另一位格言体诗人福居利德斯(Phocylides)。
② 比较梭伦残篇13,第7行及以下。
③ 比较梭伦残篇6,第3-4行。

155-158

绝不要出于怒火，诅咒某人将会落入　　　　　　　　　　　155
　　悲痛欲绝的贫穷和匮乏：
因为宙斯的天平时而倾下这头，时而倾下那头；
　　此时坐拥万贯家财，彼时又一贫如洗。

159-160

绝不要说大话，居尔诺斯啊，因为无人知晓
　　一个白昼或一个夜晚能给人带来什么。　　　　　　　160

161-164

许多人神智昏昏，却好运连连，
　　貌似遭逢不幸又能逢凶化吉；
另一些人精心策划，艰苦劳作，
　　但时运不济，他们的努力无果而终。

165-166

没有一个凡人，是贫穷还是富有，　　　　　　　　　　　165
　　是低贱还是高贵，不依赖神佑。

167-168

一个人的不幸在这方面，另一人的不幸在另一方面，凡太阳朗照之下,无人享有真福。

169-170

众神钟爱者,即便那爱挑剔之人也赞美,   170
  而真诚之情却无人称道。

171-172

向神祈告,权柄在神;世上一切好事坏事
  无一没有神的干预在其中。

173-178

最让高贵者感受屈辱的乃是贫穷,
  而非白发苍苍的老年或是病魔,
要逃避它,居尔诺斯啊,你只有向无垠的大海   175
  或从陡峭的巉岩纵身一跃;
被贫穷制服的人于言于行都无能为力,
  就连他的舌头也被紧紧束缚。

179-180

必须在广袤的大地和无垠的大海上到处寻觅,
  居尔诺斯啊,想方设法解脱不堪忍受的贫穷。   180

181-182

对于清寒之士而言，我的居尔诺斯啊，不如死去，
　　也要胜过活着遭受严酷的贫穷的折磨。

183-192

我们寻觅，居尔诺斯啊，良种的羊、驴和马，
　　每个人都希望自己的母畜与之交配；
但高贵者并不为迎娶一位低贱者之女而焦心，　　　185
　　只要她会带来大笔丰厚的嫁妆，
女子也不拒绝成为低贱者的妻室，
　　只要他富有，她爱财富胜于高贵。
人们看重金钱；高贵者娶低贱者之女为妻，
　　而低贱者娶高贵者之女为妻：财富已淆乱血统。　　190
因此莫要惊讶，波吕保斯之子啊，民众的血统
　　已衰弱，正由于高贵与低贱混杂不分。

193-196

他明明知道她的父亲出身低贱，还是
　　为金钱所动，将她迎娶回家。
他名声良好，而她则声名狼藉，但强大的命数　　　195
　　能让人的心智忍受一切，驱使着他。

197-208

财富若是来自宙斯，它与正义相伴，

没有瑕疵，会永久留在人的身边。
若是行不义而豪夺，出于贪婪之心而又非当其时，
　　　或是用虚伪的誓言来巧取，　　　　　　　　　200
虽能贪图一时之利，但最终总会
　　　遭致祸害，众神的意志终将实现。
然而，凡人的心智已受蒙骗：至福的众神
　　　并不当场惩罚罪恶的举动，
有些人自己偿还孽债，灾祸不再　　　　　　　　　205
　　　降临他视如掌珠的子女；
另一些人，惩报未及到来，残酷的死亡
　　　已合上他的眼睑，带来幽暗。①

209-210

流亡者没有契友，也没有忠诚的伴侣，
　　　这其实比流亡本身更让人痛苦。　　　　　　210

211-212

饮酒过度有害无益，但若深谙此中之道，
　　　饮酒非但无害，尚且有益。

213-218

我的心啊，你要变换各种性情与友伴相处，

---

① 比较梭伦残篇 13，第 9-32 行。

   要与他们每人的脾性融成一片。
  仿效章鱼的狡猾习性，它黏附于岩石，   215
   看上去总是与岩石的形状无异。
  有时这样行进，有时则变换一种颜色。
   巧智总要胜过不知变通。①

219-220

  城邦的民众正在骚动，不要为此过于苦恼，
   居尔诺斯啊，要像我一样采取中道。   220

221-226

  谁倘若认为，他的邻人愚昧无知，
   唯独他自己才多有心计，
  这人没有头脑，他的聪明才智已受蒙蔽；
   其实我们每个人都同样有许多心眼，
  无非有的人不愿不择手段追逐利益，   225
   另些人不惜为施展诡计而背信弃义。

227-232

  在凡人眼中，财富显然没有界限，
   我们当中如今已拥有巨大资产的人，

---

① 在古希腊人看来，"章鱼"（还有狐狸）是动物世界里"巧智"（mētis）的化身，参阅 Detienne & Vernant 1978，第 2 章。

仍渴望使之倍增。谁能让所有人满足?
　　事实上,财富让凡人变得愚蠢, 230
从愚蠢中显露出来灾祸,那是宙斯
　　派送,人各按其时必然遭受的苦痛。①

233-234

对于头脑空空如也的民众,高贵者是卫城与望楼,
　　居尔诺斯啊,他得到的荣誉却微不足道。

235-236

把我们比作已经获救的人,居尔诺斯啊,并不适宜, 235
　　不如说我们处于一座即将彻底毁灭的城邦。

237-254

我给了你双翼,使你能够在无垠的大海
　　与广袤的大地上轻易展翅高飞。
每一处筵席或宴饮你都会在场,
　　你会躺卧于许多人的嘴唇之上, 240
俊美的青年,在清脆的小箫伴奏下,会有条不紊地
　　用优美动听的歌声把你歌唱。
一旦你步入地下的幽暗深处,来到
　　冥王哈德斯充满哭声的府邸,

---

① 比较梭伦残篇 13,第 71-76 行。

即便身后，你也永不会失去荣光，   245
　　你将拥有不朽美名，受众人瞩目，
居尔诺斯啊，你将会在希腊的大陆和岛屿上漫游，
　　穿越鱼群密布、不结果实的大海，
不是高坐在马背上，而是由头戴紫罗兰花环的
　　缪斯女神的光辉赐赠把你送去；   250
凡是属意缪斯赐赠的人，甚至百代之后，
　　都会以你为歌唱的对象，只要那时大地和太阳尚在。
可我从你那里没有得到些许的敬畏，
　　你用言语把我欺骗，好比我是乳臭未干的孩子。①

255-256②

最高贵的是正义之事，最善好的是健康，   255
　　最令人愉悦的是得到所求之物。③

257-260

我是一匹夺奖的纯种牝马，但却驮载
　　一个最低贱的男人，这让我伤心欲绝。
许多次我就要扯碎束缚我的笼头，

---

　　① 与第 19-26 行的那首开场诗对读，这首诗不啻为一首收场诗，这两首诗标画出整部诗集里最核心的部分，即"居尔诺斯集"。
　　② 第 255-1230 行是内容多样的"杂诗"，构成了《诗集》的第三部分。
　　③ 亚里士多德（《尼各马可伦理学》1.8.14 [1099a27]）曾引用这两行诗，并称其为"提洛格言"，他还说（《欧德谟伦理学》1.1 [1214a5]），这句格言镌刻在提洛岛的勒托神庙上。

把这低贱的骑手摔倒在地,一走了事。①   260

261-266

美酒不是为我而饮,在温柔的女孩身旁,
  一个远不如我的男人占了上风,
她挚爱的双亲在她身边饮用冷水,
  而她经常跑去打水,一边为我哭泣,
在那里,我用双臂紧抱姑娘的腰肢,   265
  亲吻她的颈项,她的双唇吐出款款细语。

267-270

贫穷即使属于别人,也为人熟识,
  它不去往市政广场,也不光顾法庭,
因为它所到之处,都低声下气遭人耻笑,
  不管它在哪里,总是为人憎恶。   270

271-278

其他一切东西众神都同样赐予速朽的凡人,
  每人都有风华韶光和遭诅咒的耄耋老年,
唯独一样事情对凡人而言最为不幸,
  更胜于死亡以及各种疾病,这便是:

---

① 此诗的主述者为阴性,牝马的意象很可能指向某位上层女性,她因与出身低微的男子婚配而愤恨不已。

当你养育儿子，为他们提供应有的一切，　　　　　275
　　历尽艰辛积聚了大量家产，
他们却憎恶你这个父亲，咒你早死，
　　嫌弃你，好像你是不请自来的乞丐。

279-282

低贱之徒自然会对正义持有低贱的看法，
　　对于终将到来的果报毫无敬畏，　　　　　280
因为猥琐之人，鲁莽行事，从不虑及后果，
　　还自以为所行之事皆为善好。

283-286

不要信任市民里的任何一位而采取行动，
　　无论他的旦旦誓言还是友情表白，
就算他搬出宙斯，不朽众神之王，　　　　　285
　　作他的担保，来赢得信任。

287-292

在这座城邦里，民众相互指责，无人满意，
　　……众人变得更为不幸。①
如今高贵者眼中的低贱被低贱者视作高贵，
　　他们沉溺于歪风恶俗而自鸣得意。　　　　290

---

① 原文此行第一个单词无法识读。

敬畏之心已丧失殆尽，无耻与暴戾
　　挫败了正义，在这片土地上肆虐。

293-294

哪怕一头雄狮也不会总有肉食，
　　尽管他强大有力，也会束手无策。

295-298

让饶舌之徒保持沉默，是最重的负担，　　　　295
　　他一开口，在场的人无不厌倦，
所有人嫌憎他，与这样的人在会饮上
　　相处，实在出于万不得已。

299-300

对于罹患不幸者，无人愿成为他的契友，
　　居尔诺斯啊，纵然是与他出自同一母腹的那位。　　300

301-302

对你的奴隶与仆人，还有近门的邻居，
　　要既严厉又和气，既无情又友善。

303-304

若你身处顺境，莫要激动，而要静观其变，
　　若你身处逆境，搅动它直至你让它好转。

305-308

低贱者并非总是生来就那么低贱，　　　　　　　　　　305
　　而是因为与低贱之徒结成酒肉之交，
从他们那里学得卑鄙的行为、诽谤的言辞
　　以及狂肆之举，认为他们所说的都是真理。

309-312

与共餐者相处，要头脑机智而灵敏，
　　对一切看似毫无察觉，仿佛不在现场，　　　　　　310
甚至还可以开开玩笑；但若孤身在外，要坚定，
　　认清每个人所拥有的不同性情。

313-314

与迷狂者相处，我最为迷狂；与冷静者相处，
　　所有人当中我的头脑最为冷静。

315-318

许多低贱者发财致富，许多高贵者一贫如洗，　　　　　315
　　然而我们不会用美德与他们
交换财富，因为美德永远牢靠，
　　而钱财时常更换主人。①

---

① 比较梭伦残篇15。

319-322

居尔诺斯啊,高贵者拥有永远牢靠的判断力,
　　不管是顺境还是逆境,他都同样保持刚毅;　　　320
若是神明赐予低贱者生计与财富,
　　他会头脑发昏而无力遏止自己的卑劣。

323-328

绝不要相信恶意的中伤,居尔诺斯啊,
　　由于睚眦之隙轻易地失去一位契友。
如果要对友伴的每一次错误都恼怒不已,　　　　　325
　　人与人之间无法和睦相处,也无法成为友伴,
在速朽的凡人中间,错误在所难免,
　　居尔诺斯啊,对此唯有众神不愿容忍。

329-330

若是安排得当,居尔诺斯啊,缓慢者也能赶上迅疾之人,
　　不朽众神会助他以不偏不倚的公正。　　　　　330

331-332

静静地,像我一样,在路的中间行走,
　　不要给任何一方,居尔诺斯啊,另一方的所有物。

332ab

流亡者没有契友，也没有忠诚的伴侣，
　　这才是流亡生涯中最让人痛苦之事。①

333-334

绝不要抱着希望，居尔诺斯啊，成为流亡者的契友，
　　纵使他返归家园，他也不再是他曾经所是。

335-336

勿热情过度；凡事取其中道最善，如此，　　　　335
　　居尔诺斯啊，你将拥有难以获致的美德。

337-340

愿宙斯赐福，让我回报那些爱我的友伴，
　　并让我拥有，居尔诺斯啊，比我的敌人更大的力量；
如此，我在凡人中间就好像一位神明，
　　倘若酬报已偿还，死亡的定命终于到来。②　　340

341-350

奥林坡斯的宙斯啊，请实现我适时的祈告：

---

① 这首诗为以上第 209-210 那首诗的变体。
② 比较梭伦残篇 13 第 1-6 行。

让我在遭逢不幸之后能有转机，
要么让我死去，若我无法减轻不堪忍受的折磨；
　　愿我能以痛苦回报痛苦，
这是我的应得之物；如今我却看不到　　　　　　345
　　那些用武力强占我的财产的人会接受惩报；
我就像那只冬日度过溪涧的狗，
　　全力抖落我身上冰冷的溪水。
愿我能痛饮他们身上的黑血！愿仇报之神
　　能够出现，依我的心愿实现这一切！　　　　350

351-354

可悲的贫穷啊，你为何迟迟不离开我，
　　去到另一个人那边？不要恋上并不情愿的我，
走开吧，到别人的屋子里去，不要总是
　　与我分享这悲惨的生活。

355-360

在逆境中忍耐吧，居尔诺斯啊，因为你也曾在　　355
　　顺境中喜悦，当命运让你享有各种美事。
正如你在顺境之后遭逢不幸，同样你也要
　　向众神祈告，努力从逆境里脱身。
不要太过显露，居尔诺斯啊，显露出来是坏事，
　　当你身处不幸，真正同情你的人少之又少。　　360

361-362

若是遭逢巨大的灾祸,一个人的心气便会萎缩,
　　居尔诺斯啊,一旦日后他能施加惩报,他的心气又会增长。

363-364

好言哄骗你的敌人,一旦他落入你的手里,
　　施以报复,而无需给出任何借口。

365-366

隐瞒你的心思,但在你的唇上总是涂着蜜,　　　　　　365
　　急躁的性情无疑是低贱之徒的表征。

367-370

我无法理解民众有着怎样的心思,
　　不管我善意还是恶意行事,都不能让他们满意。
许多人指责我,低贱者和高贵者皆是如此,
　　然而没有哪一个愚人能够效仿我。　　　　　　　　370

371-372

不要借刺棍之力把我驱赶到轭下,我并不情愿,
　　居尔诺斯啊,不要把我拖入太深的友情。

373-400

我的宙斯啊，你让我诧异：你主宰宇宙万物，
　　你拥有荣光和无比的力量，
你知晓每个凡人的心思和性情，　　　　　　　　375
　　王啊，你的统治是至高无上；
那究竟为何，克罗诺斯之子啊，你会容忍
　　邪恶之徒与正义者享有同等待遇，
不管一个人的心思是倾向审慎，抑或
　　为不义之举所驱使而倾向狂肆？　　　　　380
神难道没有为凡人制定是非的标准，
　　难道没有一条凡人行走的道路能取悦众神？
…………①
尽管如此，他们的福气未受丝毫损害，
　　而那些克制自己行不义之举的人，
虽然热爱正义，仍然身陷贫穷，　　　　　　　385
　　贫穷产生困苦，用欲望的强行逼迫，
损伤凡人的心智，诱使他们走向罪行的歧途。
　　他虽不情愿，也只得忍受许多可耻之事，
因为他必须顺从匮乏，而匮乏会教人许多恶行，
　　谎言、欺骗以及招灾的你争我斗，　　　　390
那人虽不乐意，但也无济于事，
　　须知匮乏导致难以承受的困苦，
若身陷贫穷，低贱者和那远胜于他的人
　　都昭然若揭，一旦他们被匮乏占据，

---

① 原文此处疑有缺漏。

后者的心智充满正义之思，他的胸中 395
　　永远根植着平正的判断力；
而前者的心智在顺境和逆境里都不尾随〈正义〉。
　　高贵者必须勇于承受逆境和顺境，
对友伴心存敬意，避免招致毁灭的伪誓，
　　…………①
心存羞耻，远离不朽众神的愤怒。 400

401-406

勿热情过度；对凡人而言凡事适度最善，
　　常常有人汲汲于建立功名，
或追逐利益而不知自己，神会故意
　　将那人引入罪大恶极的歧途，
轻易地让那人以为，邪恶之事乃是美善， 405
　　而有益之事反倒是有害。

407-408

我最亲近的友伴啊，你犯了错，而我并无责任，
　　是你自己错失了正确的判断。

409-410

为你的儿子们留下的最好财富莫过于

---

① 原文此处疑有缺漏。

敬畏之心，居尔诺斯啊，高贵者总有它伴随。　　　　410

411-412

一位友伴若是拥有判断力和才智，居尔诺斯啊，
　　他不会位于任何其他人之下。

413-414

我不会靠酒来壮胆，它也无法诱使我，
　　让我讲述关于你的恶言恶语。

415-418

我到处寻觅，却无法找到一位信义的伴侣，　　415
　　像我一样，心里没有半点狡诈。
我在试金石上摩擦，好比是黄金擦着
　　黑铅，我出类拔萃的程度正是如此。

419-420

许多事情过去了，我虽心知肚明，却被迫
　　保持沉默，我了解自己拥有的力量。　　　　420

421-424

许多人的舌头没有安上与之吻合的门，

他们为那些与己无关的事喋喋不休；
坏东西藏在里面往往更好，
    好东西出门要远胜于坏东西。

425-428

对世上的凡人来说，最好是不要降生，   425
    不要见到太阳的耀眼光芒；
若已降生，最好尽快跨过冥府的大门，
    平静地躺在一抔黑土底下。①

429-438②

生下并养育孩子，要比在他胸中置入高贵的心思
    更为容易；还不曾有人想出办法，   430
让"愚蠢者"变得"明智"，让"低贱者"变得"高贵"。
    倘若神明赐予阿斯克来皮乌斯门徒这种本领，③
让他们医治人们的"低贱"和糊涂的心思，
    他们定会获得丰厚无比的酬金。
倘若"智识"可以造就并置入人心，   435
    "高贵"的父亲就不会有"低贱"的儿子，

---

① 这首"格言诗"反映了古希腊广为流传的"悲观主义"人生态度，最著名的传说参见[普鲁塔克]（*Cons. ad Apoll.* 27d）转述的亚里士多德有关"弥达斯和西勒诺斯的故事"（尼采在《悲剧的诞生》第三节曾经引述）。

② 有关这首诗，参见正文第六章§5的详论。

③ 阿斯克来皮乌斯为阿波罗之子，被古希腊人奉为医药之祖乃至医药之神，"阿斯克来皮乌斯门徒"意为"医师"。

因为儿子会听从明智的言辞;但是凭借"教育",
　　你无法让一位"低贱者"变得"高贵"。

439-440

愚蠢啊,那人对我的意图百般防备,
　　却并不专心致志于自己的所愿。　　　　　　　　　　440

441-446

没有人在每个方面都福气满满,高贵者
　　敢于忍受不幸,并且不会引人注目,
而低贱者,无论顺境还是逆境,都不知道
　　如何克制自己的情绪而不为所动。
众神的赐赠以各种形式来到凡人身边,　　　　　　　　445
　　我们要敢于面对他们的赠礼,不管是好是坏。

447-452

如果你要冲洗我,从我的头顶往下
　　流淌的水,总是无染而又洁净,
你会发现,在每一个行动里,我就像
　　纯金,与试金石摩擦后留下金黄色,　　　　　　　450
在它的表面之上没有发暗的铜锈,
　　或是霉斑,它总是保持无瑕的光泽。

453-456

你这人啊，倘若你能拥有机智，与你的愚蠢同样多，
　　倘若你能变得头脑健全，比得上你现在稀里糊涂，
在大多数公民眼里，你会显得很可羡慕，　　　　　　　455
　　正如此刻你完全是一文不值。

457-460

年轻的妻室不适合年老的男子，
　　她就像一艘不听从舵盘指引的小船，
锚也无法让她停泊，她挣脱绳索，
　　经常在夜里来到另一个港湾。　　　　　　　　　　460

461-462

莫要把你的心思和愿望放在徒劳的事情上，
　　从中不会产生结果，你也将一无所获。

463-464

众神不会轻易地赠与凡人任何事物，
　　无论好坏；唯有艰辛的劳作才带来荣光。

465-466

为美德而操劳，让正义的事物为你所爱，　　　　　　　465
　　莫要让任何带来耻辱的利益征服你。

467-496

莫要挽留这些人中的任何一位,勉强他与我们在一起,
　　也莫要催促任何人离开,若他并非情愿;
莫要唤醒我们中间的沉睡者,西蒙尼德斯啊,①
　　若他已为酒力所困,温柔的睡眠将他攫住,　　　　470
也莫要催促清醒者入睡,若他并非情愿。
　　凡被迫之事皆令人不快。
让那乐意畅饮的人身旁站立着为他斟酒的侍从,
　　并非每一个夜晚都能纵情逸乐。
然而我已到达饮酒的限度,这佳酿虽比蜜还甜,　　　　475
　　我却要归家,不忘记那解脱困难的睡眠。
我已到达饮酒所能带来的最为愉悦的境地,
　　我不再过分清醒,但也并未酩酊大醉;
谁但凡逾越饮酒的限度,就无法主宰
　　自己的口舌与自己的心智,　　　　480
他无羁的言语,在清醒者听来实为丢脸,
　　他醉酒后所行之事,无一令他感到羞耻,
之前他审慎明智,此刻他愚蠢幼稚。
　　你要认清这些道理,莫要饮酒过度,
在你将要醉酒之前,起身离去——莫要让口腹之欲　　　　485
　　制服你,好比那只顾眼前的卑贱雇工——
或者留在那里,滴酒不沾;但你总是说:"满上吧!"
　　这正是你的饶舌之处,你因此而烂醉;
一杯为友情而干,另一杯又摆在你面前,

---

① 此人未详。

一杯你向众神奠献，另一杯当作惩罚，　　　　　　490
你不知如何拒绝。只有那人才算不可战胜，
　　　他一杯接着一杯，但绝无半句蠢话。
如若你们还要守着酒缸，那就互通款曲，
　　　长久地避免相互间发生争执，
公开地说话，对一个人如同对所有人那样，　　　　495
　　　倘若如此，一场会饮将不会留有遗憾。

497-498

一旦饮用过度，酒能让人的心智变得轻浮，
　　　不管这人的头脑是糊涂还是健全。

499-502

经验老到的人用火来甄别黄金与白银，
　　　而人的心智逃不过酒的昭示，　　　　　　　　500
就算那人十分审慎，若他沉湎于酗酒无度，
　　　他虽然从前堪称明智，也会落得身败名裂。

503-508

我的头已昏昏沉沉，奥诺马克里托斯啊，① 这酒
　　　已把我制服，我的判断力已不再由我管辖，
我觉得整个屋子在打转；可是，让我站起身来，　　505

---

① 此人未详。

让我看看，这酒是否像占据了我胸中的心智那样，
　　也占据了我的双脚；我担心，我这样酩酊大醉，
　　　　会做出荒唐的事，给自己带来莫大的耻辱。

509-510

酗酒无度有害无益，但若深谙此中之道，
　　饮酒非但无害，尚且有益。　　　　　　　　　　　510

511-522

你，一无所有的克莱阿里斯托斯啊，①远渡重洋来到这里，
　　可怜的你啊，是来到了同样一无所有的人那里。
但我会提供我力所能及的最好款待，如果你的友伴
　　也一同前来，请你们根据友情的程度按序躺卧，
一切我拥有的东西我不会隐藏，也不会从别人那里　　515
　　搬来更多的东西，以尽我的地主之谊。
我会在你的船舷的横木下，克莱阿里斯托斯啊，
　　放上我所拥有的以及众神赐予的礼物。
如若有人询问我的生活状况，请这样回答他：
　　"按好的标准,他过得很差,按差的标准,他过得很好；　　520
他不会失去祖上交好的客人，若那只是一位，
　　若要向更多人提供客谊，他却无能为力。"

523-526

财神啊，凡人并非无缘无故对你最为敬仰，

---

① 此人未详。

  而是因为你轻易地忍受卑微与低贱；
实际上，只有高贵者才配享有财富，　　　　　　　　525
  而低贱者甘于贫穷正是合情合理。

527-528

唉，我要给青春和老年双重的诅咒：给后者，
  因为它正在到来；给前者，因为它正在离去。

529-530

我没有背叛任何一位契友和忠诚的伴侣，
  在我的灵魂里没有任何属于奴隶的天性。　　　　530

531-534

我的心总是暖意融融，每当我听见
  双管奏响悠长悦耳的声音；
我享用美酒，还在吹管手伴奏下高歌一曲，
  手握音色优美的弦琴也令我身心愉悦。

535-538

奴隶的脑袋生来就无法挺直，　　　　　　　　　535
  而总是耷拉，连他的脖颈也是歪斜；
从一棵海葱长不出玫瑰或者风信子，
  一个奴隶母亲也不会生育精神自由的孩子。

539-540

这人,我的朋友居尔诺斯啊,正在为自己
　　锻造一副脚镣,除非众神迷惑了我的判断。　　　　540

541-542

我担心,波吕保斯之子啊,这座城邦将毁于狂肆,
　　落得像吞食生肉的马人那样的下场。

543-546①

我必须凭木匠的直尺和矩尺来做出这个判决,
　　居尔诺斯啊,给予双方同样的公道,
凭靠先知、鸟兆和燃烧的祭品的助力,　　　　　　545
　　以免因冒渎而招致可耻的谴责。

547-548

莫要用卑劣的手段强迫任何人;对高贵者而言,
　　没有什么比善行更能显示他的强大。

549-554

无声的信使从远处的瞭望台闪闪发光,

---

① 关于此诗的解读,参见正文第六章§3。

居尔诺斯啊，正在唤醒让人流泪的战争。　　　　　　550
来吧，让快腿的马儿戴上笼头，
　　　我想它们会很快遇上敌人，
中间的地带并不宽广，它们会很快穿越，
　　　除非众神迷惑了我的判断。

555-560

在艰难困苦中屈身而处的人必须懂得忍受，　　　　　　555
　　　同时还要向不朽众神祈求解脱。
你要留心——你的产业正悬在剃刀刃上，
　　　有时你拥有大量财富，有时你又会失去，
莫要让自己变得富可敌国，
　　　也不要让自己落得一贫如洗。　　　　　　　　　　560

561-562

但愿我能瓜分敌人的财富，自己占有一部分，
　　　而将其余交付我的友伴享用。

563-566

你应该让自己受到邀请参加宴饮，若是遇见
　　　精通各种知识的高贵之人，坐在他身旁，
仔细倾听他说出的真知灼见，使你自己接受教谕，　　　565
　　　获得这样的收益，你可离开回到家里。

567-570

我嬉戏欢笑，尽享青春之乐；当我的生命逝去，
　　我会长久地躺在地下，像一块沉默的石头，
我会远离太阳洒下的温煦光芒，
　　尽管我身为高贵，却将一无所见。　　　　　　　　570

571-572

虚名对凡人而言是巨大的灾祸，而考验最佳，
　　许多未曾经受考验的人只是徒有美德的虚名。

573-574

行善者被善待；为何要另外派遣一位信使？
　　善行自己早已不胫而走。

575-576

是我的朋友出卖了我，至于敌人，我躲避他们，　　575
　　就像是舵手躲避海中隆起的礁石。

577-578

"让高贵变成卑劣，比让卑劣变成高贵更容易。"
　　不要再教训我；我年事已高，无法学习。

579-582

我憎恨卑劣的男子，我头戴面纱从他身旁经过，
　　脑子里空空如也，就像一只小鸟对他毫不在意；　　　580
我憎恨东奔西跑的女子，还有那纵欲之徒，
　　他总是想着耕种别人的田地。

583-584

已经过去的事，好比是覆水难收，
　　即将到来的事，还要对之多加防备。

585-590

所有行动都蕴藏危险，在一事的开端　　　　　　　　585
　　无人知晓它的结局将会如何。
那谋求好名声的人，却不曾预料
　　会落入巨大而艰险的灾难里，
而对那作恶之人，凡事神都赐予他
　　意外的好运，使他逃脱愚蠢带来的后果。①　　　　590

591-594

凡是众神给予有死凡人的一切，都要忍受，
　　对命运的两份份额同样镇定自若地接受；

---

① 这首诗与梭伦残篇 13，第 65-70 行略同。

在看到最终的结局以前,逆境中不要灰心丧气,
　　顺境中也不要欣喜若狂。

595-598

老兄,让我们做远距离的友伴,　　　　　　　　　　595
　　除了财富,所有的事情都会餍足;
让我们友谊长存,但你还是与他人为伍,
　　他们比我更懂得你的心思。

599-602

你又在你从前行驶的道路上游荡,
　　欺骗我们的友谊,这没能逃脱我的眼睛。　　　600
滚吧!你为众神所憎、为众人所弃,
　　一条冰冷而又狡黠的蛇在你怀里躲藏。

603-604

那些让马格尼西亚人覆灭的恶行与狂肆
　　同样也主宰着我们这座神圣的城邦。①

605-606

真的,多得多的人毁于无度胜过饥饿,　　　　　　605

---

① 马格尼西亚是位于伊奥尼亚的一座城邦,参见以下第 1103-1104 行的那首诗。

正是他们，想要拥有的超出了命运的份额。

607-610

谎言刚开始会带来小小的甜头，但最终
　　获得的好处既可耻又丑恶；
那人身上毫无高贵可言，如果谎言伴随着他，
　　并从他那里首先破口而出。　　　　　　　　　610

611-614

对身边的人吹毛求疵，对自己赞不绝口，
　　这样做轻而易举，但却是猥琐之徒所为；
低贱者为琐事喋喋不休，不愿意保持安静，
　　而高贵者知道如何在一切事物中遵守限度。

615-616

凡是日头俯视下生活在此时的人，　　　　　　　615
　　没有一个称得上十足的高贵和适度。

617-618

并非所有的事情都称心如意地为凡人实现，
　　因为不朽的众神要远远比有死者强大。

619-622

我时常在艰难困苦中步履蹒跚,心中充满忧伤,
　　因为我还不曾跨越贫穷的极点; 620
大家都对富人笑脸相迎,对寒士嗤之以鼻,
　　所有人的心思都如出一辙。

623-624

人们所拥有的恶德五花八门,
　　他们的美德与谋生之具也各式各样。

625-626

在蠢人面前,要明智之士放言高论,令他烦恼; 625
　　同样,要他总是保持缄默,他也无法做到。

627-628

酩酊之徒与滴酒未沾者相处,会引以为耻,
　　滴酒未沾者与酩酊之徒为伍,亦复如此。

629-630

青春与年少令人心浮气傲,
　　激起血气,让许多人犯下过错。 630

631-632

一个人的心智如果无法控制他的血气，居尔诺斯啊，
　　他将总是招致祸害，身处巨大的困厄。

633-634

不管什么念头在你的脑海浮现，
　　要再思甚至三思，莽夫终将自取灭亡。

635-636

判断力与羞耻心与高贵者为伴， 635
　　可是高贵者如今已寥若晨星。

637-638

希望与危险对凡人而言作用相等，
　　两者均为主宰命运的无情力量。

639-640

人的所作所为往往与期冀和希望背道而驰，
　　而事先的谋划也往往无果而终。 640

641-644

某人是你的朋友抑或敌人，你无法辨认，

除非你着手一桩严肃的事业：
许多人在酒缸旁成为你亲密的友伴，
　　轮到严肃的事业，他们便作鸟兽散。①

645-646

你只能找到极少的友伴，忠于你并关心你，　　　　645
　　一旦你的心神陷入巨大的无助。

647-648

如今羞耻之心已在凡人中间绝迹，
　　而厚颜无耻正在大地上到处肆虐。

649-652

可悲的贫穷啊，为何你重压在我的双肩上，
　　使我的身体连同精神都变了模样？　　　　650
我虽不情愿，你却教给我许多可耻之事，
　　尽管我尚知晓，凡人中间何谓高贵与美善。

653-654

但愿我受神眷顾，为不朽的众神所爱，
　　居尔诺斯啊，此外我不再渴求其他美德。

---

① 这里的第 643-645 行可参考第 115-116 行。

655-656

当你遭逢不幸,居尔诺斯啊,我们所有人都悲伤不已,　　655
　　但正如你所知,为他人落泪不会长久。

657-666

在逆境中不要过于灰心丧气,在顺境中
　　也不要欣喜若狂,因为忍受一切乃高贵者的特质。
你也不该如此发誓:"事情绝不会这样",
　　众神,你知道,充满妒忌,而结局由他们掌握,　　660
他们往往出人意料:坏的开端会变成好的结局,
　　好的开端也会变成坏的结局;正如一个穷光蛋
会突然暴富,而广有资产的那一位,
　　会在一夜间倾家荡产,一文不名;
智者千虑也有一失,名声常常追随愚人,　　665
　　甚至低贱之徒也能获得荣誉,显贵加身。

667-682①

倘若我拥有财产,西蒙尼德斯啊,像从前那样,
　　与高贵者为伍就不会令我苦恼,
如今,他们对我视而不见,而出于贫穷,
　　我默不作声,虽然我比大多数人更清楚,　　670

---

① 此诗的解读,参见正文第六章§4以及§6。

我们正在风雨中飘摇，白帆已经收起，
　　在漆黑的夜里离开美洛斯大海，
而他们不愿舀干船舱里的水，尽管海水正冲上
　　船舱的两侧。真的，他们如此行事，
任何人都难以保全：他们弃置了领航员，　　　　　675
　　那位高贵者，他曾熟练地护卫我们；
他们又用武力攫取货物，秩序已被打破，
　　不再有摆放在公共空间里的公平分配，
商贩正在统治，低贱者位于高贵者之上。
　　我担心，一个浪头就会吞噬我们的船，　　　　680
这些掩盖起来的话语是我对高贵者所说的隐语，
　　只要他拥有智慧，任何人都能认清灾难所在。

683-686

许多无知之徒拥有财富，而那些遭受贫穷
　　无情折磨的寒士，仍对美善孜孜以求；
不过两者都感到无助，无力采取行动：　　　　　685
　　前者受阻于智识，后者受阻于资财。

687-688

我辈凡人不能与不朽的众神争战，
　　也无人有权对他们妄加评判。

689-690

对不应该受到伤害的，就不该去伤害，

对最好不要做成的事，就不该去着手。　　　　690

691-692

愿你心情愉快，顺利地完成穿越汪洋大海的航程，
　　愿波塞冬把你带到朋友们身边，让他们欢欣喜悦。

693-694

贪得无厌已带给许多没头脑的人灭顶之灾，
　　因为倘若财富就在近旁，认清限度实属困难。

695-696

心儿啊，我无力为你提供所有令你惬意之物，　　695
　　忍受吧：对美善的渴望你并非独一无二。

697-698

当我春风得意，我的朋友数不胜数，而一旦
　　可怕的意外降临，极少数仍旧忠心耿耿。

699-718①

对大多数人而言，只剩下这一种"美德"：

---

① 关于这首诗，参见正文第六章§7的详论。

致富！其余的一切都无足轻重——　　　　　　　　　700
即便你拥有拉德曼图斯①那样的"克己"之德，
　　　或者你比西西弗斯，②埃伊奥洛斯之子，所知更多，
他曾依靠智识，甚至从幽冥之域返回，
　　　当他用甜言蜜语说服了佩尔塞福内，
这位冥后伤残人的心智，带给人遗忘，　　　　　　　　705
　　　因而未曾有任何其他人能设法做到，
一旦死亡的黑云笼罩了他，
　　　他便来到亡者的幽暗之地，
穿越了幽闭亡魂的漆黑大门，
　　　尽管这些鬼魂怨声载道；　　　　　　　　　　　710
正是从那里，英雄西西弗斯凭着过人的机敏
　　　得以返回，回到太阳的朗照当中。
纵使你能够造作酷似事实的虚语，
　　　有着神样的涅斯托③一般的高贵言辞，
或者你的双足比飞速的哈尔比④　　　　　　　　　　715
　　　或是博瑞阿斯之子⑤更为敏捷——
无济于事！每个人都要牢记以下的格言：
　　　在所有人眼里，财富的威力最大。

---

① 宙斯之子，克里特岛米诺斯王之弟，冥府三判官之一。
② 据希腊神话，狡智的西西弗斯在临终之际，叮嘱其妻在他死后不要举行葬礼，当他的亡魂来到冥府，他向冥神请求让自己还阳一日，以便惩罚其妻并安排自己的葬礼，冥神应允之后，他返回人间，但拒绝再赴冥府。
③ 来自皮洛斯的年长武士，以善于言辞驰名于希腊联军。
④ 面庞与身躯好似女人的风神。
⑤ 博瑞阿斯为西风之神，其子泽特斯（Zetes）与卡拉伊斯（Calaïs）亦为风神。

719-728

这两人一样富足,一个拥有大量黄金、
　　白银和盛产麦子的田地, 720
以及骡子马匹;另一个只拥有必需之物,
　　让肚腹、两肋和脚上都感觉舒适,
还有男孩与女人,当合适的时节来临,
　　他充满青春活力能尽享其乐。
这才是凡人的财富,因为没人能带着 725
　　他的万贯家产进入冥府,
也没人能支付赎金,逃离死亡或沉疴,
　　或是已经降临的老年之苦。①

729-730

烦心是人应得的份额,它有着五彩的翅膀,
　　为我们的生命和生计而哀伤落泪。 730

731-752

父神宙斯啊,但愿恶人享受他们的狂肆行为,
　　这能让众神喜欢,他们的恶行能让众神愉悦,
不过无论谁……②
　　行事,眼里没有丝毫对神的敬畏,
让他自己日后遭受痛苦的惩罚,愿父亲的冒失 735

---

① 这首诗可与梭伦残篇24对读。
② 此处原文无法释读。

不要在时过境迁后又给子女带来不幸；
愿不义之父的儿子们，若是他们心存正义，
　　　凡事敬畏你的怒火，克罗诺斯之子啊，
他们从一开始就热爱正义，与邦民和睦相处，
　　　愿他们不要为父辈的越轨之举抵罪。 740
愿以上的请求为有福的众神所爱。可是如今，
　　　作恶者自己逃脱，另一人日后却遭受不幸；
而且，众神之王啊，为何这可以算作正义：
　　　那远离不义之举而洁身自好的人，
既不逾越轨则，也不立下伪誓， 745
　　　而是躬行正义，但他却遭逢不义？
哪一位其他有死之人看到他的处境，
　　　还会敬畏不朽众神？他心里会如何想，
当那不义之人，那个干犯了凡人以及
　　　众神共同忿怒的狂妄之徒，
一边干着伤天害理之事，一边却金玉满堂； 750
　　　而正义之士倒憔悴不堪，饱受贫穷的折磨？

753-756

明白这个道理，亲爱的友伴啊：靠正义的手段致富，
　　　让你的心思保持审慎，远离狂妄；
永远牢记这些话，终有一天，你会因为 755
　　　听从了我明智的劝告而感到欣慰。

757-764

愿居住在苍穹的宙斯总是在上空伸出右手，

　　　　来护佑这座城邦免受伤害，
愿其他有福的不朽众神亦复如此；愿阿波罗
　　　　把我们的言谈和心思变得正直； 760
让弦琴，还有那箫笛，奏响神圣的曲调，
　　　　而我们，先要奠酒来取悦众神，
随后要畅怀痛饮，彼此间和颜悦色，谈吐风雅，
　　　　不复惧怕与那些美狄人的战争。

765-768

愿能如此甚至更好：① 心情愉悦、无忧无虑， 765
　　　　总是兴高采烈，像节日般度过每一天；
愿带来祸害的厄运、遭诅咒的老年，
　　　　以及死亡的大限之期统统远离。

769-772②

缪斯们的随从和使者，因为他所知超群出众，
　　　　不应该对他的智慧有所吝惜； 770
他求索其中的一些，展示一些，创制另一些；
　　　　倘若只有他自己知道，对她们又有何用处？

773-788

阿波罗尊神啊，既然是你在城邦的最高处建起塔楼，

---

① 此处原文含义不清。
② 此诗的解读，参见正文第六章§3。

　　　　以示对伯罗普斯之子阿尔卡图斯的恩惠，
就请你把美狄人那气焰嚣张的军队从这座城邦　　　　775
　　　　赶走，这样人们就会在春天来临之际，
在节日的庆典中向你敬献豪华的百牛祭，
　　　　人们会因弦琴的乐声和美妙的宴饮而喜悦，
随着赞美你的颂歌而起舞，在你的祭坛旁欢呼。
　　　　可是如今，我忧心忡忡，当我看到希腊人之间　　780
兄弟相残的愚蠢内讧；不过请你，福波斯啊，
　　　　慈悲为怀，护佑我们这座城邦。
我虽然造访过西西里人的国度，
　　　　也去过葡萄树丛生的欧比亚平原，
还有斯巴达，盛产芦苇的欧律塔斯河畔的光辉城邦，　　785
　　　　他们都热忱地欢迎我的到来；
可是，从他们那里我的心无法感受喜悦，
　　　　果不其然，无论哪里都比不上祖国亲切。

789-794

我不愿再有新的追求出现在我眼前，
　　　　来取代美德与智慧，愿我永远与此为伴，　　790
在弦琴、舞蹈和诗歌当中感受欢乐；
　　　　愿我与高贵者为伍，保有高贵的心智，
绝不为非作歹，既不伤害外邦侨民，
　　　　也不伤害同邦胞民，而是躬行正义。

795-796

你要自得其乐！哪管那些冷酷无情的邦民，　　795

有些对你恶语中伤，另一些对你好言相向。

797-798

高贵者遭到一些人的猛烈谴责，另一些人的赞美，
　　低劣者则一无所有，无人保留对他的记忆。

799-800

在大地上生活的芸芸众生里没有人不受指责，
　　但如此更好，倘若大多数人不加注意。　　　　800

801-804

凡人中过去不曾有、将来也不会有人
　　在他进入冥府之前，能取悦所有人；
就连那位统治有死者和不朽者的君王，
　　克罗诺斯之子宙斯，也不能令所有人满意。

805-810①

神使必须比木匠的绳墨、直尺和矩尺　　　　　　805
　　更加正直，居尔诺斯啊，他要时刻提防；
因为德尔斐神的女祭司对他给出暗示，
　　从富裕的神殿发出了神的声音。

---

① 此诗的解读，参见正文第六章§3。

倘若你添油加醋，再不会找到其他的补救之法，
　　倘若你隐瞒减损，也无法逃避对于神明的冒渎。　　810

811-814

我所遭逢的不幸，虽然不比可耻的死亡更悲惨，
　　但其他一切的痛苦，居尔诺斯啊，无出其右：
我被友伴们背弃！我只得挨近我的敌人，
　　去看看他们正处于什么样的心情。

815-818

一头牛用它有力的蹄子踩住我的舌头，　　815
　　阻止我絮叨奉承，尽管我精于此道，
居尔诺斯啊，无论如何，命定之事无法逃避，
　　我不会恐惧，去承受命中注定的遭际。

819-820

我们身处绝境，虽然一次又一次向神祈祷，但最好，
　　居尔诺斯啊，还是让死亡的命运把我俩同时带走。　　820

821-822

谁若是对日渐衰老的双亲不孝不敬，
　　这样的人，居尔诺斯啊，不会被人看重。

823-824

莫要心存侥幸,受利益的驱使而助僭主为虐,
　　也莫要凭众神起誓,必诛杀之而后快。

825-830

你的心儿如何还能随着吹笛手的伴奏而歌唱？　　　825
　　你的土地已被抵押,从市场上可以看见它的边界,
虽然这片土地的收成供养了这些宴饮的宾客,
　　他们还把紫红色的花冠戴在自己的金发上。①
来！斯基泰斯啊,②快点剪短你的头发,结束欢宴,
　　来为你正在失去的这片芬芳的土地哀悼！　　　830

831-832

出于忠信我失去了财产,靠着背信弃义我的财产
　　又失而复得；认清这两者,皆令我苦恼不堪。

833-836

这里的一切都倒了霉,劫数难逃,但并非,
　　居尔诺斯啊,哪一位有福的不朽众神该为此负责；
而是凡人的暴力、利欲熏心还有狂肆,　　　　　835

---

① 这几行诗原文含义不清,中译文参考了 Gerber 1999（第 293 页）的英译。
② 此人不详。

让许多善好的事物坠入卑劣的深渊。

837-840

事关饮酒,两种祸害围绕着不幸的凡人:
　　令人四肢乏力的口干以及难以忍受的醉酒;
两者之间我要取其中道,你无法说服我,
　　让我滴酒不沾,或是酩酊大醉。　　　　　　　　　840

841-842

美酒总是让我心花怒放,除了一种情况:
　　当我酩酊大醉,它却把我引向我的宿敌。

843-844

一旦本该是上位者反倒居于下位,①
　　那时便要停止饮酒,各自归家。

845-846

把适得其位者错置某处,此事易如反掌,　　　　　845
　　让错置某处者适得其位,此事难比登天。

---

① 这行诗的意思有不同解释:"上位"和"下位"可以指会饮客人的座次安排,也可以指头部的位置。

847-850

把头脑空虚的民众踩在脚下,拿一把尖刺鞭笞,
　　再用难以忍受的牛轭套上他们的脖子;
因为在所有太阳照耀的人群当中,你找不到
　　其他人像这些民众那样,对僭主阿谀谄媚。　　　　　　850

851-852

愿奥林坡斯的宙斯彻底将那人毁灭,
　　他不惜软语温存把自己的友伴诓骗。

853-854

从前我就心知肚明,如今我更加了然,
　　这就是:卑贱之徒毫无感恩之情。①

855-856

因为它的向导邪恶不端,好多次这座城邦,　　　　　　855
　　像是一艘倾侧的船只,贴着海岸前行。②

857-860

我的任何一位契友,一旦看到我遭逢某种不幸,

---

① "感恩之情"原文作 charis,乃是荷马社会以降,古风贵族社会的一条重要准则,主要是指地位相等的社会成员之间的一种互惠关系。
② 再次出现"城邦之舟"的比喻,参见以上第 667-682 行的那首诗。

立即扭头而去，不愿再与我相见；
而一旦幸运从天而降，虽则偶一发生，
　　我会得到许多拥抱和亲热的表示。　　　　　　860

861-864

我的朋友将我背叛，虽有男人登门，
　　却拒绝给我任何所需之物；那么，我自己
会在夜幕降临的时分出门，并在清晨回家，
　　当那雄鸡醒来，高声报晓的时刻。①

865-868

神明把善好的财富赐予太多的无用之人，　　　　865
　　但它一文不值，对于那人自己和他的友人
都没有好处；而美德的巨大荣光永不消失，
　　正因为持矛的战士，土地与城邦才得以保全。

869-872

愿那宽广的、青铜般的苍穹砸在我的头上
　　——大地所生的凡人恐惧的莫过于此——　　870
如若我不能帮助那些与我友善的人，
　　也不能伤害我的仇敌，带给他们巨大的创痛。

---

① 这首诗的主述者是阴性，或是一位妇女，或是一种动物（鸟类？），解者莫衷一是。

873-876

美酒啊，我既要赞美你，又要指责你，
　　我无法完全憎恨，也无法完全喜爱你；
你既善且恶，哪一个人会一味地谴责你，　　　　　　875
　　或是一味地赞美你，若是他智慧有度？①

877-878

享受青春吧，我的心儿；须臾便轮到他人，
　　而我却已经瞑目，化作一抔黑土。

879-884

畅饮这美酒吧，它产自忒乌格托斯山，
　　一位老人，神所喜爱的特奥提摩斯，　　　　　　880
在那山上的幽谷里栽种的葡萄树，
　　并用普拉塔尼斯图斯的清泉浇灌。②
饮了这酒，你便会忘怀沉重的烦心之事，
　　它会给你勇气，让你轻松矫健。

885-886

愿这座城邦和平富裕，让我和其他人一起　　　　　　885

---

① 原文直译为"若是他拥有智慧的尺度"。"智慧的尺度"（metron sophiēs）为古风诗歌里的重要概念，亦见于梭伦残篇13第52行，参见正文第五章§4的讨论。
② 忒乌格托斯山为斯巴达城外的高山；特奥提摩斯与普拉塔尼斯图斯，未详。

狂欢作乐；对残酷的战争我没有渴欲。

887-888

莫要伸长耳朵，倾听传令官的高声叫喊，
　　我们并非在为自己的祖国而战。

889-890

可耻啊，如果跨着捷足的战马身处沙场，
　　却不正眼直视让人泪流满面的战争。　　　　890

891-894

可悲啊，怯懦的行径！凯林托斯已毁于一旦，
　　勒兰托斯的葡萄园正遭到踩躏；
高贵者被迫逃亡，低贱者管理城邦，
　　愿宙斯消灭居普塞鲁斯的后裔！①

895-896

一个人能拥有的没有什么比判断力更好，　　　　895
　　也没有比丧失判断力，居尔诺斯啊，更让人痛苦不堪。

---

① 凯林托斯城位于优卑亚地区东北部，勒兰托斯平原在其南面，居普塞鲁斯于公元前655—前625年为科林斯僭主。本诗提及的战争年份不详。

897-900

居尔诺斯啊,如果神对大地上的芸芸众生严厉相待,
　　知晓每个人心中的所思所想,
还有每个人的所作所为,不管是正义之举
　　抑或不义之举,那么凡人将会遭受巨大的灾殃。　　900

901-902

每件事情里都有一些人胜出,另一些人落败,
　　没有哪个人样样事情无不精通。

903-930

那人的花费若是与自己的财力相称,
　　在有识者眼里,他拥有杰出的美德:
倘若凡人能够预见生命的大限之期,　　905
　　在奔赴冥府以前,会度过多少岁月,
那么,将更长的生命之期等候的人,
　　就知道搏节,生计也不会匮乏。
事实并非如此!我也为之备受折磨,
　　深感悲哀,并且左右为难。　　910
我正站在十字路口,面前的路一分为二,
　　我要考虑选择其中的哪一条前行:①

---

① 诗人在这里化用了一个常见的传统主题:青年英雄站在人生的十字路口,选择自己的人生道路,他还与两条不同道路的化身女神交谈,最负盛名的例子是"赫拉克勒斯的选择",见载于色诺芬《回忆苏格拉底》(2.1.21-34)。

是吝惜钱财而艰难度日,
　　还是花天酒地却一事无成?
我看到有人悭吝一生,虽腰缠万贯, 915
　　却不愿以自由民应享的食物果腹,
然而他的财富还在,自己早已身处冥府,
　　满堂金玉被不相干的人占据,
他辛苦得无谓,也没能如其所愿遗赠财物。
　　我也看到另外一人,为满足口腹之欲 920
把钱财挥霍殆尽,因可口的食物而心满意足,
　　结果他向每一位友人行乞,凡是他能遇见。
所以,德墨克勒斯啊,最上之策莫过于
　　花销与财力相称,并善加操持;
那你就不会把辛苦得来的成果拱手相让, 925
　　也不会遭受奴役,乞讨度日,
当你步入老年,你的财富也不会耗尽。
　　在这个时代,最好拥有财富,
如你家道殷实,你的朋友遍布天下,而如你
　　一贫如洗,朋友稀少,你自己也失去英雄本色。 930

931-932

最好撙节用度,因为即便在你身后也并非
　　每人都会为你举哀,若是他没见到遗留的财产。

933-938

美德与美貌只与极少数人为伴,

而两者兼具的人享有至福。
他受到所有人的礼遇：与他同龄的少年　　　　　　　　935
　　还有比他年长之人都为他让道；
纵然垂垂老矣，他在市民里仍旧超群出众，
　　没有人愿意损害他的尊严和权利。

939-942

此刻我无法像夜莺一般引吭高歌，
　　因为昨晚我也在大街上尽情狂欢。　　　　　　　　940
我也不会以吹笛手为托词，但是我的友伴
　　将我弃之不顾，虽然他并非不谙此道。①

943-944

我紧挨着吹笛手站在这里，在他的右边，
　　我将歌唱，并向不朽的众神祈祷。

945-946

我要沿着尺子走上一条直路，不向任何一边　　　　　945
　　倾斜，我的所有念头都必须恰如其分。

947-948

我要整饬我的祖国，一座光辉的城邦，

---

① 这首诗的大意是：在会饮上，由于友伴的缺席，主述者不得不歌唱一曲，尽管他由于昨晚会饮后的狂欢而嗓音沙哑。

既不会把它交给民众,也不会屈服于不义之人。

949-954

像一头威风凛凛的雄狮,我用有力的双爪
　　从母鹿身下攫取她的幼崽,却不曾饮它的血;　　　950
我翻越高高的城墙,却不曾洗劫城池;
　　我套上了马匹,却不曾登上马车。
我做了却不曾做,完成却不曾完成,
　　我执行却不曾执行,办好却不曾办好。①

955-956

为低贱者行善将遭受双重不幸:不仅要耗尽　　　　　955
　　囊中所有,而且也得不到丝毫感激。

957-958

倘若你从我这里受益匪浅却不知感激,
　　但愿你一贫如洗再次来到我的门前。

959-962

只要还是我一人饮用黑黝黝的清泉,

---

① 这首诗前四行的三个比喻有不同的解释,前两行又出现在卷二的第 1278cd 行,也即是说,这个比喻很可能与恋爱有关;后两行的四个动词基本上是同义词,大意是说,主述者虽然能全权处置,却未曾下手。

　　　　我感到泉水既甘甜又可口； 960
如今它已变得浑浊，此水与彼水混合，
　　　　我要去饮用另一眼清泉，而非这条小河。①

963-970

莫要急于赞美，在你认清某人以前，
　　　　包括他的脾气、性情和生活习性；
许多人性情卑劣奸诈，却深藏不露， 965
　　　　他们见机行事，表面上一脸和善，
但日久见人心，每人都会原形毕露。
　　　　我自己就曾做出错误的判断，
我急于赞美你，在方方面面认清你以前，
　　　　而此时我像一艘船，与你保持安全距离。 970

971-972

在饮酒比赛上拔得头筹算是何种美德？
　　　　经常是卑贱之徒获胜，高贵者落败。②

973-978

所有凡人，一旦尘土将他的身体掩埋，

---

① 据编者 Douglas Gerber 猜测，这里的意象可能与恋爱有关："清泉"指的是忠贞的恋人，"小河"指的是滥情者。

② 这首诗里隐含的观念是，"美德"（aretē）本应属于"高贵者"（agathoi）。

而他下到幽冥之地，佩尔塞福内的居所，
　　都无法再聆听弦琴和笛手的吹奏而其乐陶陶，　　　975
　　　也无法再把狄奥尼索斯的赠礼举到唇边；
有鉴于此，我要寻欢作乐，当我的双膝
　　还轻盈敏捷，我的脑袋还不摇晃奔拉。

979-982

愿与我为友之人，不仅言语上如此，还要有行动，
　　既能用双手也能用财物助我一臂之力；　　　980
愿他不要在酒缸旁，用甜言蜜语让我迷魂，
　　让他尽其所能，用行动来展示自己的高贵。

983-988

让我们在欢庆的宴饮上兴高采烈，
　　当它还能为我们带来赏心乐事；
美丽的青春如心中的念头稍纵即逝，　　　985
　　那些冲向敌人的骏马也没有如此迅疾，
当它们载着持矛的主人，奔赴艰苦的战场，
　　胸中暴烈，驰骋在盛产小麦的平原上。

989-990

要与别人同饮！一旦你感到苦恼袭上心头，
　　切莫让任何人发觉你正心烦意乱。　　　990

991-992

有时你默默承受而苦恼不堪，有时你主动出击
　　而意气风发；力的施展也是各有其时。

993-1002

阿卡德墨斯啊，① 若是你想高歌一曲美妙的颂歌，
　　把一位风华正茂的少年摆在中央作为奖品，
让我来和你竞比歌唱的技艺和智慧，②　　　　　　　995
　　你会发现，驴子要在多大程度上赛过骡子；
那么时当正午，太阳神会在天宇上
　　不停地催促那些健蹄的马儿，
我们也会终止用餐，每个人已按其所需，
　　让他的肚腹填满各色珍馐美味，　　　　　　　1000
一位秀丽的斯巴达姑娘会用她的纤纤素手，
　　立即端走盥洗的净水，取来胜利者的花冠。③

1003-1006

这才是美德，这才是凡人中间的最高奖品，
　　也是智者所能获得的最美奖品，
这给城邦和全体民众带来共同的益处：　　　　　　1005

---

　① 此人不详。
　② "歌唱的技艺和智慧"原文作 sophiē，一语双关，既指诗歌表演的"技艺"，又指诗歌当中透显出来的"智慧"。
　③ 第 997-1002 行与前面四行诗的关系不甚明确，因此大多数编者将此诗分为两首。

当一位勇士在前锋站稳脚跟,坚守阵地。①

1007-1012

我要向所有人进言:每个人只要他还拥有
　　青春的韶华,胸中洋溢着高贵的思绪,
让他好好享用现有之物;要从众神那里获得
　　第二回青春绝无可能,速朽的凡人　　　　　　　　1010
也无法逃脱死亡,可鄙的老年带来羞辱,
　　用它遭诅咒的手紧紧抓住人的头顶。②

1013-1016

那人可谓福星高照,当他尚未经历争斗,
　　便已下到哈德斯幽暗的居所,
他从未在敌人面前惊恐,被迫犯下过失,　　　　　　1015
　　也从未试探友人心里真正的想法。

1017-1022

突然之间我感到浑身汗流不止,
　　我慌乱不安,当我目睹这些同伴
赏心悦目的韶华,但愿它更长久一些!

---

① 这首诗与提泰乌斯(Tyrtaeus)残篇 12,第 13-16 行几乎完全相同,唯一的差别是第 1004 行的"智者"(anēr sophos),在提泰乌斯那里是"年轻人"(anēr neos)——这是不经意的变文,还是故意的互文,论者各执一词。

② 最后一行诗的意思可能是,一个人头顶的白发暴露他已迈入老年。

然而，珍贵的青春恰如短暂一梦， 1020
旋即，那该诅咒的、丑陋无形的老年，
　　就会悄悄爬上他们的头顶。①

1023-1024

我绝不会把自己的脖子放在敌人的轭下，
　　这我无法忍受，即便高山压在我的头顶。②

1025-1026

卑贱之徒因卑鄙之心而更为轻狂， 1025
　　而高贵者总是刚正不阿，举止端庄。

1027-1028

卑鄙的行为对凡人而言，最是容易，
　　高贵之举，居尔诺斯啊，却需要才能。

1029-1036

忍耐吧，我的心啊，即便逆境不堪忍受，
　　急躁的性情乃是卑贱之徒的表征。 1030
莫要夸口不可能完成之事，增添你的烦恼

---

① 这首诗的第 1020-1022 行与米姆内墨斯（Mimnermus）残篇 5，第 1-3 行略同。
② 原文作"特牟洛斯山"，这座山位于小亚细亚的吕底亚境内。

和耻辱；莫要让你的友人悲伤，
让你的敌人欢喜。众神安排的赠礼，
　　速朽的凡人无法轻易逃避，
即便他跳入大海幽暗的深渊， 1035
　　或藏身于雾气蒙蒙的塔塔罗斯。①

1037-1038

要欺骗一位高贵者，此事可谓难上加难，
　　很久以前，居尔诺斯啊，我就如此认定。

1039-1040

那些人既糊涂又愚蠢，他们不知开怀畅饮，
　　当天狼星升起的季节到来之际。② 1040

1041-1042

与吹笛手一起过来：让我们在哀哭者身边
　　饮酒作乐，用他的悲伤来取悦自己。

1043-1044

让我们安睡吧；如何守卫这座富饶的城邦，

---

① 塔塔罗斯位于冥界的最底层，与居于天界的众神相距极远。
② 天狼星在七月下旬升起，随后到来一年里最为炎热的季节，参见赫西奥德《劳作与时日》，第582-588行。

还有我们美丽的祖国，将由卫士们来操心。

1045-1046

凭宙斯发誓！这些人当中的任何一位，就算他已　　1045
　　裹着被褥就寝，也要起身迎接我们的狂欢队伍。

1047-1048

眼下让我们饮酒作乐，还要高谈阔论，
　　此后将要发生的事情，交由众神来操心。

1049-1054

我要给你有用的教诲，就像父亲对儿子，
　　你要把这些事放在心上，牢牢记住：　　1050
莫要操之过急而犯错，要在你内心深处，
　　用清明的理智做出谋划；
狂乱之徒的心思和头脑飘忽不定，
　　而谋划甚至会给明智者带来益处。①

1055-1058

让我们终止这样的谈话，你来为我吹笛，　　1055
　　让我俩想起缪斯女神，向她们致敬，

---

① 这首诗再次运用"教诲诗"的程式，比较第 19-38 行，尤其是第 27 行以下。

是她们赐予你和我这迷人的礼物,
　　使我俩在周围的居民里声名鹊起。

1059—1062

提马戈拉斯啊,① 从远处观看并要认清众人的性情,
　　纵使某人聪明睿智,也绝非易事;　　　　　　　1060
有些人用财富掩盖了他们的卑贱本性,
　　另一些人的高贵美德埋没于遭咒的贫穷。

1063—1068

正值青春妙龄的人不妨与同龄的伙伴
　　整夜拥眠,满足炽热的爱欲,
也不妨闹酒作乐,在笛手的伴奏下引吭高歌;　　1065
　　对于世间的男女,没有其他的乐趣
可与此相比。财富和威严于我何有?
　　兴高采烈的喜悦之情胜过一切。

1069—1070

那些人既糊涂又愚蠢,他们为死者
　　哀悼不休,而不是为正在消逝的青春韶华。　　1070

---

① 此人不详。

1070ab

尽情享受吧,我的心儿;须臾便轮到他人,
　　而我却已经瞑目,化作一抔黑土。①

1071-1074

居尔诺斯啊,你要变换各种性情与友伴相处,
　　按照他们每人的天性混合你的情绪;
有时这样行进,有时则变换一种脾气。
　　巧智甚至要胜过伟大的美德。②

1075-1078

要知晓未果之事的结局,神明会如何　　　　　　　1075
　　使之完成,此事无比困难;
一片黑暗笼罩其上,在事情发生以前,
　　凡人难以领悟他们的无助止于何处。③

1079-1080

在我的敌人当中,但凡高贵者,我不会指责,

---

① 这首诗与第 877-878 行的那首诗除了第一个单词外完全相同。
② 这首诗是第 213-218 那首诗(尤其是第 213-214 行和第 217-218 行)的变体。
③ 直译为"无助的界限",即是说,"无助"止步之处,因而也是办法和巧计萌发之处。

而我的友人，若是卑贱之徒，我也不会赞美。①   1080

1081-1082b

居尔诺斯啊，这座城邦已身怀六甲，我怕她会生下
　　一位暴戾之徒，来引发残酷的内乱。
这些民众仍旧头脑健全，但他们的领袖
　　已经变样，堕入低贱可鄙的泥潭。②

1082cf-1084

莫要嘴上说爱我，却另有一番心思和念头，
　　如果你爱我，你的心思要也诚而有信。
爱我以诚挚之情吧，不然就拒绝我，
　　憎恨我，与我挑起公开的争吵。
高贵者的心思应当如此开诚布公，
　　对自己的契友坚定不移，善始善终。③

1085-1086

德牟纳克斯啊，④你忍受太多以致身心沉重，   1085
　　正因你不懂得如何去做违背心意之事。

---

① 这里明显将诗的两种重要功能，即赞美和指责（有如"美"和"刺"）并置：赞美属于高贵者，而指责属于低贱者；换言之，指责和赞美并非由敌友关系决定，但敌友关系可以让诗人保持缄默，既不赞美低贱的友人，也不指责高贵的敌人。
② 除第二行外，这首诗与第 39-42 行完全相同，但第二行的变更赋予此诗不同的含义。
③ 这首诗的前四行除个别字词外与第 87-90 行相同。
④ 此人未详。

1087-1090

居住在神圣的拉凯德蒙,流水滔滔的
　　欧罗塔河近旁的卡斯托和坡吕德克斯啊,①
如若我对契友图谋不轨,愿我自己受到伤害,
　　若是我的契友对我如此,愿他受到双倍的伤害。②　1090

1091-1094

面对你的契友之谊,我的心烦恼不已:
　　我既无法憎恨,也无法喜爱你;
我知道,某人如是友伴,要憎恨他并非易事,
　　但要爱他而他却无意,也非我所能。

1095-1096

请你另就高明,我并不受命运的驱迫　　　　　1095
　　去做此事;你要对我已经做的事心存感激。

1097-1100

此刻我展翅高飞,好比一只捕鱼的飞禽
　　从湖面上飞去,逃离卑劣的渔人,
挣脱他的罗网;你已失去我对你的友情,

---

① 两人为宙斯的双生子,诞生于斯巴达(即拉凯德蒙),死后成神,护佑凡人。
② "双倍的伤害"为古希腊人还击仇敌的标准,比较《劳作与时日》,第709-711行。

不久以后你将要领教我的心计。　　　　　　　1100

1101-1102

不管是谁针对我向你出谋划策，催促你
　　抛弃我的友情，离我而去……①

1103-1104

暴戾摧毁了马格尼西亚、科勒丰还有斯迈那；②
　　它也定会，居尔诺斯啊，把你们摧毁。

1105-1106

如果你去到试金石上，你就会像是精炼的黄金　　1105
　　摩擦着黑铅，你的高贵将会有目共睹。③

1107-1108

噢，不幸的我！由于我所遭受的痛苦，
　　我已成为敌人的笑柄，友人的重负。

1109-1114

居尔诺斯啊，从前的高贵者如今成了低贱者，

---

① 这首诗似乎残缺，只有一个条件句，没有主句。
② 位于伊奥尼亚的三座城邦。
③ 比较第 417-418 行。

　　　　从前的低贱者如今成了高贵者。　　　　　　　　1110
谁堪忍受如此景象：高贵者失去荣光，低贱者
　　　　倒享尽荣光？高贵者向卑贱之徒求亲；
他们相互欺骗，相互取笑为乐，
　　　　对低贱抑或高贵的标准均无所知。①

1114ab

我时常在艰难困苦中步履蹒跚，心中充满忧伤，
　　　　因为我还不曾跨越贫穷的起点。②

1115-1116

因为你家产殷富，你指责我贫穷；不过我拥有　　　1115
　　　　一些财产，还会挣得另一些，凭着向众神祈求。

1117-1118

财神啊，所有神明当中你最美好最令人渴望，
　　　　有你陪伴，甚至卑贱之徒也成了高贵者。

1119-1122

愿我拥有青春妙龄，愿勒托之子福波斯·阿波罗

---

① 比较第 57-60 行。
② 比较第 619-620 行，在那里是"贫穷的极点"，似乎更合文意。

钟爱我,还有不朽众神的王者宙斯,　　　　　　1120
　　使我能生活在正义当中,远离一切灾祸,
并用青春和财富让我心情振奋。①

1123-1128

莫要让我回忆我的不幸;我经历的磨难有如
　　奥德修斯,他从哈德斯的广厦重返人间,
毫不留情地杀戮发妻佩内洛佩的求婚者,　　　　1125
　　满心欢喜地看着他们一个个倒地毙命;
而她,厮守着爱子,一直苦苦将他等待,
　　直到有一天他重返故乡……②

1129-1132

我开怀畅饮,不去理会令人心碎的贫穷,
　　还有那些诋毁我的名声的敌人;　　　　　　1130
但是,我哀叹离我而去的美妙青春,
　　对着正在袭来的阴森老年痛哭。

1133-1134

居尔诺斯啊,靠着尚存的契友,让我们把恶事

---

① 诗人之所以向阿波罗和宙斯祈祷,是因为两者分别掌管(男性的)青春和正义。
② 这首诗的最后一行后半部分原文难以释读。诗人在这里提及《奥德赛》里的场景,如第十一卷和第二十二卷所述。《诗集》里的诗人经常或明或暗地以奥德修斯自比,构成其中一条重要的主题线索,参见 Nagy 1982。

终止在萌芽状态，为正在扩大的伤口找到良药。

1135-1150

希望女神在凡人中间是仅存的善好之神，　　　　　　　　　1135
　　其他神明业已离去，返回奥林坡斯。
信义之神，一尊大神，业已离去，明智之神
　　也已离去，还有美惠女神，朋友啊，也抛弃了大地；
人们在法庭上的誓词已不再可以信赖，
　　也没有人再敬畏不朽的神明，　　　　　　　　　　　1140
凡人当中虔敬的种族已然消亡，他们不再
　　认识众神订立的规条，什么是敬神的行为。
然而，只要一个人还活着，见到阳光，
　　让他对众神充满敬畏，等候希望女神，
让他向众神祈祷，为他们焚烧丰美的腿骨，　　　　　　　　1145
　　首先和最后都向希望女神献祭；
让他时刻提防不义之徒的花言巧语，
　　那些人对不朽众神毫无敬意，
总是心存不善，觊觎他人的财产，
　　互相签订卑鄙的协约，为作恶张本。①　　　　　　　1150

1151-1152

永远不要听信卑贱之徒的谰言，

---

① 这首诗化用了潘多拉神话，在传统版本里（赫西奥德《劳作与时日》，第42-105行），"潘多拉的大缸"（俗译"潘多拉的盒子"，不妥）给凡间带来了诸恶，"希望"女神是其中的一员，但最后只有她独自留在了缸子里。

抛弃已有的契友，另寻新欢。

1153-1154

愿我生活得富有，远离让人苦恼的忧虑，
　　愿我不受到伤害，也不遭受任何不幸。

1155-1156

我并不渴望也不祈求财富，愿我靠些微　　　　1155
　　资财生活，而不遭受任何不幸。①

1157-1160

财富与智慧总是难以被凡人征服；
　　因为你的心不会对财富感到餍足，
最智慧的人同样如此，不会逃避智慧，
　　而是对它充满渴求，无法平息心中的激情。　　1160

1160ab

†你们这些年轻人啊，†我并不受命运的驱使
　　去做这事；你要对我已经做的事心存感激。②

---

①　这首诗和上一首诗可以对读，表达了两种不同的观点。
②　第一行†里的内容疑有舛误，除此而外，这首诗与第1095-1096行的那首诗几乎完全相同。

1161-1162

你能留给儿子们的最好财富莫过于
　　敬畏之心，居尔诺斯啊，倘若他们是高贵之士。①

1162af

没有人在每个方面都福气满满，高贵者
　　敢于忍受不幸，即便它并不引人注目，
而低贱者，无论顺境还是逆境，都不知道
　　如何调整自己的情绪来与之吻合。
众神的赐赠以各种形式来到凡人身边，
　　我们要敢于面对他们的赠礼，不管是好是坏。②

1163-1164

聪颖者的双眼、舌头、双耳和心智
　　都无不生长在胸膛的正中央。③

1164ad

但愿我的契友是这样的人，他了解
　　自己的伴侣，当他脾气乖张也能忍受，

---

① 比较第 409-410 行的那首诗。
② 这首诗与第 441-446 行的那首诗仅有两处细微的差别。
③ 这首诗含义费解，可能是比喻聪颖的人生性正直。

就像兄长那样；朋友啊，请你把这些话
　　牢记心上，终有一天你会想起我的忠告。①

1164eh

我到处寻觅，都无法找到一位信义的伴侣，
　　像我一样，心里没有半点狡诈；
我在试金石上摩擦，我自己是黄金却擦着
　　黑铅，我出类拔萃的程度正是如此。②

1165-1166

要与高贵者为伍，切莫与低贱之徒同行，　　　　　　1165
　　但凡你将踏上旅途，从事海外贸易。

1167-1168

高贵者的应答富有成效，行动亦复如此，
　　低贱者的言语卑微怯懦，随风飘逝。

1169-1170

狐朋狗友只会带来恶果，你自己对此
　　心知肚明，因为你已冒犯了强大的神明。　　　　1170

---

① 这首诗与第 97-100 行仅有开头一处细微的差别。
② 这首诗与第 415-418 行的那首诗仅有两处细微的差别。

1171-1176

明辨力，居尔诺斯啊，是不朽众神赐赠凡人
　　　最好的礼物：明辨力执掌万物的界限。①
谁若在心中将之据有，可谓有福之人！
　　　它远胜于遭咒的暴戾以及可悲的贪婪，
[贪婪对凡人而言实为无以复加的恶德]②　　　　　　1175
　　　而一切悲惨与不幸，居尔诺斯啊，都源自于此。

1177-1178

倘若你既不遭受亦不施行可耻之事，
　　　居尔诺斯啊，你可算体认了最高美德。

1178ab

心儿在艰难困苦中煎熬的人必须懂得忍受，
　　　同时还要向不朽众神祈求解脱。③

1179-1180

居尔诺斯啊，要敬畏神明！这会遏止凡人
　　　口出不敬之语，身行不敬之举。　　　　　　　　1180

---

① 比较梭伦残篇 16。
② West 和 Gerber 两家均认为，这一行诗实为拼缀而成，取代了一个较长的段落。
③ 这首诗是第 555-556 行的变体。

1181-1182

你要不择手段打倒鱼肉民众的僭主,
　　众神不会因此而对你有任何义愤。

1183-1184b

居尔诺斯啊,普照人间的太阳的光芒
　　还不曾照临任何一人,在他身上无可指摘;
民众有着怎样的心思,我无法理解,
　　不管我善意还是恶意行事,都不能让他们满意。①

1185-1186

慧心与巧舌各有其用,但只有少数人　　　　　　1185
　　拥有它们,并对两者均能管束。

1187-1190

没有人能够支付赎金来逃离死亡或者
　　沉重的不幸,倘若命运并未对此设立终点;
也没有人能够依靠贿赂来躲避悲哀,
　　倘若某位神明要对他以痛苦相赠。　　　　1190

---

① 这首诗的后面两行是第367-368行的变体。

1191-1194

我并不渴望躺在帝王的卧榻上,若是我已
　　瞑目;愿我活在世上便有好事降临!
荆棘对于死者是与毛毯相同的床褥,
　　不管坚硬还是柔软,在他并无两样。

1195-1196

莫要对着众神起假誓,向不朽者隐瞒　　　　　　1195
　　理应偿还的债务,此事天地不容。

1197-1202

我听到了飞鸟的尖声鸣叫,波吕保斯之子啊,
　　它向凡人宣报耕种季节已经来到,①
却也深深刺痛我郁郁寡欢的心儿:
　　别人占有了我那片花儿盛开的土地,　　　　1200
我的骡子也不再为我拉动弯弯的犁铧,
　　因为那一次令我难以忘怀的出海航行。②

1203-1206

我不会去,他也不会受邀前来;一位僭主

---

① "飞鸟"指鹤,鹤群于每年十月秒十一月初南飞,此时人们开始秋耕,参见赫西奥德《劳作与时日》,第448-451行。

② 最后一行诗比较费解,可能有舛误。据推测,诗人可能因为一次失败的出海贸易而失去了自己的土地。从诗歌传统来说,这首诗把"航海"(贸易)与"农作"对峙起来,显然呼应了赫西奥德《劳作与时日》里的相关段落,尤其是第618-693行。

虽已身赴黄泉,我也不会在他墓前哀悼,
而他也不会在我入土安息后悲伤, 1205
　　他的双眼更不会为我落下热泪。

1207-1208

我们既不邀请你来狂欢作乐,也不赶你走,
　　你留下,我们并无怨言;你离开,就真够朋友。

1209-1210

我生来就以阿依同为名,却被祖国流放,
　　侨居在城墙坚固的忒拜古城。① 1210

1211-1216

莫要无礼取笑,辱没我的父母双亲,
　　阿吉莉丝啊,②你的身心都已被奴役,
而我,女人啊,虽然我背井离乡,饱受其他
　　种种磨难,却没有痛苦的奴役降临,
也未曾遭到贩卖;此外,我属于一座 1215

---

① "阿依同"为何许人,未详。《奥德赛》卷十九第 183 行,奥德修斯也曾化用此名,是否与这里的同名人物有关,难以定论。

② "阿吉莉丝"为何许人,未详。从诗人的口吻推测,她应该是一位沦为奴隶的"女伴"(即妓女)。

美丽的城邦，它雄踞莱台乌斯平原之上。①

1217-1218

让我们不要坐在哀哭者身旁纵情欢笑，
　居尔诺斯啊，为自己的福分满心欢喜。②

1219-1220

敌人之间相互欺骗实属困难，而朋友
　欺骗朋友，居尔诺斯啊，却易如反掌。　　　　　1220

1221-1222

话语往往会给速朽凡人带来许多过失，
　居尔诺斯啊，若是他们的判断力已被搅乱。

1223-1224

没有什么，居尔诺斯啊，比怒气更不符合正义，
　它取悦心中的卑贱本性，给人带来损害。

---

① 据载，"莱台乌斯"为小亚细亚南部的麦安德河（Maeander）的一条支流，但也有评者认为，该词其实来自意为"忘川"的冥河"莱台"（即 Lēthaios 为来自 Lēthē 的形容词），"莱台乌斯平原"指的是"忘川平原"，诗人是以自嘲的方式在说，比起遭受奴役和贩卖，死亡之乡更令人神往。

② 对比第 1041-1042 行的那首诗。

1225-1226

没有什么,居尔诺斯啊,比高贵的女子更为宜人, 1225
　　我为此作证,而你也要为我的真心话作证。

[1227-1228

……愿你我之间
存在真相,它在一切事物当中最为公正。①]

1229-1230

来自大海的一具尸骸已呼唤我返回家乡,
　　它虽已死去,却能发出鲜活的响声。② 1230

---

① 这首残诗(第一行缺少前半)被误植于《特奥格尼斯诗集》,其实出自米姆内墨斯(Mimnermus),West 列为其残篇 8。

② 据引用者雅典奈乌斯(10.457a)所言,这是一个诗谜,谜底是海螺,因螺体死后的空壳能制成号角,希腊的海神之一特里同(Triton)便经常吹着这样的号角。

卷二（第 1231-1389 行）①

1231-1234②

残忍无情的爱若斯啊，是疯狂女神养育了你，
　　因为你伊利昂高耸的卫城毁于一旦，
是你让埃勾斯之子，伟大的忒休斯殒命，还有埃阿斯，
　　高贵的奥依莱乌斯之子，也倒毙于你的鲁莽之举。

1235-1238

听我述说，男孩啊，你已征服我的心思，　　　　　　1235
　　我不会说些让你的心无动于衷的话语；
来吧，用你的理智去理解，你不会迫不得已
　　去做出违背你心意的事情。③

1238ab-1240

永远不要听信卑贱之徒的谰言，
　　抛弃已有的契友，另寻新欢。
他们经常会在我面前针对你说些蠢话，

---

① 第 1231—1389 行为《诗集》第四部分，另题作"卷二"。
② 这首诗被列在"卷二"之首，是因为这一卷里的内容大多涉及"男童恋"，而爱若斯是"恋爱"之神。特洛伊（古称"伊利昂"）因海伦与帕里斯的私情被毁；忒休斯因恋慕冥后佩尔塞福内而与好友一同往赴冥界企图掳掠，（根据某些传说）终于不得还阳；小埃阿斯因在特洛伊屠城时强暴阿波罗的女祭司卡桑德拉，遭神怒而毙命。诗中以三人为范例，因为他们都遭受爱若斯的主宰，陷入疯狂境地而行鲁莽之举，诗人故而称爱若斯为"残忍无情的"，是由"疯狂女神"养育的。
③ 在上一首诗向爱若斯祈祷以后，这首诗开启了"卷二"里"爱恋者"向"被爱者"的"训谕"。

反之亦然；切莫听信他们。①   1240

1241-1242

你会对那已经逝去的恋情感到愉悦，
    却对那正向你袭来的恋情无法自制。

1243-1244

让我们友谊长存，但从今往后你还是与他人为伍，
    你这人狡猾成性，简直与信义背道而驰。②

1245-1246

水和火永不相容，你和我也永远不会   1245
    相互建立诚信，成为真正的契友。

1247-1248

考虑一下吧，你的违犯引起我怎样的仇恨，
    要知道我会尽我所能对此施以报复。

1249-1252

男孩啊，你如同一匹马儿，当你饱食了大麦，

---

① 这首诗的前两行与"卷一"里的第 1151-1152 行的那首诗完全相同。
② 这首诗的第一行与"卷一"的第 597 行仅有一处细微的差别。

　　　　你又回到我这里的马厩，你又渴望　　　　1250
　　技艺娴熟的御者，丰美的草场，
　　　　清凉的泉水，还有那绿树成荫的林地。

1253-1254

　　凡是拥有爱他的男孩和健蹄的马匹、
　　　　猎犬以及众多他乡客友的人，可谓有福。①

1255-1256

　　但凡不爱男孩、健蹄的马匹还有猎犬的人，
　　　　他的心永不会再感受兴高采烈之情。　　　　1255

1257-1258

　　男孩啊，你的性情就像那飘忽不定的危险，
　　　　有时候与这些人，有时候又与另些人为友。

1259-1262

　　男孩啊，你的面容虽生来姣好，你的头上
　　　　却戴着一顶顽固不近人情的花冠；　　　　1260
　　你的心中有着如同急旋的鹞鹰的性情，
　　　　被他人的风言风语随意驱策。

---

① 这首诗是梭伦残篇 23 的一个变体。

1263-1266

男孩啊,对你的恩人你没有给予应有的回报,
　　对施与你的好处你没有半点感激;
我不曾得益于你,而我经常有助于你,　　　　　　　　1265
　　却没有从你那里得到丝毫敬意。

1267-1270

男孩与马儿享有同样的心性:马儿不为
　　已经横尸尘土里的御者哭泣,
反而在饱食大麦之后,负载起另外一人;
　　同样如此,男孩与正在身边的任何一人友善。　　1270

1271-1274

男孩啊,由于放荡你已丧失良好的理智,
　　我的契友们为你而感到羞愧;
你只给我短暂的喘息,风暴过后,
　　夜已深沉,我才驶入宁静的港湾。①

1275-1278

爱若斯也是按照时令升起,当大地　　　　　　　　　1275
　　因怒放的春花而一片欣欣向荣,

---

① 注意诗人如何化用"卷一"里经常出现的"城邦之舟"的意象。

那时爱若斯便离开美丽的塞浦路斯岛，
　　造访我辈凡人，同时把种子播满大地。①

1278ab

不管是谁针对我向你出谋划策，催促你
　　抛弃我的友情，离我而去……②

1278cd

像一头威风凛凛的雄狮，我用有力的双爪
　　从母鹿身下攫取她的幼崽，却不曾饮它的血。③

1279-1282

我不愿对你不善，即便在众神的眼里，
　　这样做要更好，英俊的男孩啊，　　　　　　　　　　1280
我并非坐着审判无足轻重的过失，
　　对于相貌俊美的男孩……④

---

　　① 根据不同于赫西奥德《神谱》（第120-122行）的另一种神话传说，爱若斯乃阿芙罗狄忒之子，故而也居住在供奉自己的母亲最为隆盛的塞浦路斯岛，该岛据传为阿芙罗狄忒的诞生地（《神谱》，第192-200行）。赫西奥德同时提及（第201-202行），爱若斯与希迈罗斯（渴欲之神）一起，伴随着阿芙罗狄忒。
　　② 这首诗与"卷一"第1101-1102行的那首诗完全相同，也同样有缺漏。
　　③ 这首诗与"卷一"第949-950行完全相同，但同一个意象在这里产生了不同的含义。
　　④ 这首诗最后一行的后半部分抄本漫漶不清。

1283-1294

男孩啊,莫要伤害我——我仍旧想合你的心意
　　——你要心情愉快地理解我的忠告:
你无法靠诡计取胜,也无法欺骗我,　　　　　　　　1285
　　即使你胜出,对未来占据优势,
我也会给你重创,在你逃离我的时候;
　　正如传说里伊萨易乌斯的女儿,
那位少女,金发的阿塔兰苔,虽然正值
　　婚嫁的妙龄,却拒绝且逃避婚姻; 　　　　　　1290
她离开祖屋,紧束腰带,要去完成难以完成的伟绩,
　　她在高耸入云的群山之巅逡巡游荡,
逃避宜人的婚姻,金色的阿芙洛狄忒的赠礼,
　　但最终她还是身陷其中,尽管她千推万阻。①

1295-1298

男孩啊,莫要搅乱我的情感,我已痛苦不堪, 　　　1295
　　莫要让我对你的友爱之情把我送入
佩尔塞福内的居所;要敬畏众神的忿怒
　　和众人的流言,心存和善温厚之意。

---

① 阿塔兰苔为阿卡迪亚国王依萨易乌斯的女儿,她是一位捷足善跑的女猎手,终日徘徊在山间田野,并发誓终身不嫁,父亲催促她成婚,无奈之下她说愿意嫁给与她比试赛跑并胜出的男子,许多求婚者失败后,希波美涅斯(一说梅拉尼翁)凭巧计战胜了她,并终于娶她为妻。在这首诗里,"猎手"和"猎物"的意象(在"男童恋"的关系当中,通常分别用来指代"爱恋者"和"被恋者")巧妙地被翻转:阿塔兰苔从一位追逐"猎物"的"女猎手"转变为受到众人追逐的"猎物",并最终被(希波美涅斯)捕获。

1299-1304

男孩啊，你逃避我要到何时？我煞费苦心
　　追求你，但愿我的追赶还有尽头！　　　　　　　1300
而你，胸中充满了放荡和傲慢之情，
　　以鹞鹰般冷酷的性情总是逃离我；
等一等啊，给我回报，你不会长久地享有
　　那位头戴花环的塞浦路斯女神的赠礼。①

1305-1310

在你心底里认清：青春少年的娇美之花　　　　　　1305
　　比一场短跑更快结束；理解这一点，松开
我的桎梏，以防终有一天，你这顽强的男孩，
　　也会屈服，当你面对生于塞浦路斯女神的
严峻考验，一如我眼下面对你。提防那一天吧，
　　莫要让□□低贱的品性把你击败。②　　　　　　1310

1311-1318

你欺骗了我，这我知道，男孩啊，而我□□你，③
　　那些人，如今你与他们亲密无间，
却把我的友情弃若敝屣，置之不理；

---

① 即阿芙洛狄忒，参见第 1275-1278 行注释。
② 抄本里这一行的一个单词有误，中译文存疑。
③ 同上。

从前你并非那些人的契友,
而我满心以为,所有人当中唯有你会成为 1315
　　信义的友伴,如今你却找到另一位契友,
我虽有恩于你却被你击倒;但愿这世上不再有人
　　看了你的所作所为,还会钟情于男孩。

1318ab

噢,不幸的我!由于我所遭受的惊吓,
　　我已成为敌人的笑柄,友人的重负。①

1319-1322

男孩啊,既然塞浦路斯的女神赐予你动人的魅力,
　　你的相貌令所有年轻人难以忘怀, 1320
请听我的忠告,并为我把它牢记在心,
　　你要知道,爱欲往往让人难以忍受。

1323-1326

生于塞浦路斯的女神啊,请结束我的困苦,
　　驱散我刺心的焦虑,让我重回欢悦的境地,
停止伤害我的重重忧虑,请心怀好意,赐我 1325
　　克己的举止,因为我已度过青春盛年。

---

① 这首诗与"卷一"第 1107-1108 行的那首诗略同。

1327-1334

男孩啊，只要你还拥有光滑的下颌，我不会停止
　　赞美你，就算注定有一天我将瞑目；
对于你这施与者这是美事，而对于我这爱恋者
　　请求也并非丑事：我以我们父母的名义恳求你，　　　1330
尊重我，男孩啊，给我以回报，倘若有一天，
　　你自己也渴望头戴花环的塞浦路斯女神的赠礼，
并且追求另一位少年，但愿那强大的女神
　　给予你和我所得到的相同的回报。

1335-1336

有福啊，谁若是回到家中，在爱欲中健体，　　　　　1335
　　随后与一位英俊少年终日共躺卧榻。

1337-1340

我不再爱恋男孩，我已抛开难以忍受的苦恼，
　　满心欢喜地逃离令人颤栗的艰辛，
头戴华冠的库塞拉女神把我从渴欲中释放，①
　　你的魅力，男孩啊，在我眼里已荡然无存。　　　　1340

---

① "库塞拉女神"指的是阿芙洛狄忒，参看以下第1386-1389行的那首诗及注释。

1341-1350

唉，我爱上了一位皮肤细嫩的男孩，他把我
　　向所有的契友展示，虽然我并非情愿。
我将忍受，并不隐瞒，我们迫不得已的事何止于此！
　　何况把我征服的男孩绝非无足称道。
爱上一位男孩令人身心愉悦：曾几何时众神之父、　　　1345
　　克罗诺斯之子也爱上了伽纽美得，①
把他掳走并送上奥林坡斯，让他不朽，
　　永享青春少年的美妙韶华。
因此请莫要惊诧，西蒙尼德啊，②当你看到
　　我也被一位英俊少年燃起的爱情征服。　　　1350

1351-1352

男孩啊，不要在酒后狂欢作乐，请听从老人的忠告，
　　对年轻人而言，酒后狂欢并不适宜。

1353-1356

在年轻人眼里，居尔诺斯啊，爱欲既苦涩又甜蜜，
　　既无情又有意，直到获得满足；
如果获得满足，它变得甜蜜，但如果一味追求　　　1355

---

① 伽纽美得乃特洛伊王子，因相貌出众而被宙斯掳上奥林坡斯山成为众神的斟酒侍者，其事迹见《伊利亚特》卷五（第265-267行）、卷二十（第231-235行）以及《致阿芙洛狄忒的荷马颂诗》（第202-217行）。

② 此人未详。

却得不到满足，它给人带来最大的苦楚。

1357-1360

爱上男孩的人们，他们的脖颈上总是套着
　　难以忍受的轭，作为对好客之风的痛苦纪念；
为赢得一位男孩的恋情所经受的辛苦，
　　恰如把手伸进葡萄枝燃起的火焰。① 　　　　1360

1361-1362

你失去了我的情谊，男孩啊，你就像一艘
　　撞上礁石的小舟，勒住一条腐烂的绳索。

1363-1364

即使我不在场，也不会伤害你；人世间
　　没有谁能够说服我，让我不再爱你。

1365-1366

噢，所有男孩里最俊美最动人的你啊，　　　　1365
　　请站在原地，听我向你略进数言。

---

① 葡萄枝燃起的火焰更加迅猛。

1367-1368

男孩懂得感恩,而女人却是没有信义的友伴,
  她总是与正在身边的任何一人友善。

1369-1372

对男孩的情谊,拥有和抛开都是美事,
  它的萌发可比它的实现容易得多;   1370
从它而来的祸事和喜事都数不胜数,
  然而即便如此,也有某种愉悦蕴藏其中。

1373-1374

你从来不曾为我的缘故留下,却总是
  回应每一个紧要的口信离我而去。

1375-1376

有福啊,谁若是恋着一位男孩,对大海一无所知, 1375
  不用为海面上正在迫近的黑夜烦恼不已。

1377-1380

你很俊美,但却近墨而黑,总与低贱之徒为伍,
  男孩啊,你因此成为可耻的众矢之的;
而我,虽不情愿失去你的情谊,

我已从中得益，再次以自由之身行事。　　　　　　1380

1381-1385

人们以为，你来自金色的塞浦路斯女神，
　　带着她的赠礼，☐☐☐☐☐，
…………
　　☐☐☐，但是头戴花冠的塞浦路斯女神的赠礼，
会成为人们最不堪忍受的重负，
　　如若她不赐予他们从艰苦当中获得解放。① 　1385

1386-1389

生于塞浦路斯并在库塞拉停留的女神啊，
　　你善于编织诡计，这正是宙斯赐予你的厚礼，
以向你表示尊重！你征服凡人缜密的心思，
　　没有一人强大且智慧，足以把你挣脱。②

---

① 抄本里这首诗有脱漏（如第二行脱后半行），中译文存其原貌。
② 据赫西奥德《神谱》（第 192-200 行）所说，阿芙洛狄忒在海上诞生以后，于库塞拉岛（位于伯罗奔尼撒半岛南面）短暂停留，最终来到并居住于塞浦路斯岛。所以，塞浦路斯成为阿芙洛狄忒的正式诞生地，而库塞拉也是她的圣地。"卷二"以一首致爱若斯的四行体挽歌对句开始，又以一首致阿芙洛狄忒的四行体挽歌对句结束，首尾呼应。

核心"美德"及相关概念译名对照表：①

agathos（复数 agathoi）：高贵之士、贵族、优等的

aidōs：敬畏（之心）、羞耻（之感）

ainos：隐语、寓言

aischros（复数 aischroi）：丑陋者、丑恶者

aretē：高贵品质、美德；功绩

astoi：民众

charis（复数 charites）：互惠、恩惠、感恩

deilos（复数 deiloi）：卑贱之徒、贱民、劣等的

dikē：正义、公正

echthros（复数 echthroi）：敌人

epos：语词、话语；诗言

esthlos（复数 esthloi）：高贵之士、贵族、优等的

euphrosunē：欢愉、兴高采烈

eusebeia：虔敬、虔诚

genos：出身、血统

gnōmē：判断力、明辨力

hetairos（复数 hetairoi）：友伴、伴侣

hubris：暴戾、狂妄

kakos（复数 kakoi）：低贱之徒、贱民、劣等的

kalos（复数 kaloi）：美善者、高贵而美的

kleos（复数 klea）：荣光、荣耀

koros：贪婪

---

① 本表侧重《特奥格尼斯诗集》里的核心"美德"以及相关概念，正是这些核心概念在特奥格尼斯的"诗教"当中构成了一张相互关联的观念网，参见正文第六章第四节的讨论。本表在编制时参考了 Figuiera & Nagy（eds.）1985, pp.305-307: "Glossary of Greek Words"。

kosmos：秩序

metron：尺度

noos：心思、心智、理智

philiē：友情、友谊

philos（复数 philoi）：契友

philotēs：友情、友谊

pistis：信义、忠信

pistos（复数 pistoi）：诚信者、忠信之士

sophiē：智慧、机智

sophos（复数 sophoi）：智者

sōphrōn（复数 sōphrones）：自制者、克己的

sōphrosunē：克己、自制

stasis：内讧、内乱

timē：荣誉

xenos（复数 xenoi）：客友、客人；陌生人

参考文献

一、西文文献

【古典学期刊刊名缩写皆从 *L'année philologique*】

Abel, D. H. 1943. "Genealogies of Ethical Concepts from Hesiod to Bacchylides." *TAPA* 74: 92-101.

Adam, J. ed. 1902. *The Republic of Plato*, 2 vols., Cambridge: Cambridge University Press.

Adkins, A.W.H. 1960. *Merit and Responsibility: A Study in Greek Values*. Oxford: Clarendon.

——. 1985. *Poetic Craft in the Early Greek Elegists*. Chicago: University of Chicago Press.

Allen, A. W. 1949. "Solon's Prayer to the Muses." *TAPA* 80: 50-65.

Almeida, J. A., 2003. *Justice as an Aspect of the Polis Idea in Solon's Political Poems*, Leiden: Brill.

Aloni, A. 2009. "Elegy. Forms, functions and communication." in Budelmann, ed. 2009: 168-188.

Aly, W. 1913. "Hesiodos von Askra." In Heitsch 1966 (ed.): 50-99.

Andrewes, A. 1938. "Eunomia." *CQ* 32: 89-102.

Anhalt, E. K. 1993. *Solon the Singer: Politics and Poetics*. Lanham, MD: Rowman and Littlefield.

Arrighetti, G. 1996. "Hésiode et les Muses: Le don de la vérité et la conquête de la parole." in F. Blaise, P. Judet de la Combe, P. Rousseau (eds.) 1996: 53-70.

Athanassakis, A. N. 2004. *Hesiod, Theogony, Works and Days, Shield: Translation, Introduction and Notes*. Second Edition. Baltimore: Johns Hopkins University Press.

Balot, R. K. 2001. *Greed and Injustice in Classical Athens*. Princeton: Princeton University Press.

Baltes, M. 1993. "Plato's School, the Academy." *Hermathena* 155: 5-26.

Bartol, K. 1999. "Der stolze Solon: Fragment 19W. eine interpretation." *Eos* 86: 193-197.

———. 2002. "Il desiderio di Solone (Sol. 16G.-P.=25W)." *MH* 59: 65-70.

Beck, F. A. G. 1964. *Greek Education*: 450-350 BC. London: Methuen.

———. 1975. *Album of Greek Education*. Sydney: Cheiron Press.

Benardete, S. 1967. "Hesiod's *Works and Days*: a first reading." ΑΓΩΝ 1: 150-174.

Benveniste, E. 1969. *Le vocabulaire des institutions indo-européennes*. I. *Economie, parenté, société*. II. *Pouvoir, droit, religion*. Paris: Les Editions de Minuit.

———. 1973. Indo-European Language and Society, translated by E. Palmer. London: Faber & Faber.

Bergquist, B. 1990. "Sympotic Space: A Functional Aspect of Greek Dining-Rooms." in Murray (ed.) 1990: 37-65.

Bergren, A. L. 1975. *The Etymology and Usage of* PEIRAR *in Early Greek Poetry*. The American Philological Association.

Blaise, F. 1995. "Solon, Fragment 36W. Pratique et fondation des normes politiques." *REG* 108: 24-37.

———. 2006. "Poetics and politics: tradition re-worked in Solon's 'Eunomia' (Poem 4)." in J.H.Blok & A. Lardinois, eds., *Solon of Athens: New Historical and Philological Approaches*. Brill: Leiden:114-133.

Blaise, F., P. Judet de la Combe, & P. Rousseau (eds.) 1996. *Le Métier du mythe: Lectures d'Hésiode*. Lille: Presses Universitaires du Septentrion.

Blok, J.H. & A. Lardinois, eds., 2006. *Solon of Athens: New Historical and Philological Approaches*. Brill: Leiden.

Blondell, R. 2002. *The Play of Character in Plato's Dialogues*. Cambridge: Cambridge University Press.

Blössner, N. 2007. "The City-Soul Analogy." in G. R. F. Ferrari, ed., *The Cambridge Companion to Plato's* Republic, Cambridge: Cambridge University Press: 345-385.

Blümer, W. 2001. *Interpretation archaischer Dichtung: die mythologischen Partien der Erga Hesiods* (2 vols.). Münster: Aschendorff.

Boardman, J. 1970. *Greek Gems and Finger Rings: Early Bronze Age to Late Classical*. New York: Harry N. Abrams.

Bollack, J. 1968. "Une histoire de σοφίη." *REG* 81: 550-554.

Bonner, R. J. 1908. "The Use and Effect of Attic Seals." *CP* 3: 399-407.

Bowie, E. L. 1986. "Early Greek Elegy, Symposium and Public Festival." *JHS* 106: 13-35.

——. 1990. "Miles ludens? The Problem of Martial Exhortation in Early Greek Elegy." in Murray 1990 (ed.): 221-229.

Bowra, C. M. 1938a. *Early Greek Elegists*. Cambridge, Mass.: Harvard University Press.

——. 1938b. "Xenophanes, Fragment 1." *CP* 33: 353-367.

——. 1938c. "Xenophanes and the Olympic Games." *AJP* 59: 257-279.

——. 1959. "Two Poems of Theognis (805-10 and 543-6)." *Philologus*: 157-166.

Boyancé, P. 1936. *Le culte des Muses chez les philosophes grecs: Études d'histoire et de psychologie religieuses*. Paris: E. de Boccard.

Boys-Stones, G. R. & J. H. Haubold (eds.) 2010. *Plato and Hesiod*. Clarendon: Oxford University Press.

Bradley, E. M. 1966. "The Relevance of the Prooemium to the Design and Meaning of Hesiod's *Theogony*." *SO* 41: 29-47.

Brandwood, L. 1976. *A Word Index to Plato*. Leeds: W. S. Maney and Son.

Bremmer, J. 1990. "Adolescents, *Symposion*, and Pederasty." in Murray (ed.) 1990: 135-148.

Brisson, L. 1998. *Plato the Myth Maker*. tr. G. Naddaf. Chicago: The University of Chicago Press.

——. 2004. *How Philosophers Saved Myths. Allegorical Interpretation and Classcial Mythology*. tr. C. Tihanyi, Chicago: The University of Chicago Press.

Brown, C. 1997. "Iambos: introduction." in D. E. Gerber (ed.) 1997: 13-42.

Budelmann, F. ed. 2009. *The Cambridge Companion to Greek Lyric*. Cambridge: Cambridge University Press.

Burn, A. R. 1960. *The Lyric Age of Greece*. New York: St. Martin's Press.

Burkert, W. 1960. "Platon oder Pythagoras? Zum Ursprung des Wortes >>Philosophie<<." *Hermes* 88: 159-177.

——. 1972 [1962]. *Lore and Science in Ancient Pythagoreanism*. tr. E. L. Minar, Jr. Cambridge. MA: Harvard University Press.

——. 1992. *The Orientalizing Revolution: Near Eastern Influence on Greek Culture in the Early Archaic Age*. tr. M. E. Pinder and W. Burkert. Cambridge, Mass.: Harvard University Press.

Buschor, E. 1944. *Die Musen des Jenseits*. München: F. Bruckmann.

Busine, A. 2002. *Les sept sages de la Grèce antique: transmission et utilisation d'un patrimoine légendaire d'Hérodote à Plutarque*. Paris: De Boccard.

Buxton, R., ed., 1999. *From Myth to Reason? Studies in the Development of Greek Thought*. Oxford: Oxford University Press.

Calame, C. 1995. *The Craft of Poetic Speech in Ancient Greece*. Tr. J. Orion. Ithaca: Cornell University Press.

——. 1996."Le Proème des Travaux d'Hésiode: Prélude à une poésie diction."In F. Blaise, P. Judet de la Combe & P. Rousseau (eds.) 1996: 169-189.

——. 1998. "*Mûthos, lógos* et histoire: Usages du passé héroïque dans la rhétorique grecque." *L'Homme* 147: 127-149.

——. 1999. *The Poetics of Eros in Ancient Greece*. Tr. J. Lloyd. Princeton: Princeton University Press.

——. 2001. *Choruses of Young Women in Ancient Greece: Their Morphology, Religious Role, and Social Functions*. tr. D. Collins and J. Orion, New and Revised Edition. Lanham, MD: Rowman & Littlefield Publishers.

——. 2005. *Masks of Authority. Fiction and Pragmatics in Ancient Greek Poetics*. Tr. P. M. Burk. Ithaca: Cornell University Press.

——. 2009. *Poetic and Performative Memory in Ancient Greece*. Tr. H. Patton. Center for Hellenic Studies. Cambridge, Mass.: Harvard University Press.

Camassa, G. 1988:"Aux origines de la codification écrite des lois en Grèce."In Detienne (ed.), 1988: 130-155.

——. 2005:"Du changement des lois."In P. Sineux (ed.), *Le législateur et la loi dans L'Antiquité: Hommage à Françoise Ruzé*. Caen: Presses Universitaires de Caen, 2005: 29-36.

Campbell, D. A. 1967. *Greek Lyric Poetry: a Selection of Early Greek Lyric, Elegiac and Iambic Poetry*. London: Macmillan.

——. 1982-1993. *Greek Lyric*. 5 vols. Cambridge, Mass.: Harvard University Press.

Canevaro, L. G. 2015. *Hesiod's Works and Days: How to Teach Self-Sufficiency*. Oxford: Oxford University Press.

Carrière, J. 1948. *Théognis de Mégare: Étude sur le Recueil élégiaque attribué à ce poète*. Paris: Louis Jean.

———. 1975. *Théognis: Poèmes élégiaques*. Paris: Les Belles Lettres.

Carrière, J.-C. 1996. "Le mythe prométhéen, le mythe des races et l'émergence de la Cité-État. " in F. Blaise, P. Judet de la Combe, & P. Rousseau (eds.) 1996: 393-429.

Cerri, G. 1968. "La terminologia sociopolitica di Teognide: 1. L'opposizione semantic tra ἀγαθός-ἐσθλός e κακός-δειλός." *QUCC* 6: 7-32.

———. 1969. ""Ἴσος δασμός come equivalente di ἰσονομία nella silloge teognidea." *QUCC* 8: 97-104.

———. 1991. "Il significato di <<sphregis>> in Teognide e la salvaguardia dell' authenticià testuale nel mondo antico." *Quaderni di storia* 33: 21-40.

Chantraine, P. 1999. *Dictionaire étymologique da la langue grecque: histoire des mots*. Nouvelle edition mise à jour. Paris: Klincksieck.

Chiasson, C. C. 1986. "The Herodotean Solon." *GRBS* 27: 249-262.

Christes, J. 1986. "Solons Musenelegie." *Hermes* 114: 1-19.

Classen, C. J. 2010. *Herscher, Bürger und Erzieher. Beobachtungen zu den Reden des Isokrates*. Hildesheim: Georg Olms.

Claus, D. 1977. "Defining moral terms in the *Works and Days*." *TAPA* 108: 73-84.

Clay, D. 1994. "The origins of the Socratic dialogue." in P. A. van der Waerdt, ed., *The Socratic Movement*. Ithaca: Cornell University Press: 23-47.

Clay, J. S. 1984. "The Hecate of the Theogony." *GRBS* 25: 27-38.

———. 1988. "What the Muses sang: Theogony 1-115." *GRBS* 29: 323-333.

———. 1994. "The education of Perses: from *mega nepios to dion genos* and back." in A. Schiesaro, P. Mitsis, J. S. Clay (eds.), *Mega Nepios: il destinatario nell'epos didascalio,* Pisa: Giardini, 1994: 23-33.

———. 2003. *Hesiod's Cosmos*. Cambridge: Cambridge University Press.

Cobb-Stevens, V. 1985. "Opposites, Reversals, and Ambiguities: The Unsettled World of Theognis." in Figueira and Nagy (eds.) 1985: 159-175.

Cole, T. 1983. "Archaic Truth." *QUCC* 13: 7-28.

Collins, D. 1999. "Hesiod and the divine voice of the Muses." *Arethusa* 32: 241-262.

———. 2004. *Master of the Game: Competition and Performance in Greek Poetry*. Washington, D.C.: Center for Hellenic Studies.

Collobert, C., Pierre Destrée & Francisco, J. Gonzalez, eds., 2012. *Plato and Myth: Studies on the Use and Status of Platonic Myths*. Leiden: Brill.

Compton, T. M. 2006. *Victim of the Muses. Poet as Scapegoat, Warrior, and Hero in Greco-Roman and Indo-European Myth and History*. Center for Hellenic Studies. Cambridge, Mass.: Harvard University Press.

Cook, R. M. 1989. "Hesiod's Father." *JHS* 109: 170-171.

Cornford, F. M. 1912. *From Religion to Philosophy. A Study in the Origins of Western Speculation*. London: E. Arnold.

——. 1952. *Principium Sapientiae: The Origins of Greek Philosophical Thought*. Cambridge: Cambridge University Press.

Crubellier, M. "Le mythe comme discours. Le récit des cinq races humaines dans *Les Travaux et les Jours*." in F. Blaise,, P. Judet de la Combe, & P. Rousseau (eds.) 1996: 430-463.

Destrée, P. & Fritz-Gregor Hermann, eds., 2011. *Plato and the Poets*. Leiden: Brill.

Detienne, M. 1963. *Crise agraire et attitude religieuse chez Hésiode*. Brussels: Collection Latomus.

——. 1988. "L'espace de la publicité: ses opérateurs intellectuels dans la cité." in Detienne (ed.) 1988: 29-81.

——. 1996 [1967]. *The Masters of Truth in Archaic Greece*. tr. J. Lloyd, New York: Zone Books.

——. ed. 1988. *Les savoirs de l'écriture. En Grèce ancienne*. Cahiers de Philologie 14. Lille: Presses Universitaires de Lille.

Detienne, M. & J. Svenbro, 1989. "The Feast of the Wolves, or the Impossible City." in Detienne & Vernant 1989 [1979]: 148-163.

Detienne, M. & Vernant, J.-P., 1978 [1974]. *Cunning Intelligence in Greek Culture and Society*. tr. J. Lloyd. Atlantic Highlands, NJ.

——. eds. 1989 [1979]. *The Cuisine of Sacrifice among the Greeks*. tr. P. Wissing. Chicago: University of Chicago Press.

Dickie, M. 1978. "*Dike* as a moral term in Hesiod and Homer." *CP* 73: 91-101.

Donlan, W. 1980. *The Aristocratic Ideal in Ancient Greece: Attitudes of Superiority from Homer to the End of the Fifth Century BC*. Kansas: Coronado Press.

——. 1985. "Pistos Philos Hetairos." in Figueira and Nagy (eds.) 1985: 223-244.

Dover, K. 1978. *Greek Homosexuality*. Cambridge, MA: Harvard University Press.

———. 1988. "Greek Homosexuality and Initiation." in *The Greeks and Their Legacy*. Oxford: Basil Blackwell.

Doyle, R. E. 1970. "Olbos, Koros, Hybris and *Atē* from Hesiod to Aeschylus." *Traditio* 26: 293-303.

Drews, R. 1983. *Basileus. The Evidence for Kingship in Geometric Greece*. New Haven: Yale University Press.

Duban, J. M. 1980. "Poets and kings in the *Theogony* invocation." *QUCC* 33: 7-21.

Edmunds, L. 1985. "The Genre of Theognidean Poetry." in T. J. Figueira and G. Nagy (eds.): 96-111.

———. 1997. "The Seal of Theognis." in L. Edmunds and R. W. Wallace (eds.), *Poet, Public and Performance in Ancient Greece*. Baltimore: Johns Hopkins University Press. 1997: 29-48.

Edwards, A. T. 2004. *Hesiod's Ascra*. Berkeley: University of California Press.

Edwards, M. W. 1991. *The Iliad: A Commentary*. Volume V: books 17-20. Cambridge: Cambridge University Press.

Effe, B. 1977. *Dichtung und Lehre: Untersuchungen zur Typologie des antiken Lehrgedichts*. München: Beck.

Ehrenberg, V. 1946. "Eunomia." in *Aspects of the Ancient World*. 1946: 70-93.

Eisenberger, H. 1984. "Gedanken zu Solons 'Musenelegie'." *Philologus* 128: 9-20.

Ellinger, P. 2005. "En marge des lois chantées: la peste et le trouble." in P. Sineux (ed.), *Le législateur et la loi dans l'Antiquité: Hommage à Françoise Ruzé*. Caen: Presses Universitaires de Caen, 2005: 49-62.

Else, G. F. 1965. *The Origin and Early Form of Greek Tragedy*. Cambridge, Mass.: Harvard University Press.

Elsner, J. 2013. "Paideia: Ancient Concept and Modern Reception." *The International Journal of the Classical Tradition*, 20: 136-152.

Engels, J. 2010. *Die Sieben Weisen. Leben, Lehren und Legenden*. München: Beck.

Erbse, H. 1995. "Zwei Bemerkungen zu Solons Musenelegie (Fr. 13W)." *Hermes* 123: 249-252.

Eucken, C. 1983. *Isokrates: seine Positionen in der Auseinandersetzung mit den zeitgenössischen Philosophen*. Berlin: Walter de Gruyter.

Faraone, C. A. 2008. *The Stanzaic Architecture of Early Greek Elegy*. Oxford: Oxford University Press.

Fehling, D. 1985. *Die sieben Weisen und die frühgriechische Chronologie: Eine traditionsgeschichtliche Studie*. Bern: Peter Lang.

Ferrari, G. R. F. 1989. "Plato and Poetry." in G. A. Kennedy (ed.), *Cambridge History of Literary Criticism* I, Cambridge: Cambridge University Press: 92-148.

——. 2005. *City and Soul in Plato's* Republic. Chicago: University of Chicago Press.

——. ed. 2007. *The Cambridge Companion to Plato's* Republic, Cambridge: Cambridge University Press.

Figueira, T. J. 1985a. "The Theognidea and Megarian Society." in Figueira and Nagy (eds.) 1985: 112-158.

——. 1985b. "Chronological Table: Archaic Megara, 800-500 BC." in Figueira and Nagy (eds.) 1985: 261-303.

Figueira, T. J. & G. Nagy, eds. 1985. *Theognis of Megara: Poetry and the Polis*. Baltimore: The Johns Hopkins University Press.

Fine, G. 2008. *The Oxford Handbook of Plato*. New York: Oxford University Press.

Finkelberg, M. 1998. *The Birth of Literary Fiction in Ancient Greece*. Oxford: Clarendon Press.

——. ed. 2011. *The Homer Encyclopedia*. 3 vols. Chichester, West Sussex: Wiley-Blackwell.

Fitzgerald, J. T. (ed.) 1996. *Greco-Roman Perspectives on Friendship*. Atlanta, GA: Scholars Press.

Fontenrose, J. 1974. "Work, justice and Hesiod's five ages." *CP* 69: 1-16.

Ford, A. 1985. "The Seal of Theognis: The Politics of Authorship in Archaic Greece." in Figueira and Nagy (eds.): 82-95.

——. 1992. *Homer: The Poetry of the Past*. Ithaca: Cornell University Press.

——. 2001. "Sophists without Rhetoric: The Arts of Speech in Fifth-Century Athens." in Too (ed.) 2001: 85-109.

——. 2002. *The Origins of Criticism: Literary Culture and Poetic Theory in Classical Greece*. Princeton: Princeton University Press.

Forsdyke, S. 2005. "Revelry and riot in archaic Megara: democratic disorder or ritual reversal?" *JHS* 125: 73-92.

Fowler, R. L. 1987. *The Nature of Early Greek Lyric: Three Preliminary Studies*. Toronto:

University of Toronto Press.

Fränkel, H. 1973. *Early Greek Poetry and Philosophy*. tr. M Hadas and J. Willis, New York: Helen and Kurt Wolff.

Freeman, K. 1926. *The Work and Life of Solon*. Cardiff: The University of Wales Press.

Friedländer, P. 1913. "ΥΠΟΘΗΚΑΙ." *Hermes* 48: 558-616.

——. 1914. "Das Proömium der Theogonie." *Hermes* 49: 1-16.

——. 1931. "Rezension von *Hesiodi Carmina Recensuit Felix Jacoby Pars I: Theogonia*." in *Göttingische Gelehrte Anzeigen* 1931: 241-266, repr. in Heitsch 1966 (ed.): 100-130.

——. 1969. *Plato I: An Introduction*, tr. H. Meyerhoff, 2nd ed., Princeton: Princeton University Press.

Gadamer, H.-G. 1980a. "Plato and the Poets." in *Dialogue and Dialectic: Eight Hermeneutical Studies on Plato*. tr. P. C. Smith. Yale University Press: 39-72.

——. 1980b. "Plato's Educational State." in *Dialogue and Dialectic: Eight Hermeneutical Studies on Plato*. tr. P. C. Smith. Yale University Press: 73-92.

Gagarin, M. 1973. "Dike in the *Works and Days*." *CP* 68: 81-94.

——. 1974. "Hesiod's Dispute with Perses." *TAPA* 104: 103-111.

——. 1986. *Early Greek Law*. Berkeley: University of California Press.

——. 1990. "The ambiguity of Eris in the *Works and Days*." in M. Griffith and D. J. Mastronarde (eds.), *Cabinet of the Muses. Essays on Classical and Comparative Literature in Honor of T. G. Rosenmeyer*. Atlanta: 173-183.

——. 1992. "The Poetry of Justice: Hesiod and the Origins of Greek Law." *Ramus* 21: 61-78.

Gainsford, P. 2015. *Early Greek Hexameter Poetry*. Cambridge: Cambridge University Press.

Gallant, T. W. 1982. "Agricultural Systems, Land Tenure, and the Reforms of Solon." *ABSA* 77:111-124.

Gehrke H.-J. 2006. "The figure of Solon in the *Athēnaiōn Politeia*." in J. H. Blok & A. P. M. H. Lardinois, eds. 2006: 276-289.

Gentili, B. 1988. *Poetry and Its Public in Ancient Greece*. tr. A. Thomas Cole. Baltimore: Johns Hopkins University Press.

Gerber, D. E. 1970. *Euterpe: An Anthology of Early Greek Lyric, Elegiac, and Iambic Poetry*. Amsterdam: Adolf M. Hakkert.

———. 1991. "Early Greek Elegy and Iambus 1921-1989." *Lustrum* 33: 7-225.

———. ed. 1997. *A Companion to the Greek Lyric Poets*. Leiden: Brill.

———. ed. and tr. 1999. *Greek Elegiac Poetry: From the Seventh to the Fifth Centuries BC*. Cambridge, Mass.: Harvard University Press.

Gernet, L. 1981. *The Anthropology of Ancient Greece*. Translated by J. Hamilton S. J. and B. Nagy. Baltimore: Johns Hopkins University Press.

Gladigow, B. 1965. *Sophia und Kosmos: Untersuchungen zur Frühgeschichte von σοφός und σοφίη*. Hildesheim: Georg Olms Verlagsbuchhandlung.

Goldhill, S. 1991. *The Poet's Voice: Essays on Poetics and Greek Literature*. Cambridge: Cambridge University Press.

Gould, T. 1990. *The Ancient Quarrel Between Poetry and Philosophy*. Princeton: Princeton University Press.

Gresseth, G. K. 1970. "The Homeric Sirens." *TAPA* 101: 203-218.

Grene, D. 1991."Hesiod: Religion and Poetry in the *Works and Days*."in W. G. Jeanrond and J. L. Rike, eds. *Radical Pluralism and Truth: David Tracy and the Hermeneutics of Religion*. New York: Crossroad: 142-158.

Griffith, M. 1983. "Personality in Hesiod." *CA* 2: 37-65.

———. 2001. "'Public' and 'Private' in Early Greek Institutions of Education." in Too (ed.) 2001: 23-84.

Grube, G. M. A. 1935. *Plato's Thought*. London: Methuen.

———. 1965. *The Greek and Roman Critics*. Toronto: University of Toronto Press.

Guthrie, W. K. C. 1962-1981. *A History of Greek Philosophy*. 6 vols. Cambridge: Cambridge University Press.

Hadot, P. 2002. *What is Ancient Philosophy?* tr. M. Chase. Cambridge, MA.: Belknap.

Halliwell, S. 1988. *Plato: Republic 10*. Warminster: Aris & Phillips.

———. 1998. *Aristotle's Poetics*. 2nd ed. Chicago: The University of Chicago Press.

———. 2000. "The subjection of *muthos* to *logos*: Plato's citation of the poets." *CQ* 50: 94-112.

———. 2002. *The Aesthetics of Mimesis: Ancient Texts and Modern Problems*. Princeton: Princeton University Press.

———. 2011. *Between Ecstasy and Truth. Interpretations of Greek Poetics from Homer to Longinus*. Oxford: Oxford University Press.

Hamilton, R. 1989. *The Architecture of Hesiodic Poetry*. Baltimore: The Johns Hopkins University Press.

Harris, E. W. 2002. "Did Solon Abolish Debt-Bondage?" *CQ* 52: 415-430.

Harris, W. V. 1989. *Ancient Literacy*. Cambridge, Mass.: Harvard University Press.

Harrison, E. 1902. *Studies in Theognis*. Cambridge: Cambridge University Press.

Haubold, J. H. 2010. "Shephard, famer, poet, sophist: Hesiod on his own reception." in G. R. Boys-Stones & J. H. Haubold (eds.): 11-30.

Havelock, E. A. 1963. *Preface to Plato*. Cambridge, Mass.: Harvard University Press.

Heath, M. 1985. "Hesiod's didactic poetry." *CQ* 35: 245-263.

———. 2013. *Ancient Philosophical Poetics*. Cambridge: Cambridge University Press.

Heitsch, E. 1966 (ed.) *Hesiod*. Darmstadt: Wege der Forschung.

Helm, J. J. 1993. "Koros: From Satisfaction to Greed." *CW* 87: 5-11.

Henderson, W. J. 1983. "Theognis 702-712: The Sisyphus-exemplum." *QUCC* 44: 83-90.

Herington, J. 1985. *Poetry into Drama: Early Tragedy and the Greek Poetic Tradition*. Berkeley: University of California Press.

Hofinger, M. 1975. *Lexicon Hesiodeum cum Indice Inverso*. 4 vols. Leiden: Brill.

Hogan, J. C. 1981. "Eris in Homer." *Grazer Beiträger* 10: 21-58.

Hölkeskamp, K.-J. 1992. "Written Law in Archaic Greece." *PCPS* 38: 87-117.

Hubbard, T. K. 1996. "Hesiod's Fable of the Hawk and the Nightingale." *GRBS* 36: 161-171.

Hudson-Williams, T. ed. 1910. *The Elegies of Theognis*. London: G. Bell and Sons.

Hunt, R. 1981. "Satiric Elements in Hesiod's *Works and Days*." *Helios* 8: 29-40.

Hunter, R. 2014. *Hesiodic Voices. Studies in the Ancient Reception of Hesiod's* Works and Days. Cambridge: Cambridge University Press.

Hurst, A. & A. Schachter, eds. 1996. *La montagne des Muses*. Geneva: Librairie Droz.

Irwin, E. 2005. *Solon and Early Greek Poetry: The Politics of Exhortation*. Cambridge: Cambridge University Press.

———. 2006. "The transgressive elegy of Sonlon?" in J.H.Blok & A. Lardinois, eds., *Solon of Athens: New Historical and Philological Approaches*. Brill: Leiden: 36-78.

Jaeger, W. 1939-1945. *Paideia: The Ideals of Greek Culture*. 3 vols., tr. G. Highet. Oxford: Oxford University Press. (= *Paideia: Die Formung des griechischen Menschen*, 3 vols, Berlin:

W. de Gruyter, 1934-1947)

——.1966a [1926]. "Solons Eunomie." in *Five Essays*, tr. A. M. Fiske. Montreal: 77-99.

——. 1966b [1932]. "Tyrtaeus on True *Arete*." in *Five Essays*, tr. A. M. Fiske. Montreal: 103-142.

Janaway, C. 1995. *Images of Excellence: Plato's Critique of the Arts*. Oxford: Clarendon Press.

Johansen H. F. 1991. "A Poem by Theognis (Thgn. 19-38): Part I." *Classica et Mediaevalia* 42: 5-37.

——. 1993. "A Poem by Theognis (Thgn. 19-38): Part II." *Classica et Mediaevalia* 44: 5-29.

——. 1996. "A Poem by Theognis (Thgn. 19-38): Part III." *Classica et Mediaevalia* 47: 9-23.

Joly, R. 1970. "Platon ou Pythagore? Héraclide Pontique, fr. 87-88 Wehrli." in *Hommage à Marie Delcourt,* Collection Latomus 114, Brussels: 136-148.

Judet de la Combe, P. 1993. "L'autobiographie comme mode d'universalisation: Hésiode et l'Hélicon." in G. Arrighetti and F. Montanari (eds.), *La componente autogiografica nella poesia greca e latina*: 25-39.

Kahn, C. H. 1981. "Did Plato write Socratic dialogues?" *CQ* 31: 305-320.

——. 1996. *Plato and the Socratic Dialogue: The Philosophical Use of a Literary Form.* Cambridge: Cambridge University Press.

——. 2001. *Pythagoras and the Pythagoreans: A Brief History.* Indianapolis: Hackett.

Katz, J. T. & Volk, K. 2000. "Mere bellies?: A new look at *Theogony* 26-28." *JHS* 120: 122-131.

Kenna, V. E. G. 1962. "Seals and Script with Special Reference to Ancient Crete." *Kadmos* 1: 1-15.

——. 1963. "Seals and Script II." *Kadmos* 2: 1-6.

——. 1964. "Seals and Script III." *Kadmos* 3: 29-57.

Kennell, N. M. 1995. *The Gymnasium of Virtue: Education and Culture in Ancient Sparta.* Chapel Hill: University of North Carolina Press.

Ker, J. 2000. "Solon's 'theōria' and the End of the City." *CA* 19: 304-329.

Kerferd, G. B. 1950. "The First Greek Sophists." *CR* 64: 8-10.

——. 1976. "The Image of the Wise Man in Greece in the Period before Plato." in F. Bossier (ed.), *Images of Man in Ancient and Medieval Thought.* Louvain: 18-28.

——. 1981. *The Sophistic Movement.* Cambridge: Cambridge University Press.

Kirk, G. S. 1985. *The Iliad: A Commentary.* Volume I: books 1-4. Cambridge: Cambridge University Press.

Kivilo, M. 2010. *Early Greek Poets' Lives. The Shaping of the Tradition.* Leiden: Brill.

Knox, B. 1982. "Solon." *Cambridge History of Classical Literature*, vol. 1, Cambridge: Cambridge University Press: 146-153.

Koning, H. 2010. *Hesiod: The Other Poet. Ancient Reception of a Cultural Icon.* Leiden: Brill.

Konstan, D. 1997. *Friendship in the Classical World,* Cambridge: Cambridge University Press.

Kranz, W. 1961. "Sphragis. Ichform und Namensiegel als Eingangs-und Schlussmotiv antiker Dichtung." *RM* 104: 3-46, 97-124.

Kraus, W. 1955. "Die Auffassung des Dichterberufs im frühen Griechentum." *WS* 68: 65-87.

Kraut, R. ed. 1992. *The Cambridge Companion to Plato.* Cambridge: Cambridge University Press.

Krischer, T. 1965. "ΕΤΥΜΟΣ und ΑΛΗΘΗΣ." *Philologus* 109:161-74.

Kugel, J. L. ed., 1990. *Poetry and Prophecy. The Beginnings of a Literary Tradition.* Ithaca: Cornell University Press.

Kurke, L. 1989. "ΚΑΠΗΛΕΙΑ and Deceit: Theognis 59-60." *AJP* 110: 535-544.

———. 1990. "Pindar's sixth Pythian and the tradition of advice poetry." *TAPA* 20: 85-107.

Labarbe, J. 1993. "Une prière de Théognis (11-14)." *AC* 62: 23-33.

———. 1994. "Du bon usage de l'oracle de Delphes." *Kernos* 7: 219-230.

Laks, A. 1996. "Le double du roi. Remarques sur les antécédents hésiodiques du philosophe-roi." in F. Blaise, P. Judet de la Combe, P. Rousseau (eds.): 83-91.

Laks, A & Glenn W. Most ed. & tr. 2016. *Early Greek Philosophy.* 9 vols. Cambridge, Mass.: Harvard University Press.

Lamberton, R. 1988. *Hesiod.* New Haven: Yale University Press.

Lanata, G. ed. 1963. *Poetica Pre-Platonica: testimoziane e frammenti.* Firenze: La Nuova Italia.

Lane Fox, R. 2000. "Theognis: An Alternative to Democracy." in R. Brock & S. Hodkinson (eds.), *Alternatives to Athens. Varieties of Political Organization and Community in Ancient Greece.* Oxford: Oxford University Press: 35-51.

Lardinois, A. 1998. "How the days fit the works in Hesiod's *Works and Days.*" *AJP* 119: 319-336.

———. 2003. "The wrath of Hesiod: angry Homeric speeches and the structure of

Hesiod's *Works and Days.*" *Arethusa* 36: 1-20.

——. 2006. "Have We Solon's Verses?" in J.H.Blok & A. Lardinois, eds., *Solon of Athens: New Historical and Philological Approaches.* Brill: Leiden: 15-35.

Laroche, E. 1949. *Histoire de la racine nem- en grec ancien.* Paris: Klincksieck.

Lattimore, R. 1947. "The first elegy of Solon." *AJP* 68: 161-179.

Leão, Delfim F. & P. J. Rhodes, 2015. *The Laws of Solon: A New Edition with Introduction, Translation and Commentary.* London: I. B. Tauris.

Leavitt, J. ed. 1997. *Poetry and Prophecy: The Anthropology of Inspiration.* Ann Arbor: University of Michigan Press.

Leclerc, M. C. 1993. *La parole chez Hésiode.* Paris: Les Belles Lettres.

Ledbetter, G. M. 2003. *Poetics Before Plato: Interpretation and Authority in Early Greek Theories of Poetry.* Princeton: Princeton University Press.

Lefkowitz, M.R. 2012. *The Lives of the Greek Poets.* 2nd ed., Baltimore: Johns Hopkins University Press.

Legon, R. P. 1981. *Megara: The Political History of a Greek City-State to 336 BC.* Ithaca: Cornell University Press.

Levin, S. B. 2001. *The Ancient Quarrel Between Philosophy and Poetry Revisited: Plato and the Greek Literary Tradition.* Oxford: Oxford University Press.

Levine, D. B. 1985. "Symposium and the polis." in Figueira and Nagy (eds.) 1985: 176-196.

Lévy, E. 1985. "*Astos* et *politès* d'Homère à Hérodote." *Ktèma* 10: 53-66.

Lewis, J. D. 2001."Dike, moira, bios and the limits to understanding in Solon 13W."*Dike* 4: 113-135.

——. 2006. *Solon the Thinker. Political Thought in Archaic Athens.* London: Duckworth.

Lewis, J. M. 1985. "Eros and the polis in Theognis Book II." in Figueira and Nagy (eds.) 1985: 197-222.

L'Homme-Wéry, L.-M. 1994. "Solon, libérateur d'Eleusis dans les <<Histoires>> d'Hérodote." *REG* 107: 362-380.

——. 1996. "La notion d'harmonie dans la pensée politique de Solon." *Kernos* 9: 145-154.

——. 1996. *La perspective éleusinienne dans la politique de Solon.* Liège: Bibliothèque de la Faculté de Philosophie et Lettres de l'Université de Liège.

―――. 2000. "La notion de patrie dans la pensée politique de Solon." *AC* 69: 21-41.

―――. 2002. "De l'eunomie solonienne à l'isonomie clisthénienne. D'une conception religieuse de la cité à sa rationalisation partielle." *Kernos* 15: 211-223.

Linforth, I. M. 1919. *Solon the Athenian*. Berkeley: University of California Press.

Lissarrague, F. 1990. *The Aesthetics of the Greek Banquet: Images of Wine and Ritual*. tr. A. Szegedy-Maszak. Princeton: Princeton University Press.

Lloyd, G. E. R. 1987. *The Revolutions of Wisdom: Studies in the Claims and Practice of Ancient Greek Science*. Berkeley: University of California Press.

Lonsdale, S. H. 1989. "Hesiod's Hawk and Nightingale (*Op*. 202-212): Fable or Omen?" *Hermes* 117: 403-412.

Loraux, N., 1984. "Solon au milieu de la lice." in *Aux origines de l'hellénisme: la Crète et la Grèce, Hommage à Henri van Effenterre*. Paris: 199-214.

―――. 1988. "Solon et la voix de l'écrit." in Detienne (ed.) 1988: 95-129.

―――. 2002. *The Divided City: On Memory and Forgetting in Ancient Greece*. tr. C. Pache and J. Fort. New York: Zone Books.

Lord, C. 1982. *Education and Culture in the Political Thought of Aristotle*. Ithaca: Cornell University Press.

Lynch, J. P. 1972. *Aristotle's School: A Study of a Greek Educational Institution*. Berkeley: University of California Press.

MacLachlan, B. 1993. *The Age of Grace: Charis in Early Greek Poetry*. Princeton: Princeton University Press.

Maehler, H. 1963. *Die Auffassung des Dichterberufs im frühen Griechentum bis zur Zeit Pindars*. Göttingen: Vandenhoeck & Ruprecht.

Mainoldi, C. 1984. *L'Image du loup et du chien dans la Grèce ancienne d'Homère à Platon*. Paris: Editions Ophrys.

Malingrey. A.-M. 1961. *"Philosophia": Étude d'un groupe de mots dans la littérature grecque, des Présocratique au IVe siècle après J.-C.* Paris: Klincksieck.

Manuwald, B. 1989."Zu Solons Gedankenwelt (frr. 3 u. 1 G.-P. = 4 u. 13 W.)" *RhM* 132: 1-25.

Marcovich, M. 1978. "Xenophanes on Dining Parties and Olympic Games." *ICS* 3:1-26.

Marrou, H. I. 1956. *A History of Education in Antiquity*. tr. G. Lamb, New York: Sheed and Ward = *Histoire de l'éducation dans l'Antiquité*. Paris: Edition du Seuil, 1948.

Marsilio, M. S. 2000. *Farming and Poetry in Hesiod's Works and Days.* MD: Lanham.

Martin, J. 1931. *Symposion: Die Geschichte einer literarischen Form.* Paderborn: F. Schöningh.

Martin, R. P. 1984. "Hesiod, Odysseus and the instruction of princes." *TAPA* 114: 29-48.

——. 1989. *The Language of the Heroes: Speech and Performance in the* Iliad. Ithaca: Cornell University Press.

——. 1992. "Hesiod's Metanastic Poetics." *Ramus* 21: 11-33.

——. 1993."The Seven Sages as Performers of Wisdom."in C. Dougherty and L. Kurke (eds.) *Cultural Poetics in Archaic Greece.* Cambridge: Cambridge University Press: 108-128.

——. 2006. "Solon in No Man's Land." in J.H.Blok & A. Lardinois, eds., *Solon of Athens: New Historical and Philological Approaches.* Brill: Leiden: 157-172.

Martina, A. 1968. *Solon: testimonia veterum.* Rome: Edizioni dell'Ateneo.

Masaracchia, A. 1958. *Solone.* Florence: La Nuova Italia Editrice.

McGlew, J. F. 1993. *Tyranny and Political Culture in Ancient Greece.* Ithaca: Cornell University Press.

Meier-Brügger, M. 1990. "Zu Hesiods Namen." *Glotta* 68: 62-67.

Mele, A. 1979. *Il commercio greco arcaico: prexis ed emporie.* Naples: Cahiers du Centre Jean Bérard, IV.

Michelini, A. 1978. "ΎΒΡΙΣ and plants." *HSCP* 82: 35-44.

Millett, P. 1984. "Hesiod and his world." *PCPS* 30: 84-115.

Minton, W. W. 1970. "The Proem-Hymn of Hesiod's *Theogony."* *TAPA* 101: 357-377.

Mirhady, D. C. & Yun Lee Too (trs.) 2000. *Isocrates I* (The Oratory of Classical Greece, Volume 4). Austin: University of Texas Press.

Montanri, F., A. Rengakos & C. Tsagalis, (eds.) 2009. *Brill's Companion to Hesiod,* Leiden: Brill.

Montiglio, S. 2000. "Wandering Philosophers in Classical Greece." *JHS* 120: 86-105.

Morgan, K. 2000. *Myth and Philosophy from the Pre-Socratics to Plato.* Cambridge: Cambridge University Press

——. 2015. "Solon in Plato." *Trends in Classics* 7: 129-150.

Mossé, C. 1979. "Comment s'élabore un mythe politique: Solon, 'père fondateur' de la démocratie athénienne." *Annales ESC* 34: 425-437.

Most, G. W. 1999. "The Poetics of early Greek philosophy." in A. A. Long, (ed.) *The Cambridge Companion to Early Greek Philosophy.* Cambridge: Cambridge University Press:

332-362..

———. 2006. *Hesiod: Theogony, Works and Days, Testimonia.* (Loeb Classical Library), Cambridge, Mass.: Harvard University Press.

Mülke, C, 2002. *Solons Politische Elegien und Iamben (Fr. 1-13; 32-37 West). Einleitung, Text, Übersetzung, Kommentar.* München: K. G. Saur.

Murray, O. 1982. "Symposion and Männerbund." in P. Oliva and A. Frolíková (eds.), *Concilium Eirene,* 16/1, Prague: 47-52.

———. 1983a. "The Symposium as Social Organisation." in R. Hägg (ed.), *The Greek Renaissance of the Eighth Century BC: Tradition and Innovation.* Stockholm: 195-199.

———. 1983b. "The Greek Symposium in History." in E. Gabba (ed.), *Tria Corda: Scritti in onore di Arnaldo Momigliano.* Como: 257-272.

———. 1990. "Sympotic History." in Murray (ed.) 1990: 3-13.

———. 1991. "War and the Symposium'"" in Slater (ed.) 1991: 83-103.

———. 1993. *Early Greece.* 2nd ed. Cambridge, Mass.: Harvard University Press.

Murray, O. 1990. (ed.) *Sympotica: A Symposium on the Symposion.* Oxford: Clarendon Press.

Murray, O. and Tecusan, M. (eds.) 1995. *In vino veritas.* Oxford: The Alden Press.

Murray, P. 1981. "Poetic inspiration in early Greece." *JHS* 101: 87-100.

———. (ed.) 1995. *Plato on Poetry,* Cambridge: Cambridge University Press.

———. 2004. "The Muses and Their Arts." in Murray & Wilson (eds.) 2004: 365-389.

Murray, P. & Peter Wilson (eds.) 2004. *Music and the Muses. The Culture of 'Mousik□' in the Classical Athenian City.* Oxford: Oxford University Press.

Naddaff, R. A. 2002. *Exiling the Poets: The Production of Censorship in Plato's* Republic. Chicago: University of Chicago Press.

Nagy, G. 1982. "Theognis of Megara: The Poet as Seer, Pilot, and Revenant." *Arethusa* 15: 109-128.

———. 1983. "Poet and Tyrant: *Theognidea* 39-52, 1081-1082b." *CA* 2: 82-91.

———. 1985. "Theognis and Megara: A Poet's Vision of His City." in Figueira and Nagy (eds.): 22-81.

———. 1989a. "Early Greek views of poets and poetry." in G. A. Kennedy (ed.), *Cambridge History of Literary Criticism* I, Cambridge: Cambridge University Press: 1-77.

———. 1989b. "The Pan-Hellenization of the 'Days' in the *Works and Days.*" in *Daidalikon:*

Studies in Memory of Raymond V. Schoder, S. J. Wauconda: Bolchazy-Carducci, 1989: 273-277.

———. 1990a. *Pindar's Homer*. Baltimore: Johns Hopkins University Press.

———. 1990b. *Greek Mythology and Poetics*. Ithaca: Cornell University Press.

———. 1990c. "Ancient Greek Poetry, Prophecy, and Concepts of Theory." In Kugel (ed.) 1990: 56-64.

———. 1992. "Authorisation and authorship in the *Hesiodic Theogony*." *Ramus* 21:119-130.

———. 1999. *The Best of the Achaeans: Concepts of the Hero in Archaic Greek Poetry*. Revised Edition. Baltimore: The Johns Hopkins University Press.

———. 2009. "Hesiod and the Ancient Biographical Traditions." in Montanari, Rengakos & Tsagalis (eds.) : 271-311.

Natali, C. 2013. *Aristotle. His Life and School*. ed. D. S. Hutchinson. Princeton: Princeton University Press.

Neitzel, H. 1980. "Hesiod und die lügenden Musen." *Hermes* 108: 387-401.

Nelson, S. A. 1996. "The drama of Hesiod's farm." *CP* 91: 45-53.

———. 1997-8. "The justice of Zeus in Hesiod's fable of the hawk and the nightingale." *CJ* 92: 235-247.

———. 1998. *God and Land: the Metaphysics of Farming in Hesiod and Vergil*. Oxford: Oxford University Press.

Neschke, A. "Dikè. La philosophie poétique du droit dans le «mythe des races» d'Hésiode." in F. Blaise, P. Judet de la Combe, & P. Rousseau (eds.) 1996: 465-478.

Nightingale, A. W. 1995. *Genres in Dialogue: Plato and the Construct of Philosophy*. Cambridge: Cambridge University Press.

———. 2000. "Sages, sophists, and philosophers: Greek wisdom literature." in O. Taplin, ed., *Literature in the Greek World*. Oxford: Oxford University Press: 138-173.

———. 2001. "Liberal Education in Plato's *Republic* and Aristotle's *Politics*." in Too (ed.) 2001: 133-173.

———. 2004. *Spectacles of Truth in Classical Greek Philosophy*. Theoria *in its Cultural Context*. Cambridge: Cambridge University Press.

Nisbet, G. 2004. "Hesiod, *Works and Days*: A Didaxis of Deconstruction?" *G&R* 51: 147-163.

North, H. 1966. *Sophrosyne: Self-Knowledge and Self-Restraint in Greek Literature*. Ithaca:

Cornell University Press.

Noussia, M. 2001. "Solon's symposium." *CQ* 51: 353-359.

——. 2006. "Stragegies of persuasion in Solon's elegies." in J.H.Blok & A. Lardinois, eds., *Solon of Athens: New Historical and Philological Approaches*. Brill: Leiden: 134-56.

Noussia-Fantuzzi, M. 2010. *Solon the Athenian, the Poetic Fragments*. Leiden: Brill.

Ober, J. 2004. "I, Socrates…The Performative Audacity of Isocrates' *Antidosis*." in Poulakos and Depew (eds.) 2004: 21-43.

O'Bryhim, S. 1996. "A new interpretation of Hesiod's *Theogony* 35." *Hermes* 124:131-139.

Okin, L. A. 1985. "Theognis and the Sources for the History of Archaic Megara." in Figueira and Nagy (eds.) 1985: 9-21.

Oost, S. I. 1973. "The Megara of Theagenes and Theognis." *CP* 68: 188-196.

Ostwald, M. 1969. *Nomos and the Beginnings of the Athenian Democracy*. Oxford: The Clarendon Press.

Ostwald, M. & J. P. Lynch, 1994. "The growth of schools and the advance of knowledge." in *Cambridge Ancient History*, vol. 6, second edition: 592-633.

Otto, W. F. 1952. "Hesiodea." in *Varia Variorum: Festgabe für Karl Reinhardt*. Köln: 49-57.

Papillon, T. L. (tr.) 2004. *Isocrates II* (The Oratory of Classical Greece, Volume 7). Austin: University of Texas Press.

Patzer, H. 1981. "Der archaische Aretē-Kanon im Corpus Theognideum." in *Gnomosyne: Festschrift für Walter Marg*, Munich: 197-226.

Percy, W. A. 1996. *Pederasty and Pedagogy in Archaic Greece*. Urbana, IL: University of Illinois Press.

Pfeiffer, R. 1968. *History of Classical Scholarship. From the Beginnings to the End of the Hellenistic Age*. Oxford: Clarendon.

Philippson, P. 1936. *Genealogie als mythische Form: Studien zur Theogonie des Hesiod. SO*, suppl. 7.

Podlecki, A.J. 1984. *The Early Greek Poets and Their Times*. Vancouver: University of British Columbia Press.

Pollard, J. R. T. 1952. "Muses and Sirens." *CR* 66: 60-63.

Poulakos, J. 2004. "Rhetoric and Civic Education: From the Sophists to Isocrates." in Poulakos and Depew (eds.) 2004: 69-83.

Poulakos, T. 1997. *Speaking for the Polis: Isocrates' Rhetorical Education*. Columbia, SC:

University of South Carolina Press.

——. 2004. "Isocrates' Civic Education and the Question of *Doxa*." in Poulakos and Depew (eds.): 44-65.

Poulakos, T. and Depew, D. (eds.) 2004. *Isocrates and Civic Education*. Austin: University of Texas Press.

Pratt, L. 1993. *Lying and Poetry from Homer to Pindar: Falsehood and Deception in Archaic Greek Poetics*. Ann Arbor: University of Michigan Press.

——. 1995. "The Seal of Theognis, Writing, and Oral Poetry." *AJP* 116: 171-184.

Pucci, P. 1977. *Hesiod and the Language of Poetry*. Baltimore: Johns Hopkins University Press.

——. 1996. "Auteur et destinataires dans les *Travaux* d'Hésiode." in F. Blaise, P. Judet de la Combe, P. Rousseau (eds.) 1996: 191-210.

——. 2007. *Inno alle Muse (Esiod, Teogonia, 1-115). Testo, introduzione, traduzione e commento*. Pisa: Fabrizio Serra Editore.

Puelma, M. 1972. "Sänger und König: zum Verständnis von Hesiods Tierfabel." *MH* 29: 86-109.

Raaflaub, K. 1993. "Homer to Solon: the rise of the polis." in M. H. Hansen (ed.), *The Ancient Greek City-State*. Copenhagen: 41-105.

——. 2006. "Athenian and Spartan *Eunomia*, or: what to do with Solon's timocracy?" in in J.H.Blok & A. Lardinois, eds., *Solon of Athens: New Historical and Philological Approaches*. Brill: Leiden: 390-428.

Rademaker, A. 2005. *Sophrosyne and the Rhetoric of Self-Restraint*. Leiden: Brill.

Redfield, J. 1994. *Nature and Culture in the* Iliad: *The Tragedy of Hector*. Expanded Edition. Durham: Duke University Press.

Reitzenstein, R. 1893. *Epigramm und Skolion*. Giessen: J. Ricker.

Rhodes, P. J. 1981. *A Commentary on the Aristotelian* Athenaion Politeia. Oxford: Clarendon.

Rihll, T. E. 1989. "Lawgivers and Tyrants (Solon, Frr. 9-11 West)." *CQ* 39: 277-286.

Roochnik, D. 2003. *Beautiful City: The Dialectical Character of Plato's "Republic"*. Ithaca: Cornell University Press.

Rosen, R. 1990. "Poetry and sailing in Hesiod's *Works and Days*." *CA* 9: 99-113.

Rösler, W. 1980a. *Dichter und Gruppe. Eine Untersuchung zu den Bedingungen und zur historischen*

Funktion früher griechischer Lyrik am Beispiel Alkaios. Munich: Wilhelm Fink.

———. 1980b. "Die Entdeckung der Fictionalität in der Anike." *Poetica* 12: 283-319.

———. 1990. "Mnemosyne in the *Symposion*." in Murray (ed.) 1990: 230-237.

Roth, C. P. 1976. "Kings and Muses in Hesiod's *Theogony*." *TAPA* 106: 331-338.

Rousseau, P. 1993. "Un héritage disputé." in G. Arrigheti and F. Montanari (eds.), La *componente autobiografica nella poesia greca e latina,* Pisa: 40-72.

———. 1996. "Instruire Persès: Notes sur l'ouverture des *Travaux* d'Hésiode." in F. Blaise, P. Judet de la Combe, P. Rousseau (eds.) 1996: 93-167.

Rowe, C. & Schofield, M. (eds) 2000. *The Cambridge History of Greek and Roman Political Thought.* Cambridge: Cambridge University Press.

Rudhardt, J. 1993. "À propos de l'Hécate hésiodique." *MH* 50: 204-213.

———. 1996. "Le Préambule de la *Théogonie.*" in F. Blaise, P. Judet de la Combe, P. Rousseau (eds.): 25-39.

Ruschenbusch, E. 1966. *ΣΟΛΩΝΟΣ ΝΟΜΟΙ. Die Fragmente des solonischen Gesetzewerkes mit einer Text- und Uberlieferungsgeschichte,* Historia Einzelschriften Heft 9. Wiesbaden: Franz Steiner Verlag.

Russell, D. A. 1981. *Criticism in Antiquity.* London: Duckworth.

Rutherford, I. 2009. "Hesiod and the Literary Traditions of the Near East." in Franco Montanri, Antonios Rengakos & Christos Tsagalis, (eds.), *Brill's Companion to Hesiod,* Leiden: Brill, 2009: 9-35.

Ruzé, F. 2003. "La loi et le chant." in *Eunomia: à la recherche de l'équité.* Paris: De Boccard: 199-207.

Schiappa, E. 2003. *Protagoras and Logos: A Study in Greek Philosophy and Rhetoric.* 2nd ed. Columbia, SC: University of South Carolina Press.

Schmitt-Pantel, P. 1990. "Sacrificial Meal and Symposium: Two Models of Civic Institutions in the Archaic City?" in Murray (ed.) 1990: 14-33.

———. 1992. *La cité au banquet: histoire des repas publics dans les cités grecques.* Rome: Ecole française de Rome.

Schnapp-Gourbeillon, A. 1981. *Lions, héros, masques. Les représentations de l'animal chez Homère.* Paris: F. Maspero.

Scully, S. P. 1981. "The bard as the custodian of Homeric society. *Odyssey* 3, 263-272."

QUCC 37: 67-83.

Segal, C. 1994. *Singers, Heroes, and Gods in the* Odyssey. Ithaca: Cornell University Press.

Seng, H. 1988. "Τὰ δίκαια beim Symposion." *QUCC* 59: 123-131.

Sergent, B. 1986. *Homosexuality in Greek Myth.* tr. A. Goldhammer, Boston: Beacon Press.

Shapiro, S. O. 1996. "Herodotus and Solon." *CA* 25: 349-364.

Simondon, M. 1982. *La mémoire et l'oubli dans la pensée grecque jusqu'à la fin du Ve siècle avant J.-C.* Paris: Les Belles Lettres.

Slater, W. J. (ed.) 1991. *Dining in a Classical Context.* Ann Arbor: University of Michigan Press.

Snell, B. 1924. *Die Ausdrücke für den Begriff des Wissens in der vorplatonischen Philosophie.* Berlin: Weidmann.

——. 1953. *The Discovery of the Mind: The Greek Origins of European Thought.* tr. T. G. Rosenmeyer. Cambridge, Mass.: Harvard University Press.

——. 1971. *Leben und Meinungen der Sieben Weisen.* 4th ed., München: Heimeran Verlag.

——. 1978. *Der Weg zum Denken und zur Wahrheit: Studien zur frühgriechischen Sprache.* Göttingen: Vandenhoeck & Ruprecht.

Snell, B. et al. (eds.) 1955-. *Lexikon des frühgriechischen Epos.* Göttingen: Vandenhoeck & Ruprecht.

Snodgrass, A. 1980. *Archaic Greece: The Age of Experiment.* Berkeley: University of California Press.

Solmsen, F. 1949. *Hesiod and Aeschylus.* Ithaca: Cornell University Press.

——. 1954. "The 'Gift' of Speech in Homer and Hesiod." *TAPA*: 1-15.

Spinder. G. D. (ed.) 1987. *Education and Cultural Process: Anthropological Approaches.* 2nd ed. Prospect Heights, Illinois: Waveland Press.

Spira, A. 1981. "Solons Musenelegie." in *Gnomosyne: Festschrift für Walter Marg zum 70. Geburtstag.* Munich: 177-196.

Stafford, E. & J. Herrin, eds., 2005. *Personification in the Greek World: From Antiquity to Byzantium*, Burlington, VT: Ashgate.

Stamatopoulou, Z. 2017. *Hesiod and Classical Poetry. Reception and Transformation in the Fifth Century BCE.* Cambridge: Cambridge University Press.

Stehle, E. 1997. *Performance and Gender in Ancient Greece: Nondramatic Poetry in its Setting.*

Princeton: Princeton University Press.

———. 2006. "Solon's Self-Reflexive Political Persona and Its Audience." in J.H.Blok & A. Lardinois, eds., *Solon of Athens: New Historical and Philological Approaches*. Brill: Leiden:79-113.

Stein-Hölkeskamp, E. 1989. *Adelskultur und Polisgesellschaft: Studien zum griechischen Adel in archaischer und klassischer Zeit*. Stuttgart: Franz Steiner.

Steiner, D. T. 1994. *The Tyrant's Writ: Myths and Images of Writing in Ancient Greece*. Princeton: Princeton University Press.

Starr, C. G. 1977. *The Economic and Social Growth of Early Greece, 800-500 BC*, New York: Oxford University Press.

Stoddard, K. 2002. "Turning the tables on the audience: didactic technique in Solon 13W." *AJP* 123: 149-168.

———. 2004. *The Narrative Voice in the* Theogony *of Hesiod*. Leiden: Brill.

Stroh, W. 1976. "Hesiods lügende Musen." in H. Görgemanns and E. A. Schmidt (eds.), *Studien zum antiken Epos*, Meisenheim am Glan: 85-112.

Svenbro, J. 1976. *La parole et le marbre: aux origines de la poétique grecque*. Lund: Studentlitteratur.

———. 1993. *Phrasikleia: An Anthropology of Reading in Ancient Greece*. tr. J. Lloyd. Ithaca: Cornell University Press.

Szegedy-Maszak, A. 1975. "Legends of the Greek lawgivers." *GRBS* 19: 199-209.

Tandy, D. W. 1997. *Warriors into Traders: the Power of the Market in Early Greece*. Berkeley: University of California Press.

Tarkow, T. A. 1977. "Theognis 237-254: A Reexamination." *QUCC* 26: 99-116.

Tedeschi, G. 1982. "Solone e lo spazio della communicazione elegiaca." *QUCC* 39: 33-46.

Thalmann, W. G. 1984. *Conventions of Form and Thought in Early Greek Epic Poetry*. Baltimore: The Johns Hopkins University Press.

Thomas, C. G. & C. Conant, 1999. *Citadel to City-State: The Transformation of Greece, 1200-700 BCE*. Bloomington: Indiana University Press.

Thomas, R. 1992. *Literacy and Orality in Ancient Greece*. Cambridge: Cambridge University Press.

———. 1994. "Law and lawgiver in the Athenian democracy." in R. Osborne and S. Hornblower (eds.), *Ritual, Finance, Politics: Athenian Democratic Accounts Presented to David*

Lewis. Oxford: 119-134.

——. 1995. "The Place of the Poet in Archaic Society." in A. Powell (ed.), *The Greek World*. London: Routledge: 104-129.

Tigerstedt, E. N. 1970. "*Furor poeticus*: poetic inspiration in Greek literature before Democritus and Plato." *JHI* 31: 163-178.

Timmerman, D. M. 1998. "Isocrates' Competing Conceptualization of Philosophy." *Philosophy and Rhetoric* 31: 145-159.

Too, Y. L. (ed.) 2001. *Education in Greek and Roman Antiquity*. Leiden: Brill.

Untersteiner, M. 1954. *The Sophists*, tr. K. Freeman. Oxford: Blackwell.

van Effenterre, H. 1977. "Solon et la terre d'Éleusis." *RIDA* 24: 91-130.

van Gennep, A. 1960. *The Rites of Passage*. tr. M. B. Vizedom & G. L. Caffee, Chicago: University of Chicago Press.

van Groningen, B. A. 1948. "Les trois Muses de l'Hélicon." *ACl* 17: 287-296.

——. 1957. "Théognis 769-772." *Mnemosyne* 10: 103-109.

——. ed. 1966. *Theognis: Le premier livre*. Amsterdam: Verhandelingen der koninklijke Nederlandse Akademie van Wetenschappen, AFD. Letterknde.

van Noorden, H. 2014. *Playing Hesiod: the "Myth of the Races" in Classical Antiquity*. Cambridge: Cambridge University Press.

van Wees, H. 2000. "Megara's Mafiosi: Timocracy and Violence in Theognis." in R. Brock & S. Hodkinson (eds.), *Alternatives to Athens. Varieties of Political Organization and Community in Ancient Greece*. Oxford: Oxford University Press: 52-67.

Verdenius, W. J. 1970. *Homer, the Educator of the Greeks*. Mededelingen der Koninklijke Nederlandse Akademie van Wetenschappen, AFD. Letterkunde Niuwe Reeks, Deel 33, no. 5, Amsterdam: North-Holland Publishing Company.

——. 1972. "Notes on the Proem of Hesiod's *Theogony*." *Mnemosyne* 25: 225-260.

——. 1985. *A Commentary on Hesiod's Works and Days, vv.* 1-382. Leiden: Brill.

Vergados, A. 2013. *A Commentary on the >Homeric Hymn to Hermes<*. Berlin: De Gruyter.

Vernant, J.-P. 1982 [1962]. *The Origins of Greek Thought*. Ithaca: Cornell University Press.

——. 1989 [1979]. "At Man's Table: Hesiod's Foundation Myth of Sacrifice." in Detienne & Vernant, eds. 1989: 21-86.

——. 1990 [1974]. *Myth and Society in Ancient Greece*. tr. J. Lloyd. New York: Zone Books.

———. 2006 [1965]. *Myth and Thought among the Greeks.* tr. J. Lloyd & J. Fort. New York: Zone Books.

Vetta, M. (ed.) 1983. *Poesia e simposio nella Grecia antica: Guida storica e critica.* Rome: Editori Laterza.

Vlastos, G. 1946. "Solonian justice." *CP* 41: 65-83.

Volk, K. 2002. *The Poetics of Latin Didactic.* Oxford: Oxford University Press.

Von der Lahr, S. 1992. *Dichter und Tyrannen im archaischen Griechenland.* München: Tuduv.

Von der Mühll, P. 1970. "Hesiods helikonische Musen." *MH* 27: 195-197.

———. 1975. "Das griechische Symposium." in *Ausgewählte kleine Schriften,* Basle: 483-505.

Vox, O. 1984. *Solone autoritratto,* Padua: Editrice Antenore.

Walcot, P. 1957. "The Problem of the Prooemion of Hesiod's *Theogony.*" *SO* 32: 37-47.

Walker, J. 1996. "Before the beginnings of <<poetry>> and <<rhetoric>>: Hesiod on eloquence." *Rhetorica* 14: 243-264.

Wallace, R. W. 1974. "Hesiod and the Valley of the Muses." *GRBS* 15: 5-24.

———. 1983. "The Date of Solon's Reforms." *AJAH* 8: 81-95.

———. 1998. "Solonian Democracy." in I. Morris & K. Raaflaub (eds.), *Democracy 2500? Questions and Challenges*: 11-29.

Walsh, G. 1984. *The Varieties of Enchantment: Early Greek Views of the Nature and Function of Poetry.* Chapel Hill: University of North Carolina Press.

Wecowski, M. 2002. "Homer and the origins of the symposion." in F. Montanari (ed.), *Omero Tremila Anni Dopo: Atti del Congresso di Genova 6-8 Luglio 2000.* Roma: Edizioni di Storia e Letteratura: 625-637.

West, M. L. 1966. *Hesiod: Theogony.* Oxford: Clarendon Press.

———. 1974. *Studies in Greek Elegy and Iambus,* Berlin: Walter de Gruyter.

———. 1978. *Hesiod: Works and Days.* Oxford: Clarendon Press.

———. 1997. *The East Face of Helicon: West Asiatic Elements in Greek Poetry and Myth.* Oxford: Clarendon Press.

———. 2007. *Indo-European Poetry and Myth.* Oxford: Oxford University Press.

West, M. L. ed., 1989-1992. *Iambi et elegi Graeci,* 2nd ed., 2 vols. Oxford: Clarendon Press.

Will, F. 1958. "Solon's consciousness of himself." *TAPA* 89: 301-311.

Wohlleben, D. 2014. *Enigmatik: das Rätsel als hermeneutische Grenzfigur in Mythos, Philosophie und Literatur. Antike-Frühe Neuzeit-Moderne.* Heidelberg: Universitätsverlag Winter.

Woodbury, L. 1952. "The Seal of Theognis." in M. White (ed.) *Studies in Honor of Gilbert Norwood.* Toronto: 20-41.

——. 1991. "Poetry and Publication: Theognis 769-772." in *Collected Writings,* Atlanta: 483-501.

Woodhouse, W. J. 1938. *Solon the Liberator: A Study of the Agrarian Problem in Attika in the Seventh Century.* London: Oxford University Press.

Young, D. ed. 1961. *Theognis.* Leipzig: Teubner.

Zanker, G. 1986. "The *Works and Days:* Hesiod's Beggar's Opera." *BICS* 33: 26-36.

——. 1988. "TIMH in Hesiod's *Theogony.*" *BICS* 35: 73-78.

二、中文文献（以姓氏拼音为序）

柏拉图：《柏拉图对话集》，王太庆译，北京：商务印书馆，2004 年。

柏拉图：《柏拉图文艺对话集》，朱光潜译，北京：人民文学出版社，1959 年。

柏拉图：《理想国》，郭斌和、张竹明译，北京：商务印书馆，1986 年。

博伊－斯通、豪波德编：《柏拉图与赫西俄德》，罗逍然译，上海：华东师范大学出版社，2016 年。

策勒尔：《古希腊哲学史纲》，翁绍军译，济南：山东人民出版社，1992 年。

陈康：《陈康：论希腊哲学》，汪子嵩、王太庆编，北京：商务印书馆，1990 年。

荷马：《伊利亚特》，罗念生、王焕生译，北京：人民文学出版社，1994 年。

荷马：《奥德赛》，王焕生译，北京：人民文学出版社，1997 年。

赫西俄德：《工作与时日、神谱》，张竹明、蒋平译，北京：商务印书馆，1991年。

黄洋：《古代希腊政治与社会初探》，北京：北京大学出版社，2014 年。

黄洋、晏绍祥：《希腊史研究入门》，北京：北京大学出版社，2009 年。

居代－德拉孔波："试论《伊利亚特》里的征兆和预言"，《法国汉学》第十七辑，2016 年，第 169—199 页。

居代－德拉孔波等编：《赫西俄德：神话之艺》，吴雅凌译，北京：华夏出版社，2004 年。

柯费尔德：《智者运动》，刘开会、徐名驹译，兰州：兰州大学出版社，1996 年。

列维－斯特劳斯：《列维－斯特劳斯文集》，全 14 卷，北京：中国人民大学出版社，2006—2009 年。

罗、斯科菲尔德主编：《剑桥希腊罗马政治思想史》，晏绍祥译，北京：商务印书馆，2016年。

罗念生、水建馥编：《古希腊语汉语词典》，北京：商务印书馆，2004年。

罗念生：《罗念生全集》，全11卷，上海：上海人民出版社，2007年。

洛德：《故事的歌手》，尹虎彬译，北京：中华书局，2004年。

马鲁：《古典教育史》（希腊卷），龚觅、孟玉秋译，上海：华东师范大学出版社，2017年。

马鲁：《古典教育史》（罗马卷），王晓侠、龚觅、孟玉秋译，上海：华东师范大学出版社，2017年。

马特：《柏拉图与神话之镜》，吴雅凌译，上海：华东师范大学出版社，2008年。

梅列金斯基：《神话的诗学》，魏庆征译，北京：商务印书馆，2009年。

梅列金斯基：《英雄史诗的起源》，王亚明等译，北京：商务印书馆，2007年。

默雷：《古希腊文学史》，孙席珍等译，上海：上海译文出版社，1988年。

纳吉：《荷马诸问题》，巴莫曲布嫫译，桂林：广西师范大学出版社，2008年。

尼采：《悲剧的诞生：尼采美学文选》，周国平译，北京：三联书店，1986年。

普鲁塔克：《希腊罗马名人传》（上册），陆永庭、吴彭鹏等译，北京：商务印书馆，1990年。

水建馥译：《古希腊抒情诗选》，北京：人民文学出版社，1998年。

泰勒、龚珀茨：《苏格拉底传》，赵继铨、李真译，北京：商务印书馆，1999年。

泰勒：《柏拉图——生平及其著作》，谢随知等译，济南：山东人民出版社，2008年，第二版。

汪子嵩等：《希腊哲学史》，三卷，北京：人民出版社，1993-2003年。

韦尔南：《希腊思想的起源》，秦海鹰译，北京：三联书店，1996年。

维达尔-纳盖：《荷马的世界》，王莹译，北京：中国人民大学出版社，2007年。

吴雅凌：《神谱笺释》，北京：华夏出版社，2010年。

吴雅凌：《劳作与时日笺释》，北京：华夏出版社，2015年。

亚里士多德：《创作学》，王士仪译注，台北：联经出版，2003年。

亚里士多德：《诗学》，陈中梅译注，北京：商务印书馆，2003年。

亚里士多德：《诗学》，刘效鹏译注，台北：五南出版，2008年。

亚里士多德：《诗学》，罗念生译，北京：人民文学出版社，1984年。

亚里士多德：《雅典政制》，日知、力野译，北京：商务印书馆，1959年。

亚里士多德:《政治学》,吴寿彭译,北京:商务印书馆,1965年。

严群:《柏拉图及其思想》(严群文集之一),北京:商务印书馆,2011年。

严群:《亚里士多德及其思想》(严群文集之二),北京:商务印书馆,2011年。

严群:《古希腊哲学探研及其他》(严群文集之三),北京:商务印书馆,2011年。

严群:《严群哲学译文集》(严群文集之四),北京:商务印书馆,2016年。

晏绍祥:《荷马社会研究》,上海:上海三联书店,2006年。

叶秀山:《苏格拉底及其哲学思想》,北京:人民出版社,1986年。

张法琨选编:《古希腊教育论著选》,北京:人民教育出版社,2007年。

张芳宁等译:《诗歌与城邦——希腊贵族的代言人忒奥格尼斯》,北京:华夏出版社,2014年。

张文涛选编:《戏剧诗人柏拉图》,上海:华东师范大学出版社,2007年。

张文涛选编:《神话诗人柏拉图》,上海:华东师范大学出版社,2010年。

周作人译:《周作人译文全集》,全11卷,上海:上海人民出版社,2012年。